QUÄLENDE BESESSENHEIT

MEIN PEINIGER: BUCH 1 & 2

ANNA ZAIRES

♠ MOZAIKA PUBLICATIONS ♠

Veröffentlicht von Mozaika Publications, einer Druckmarke von Mozaika LLC.
www.mozaikallc.com

Aus dem Amerikanischen von Grit Schellenberg
Lektorat: Fehler-Haft.de

Cover Design von Najla Qamber Designs
najlaqamberdesigns.com

e-ISBN: 978-1-63142-539-4
ISBN: 978-1-63142-540-0

MEIN PEINIGER

MEIN PEINIGER: BUCH 1

TEIL I

1

FÜNF JAHRE ZUVOR IM NORDKAUKASUS

eter

»PAPA!« DEM SCHRILLEN AUFSCHREI FOLGT DAS GERÄUSCH kleiner Füße, als mein Sohn durch die Tür stürmt und seine dunklen, welligen Haare dabei um sein glühendes Gesicht fliegen.

Ich lache, als ich seinen kleinen, robusten Körper auffange, der auf mich zufliegt. »Hast du mich vermisst, *Pupsik?*«

»Ja!« Seine kurzen Arme umfassen meinen Hals, und ich atme tief ein, um seinen süßen, kindlichen Duft aufzusaugen. Auch wenn Pasha schon fast drei Jahre alt ist, riecht er immer noch nach Milch – nach gesundem Baby und Unschuld.

Ich drücke ihn fest an mich und spüre, wie die Eiseskälte in mir schmilzt, als sich eine weiche, strahlende Wärme in meiner Brust ausbreitet. Es ist schmerzhaft, so wie wenn man in heißes

Wasser eintaucht, nachdem man gefroren hat, aber es ist ein guter Schmerz. Ich fühle mich dadurch lebendig, die Leere in mir wird gefüllt, bis ich fast glauben kann, dass ich vollständig bin und die Liebe meines Sohnes verdiene.

»Er hat dich vermisst«, sagt Tamila, als sie in den Flur kommt. Wie immer bewegt sie sich leise, fast lautlos, und hat ihre Augen auf den Boden gerichtet. Sie blickt mich nicht direkt an. Seit ihrer Kindheit ist sie dazu erzogen worden, Augenkontakt mit Männern zu vermeiden, also sehe ich nur ihre langen Wimpern, während sie nach unten schaut. Sie trägt ein traditionelles Kopftuch, das ihre langen, dunklen Haare versteckt, und ihr graues Kleid ist lang und formlos. Trotzdem sieht sie wunderschön aus – so schön wie sie vor dreieinhalb Jahren, als sie sich in mein Bett geschlichen hatte, um der Hochzeit mit einem der älteren Männer aus dem Dorf zu entfliehen.

»Und ich habe euch beide vermisst«, erwidere ich, als mein Sohn gegen meine Schultern drückt, weil er herunter möchte. Grinsend setze ich ihn auf dem Boden ab, und er ergreift augenblicklich meine Hand und zieht an ihr.

»Papa, willst du meinen LKW sehen? Willst du, Papa?«

»Das will ich«, antworte ich und grinse noch breiter, während er mich ins Wohnzimmer zieht. »Was für ein LKW ist es?«

»Ein großer!«

»Okay, dann zeig mal her.«

Tamila kommt langsam hinter uns her, und ich bemerke, dass ich noch gar nichts zu ihr gesagt habe. Ich bleibe stehen, drehe mich herum und schaue meine Frau an. »Wie geht es dir?«

Sie blickt mich kurz durch ihre Wimpern an. »Mir geht es gut. Ich freue mich, dich zu sehen.«

»Und ich freue mich, dich zu sehen.« Ich möchte sie küssen, aber ich weiß, dass es ihr peinlich ist, wenn ich es vor Pasha tue, also halte ich mich zurück. Stattdessen berühre ich sanft ihre Wange und lasse mich dann von meinem Sohn zu seinem LKW führen, den ich als denjenigen wiedererkenne, den ich ihm vor drei Wochen aus Moskau geschickt habe.

Er führt mir stolz alle Funktionen des Fahrzeugs vor, während ich neben ihm hocke und sein lebhaftes Gesicht betrachte. Er hat Tamilas dunkle, exotische Schönheit einschließlich der Wimpern, aber er hat auch etwas von mir, selbst wenn ich nicht genau sagen kann, was.

»Er hat deine Furchtlosigkeit«, sagt Tamila leise, während sie sich neben mich kniet. »Und ich denke, dass er genauso groß werden wird wie du, auch wenn man das wahrscheinlich so früh noch nicht sagen kann.«

Ich blicke sie kurz an. Sie tut das häufig, mich so gründlich zu durchschauen, dass es scheint, als könne sie meine Gedanken lesen. Andererseits ist es auch keine Kunst, zu erahnen, was ich gerade denke. Ich habe einen Vaterschaftstest gemacht, noch bevor Pasha geboren wurde.

»Papa. Papa.« Mein Sohn zieht wieder an meiner Hand. »Spiel mit mir.«

Ich lache und wende meine Aufmerksamkeit wieder ihm zu. In der nächsten Stunde spielen wir mit dem LKW und einem Dutzend weiterer Spielzeuge, die auch alle Autos sind. Pasha ist besessen von Spielzeugautos, angefangen von Krankenwagen bis hin zu Rennwagen. Es ist egal, wie viele andere Spielsachen er von mir bekommt, er spielt nur mit denjenigen, die Räder haben.

Nach dem Spielen essen wir Abendbrot, und Tamila badet Pasha, bevor er ins Bett geht. Ich bemerke, dass die Badewanne Risse hat, und speichere in meinem Hinterkopf ab, eine neue zu bestellen. Das kleine Dorf Daryevo liegt hoch oben im Kaukasus und ist schlecht zu erreichen, also kann ich nicht einfach in einem Geschäft bestellen. Trotzdem habe ich meine Möglichkeiten, Dinge hierherbringen zu lassen.

Als ich Tamila von meinem Vorhaben erzähle, schnellen ihre Wimpern in die Höhe, und sie schaut mir ausnahmsweise mit einem strahlenden Lächeln in die Augen. »Das wäre sehr schön, vielen Dank. Ich musste fast jeden Abend Wasser vom Boden aufwischen.«

Ich lächele zurück, und sie fährt damit fort, Pasha zu baden. Nachdem sie ihn abgetrocknet und ihm den Schlafanzug angezogen hat, trage ich ihn in sein Bett und lese ihm eine Geschichte aus seinem Lieblingsbuch vor. Er schläft fast augenblicklich ein, und ich küsse seine zarte Stirn, wobei sich mein Herz voller Gefühl zusammenzieht.

Das ist Liebe. Ich erkenne sie, auch wenn ich sie niemals zuvor gefühlt habe – auch wenn ein Mann wie ich kein Recht darauf hat, sie zu fühlen. Keines der Dinge, die ich jemals getan habe, zählt hier, in diesem kleinen Dorf in Dagestan.

Wenn ich bei meinem Sohn bin, verbrennt das Blut an meinen Händen nicht meine Seele.

Ich stehe vorsichtig auf, um Pasha nicht aufzuwecken, und verlasse den winzigen Raum, der sein Schlafzimmer ist. Tamila wartet bereits in unserem Schlafzimmer auf mich, also ziehe ich mich aus, begebe mich zu ihr ins Bett und liebe sie so zärtlich, wie ich kann.

Morgen werde ich den hässlichen Seiten dieser Welt ins Auge sehen, aber heute bin ich glücklich.

Heute kann ich lieben und geliebt werden.

»BITTE GEH NICHT, PAPA.« PASHAS KINN ZITTERT, ALS ER versucht, nicht zu weinen. Tamila hat ihm vor einigen Wochen gesagt, dass große Jungs nicht weinen, und er hat alles versucht, um ein großer Junge zu sein. »Bitte, Papa. Kannst du nicht noch ein wenig bleiben?«

»Ich werde in ein paar Wochen wieder hier sein«, verspreche ich ihm und hocke mich hin, um auf Augenhöhe mit ihm zu sein. »Ich muss arbeiten, verstehst du das?«

»Du musst immer arbeiten.« Sein Kinn zittert stärker, und in seinen großen, braunen Augen fließen die Tränen über. »Warum kann ich nicht mit dir zur Arbeit kommen?«

Bilder der Terroristen, die ich letzte Woche gefoltert habe, steigen in meinem Kopf auf, und ich muss mich anstrengen, meine Stimme ruhig zu halten, als ich sage: »Es tut mir leid, Pashen'ka. Mein Arbeitsplatz ist kein Ort für Kinder.« Oder für Erwachsene, aber das sage ich nicht. Tamila weiß einige Dinge der Sachen, die ich als Teil der Speznas, der russischen Spezialeinheiten, tue, aber selbst sie kennt die dunkle Realität meiner Welt nicht.

»Aber ich würde mich gut benehmen.« Jetzt weint er richtig. »Ich verspreche es, Papa. Ich würde mich gut benehmen.«

»Ich weiß, dass du das würdest.« Ich ziehe ihn an mich und umarme ihn fest, während ich spüre, wie sein kleiner Körper von Schluchzern erschüttert wird. »Du bist mein guter Junge, und du musst dich bei Mama gut benehmen, während ich weg bin, okay? Du musst auf sie aufpassen, so wie das große Jungen wie du machen.«

Das scheinen die magischen Worte zu sein, weil er nur noch einmal schnieft und sich dann aufrichtet. »Das werde ich.« Der Rotz läuft aus seiner Nase, und seine Wangen sind nass, aber sein Kinn wirkt entschlossen, als er mir in die Augen blickt. »Ich werde auf Mama aufpassen, das verspreche ich dir.«

»Er ist so intelligent«, meint Tamila, die sich neben mir hinkniet, um Pasha zu umarmen. »So als sei er fast fünf und nicht erst fast drei.«

»Ich weiß.« Meine Brust schwillt voller Stolz an. »Er ist fantastisch.«

Sie lächelt mich an und blickt zu mir hoch, so dass ich wieder in ihre großen, braunen Augen schaue, die Pashas so sehr ähneln. »Pass auf dich auf und sei bald wieder zu Hause, okay?«

»Das werde ich.« Ich beuge mich nach vorn, um ihre Stirn zu küssen, und streiche danach über Pashas seidige Haare. »Ich werde zurück sein, bevor ihr bemerkt, dass ich weg bin.«

ICH BIN IN GROSNY, TSCHETSCHENIEN, UND VERFOLGE GERADE die Spur einer neuen radikalen aufständischen Gruppe, als ich die Nachricht bekomme. Derjenige, der mich anruft, ist mein Boss aus Moskau, Ivan Polonsky.

»Peter.« Seine Stimme ist ungewöhnlich ernst, als ich das Gespräch annehme. »Es gab einen Zwischenfall in Daryevo.«

Mein Innerstes vereist. »Was für ein Zwischenfall?«

»Es gab eine Operation, von der wir nichts wussten. Die NATO war daran beteiligt. Und es gab ... Opfer.«

Eiseskälte breitet sich in mir aus, zerfetzt mich innerlich, und ich kann kaum die Worte, die ich sagen muss, aus meinem Hals zwingen. »Tamila und Pasha?«

»Es tut mir leid, Peter. Einige der Dorfbewohner wurden während des Kreuzfeuers getötet, und ...«, er schluckt hörbar, »die Vorberichte sagen aus, dass Tamila unter ihnen war.«

Meine Finger zerquetschen fast das Telefon. »Was ist mit Pasha?«

»Das wissen wir noch nicht. Es gab einige Explosionen und ...«

»Ich bin auf dem Weg.«

»Peter, warte ...«

Ich beende das Gespräch und eile aus der Tür.

BITTE, BITTE LASS IHN AM LEBEN SEIN. BITTE LASS IHN AM LEBEN sein. Bitte, ich werde alles tun, lass ihn einfach nur am Leben sein.

Ich bin nie religiös gewesen, aber als der Militärhubschrauber über die Berge fliegt, erwische ich mich dabei, wie ich bete, darum bettele und flehe, ein kleines Wunder Wirklichkeit werden zu lassen, eine kleine Barmherzigkeit zu erleben. Das Leben eines Kindes ist bedeutungslos für die Welt, aber für mich bedeutet es alles.

Mein Sohn ist mein Leben, der Grund dafür, dass ich existiere.

Der Lärm des Hubschraubers ist ohrenbetäubend, aber er ist nichts im Vergleich zu dem Lärm in meinem Kopf. Ich kann nicht atmen, kann wegen der Wut und der Angst, die mich innerlich ersticken, nicht denken. Ich weiß nicht, wie Tamila gestorben ist, aber ich habe genügend Leichen gesehen, um mir ihren Körper vorstellen zu können, um ganz deutlich ihre wunderschönen Augen, die jetzt ausdruckslos und blind sein müssen, und ihren schlaffen und blutverkrusteten Mund zu sehen. Und Pasha ...

Nein. Daran kann ich jetzt nicht denken. Nicht, bis ich es mit Sicherheit weiß.

Das hätte nicht passieren sollen. Daryevo liegt nicht in der Nähe der bekannten Krisenherde in Dagestan. Es ist eine kleine, friedliche Siedlung ohne Verbindungen zu Rebellengruppen. Sie hätten hier in Sicherheit sein müssen, weit weg von meiner gewalttätigen Welt.

Bitte lass ihn am Leben sein. Bitte lass ihn am Leben sein.

Der Flug scheint ewig zu dauern, aber endlich durchbrechen wir die Wolkendecke, und ich sehe das Dorf. Mein Hals wird eng, und ich kann nicht mehr atmen.

Rauch steigt von vielen Gebäuden im Zentrum auf, und bewaffnete Soldaten befinden sich vor Ort.

Ich springe aus dem Hubschrauber, sobald er den Boden berührt.

»Peter, warte. Du brauchst Deckung«, ruft der Pilot, aber ich renne bereits und stoße die Menschen, die mir im Weg stehen, einfach beiseite. Ein junger Soldat versucht, mich aufzuhalten, aber ich reiße ihm seine M16 aus den Händen und richte sie auf ihn.

»Führe mich zu den Leichen. Jetzt.«

Ich weiß nicht, ob es an der Waffe oder meinem tödlichen Ton liegt, aber der Soldat gehorcht und eilt zu einem Schuppen am anderen Ende der Straße. Ich folge ihm, während das Adrenalin wie Gift durch meine Adern fließt.

Bitte lass ihn am Leben sein. Bitte lass ihn am Leben sein.

Ich sehe die Leichen hinter dem Schuppen, einige ordentlich hingelegt, und andere aufeinandergestapelt auf dem schneebedeckten Gras. Niemand ist bei ihnen; die Soldaten müssen die Dorfbewohner bis jetzt von ihnen ferngehalten haben. Ich erkenne sofort einige der Toten - die älteren Menschen des Dorfes, mit denen Tamila auch zu tun hatte, die Frau des Bäckers, der Mann, von dem ich schon einmal Ziegenmilch gekauft habe - aber andere kann ich nicht identifizieren, einerseits wegen der Ausmaße ihrer Wunden und andererseits, weil ich nicht viel Zeit im Dorf verbracht habe.

Ich habe eigentlich *gar keine* Zeit hier verbracht, und jetzt ist meine Frau tot.

Ich bereite mich psychisch auf das vor, was jetzt kommen wird, knie mich neben einen schlanken Frauenkörper, lege die M16 ins Gras und ziehe das Tuch, das den Kopf bedeckt, zur Seite. Ein Teil des Kopfes ist von einer Kugel weggeschossen worden, aber ich kann genug von dem Gesicht erkennen, um zu wissen, dass es nicht Tamila ist.

Ich untersuche den nächsten Frauenkörper, der mehrere Einschusslöcher in der Brust hat. Es ist Tamilas Tante, eine schüchterne Frau in den Fünfzigern, die in den letzten drei Jahren weniger als fünf Worte mit mir gesprochen hat. Für sie und den Rest von Tamilas Familie bin ich immer ein Fremder gewesen, ein angsteinflößender Fremder aus einer anderen Welt. Sie haben Tamilas Entscheidung, mich zu heiraten, nicht verstanden, sie sogar verurteilt, aber Tamila war das egal.

Sie war immer unabhängig gewesen.

Ein weiterer Frauenkörper zieht meine Aufmerksamkeit auf sich. Die Frau liegt auf der Seite, aber die sanfte Kurve ihrer Schultern ist schmerzhaft vertraut. Meine Hand zittert, als ich sie umdrehe, und weißglühender Schmerz durchfährt mich, als ich ihr Gesicht sehe.

Tamilas Mund ist genauso locker, wie ich ihn mir vorgestellt hatte, aber ihre Augen sind nicht leer. Sie sind geschlossen, ihre langen Wimpern versengt und ihre Augenlider von Blut verklebt. Mehr Blut bedeckt ihre Brust und ihre Arme, und ihr graues Kleid ist fast schwarz davon.

Meine Frau, meine wunderschöne junge Frau, die den Mut hatte, ihr eigenes Schicksal zu wählen, ist tot. Sie ist gestorben, ohne jemals ihr Dorf verlassen zu haben, ohne jemals Moskau gesehen zu haben, wovon sie immer geträumt hatte. Ihr Leben wurde ausgelöscht, bevor sie eine Chance hatte, zu leben, und es ist meine Schuld. Ich hätte hier sein sollen, hätte sie und Pasha beschützen müssen. Zur Hölle, ich hätte über diese beschissene Operation Bescheid wissen müssen; niemand hätte hierherkommen sollen, ohne dass mein Team und ich darüber informiert wurden.

Wut steigt in mir auf, vermischt sich mit qualvollem Schmerz und Schuldgefühlen, aber ich verdränge das alles und zwinge mich dazu, mich weiter umzuschauen. Die Leichen, die in Reihen ausgebreitet wurden, sind ausschließlich Erwachsene, aber es gibt ja noch diesen anderen Haufen.

Bitte lass ihn am Leben sein. Ich werde alles tun, solange er nur lebt.

Meine Beine fühlen sich wie abgebrannte Streichhölzer an, als ich mich dem Haufen nähere. Er besteht aus einzelnen Gliedmaßen und Körpern, die bis zur Unkenntlichkeit verstümmelt sind. Das müssen die Opfer der Explosionen sein. Ich lege jeden Körperteil zur Seite, nachdem ich ihn betrachtet habe. Der Geruch nach altem Blut und verbranntem Fleisch hängt dick in der Luft. Ein normaler Mann würde sich bereits übergeben haben, aber ich bin noch nie normal gewesen.

Bitte lass ihn am Leben sein.

»Peter, warte. Eine Spezialeinheit ist auf dem Weg hierher, und sie wollen nicht, dass wir die Leichen anfassen.« Der Pilot, der mich hierhergebracht hat, Anton Rezov, kommt vom Schuppen aus zu mir. Wir arbeiten seit Jahren zusammen, und er ist ein enger Freund, aber wenn er versuchen sollte, mich zu stoppen, werde ich ihn töten.

Ohne zu antworten, fahre ich mit meiner grausamen Aufgabe fort und betrachte alle Gliedmaßen und jeden verbrannten Rumpf, bevor ich alles zur Seite lege. Die meisten Körperteile scheinen zu Erwachsenen zu gehören, auch wenn ich auf einige wenige in Kindergröße stoße. Sie sind allerdings zu groß, um Pashas zu sein, und ich bin egoistisch genug, um darüber erleichtert zu sein.

Dann sehe ich es.

»Peter, hast du mich gehört? Du kannst das noch nicht tun.« Anton will meinen Arm ergreifen, aber bevor er mich berühren kann, wirbele ich herum, und meine Hand formt automatisch eine Faust. Diese Faust kracht auf seinen Kiefer, er wird durch die Wucht des Aufschlags zurückgeschleudert und seine Augen verdrehen sich. Ich schaue nicht dabei zu, wie er fällt; ich bewege mich bereits und wühle mich durch den restlichen Stapel der Körper, um die kleine Hand zu finden, die ich eben gesehen habe.

Eine kleine Hand, die ein kaputtes Spielzeugauto umklammert.

Bitte, bitte, bitte. Bitte, lass es eine Verwechslung sein. Bitte lass ihn am Leben sein. Bitte lass ihn am Leben sein.

Ich arbeite wie ein Besessener und konzentriere mich auf ein einziges Ziel: zu dieser Hand zu gelangen. Einige der Körper ganz oben auf dem Stapel sind beinahe intakt, aber trotzdem spüre ich ihr Gewicht nicht, als ich sie zur Seite lege.

Ich fühle das Brennen meiner Muskeln durch die Anstrengungen nicht, genauso wenig wie ich den widerlichen Gestank des gewaltsamen Todes rieche. Ich beuge mich einfach immer wieder nach unten und werfe die Körperteile zur Seite, bis ich von ihnen umgeben und blutdurchtränkt bin.

Ich höre nicht auf, bis ich den kleinen Körper freigelegt habe und jeder Zweifel verschwunden ist.

Zitternd sinke ich auf die Knie, da meine Beine mich nicht mehr halten können.

Wie durch ein Wunder ist eine Gesichtshälfte Pashas unverletzt, seine weiche Babyhaut hat nur einen Kratzer abbekommen. Eines seiner Augen ist geschlossen, sein kleiner Mund ist geöffnet, und würde er wie Tamila auf der Seite liegen, könnte man ihn für ein schlafendes Kind halten. Aber er liegt nicht auf der Seite, und ich sehe das klaffende Loch, das die Explosion hinterlassen hat, als sie die Hälfte seines Schädels wegsprengte. Sein linker Arm fehlt ebenfalls, genauso wie sein linkes Bein ab dem Knie. Sein rechter Arm ist allerdings unversehrt, und seine Finger umklammern das Spielzeugauto.

Aus einiger Entfernung höre ich ein Heulen, ein verrücktes, gebrochenes Geräusch menschlicher Wut. Erst als mir auffällt, dass ich den kleinen Körper an meine Brust drücke, verstehe ich, dass ich dieses Geräusch von mir gebe. Ich verstumme, aber ich kann nicht damit aufhören, hin und her zu schaukeln.

Ich kann nicht aufhören, ihn zu umarmen.

Ich weiß nicht, wie lange ich so verharre, die Überreste meines Sohnes an mich drücke, aber als die Soldaten der Spezialeinheit ankommen, ist es bereits dunkel. Ich wehre mich nicht. Das wäre sinnlos. Mein Sohn ist von uns gegangen, bevor sein helles Licht die Gelegenheit hatte, zu scheinen.

»Es tut mir leid«, flüstere ich, als sie mich wegzerren. Mit jedem Meter Abstand zwischen uns wächst meine innere Kälte, und die letzten Reste von Menschlichkeit verlassen meine Seele. Ich kann nicht mehr Bitten, keine Verhandlungen mit irgendjemandem oder irgendetwas führen. Ich habe alle Hoffnung verloren, meine Liebe und Wärme ist mir genommen worden. Ich kann die Zeit nicht zurückstellen und meinen Sohn länger halten, ich kann nicht warten, so wie ich es sollte. Ich kann nicht nächstes Jahr mit Tamila nach Moskau reisen, so wie ich es ihr versprochen hatte.

Es gibt nur eine Sache, die ich für meine Frau und meinen Sohn tun kann, und deshalb lebe ich weiter.

Ich werde dafür sorgen, dass ihre Mörder bezahlen.

Jeder Einzelne von ihnen.

Sie werden für dieses Massaker mit ihrem Leben bezahlen.

2

VEREINIGTE STAATEN, HEUTE

S*ara*

»Bist du sicher, dass du nicht etwas mit mir und den Mädchen trinken gehen möchtest?«, fragt Marsha und kommt zu meinem Spind. Sie hat bereits ihren Schwesternkittel aus- und ein sexy Kleid angezogen. Mit ihrem leuchtend roten Lippenstift und ihren blonden Locken sieht sie wie eine ältere Version von Marilyn Monroe aus und liebt es auch genau wie sie, Party zu machen.

»Nein, danke. Ich kann nicht.« Ich versüße meine Abfuhr mit einem Lächeln. »Es war ein langer Tag, und ich bin müde.«

Sie rollt mit den Augen. »Natürlich bist du das. Du bist in letzter Zeit dauernd müde.«

»Arbeit bringt das mit sich.«

»Ja, wenn man neunzig Stunden in der Woche arbeitet.

18

Wenn ich dich nicht besser kennen würde, würde ich sagen, dass du dich zu Tode arbeitest. Du bist kein Assistenzarzt mehr. Du musst diesen Scheiß nicht mehr machen.«

Ich seufze und ergreife meine Tasche. »Jemand muss Rufbereitschaft haben.«

»Ja, aber das musst nicht immer du sein. Es ist Freitagnacht, und du hast die ganzen letzten Monate am Wochenende gearbeitet, von den Nachtschichten mal ganz abgesehen. Ich weiß, dass du der Neuzugang in eurer Praxis bist, aber ...«

»Mir machen die Nachtschichten nichts aus«, unterbreche ich sie und gehe zum Spiegel. Die Wimperntusche, die ich heute Morgen aufgetragen habe, ist unter meinen Augen verwischt, und ich benutze ein feuchtes Papiertuch, um sie wegzubekommen. Das verbessert meine hagere Erscheinung nicht wirklich, aber ich nehme an, dass das sowieso egal ist, da ich auf direktem Weg nach Hause gehen werde.

»Genau, weil du nicht schläfst«, sagt Marsha und stellt sich hinter mich. Ich bereite mich darauf vor, ihr beliebtestes Thema über mich ergehen zu lassen. Auch wenn sie gute fünfzehn Jahre älter ist als ich, ist Marsha im Krankenhaus meine beste Freundin und hat ihre Bedenken in letzter Zeit immer deutlicher ausgesprochen.

»Marsha, bitte. Ich bin einfach zu müde dafür«, sage ich und binde meine widerspenstigen Wellen zu einem Pferdeschwanz. Ich brauche keine Vorhaltung, um zu wissen, dass ich mich gerade verausgabe. Meine braunen Augen sehen im Spiegel rot und trüb aus, und ich fühle mich wie sechzig und nicht wie achtundzwanzig.

»Ja, weil du überarbeitet bist und unter Schlafmangel leidest.« Sie verschränkt ihre Arme vor der Brust. »Ich weiß, dass du nach George Ablenkung brauchst, aber ...«

»Aber nichts.« Ich wirbele herum und starre sie wütend an. »Ich will nicht über George reden.« ...»Sara ...« Sie legt die Stirn in Falten. »Du musst damit aufhören, dich selbst dafür zu bestrafen. Das war nicht dein Fehler. Er *wollte* ans Steuer, es war *seine* Entscheidung.«

Mein Hals wird eng, und meine Augen brennen. Zu meinem Entsetzen bin ich kurz davor zu weinen, und ich drehe mich weg, um mich wieder unter Kontrolle zu bringen. Aber ich kann mich nirgendwohin drehen, da vor mir der Spiegel ist und alles reflektiert, was ich gerade fühle.

»Es tut mir leid, Süße. Ich bin ein unsensibles Arschloch. Das hätte ich nicht sagen sollen.« Marsha sieht wirklich so aus, als würde sie es bereuen, als sie sich ausstreckt, um meinen Arm leicht zu drücken.

Ich atme tief durch und drehe mich herum, um sie wieder anzuschauen. Ich bin müde,

was nicht gerade dabei hilft, die Gefühle zu kontrollieren, die mich überkommen.

»Das ist schon in Ordnung.« Ich zwinge mich dazu, zu lächeln. »Kein Problem. Du solltest dich langsam auf den Weg machen, die Mädchen warten wahrscheinlich schon auf dich.« Und ich muss nach Hause, bevor ich zusammenbreche und in aller Öffentlichkeit weine, was mehr als demütigend wäre.

»In Ordnung, Süße.« Marsha lächelt zurück, aber ich sehe das Mitleid in ihren Augen. »Aber sieh zu, dass du dieses Wochenende ein wenig Schlaf bekommst, okay? Versprich es mir.«

»Ja, *Mama*.«

Sie rollt mit den Augen. »Gut, dass du mich verstanden hast. Wir sehen uns am Montag.« Sie verlässt den Umkleideraum, und ich warte eine Minute, bevor ich ihr folge, um im Fahrstuhl nicht auf die Gruppe ihrer Freundinnen zu stoßen.

Noch mehr Mitleid halte ich nicht aus.

ALS ICH DEN PARKPLATZ DES KRANKENHAUSES BETRETE, kontrolliere ich aus reiner Gewohnheit mein Handy, und mein Herz setzt einen Schlag aus, als ich eine Textnachricht von einer blockierten Nummer sehe.

Ich bleibe stehen und fahre mit meinem zittrigen Finger über das Display.

Es ist alles in Ordnung, aber wir müssen den Besuch diese Woche verschieben, steht in der Nachricht. *Wichtige Termine.*

Ich atme erleichtert aus, und sofort verspüre ich das vertraute Schuldgefühl. Ich sollte nicht erleichtert sein. Diese Besuche sollten etwas sein, was ich möchte, und keine unangenehme Pflicht. Aber ich kann das, was ich fühle, nicht ändern. Jedes Mal, wenn ich George besuche, werden Erinnerungen an jene Nacht wach, und ich kann einige Nächte lang nicht schlafen.

Wenn Marsha denkt, dass ich jetzt gerade an Schlafmangel leide, sollte sie mich nach diesen Besuchen sehen.

Ich stecke mein Handy wieder in die Tasche und gehe zu meinem Auto. Es ist ein Toyota Camry, den ich seit fünf Jahren habe. Jetzt, nachdem ich mein Darlehen für das Studium abbezahlt und einige Ersparnisse habe, könnte ich mir etwas Besseres leisten, aber ich sehe keinen Grund dafür.

George hatte eine Schwäche für Autos, nicht ich.

Der Schmerz überkommt mich vertraut und stark, und ich weiß, dass der Grund dafür diese Textnachricht ist. Na ja, sie und die Unterhaltung mit Marsha. In letzter Zeit gab es Tage, an denen ich überhaupt nicht an den Unfall gedacht habe, an denen ich meinen Aufgaben nachgegangen bin, ohne erdrückende Schuldgefühle zu haben, aber heute ist keiner dieser Tage.

Er war erwachsen, erinnere ich mich selbst in Gedanken und wiederhole dabei das, was alle sagen. *Es war seine Entscheidung, sich an jenem Tag hinter das Steuer zu setzen.*

Rational gesehen weiß ich, dass diese Worte wahr sind, aber egal, wie oft ich sie höre, ich kann sie nicht verinnerlichen. Meine Gedanken sind in einer Schleife gefangen, die immer wieder jenen Abend abspielt, und egal, wie sehr ich es auch versuche, ich kann diese Gedanken einfach nicht unterbrechen.

Es reicht, Sara. Konzentrier dich auf die Straße.

Ich atme tief durch und fahre vom Parkplatz Richtung Zuhause. Vom Krankenhaus aus ist es etwa eine Fahrt von vierzig Minuten, was in diesem Moment vierzig Minuten zu viel für mich sind. Mein Bauch beginnt zu krampfen, und ich bemerke, dass einer der Gründe dafür, dass ich heute so emotional bin, der ist, dass ich meine Tage bekomme. Als Frauenärztin weiß ich am besten, wie stark die Auswirkungen der Hormone sein können, und wenn sich zum PMS auch noch lange Arbeitsstunden und Erinnerungen an George gesellen ...

Ja, das ist es. Ich bin einfach nur hormongeladen und müde. Ich muss nach Hause, und dann wird alles wieder gut.

Da ich fest entschlossen bin, mich wieder in den Griff zu bekommen, schalte ich das Radio ein, suche einen Sender mit Neunziger-Jahre-Popmusik und singe zu einem Lied von Britney Spears. Das ist jetzt vielleicht nicht die anspruchsvollste Musik, aber sie hebt die Stimmung, und das ist genau das, was ich gerade brauche.

Ich werde nicht zerbrechen. Heute *werde* ich schlafen, selbst wenn ich Zolpidem nehmen muss, damit das passiert.

MEIN HAUS BEFINDET SICH IN EINER VON BÄUMEN GESÄUMTEN Sackgasse, die von einer zweispurigen Straße abgeht, die sich durch Felder windet. Wie viele andere in dieser besseren Gegend in Homer Glen, Illinois, ist es riesig - fünf Schlafzimmer und vier Badezimmer plus einen voll ausgebauten Keller. Es hat einen großen Garten und ist von so vielen Eichen umgeben, dass es sich anfühlt, als befände es sich mitten im Wald.

Es ist perfekt für die große Familie, die George wollte, und schrecklich einsam für mich.

Nach dem Unfall habe ich darüber nachgedacht, das Haus zu verkaufen und näher an das Krankenhaus zu ziehen, aber ich konnte es einfach nicht über mich bringen. Das kann ich immer noch nicht. George und ich haben das Haus zusammen renoviert, die Küche und die Badezimmer modernisiert und sorgfältig jeden Raum dekoriert, um eine gemütliche und einladende Atmosphäre zu schaffen. Eine Familienatmosphäre. Ich weiß, dass die Chancen auf diese Familie jetzt inexistent sind, aber ein Teil von mir hängt an diesem alten Traum, dem perfekten Leben, das wir haben sollten.

»Mindestens drei Kinder«, hatte George mir bei unserem fünften Date gesagt. »Zwei Jungen und ein Mädchen.«

»Warum nicht zwei Mädchen und einen Jungen?«, hatte ich ihn grinsend gefragt. »Was ist mit Gleichberechtigung und so?«

»Wie soll zwei gegen einen denn gleichberechtigt sein? Jeder weiß, dass Mädchen dich um ihre kleinen, hübschen Finger wickeln, und wenn man zwei von ihnen hat ...« Er erschauderte theatralisch. »Nein, wir brauchen zwei Jungen, damit die Balance in der Familie stimmt. Ansonsten ist Papa verloren.«

Ich habe gelacht und ihn auf die Schulter geboxt, aber insgeheim mochte ich den Gedanken an zwei Jungen, die laut herumrennen und ihre kleine Schwester beschützen. Ich bin ein Einzelkind, aber ich wollte immer einen großen Bruder, weshalb es einfach für mich gewesen war, Georges Traum zu meinem eigenen zu machen.

Nein. Denk nicht darüber nach. Mit Mühe verdränge ich diese Erinnerungen aus meinem Kopf, weil - egal, ob sie gut oder schlecht sind - sie immer zu jenem Abend führen, und damit kann ich gerade nicht umgehen. Die Krämpfe sind schlimmer geworden, und ich kann nur mit Mühe meine Hände am Lenkrad lassen, als ich in meine Garage für drei Autos fahre. Ich brauche Ibuprofen, ein Heizkissen und mein Bett, genau in dieser Reihenfolge, und wenn ich ganz viel Glück habe, werde ich sofort einschlafen, ohne dass ich Zolpidem benötige.

Ich unterdrücke ein Stöhnen, schließe das Garagentor, gebe den Sicherheitscode ein, um den Alarm auszuschalten, und schleppe mich ins Haus. Die Krämpfe sind so schlimm, dass ich kaum gehen kann, ohne mich zu krümmen, also gehe ich ohne Umwege zum Medizinschrank in der Küche. Ich schalte nicht einmal das Licht an; der Lichtschalter ist weit von der Garagentür entfernt, und ich kenne die Küche außerdem gut genug, um mich auch im Dunkeln in ihr zurechtzufinden.

Ich öffne den Medizinschrank, ertaste die Ibuprofenpackung, nehme mir zwei Tabletten und schiebe sie mir in den Mund. Dann gehe ich zur Spüle, lasse Wasser in meine Hand laufen und schlucke die beiden Tabletten damit hinunter. Keuchend halte ich mich am Küchentresen fest und warte darauf, dass die Medizin zu wirken beginnt, bevor ich versuche, etwas so Ehrgeiziges zu tun wie zum Schlafzimmer im ersten Stock zu gehen.

Ich spüre ihn erst eine Sekunde, bevor es passiert. Ganz unterschwellig bemerke ich einen Luftzug hinter mir, einen Hauch von etwas Fremdem ... ein Gefühl plötzlicher Gefahr.

Die Haare in meinem Nacken stellen sich auf, aber da ist es bereits zu spät. In einem Moment stehe ich noch neben der Küchenspüle, und im nächsten bedeckt eine große Hand meinen Mund, und ein harter Körper drängt mich von hinten gegen die Theke.

»Nicht schreien«, flüstert eine tiefe Stimme in mein Ohr, und etwas Kaltes und Scharfes drückt gegen meinen Hals. »Du willst doch nicht, dass mein Messer abrutscht.«

 ara

ICH SCHREIE NICHT. NICHT, WEIL ES DAS CLEVERSTE IN DIESER Situation ist, sondern weil ich kein Geräusch von mir geben kann. Ich bin vor Entsetzen wie versteinert und ganz und gar gelähmt. Meine Muskeln, einschließlich meiner Stimmbänder, haben sich verkrampft, und meine Lunge hat aufgehört zu arbeiten.

»Ich werde meine Hand von deinem Mund nehmen«, flüstert er in mein Ohr, und sein Atem fühlt sich auf meiner feuchten Haut warm an. »Und du wirst ruhig bleiben. Verstanden?«

Ich kann nicht einmal ein wimmerndes Geräusch von mir geben, aber ich schaffe es, leicht zu nicken.

Er nimmt seine Hand weg, legt seinen Arm stattdessen um

meine Rippen, und meine Lungen fangen genau in diesem Moment wieder an zu funktionieren. Ohne es zu wollen, atme ich pfeifend ein. Sofort drückt sich das Messer tiefer in meine Haut, und ich versteinere erneut, als ich spüre, wie warmes Blut an meinem Hals hinunterläuft.

Ich werde sterben. Oh mein Gott, ich werde hier sterben, in meiner eigenen Küche. Das Entsetzen in mir ist ein monströses Etwas, das mich mit eisigen Nadeln sticht. Ich war noch nie so kurz davor, zu sterben. Nur einen Zentimeter nach rechts und ...

»Du musst mir zuhören, Sara.« Die Stimme des Eindringlings ist sanft, straft das Messer, das in meinen Hals schneidet, Lügen. »Wenn du kooperierst, wirst du das hier lebendig überstehen. Wenn nicht, wirst du in einem Leichensack enden. Du hast die Wahl.«

Lebendig? Ein Hoffnungsschimmer dringt durch den panischen Nebel in meinem Gehirn, und mir fällt auf, dass der Mann einen leichten Akzent hat. Einen exotischen. Naher Osten vielleicht, oder osteuropäisch.

Eigenartigerweise sammele ich mich durch dieses Detail, das meinem Gehirn etwas Konkretes bietet, auf das es sich konzentrieren kann, ein wenig. »W-was wollen Sie?« Diese Worte sind ein bebendes Flüstern, aber es ist schon ein Wunder, dass ich überhaupt sprechen kann. Ich fühle mich wie ein Reh im Scheinwerferlicht, betäubt und überwältigt, und meine Denkprozesse sind seltsam verlangsamt.

»Nur einige Antworten«, antwortet er und zieht sein Messer ein wenig zurück. Ohne den kalten Stahl, der in meine Haut schneidet, verschwindet ein Teil meiner Panik, und ich bemerke weitere Details wie die Tatsache, dass mein Angreifer mindestens einen Kopf größer als ich und muskelbepackt ist. Der Arm um meinen Brustkorb ist wie ein Stahlband, und der große Körper, der sich gegen meinen Rücken presst, gibt nicht einen Millimeter nach, lässt keine Weichheit spüren. Ich bin eine durchschnittlich große Frau, aber schlank und zierlich, und er ist so muskulös, dass ich vermute, dass er fast das Doppelte wiegt wie ich.

Selbst wenn er kein Messer hätte, könnte ich ihm nicht entkommen.

»Was für Antworten?« Meine Stimme ist jetzt ein wenig ruhiger. Vielleicht ist er nur hier, um mich auszurauben, und alles, was er braucht, ist meine Safekombination. Er riecht sauber, nach Waschmittel und gesunder, männlicher Haut, also ist er kein Meth-Süchtiger oder Penner von der Straße. Vielleicht ein professioneller Einbrecher? Falls ja, verzichte ich gerne auf den Schmuck und das Notfall-Bargeld, das George hier im Haus versteckt hat.

»Ich möchte, dass du mir von deinem Mann erzählst. Ganz besonders bin ich an seinem Aufenthaltsort interessiert.«

»George?« Mein Kopf wird leer, als mich eine neue Angstwelle überkommt. »W-was ... warum?«

Das Messer drückt sich in meine Haut. »Ich stelle hier die Fragen.«

»B-bitte«, presse ich heraus. Ich kann nicht denken, kann mich auf nichts anderes als das Messer konzentrieren. Heiße Tränen laufen mein Gesicht hinunter, und ich zittere am ganzen Körper. »Bitte nicht ...«

»Beantworte einfach meine Frage. Wo ist dein Mann?«

»Ich ...« Oh Gott, was soll ich ihm nur sagen? Er muss einer von *ihnen* sein, dem Grund für die ganzen Vorsichtsmaßnahmen. Mein Herz schlägt so schnell, dass ich fast hyperventiliere. »Bitte, ich weiß nicht ... ich habe keine ...«

»Lüg mich nicht an, Sara. Ich brauche seinen ...Aufenthaltsort. Jetzt.«

»Ich weiß es nicht, ich schwöre es. Bitte, wir sind ...« Meine Stimme wird brüchig. »Wir haben uns getrennt.«

Der Arm um meinen Brustkorb legt sich fester um mich, und das Messer dringt ein wenig tiefer in meine Haut ein. »Möchtest du sterben?«

»Nein. Nein, das möchte ich nicht. Bitte ...« Ich zittere stärker, und die Tränen strömen unkontrolliert meine Wangen hinunter. Nach dem Unfall gab es Tage, an denen ich dachte, dass ich sterben möchte, als die Schuldgefühle und das schmerzhafte Bedauern überwältigend waren, aber jetzt mit dem Messer an meiner Kehle will ich leben. Das will ich unbedingt.

»Dann sage mir, wo dein Mann ist.«

»Ich weiß es nicht!« Meine Knie drohen damit, nachzugeben, aber ich kann George nicht einfach so verraten. Ich kann ihn nicht diesem Monster aussetzen.

»Du lügst.« Die Stimme meines Angreifers ist so kalt wie Eis. »Ich habe deine Nachrichten gelesen. Du weißt genau, wo er sich befindet.«

»Nein, ich ...« Ich versuche, eine plausible Lüge zu finden, aber mir fällt keine ein. Ich kann die Panik auf meiner Zunge schmecken, als mir hektische Fragen durch den Kopf gehen. Wie konnte er die Nachrichten lesen? Wann? Wie lange verfolgt er mich schon? Ist er einer von *ihnen?* »Ich - ich weiß nicht, wovon Sie sprechen.«

Das Messer schneidet noch eine Spur tiefer ein, und ich kneife die Augen zusammen, während mein Atmen zu einem schluchzenden Keuchen wird. Ich bin dem Tod so nahe, dass ich ihn schmecken, riechen ... ihn mit jeder Faser meines

Körpers fühlen kann. Er ist in dem metallischen Geruch meines Blutes, dem kalten Schweiß, der meinen Rücken hinunterläuft, dem Dröhnen meines Pulses in meinen Schläfen und in der Anspannung meiner zuckenden Muskeln. Noch eine Sekunde länger, und er wird meine Halsschlagader aufschneiden und ich werde ausbluten, genau hier auf dem Fußboden meiner Küche.

Habe ich das verdient? Werde ich so für meine Sünden zahlen?

Ich beiße die Zähne zusammen, damit sie nicht klappern. *Bitte verzeih mir, George. Wenn es das ist, was du brauchst ...*

Ich höre, wie mein Angreifer seufzt, und im nächsten Moment ist sein Messer verschwunden und ich liege umgedreht auf der Theke. Mein Rücken trifft auf den harten Granit, und mein Kopf fällt nach hinten in die Spüle, wobei meine Nackenmuskeln vor Belastung schreien. Keuchend trete ich aus und versuche, ihn zu schlagen, aber er ist zu stark und schnell. Wie ein Blitz springt er auf die Theke, spreizt meine Beine und fixiert mich mit seinem Gewicht. Er sichert meine Handgelenke mit etwas Hartem und Unzerbrechlichem, bevor er sie mit einer Hand ergreift, und ich sie nicht befreien kann, egal, wie sehr ich es versuche. Meine Fersen rutschen nutzlos über den glatten Tresen, und meine Nackenmuskeln brennen davon, meinen Kopf oben halten zu müssen. Ich bin hilflos, werde festgehalten, und eine neue Art von Panik überkommt mich.

Bitte nicht das, oh Gott. Alles, aber keine Vergewaltigung.

»Wir werden etwas anderes ausprobieren«, sagt er, und ein Stück Stoff fällt über mein Gesicht. »Mal schauen, ob du wirklich für diesen Bastard sterben willst.«

Keuchend werfe ich meinen Kopf von einer Seite zur anderen und versuche, den Stofffetzen loszuwerden, aber er ist zu lang, und ich kann unter ihm kaum atmen. Versucht er, mich zu ersticken? Ist das der Plan?

Dann quietscht der Griff des Wasserhahns, und ich verstehe, was er vorhat.

»Nein!« Ich werfe mich stärker hin und her, aber er ergreift meine Haare mit seiner freien Hand und hält meinen zurückgeworfenen Kopf unter den Wasserhahn.

Der anfängliche Schock über die Nässe ist nicht so schlimm, aber innerhalb weniger Sekunden wandert das Wasser meine Nase hinauf. Mein Hals verengt sich, meine Lungen verkrampfen sich und mein ganzer Körper versucht, sich aufzurichten, während ich würge und nach Luft schnappen will. Die Panik ist instinktiv und unkontrollierbar. Der Stofffetzen fühlt sich wie eine nasse Pfote an, die über meiner Nase liegt und sie zusammendrückt. Das Wasser ist in meiner Nase und in meinem Hals. Ich ersticke, ertrinke. Ich kann nicht atmen, kann nicht atmen ...

Der Wasserhahn wird abgestellt und der Stofffetzen von meinem Gesicht gerissen. Hustend atme ich Luft ein, während ich gleichzeitig schluchze und keuche. Mein ganzer Körper ist ein zuckendes, zitterndes Etwas, und weiße Punkte tanzen vor meinen Augen. Bevor ich mich erholen kann, wird der Stofffetzen erneut auf mein Gesicht gelegt, und das Wasser wird wieder angestellt.

Dieses Mal ist es noch schlimmer. Meine Nasenhöhlen brennen von dem Wasser, und meine Lungen schreien nach Luft. Ich zucke und würge, ersticke und weine. Ich kann nicht atmen. *Oh mein Gott, ich sterbe; ich kann nicht atmen ...*

Im nächsten Moment ist das Tuch verschwunden, und ich schnappe krampfhaft nach Luft.

»Sag mir, wo er ist, und ich höre damit auf.« Seine Stimme ist ein dunkles Flüstern über mir.

»Ich weiß es nicht! Bitte!« Ich kann das Erbrochene in meinem Hals schmecken, und das Wissen, dass er das noch einmal tun wird, verwandelt mein Blut in Säure. Es war leicht, bei dem Messer mutig zu sein, aber nicht bei dem hier. Ich kann nicht so sterben.

»Letzte Chance«, meint mein Peiniger leise, und der nasse Stofffetzen fällt erneut auf mein Gesicht.

Der Griff des Wasserhahns beginnt zu quietschen.

»Stopp! Bitte!«, bricht ein Schrei aus mir heraus. »Ich sage es Ihnen! Ich sage es Ihnen!«

Das Wasser wird ausgestellt, und der Stofffetzen wird von meinem Gesicht gezogen. »Sag es mir.«

Ich schluchze und huste zu sehr, um einen zusammenhängenden Satz herauszubekommen, also zieht der Mann mich vom Tresen auf den Boden und kniet sich hin, um mich in seine Arme zu schließen. Auf einen Außenstehenden könnte es gerade so wirken wie eine tröstende Umarmung oder die beschützende Geste eines Liebhabers. Diese Illusion wird durch die weiche und sanfte Stimme meines Peinigers verstärkt, der beruhigend in mein Ohr flüstert: »Sag es mir, Sara. Sag mir, was ich wissen will, und ich gehe.«

»Er ist ...« Ich halte eine Sekunde vor dem Herausplatzen der Wahrheit inne. Das panische Tier in mir fordert das Überleben um jeden Preis, aber ich kann das nicht tun. Ich kann dieses Monster nicht zu George führen. »Er ist im Advocate Christ Hospital«, presse ich heraus. »In der Langzeitpflege.«

Das ist eine Lüge und offensichtlich keine gute, weil die Arme, die mich halten, ihren Griff verstärken und fast meine

Knochen brechen. »Verarsch mich nicht.« Der beruhigende Ton seiner Stimme ist verschwunden, und an seiner Stelle höre ich beißende Wut. »Er hat sie verlassen - vor Monaten. Wo versteckt er sich?«

Ich schluchze stärker. »Ich ... Ich weiß nicht ...«

Mein Angreifer stellt sich hin, zieht mich nach oben, und ich schreie und wehre mich, als er mich zur Spüle zieht. »Nein! Bitte nicht!« Ich bin hysterisch, als er mich auf die Theke hebt, und meine gefesselten Hände schwingen hin und her, als ich versuche, ihm das Gesicht zu zerkratzen. Meine Fersen schlagen auf dem Granit auf, als er meine Beine spreizt und mich erneut an Ort und Stelle festhält, und Galle steigt in meinem Hals auf, als er mein Haar ergreift und meinen Kopf in die Spüle drückt. »Stopp!«

»Sag mir die Wahrheit - und ich werde aufhören.«

»Ich ... ich kann nicht. Bitte, das kann ich nicht tun!« Das kann ich George nach allem, was passiert ist, nicht antun. »Bitte hören Sie auf!«

Der nasse Stofffetzen legt sich über mein Gesicht, und mein Hals verschließt sich voller Panik. Das Wasser ist noch nicht angestellt, aber ich ertrinke bereits; ich kann nicht atmen, kann nicht atmen ...

»Scheiße!«

Ich werde plötzlich mit einem Ruck vom Tresen auf den Boden gerissen, wo ich schluchzend zu einem Häufchen zusammensacke. Aber dieses Mal gibt es keine Arme, die mich halten, und ich bemerke benebelt, dass er weggegangen ist.

Ich sollte aufstehen und weglaufen, aber meine Hände sind gefesselt und meine Beine wollen einfach nicht funktionieren. Alles, was ich tun kann, ist, erbärmlich auf die Seite zu rollen und zu versuchen, wegzukriechen. Die Angst macht mich blind, verwirrt mich, und ich kann in der Dunkelheit nichts sehen.

Ich kann *ihn* nicht sehen.

Lauft, versuche ich meinen schlaffen, zitternden Muskeln zu befehlen. *Steht auf und lauft.*

Ich hole tief Luft, bekomme etwas zu greifen – eine Ecke der Arbeitsplatte – und ziehe mich hoch, bis ich stehe. Aber es ist zu spät: Er ist bereits bei mir, und sein Arm umgreift meine Rippen von hinten wie ein Stahlband.

»Mal sehen, ob das besser funktioniert«, flüstert er, und etwas Kaltes und Scharfes sticht mir in den Hals.

Eine Nadel, wird mir voller Entsetzen klar, und mein Bewusstsein schwindet.

ICH SEHE EIN VERSCHWOMMENES GESICHT VOR MEINEN AUGEN. Ein hübsches Gesicht, ein sehr schönes sogar, trotz der Narbe, die die linke Augenbraue halbiert. Hohe, schräge Wangenknochen, stahlgraue Augen, die von schwarzen Wimpern eingerahmt werden, ein hartes Kinn mit Bartstoppeln – das Gesicht eines Mannes, lässt mich mein Gehirn verschwommen wissen. Sein Haar ist dick und oben länger als an den Seiten. Kein alter Mann, aber auch kein Teenager. Ein Mann in seinen besten Jahren.

Seine Stirn ist gerunzelt, und sein Gesicht weist raue, düstere Züge auf. »George Cobakis«, sagt der harte, gemeißelte Mund. Es ist ein sexy Mund, gut geformt, aber ich höre die Worte wie aus einem Megaphon in einigem Abstand zu mir. »Weißt du, wo er sich aufhält?«

Ich nicke, oder zumindest versuche ich es. Mein Kopf fühlt

sich schwer an und mein Hals eigenartig wund. »Ja, ich weiß, wo er ist. Ich dachte auch, ich würde ihn kennen, aber eigentlich tue ich es nicht. Kann man jemanden wirklich richtig kennen? Ich denke nicht, oder zumindest kannte ich *ihn* nicht. Ich dachte, dass ich ihn kennen würde, aber das tat ich nicht. Die ganzen Jahre, die wir zusammen verbracht haben, dachte ich, wir seien perfekt. Das perfekte Paar, so haben sie uns genannt. Können Sie das glauben? Das perfekte Paar. Wir waren die Crème de la Crème, die junge Ärztin und der aufsteigende Starjournalist. Sie haben gesagt, dass er eines Tages einen Pulitzer-Preis gewinnen würde.« Ich bemerke am Rande, dass ich einfach rede, aber ich kann nicht aufhören. Die Worte schießen aus mir heraus, all die angestaute Bitterkeit und der Schmerz. »Meine Eltern waren an unserem Hochzeitstag so stolz, so glücklich. Sie hatten keine Ahnung, was kommen würde, was passieren würde.«

»Sara. Konzentriere dich auf mich«, sagt die Megaphon-Stimme, und ich höre einen leichten ausländischen Akzent. Dieser Akzent gefällt mir, führt dazu, dass ich mich vorbeuge und meine Hand auf diese gemeißelten Lippen legen möchte, mit meinen Fingern über dieses ... harte Kinn fahren möchte, um zu sehen, ob es kratzig ist. Ich mag kratzig. George kam häufig von seinen Reisen nach Hause und war kratzig, und ich mochte es. Ich mochte es, auch wenn ich ihm immer gesagt habe, er solle sich rasieren. Er sah rasiert besser aus, aber manchmal mochte ich das kratzige Gefühl, mochte es, das Kratzen auf meinen Schenkeln zu spüren, wenn er ...

»Sara, hör auf«, unterbricht mich die Stimme, und das Stirnrunzeln des exotisch hübschen Gesichts vertieft sich.

Ich habe laut gesprochen, wird mir klar, aber es ist mir überhaupt nicht peinlich. Die Worte gehören nicht zu mir; sie platzen einfach beliebig heraus. Meine Hände tun auch das, was sie wollen, und versuchen, dieses Gesicht zu berühren, bevor etwas sie innehalten lässt. Ich senke meinen schweren Kopf, um nachzuschauen, was es ist, und erblicke Kabelbinder an meinen Handgelenken und eine große Männerhand über meinen Handflächen. Diese Hand ist warm, und sie fixiert meine Hände auf meinem Schoß. Warum tut sie das? Woher kam diese Hand? Als ich verwirrt nach oben schaue, befindet sich das Gesicht näher an mir, und graue Augen starren in meine.

»Du musst mir sagen, wo dein Mann ist«, sagt der Mann, und das Megaphon kommt näher. Es hört sich so an, als befände es sich genau neben meinem Ohr. Ich zucke zusammen, aber gleichzeitig fasziniert mich dieser Mund. Ich will diese Lippen berühren, sie lecken, sie auf meinen – Moment. Sie fragen mich etwas.

»Wo mein Mann ist?« Meine Stimme hört sich so an, als halle sie von den Wänden wider.

»Ja, George Cobakis, dein Mann.« Die Lippen sehen verlockend aus, als sie die Worte formen, und der Akzent ist trotz dieses Megaphon-Effekts wie eine Streicheleinheit für mich. »Sag mir, wo er ist.«

»In Sicherheit. Er ist in einer geheimen Unterkunft«, antworte ich. »Sie könnten ihn suchen. Sie wollten nicht, dass er über diese Sache schreibt, aber er tat es trotzdem. Er war so mutig, oder dumm – wahrscheinlich dumm, stimmt's? Und dann ist der Unfall passiert, aber sie könnten immer noch hinter ihm her sein, weil sie genau das tun. Die Mafia interessiert es nicht, dass er jetzt den IQ eines Gemüses hat, einer Gurke, einer Tomate, einer Zucchini. Na ja, Tomate ist eine Frucht, aber er ist wie ein Gemüse. Ein Brokkoli vielleicht? Ich weiß es nicht. Aber das ist auch nicht wichtig. Es ist einfach so, dass sie an ihm ein Exempel statuieren wollen, anderen Journalisten, die an seiner Seite stehen, Angst einjagen wollen. Das tun sie; so funktionieren sie. Es geht immer um Bestechungen, und wenn man das ans Licht bringt ...«

»Wo ist sein Versteck?« Ich sehe ein dunkles Glitzern in diesen stählernen Augen. »Sag mir die Adresse seines geheimen Unterschlupfes.«

»Ich kenne die Adresse nicht, aber es befindet sich an der Ecke Ricky's Laundromat in Evanston«, erzähle ich diesen Augen. »Sie bringen mich immer in einem Auto dorthin, also kenne ich die genaue Adresse nicht, aber ich habe das Gebäude von einem Fenster aus gesehen. Es sind mindestens zwei Männer in diesem Auto, und sie fahren ewig umher, manchmal wechseln sie sogar das Auto. Der Grund dafür ist die Mafia, weil sie alles beobachten könnte. Sie schicken immer ein Auto, das mich abholt, aber dieses Wochenende konnten sie nicht kommen. Wichtige Termine, haben sie gesagt. Das passiert manchmal; die Schichten der Wächter passen nicht und ...« ...»Wie viele Wächter gibt es dort?«

»Drei, manchmal vier. Es sind diese großen Militärtypen. Oder Ex-Militär, das weiß ich nicht. Sie sehen einfach danach aus. Ich weiß nicht, warum, aber sie sehen alle so aus. Das ist wie ein Kronzeugenschutz, aber irgendwie auch nicht, weil er spezielle Pflege benötigt, aber ich meinen Job nicht verlassen kann. Ich will meinen Job nicht verlassen. Sie haben gesagt, sie könnten mich versetzen, mich verschwinden lassen, aber ich möchte nicht verschwinden. Meine Patienten brauchen mich, und meine Eltern. Was sollte ich mit meinen Eltern tun? Sie nie wiedersehen oder anrufen? Nein, das ist verrückt. Also haben sie das Gemüse verschwinden lassen, die Gurke, den Brokkoli ...«

»Sara, schscht.« Finger legen sich auf meinen Mund, lassen den Strom der Worte verstummen, und das Gesicht kommt noch näher. »Du kannst jetzt damit aufhören. Es ist vorbei«, flüstert der sexy Mund, und ich öffne meine Lippen, um an diesen Fingern zu saugen. Ich schmecke Salz und Haut, und ich will mehr, also lege ich meine Zunge um seine Finger, fühle die Rauheit seiner Schwielen und die stumpfen Kanten seiner kurzen Nägel. Es ist schon so lange her, seit ich jemanden berührt habe, und mein Körper erwärmt sich bei diesem kleinen Vorgeschmack, bei diesem Blick in diese silberfarbenen Augen.

»Sara ...« Seine Stimme mit diesem Akzent ist jetzt leiser, tiefer und weicher. Sie gleicht keinem Megaphon mehr, sondern ist eher wie ein sinnliches Echo, wie Musik von einem Synthesizer. »Das möchtest du nicht tun, *ptichka*.«

Doch, genau das will ich. Und zwar unbedingt. Ich fahre weiterhin mit meiner Zunge um die Finger und sehe, wie sich die grauen Augen verdunkeln, wie sich die Pupillen sichtbar weiten. Ich weiß, dass das ein Zeichen von Erregung ist, und es bringt mich dazu, mehr tun zu wollen. Ich will seine gemeißelten Lippen küssen, will meine Wange an diesem stacheligen Kinn reiben. Und dann sind da noch diese Haare, diese dunklen, vollen Haare. Fühlen sie sich weich oder eher hart an? Ich will es wissen, aber ich kann meine Hände nicht bewegen, also nehme ich seine Finger einfach tiefer in meinen Mund, liebe sie mit meinen Lippen und meiner Zunge, sauge an ihnen, so als seien sie ein Lutscher.

»Sara.« Die Stimme ist belegt und rau, das Gesicht voll kaum zurückgehaltenem Hunger. »Du musst damit aufhören, Ptichka. Du wirst es morgen bereuen.«

Bereuen? Ja, wahrscheinlich werde ich das. Ich bereue alles, so viele Dinge, und ich lasse die Finger los, um genau das zu sagen. Aber bevor ich ein Wort sagen kann, ziehen sich die Finger zurück, und auch das Gesicht entfernt sich von mir.

»Geh nicht.« Dieser Ausruf ist kläglich, hört sich an, als käme er von einem anhänglichen Kind. Ich will mehr von dieser menschlichen Berührung, dieser Verbindung. Mein Kopf fühlt sich leer an, und alles an mir schmerzt, besonders mein Nacken und meine Schultern. Außerdem krampft mein Bauch. Ich will, dass jemand meine Haare kämmt, meinen Nacken massiert und mich wie ein Baby hin und her schaukelt. »Bitte, geh nicht.«

Etwas, das vage an Schmerz erinnert, flackert kurz auf dem Gesicht des Mannes auf, bevor ich erneut den kalten Einstich der Nadel in meinem Hals spüre.

»Auf Wiedersehen, Sara«, murmelt die Stimme, und schon bin ich weg, da mein Verstand dahinweht wie ein gefallenes Blatt.

4

*S*ara

Die Kopfschmerzen. Als Erstes bemerke ich die Kopfschmerzen. Mein Schädel fühlt sich an, als wolle er zerspringen, und die Schmerzwellen sind wie Trommelschläge in meinem Kopf.

»Dr. Cobakis ... Sara, können Sie mich hören?« Die weibliche Stimme ist weich und sanft, aber sie jagt mir Angst ein. In dieser Stimme liegt eine Mischung aus Besorgnis und unterdrückter Dringlichkeit. Ich höre diesen Ton die ganze Zeit im Krankenhaus, und er ... bedeutet nie etwas Gutes.

Ich versuche, meinen pochenden Schädel nicht zu bewegen, zwinge mich dazu, meine Augen zu öffnen und muss wegen des grellen Lichts blinzeln. »Was ... wo ...?« Meine Zunge ist dick und unbeweglich, und mein Mund ist schmerzhaft trocken.

»Hier, trinken Sie das.« Ein Strohhalm wird an meinen Mund gehalten, und ich nehme ihn und sauge gierig das Wasser ein. Meine Augen beginnen, sich an das Licht zu gewöhnen, und ich kann den Raum erkennen. Ich bin in einem Krankenhaus, aber nicht in meinem Krankenhaus, wie ich an der Zimmereinrichtung erkennen kann. Außerdem bin ich nicht dort, wo ich eigentlich bin. Ich stehe nicht an einem Krankenhausbett; ich liege in einem.

»Was ist passiert?«, frage ich heiser. Als ich etwas klarer im Kopf werde, bemerke ich, dass mir übel ist und ich weitere Beschwerden und Schmerzen habe. Mein Rücken fühlt sich wie ein riesiger Bluterguss an, und mein Hals ist steif und wund. Meine Kehle fühlt sich auch rau an, so als hätte ich geschrien oder mich übergeben, und als ich meine Hand anhebe, um sie zu berühren, fühle ich eine dicke Bandage auf der rechten Seite meines Halses.

»Sie wurden überfallen, Dr. Cobakis,« sagt eine Frau mittleren Alters sanft, und ich erkenne ihre Stimme als dieselbe wieder, die eben gesprochen hat. Sie ist mit einem Schwesternkittel bekleidet, aber irgendwie sieht sie nicht wie eine Krankenschwester aus. Als ich sie verständnislos anstarre, fährt sie fort: »In Ihrem Haus. Ein Mann kam zu Ihnen. Können Sie sich an irgendetwas erinnern?«

Ich blinzele und versuche, diese verwirrende Aussage zu verstehen. Ich fühle mich, als sei ein riesiger Wattebausch in mein Gehirn gestopft worden – zusammen mit einer dröhnenden Trommel. »Mein Haus? Überfallen?«

»Ja, Dr. Cobakis«, antwortet eine männliche Stimme, und ich zucke instinktiv zusammen, und mein Puls rast, noch bevor ich die Stimme erkenne. Vorsichtig drehe ich meinen schmerzenden Kopf, blicke Agent Ryson an, und mein Magen zieht sich bei dem Ausdruck seines blassen, wettergegerbtem Gesichts zusammen. Bruchstücke meiner Qualen steigen in meinen Erinnerungen auf, und mit ihnen überkommt mich eine Welle von Entsetzen.

»George, ist er ...«

»Es tut mir leid.« Die Falten auf Rysons Stirn vertiefen sich. »Letzte Nacht wurde auch eines unserer Geheimverstecke überfallen. George ... hat nicht überlebt. Genauso wenig wie die drei Wächter.«

»Was?« Es fühlt sich an, als punktierte ein Skalpell meine Lunge. Ich kann seine Worte nicht aufnehmen, das Unfassbare, was sie sagen, nicht verarbeiten. »Er ... er ist tot?« Dann fällt mir der Rest der Aussage ein. »Und die drei Wächter? Was ... wie ...?«

»Dr. Cobakis – Sara.« Ryson tritt näher an mich heran. »Ich muss ganz genau wissen, was letzte Nacht geschehen ist, damit wir ihn verstehen können.«

»Ihn? Wer ist *ihn*?« Bis jetzt ist es immer *sie* gewesen, die Mafia, und ich bin zu benommen für den plötzlichen Wechsel des Pronomens. George ist tot. George und drei Wächter. Das will mir nicht in den Kopf, und ich erzwinge es auch nicht. Noch nicht, zumindest. Bevor ich Trauer und Schmerz zulassen kann, muss ich weitere Erinnerungen freilegen, das schreckliche Puzzle zusammensetzen.

»Sie kann sich vielleicht nicht erinnern. Der Drogencocktail in ihrem Blut war ziemlich stark«, meint die Krankenschwester, und mir wird klar, dass sie zu Agent Ryson gehören muss. Das würde erklären, warum er so offen vor ihr spricht, obwohl er normalerweise so diskret ist, dass es an Paranoia grenzt.

Während ich das verarbeite, tritt die Frau näher an mich

heran. Ich bin mit einem Monitor verbunden, der die Vitalfunktionen überwacht, und sie überprüft die Blutdruckmanschette an meinem Arm, bevor sie leicht meinen Unterarm drückt. Ich blicke auf meinen Arm, und Kälte breitet sich in meiner Brust aus, als ich eine dünne, rote Linie um mein Handgelenk sehe. Mein anderes Handgelenk weist sie ebenfalls auf.

Kabelbinder. Diese Erinnerung überkommt mich mit plötzlicher Klarheit. Ich hatte Kabelbinder um meine Handgelenke.

»Er hat mich gewaterboarded. Als ich ihm trotzdem nicht sagen wollte, wo George ist, hat er mir eine Nadel in den Hals gestochen.«

Ich bemerke nicht, dass ich das laut gesagt habe, bis ich das Entsetzen auf dem Gesicht der Schwester sehe. Agent Rysons Gesicht ist gefasster, aber ich weiß trotzdem, dass er auch entsetzt ist.

»Das tut mir leid.« Seine Stimme ist angespannt. »Wir hätten das vorhersehen müssen, aber da er die Familien der anderen nicht verfolgt hat, und Sie nicht wegziehen wollten ... Trotzdem hätten wir wissen müssen, dass er auf keinen Fall aufhören würde ...«

»Welche anderen? Wer ist er?« Meine Stimme wird lauter, als weitere Erinnerungen in meinem Kopf hochkommen. *Messer an meiner Kehle, nasser Stofffetzen auf meinem Gesicht, Nadel in meinem Hals, kann nicht atmen, kann nicht atmen ...*

»Karen, sie hat eine Panikattacke! Tu etwas.« Rysons Stimme ist hektisch, als die Monitore zu piepen beginnen. Ich hyperventiliere und zittere, aber trotzdem finde ich die Kraft, auf diese Monitore zu schauen. Mein Blutdruck ist in die Höhe geschnellt, und mein Puls ist gefährlich schnell, aber diese

Zahlen zu sehen beruhigt mich. Ich bin eine Ärztin. Das ist meine Umgebung, die Umgebung, in der ich mich wohlfühle.

Ich schaffe das. *Einatmen. Ausatmen.* Ich bin nicht schwach. *Einatmen. Ausatmen.*

»So ist es gut, Sara. Atmen Sie einfach weiter.« Karens Stimme ist sanft und beruhigend, während sie meinen Arm streichelt. »Sie schaffen das. Atmen Sie einfach tief ein und aus. Genau so. So ist es gut. Und noch einmal. Und noch einmal ...«

Ich folge ihren sanften Anweisungen, während ich die Zahlen auf den Monitoren verfolge, und langsam lässt das Gefühl, zu ersticken, nach, und meine Vitalfunktionen stabilisieren sich. Weitere dunkle Erinnerungen dringen an die Oberfläche, aber ich bin noch nicht bereit, mich ihnen zu stellen. Ich schiebe sie beiseite und schlage so fest ich kann eine geistige Tür vor ihnen zu.

»Wer ist er?«, frage ich, als ich wieder sprechen kann. »Was meinen Sie mit ›die anderen‹? George hat diesen Artikel allein geschrieben. Warum ist die Mafia hinter jemand anderem her?«

Agent Ryson wechselt einen Blick mit Karen, bevor er sich zu mir dreht. »Dr. Cobakis, es tut mir leid, aber wir haben Ihnen nicht ganz die Wahrheit gesagt. Wir haben Ihnen die wirkliche Lage nicht erklärt, weil wir Sie schützen wollten, aber offensichtlich haben wir in diesem Punkt versagt.« Er atmet tief ein. »Es war nicht die örtliche Mafia, die hinter Ihrem Mann her war. Es war ein international gesuchter Flüchtling, ein gefährlicher Krimineller, auf den Ihr Mann bei einem Auslandsauftrag getroffen ist.«

»Was?« Mein Kopf pocht schmerzhaft, und die Enthüllungen sind fast zu viel, um sie verarbeiten zu können. George hat als Auslandskorrespondent angefangen, aber in den letzten fünf Jahren hatte er sich mehr und mehr um inländische

Geschichten gekümmert. Ich habe mich darüber gewundert, da auswärtige Angelegenheiten seine Leidenschaft waren, aber als ich ihn gefragt habe, hat er mir geantwortet, dass er mehr Zeit mit mir zu Hause verbringen möchte, und ich habe das Thema fallengelassen.

»Dieser Mann hat eine Liste von Menschen, die ihn verraten haben – oder von denen er denkt, dass sie es getan haben«, meint Ryson. »Ich befürchte, dass George auf dieser Liste stand. Die genauen Umstände und die Identität des Flüchtlings sind geheim, aber nach dem, was passiert ist, verdienen Sie es, die Wahrheit zu erfahren – zumindest so viel, wie ich preisgeben darf.«

Ich starre ihn an. »Das war ein Mann? Ein Deserteur?« Ein Gesicht erscheint in meinem Kopf, ein hartes, wunderschönes männliches Gesicht. Es ist verschwommen, wie ein Bild aus einem Traum, aber aus irgendeinem Grund weiß ich, dass er es ist, der Mann, der in mein Zuhause eingebrochen ist und mir diese schrecklichen Dinge angetan hat.

Ryson nickt. »Ja. Er ist hervorragend ausgebildet und verfügt über umfangreiche Ressourcen, wodurch er in der Lage war, uns so lange einen Schritt voraus zu sein. Er hat überall Verbindungen, angefangen in Osteuropa über Südamerika bis hin zum Nahen Osten. Als wir erfahren haben, dass der Name Ihres Mannes auf dieser Liste stand, haben wir George in die geheime Unterkunft gebracht, und dasselbe hätten wir auch mit Ihnen tun sollen. Wir haben einfach gedacht ...« Er hält inne und schüttelt den Kopf. »Ich nehme an, dass es nicht wichtig ist, was wir dachten. Wir haben ihn unterschätzt, und jetzt sind vier Männer tot.«

Tot. Vier Männer sind tot. Dann trifft es mich wie ein Schlag, das Wissen, dass George tot ist. Ich hatte es davor nicht verstanden, nicht wirklich. Meine Augen beginnen zu brennen, und meine Brust fühlt sich an, als würde sie in einem Schraubstock zusammengedrückt werden. In einem Moment der Klarheit setzen sich alle Teile des Puzzles zusammen.

»Ich war es, stimmt's?« Ich setze mich hin und ignoriere den Schwindel und die Schmerzen. »Ich habe das getan. Ich habe irgendwie die Lage des Geheimverstecks verraten.«

Ryson und die Schwester tauschen erneut einen Blick aus, und meine letzte Hoffnung verschwindet. Ich bekomme keine Antwort, aber ihre Körpersprache spricht Bände.

Ich bin verantwortlich für Georges Tod. Für alle vier Tode.

»Das ist nicht Ihre Schuld, Dr. Cobakis.« Karen berührt erneut meinen Arm, und ihre braunen Augen sind voller Mitleid. »Die Droge, die er Ihnen verabreicht hat, hätte jeden gebrochen. Sagt Ihnen Thiopental etwas?«

»Das Barbiturat?« Ich blinzele sie an. »Natürlich. Es wurde häufig für Narkosen verwendet, bevor Propofol zum Standardmittel wurde. Was hat ... oh.«

»Ja«, sagt Agent Ryson. »Ich sehe, Sie wissen auch über seine andere Verwendung Bescheid. Es wird selten dafür benutzt, zumindest außerhalb der Geheimdienste, aber es ist ein sehr wirkungsvolles Wahrheitsserum. Es senkt die höheren kortikalen Gehirnfunktionen und macht das Opfer gesprächig und kooperativ. Und in Ihrem Fall war es eine Designerversion, Thiopental gemischt mit anderen Verbindungen, die wir noch nie gesehen haben.«

»Er hat mich unter Drogen gesetzt, um mich zum Reden zu bringen?« Mein Magen brennt durch die Galle. Das erklärt die Kopfschmerzen und den benebelten Kopf, und das Wissen, dass mir so etwas angetan wurde – dass ich auf diese Art und Weise benutzt wurde –, weckt in mir das Verlangen, meinen Kopf innen mit Chlor zu schrubben. Dieser Mann ist nicht nur in mein Zuhause eingedrungen; er ist in meinen Kopf eingedrungen, ist in ihn eingebrochen wie ein Dieb.

»Das nehmen wir an, ja«, antwortet Ryson. »Sie hatten eine große Menge dieser Droge in ihrem Körper, als unsere Agenten Sie gefesselt in Ihrem Wohnzimmer fanden. Sie hatten außerdem Blut an ihrem Hals und den Oberschenkeln, so dass sie anfänglich dachten, dass ...«

»Blut auf meinen Oberschenkeln?« Ich bereite mich auf eine neue schreckliche Enthüllung vor. »Hat er ...«

»Nein, keine Angst, er hat nichts dergleichen getan«, erklärt mir Karen und wirft Ryson einen düsteren Blick zu. »Wir haben Ihren ganzen Körper untersucht, als Sie eingeliefert wurden, und es handelte sich dabei um Ihr Menstruationsblut, nichts weiter. Es gab keine Anzeichen für einen sexuellen Übergriff. Abgesehen von einigen blauen Flecken und den leichten Einschnitten am Hals geht es Ihnen gut – oder zumindest wird es Ihnen gut gehen, sobald die Wirkung der Drogen abgeklungen ist.«

Gut. Hysterisches Gelächter steigt in meinem Hals auf, und ich muss meine ganze Kraft aufwenden, es nicht herauszulassen. Mein Mann und drei weitere Männer sind meinetwegen tot. In mein Haus wurde eingebrochen; in meinen *Kopf* wurde eingebrochen. Und sie denkt, dass es mir gut gehen wird?

»Warum haben Sie sich die Lüge über die Mafia ausgedacht?«, frage ich und habe Schwierigkeiten, die Schmerzen, die sich in meiner Brust ausbreiten, zu unterdrücken. »Wieso hätte sie mich schützen sollen?«

»Weil dieser Deserteur in der Vergangenheit niemals auf Unschuldige losgegangen ist – die Frauen und Kinder der

Menschen auf seiner Liste wurden auf keinste Weise in die Sache hineingezogen«, antwortet Ryson. »Aber er hat die Schwester eines Mannes getötet, weil der Mann sich ihr anvertraut hatte und sie für sein Untertauchen benutzt hat. Je weniger Sie wussten, desto sicherer waren Sie, besonders deshalb, weil Sie nicht umziehen und mit Ihrem Mann verschwinden wollten.«

»Ryson, bitte«, sagt Karen scharf, aber es ist zu spät. Diese neue Enthüllung hat mich bereits aus der Bahn geworfen. Selbst wenn man mir verzeihen könnte, dass ich unter Drogeneinfluss geredet habe, ist es allein meine Schuld, dass ich nicht umziehen wollte. Ich war egoistisch gewesen, hatte an meine Eltern und meine Karriere gedacht, anstatt an die Gefahr, die ich für meinen Mann darstellen könnte. Ich hatte geglaubt, dass es dabei um *meine* Sicherheit ging, nicht seine, aber das ist keine Entschuldigung. Ich habe Georges Tod auf dem Gewissen, genauso wie den Unfall, der sein Gehirn geschädigt hat.

»Hat er ...« Ich schlucke belegt. »Hat er gelitten? Ich meine ... wie ist es passiert?«

»Ein Kopfschuss«, antwortet Ryson mit gedämpfter Stimme. »Genau wie bei den drei Männern, die ihn bewacht haben. Ich glaube, dass es alles zu schnell ging, als dass irgendjemand noch gelitten hat.«

»Oh Gott.« Mein Magen krampft plötzlich heftig, und Erbrochenes steigt in meinem Hals auf.

Karen muss gesehen haben, dass mein Gesicht die Farbe verloren hat, weil sie schnell reagiert, eine Metallschale von einem Tisch in der Nähe ergreift und sie mir in die Hand drückt – gerade noch rechtzeitig. Ich kann meinen Mageninhalt nicht länger zurückhalten, und die Säure brennt in meiner Speiseröhre, während ich mit zitternden Händen die Schale halte.

»Das ist völlig in Ordnung. Das ist überhaupt nicht schlimm. Wir machen Sie einfach wieder sauber.« Karen hat die gleiche zügige Effizienz wie eine richtige Krankenschwester. Welche Rolle sie auch immer beim FBI spielt, sie weiß, was sie in einer solchen Situation zu tun hat. »Kommen Sie, ich helfe Ihnen ins Badezimmer. Sie werden sich gleich besser fühlen.«

Sie stellt die Schale auf den Nachttisch, legt ihren Arm um meinen Rücken, um mir aus dem Bett zu helfen, und führt mich zum Badezimmer. Meine Beine zittern so stark, dass ich kaum gehen kann; wenn sie mich nicht stützen würde, hätte ich es nicht geschafft.

Trotzdem, ich brauche einen Moment für mich, also sage ich zu Karen: »Können Sie mich bitte einen Moment allein lassen? Mir geht es jetzt wieder besser.«

Ich muss mich überzeugend genug anhören, weil Karen mir antwortet »Ich bin gleich vor der Tür, falls Sie mich brauchen« und die Tür hinter sich schließt.

Ich schwitze, und ich zittere, aber ich schaffe es, mir den Mund auszuspülen und meine Zähne zu putzen. Danach erledige ich ein anderes dringendes Bedürfnis, wasche meine Hände und spritze mir kaltes Wasser ins Gesicht. Als Karen an die Tür klopft, fühle ich mich schon ein wenig menschlicher.

Ich versuche, an nichts zu denken. Wenn ich darüber nachdenke, wie George und die anderen gestorben sind, werde ich mich erneut übergeben. Ich habe während meiner Ausbildung im OP einige Schusswunden gesehen, und ich weiß, welche verheerenden Wunden Kugeln zufügen.

Denke nicht darüber nach. Noch nicht.

»Sind meine Eltern benachrichtigt worden?«, frage ich, nachdem Karen mir dabei geholfen hat, wieder ins Bett zurückzugehen. Sie hat die Schüssel bereits entfernt, und Agent Ryson sitzt in einem Stuhl neben dem Bett, und sein zerfurchtes Gesicht sieht müde und angespannt aus.

»Nein«, sagt Karen leise. »Noch nicht. Wir wollten das zuerst mit Ihnen besprechen.«

Ich schaue erst sie und danach Ryson an. »Was besprechen?«

»Dr. Cobakis – Sara – wir denken, dass es das Beste wäre, wenn die genauen Todesumstände Ihres Mannes und auch der Überfall auf Sie geheim bleiben würden«, erklärt Ryson. »Das würde Ihnen eine Menge unangenehme Aufmerksamkeit der Medien und ...«

»Sie meinen, es würde *Ihnen* eine Menge unangenehmer Aufmerksamkeit der Medien ersparen.« Aufwallende Wut verjagt einen Teil des Nebels in meinem Kopf. »Deshalb bin ich auch hier und nicht in einem normalen Krankenhaus. Sie wollen das vertuschen, so tun, als sei es niemals geschehen.«

»Wir möchten Sie in Sicherheit wissen und Ihnen dabei helfen, das Geschehene zu verarbeiten«, sagt Karen, und ihre braunen Augen blicken ernst auf mein Gesicht. »Diese Geschichte in die Zeitungen zu bringen wäre nicht gut. Was passiert ist, war eine schreckliche Tragödie, aber Ihr Mann wurde bereits künstlich am Leben erhalten. Sie wissen am besten, dass es nur eine Frage der Zeit war, bevor ...«

»Was ist mit den anderen drei Männern?«, unterbreche ich schneidend. »Wurden sie auch künstlich am Leben erhalten?«

»Sie sind während ihres Dienstes gestorben«, sagt Ryson. »Ihre Familien sind bereits unterrichtet worden, also müssen Sie sich darüber keine Gedanken machen. Sie waren Georges einzige Familie, also ...«

»Also bin ich jetzt auch informiert worden.« Mein Mund zuckt. »Ihr Gewissen ist beruhigt, und jetzt ist es Zeit für Schadensbegrenzung. Oder sollte ich sagen, Zeit, ›um Ihren Arsch zu retten‹?«

Sein Gesicht spannt sich an. »Diese Angelegenheit wird immer noch als geheim eingestuft, Dr. Cobakis. Wenn Sie sich an die Medien wenden, werden Sie in ein Wespennest stechen, und glauben Sie mir, das wollen Sie nicht. Das würde Ihr Ehemann auch nicht wollen, wenn er noch am Leben wäre. Er wollte nicht, dass irgendjemand etwas darüber weiß, nicht einmal Sie.«

»Was?« Ich starre den Agenten an. »George wusste es? Aber ...«

»Er wusste nicht, dass er auf der Liste stand, und das wussten wir auch nicht«, sagt Karen und legt ihre Hand auf die Lehne von Rysons Stuhl. »Wir haben das erst nach dem Unfall erfahren, und ab diesem Zeitpunkt haben wir alles getan, was wir konnten, um ihn zu beschützen.«

Mein Kopf pocht, aber ich ignoriere den Schmerz und versuche, mich auf das zu konzentrieren, was sie mir sagen. »Ich verstehe das nicht ganz. Was ist bei diesem Auslandsaufenthalt passiert? Wie konnte George auf diesen Deserteur treffen? Und wann?«

»Das ist der geheime Teil«, antwortet Ryson. »Es tut mir leid, aber es ist das Beste, wenn Sie sich keine Gedanken darüber machen. Wir suchen gerade nach dem Mörder Ihres Mannes, und wir versuchen, die restlichen Personen auf dieser Liste zu schützen. Wenn man seine Ressourcen bedenkt, ist das keine leichte Aufgabe. Wenn wir die Medien an uns kleben haben würden, könnten wir unseren Job nicht so effektiv ausführen, und weitere Menschen würden sterben.

Verstehen Sie, was ich sage, Dr. Cobakis? Für Ihre Sicherheit und die der anderen Menschen müssen Sie dieses Thema fallenlassen.«

Ich spanne mich an und erinnere mich an das, was der Agent über die anderen gesagt hat. »Wie viele hat er bereits getötet?«

»Leider zu viele«, meint Karen düster. »Wir wussten nichts über diese Liste, bis er einige Menschen in Europa getötet hat, und als wir in der Lage waren, die richtigen Schutzmaßnahmen zu ergreifen, waren nur noch wenige Personen übrig.«

Ich atme zitternd ein, und mein Kopf dreht sich. Ich hatte natürlich gewusst, was George als Auslandskorrespondent getan hat, und ich habe viele seiner Artikel und Berichte gelesen, aber diese Geschichten hatten sich nie ganz echt angefühlt. Selbst als Agent Ryson vor neun Monaten auf mich zugekommen ist und mir von der Bedrohung durch die Mafia berichtet hat, war meine Angst eher akademisch als gefühlt gewesen. Abgesehen von Georges Unfall und den schmerzhaften Jahren bis dorthin hatte ich ein bezauberndes Leben voller vorstädtischer Sorgen um Schule, Arbeit und Familie. Internationale Deserteure, die Menschen, die auf einer mysteriösen Liste stehen, foltern und töten, liegen so weit außerhalb meiner persönlichen Erfahrungen, dass ich mich fühle, als sei ich in das Leben einer anderen Person gestoßen worden.

»Wir wissen, dass das eine Menge zu verarbeiten ist«, meint Karen sanft, und ich verstehe, dass sich meine Gefühle auf meinem Gesicht widerspiegeln müssen. »Sie stehen wegen des Überfalls immer noch unter Schock, und zusätzlich diese Dinge zu erfahren ...« Sie holt Luft. »Wenn Sie jemanden zum Reden brauchen, ich kenne einen guten Therapeuten, der mit Soldaten mit posttraumatischen Belastungsstörungen und Ähnlichem gearbeitet hat.

»Nein ...« Ich will ablehnen, ihr sagen, dass ich niemanden brauche, aber ich kann meinen Mund nicht dazu bringen, diese Lüge zu formulieren. Der Schmerz in meiner Brust erstickt mich, und trotz meiner psychischen Mauer kommen immer mehr Erinnerungen hoch, voller Dunkelheit, Hilflosigkeit und Entsetzen.

»Ich gebe Ihnen einfach seine Karte«, meint Karen, kommt zu mir ans Bett, und ich sehe den besorgen Blick, den sie den piependen Monitoren zuwirft. Ich muss nicht auf sie schauen, um zu wissen, dass mein Herzschlag wieder extrem schnell ist, und mein Körper in diesem Kämpfen-oder-Wegrennen-Modus ist.

Mein Eidechsenhirn weiß nicht, dass die Erinnerungen mir keinen Schaden zufügen können, dass das Schlimmste bereits geschehen ist. Außer ...

»Werde ich untertauchen müssen?«, presse ich aus meinem engen Hals. »Denken Sie, er wird ...«

»Nein«, antwortet Ryson, der meine Angst sofort versteht. »Er wird Sie nicht noch einmal aufsuchen. Er hat das bekommen, was er wollte; er hat keinen Grund dafür, zurückzukommen. Wenn Sie es wollen, können wir einen Umzug für sie organisieren, aber ...«

»Hören Sie auf, Ryson. Können Sie nicht sehen, dass sie hyperventiliert?«, sagt Karen nachdrücklich und ergreift seinen Arm. »Atmen Sie, Sara«, sagt sie zu mir in einem beruhigenden Ton. »Machen Sie schon, meine Liebe, atmen Sie einfach tief ein. Und noch einmal. Genau so ...«

Ich folge ihrer Stimme, bis mein Herzschlag sich wieder beruhigt hat und die schlimmsten Erinnerungen hinter der

Metallwand verschlossen sind. Ich zittere allerdings immer noch, also wickelt Karen mich in eine Decke, setzt sich neben mich auf das Bett und umarmt mich fest.

»Es wird alles gut werden, Sara«, murmelt sie, als der Schmerz mich überwältigt, und ich beginne zu weinen, die Tränen laufen wie Lavaströme über meine Wangen. »Es ist vorbei. Es wird alles wieder gut werden. Er ist weg und wird Ihnen nie wieder wehtun.«

5

Peter

»ASCHE ZU ASCHE, STAUB ZU STAUB ...«

Die dröhnende Stimme des Priesters erreicht meine Ohren, und ich blende sie aus, während ich mit meinen Augen die Trauergäste abfahre. Es sind über zweihundert Menschen hier, alle in dunkler Kleidung und mit düsteren Gesichtsausdrücken. Unter dem Meer aus schwarzen Regenschirmen erblicke ich viele rot geränderte und geschwollene Augen, und einige Frauen weinen hörbar.

George Cobakis war zu seinen Lebzeiten beliebt gewesen.

Dieser Gedanke sollte mich wütend machen, aber das tut er nicht. Ich fühle gar nichts, wenn ich an ihn denke, ich bin nicht einmal zufrieden, dass er tot ist. Die Wut, die mich jahrelang aufgefressen hat, hat sich im Moment beruhigt und mich eigenartig leer zurückgelassen.

Ich stehe am Ende der Trauergemeinschaft, und mit meinem schwarzen Mantel und meinem Regenschirm sehe ich aus wie alle anderen. Eine hellbraune Perücke und ein dünner Bart verschleiern mein Aussehen, genauso wie meine schlurfende Haltung und ein flaches Kissen, das meine Körpermitte polstert.

Ich weiß nicht, warum ich hier bin. Ich bin noch nie bei einer der Beerdigungen gewesen. Sobald ein Name von meiner Liste gestrichen wird, bewegen mein Team und ich uns zum nächsten, kalt und methodisch. Ich bin ein gesuchter Mann; es hat keinen Sinn, dass ich mich hier länger aufhalte, in dieser kleinen Vorstadt, aber trotzdem kann ich einfach nicht gehen.

Nicht, ohne sie noch einmal zu sehen.

Mein Blick wandert von einer Person zur nächsten, als ich die schlanke Gestalt suche, und endlich sehe ich sie, ganz vorn, dort, wo es sich für die Frau des Verstorbenen gehört. Sie steht neben einem älteren Paar, hält einen großen Schirm über sie und sich selbst, und auch in dieser Menschenmenge schafft sie es, unnahbar auszusehen, irgendwie distanziert.

Sie sieht aus, als existiere sie auf einer anderen Ebene, so wie ich.

Ich erkenne sie an den kastanienbraunen Wellen, die unter ihrem kleinen, schwarzen Hut hervorschauen. Sie trägt ihre Haare heute offen, und trotz des grauen, regnerischen Himmels sehe ich rötliche Reflexe in der dunkelbraunen Masse, die ihr bis einige Zentimeter über die Schultern fällt. Ich kann nicht viel mehr sehen – es befinden sich zu viele Menschen und Regenschirme zwischen uns –, aber ich betrachte sie trotzdem, genauso wie ich sie den ganzen letzten Monat betrachtet habe.

Nur dass mein Interesse an ihr jetzt anders ist, unendlich persönlicher.

Kollateralschaden. Als das habe ich sie am Anfang gesehen. Sie war keine Person für mich, sondern ein Anhang ihres Mannes. Ein mit Sicherheit intelligenter und hübscher Anhang, aber das war mir egal. Ich wollte sie nicht unbedingt umbringen, aber ich hätte das getan, was nötig war, um mein Ziel zu erreichen.

Ich *habe* getan, was nötig war.

Sie war vor Entsetzen versteinert, als ich sie ergriffen habe, und ihre Reaktion war die Antwort einer Person, die nicht für solche Situationen ausgebildet wurde, der primitive Instinkt einer hilflosen Beute. An dieser Stelle hätte es leicht sein müssen – einige leichte Schnitte und fertig. Dass mein Messer sie nicht sofort gebrochen hat, war beeindruckend und gleichzeitig ärgerlich; ich habe schon professionelle Mörder gesehen, die sich bei weniger Anreiz eingepisst und gesungen haben.

Ich hätte ihr zu diesem Zeitpunkt mehr antun können, sie wirklich mit meinem Messer bearbeiten können, aber stattdessen habe ich mich für eine Verhörmethode entschieden, die weniger Schaden zufügt.

Ich habe sie unter den Wasserhahn gehalten.

Es hat hervorragend funktioniert – und genau da habe ich den Fehler gemacht. Sie hat nach der ersten Runde so sehr gezittert und geschluchzt, dass ich sie auf den Boden gezogen und sie in meine Arme genommen habe, sie festgehalten und gleichzeitig beruhigt habe. Ich habe das getan, damit sie wieder reden konnte, aber ich habe nicht mit meiner Reaktion auf sie gerechnet.

Sie hat sich so klein und zerbrechlich, so unglaublich hilflos angefühlt, als sie in meiner Umarmung gehustet und geschluchzt hat, und aus irgendeinem Grund habe ich mich daran erinnert, meinen Sohn auf diese Weise gehalten zu haben, ihn getröstet zu haben, wenn er weinte. Aber Sara ist kein Kind, und mein Körper hat auf ihre schlanken Kurven mit überraschendem Hunger reagiert, mit einer Begierde, die genauso primitiv wie irrational war.

Ich begehrte diese Frau, die ich eigentlich befragen wollte, die Frau, deren Mann ich umbringen wollte.

Ich habe versucht, meine ungewollte Reaktion zu ignorieren, einfach so weiterzumachen wie zuvor, aber als sie wieder auf dem Tresen lag, konnte ich das Wasser einfach nicht wieder anstellen. Ich war mir ihrer zu bewusst; sie war eine Person für mich geworden, eine lebendige, atmende Frau statt eines Werkzeugs, das ich benutzen wollte.

Deshalb blieb mir nur noch die Droge. Ich hatte nicht vorgehabt, sie bei ihr zu benutzen, da es erstens Zeit kostet, bis sie richtig wirkt, und weil es die letzte Dosis war, die wir noch hatten. Der Chemiker, der sie hergestellt hatte, wurde kürzlich umgebracht, und Anton hat mich gewarnt, dass es einige Zeit dauern würde, einen anderen Lieferanten zu finden. Ich habe diese letzte Dosis für einen Notfall aufgehoben, aber ich hatte keine Wahl.

Ich, der Hunderte gefoltert und getötet hat, konnte es einfach nicht über mich bringen, dieser Frau wehzutun.

»Er war ein freundlicher und großzügiger Mann, ein talentierter Journalist. Sein Tod ist ein unermesslicher Verlust für seine Familie und sein Arbeitsumfeld ...«

Ich zwinge meine Augen, sich von Sara zu trennen und sich auf den Sprecher zu konzentrieren. Es ist eine Frau mittleren Alters, und ihr Gesicht ist tränenüberströmt. Ich erkenne, dass sie eine von Cobakis' Kolleginnen der Zeitung ist. Ich habe zu allen von ihnen Nachforschungen angestellt, um herauszufinden, ob sie etwas mit der Sache zu tun hatten, aber zu ihrem Glück war Cobakis der Einzige.

Die Stimme fährt mit Cobakis' herausragenden Qualitäten fort, aber ich blende sie erneut aus, und mein Blick wandert zu der schlanken Gestalt unter dem riesigen Schirm zurück. Alles, was ich von Sara sehen kann, ist ihr Rücken, aber ich kann mir leicht ihr blasses, herzförmiges Gesicht vorstellen. Seine Züge sind in meinen Kopf gebrannt, jeder einzelne, angefangen von den weit auseinanderstehenden braunen Augen und der kleinen geraden Nase bis hin zu ihren weichen, vollen Lippen. Sara Cobakis hat etwas, was mich an Audrey Hepburn denken lässt, eine Art altmodische Schönheit wie die der Filmstars aus den Vierzigern und Fünfzigern. Das verstärkt das Gefühl, dass sie nicht hierhergehört, dass sie irgendwie anders ist als die Menschen, die sie umgeben.

Dass sie sich irgendwie über ihnen befindet.

Ich frage mich, ob sie weint, ob sie um den Mann trauert, den sie, wie sie zugegeben hat, kaum gekannt hat. Als mir Sara erzählt hat, dass sie und ihr Mann sich getrennt hätten, habe ich ihr nicht geglaubt, aber einige der Dinge, die sie mir unter Drogeneinfluss gesagt hat, haben meine Meinung geändert. Irgendetwas ist in dieser vermeintlich perfekten Ehe unglaublich schiefgelaufen, etwas, was eine unauslöschliche Spur bei ihr hinterlassen hat.

Sie hat Schmerz kennengelernt; sie hat mit ihm gelebt. Ich konnte das in ihren Augen, in der weichen, zitternden Linie ihres Mundes sehen. Er hat mich fasziniert, dieser kurze Einblick in ihren Kopf, und das hat dazu geführt, dass ich tiefer in ihre Geheimnisse eindringen wollte. Als sie ihre Lippen um meinen Finger gelegt und an ihnen gesaugt hat, ist der Hunger, den ich unterdrücken wollte, zurückgekommen, und mein Schwanz hat sich unkontrollierbar versteift.

Ich hätte sie nehmen können, und sie hätte es zugelassen. Scheiße, sie hätte mich mit offenen Armen empfangen. Die Droge hatte ihre Hemmungen gesenkt, ihre ganze Abwehr zerstört. Sie war so offen und verletzlich, auf gewisse Weise so bedürftig, dass sie mein Innerstes berührt hat.

Bitte, geh nicht. Bitte, geh nicht.

Selbst jetzt kann ich ihre Bitte immer noch hören, die mich so sehr an Pashas Bitte erinnert, als ich ihn das letzte Mal gesehen habe. Sie wusste nicht, um was sie mich da bat, wusste nicht, wer ich war oder was ich tun würde, aber ihre Worte haben mich aufgerüttelt, und jetzt sehne ich mich nach etwas völlig Unmöglichem. Ich hatte meine ganze Willenskraft aufwenden müssen, um wegzugehen und sie an den Stuhl gefesselt zurückzulassen, damit das FBI sie finden kann.

Es hat meine letzten Kraftreserven gefordert, zu gehen und meine Mission fortzuführen.

Meine Aufmerksamkeit wendet sich wieder der Gegenwart zu, in der Cobakis' Kollegin ihre Ansprache beendet, und Sara zum Podium geht. Ihre schlanke, dunkel gekleidete Gestalt bewegt sich mit unbewusster Anmut, und ich verspüre eine gewisse Vorfreude, als sie sich herumdreht und sich dem Publikum zuwendet.

Sie hat sich einen schwarzen Schal um den Hals gelegt, der sie vor dem kühlen Oktoberwind schützt und den Verband verdeckt, der sich dort befinden muss. Ihr herzförmiges Gesicht über dem Schal ist bleich wie das eines Geistes, aber ihre Augen sind trocken – zumindest soweit ich das aus dieser Entfernung sagen kann. Ich würde liebend gerne näher bei ihr stehen, aber das ist zu riskant. Es ist bereits ein Risiko, überhaupt hier zu sein. Unter den Anwesenden befinden sich mindestens zwei FBI-Agenten, und einige weitere sitzen unauffällig in den Regierungsfahrzeugen auf der Straße. Sie rechnen nicht damit, dass ich hier bin – würden sie das tun, wäre mehr Sicherheitsdienst hier vertreten – aber das bedeutet nicht, dass ich nicht vorsichtig sein muss. Anton und die anderen denken, dass ich verrückt bin, hier aufzutauchen.

Normalerweise verlassen wir nach einem erfolgreichen Einsatz innerhalb weniger Stunden die Stadt.

»Wie Sie alle wissen, haben George und ich uns an der Uni getroffen«, spricht Sara ins Mikrofon, und ein Schauer fährt mir bei dem Klang ihrer weichen, melodiösen Stimme über den Rücken. Ich habe sie lange genug beobachtet, um zu wissen, dass sie singen kann. Sie singt oft zu Popmusik, wenn sie allein in ihrem Auto ist oder Hausarbeit erledigt.

Die meiste Zeit klingt sie besser als der eigentliche Sänger.

»Wir haben uns in einem Chemielabor kennengelernt«, fährt sie fort, »weil George, auch wenn man es sich kaum vorstellen kann, damals darüber nachgedacht hat, Medizin zu studieren.« Ich höre einige Menschen in der Menge auflachen, und Saras Lippen lächeln leicht, als sie sagt: »Ja, George, der den Anblick von Blut nicht ertragen konnte, hat ernsthaft darüber nachgedacht, Arzt zu werden. Glücklicherweise hat er schnell seine wirkliche Leidenschaft entdeckt – Journalismus –, und der Rest ist Geschichte.«

Sie fährt damit fort, über die verschiedenen Gewohnheiten und Eigenarten ihres Mannes zu reden, einschließlich seiner Leidenschaft für Käsesandwiches mit Honig, bevor sie zu dem kommt, was er erreicht hat, und zu seinen guten Taten, einschließlich seiner unerschütterlichen Unterstützung für

Kriegsveteranen und Obdachlose. Während sie spricht, fällt mir auf, dass alles, was sie sagt, mit *ihm* zu tun hat, und nicht mit den beiden. Abgesehen von der anfänglichen Geschichte, wie sie sich getroffen haben, hätte Saras Rede auch von einem Mitbewohner oder einem Freund kommen können – eigentlich irgendjemandem, der Cobakis kannte. Sogar ihre Stimme ist fest und ruhig, ohne einen Hinweis auf die Angst, die ich in jener Nacht in ihren Augen erblickt habe.

Erst als sie zu dem Unfall kommt, sehe ich echte Gefühle in ihrem Gesicht. »George hatte viele wunderschöne Seiten«, sagt sie und blickt über die Menge. »Aber sie alle endeten vor achtzehn Monaten, als sein Auto gegen eine Leitplanke fuhr und sie durchbrach. Alles, was er gewesen war, starb an diesem Tag. Was übrigblieb, war nicht George. Es war seine Schale, ein Körper ohne ein Gehirn. Als ihn der Tod am frühen Samstagmorgen holte, bekam er nicht meinen Ehemann. Er bekam nur diese Schale. George war zu diesem Zeitpunkt schon lange von uns gegangen, und nichts konnte ihm Leid zufügen.«

Sie hebt ihr Kinn bei diesem letzten Teil an, und ich blicke sie eindringlich an. Sie weiß nicht, dass ich hier bin – das FBI wäre schon bei mir, wenn sie es täte –, aber ich fühle mich, als würde sie direkt mich ansprechen, mir sagen, dass ich versagt habe. Fühlt sie mich auf einer bestimmten Ebene? Spürt sie, dass ich sie beobachte?

Weiß sie, dass ich vor zwei Nächten, als ich mich über das Bett ihres Mannes gebeugt habe, für einen kurzen Moment in Betracht gezogen habe, *nicht* abzudrücken?

Sie beendet ihre Ansprache mit den traditionellen Worten darüber, wie sehr man George vermissen wird, und verlässt das Podium, um den Priester die letzten Worte sagen zu lassen. Ich sehe ihr dabei zu, wie sie zu dem älteren Paar zurückgeht, und als die Menge beginnt, sich aufzulösen, folge ich den anderen Trauergästen ruhig aus dem Friedhof.

Die Beerdigung ist vorbei, und meine Faszination mit Sara muss das auch sein.

Es stehen noch weitere Menschen auf der Liste, und zu ihrem Glück ist Sara keiner davon.

TEIL II

6

―――

ara

»Liebling, isst du schon wieder nichts?«, fragt meine Mutter mit einem besorgten Stirnrunzeln. Auch wenn sie gerade durchgesaugt hat, als ich vorbeikam, ist ihr Make-up genauso perfekt wie immer, ihr kurzes, weißes Haar in hübsche Locken gelegt, und ihre Ohrringe passen zu ihrer stilvollen Halskette. »Du siehst in letzter Zeit so dünn aus.«

»Die meisten Menschen würden das als etwas Gutes ansehen«, entgegne ich trocken, aber um ihr einen Gefallen zu tun, strecke ich mich nach ihrem selbstgebackenen Apfelkuchen aus, um mir ein zweites Stück zu nehmen.

»Nicht, wenn du so aussiehst, als könne dich ein Chihuahua hinter sich herziehen«, antwortet meine Mutter und schiebt

67

den Kuchen zu mir. »Du musst auf dich aufpassen, oder du wirst deinen Patienten bald nicht mehr helfen können.«

»Das weiß ich, Mama«, sage ich zwischen zwei Bissen. »Mach dir keine Sorgen, okay? Es war ein anstrengender Winter, aber bald sollte es wieder ruhiger werden.«

»Sara, mein Liebling ...« Die Sorgenfalten auf ihrem Gesicht vertiefen sich. »Es sind sechs Monate seit Georges ...« Sie hält inne und holt tief Luft. »Schau mal, was ich sagen will, ist, dass du dich nicht weiterhin totarbeiten ...kannst. Das ist zu viel für dich, dein reguläres Arbeitspensum plus diese ganze neue freiwillige Arbeit. Schläfst du überhaupt?«

»Natürlich, Mama. Ich schlafe wie ein Stein.« Das ist keine Lüge; ich schlafe ein, sobald mein Kopf das Kopfkissen berührt, und wache erst auf, wenn mein Wecker klingelt. Oder zumindest passiert genau das, wenn ich völlig erschöpft bin. An den Tagen, an denen ich so etwas wie einen normalen Arbeitsplan habe, wache ich zitternd und schweißüberströmt aus Albträumen auf, also gebe ich mein Bestes, jeden Tag erschöpft zu sein.

»Wie geht der Verkauf des Hauses voran? Hast du schon Angebote bekommen?«, will mein Vater wissen, der sich gerade in das Esszimmer schiebt. Er benutzt wieder einen Gehwagen, also muss sich seine Arthritis bemerkbar machen, aber ich freue mich, zu sehen, dass seine Haltung etwas gerader ist. Er folgt dieses Mal wirklich den Anweisungen seines Physiotherapeuten und geht jeden Tag im Fitnessstudio schwimmen.

»Der Makler macht nächste Woche einen Tag der offenen Tür«, antworte ich und unterdrücke meinen Drang, meinen Vater dafür zu loben, dass er das Richtige tut. Er mag es nicht, an sein Alter erinnert zu werden, also ist alles, was mit seiner oder der Gesundheit meiner Mutter zu tun hat, kein Thema für den Esstisch. Das macht mich verrückt, aber gleichzeitig muss ich seine Entschlossenheit einfach bewundern.

Mit seinen fast achtundsiebzig Jahren ist mein Vater noch genauso hartnäckig wie eh und je.

»Oh, gut«, meint meine Mutter. »Ich hoffe, dass sich daraus ein paar Angebote ergeben. Vergiss nicht, an diesem Tag morgens Kekse zu backen; dadurch riecht das Haus gut.«

»Ich kann vielleicht meinen Makler bitten, welche mitzubringen, und sie in der Mikrowelle zu erwärmen, bevor die ersten Besucher kommen«, sage ich lächelnd zu ihr. »Ich glaube nicht, dass ich Zeit haben werde, zu backen.«

»Natürlich wird sie das nicht, Lorna.« Mein Vater setzt sich neben meine Mutter und greift nach einem Stück Kuchen. Er blickt mich kurz an und meint: »Du wirst wahrscheinlich gar nicht zu Hause sein, stimmt's?«

Ich nicke. »Ich muss an dem Tag von der Klinik direkt ins Krankenhaus gehen.«

Er runzelt die Stirn. »Du tust das immer noch?«

»Diese Frauen brauchen mich, Papa.« Ich versuche, die Verzweiflung in meiner Stimme zu unterdrücken. »Du kannst dir nicht vorstellen, wie das in dieser Gegend ist.«

»Aber Liebling, diese Gegend ist genau der Grund, weshalb wir nicht wollen, dass du dorthin gehst«, mischt sich meine Mutter ein. »Kannst du nicht woanders freiwilligen Dienst leisten? Und dann auch noch nachts nach einer deiner langen Schichten ...«

»Mama, ich habe niemals Bargeld oder Wertsachen bei mir, und ich bin nur einige Stunden am Abend da«, entgegne ich, und meine Geduld hängt an einem seidenen Faden. Wir hatten dieses Gespräch mindestens fünfmal in den letzten drei

Monaten, und jedes Mal tun meine Eltern so, als hätten wir noch nie darüber gesprochen. »Ich parke genau vor dem Gebäude und gehe ohne Umwege hinein. Sicherer geht es nicht.«

Meine Mutter seufzt und schüttelt den Kopf, aber diskutiert nicht weiter. Mein Vater schaut mich allerdings immer noch stirnrunzelnd über sein Stück Kuchen an. Um ihn abzulenken, stehe ich auf und frage: »Möchte jemand Kaffee oder Tee?«

»Koffeinfreien Kaffee für deinen Vater«, antwortet meine Mutter. »Und einen Kamillentee für mich, bitte.«

»Ein entkoffeinierter Kaffee und ein Kamillentee sind schon unterwegs«, sage ich und gehe zu der schicken Kaffeemaschine, die ich ihnen letztes Weihnachten geschenkt habe. Nachdem ich ihnen die gewünschten Getränke zubereitet und sie ihnen an den Tisch gebracht habe, gehe ich zurück, um mir eine Tasse echten Java zu holen.

Nach diesem Abendessen habe ich Bereitschaft und kann das Koffein gebrauchen.

»Und weißt du was, Liebling?«, sagt meine Mutter, als ich mich wieder zu ihnen an den Tisch setze. »Am Samstag kommen die Levinsons zum Abendessen zu uns.«

Ich trinke einen Schluck von meinem Kaffee. Er ist heiß und stark, genau so, wie ich ihn mag. »Das ist schön.«

»Sie haben nach dir gefragt«, meint mein Vater und verrührt den Zucker in seinem Kaffee.

»Aha.« Ich halte meinen Gesichtsausdruck neutral. »Grüßt sie bitte von mir.«

»Warum kommst du nicht auch vorbei, mein Liebling?«, fragt meine Mutter, so als sei sie gerade erst auf diesen Gedanken gekommen. »Sie würden sich freuen, dich zu sehen, und ich werde dein Lieblings ...«

»Mami, ich habe im Moment kein Interesse daran, mich mit Joe zu verabreden – oder mit irgendjemand anderem«, unterbreche ich sie und lächele, damit meine Ablehnung nicht so hart wirkt. »Es tut mir leid, aber ich bin noch nicht so weit. Ich weiß, dass ihr Joes Eltern liebt und dass er ein toller Anwalt und netter Mann ist, aber ich bin einfach noch nicht bereit dafür.«

»Du wirst auch nicht herausfinden, ob du schon bereit dafür bist, wenn du nicht ausgehst und es versuchst«, entgegnet mein Vater, während meine Mutter seufzt und in ihre Teetasse blickt. »Du kannst nicht mit George sterben, Sara. Du bist stärker als das.«

Ich schütte meinen Kaffee hinunter, anstatt zu antworten. Er hat Unrecht. Ich bin nicht stark. Ich kann einfach nur hier sitzen und so tun, als ginge es mir gut, als sei ich immer noch intakt, gesund und funktionierte. Meine Eltern, genau wie alle anderen, wissen nicht, was in jener Freitagnacht passiert ist. Sie denken, dass George im Schlaf gestorben ist, dass sein Tod eine verspätete Folge des Autounfalls war, durch den er achtzehn Monate davor ins Koma gefallen war. Ich habe die Beerdigung mit einem geschlossenen Sarg damit erklärt, dass ich nur so mit meiner Trauer umgehen könnte, und niemand hat es hinterfragt. Wenn meine Eltern die Wahrheit wüssten, wären sie am Boden zerstört, und das würde ich ihnen niemals antun.

Niemand, außer dem FBI und meinem Therapeuten, weiß, welche Rolle der Deserteur und ich bei Georges Tod gespielt haben.

»Denk einfach darüber nach«, meint meine Mutter, als ich weiterhin schweige. »Du musst dich auf nichts festlegen oder tun, was du nicht tun möchtest. Aber denke bitte darüber nach, ob du vielleicht am Samstag kommen möchtest.«

Ich schaue sie an, und zum ersten Mal bemerke ich die Anspannung, die sie unter ihrem perfekten Make-up und den stilvollen Accessoires versteckt. Meine Mutter ist neun Jahre jünger als mein Vater und sie ist so gepflegt und energiegeladen, dass ich manchmal vergesse, dass das Alter auch bei ihr seinen Tribut fordert, dass ihre Sorge um mich nicht gut für ihre Gesundheit sein kann.

»Ich werde darüber nachdenken, Mama«, verspreche ich ihr und stehe auf, um die Teller abzuräumen. »Wenn ich Samstag nicht arbeiten muss, versuche ich, zum Abendessen zu kommen.«

7

MEIN BEREITSCHAFTSDIENST VERGEHT MIT EINER ANSAMMLUNG aus Notfällen, angefangen von einer Frau mit schweren Blutungen im fünften Schwangerschaftsmonat bis hin zu einer meiner Patientinnen, deren Wehen sieben Wochen zu früh einsetzen. Letztendlich führe ich bei ihr einen Kaiserschnitt durch, und das Baby – ein kleiner, aber perfekt entwickelter Junge – kann allein atmen und saugen. Die Frau und ihr Ehemann weinen vor Glück und bedanken sich überschwänglich bei mir, und als ich endlich im Umkleideraum ankomme, um meine Arbeitskleidung auszuziehen, bin ich körperlich und emotional ausgelaugt. Trotzdem bin ich auch unglaublich zufrieden.

Jedes Kind, das ich auf diese Welt hole, jede Frau, deren

Körper ich heile, lässt mich ein wenig besser fühlen, erleichtert das Schuldgefühl, das mich wie ein nasser Lappen erstickt.

Nein, denk nicht darüber nach. Hör auf. Aber es ist bereits zu spät, und die Erinnerungen überkommen mich, dunkel und exotisch. Keuchend lasse ich mich auf die Bank neben meinem Spind sinken, und meine Hände umklammern das harte, hölzerne Brett.

Eine Hand über meinem Mund. Ein Messer an meiner Kehle. Ein nasses Stofftuch auf meinem Gesicht. Wasser in meiner Nase, in meinen Lungen ...

»Hey, Sara.« Sanfte Hände ergreifen meine Arme. »Sara, was ist los? Geht es dir gut?«

Ich keuche, mein Hals ist unglaublich eng, aber ich schaffe es, leicht zu nicken. Ich schließe die Augen und konzentriere mich darauf, langsamer zu atmen, genau so, wie mein Therapeut es mir beigebracht hat, und nach einigen Momenten lässt das Gefühl, zu ersticken, ein wenig nach.

Ich öffne meine Augen und erblicke Marsha, die mich besorgt ansieht.

»Es geht mir gut«, sage ich zitternd und stehe auf, um meinen Schrank zu öffnen. Meine Haut ist kalt und klamm, und meine Knie fühlen sich an, als würden sie gleich einknicken, aber ich möchte nicht, dass irgendjemand im Krankenhaus über meine Panikattacken Bescheid weiß. »Ich habe wieder vergessen, etwas zu essen, also ist mein Blutzuckerspiegel wahrscheinlich zu niedrig.«

Marshas blaue Augen weiten sich. »Du bist doch nicht schwanger, oder?«

»Was?« Auch wenn ich immer noch nicht gleichmäßig atme, muss ich vor Überraschung lachen. »Nein, natürlich nicht.«

»Oh, okay.« Sie grinst mich an. »Und ich dachte schon, dass du endlich wieder angefangen hast zu leben.«

Ich werfe ihr einen *Na-toll*-Blick zu. »Selbst wenn, meinst du nicht, dass ich weiß, wie man eine Schwangerschaft verhindert?«

»Hey, man kann nie wissen. Unfälle passieren.« Sie öffnet ihren Spind und beginnt, sich den Kittel auszuziehen. »Aber du solltest wirklich einen Happen mit mir und den Mädchen essen gehen. Wir wollen jetzt gleich zu Patty's.«

Ich ziehe die Augenbrauen in die Höhe. »Eine Bar um fünf Uhr morgens?«

»Ja, warum nicht? Wir wollen sie ja nicht leersaufen. Sie haben jeden Tag ganztägig Frühstück, und es ist um Längen besser als in der Cafeteria. Du solltest es mal probieren.«

Ich will gerade ablehnen, als ich mich daran erinnere, dass ich so gut wie nichts in meinem Kühlschrank habe. Ich habe nicht gelogen, als ich gesagt habe, dass ich heute nichts gegessen habe. Das Abendessen im Haus meiner Eltern ist schon zehn Stunden her, und ich bin am Verhungern.

»Okay«, meine ich und überrasche Marsha damit fast genauso sehr wie mich selbst. »Ich komme mit.«

Ich ignoriere das aufgeregte Kreischen meiner Freundin, ziehe meine Straßenbekleidung an und gehe zum Waschbecken, um mich frischzumachen.

ALS WIR BEI PATTY'S ANKOMMEN, ÜBERRASCHT ES MICH NICHT, dort viele bekannte Gesichter zu sehen. Ein großer Teil des Krankenhauspersonals kommt in diese Bar, um sich nach der Arbeit zu entspannen und soziale Kontakte zu pflegen. Ich hatte nicht erwartet, dass der Ort zu dieser Uhrzeit mitten in der Nacht – oder am Morgen, je nachdem, wie man es nimmt – so voll sein würde, aber wenn sie neben Alkohol auch Frühstück servieren, macht das durchaus Sinn.

Marsha, zwei Schwestern aus der Notaufnahme und ich bahnen uns unseren Weg zu einem Tisch in der Ecke, und eine gestresst wirkende Kellnerin nimmt unsere Bestellung auf. In dem Moment, in dem sie unseren Tisch verlässt, beginnt Marsha, eine Geschichte über ihr verrücktes Wochenende in einem Klub in Chicago zu erzählen, und die beiden Krankenschwestern – Andy und Tonya – lachen und ziehen sie mit dem Typ auf, den sie fast abgeschleppt hätte. Danach berichtet Andy allen von der Besessenheit ihres Freundes von lilafarbenen Kondomen, und als unser Essen kommt, lachen die drei so sehr, dass die Kellnerin uns böse anschaut.

Ich lache ebenfalls, weil die Geschichte lustig *ist*, aber ich kann die Fröhlichkeit nicht spüren, die normalerweise beim Lachen aufkommt. Ich habe sie seit langer Zeit nicht mehr gefühlt. Es ist so, als sei etwas in mir erfroren, und meine Gefühle und Empfindungen seien gedämpft. Mein Therapeut sagt, dass es eine der Arten ist, auf die sich meine posttraumatische Belastungsstörung zeigt, aber ich weiß nicht, ob er recht hat. Schon lange bevor der Fremde in mein Haus eingedrungen ist – sogar vor dem Unfall –, habe ich mich gefühlt, als gäbe es eine Barriere zwischen mir und dem Rest der Welt, eine Mauer aus falschem Anschein und Lügen.

Seit Jahren trage ich eine Maske, und jetzt fühlt es sich an, als sei ich zu dieser Maske geworden, so, als ob darunter nichts real sei.

»Was ist mit dir, Sara?«, fragt Tonya, und mir fällt auf, dass ich in meine eigenen Gedanken versunken gewesen bin und meine Eier wie ferngesteuert gegessen habe. »Wie war dein Wochenende?«

»Es war gut, danke.« Ich lege meine Gabel ab und versuche, ein Lächeln aufzusetzen. »Nichts Aufregendes. Ich verkaufe gerade mein Haus, also musste ich meine Garage säubern und andere langweilige Dinge tun.« Außerdem hatte ich achtzehn Stunden lang Bereitschaftsdienst und habe weitere fünf Stunden freiwillig in der Klinik verbracht, aber das erzähle ich Tonya nicht. Marsha denkt sowieso schon, dass ich ein Workaholic bin, und wenn sie erfahren würde, dass ich für andere Ärzte in der Praxis des Krankenhauses einspringe und zu meiner normalen Arbeit auch noch in der Klinik aushelfe, würde ich das bis zu meinem Lebensende zu hören bekommen.

»Du solltest nächsten Freitag mit uns mitkommen«, sagt Tonya und streckt ihren schlanken, braunen Arm aus, um sich den Salzstreuer zu nehmen. Mit ihren vierundzwanzig Jahren ist sie eine der jüngsten Schwestern bei uns, und laut dem, was Marsha mir erzählt hat, ist sie ein schlimmeres Partygirl als meine Freundin und macht mit ihren Grübchen beim Lachen und dem schlanken Körper Männer jeden Alters wahnsinnig. »Wir werden zuerst im Patty's etwas trinken gehen und danach in die Stadt fahren. Ich kenne einen Promoter des neuen Klubs in der Innenstadt, also müssen wir uns nicht einmal anstellen.«

Ich blinzele wegen des unerwarteten Angebots. »Oh, ich weiß nicht ... ich bin mir nicht sicher, ob ...«

»Freitagnacht musst du nicht arbeiten«, meint Marsha. »Ich weiß es, weil ich mir deinen Dienstplan angesehen habe.«

»Ja, aber du weißt ja, wie es ist.« Ich spieße mit meiner Gabel Ei auf. »Babys kommen nicht immer planmäßig.«

»Jetzt komm schon, Marsha, lass sie in Ruhe«, meint Andy und streicht sich eine rote Locke hinter das Ohr. »Siehst du nicht, dass das arme Mädchen gerade müde ist? Wenn sie gehen will, wird sie gehen. Du musst sie nirgendwo hinschleifen.«

Sie zwinkert mir zu, und ich lächele sie dankbar an. Das ist das erste Mal, dass ich etwas mit Andy außerhalb der Krankenhausflure zu tun habe, und mir fällt auf, dass ich sie wirklich gerne mag. Genau wie ich ist sie Ende zwanzig und hat laut Marsha seit fünf Jahren einen festen Freund. Der Freund – der mit den lilafarbenen Kondomen – ist offensichtlich ein egozentrisches Arschloch, aber Andy liebt ihn trotzdem.

»Du bist von Michigan hierhergezogen, stimmt's?«, frage ich sie, und Andy nickt grinsend und erzählt mir, dass Larry, ihr Freund, einen Job hier bekommen hat, der sie beide gezwungen hat, umzuziehen. Während ich ihr zuhöre, entscheide ich, dass Marshas Meinung von Andys Freund nicht wirklich falsch ist.

Larry wirkt wie ein egozentrisches Arschloch.

Der Rest des Essens vergeht dank der ungezwungenen und unterhaltsamen Gespräche wie im Flug, und als wir bezahlen und die Bar verlassen, fühle ich mich unbeschwerter als seit Monaten. Vielleicht hat mein Vater recht, und ausgehen und Freunde treffen könnte gut für mich sein. Vielleicht werde ich wirklich zu dem Abendessen mit den Levinsons gehen und vielleicht sogar in den Klub mit Tonya.

Meine verbesserte Stimmung hält auch noch an, als ich den drei Frauen gute Nacht sage und die zwei Straßen bis zum Parkplatz des Krankenhauses gehe, auf dem mein Auto steht. Lady Gaga singt in meinen Kopfhörern, und der Himmel erhellt sich gerade. Ich fühle mich, als würde der Sonnenaufgang zu mir sprechen und mir versprechen, dass die

Dunkelheit in mir in einer nicht allzu entfernten Zukunft auch verschwindet.

Er fühlt sich gut an, dieser winzige Hoffnungsschimmer. Es fühlt sich gut an, einen Schritt nach vorn zu machen.

Ich bin bereits auf dem Parkplatz, als es erneut passiert.

Es beginnt mit einem leichten Prickeln auf meiner Haut ... einer leichten Überreizung meiner Nervenbahnen. Danach kommt der Adrenalinschub, der von einer Welle lähmenden Entsetzens begleitet wird. Meine Herzfrequenz schießt in die Höhe, und mein Körper spannt sich für einen Angriff an. Keuchend wirbele ich herum, reiße mir die Kopfhörer aus den Ohren, während ich in meiner Tasche nach dem Pfefferspray wühle, aber hier ist niemand.

Es ist einfach dieses Gefühl, als befände ich mich in Gefahr, ein Gefühl, beobachtet zu werden. Keuchend bewege ich mich im Kreis und umklammere dabei das Pfefferspray, aber ich kann niemanden sehen.

Ich sehe niemals jemanden, wenn mein Gehirn diese Kurzschlüsse hat.

Zitternd gehe ich zu meinem Auto und steige ein. Ich muss einige Minuten lang meine Atemübungen machen, bis ich mich ausreichend beruhigt habe, um fahren zu können, und ich weiß, dass ich heute trotz meiner Müdigkeit nicht schlafen können werde.

Ich verlasse den Parkplatz und fahre anstatt nach rechts nach links.

Ich kann genauso gut zur Klinik fahren. Sie erwarten mich zwar nicht vor morgen, aber sie sind für jede Hilfe dankbar.

8

Sara

»Erzählen Sie mir von dem letzten Vorfall, Sara«, sagt
Dr. Evans und schlägt seine langen Beine übereinander.

»Warum haben Sie gedacht, dass Sie beobachtet wurden?«

»Ich weiß es nicht. Es war einfach ...« Ich hole Luft und
versuche, die richtigen Worte zu finden, aber schließlich
schüttele ich den Kopf. »Es war nichts Konkretes. Ich weiß es
ehrlich gesagt nicht.«

»Okay, gehen wir mal einen Schritt zurück.« Sein Ton ist
warm und gleichzeitig professionell. Das ist ein Teil dessen, was
ihn zu einem guten Therapeuten macht, diese Fähigkeit, sich
Sorgen zu machen und gleichzeitig Abstand zu halten. »Sie
haben gesagt, dass Sie mit einigen Kollegen frühstücken

gegangen sind, und danach sind Sie zu ihrem Auto zurückgegangen, richtig?«

»Richtig.«

»Haben Sie irgendetwas gehört? Oder etwas gesehen? Irgendetwas, was Ihre Reaktion ausgelöst haben könnte? Eine zuschlagende Autotür, umherfliegende Blätter ... vielleicht ein Vogel?«

»Nein, ich kann mich an nichts Bestimmtes erinnern. Ich bin einfach gegangen und habe dabei Musik gehört, als ich es gespürt habe. Ich weiß nicht, wie ich es beschreiben soll. Es war wie ...« Ich schlucke, und mein Herz beginnt zu rasen, als ich mich daran erinnere. »Es war so wie jenes Mal in der Küche, als ich ihn eine Sekunde, bevor er mich ergriff, spürte. Das gleiche Gefühl.«

Das schmale, intelligente Gesicht des Therapeuten nimmt einen besorgten Ausdruck an. »Wie oft geht ihnen das jetzt so?«

»Es war das dritte Mal diese Woche«, gebe ich zu, und meine Wangen erröten vor Verlegenheit, als er etwas auf seinen Notizblock schreibt. Ich hasse dieses Gefühl, nicht alles unter Kontrolle zu haben, das Wissen, dass mein Gehirn mir Streiche spielt. »Zum ersten Mal ist es im Supermarkt passiert, danach, als ich in die Klinik gegangen bin, und jetzt auf dem Parkplatz des Krankenhauses. Ich weiß nicht, warum das passiert. Ich dachte wirklich, dass es mir langsam besser geht. Ich hatte in den letzten zwei Wochen nur eine kleine Panikattacke, und nach dem Frühstück gestern hatte ich richtig Hoffnung geschöpft. Das ergibt keinen Sinn.«

»Unsere Köpfe brauchen Zeit, um zu heilen, Sara, genau wie unsere Körper. Manchmal hat man einen Rückfall, und manchmal schlägt die Krankheit eine andere Richtung ein. Sie wissen das genauso gut wie ich.« Er schreibt erneut etwas auf seinen Block, bevor er hochschaut. »Haben Sie darüber nachgedacht, noch einmal mit dem FBI zu sprechen?

»Nein, die werden denken, dass ich verrückt geworden bin.«

Nach meinem ersten paranoiden Anfall vor einem Monat habe ich mit Agent Ryson gesprochen, und er hat mir erklärt, dass Interpol gerade die Spur des Mörders meines Mannes in Südafrika verfolgt. Trotzdem hat er mir vorsichtshalber einen Personenschutz zugeteilt. Nachdem er mir einige Tage lang gefolgt war, war er sicher, dass es nichts Bedrohliches gibt, und Agent Ryson hat die Beamten wieder abgezogen und dabei Entschuldigungen wie »begrenzte Mittel und Personal« gemurmelt. Er hat mir nicht vorgeworfen, dass ich paranoid sei, aber ich weiß, dass er es insgeheim getan hat.

»Weil der Mann, vor dem sie sich fürchten, weit weg ist«, sagt Dr. Evans, und ich nicke.

»Ja. Er ist weg und hat keinen Grund zurückzukommen.«

»Gut. Rational gesehen wissen Sie das. Wir werden daran arbeiten, auch Ihr Unterbewusstsein davon zu überzeugen. Zuerst müssen Sie allerdings herausfinden, was diese Paranoia auslöst, damit Sie lernen können, wie Sie diese Auslöser erkennen und Ihre Reaktion auf sie kontrollieren. Das nächste Mal, wenn es geschieht, achten Sie darauf, was Sie gerade tun und wie Sie sich fühlen, wenn diese Reaktion beginnt. Befinden Sie sich in der Öffentlichkeit oder sind Sie allein? Ist es ruhig oder laut? Sind Sie drin oder draußen?«

»Okay, ich werde sicherstellen, alles aufzuschreiben, während ich ausflippe und mein Pfefferspray umklammere.«

Dr. Evans lächelt. » Ich habe Vertrauen in Sie, Sara. Sie haben bereits riesige Fortschritte gemacht. Sie können wieder zu Ihrer Küchenspüle gehen, stimmt's?«

»Ja, aber ich kann den Wasserhahn immer noch nicht anfassen«, antworte ich, und meine Hände auf meinem Schoß spannen sich an. »Das macht es irgendwie sinnlos.«

Meine Küchenspüle ist einer der vielen Gründe, aus denen ich das Haus verkaufe. Zuerst konnte ich nicht einmal in die Küche gehen, aber nach Monaten intensiver Therapie bin ich an einem Punkt, an dem ich mich der Spüle ohne eine Panikattacke nähern kann – auch wenn ich das Wasser noch nicht anstellen kann.

»Ein Schritt nach dem anderen «, sagt Dr. Evans. »Eines Tages werden Sie auch den Wasserhahn anstellen können. Außer natürlich, sie verkaufen das Haus vorher. Haben Sie das immer noch vor?«

»Ja, mein Makler veranstaltet sogar in einigen Tagen einen Tag der offenen Tür.«

»Okay, gut.« Er lächelt mich erneut an und legt seinen Notizblock zur Seite. »Unsere Sitzung ist für heute vorbei, und ich werde für die nächsten eineinhalb Wochen im Urlaub sein, aber wir sehen uns danach wieder. In der Zwischenzeit machen Sie bitte einfach mit dem weiter, was Sie tun, und schreiben Sie detailliert auf, wenn Sie weitere paranoide Anfälle haben. Wir werden das und Ihre Gefühle, was den Hausverkauf betrifft, in der nächsten Sitzung besprechen, okay?«

»Hört sich gut an.« Ich stehe auf und schüttele die Hand des Arztes. »Wir sehen uns. Genießen Sie ihren Urlaub.«

Ich verlasse seine Praxis, gehe zu meinem Auto und zwinge meine Hand, an meiner Seite herunterzuhängen und nicht das Pfefferspray in meiner Tasche zu umklammern.

~

In dieser Nacht schlafe ich gut, und in der darauffolgenden auch. Der Grund dafür ist, dass ich so viel arbeite, dass ich abends einfach buchstäblich umfalle. Wenn ich so müde bin, kann ich überall schlafen, sogar in meinem großen, von Eichen umgebenen Haus. Das FBI hat nicht herausbekommen, wie der Deserteur in mein Haus eindringen konnte, ohne den Alarm auszulösen oder Schlösser zu knacken, also fühle ich mich hier so sicher, als würde ich auf der Straße schlafen, auch wenn ich mein Sicherheitssystem aufgerüstet habe.

Es ist die dritte Nacht, in der ich diese Albträume habe. Ich weiß nicht, ob sie kommen, weil ich früher am gleichen Tag einen paranoiden Anfall hatte – dieses Mal auf einer belebten Straße neben einem Coffeeshop – oder weil ich nur zwölf Stunden gearbeitet habe, aber in dieser Nacht träume ich von *ihm*.

Wie immer ist sein Gesicht in meinem Kopf unscharf; ich kann nur seine grauen Augen erkennen und die Narbe, die seine linke Augenbraue teilt. Diese Augen halten mich fest, während er ein Messer an meine Kehle hält, und sein Blick ist genauso schneidend und grausam wie die Klinge. Dann taucht George auch dort auf und kommt mit braunen, leeren Augen auf mich zu.

»Tu das nicht«, flüstere ich, aber George kommt näher, und ich sehe, dass Blut aus seiner Stirn läuft. Eine kleine, saubere Wunde, nichts wie das klaffende Loch, das die echte Kugel in seinem Kopf hinterlassen hatte, und obwohl ein Teil von mir weiß, dass ich träume, schluchze und zittere ich immer noch, als der Mann mit den grauen Augen mich hochhebt und mich zur Spüle trägt.

»Bitte nicht«, flehe ich den Mann an, aber er ist unerbittlich und hält meinen Kopf über die Spüle, während George weiterhin mit hassverzerrtem Gesicht auf mich zu schlurft.

»Das ist für das, was du mir angetan hast«, sagt mein Ehemann und dreht den Wasserhahn auf. »Für alles, was du getan hast.«

Ich wache schreiend und keuchend auf, und meine Bettwäsche ist schweißnass. Als ich mich ein wenig beruhigt habe, gehe ich nach unten und mache mir eine Tasse koffeinfreien Tee, wobei ich das Wasser aus dem Filter des Kühlschranks benutze. Während ich meinen Tee trinke, starre ich die Uhr der Mikrowelle an, und die blinkenden grünen Nummern informieren mich darüber, dass es noch nicht einmal drei Uhr ist – also viel zu früh, um aufzustehen, wenn ich die extralange Schicht, die mir heute bevorsteht, durchhalten möchte. Am Nachmittag wartet eine Operation auf mich, und dafür muss ich fit sein, da ich ansonsten meine Patienten in Gefahr bringe.

Ich überlege einen Moment lang hin und her, bevor ich schließlich aufstehe und mir Zolpidem aus dem Medizinschrank hole. Ich halbiere eine Tablette, spüle sie mit meinem restlichen Tee herunter und gehe wieder nach oben.

So sehr ich es auch hasse, Tabletten zu nehmen, heute habe ich keine andere Wahl. Ich hoffe nur, dass ich nicht wieder von dem Deserteur träumen werde. Nicht, weil ich Angst vor diesem Albtraum mit dem Waterboarding habe – ich habe ihn nie zweimal in der gleichen Nacht –, sondern weil er mich in meinen Träumen nicht immer foltert.

Manchmal fickt er mich, und ich ihn.

*P*eter

ICH STEHE ÜBER SIE GEBEUGT AN IHREM BETT UND BETRACHTE SIE im Schlaf. Ich gehe ein Risiko dabei ein, hierherzukommen, anstatt sie über die Kameras zu beobachten, die meine Männer in ihrem ganzen Haus installiert haben, aber das Zolpidem sollte verhindern, dass sie aufwacht. Trotzdem sehe ich mich vor, kein Geräusch zu machen. Sara reagiert auf meine Gegenwart empfindlich, kann meine Nähe auf eine eigenartige Weise spüren. Deshalb trägt sie jetzt auch ein Pfefferspray bei sich und sieht aus wie ein gejagtes Reh, jedes Mal, wenn ich in ihre Nähe komme.

Unterbewusst weiß sie, dass ich zurückgekommen bin. Sie spürt, dass ich hinter ihr her bin.

Ich weiß immer noch nicht, wieso ich das tue, aber ich habe

es aufgegeben, meine Besessenheit zu analysieren. Ich habe versucht, ihr fernzubleiben, mich auf meine Mission zu konzentrieren, aber selbst als ich alle bis auf einen Namen meiner Liste gefunden und ausgelöscht hatte, dachte ich immer noch an Sara, daran, wie sie am Tag der Beerdigung ausgesehen hat, und erinnere mich an den Schmerz in ihren warmen, braunen Augen.

Ich erinnere mich daran, wie sie ihre Lippen um meine Finger gelegt und mich gebeten hat, zu bleiben.

Nichts an meiner Besessenheit von ihr ist normal. Ich bin gesund genug, um das zuzugeben. Sie ist die Frau eines Mannes, den ich getötet habe, eine Frau, die ich gefoltert habe wie einst verdächtige Terroristen. Ich sollte nichts für sie fühlen, genauso, wie ich nichts für meine anderen Opfer gefühlt habe, aber ich kann sie mir nicht aus dem Kopf schlagen.

Ich will sie. Das ist völlig irrational und auf so vielen Ebenen völlig falsch, aber ich will sie. Ich will diese weichen Lippen schmecken und die Weichheit ihrer blassen Haut spüren, will meine Finger in ihrem dicken, braunen Haar vergraben und ihren Geruch einatmen. Ich will, dass sie mich anbettelt, sie zu ficken, und dann will ich sie festhalten und genau das tun, immer wieder.

Ich will die Wunden heilen, die ich ihr zugefügt habe, und sie dazu bringen, dass sie sich genauso stark nach mir sehnt wie ich mich nach ihr.

Sie schläft weiter, während ich sie betrachte, und meine Finger wollen sie berühren, ihre Haut fühlen, auch wenn es nur für einen kurzen Augenblick ist. Aber wenn ich das täte, könnte sie aufwachen, und ich bin noch nicht bereit dafür.

Wenn Sara mich das nächste Mal sieht, soll es anders sein.

Ich möchte, dass sie mich als etwas anderes kennenlernt, nicht als ihren Angreifer.

ara

IN DEN NÄCHSTEN TAGEN VERSTÄRKT SICH MEINE PARANOIA. ICH fühle mich ständig so, als würde ich beobachtet werden. Selbst wenn ich allein zu Hause bin, alle Vorhänge zugezogen und alle Türen geschlossen habe, fühle ich unsichtbare Blicke auf mir. Ich habe es mir angewöhnt, mit meinem Pfefferspray unter dem Kissen zu schlafen, und nehme es sogar mit ins Badezimmer, aber das reicht nicht.

Ich fühle mich nirgendwo in Sicherheit.

Donnerstag breche ich schließlich zusammen und rufe Agent Ryson an.

»Dr. Cobakis.« Er hört sich vorsichtig und gleichzeitig überrascht an. »Wie kann ich Ihnen helfen?«

»Ich würde gern mit Ihnen reden«, antworte ich. »Persönlich, wenn das möglich ist.«

»Ach? Worüber?«

»Das würde ich lieber nicht am Telefon besprechen.«

»Ich verstehe.« Einen kurzen Augenblick lang herrscht Stille. »In Ordnung. Ich denke, dass ich mich heute Nachmittag auf einen schnellen Kaffee mit Ihnen treffen kann. Wäre Ihnen das recht?«

Ich schaue auf meinen Arbeitsplan auf meinem Laptop. »Ja. Könnten wir uns im Snacktime Café beim Krankenhaus treffen? So gegen drei?«

»Ich werde dort sein.«

AM ENDE WERDE ICH VON EINEM PATIENTEN AUFGEHALTEN, UND es ist schon zehn nach drei, als ich in das Café eile.

»Ich wollte gerade gehen«, meint Ryson und steht von seinem Stuhl an einem kleinen Ecktisch auf.

»Es tut mir wirklich leid.« Außer Atem lasse ich mich auf den Stuhl ihm gegenüber fallen. »Ich verspreche, ich mache es kurz.«

Ryson setzt sich wieder hin. Die Bedienung kommt, und wir geben unsere Bestellung auf: einen Espresso für ihn und eine Tasse entkoffeinierten Kaffee für mich. Meine Nerven brauchen heute kein zusätzliches Koffein.

»In Ordnung«, meint er, als die Bedienung wieder gegangen ist. »Schießen Sie los.«

»Ich muss mehr über diesen Deserteur wissen«, komme ich sofort auf den Punkt. »Wer ist er? Warum war er hinter George her?«

Rysons buschige Augenbrauen ziehen sich zusammen. »Sie wissen, dass diese Informationen geheim sind.«

»Das weiß ich, aber ich weiß auch, dass dieser Mann mich gewaterboarded, unter Drogen gesetzt und meinen Ehemann getötet hat«, sage ich ruhig. »Und Sie wussten, dass er kommen würde, und haben sich nicht die Mühe gemacht, mich darüber zu informieren. Das sind die Dinge, die ich weiß – eigentlich die einzigen Dinge, die ich weiß. Wenn ich mehr wüsste – sagen wir seinen Namen und seinen Beweggrund –, könnte es mir dabei helfen, zu verstehen, was geschehen ist, und darüber hinwegzukommen. Ansonsten ist es wie eine offene Wunde oder vielleicht wie eine Blase, die nicht aufgestochen wird. Sie wächst einfach vor sich hin und ist immer in meinem Kopf. Irgendwann kann ich sie vielleicht nicht mehr aufhalten, und die Blase könnte von alleine aufplatzen. Verstehen Sie mein Dilemma?«

Rysons Kiefer spannt sich an. »Drohen Sie uns nicht, Sara. Sie würden das Ergebnis nicht mögen.«

»Für Sie Dr. Cobakis, Agent Ryson.« Ich erwidere seinen harten, wütenden Blick. »Und ich mag das Ergebnis schon jetzt nicht. Georges Kollegen von der Zeitung würden es auch nicht mögen – sollten sie Wind davon bekommen. Deshalb haben Sie mir von dem Deserteur erzählt, stimmt's? Damit ich meinen Mund halte und bei diesem ganzen ›Er starb friedlich in seinem Schlaf‹-Scheiß mitspiele. Sie wussten, Georges Kollegen hätten diesen vermeintlichen Schlag der Mafia gründlich untersucht, und das wollten Sie nicht. Das wollen Sie immer noch nicht, habe ich recht?«

Er starrt mich wütend an, und ich kann seinen inneren Kampf sehen. Vertrauliche Informationen zu teilen und vielleicht in Schwierigkeiten geraten – oder sie nicht teilen und auf jeden Fall in Schwierigkeiten geraten? Sein Selbsterhaltungstrieb muss gewinnen, denn er sagt grimmig: »In Ordnung. Was möchten Sie wissen?«

»Fangen wir bei seinem Namen und seiner Identität an.«

»Ryson sieht sich um und beugt sich weiter nach vorn. »Er hat viele Namen, aber wir glauben, dass sein wirklicher Name Peter Sokolov ist.« Er spricht mit extrem leiser Stimme, obwohl die Tische um uns herum leer sind. »Unseren Aufzeichnungen nach kommt er ursprünglich aus einer kleinen Stadt bei Moskau, in Russland.«

Das erklärt den Akzent. »Was ist sein Hintergrund? Wieso ist er flüchtig?«

Ryson lehnt sich nach hinten. »Ich kenne die Antwort auf die letzte Frage nicht. Ich habe keine ausreichende Sicherheitsfreigabe.« Er schweigt, als sich die Bedienung mit unseren Getränken nähert. Nachdem sie gegangen ist, fährt er fort: »Was ich Ihnen sagen kann, ist, dass er ein Spatsnaz, ein Teil der russischen Spezialeinheiten war, bevor er ein Deserteur wurde. Sein Job war es, jeden aufzuspüren und zu verhören, der eine Bedrohung für die russische Sicherheit darstellte – Terroristen, Aufständische aus den Republiken der ehemaligen Sowjetunion, Spione usw. Man sagt, dass er sehr gut darin war. Vor fünf Jahren hat er auf einmal die Seiten gewechselt und damit begonnen, für die schlimmsten Individuen der kriminellen Unterwelt zu arbeiten – Diktatoren, die wegen Kriegsverbrechen verurteilt waren, Bosse mexikanischer Drogenkartelle, illegale Waffendealer ... Während dieser Zeit hat er sich eine Liste mit Namen ausgedacht – Menschen, von denen er glaubte, sie hätten ihm irgendwie Schaden zugefügt – und seitdem tötet er sie systematisch.«

Meine Hand zittert, als ich nach meiner Kaffeetasse greife. »Und George war auf dieser Liste?«

Ryson nickt und trinkt seinen Espresso in einem großen Schluck aus. Er stellt seine Tasse ab und sagt: »Es tut mir leid, Dr. Cobakis. Ich habe keine Ahnung, was Ihr Ehemann oder die anderen getan haben, um auf dieser Liste zu enden. Ich verstehe, dass Sie gern mehr Antworten hätten, und glauben Sie mir, die hätten wir auch gern, aber ein großer Teil von Sokolovs Akte ist zensiert.« Er hält inne, um die Bedienung erneut vorbeigehen zu lassen, und fügt danach leise hinzu: »Sie müssen diesen Mann vergessen, für Ihre Sicherheit und unsere.« Sie möchten nicht noch einmal seine Aufmerksamkeit auf sich ziehen, glauben Sie mir.«

Ich nicke und habe einen Knoten im Magen. Ich weiß nicht, warum ich dachte, dass es besser wäre, einige Dinge über den Mann zu wissen, der mich in meinen Träumen verfolgt, als weiterhin im Dunklen zu tappen. Wenn überhaupt bin ich jetzt noch besorgter, und meine Hände und Füße sind vor Angst ganz eisig.

»Sind Sie sicher, dass er von hier verschwunden ist?«, frage ich den Beamten, als er aufsteht. »Sind Sie sicher, dass er nicht mehr in der Nähe ist?«

»Niemand kann sich irgendeiner Sache sicher sein, was diesen Psychopathen betrifft, aber auf jeden Fall hat er vor etwas über sechs Wochen eine andere Person von seiner Liste getötet – in Südafrika«, antwortet Ryson düster. »Und davor zwei weitere in Kanada, trotz unserer besten Bemühungen, sie zu schützen. Also ja, soweit wir wissen, befindet er sich weit entfernt vom Territorium der USA.«

Ich starre ihn einfach nur an, weil ich vor Entsetzen nichts sagen kann. Drei weitere Opfer in den letzten sechs Monaten.

Drei weitere verlorene Leben, während ich gegen Albträume und Paranoia angekämpft habe.

»Viel Glück, Dr. Cobakis«, meint Ryson nicht unfreundlich und legt einige Dollarscheine auf den Tisch. »Die Zeit heilt wirklich alle Wunden, und eines Tages werden Sie auch über das hier hinweg sein. Da bin ich mir sicher.«

»Danke«, sage ich mit erstickter Stimme, aber er geht bereits weg, und seine gedrungene Gestalt verschwindet durch die Glastür des Cafés.

In dieser Nacht träume ich erneut von Peter Sokolovs Überfall, und der Albtraum nimmt die Wende, vor der ich mich am meisten fürchte. Anstatt mich unter den Wasserhahn zu halten, hält er mich unter sich auf dem Bett fest, und seine Stahlfinger fesseln meine Handgelenke. Ich spüre, wie er sich in mir bewegt, wie lang und dick sein Schwanz ist, als er in meinen Körper eindringt, und die Hitze pocht unter meiner Haut, meine Nippel sind hart und schmerzen, als sie gegen seine muskulöse Brust reiben.

»Bitte«, bettele ich und umschlinge seine Hüften mit meinen Beinen, während seine metallischen Augen in meine blicken. »Bitte härter. Ich brauche dich.«

Ich bin nass durch dieses Bedürfnis; es brennt in mir, heiß und dunkel, und er weiß das. Er fühlt es. Ich kann es in der Kälte seines silbernen Blickes sehen, in den grausamen Linien seines sinnlichen Mundes. Seine Finger festigen ihren Griff um meine Handgelenke, schneiden wie Kabelbinder in meine Haut, und sein Schwanz verwandelt sich in ein Messer, reißt mich auf und lässt mich bluten.

»Härter«, bettele ich, und meine Hüften heben sich seinen messerartigen Stößen entgegen. »Geh nicht. Nimm mich härter.«

Genau das tut er, jeder Stoß zerreißt mich, und ich schreie vor Schmerzen und abartigem Genuss, vor Erleichterung und süßer Qual.

Ich schreie, während ich in seinen Armen sterbe, und es ist der beste Tod, den ich mir vorstellen kann.

Ich wache mit einem nassen und pochenden Geschlecht auf, und mein Magen zieht sich vor Übelkeit zusammen. Von allen Streichen, die mir mein Gehirn spielt, sind diese perversen Träume die schlimmsten. Ich kann die Panikattacken und die Paranoia verstehen – sie sind eine natürliche Folge dessen, was ich durchgemacht habe –, aber es ist nichts Natürliches an den sexuellen Tendenzen dieser Albträume. Allein der Gedanke an sie macht mich vor Scham körperlich krank.

Ich stehe auf, ziehe mir einen Bademantel über den Schlafanzug und gehe nach unten in die Küche. Ich atme ungleichmäßig, und mein Herz rast, aber dieses Mal nicht aus Angst. Ich bin errötet und feucht, und mein Körper schmerzt vor frustrierter Erregung.

Ich bin während dieses Traumes fast gekommen. Noch einige Sekunden mehr, und der Orgasmus hätte mich überrollt – so wie bereits zweimal zuvor in dieser Woche.

Der Ekel vor mir selbst liegt wie eine schwerer Stein in meinem Magen, als ich mir meinen entkoffeinierten Tee aufbrühe. Was für eine abartige Person hat schon erotische

Träume mit dem Mörder ihres Ehemanns? Wie krank muss man sein, um es zu genießen, in den Armen des besagten Mörders zu sterben?

Ich habe darüber nachgedacht, mit Dr. Evans über diese Träume zu sprechen, aber wann immer ich versuche, dieses Thema in unseren Sitzungen anzusprechen, mache ich dicht. Ich bringe es einfach nicht fertig, diese Worte auszusprechen. Diese Träume auszusprechen würde ihnen eine Substanz geben, sie von einem vernebelten Produkt meines schlafenden Unterbewusstseins in etwas verwandeln, über was ich nachdenke und rede, wenn ich wach bin, und das will ich nicht.

Ich weiß sowieso, was mein Therapeut mir sagen würde. Er würde sagen, dass ich eine junge, gesunde Frau bin, die seit Langem keinen Sex mehr gehabt hat, und dass es normal ist, diese Triebe zu verspüren. Dass es meine Schuldgefühle und mein Selbsthass sind, die meine sexuellen Fantasien in etwas Dunkles und Anrüchiges verwandeln, und dass die Träume nicht bedeuten, dass ich mich wirklich zu dem Mann hingezogen fühle, der mich gefoltert und George umgebracht hat.

Dr. Evans würde versuchen, meine Schuld- und Schamgefühle zu lindern, und das ist nichts, was ich verdient habe.

Als der Tee fertig ist, trage ich ihn zum Küchentisch und setze mich hin. Ich will gerade den ersten Schluck trinken, als ich wieder das Gefühl bekomme, als würde ich beobachtet. Rational weiß ich, dass ich allein bin, aber mein Herz beginnt zu rasen, und meine Handflächen werden schweißnass.

Mein Pfefferspray ist oben, also stehe ich so ruhig ich kann auf und gehe zu dem Messerblock auf dem Tresen. Ich nehme das größte und schärfste Messer heraus und bringe es mit zum

Küchentisch. Ich weiß, dass es gegen jemanden wie Peter Sokolov nutzlos wäre, aber es ist besser als nichts. Nach einigen tiefen Atemzügen habe ich mich genug beruhigt, um meinen Tee trinken zu können, aber dieses beunruhigende Gefühl unsichtbarer Augen verschwindet nicht.

Wenn sich das Haus nicht bald verkauft, ziehe ich einfach aus, beschließe ich, als ich zurück ins Bett gehe.

Ich kann mir eine Zweitwohnung leisten, und selbst ein übles Studio wäre besser als das hier.

11

*S*ara

»Na, wie ist der Tag der offenen Tür gestern gelaufen?«, ruft Marsha über die Musik hinweg, als wir auf unsere vierte Runde Drinks an der Bar warten.

»Der Makler hat gesagt, dass er gut war«, schreie ich zurück und versuche, nicht zu nuscheln. Ich habe das seit Ewigkeiten nicht mehr getan, und der Alkohol steigt mir schnell zu Kopf. »Mal sehen, ob Angebote kommen werden.«

»Ich kann gar nicht glauben, dass dir ein Haus gehört und du es verkaufst«, sagt Tonya, als der nächste Song beginnt, und die Lautstärke von betäubend laut auf nur noch laut sinkt. »Ich würde mir eines Tages so gern ein Haus kaufen, aber es wird ewig dauern, bis ich genug gespart haben werde.«

»Na ja, wenn du auch die Hälfte deines Gehalts für

Klamotten und Schuhe ausgibst«, erwidert Andy grinsend, und ihre roten Locken wippen, als sie ihre kurvige Hüfte im Takte der Musik bewegt. »Außerdem ist Sara eine Ärztin. Sie verdient das dicke Geld, auch wenn sie sich nicht so abgehoben benimmt wie der Rest von ihnen.«

Tonya lacht, und ihre Ohrringe wackeln. »Das stimmt. Du siehst so jung aus, Sara, dass ich immer vergesse, dass du ein echter Arzt bist.«

»Sie *ist* jung«, meint Marsha, bevor ich antworten kann. »Sie ist unser persönlicher kleiner Doogie Howser.«

»Ey, halt den Mund.« Ich verpasse Marsha eine mit meinem Ellenbogen, und meine Wangen brennen vor Verlegenheit, als ich sehe, dass mich der tätowierte Barkeeper angrinst. Er mixt gerade unsere Lemon Drops mit geübten Bewegungen, und seine braunen Augen blicken mich mit unverkennbarem Interesse an.

»Bitte, Ladys«, sagt er, als er uns unsere Getränke zuschiebt, und Andy zwinkert mir zu, als sie mir eines der Gläser reicht.

»Prost«, sagt sie, und wir kippen die Shots herunter, bevor wir wieder zur Tanzfläche gehen, auf der bereits der nächste Song aus den Lautsprechern zu dröhnen beginnt.

Nach der beschissenen Woche, die ich hatte, wollte ich diesen Freitag eigentlich nicht ausgehen, aber in letzter Minute habe ich dann gedacht, dass ausgehen und sich betrinken besser sein würde, als früh einzuschlafen und einen weiteren abartigen erotischen Traum zu riskieren. Zum Glück habe ich ein Paar niedliche, silberfarbene Ballerinas in meinem Spind auf der Arbeit, und Tonya hat mir ein kurzes, schwarzes Kleid geliehen, das mir erstaunlich gut passt.

»H&M, Baby«, hatte sie stolz geantwortet, als ich von ihr wissen wollte, woher sie das Kleid hat, und ich habe mir im

Hinterkopf abgespeichert, bei dem trendigen Laden vorbeizuschauen und mir etwas Ähnliches zu kaufen – für den Fall, dass ich jemals in Versuchung geführt werden sollte, diese verrückte Aktion noch einmal zu wiederholen.

Wir haben mit ein paar Drinks bei Patty's angefangen und uns danach von einem Taxi zu dem Klub bringen lassen, von dem Tonya erzählt hatte. Genau wie sie gesagt hatte, konnte uns der Promoter ohne anzustehen hereinlassen, und wir haben die letzten zwei Stunden durchgetanzt. Ich schwitze, meine Füße tun weh, und ich werde wahrscheinlich morgen den Kater aller Kater haben, aber so viel Spaß hatte ich seit ... na ja, Jahren nicht mehr.

Vielleicht seit mehr als fünf Jahren.

Die Gäste des Klubs sind gemischt, angefangen bei Studenten bis hin zu heißen Mittvierzigern wie Marsha, aber die Mehrheit sieht aus, als sei sie genau wie ich Ende zwanzig. Der DJ ist hervorragend, mischt die besten neuesten Hits mit Hip-Hop-Klassikern, und ich singe mit, während wir tanzen, schmettere meine Lieblingslieder hingebungsvoll mit. Ich habe Musik und Tanz schon immer geliebt – in der Grund- und Mittelschule habe ich Ballett getanzt, und auf der Uni habe ich Salsaunterricht gehabt – und mit meinem leichten Schwips fühle ich mich sexy und sorgenfrei, endlich einmal wie jede andere junge Frau in dem Klub. Heute bin ich nicht die ernsthafte Studentin, die überarbeitete Ärztin, die pflichtbewusste Tochter oder die perfekte Ehefrau. Ich bin nicht einmal die Witwe mit Paranoia und kranken Träumen.

Heute Nacht bin ich einfach nur ich.

Zuerst tanzen wir vier allein, bevor einige Jungs zu uns kommen und Tonya und Marsha antanzen. Ich werde von

Andy mit zur Toilette geschleift, und als wir zurückkommen, flirten Tonya und Marsha heftig mit den Jungen.

»Nimmst du noch einen Drink?«, schreit Andy über die Musik, und ich nicke und folge ihr zur Bar. Der Raum um mich herum dreht sich, also denke ich mir, dass ich wohl nur ein Wasser nehmen werde.

In der letzten Stunde ist der Klub voller geworden, die Tanzfläche erstreckt sich mittlerweile bis zur Bar und dem Loungebereich, und als eine Gruppe lachender Frauen sich vor mich schiebt, verliere ich Andy aus den Augen. Ich mache mir nicht wirklich Sorgen – ich kann sie ja an der Bar treffen –, also gehe ich um die Gruppe herum, um mich nicht hindurchdrängeln zu müssen.

Ich bin fast an der Bar, als sich starke Finger um meinen Oberarm legen, und eine tiefe, männliche Stimme in mein Ohr flüstert: »Tanz mit mir, Sara.«

Ich versteinere, und das Blut in meinen Adern erstarrt.

Ich kenne diese Stimme, diesen leichten russischen Akzent.

Langsam drehe ich meinen Kopf um und treffe auf diese metallischen Augen, die mich in meinen Träumen verfolgen.

Peter Sokolov steht vor mir, und sein gemeißelter Mund lächelt leicht.

*P*eter

SIE SCHWANKT, IHR GESICHT IST KREIDEBLEICH, UND ICH ergreife ihren anderen Arm, um ihr Halt zu geben. Sie weiß ganz offensichtlich, wer ich bin, erkennt mich wieder.

»Nicht schreien«, sage ich. »Ich bin nicht hier, um dir wehzutun.«

Ihre braunen Augen sehen wild aus, und ich weiß, dass sie nicht wirklich versteht, was ich sage. Alles, was sie gerade erblickt, ist eine tödliche Bedrohung, und sie reagiert entsprechend. In einigen wenigen Sekunden wird sie entweder in Ohnmacht fallen oder hysterisch werden, und beides wäre nicht gut.

»Sara.« Ich benutze meine harte Stimme. »Ich bin nicht hier, um irgendjemandem wehzutun, aber ich werde es tun, wenn ich muss. Verstehst du mich? Wenn du irgendetwas tust, was Aufmerksamkeit auf uns lenkt, werden Menschen sterben.«

Die verständnislose Panik auf ihrem Gesicht lässt leicht nach und wird von einer rationaleren Angst ersetzt, die allerdings nicht weniger intensiv ist. Ich dringe zu ihr durch.

Es hilft auch, dass ich nicht bluffe.

»W–was wollen Sie?« Trotz des Lipgloss, den sie heute Abend trägt, sind ihre zitternden Lippen blass. »Warum sind Sie hier?«

»Ich wollte dich sehen«, antworte ich und ziehe sie mit mir durch die Menge, um mich von den Kameras zu entfernen, die rund um die Bar angebracht sind. Saras nackte Arme in meinem Griff sind angespannt, ihre Haut fühlt sich kalt an, aber wie ich erwartet hatte, schreit sie nicht.

Nach allem, was ich über sie weiß, würde die kleine Ärztin lieber sterben, als einen Haufen Fremder in Gefahr zu bringen.

»Tanz mit mir«, wiederhole ich, als ich sie dort habe, wo ich möchte – neben einer Wand im schummrig beleuchteten Teil der Tanzfläche, wo die Massen einen menschlichen Schild um uns formen. Damit sie meiner Bitte besser nachkommen kann, lasse ich ihre Arme los und ergreife ihre Hüften, wobei ich darauf achte, sie ganz sanft anzufassen.

Ihr Körper ist so steif wie ein Eisblock, als ich sie so eng bei mir halte, aber für jeden um uns herum sehen wir wie jedes andere Paar aus, das sich zur Musik bewegt. Diese Illusion wird dadurch verstärkt, dass sie ihre Hände hebt, und ihre Handflächen auf meiner Brust ablegt. Sie versucht, mich wegzuschieben, aber sie ist zu entsetzt, um besonders viel Stärke in diese Bewegung zu legen. Nicht, dass es helfen würde, wenn sie mit ihrer *ganzen* Kraft zudrücken würde.

Ich kann die meisten Männer mit minimalem Aufwand

überwältigen, ganz zu schweigen von Frauen, die so leicht sind wie sie.

»Hab keine Angst«, flüstere ich und schaue ihr dabei in die Augen. Selbst auf dieser überfüllten Tanzfläche kann ich ihren Duft riechen, der zart und blumig ist, und mein Körper reagiert auf ihre Nähe damit, dass sich mein Schwanz versteift, als ich ihre schlanke Taille zwischen meinen Handflächen spüre. Ich will sie näher an mich heranziehen, ihren Körper an meinem spüren, aber ich zwinge mich dazu, einen kleinen Abstand einzuhalten. Ich will sie nicht durch die Intensität meines Verlangens verschrecken. Allerdings sehen Saras Augen wie die eines in einer Falle gefangenen Tieres aus, sind vor Angst und Verzweiflung völlig blind. Ich will sie hochnehmen und sie an meine Brust drücken, aber das würde sie nur noch mehr verschrecken. Es gibt nichts, was ich gerade tun kann, was ihr keine Angst einjagen würde; ich könnte sie bitten, mit mir Karaoke zu singen, und sie würde eine Panikattacke bekommen.

»Was wollen Sie von mir?« Sie atmet schnell und flach, als sie zu mir hochschaut. »Ich weiß nichts ...«

»Ich weiß.« Ich achte darauf, dass meine Stimme sanft ist. »Mach dir keine Sorgen Sara. Dieser Teil ist vorbei.«

Verwirrung verdrängt einen Teil des Entsetzens in ihren Augen. »Aber, warum sind Sie dann ...«

»Warum ich hier bin?«

Sie nickt vorsichtig.

»Ich bin mir nicht sicher«, antworte ich, und das ist die reine Wahrheit.

In den letzten fünfeinhalb Jahren hat Rache mein Leben regiert. Alles, was ich tat, diente dazu, dieses Ziel zu verfolgen, aber jetzt habe ich meine Liste fast abgearbeitet, und die

Zukunft liegt dumpf und leer vor mir, der Weg, der mir bevorsteht, wird von einem düsteren Nebel verdeckt. Sobald ich die letzte Person getötet haben werde, die für den Tod meiner Familie verantwortlich ist, habe ich kein Ziel mehr. Meine Existenzgrundlage wird einfach verschwunden sein.

Das habe ich zumindest gedacht, bis ich sie getroffen und den Schmerz in ihren Rehaugen gesehen habe. Jetzt füllt *sie* meine Träume aus und verfolgt mich, wenn ich wach bin. Wenn ich an Sara denke, sehe ich nicht den zerfetzten Körper meines Sohnes und Tamilas blutiges Gesicht.

Ich sehe einzig und allein sie.

»Werden Sie mich umbringen?«

Sie versucht – erfolglos –, ihre Stimme ruhig zu halten. Trotzdem bewundere ich ihren Versuch, gelassen zu bleiben. Ich habe mich ihr an einem öffentlichen Ort genähert, damit sie sich sicherer fühlt, aber sie ist zu clever, um darauf hereinzufallen. Wenn sie ihr etwas über mich erzählt haben, muss sie wissen, dass ich ihr schneller den Hals umdrehe, als sie nach Hilfe rufen kann.

»Nein«, antworte ich und beuge mich dabei weiter nach vorn, da ein lauterer Song beginnt. »Ich werde dich nicht töten.«

»Was wollen Sie dann von mir?«

Sie zittert in meinen Armen, und etwas an dieser Tatsache fasziniert mich und stört mich gleichzeitig. Ich will nicht, dass sie Angst vor mir hat, aber gleichzeitig mag ich es, dass sie mir ausgeliefert ist. Ihre Angst spricht das Raubtier in mir an, verwandelt mein Verlangen nach ihr in etwas Dunkleres.

Sie ist eine gefangene Beute, weich und süß und meine, die ich verschlingen kann.

Ich beuge meinen Kopf nach unten, vergrabe meine Nase in

ihrem gut riechenden Haar und flüstere ihr ins Ohr: »Triff mich morgen um zwölf in dem Starbucks in der Nähe deines Hauses, und dort werden wir reden. Ich werde dir alles erzählen, was du wissen möchtest.«

Ich ziehe mich zurück, und sie starrt mich mit riesigen Augen in ihrem herzförmigen Gesicht an. Ich weiß, was sie denkt, also beuge ich mich erneut nach vorn, bis mein Mund sich neben ihrem Ohr befindet.

»Wenn du das FBI kontaktierst, werden sie versuchen, dich vor mir zu verstecken. Genauso wie sie versucht haben, deinen Ehemann und die anderen auf meiner Liste zu verstecken. Sie werden dich entwurzeln, dich von deinen Eltern und deiner Karriere trennen, und das alles wird nichts bringen. Ich werde dich finden, egal, wohin du gehst, Sara ... egal, was sie tun, um dich von mir fernzuhalten.« Meine Lippen fahren auf dem Rand ihres Ohres entlang, und ich spüre, wie ihre Atmung stockt. »Alternativ könnten sie dich als Köder nutzen wollen. Sollte das der Fall sein, sollten sie mir eine Falle stellen, werde ich das herausfinden, und unser nächstes Treffen wird nicht bei einem Kaffee sein.«

Sie erschaudert, und ich atme tief ein, nehme ein letztes Mal ihren zarten Duft in mich auf, bevor ich sie loslasse.

Ich trete zurück, verschwinde in der Menge und schreibe Anton eine Nachricht, dass sich die Mannschaft auf ihre Positionen begeben soll.

Ich muss sicherstellen, dass sie wohlbehalten nach Hause kommt, ohne von jemand anderem außer mir belästigt zu werden.

13

S*ara*

ICH WEISS NICHT, WIE ICH ES NACH HAUSE SCHAFFE, ABER irgendwie finde ich mich in meiner Dusche wieder, nackt und zitternd unter dem heißen Wasser. Ich habe nur eine vage Erinnerung daran, dass ich mich mit einer blöden Ausrede bei Andy entschuldigt habe und dann aus dem Klub gestolpert bin, um mir ein Taxi zu nehmen; der Rest des Wegs ist eine verschwommene Mischung aus geschockter Taubheit und Alkoholnebel.

Pater Sokolov hat mit mir gesprochen. Er hat mich *in seinen Armen gehalten.*

Der Mörder meines Ehemanns, der Mann, der mich gefoltert und mein Leben zerstört hat, hat mit mir getanzt.

Meine Knie geben nach, und ich sinke keuchend zu Boden.

Die Duschkabine um mich herum dreht sich, als mir schwindelig wird, und alles, was ich in dem Klub getrunken habe, damit droht, wieder hochzukommen.

Peter Sokolov war mit mir in dem Klub. Es war nicht mein Kopf, der mir Streiche gespielt hat, er war wirklich da.

Ich schlucke krampfhaft, als sich meine Übelkeit verschlimmert. Das Wasser läuft fast schmerzhaft heiß auf mich, aber ich kann nicht aufhören zu zittern.

Das Monster aus meinen Albträumen ist echt.

Es verfolgt mich.

Mein Schwindelgefühl verstärkt sich, und ich lege mich hin, rolle mich auf den Fliesen wie ein Embryo zusammen. Meine Haare liegen nass und dick auf meinem Gesicht, und mein Hals verengt sich, als Erinnerungen an jene Nacht hochkommen. Die ersten Tage nach dem Überfall habe ich mir meine Haare nicht gewaschen, weil ich das Gefühl nicht ertragen konnte, dass Wasser über meinen Kopf fließt, aber irgendwann hat mein Bedürfnis, sauber zu sein, die Angst besiegt.

Einatmen. Ausatmen. Langsam und gleichmäßig.

Langsam lässt das Gefühl, zu ersticken, nach, und übrig bleibt nur noch Elend. Ich fühle mich betrunken, mir ist schlecht, und ich muss meine ganze Kraft aufwenden, um mich hinzustellen und das Wasser abzustellen.

Warum ist er hier? Warum ist er zurückgekommen? Was will er von mir?

Diese Fragen gehen mir durch den Kopf, als ich mich abtrockne, aber ich bin den Antworten nicht näher als ich es im Klub war. Mein Kopf fühlt sich schwammig an, und ich denke träge und langsam.

Ich wickele das Handtuch um meine nassen Haare, stolpere ins Schlafzimmer und falle auf mein Kingsize-Bett. Die Decke schaukelt hin und her, so als befände ich mich auf einem Schiff, und ich weiß, dass ich morgen einen üblen Kater haben werde. Ich bin seit der Uni nicht mehr so betrunken gewesen, und mein Körper weiß nicht, wie er damit umgehen soll.

Ich atme flach ein und aus, rolle mich auf der Seite zusammen und ziehe mir die Decke über die Brust. Der Alkohol zieht mich runter, aber ausnahmsweise kämpfe ich gegen die Verlockung des Schlafens an. Ich muss nachdenken, verstehen, was passiert ist, und herausfinden, was ich tun soll.

Der Mörder, der mich gewaterboarded hat, will sich morgen mit mir zum Kaffeetrinken treffen.

Das wäre komisch, wenn es nicht so schrecklich wäre. Ich verstehe nicht, was er will. Warum ist er in dem Klub zu mir gekommen? Warum will er mich noch einmal in aller Öffentlichkeit treffen? Er wird von allen Strafverfolgungsbehörden gesucht, das weiß er mit Sicherheit auch. Warum geht er dieses Risiko ein?

Außer ... außer er denkt, dass es kein Risiko ist.

Vielleicht ist er arrogant genug, zu denken, dass er sich der Justiz für immer entziehen kann.

Wut steigt in mir auf und vertreibt einen Teil des Nebels in meinem Gehirn. Ich setze mich hin, kämpfe gegen eine erneute Übelkeitswelle an und greife nach dem Telefon auf dem Nachttisch. Es ist uralt, klobig und mit Kabelanschluss und im Zeitalter der Handys überflüssig, aber George hatte darauf bestanden, einen Festnetzanschluss im Haus zu haben.

»Man kann nie wissen«, hatte er auf meine Einwände geantwortet. »Handys können auch mal nicht funktionieren. Wenn es während eines Wintersturms einen Stromausfall gibt, was wirst du tun?«

Meine Augen fangen bei dieser Erinnerung an zu brennen,

und ich ergreife das Telefon mit einer zitterigen Hand. Ich habe ein gutes Zahlengedächtnis, also wähle ich Agent Rysons Nummer aus dem Kopf, drücke einen Knopf nach dem anderen.

Ich habe fast alle Zahlen eingegeben, als ein plötzlicher Gedanke mich versteinern lässt.

Könnte Peter mein Telefon angezapft haben? Hat er das gemeint, als er gesagt hat, dass er es herausfinden würde, wenn sie ihm eine Falle stellen würden?

Eine weitere Möglichkeit kommt mir in den Sinn.

Könnte er mich gerade beobachten?

Meine Atmung wird schneller, und meine Haut kribbelt vor Adrenalin. Vor dem Klub hätte ich diesen Gedanken auf meine Paranoia geschoben, aber es ist keine Paranoia, wenn es echt ist.

Ich bin nicht verrückt, wenn es wirklich passiert.

Peter hat Ressourcen, hat Ryson gesagt. Könnte er Zugang zu Hightech-Überwachungsequipment haben?

Befinden sich in meinem Haus Kameras und Abhörgeräte?

Mein Herz hämmert, ich lege den Hörer auf die Gabel zurück und schnappe mir meine Decke, um sie über meine nackten Brüste zu ziehen. In meinem Schlafzimmer ziehe ich mir nur selten etwas an, selbst im Winter schlafe ich nackt unter der Decke. Ich war nie prüde – George hat es geliebt, wenn ich nackt umhergelaufen bin –, aber bei dem Gedanken, dass sein Mörder mich nackt gesehen haben könnte, fühle ich mich vergewaltigt und schmerzhaft ausgesetzt.

Außerdem erinnere ich mich dadurch an meine kranken Träume.

Nein. Nein, Nein, Nein. Keuchend wickele ich die Decke um mich und stolpere aus dem Bett zum Schrank, um mir ein T-Shirt und Unterwäsche zu holen. Ich kann nicht an diese

Träume denken. Ich weigere mich. Ich bin betrunken; das ist der einzige Grund, warum mein Kopf diese Verbindung mit dem Monster hergestellt hat.

Aber er sieht nicht aus wie ein Monster. Selbst mit der Narbe durch die Augenbraue ist er ein umwerfend gutaussehender Mann, einer, auf den die Frauen stehen. Wenn ich ihn in dem Klub getroffen hätte, ohne zu wissen, wer er ist, hätte ich mit ihm getanzt.

Ich hätte seine starken Arme um mich und seinen harten Körper an mich geschmiegt haben wollen.

Meine Hände zittern, als ich die Unterwäsche anziehe, und ich fühle einen feuchten Fleck an der Stelle, an der mein Geschlecht die Baumwolle berührt.

Nein. Das passiert nicht gerade. Ich bin nicht erregt.

Während ich das erste T-Shirt anziehe, das ich finde, taumele ich zum Bett zurück, lasse mich drauffallen und wickele mich in die Decke. Das Zimmer dreht sich, und mein Magen mit ihm. Ich atme gegen die Übelkeit an und bemerke, dass meine Augenlider schwer werden und meine Gedanken anfangen zu wandern.

Ich beiße die Zähne zusammen und zwinge meine Augen, geöffnet zu bleiben. Ich kann nicht einschlafen, bis ich entschieden habe, was ich morgen machen soll.

Ich starre an die sich drehende Decke und gehe in Gedanken meine Möglichkeiten durch.

Das Vernünftigste wäre, Ryson davon zu erzählen und zu hoffen, dass er mich beschützen kann. Außer wenn meine Vermutungen stimmen und Peter Sokolov mich wirklich beobachtet, da er in diesem Fall wissen wird, wenn ich das FBI kontaktiere, und ich überlebe vielleicht nicht, bis die Beamten bei mir sind.

Natürlich würde ich nicht einmal unter dem Schutz des FBIs überleben, sollte er beschließen, mich umzubringen. Die Menschen auf seiner Liste haben es definitiv nicht getan, und er hat mir gesagt, dass er mich verfolgen würde.

Er hat geschworen, mich aufzuspüren, egal, wohin ich gehe.

Aber vielleicht ist es trotzdem einen Versuch wert, weil die Alternative ist, Peters grausames Spiel mitzuspielen. Ich weiß nicht, was er von mir will, aber was es auch ist, es kann nichts Gutes sein. Vielleicht hat er George so sehr gehasst, dass er jetzt seine Witwe quälen möchte, oder vielleicht denkt er, auch wenn er das abgestritten hat, dass ich etwas weiß – so wie die Schwester dieses armen Mannes, den er getötet hat.

In diesem Moment könnte er sich eine neue, exotische Foltermethode für mich überlegen, etwas besonders Schreckliches, was etwas mit Kaffee zu tun hat.

Meine Augenlider fallen erneut zu, und ich reibe mit meinen Händen über mein Gesicht und versuche, die Augen offen zu halten. Ich weiß, dass ich gerade nicht klar denke, aber ich kann nicht schlafen, ohne diese Entscheidung getroffen zu haben.

Rufe ich das FBI an oder nicht? Und wenn nicht, gehe ich dann wirklich zu diesem Starbucks?

Ein heftiger Schauer durchfährt mich, als ich mir vorstelle, mich mit dem Mörder meines Mannes auf einen Kaffee zu treffen. Ich glaube nicht, dass ich das tun kann. Allein bei dem Gedanken daran zieht sich alles in mir zusammen. Aber was sollte ich stattdessen tun? Mich den ganzen Tag im Bett verstecken, und dann wie versprochen für das Abendessen mit den Levinsons zu meinen Eltern fahren? So tun, als ob das Monster, das mein Leben zerstört hat, nicht hinter mir her sei?

Es ist der Gedanke an meine Eltern, der mich eine

Entscheidung treffen lässt. Wenn ich allein wäre, könnte ich mich auf den fragwürdigen Schutz durch das FBI einlassen, aber ich kann meine Eltern nicht in Gefahr bringen. Ich kann sie nicht zwingen, ihr Haus und alle, die sie kennen, zu verlassen, nur weil die unwahrscheinliche Möglichkeit besteht, dass Ryson und seine Kollegen uns besser beschützen könnten, als sie es bei den anderen getan haben. Und meine Eltern zu verlassen kommt für mich nicht in Frage. Selbst wenn ihr Alter kein Problem wäre, könnte ich es nicht riskieren, dass Peter sie so befragt, wie er mich zu George befragt hat.

Es gibt nur eine Sache, die ich tun kann.

Ich muss mich morgen mit meinem Peiniger treffen und hoffen, dass er das, was er mit mir vorhat, nicht auf den Rest meiner Familie ausdehnt.

Als ich endlich meine Augen schließe und einschlafe, träume ich erneut von ihm. Aber diesmal foltert er mich nicht und fickt mich auch nicht.

Er sitzt neben meinem Bett und betrachtet mich mit einem warmen und eigenartig besitzergreifenden Blick.

14

ara

ALS ICH UM ZWÖLF BEI DEM STARBUCKS ANKOMME, IST AUS DEM stechenden Schmerz in meinem Schädel ein dumpfes Pochen geworden, und mein Magen droht mir auch nicht mehr pausenlos damit, zu rebellieren. Trotzdem sind meine Handflächen vor Angst feucht, und meine Hände zittern so sehr, dass ich fast den Schlüssel fallen lasse, als ich aus dem Auto steige.

Als ich den Parkplatz überquere, fühle ich mich, als ginge ich zu meiner eigenen Hinrichtung. Die Angst wird mit jedem meiner schnellen Herzschläge durch mich gepumpt. Er könnte mich genau jetzt umbringen, mich einfach mit einem Präzisionsgewehr erschießen. Vielleicht hat er mich deshalb hierhergelockt: um mich an einem öffentlichen Ort zu ermorden und meinen Körper liegenzulassen, um alle zu terrorisieren.

Aber ich werde von keiner Kugel getroffen, und als ich den Coffeeshop betrete, erblicke ich ihn sofort. Er sitzt an einem der leeren Tische in der Ecke, und seine große Hand umfasst einen Pappbecher.

Als sich unsere Blicke treffen, zucke ich zusammen, so als hätte mir jemand mit einem Defibrillator einen Schock verpasst. Zum ersten Mal sehe ich ihn im Tageslicht, ohne Alkohol oder Drogen im Blut.

Und zum ersten Mal verstehe ich, wie gefährlich er wirklich ist.

Er hat sich in seinem Stuhl zurückgelehnt, seine langen, jeansbedeckten Beine sind ausgestreckt, und seine Knöchel unter dem Tisch überschlagen. Das ist eine entspannte Haltung, aber es gibt nichts Entspanntes an der dunklen Macht, die er in Wellen abgibt. Er ist nicht nur gefährlich; er ist tödlich. Ich sehe das an seinem eisigen Blick und der bereiten Anspannung in seinem Körper, seinem arroganten Kinn und der grausamen Linie seiner Lippen.

Das ist ein Mann, der Gewalt lebt und atmet, der durch und durch ein gefährliches Raubtier ist, für das die Regeln der Gesellschaft nicht existieren.

Ein Monster, das unzählige Menschen gefoltert und getötet hat.

Die Welle aus Wut und Hass, die diesem Gedanken folgt, durchdringt meine Angst, und ich gehe einen Schritt nach vorn, dann noch einen und noch einen, bis ich auf beinahe sicheren Beinen auf ihn zugehe. Wenn er mich töten wollte, hätte er das bereits auf eine Million andere Arten tun können, also was auch immer er heute möchte, muss etwas anderes sein.

Etwas Bösartigeres.

»Hallo Sara«, sagt er und steht auf, als ich fast bei ihm bin. »Es freut mich, dich wiederzusehen.«

Seine tiefe Stimme legt sich warm um mich, und sein weicher russischer Akzent liebkost meine Ohren. Sie sollte sich hässlich anhören, diese Stimme aus meinen Albträumen, aber wie alles an ihm ist sie trügerisch anziehend.

»Was wollen Sie?« Ich bin unhöflich, aber das ist mir egal. Wir haben Höflichkeit und gutes Benehmen bereits hinter uns gelassen. Es ist sinnlos, so zu tun, als sei das ein normales Treffen.

Der einzige Grund, aus dem ich hier bin, ist der, dass ich ansonsten meine Eltern in Gefahr bringen könnte.

»Bitte, setz dich.« Er deutet auf den Stuhl ihm gegenüber und setzt sich hin. »Ich habe mir die Freiheit genommen, einen Kaffee für dich zu bestellen. Schwarz, ohne Zucker ... und entkoffeiniert, da du ja heute nicht arbeitest.«

Ich werfe einen Blick auf den zweiten Becher, der genauso ist, wie ich ihn bestellt hätte, und schaue ihn danach wieder an. Mein Herz schlägt mir bis zum Hals, aber meine Stimme ist ruhig, als ich sage: »Sie *haben* mich beobachtet.«

»Ja, natürlich. Aber das ist dir bereits letzte Nacht aufgefallen, stimmt's?«

Ich zucke zusammen. Ich kann nichts dagegen tun. Wenn er gesehen hat, dass ich versucht habe, den Anruf zu tätigen, dann hat er mich auch sturzbetrunken ins Badezimmer und nackt aus ihm herauskommen sehen.

Wenn er mich bereits seit einer Weile beobachtet, hat er mich in allen möglichen privaten Momenten gesehen.

»Setz dich, Sara.« Er deutet erneut auf den Stuhl, und dieses Mal gehorche ich – wenn auch nur, um mir die

Gelegenheit zu geben, mich zu beruhigen. Wut und Angst sind wie verhedderte Stromkabel in meiner Brust, und ich fühle mich, als stünde ich nur einen Atemzug vorm Explodieren.

Ich bin nie eine gewalttätige Person gewesen, aber wenn ich eine Waffe bei mir hätte, würde ich ihn erschießen. Ich würde sein Gehirn auf diese trendige Starbuckswand spritzen lassen.

»Du hasst mich.« Er sagt es ruhig, eher wie die Feststellung einer Tatsache als eine Frage, und ich starre ihn überrascht an.

Kann er Gedanken lesen, oder bin ich so durchschaubar?

»Das ist schon in Ordnung«, meint er, und ich kann einen Hauch von Belustigung in seinen Augen erkennen. »Du kannst es ruhig zugeben. Ich verspreche dir, dass ich dir heute nicht wehtun werde.«

Heute? Was ist mit übermorgen und überübermorgen? Meine Hände ballen sich unter dem Tisch zu Fäusten, und meine Nägel graben sich in meine Haut. »Natürlich hasse ich Sie«, antworte ich, so ruhig ich kann. »Ist das eine Überraschung?«

»Nein, natürlich nicht.« Er lächelt, und meine Lungen ziehen sich zusammen und verhindern, dass ich atmen kann. Es ist kein perfektes Lächeln – seine Zähne sind weiß, aber einer unten ist ein wenig schief, und auf seiner Unterlippe befindet sich eine kleine Narbe, die bis jetzt nicht zu sehen war – aber es ist trotzdem anziehend.

Es ist ein Lächeln, das nur für einen Zweck geschaffen wurde: unvorsichtige Frauen anzulocken und sie das Monster dahinter vergessen zu lassen.

Meine Nägel schneiden tiefer in meine Handflächen, und der Schmerz verfestigt sich, als er sagt: »Sie haben alles Recht der Welt, mich für das zu hassen, was ich getan habe.«

Ich starre ihn mit offenem Mund an. »Versuchen Sie gerade, sich zu *entschuldigen*? Denken Sie wirklich, dass ...«

»Du hast mich missverstanden.« Das Lächeln verschwindet, und in seinen silberfarbenen Augen blitzt plötzlich Wut auf. »Dein Ehemann hatte es verdient. Wäre er nicht hirntot gewesen, hätte ich ihn viel mehr leiden lassen.«

Ich ziehe mich instinktiv zurück, schiebe meinen Stuhl nach hinten, aber bevor ich aufspringen kann, fängt seine Hand mein Handgelenk ein und hält es am Tisch fest.

»Ich habe nicht gesagt, dass du gehen kannst, Sara.« Seine Stimme ist dunkel und eisig. »Wir sind noch nicht fertig.«

Seine Finger liegen wie Handschellen aus geschmolzenem Eisen um mein Handgelenk – sein Griff ist brennend heiß und unzerbrechlich. Ich bleibe sitzen und blicke mich instinktiv um. Die nächsten Gäste sitzen etwa dreieinhalb Meter von uns entfernt, und niemand schenkt uns Aufmerksamkeit. Panik schlägt in meiner Brust, aber ich erinnere mich daran, dass mangelnde Aufmerksamkeit gut ist. Ich habe nicht vergessen, dass er im Klub eine Drohung gegen die anderen ausgesprochen hat.

Ich unterdrücke meine Angst und konzentriere mich auf meine Atmung. »Was wollen Sie von mir?«

»Das versuche ich gerade zu entscheiden«, antwortet er, und sein Gesicht glättet sich. Er lässt mein Handgelenk los, nimmt seinen Becher in die Hand und trinkt einen Schluck. »Du solltest wissen, Sara, dass ich *dich* nicht hasse.«

Ich blinzele ihn an, weil er mich erneut überrascht hat. »Nicht?«

»Nein.« Er stellt den Becher ab und betrachtet mich mit kalten, grauen Augen. »Wahrscheinlich wirkt das nach dem, was ich mit dir angetan habe, so auf dich, aber ich habe nichts gegen dich. Eigentlich ganz im Gegenteil.«

Mein Puls setzt aus, bevor er einen hektischen, neuen Rhythmus annimmt. »Wie meinen Sie das?«

Seine Mundwinkel gehen nach oben. »Was denkst du denn, Sara? Du interessierst mich. Eigentlich faszinierst du mich sogar.« Er beugt sich nach vorn, und sein Blick hypnotisiert mich. »Du erinnerst dich nicht an das, was du mir gesagt hast, als du unter Drogen standst, stimmt's?«

Eine Hitzewallung breitet sich von meinem Nacken aus und zieht über mein Gesicht. Ich kann mich nicht an alles aus jener Nacht erinnern, aber ich erinnere mich an genug. Bruchstücke dessen, was ich ihm gesagt habe, als ich unter Drogeneinfluss stand, steigen manchmal in meinem Kopf auf, wenn ich wach bin, und dringen auch in meine Träume ein, wenn ich schlafe.

In meine *krankhaftesten* Träume, in diejenigen, über die ich nicht nachdenken möchte.

»Ich sehe, du erinnerst dich.« Seine Stimme wird leise und rau, und seine Lider schließen sich zur Hälfte, während seine warme Hand sich auf meine zitternde Handfläche legt. »Ich habe mich gefragt, was passiert wäre, wenn ich in jener Nacht geblieben wäre ... Wenn ich deiner Bitte nachgekommen wäre.«

Seine Berührung verbrennt mich, bevor ich meine Hand wegreißen kann und sie unter dem Tisch zu einer Faust balle. »Das war kein Wunsch.« Mein Herz dröhnt in meinen Ohren, und meine Stimme ist durch die Demütigung angespannt. »Ich war high. Ich wusste nicht, was ich sagte.«

»Ich weiß. Drogen, die die Hemmungen senken, haben diesen Effekt.« Er lehnt sich zurück, erlöst mich von der starken Wirkung seiner Nähe, und meine Lungen holen zum ersten Mal seit zwei

Minuten tief Luft. »Du wusstest nicht, wer ich war oder was ich tat. Du hättest genauso auf jeden anderen halbwegs attraktiven Mann reagiert, der sich in dieser Situation bei dir befunden hätte.«

»Das ... das stimmt.« Mein Gesicht ist glühend heiß, aber die rationale Erklärung beruhigt mich ein wenig. »Es hätte jeder gewesen sein können. Das war nichts Persönliches.«

Aber weißt du, Sara«, er beugt sich wieder nach vorn, und seine Augen leuchten dunkel und intensiv, »meine Reaktion *war* persönlich. *Ich* stand nicht unter Drogeneinfluss, und als du mich angefleht hast, wollte ich dich. Ich will dich *immer noch*.«

Entsetzen lässt mein Blut gefrieren, auch wenn mein Geschlecht als Antwort auf seine Aussage zuckt. Er kann mir nicht gerade das sagen, was er mir sagt. »Sie ... Sie sind verrückt.« Ich fühle mich, als würde ich ohne einen Fallschirm aus einem Flugzeug fallen. »Ich bin nicht ... Das ist einfach nur krank.« Ich will aufspringen und weglaufen, aber ich halte durch, atme mich durch diese Panikattacke. Ich muss ihm das klarmachen, diesen Wahnsinn ein für alle Mal beenden. »Es ist mir egal, was Sie möchten oder was Ihre Reaktion war. Ich werde nicht mit Ihnen schlafen, nachdem Sie meinen Ehemann und wer weiß wie viele andere getötet haben. Nachdem Sie mich gefoltert und ...«

»Ich weiß, Sara,« Seine Hand findet mein Knie unter dem Tisch und legt sich darauf. »Ich wünschte, ich könnte die Zeit zurückdrehen, weil ich einen anderen Weg finden würde.«

Überrascht schiebe ich meinen Stuhl zur Seite, um seiner Reichweite zu entkommen. »Sie hätten George nicht getötet?«

»Ich hätte dich nicht gefoltert«, erklärt er mir und legt seine Hand wieder auf den Tisch. »Ich hätte dieses *sookin syn* auf einem anderen Weg finden können. Es hätte länger gedauert, aber das wäre es mir wert gewesen, um dir nicht wehzutun.«

Mein freier Fall aus dem Flugzeug geht weiter, und die Luft rauscht an meinen Ohren vorbei. Von welchem Planeten kommt dieser Mann? »Sie denken, dass es ein Problem ist, mich zu foltern, aber dass es in Ordnung ist, *meinen Ehemann zu töten?*«

»Der Ehemann, der dich angelogen hat? Derjenige, über den du gesagt hast, dass du ihn nicht wirklich kanntest?« Erneut flammt Wut in seinen Augen auf. »Du kannst dir einreden, was du möchtest, Sara, aber ich habe dir einen Gefallen getan. Ich habe dieser ganzen beschissenen Welt mit seinem Ableben einen Gefallen getan.«

»Einen Gefallen?« Jetzt werde auch ich von einer Wutwelle erfasst, die alle Vorsicht verbrennt. »Er war ein guter Mann, Sie ... Sie *Psycho*! Ich weiß nicht, was Sie denken, was er getan hat, aber ...«

»Er hat meine Frau und meinen Sohn abgeschlachtet.«

Schock lähmt meine Stimmbänder. »Was?«, presse ich heraus, als ich endlich wieder sprechen kann.

Ein Muskel in Peters Kiefer zuckt. »Weißt, du, womit dein Ehemann sein Geld verdient hat, Sara? Was er *wirklich* gemacht hat?«

Eine übelkeitserregende Vorahnung erfüllt mich. »Er war ein ... ein Auslandskorrespondent.«

»Das war seine Tarnung, ja.« Die Oberlippe des Russen zieht sich nach oben, während er seinen Oberkörper aufrichtet. »Ich habe mir schon gedacht, dass du es nicht wusstest. Die Ehefrauen wissen es selten, auch wenn sie die Lügen spüren.

Meine Welt fällt aus den Angeln. »Was meinen Sie mit Tarnung? Er *war* ein Journalist. Er hat Artikel für ...«

»Ja, das hat er. Und während er diese Geschichten verfolgt

hat, hat er Informationen für die CIA gesammelt und verdeckte Missionen für sie durchgeführt.«

»Was? Nein.« Ich schüttle verzweifelt den Kopf. »Sie haben unrecht. Sie haben einen Fehler gemacht. Sie haben den falschen Mann erwischt. Ich *wusste*, dass Sie den falschen Mann erwischt hatten. George war kein Spion. Das ist unmöglich. Er wusste nicht einmal, wie man einen Reifen wechselt. »Er ...«

»Er wurde auf der Uni rekrutiert«, sagt Peter leise. »An der University of Chicago, die ihr beide besucht habt. Das tun *sie* häufig, sich auf den Unis umsehen, um die Besten und Intelligentesten zu bekommen. Sie halten nach bestimmten Dingen Ausschau: wenige familiäre Verbindungen, clever und ehrgeizig, aber fehlende Zielstrebigkeit ... Hört sich das nach deinem Ehemann an?«

Ich starre ihn an, während meine Brust sich immer mehr zusammenzieht. Georges Mutter war in seinem letzten Jahr an der Highschool bei einem Autounfall gestorben, und sein Vater, ein Marine, wurde in Afghanistan getötet, als George noch ein Baby war. Sein recht alter Onkel hat ihm durch die Zeit an der Uni geholfen, aber auch er starb vor einigen Jahren, weshalb jetzt nur noch eine entfernte Cousine übrig war, um zu Georges Beerdigung vor sechs Monaten zu kommen.

Nein. Das kann nicht stimmen. Das hätte ich gewusst.

»Nur, wenn er es dir gesagt hätte«, entgegnet Peter, und mir fällt auf, dass ich meinen letzten Gedanken laut ausgesprochen habe. »Sie bringen ihnen bei, wie sie ihren echten Job vor allen, selbst vor ihren Familien, geheim halten. Fandst du es nicht verdächtig, dass Cobakis seine Leidenschaft für den Journalismus über Nacht entdeckt hat? Dass er an einem Tag noch Biologie studieren wollte, bevor er am nächsten Praktika bei Zeitschriften im Ausland absolviert hat?«

»Nein, ich …« Meine Brust ist so eng, dass ich kaum Luft holen kann. »Das ist eben Uni. Man soll sich selbst entdecken, seine Leidenschaft finden.«

»Und das hat er auch: für die Regierung zu arbeiten.« In dem silbernen Blick des Russen ist keine Gnade. »Sie haben ihn trainiert, ihm die Zielstrebigkeit gegeben, die ihm gefehlt hatte. Sie haben ihm beigebracht, wie er dich und alle anderen anlügen muss. Als er das Studium abgeschlossen hat, haben sie ihm einen Job bei einer Zeitung besorgt, damit er eine Entschuldigung hatte, zu allen Brennpunkten weltweit reisen zu können.«

Ich springe auf, da ich nicht weiter zuhören kann. »Sie haben unrecht. Sie wissen nicht, worüber Sie reden.«

Er steht ebenfalls auf, und sein großer Körper ragt über mich. »Weiß ich das nicht? Denke zurück, Sara. Denke zurück an den Mann, den du geheiratet hast, zurück an das Leben, das ihr *wirklich* zusammen hattet. Nicht das perfekte, das du der Welt gezeigt hast, sondern das, was ihr hinter geschlossenen Türen geführt habt. Wer war dein Ehemann? Wie gut kanntest du ihn wirklich?«

Es fühlt sich an, als habe sich mein Inneres in Eisen verwandelt, als ich einen Schritt zurücktrete und meinen Kopf unablässig schüttele, um seiner Aussage zu widersprechen. »Sie haben unrecht«, wiederhole ich mit erstickter Stimme, wirbele herum und renne aus dem Coffeeshop zu meinem Auto.

Erst als ich an einer roten Ampel in der Nähe meines Hauses anhalte, fällt mir auf, dass Peter Sokolov nichts getan hat, um mich aufzuhalten.

Er stand einfach nur da und hat mir dabei zugesehen, wie ich gegangen bin.

eter

ICH SEHE DURCH MEIN FERNGLAS DABEI ZU, WIE SARA DAS HAUS ihrer Eltern betritt; dann öffne ich meinen Laptop und rufe die Übertragung der Kamera im Hausflur auf.

Saras Eltern wohnen in einem kleinen, hübschen Haus, das einige Ausbesserungen vertragen könnte, aber ansonsten warm und gemütlich ist. Selbst ich kann sehen, dass es ein Zuhause ist und nicht einfach ein Platz zum Leben. Aus irgendeinem eigenartigen Grund erinnert es mich an Tamilas Haus in Daryevo, auch wenn dieses amerikanische Zuhause in einer Vorstadt nichts mit einer Hütte in einem Bergdorf gemeinsam hat.

Sara küsst ihre Eltern im Flur und folgt ihnen danach ins Esszimmer. Ich wechsele auf die Kamera, die sich dort befindet, und zoome auf ihr Gesicht, als sie die anderen Gäste begrüßt – ein älteres Ehepaar und einen großen, schlanken Mann Mitte dreißig.

Es sind die Levinsons, und ihr Sohn Joe, der Rechtsanwalt, von dem sich Saras Eltern wünschen, dass sie mit ihm ausgeht.

Etwas Hässliches rührt sich in mir, als Sara die Hand des Anwalts mit einem höflichen Lächeln schüttelt. Ich will sie nicht mit ihm sehen; allein der Gedanke daran erweckt in mir den Wunsch, ihm mein Messer in die Rippen zu rammen. Gestern, als der Barkeeper sie angelächelt hat, wollte ich meine Faust in seine grinsende Visage schlagen, und dieser gewalttätige Drang ist heute noch stärker.

Ich habe sie noch nicht erobert, aber sie wird mein sein.

Sara hilft ihren Eltern dabei, die Vorspeisen aufzutragen, und setzt sich danach neben den Anwalt. Ich stelle die Audioübertragung an und höre dem Smalltalk der beiden zu. Für jemanden, der gerade etwas über das Doppelleben seines Ehemannes herausgefunden hat, ist die kleine Ärztin erstaunlich gefasst, und ihre lächelnde Maske sitzt fest auf dem Gesicht. Niemand, der sie ansieht, würde vermuten, dass sie sich, bevor sie hierhergekommen ist, stundenlang in ihrem Wandschrank versteckt hat und erst vor vierzig Minuten mit roten und geschwollenen Augen herausgekommen ist.

Niemand würde vermuten, dass sie Angst hat, weil ich sie will.

Ich musste meine ganze Kraft aufbringen, sie in dem Wandschrank sitzen und allein weinen zu lassen. Sie ist in ihn gegangen, um sich vor meinen Kameras zu verstecken, und ich habe ihr diese Zeit für sich gegeben. Sie wäre mehr als wütend gewesen, wenn ich hineingegangen wäre und sie umarmt hätte – wenn ich versucht hätte, sie auf die Art zu trösten, die ich wollte.

Ich muss ihr mehr Zeit geben, sich an den Gedanken an uns beide zu gewöhnen – und mir zu vertrauen, dass ich ihr nicht wehtun werde.

Das Abendessen dauert einige Stunden, bevor Sara ihrer Mutter hilft, den Tisch abzuräumen, und sich danach mit einer Entschuldigung verabschiedet. Der Anwalt fragt sie nach ihrer Telefonnummer, und sie gibt sie ihm, aber ich kann sehen, dass das eher eine höfliche Geste ist. Ihre Wangen sind völlig blass – sie zeigen nicht einmal einen Hauch der Farbe, die sie in meiner Gegenwart haben – und ihre Körpersprache verrät ihre Gleichgültigkeit. Joe Levinson begeistert sie nicht, und das ist etwas Gutes.

Es bedeutet, dass er lebendig zu Hause ankommt.

Ich folge Sara in einigem Abstand, als sie zur Klinik fährt, und warte dann in meinem Auto, bis sie wieder herauskommt, wobei ich die Wartezeit damit überbrücke, sie durch die Kameras zu beobachten, die ich in der Klinik angebracht habe. Ich weiß, dass mein Verhalten Stalking auf höchstem Niveau ist, aber ich kann nicht anders.

Ich muss wissen, wo sie ist und was sie tut.

Ich muss sicherstellen, dass sie sich in Sicherheit befindet.

Ich könnte die Überwachung vor Ort auch Anton und meinen anderen Männern überlassen – sie beobachten sie immer dann, wenn ich nicht kann –, aber ich will persönlich hier sein. Ich will sie mit meinen eigenen Augen sehen. Mit jedem Tag, der vergeht, wird mein Verlangen nach ihr stärker, und jetzt, nachdem ich eine wirkliche Unterhaltung mit ihr hatte, verwandelt sich meine Faszination schnell in eine Besessenheit.

Ich muss sie haben. Bald.

Etwa drei Stunden später verlässt sie die Klinik, und ich folge ihr, als sie zu einem Hotel fährt. Wahrscheinlich denkt sie, dass es hier für sie sicherer ist als in ihrem Haus mit den ganzen Kameras, aber sie hat unrecht.

Ich warte, bis sie in das Hotel eingecheckt hat und auf ihrem Zimmer ist, bevor ich aus dem Auto steige und ebenfalls hineingehe.

16

Sara

DIE SCHICHT IN DER KLINIK WAR HEUTE BESONDERS HART. ICH hatte eine vierzehnjährige Patientin, die nach der Pille danach gefragt hat, weil sie von ihrem Bruder vergewaltigt wurde, und eine andere Anfang zwanzig, die bereits das dritte Mal eine Fehlgeburt erlitten hat. Ich habe getan, was ich konnte, aber ich weiß, dass das nicht genug ist.

Nichts, was ich für diese Mädchen tue, wird jemals genug sein.

Ich bin emotional so ausgelaugt, dass es mich meine ganze Kraft kostet, zu duschen und meine Zähne mit der kleinen Zahnbürste zu putzen, die ich am Empfang bekommen habe. Die Nacht hier zu verbringen war eine spontane Entscheidung, also habe ich nicht einmal Unterwäsche zum Wechseln dabei.

Ich werde morgen früh an meinem Haus vorbeifahren müssen, bevor ich zur Arbeit gehe, aber das ist besser, als zu Hause zu sein und zu wissen, dass mein tödlicher Stalker mich gerade beobachten könnte.

Mich beobachtet und mich will. Sich vielleicht sogar bei dem Anblick meines nackten Körpers einen runterholt.

Das ist krank, aber bei diesem Gedanken steigt Hitze zwischen meinen Schenkeln auf.

Ich steige aus der Dusche, wickele ein Handtuch um meine Brust und betrachte mich selbst im Spiegel. Die Visine-Augentropfen haben meine geröteten Augen hervorragend verschwinden lassen, aber meine Lider sind von meinem Heulkrampf vorhin immer noch geschwollen, und mein Gesicht ist von der heißen Dusche gerötet. Außerdem habe ich Spannungskopfschmerzen, die mich nicht denken lassen, aber das ist auch gut so.

Ich habe vorhin zu viel nachgedacht.

George als Spion. George führt ein Doppelleben. Das scheint unmöglich zu sein, aber es würde so vieles erklären. Der Schutz durch FBI-Agenten, der plötzlich da war. Seine langen Abwesenheiten, wenn er eigentlich einer Geschichte nachjagte, aber trotzdem häufig ohne nach Hause kam. Seine Stimmungswechsel, die kurz nach unserer Hochzeit vor sechs Jahren begannen. Ist etwas auf einer seiner geheimen Missionen schiefgelaufen?

Könnte sein wahrer Job der Grund dafür sein, dass er sich in den letzten Jahren vor dem Unfall so sehr verändert hat?

Meine Kopfschmerzen verstärken sich, und mir wird klar, dass ich es schon wieder tue. Ich denke über George nach, quäle mich mit der Vergangenheit, die ich nicht ändern kann, anstatt mich auf die Zukunft zu konzentrieren, die ich noch unter

Kontrolle habe. Ich sollte versuchen, herauszufinden, was ich mit dem Mörder tun soll, der mich verfolgt, aber mein Kopf will nicht darüber nachdenken.

Ich werde später über ihn nachdenken, wenn ich geschlafen habe und mein Gehirn nicht mehr so matschig ist.

Ich wickele ein zweites Handtuch um meine tropfnassen Haare, öffne die Badezimmertür, trete heraus und springe mit einem überraschten Aufschrei zurück.

Peter Sokolov sitzt auf meinem Bett, und seine halb geschlossenen Augen ruhen auf meinem Gesicht.

»Nicht schreien, Sara.« Er steht mit einer geschmeidigen Bewegung auf. »Wir müssen keine anderen Gäste mit hineinziehen.«

Ich schnappe nach Luft, und Adrenalinnadeln stechen auf meiner Haut, als er auf mich zukommt, und sein großer Körper sich mit der Leichtigkeit eines Raubtiers bewegt.

»Sie ... Sie sind mir hierher gefolgt.« Meine Knie geben nach, als ich instinktiv zurückweiche und das dünne Handtuch umklammere, das meinen Körper bedeckt.

»Ja.« Er bleibt einen Meter vor mir stehen, und seine grauen Augen leuchten. »Du hättest nicht hierherkommen sollen. Dein Alarmsystem zu Hause ist zumindest eine kleine Herausforderung. Hier kann ich einfach reinkommen.«

»Wieso sind Sie hier?« Mein Herz fühlt sich an, als würde es gleich aus meiner Brust springen. »Was wollen Sie?«

Seine Lippen zucken voller dunkler Belustigung. »Du bist eine Ärztin, die mit den Folgen dieser Aktivität arbeitet. Du kannst dir wahrscheinlich denken, was ich will.«

Oh Gott. Meine Haut fühlt sich gleichzeitig heiß und kalt an, und mein Puls rast noch schneller. »Verschwinden Sie. Ich ... Ich werde schreien, ich schwöre es.«

Er neigt seinen Kopf fragend zur Seite. »Wirst du? Warum hast du es dann noch nicht getan?«

Ich weiche noch einen Schritt zurück, und mein Blick fällt für den Bruchteil einer Sekunde auf die Zimmertür. *Könnte ich es schaffen, bevor er mich fängt?*

»Versuch es gar nicht erst, Sara. Wenn du rennst, *werde* ich dich einholen.«

Ich weiche weiter zurück. »Ich habe Ihnen bereits gesagt, dass ich nicht mit Ihnen schlafen werde.«

»Nein? Das werden wir sehen.«

Er kommt auf mich zu, ich weiche noch weiter zurück, und mein Magen krampft. Ich weiß, was eine Vergewaltigung mit Frauen macht; ich habe die Folgen gesehen, das körperliche und emotionale Wrack, das sie zurücklässt. Ich weiß nicht, ob ich das nach all den anderen Sachen überleben kann.

Ich weiß nicht, ob ich es bei *ihm* überleben kann.

Meine zitternde Hand berührt die Tür, aber bevor ich die Klinke nach unten drücken kann, schlagen seine Handflächen rechts und links neben mir auf der Tür auf und sperren mich zwischen seinen kräftigen Armen ein.

»Du kannst mir nicht entkommen, Ptichka«, sagt er leise und blickt zu mir herunter. »Jetzt nicht, und nie mehr. Du kannst dich genauso gut daran gewöhnen.«

Er berührt mich nicht, aber er ist so nah, dass ich die Hitze spüren kann, die sein großer Körper abgibt, und einige weitere Narben auf seinem symmetrischen Gesicht sehen kann. Die Unvollkommenheiten geben seiner Anziehungskraft einen tödlichen Hauch und verstärken ihre Wirkung auf meine Sinne. Mein Herzschlag ist ein wildes Dröhnen in meinen Ohren, aber trotzdem spannt sich mein Körper auf eine Art und Weise an, die nichts mit Angst zu tun hat. Ich sollte wie eine Verrückte schreien oder zumindest versuchen, gegen ihn anzukämpfen, aber ich kann mich nicht bewegen. Ich kann nichts anderes tun, als den tödlich schönen Mörder, der mich gefangen hält, anzustarren.

»Komm, Sara.« Seine Hand gleitet nach unten, um sich vertraut eisern um mein Handgelenk zu legen. »Ich werde dir nicht wehtun.«

Ich atme zitternd ein. »Werden Sie nicht?« Vielleicht wird er sanft sein. *Bitte, lass ihn wenigstens sanft sein.* Ich habe Gewalt durch seine Hände erlebt, und sie macht mir noch mehr Angst als der Gedanke an eine Vergewaltigung.

»Nein. Jetzt komm.«

Er drückt sich von der Tür weg, aber anstatt mich zum Bett zu führen, gehen wir zu dem Stuhl vor dem Frisierspiegel.

»Setz dich.« Er drückt meine Schultern nach unten, und ich sinke auf den Stuhl, wobei ich versuche, meine abgehackte Atmung zu beruhigen. Was tut er? Warum greift er mich nicht an? Mein Gesicht ist im Spiegel leichenblass, und meine Augen weit aufgerissen, als er hinter mich tritt und etwas aus der Innentasche seiner Jacke zieht.

Es ist eine kleine in Plastik verpackte Haarbüste – eine dieser billigen, die man manchmal in Hotels oder bei besseren Fluggesellschaften bekommt.

»Das ist alles, was sie im Kiosk unten hatten«, sagt er und nimmt die Bürste aus der Plastikhülle, bevor er mich über den Spiegel anschaut. »Ich habe mir gedacht, dass das besser ist als nichts.«

Besser als nichts für was? Irgendein eigenartiges perverses Spielchen? Meine Kehle verengt sich, aber bevor mich die Panik überkommt, nimmt er das Handtuch von meinem Kopf und lässt es auf den Boden fallen. Seine starke, sonnengebräunte Hand sieht neben meinem Kopf riesig aus, als er mein Haar zu einem nassen Pferdeschwanz zusammennimmt und beginnt, sich mit der Bürste durch die Knoten zu arbeiten.

Der Schock lässt die ganze Luft aus meinen Lungen entweichen. Der Mörder meines Ehemanns – der Mann, der mich verfolgt – *bürstet gerade meine Haare.*

Seine Berührung ist sanft, aber sicher, zeigt keine Spur eines Zögerns. Es fühlt sich an, als habe er das bereits ein Dutzend Male getan. Zuerst fährt er mit der Bürste durch die Enden, damit sie glatt und ohne Knoten sind, bevor er sich systematisch nach oben vorarbeitet, bevor die Bürste durch alle meine Haare gleiten kann, ohne hängenzubleiben. Und während dieses ganzen Prozesses verspüre ich keine Schmerzen – eigentlich ganz im Gegenteil. Die Kunststoffborsten massieren meine Kopfhaut, wenn sie über sie hinwegfahren, und wohlige Schauer laufen mir jedes Mal über den Rücken, wenn seine warmen Finger über die empfindliche Haut meines Nackens fahren.

Angst hin oder her, das ist das sinnlichste Erlebnis meines Lebens.

Ein eigenartiges Gefühl von Unwirklichkeit überkommt mich, während ich hier sitze, und ihm im Spiegel dabei zusehe, wie er mein Haar kämmt. Bei jedem unserer vorangegangenen Treffen war ich so konzentriert darauf gewesen, welche Gefahr er darstellt, dass ich den wichtigeren Dingen wie seiner Kleidung keine Aufmerksamkeit geschenkt habe. Jetzt bemerke ich zum ersten Mal, dass er eine graue Lederjacke über einem schwarzen Thermo-Shirt, dunkle Jeans und ein Paar schwarze Boots trägt. Seine Kleidung ist *casual*, etwas, was jeder Mann zum Frühlingsanfang in Illinois tragen könnte, aber trotzdem kann man meinen Peiniger nicht für einen normalen Mann von der Straße halten.

Peter Sokolov ist eine Naturgewalt, rücksichtslos und nicht aufzuhalten.

Er bürstet meine Haare einige Minuten lang, während ich so still dasitze wie ich kann, weil ich mich nicht traue, auch nur einen Muskel zu bewegen, damit er nicht damit aufhört. Jeder Bürstenstrich fühlt sich wie eine Liebkosung an, jede Berührung seiner rauen Hände ist beruhigend und gleichzeitig aufregend. Was noch viel wichtiger ist, ist, dass er, während er meine Haare kämmt, nichts anderes mit mir tun kann – keines der Dinge, vor denen ich mich fürchte.

Viel zu früh legt er die Büste allerdings auf den Schminktisch, und seine Augen treffen im Spiegel auf meine. »Steh auf«, befiehlt er, und seine Hände legen sich um meine nackten Schultern und ziehen mich hoch.

Ich schlucke belegt, drehe mich um, um ihn anzublicken, wenn er mich loslässt, aber er ist bereits weggetreten und zieht seine Jacke aus.

Schweren Herzens sehe ich ihm dabei zu, wie er seine Jacke über den Stuhl hängt und nach dem Saum seines langärmeligen Thermo-Shirts greift. Mit einer geschmeidigen Bewegung zieht er das T-Shirt über seinen Kopf, und mein Atem stockt, als er es auf seiner Jacke ablegt.

Seine Schultern sind breit, seine Arme mit dicken, klar definierten Muskelschichten überzogen. Weitere Muskeln bedecken seinen schlanken, V-förmigen Oberkörper, und sein flacher, geriffelter Bauch zeigt nicht ein Gramm Fett. Wie seine Hände sind seine Brust und seine Schultern gebräunt, so als wenn er eine Menge Zeit in der Sonne verbringen würde, und sein linker Arm ist fast komplett mit Tattoos bedeckt, die von seiner Schulter bis zu seinem Handgelenk reichen. Zwischen einem Hauch dunkler Haare auf seiner Brust sehe ich weitere verblichene Narben, und ich erwische mich selbst dabei, wie ich auf die sexy Linie aus Haaren starre, die an seinem Nabel beginnt und in dem Bund seiner tief sitzenden Jeans verschwindet.

Als Nächstes wendet er sich der Jeans zu, macht den Reißverschluss auf, und ich zwinge mich dazu, wegzuschauen. Trotz seiner urmännlichen Schönheit bedeckt eine Schicht kalten Schweißes meinen Körper, und mein Puls ist übelkeitserregend schnell. Er mag vielleicht ein umwerfend schönes Ungeheuer sein, aber das ist auch schon alles: ein Ungeheuer, ein kaltherziges Monster. Es ist egal, dass ich mich unter anderen Umständen unglaublich von ihm angezogen gefühlt hätte. Ich will das, was gerade passiert, nicht. Es würde mich zerstören.

Aus meinem Augenwinkel sehe ich, wie er seine Stiefel auszieht und seine Jeans nach unten schiebt, wobei er einen blauen Slip mit einer dicken, langen Wölbung und kräftige Beine mit einem Hauch dunkler Haare freilegt. Er beugt sich nach vorn, um die Jeans ganz auszuziehen, und mein Entsetzen erreicht einen neuen Höchststand.

Ich vergesse seine Warnung und schieße zur Tür.

Diesmal komme ich nicht einmal in die Nähe meines Ziels. Er fängt mich einen halben Meter vor der Tür ab, indem sich ein starker Arm um meinen Brustkorb legt und mich in die Luft hebt, während seine andere Hand sich auf meinen Mund legt und meinen instinktiven Schrei dämpft.

Ich kralle mich an seinen Oberarmen fest, und meine Füße treten gegen seine Schienbeine, während er mich zum Bett trägt, aber es ist sinnlos. Alles, was ich erreiche, ist, dass sich das Handtuch auf meinem Rücken löst. Sein Arm um meinem Brustkorb verhindert, dass es zu Boden fällt, aber mein Rücken, mein Po und die rechte Seite meines Körpers liegen völlig frei. Ich kann fühlen, wie seine nackte Brust gegen meinen Rücken reibt, den sauberen, männlichen Moschusgeruch seiner Haut riechen, und die unerwünschte Intimität verstärkt meine Panik und meine Gegenwehr.

»Scheiße«, knurrt er, als meine Ferse auf sein Knie trifft, und ich verspüre einen leichten Triumph.

Er dauert nicht lange an. Eine Sekunde später fällt er mit dem Rücken zuerst aufs Bett, zieht mich mit sich, und bevor ich reagieren kann, rollt er sich herum und fixiert mich unter sich. Ich ende mit dem Gesicht auf der Matratze, meine Hände kratzen nutzlos über die weiche Oberfläche, und meine Beine werden durch seinen schweren, muskulösen Unterschenkel festgehalten. Mit seiner Handfläche auf meinem Mund kann ich außer gedämpften Geräuschen nichts von mir geben, und Paniktränen brennen in meinen Augen, als ich seine harte Erektion gegen die Rundung meines Pos drücken spüre. Nur seine Unterhose trennt uns jetzt noch, und ich verdoppele meine Anstrengungen, auch wenn das sinnlos ist.

Es vergehen einige Minuten, bis ich meine Kraft aufgebraucht habe – und bemerke, dass er sich nicht bewegt.

Er hält mich fest, aber er macht keine Anstalten, mich zu nehmen.

»Bist du jetzt fertig?«, murmelt er, als ich erschlaffe, weil meine Muskeln vor Anstrengung zittern und meine Lungen nach Luft schreien. »Oder möchtest du noch ein wenig kämpfen? Ich kann das die ganze Nacht lang tun.«

Ich glaube ihm. Er ist so viel größer als ich, dass er einfach nur auf mir liegen muss und ich ihm weder wehtun noch fliehen kann. Die Anstrengungen auf seiner Seite sind minimal, während ich meine ganze Kraft ohne irgendeinen Erfolg aufbrauche.

»Wirst du dich benehmen, wenn ich meine Hand wegnehme?« Seine Lippen schweben über meinem Ohr und sein Atem erhitzt meine Haut.

Meine Schultern drücken sich nach oben, um meinen Nacken vor diesen missbrauchenden Lippen zu schützen, und er seufzt hörbar. »In Ordnung, dann muss ich dich wohl knebeln und meine Handschellen holen, nehme ich an.«

Ich gebe einen gedämpften Laut hinter seiner Handfläche von mir, und er lacht. »Nein? Also wirst du dich benehmen?«

Ich schaffe es, leicht zu nicken. Diese Niederlage ist wie ein beißendes Brennen in meinem Hals, aber ich will nicht geknebelt und in Handschellen gelegt werden.

»Braves Mädchen.« Er schiebt sich von mir herunter und nimmt seine Hand von meinem Mund, wodurch ich Luft in meine unter Sauerstoffmangel leidenden Lungen ziehen kann. »Jetzt, nachdem du das alles rausgelassen hast, was hältst du davon, wenn wir schlafen gehen? Ich weiß, dass morgen ein langer Tag vor dir liegt, und vor mir auch.«

»Was?« Ich bin so überrascht, dass ich mich auf den Rücken rolle und meine Nacktheit völlig vergesse.

Ein leichtes, anzügliches Lächeln erscheint auf seinem Mund, als sein Blick über meinen Körper wandert, bevor er wieder zu meinem Gesicht zurückkehrt. »Schlaf, Ptichka. Wir beide brauchen ihn.«

Ich setze mich hin, schnappe mir ein Kissen, drücke es gegen meine Brust und rücke zum Kopfende – so weit weg von ihm, wie es das Bett zulässt. Was er sagt, ergibt keinen Sinn. Er will mich ganz offensichtlich; seine Erektion zerfetzt beinahe seine Unterhose. »Sie ... Sie wollen mit mir *schlafen?* Einfach nur *schlafen?*«

Das Lächeln verschwindet von seinem Gesicht, und in seinen Augen glüht eine dunkle Hitze. »Offensichtlich will ich mehr, aber heute Nacht gebe ich mich mit Schlafen zufrieden. Ich habe es dir doch gesagt, Sara – ich werde dir nicht noch einmal wehtun. Ich werde warten, bis du bereit bist ... bis du mich genauso möchtest wie ich dich.«

Ihn wollen? Ich will schreien, dass das verrückt ist, dass ich niemals freiwillig Sex mit ihm haben werde, aber ich schlucke meine Antwort hinunter. Ich bin im Moment zu verletzlich, und er ist zu unberechenbar. Davon abgesehen, wenn er schläft, werde ich die Möglichkeit haben, zu fliehen – ihn vielleicht sogar niederschlagen und die Polizei rufen können.

»In Ordnung.« Ich versuche, noch hilfloser auszusehen, als ich in Wirklichkeit bin. »Wenn Sie versprechen, mir nicht wehzutun ...«

Seine Lippen zucken. »Ich verspreche.« Er steigt aus dem Bett, zieht die Decke mit einem festen Ruck unter mir hervor und breitet sie aus, bevor er die Kopfkissen aufschüttelt. Er klopft auf die freiliegende Matratze und sagt: »Komm her.«

Ich rücke einige Zentimeter näher an ihn heran, während ich mein Kissen weiterhin gegen meine Brust gedrückt halte.

»Näher.«

Ich wiederhole mein Manöver, und mein Herz rast plötzlich vor Angst. Ich traue ihm nicht ein bisschen. Er könnte mit mir spielen, aus irgendeinem komischen Grund über seine Absichten hinwegtäuschen.

»Geh unter die Decke«, sagt er, und ich gehorche, da ich froh bin, mich mit mehr als nur einem Kissen zu bedecken. Leider ist meine Erleichterung nur von kurzer Dauer. Sobald ich mich hinlege, macht er die Lichter über uns aus, kommt neben mich unter die Decke, und sein langer, muskulöser Körper streckt sich neben mir aus, als sei das sein Platz.

»Leg dich auf die Seite«, meint er und tut dasselbe, nachdem er auch die Nachttischlampe ausgeschaltet hat – unsere letzte Lichtquelle.

Mein Brustkorb zieht sich zusammen, als ich verstehe, was er vorhat.

Der Mörder meines Mannes will in Löffelchenstellung mit mir schlafen.

Ich ignoriere die verwirrende Dunkelheit und das erstickende Gefühl in meinem Hals, drehe mich auf die Seite und versuche, gleichmäßig zu atmen, als sich ein muskulöser Arm unter mein Kissen schiebt, während der andere sich besitzergreifend um meinen Brustkorb legt und mich an seinen großen Körper zieht. Auf jeden Fall kann ich unmöglich ruhig atmen. Mein nackter Po schmiegt sich an seinen harten, langen Schwanz, sein warmer, minziger Atem bewegt das feine Haar an meinen Schläfen, und seine Beine schmiegen sich von hinten an meine. Ich bin von seiner Größe und Kraft umgeben und völlig eingenommen. Und Hitze. Gott, sein Körper erzeugt so viel Hitze. Wo immer sein warmes Fleisch gegen meins drückt, brenne ich, so als ob er heißer wäre als ein normaler Mensch. Aber das ist nicht er – das liegt an mir. Nachdem der kalte Schweiß auf meiner Haut getrocknet ist, ist mir so kalt, dass ich zittere.

Ich weiß nicht, wie lange wir so daliegen, aber irgendwann dringt seine Wärme in mich ein und verwandelt sich dort in eine andere Art von Hitze, die tückische, die in meinen Träumen auftaucht und mich vor Scham brennen lässt. Jetzt, da ich nicht mehr so verängstigt bin, wird mir bewusst, dass sein Körper mehr ist als eine Bedrohung ... jetzt nehme ich seinen harten Schwanz als etwas anderes wahr, als ein Werkzeug zum Vergewaltigen. Sein warmer, männlicher Geruch umgibt mich, und meine Brüste fühlen sich über seinem Arm schwer und empfindlich an. Meine Nippel sind hart, und mein Geschlecht schmerzt durch seine nasse, pochende Leere. Wie lange ist es her, dass ich das letzte Mal so umarmt wurde? Zwei Jahre? Drei? Ich kann mich nicht an das letzte Mal erinnern, an dem George und ich Sex hatten, und noch weniger daran, wann wir das letzte Mal so zusammenlagen. Obwohl diese Situation so falsch ist, genießt ein Teil von mir es, die Wärme eines männlichen Körpers und das pulsierende Brummen von Erregung in meinem Unterleib zu spüren.

Es ist gut, dass ich nicht vorhabe einzuschlafen, weil es unmöglich ist, dass ich diese Situation mögen könnte – nicht, wenn mein Herz mit über hundert Schlägen pro Minute rast und die Gedanken in meinem Kopf noch schneller umherschwirren. Angst und Wut, Erregung und Scham – das alles vermischt sich, beschleunigt meinen Herzschlag und übersäuert meinen Magen. Was will Peter wirklich? Was hat er von diesem eigenartigen Kuscheln? Diese riesige Erektion muss unangenehm sein, wenn nicht sogar schmerzhaft, aber er scheint zufrieden zu sein, einfach hier zu liegen und nichts weiter zu tun, als mich zu halten. Warum? Was hat er vor? Warum hat er es auf mich abgesehen?

Und könnte das, was er über George gesagt hat, wahr sein? Könnte mein Ehemann seiner Familie etwas angetan haben?

Das ist der schlimmste Gedanke der ganzen Welt, aber ich kann nicht aufhören, darüber nachzudenken. Mein Mund scheint sich unabhängig von meinem Gehirn zu bewegen, als ich flüstere, »Ähm, Peter ... kannst du mir etwas über dich erzählen?«

Ich kann seine Überraschung daran spüren, dass sich seine Muskeln sofort anspannen und seine Atmung sich ändert. Ich habe ihn bis jetzt nie mit seinem Vornamen angesprochen, aber es wäre eigenartig, ihn zu siezen, wenn ich nackt in seinen Armen liege. Außerdem könnte ein wenig emotionale Intimität ihn eher dazu bringen, meine Fragen zu beantworten – und ihn davon abhalten, mir wehzutun, weil ich sie überhaupt stelle.

»Was möchtest du wissen?«, fragt er nach einer Sekunde leise und bewegt mich leicht, damit ich bequemer an ihm liege.

Warum denkst du, dass mein Mann deine Familie abgeschlachtet hat? Ich brenne darauf, genau das zu fragen, aber ich bin nicht so dumm, das gleich anzusprechen. Ich erinnere mich an seine Wut, als ich das letzte Mal dieses Thema angesprochen habe. Stattdessen antworte ich leise: »Sie haben mir erzählt, dass du in Russland geboren wurdest. Stimmt das?«

»Ja.« Seine tiefe Stimme hört sich leicht belustigt an. »Hörst du das nicht an dem Akzent?«

»Er ist sehr schwach, also nein. Du könntest von überall aus Europa oder dem Nahen Osten kommen. Dein Englisch ist hervorragend.« Wegen meiner Nervosität spreche ich zu schnell, also zwinge ich mich dazu, Luft zu holen und langsamer zu reden. »Hast du es in der Schule gelernt?«

»Nein, bei meiner Arbeit.«

Der Arbeit, bei der du mutmaßliche Bedrohungen für Russland aufgespürt und verhört hast? Ich unterdrücke einen Schauer und versuche, nicht an seine Befragungstechniken zu denken. *Leichte Konversation*, sage ich mir. *Und dann langsam hocharbeiten.* In einem entspannten Ton frage ich: »Als Erwachsener? Das ist beeindruckend. Normalerweise muss man eine Sprache als Kind lernen, um sie so gut sprechen zu können wie du.«

Ja, das ist gut. Ein wenig schmeicheln, ein wenig wirkliche Bewunderung. Das muss man tun, wenn man sich in einer verletzlichen Lage befindet: Eine Beziehung mit dem Angreifer herstellen, damit er dich als ein fühlendes, menschliches Lebewesen sieht, sich in dich hineinfühlen kann. Natürlich hängt der Erfolg dieser Strategie vom Einfühlungsvermögen des betreffenden Angreifers ab – etwas, von dem ich vermute, dass es der Psychopath, der mich gerade umarmt, nicht besitzt.

»Na ja, ich habe einige englische Worte und Sätze als Kind gelernt«, meint er. »Ich nehme an, dass das geholfen hat.«

»Ach? Wo hast du sie gelernt? In der Schule oder von deinen Eltern?«

Er lacht, und seine muskulöse Brust drückt gegen meinen Rücken. »Weder noch. Aus amerikanischen Filmen. Das ist euer wichtigster Exportartikel – neben Hamburgern.«

»Stimmt.« Ich hole Luft und versuche, den schweren Arm zu ignorieren, der über meinem Brustkorb liegt, und den harten Hinweis auf seine Erregung, den ich an meinem Po spüre. Er beschäftigt mich auf eine Art und Weise, über die ich nicht nachdenken möchte. »Und was hat dich dazu gebracht, dich für deinen ... na ja, Beruf, zu entscheiden?«

Er vergräbt seine Nase in meinem Haar und zieht tief Luft ein, so als wollte er mich einatmen. »Was genau hat Ryson dir erzählt?«

Ich spanne mich wegen seines vertrauten Umgangs mit dem Nachnamen des FBI-Agenten an, zwinge mich dann aber dazu, mich zu entspannen. Natürlich würde er wissen, wer Ryson ist, wahrscheinlich hat er auch gesehen, dass wir uns in dem Café getroffen haben. »Er hat mir erzählt, dass du in der russischen Spezialeinheit warst. Stimmt das?«

»Ja.« Seine Stimme hört sich heiser an, als er sich erneut hinter mir bewegt und sein Schwanz wie eine Stahlstange gegen mich drückt. »Ich habe eine kleine, geheime Einheit angeführt, die auf Anti-Terror-Maßnahmen und Aufstandsbekämpfung spezialisiert war.«

»Das ist ... ungewöhnlich.« Mit ihm zu reden – und ihn in seinem erregten Zustand wachzuhalten – ist wahrscheinlich keine so gute Idee, aber ich kann einfach nicht damit aufhören. »Wie kommt jemand dazu? Bist du zur Armee gegangen und sie haben dich dort rekrutiert?«

»Nein.« Er fährt damit fort, sein Gesicht an meinen Haaren zu reiben. »Sie haben mich in einem Jugendknast gefunden.«

»Einem Gefängnis für jugendliche Straftäter?«

»Es war eher ein Arbeitslager, aber ja.«

»Was ...« Ich schlucke, versuche mich eher auf seine Worte als die Auswirkungen zu konzentrieren, die sein offensichtliches Begehren für mich auf meinen Körper hat. »Was hat du getan, um dort zu landen?«

Das hat nichts mit George zu tun, aber ich kann meine Neugier nicht unterdrücken. Ich nehme an, dass das, was ich erfahren werde, mir nur noch mehr Angst machen wird, aber ich möchte wissen, wie mein Feind tickt.

Ich will seine Schwächen kennen, damit ich sie gegen ihn benutzen kann.

»Ich habe den Leiter des Waisenhauses getötet, in dem ich aufgewachsen bin.« In Peters Worten gibt es keine Spur eines Bedauerns, keine Gefühle außer der Lust, die seine Stimme belegt. Er könnte mir auch gerade erklärt haben, was er zum Abendbrot gegessen hat. »Ich nehme an, dass man sagen könnte, dass ich meine Karriere früh begonnen habe.«

»Ich verstehe.« Meine Haut prickelt, aber ich versuche angestrengt, mich ruhig anzuhören. »Wie alt warst du?«

»Elf, fast zwölf.«

»Was hat er dir angetan?«

Er seufzt und rückt leicht von mir ab. »Ist das wirklich wichtig, Ptichka? Du hast dir deine Meinung über mich doch bereits gebildet, und keine rührselige Geschichte aus meiner Vergangenheit wird sie ändern können. Jetzt gerade hasst du mich zu sehr, um etwas anderes als Freude über irgendwelche schlechten Dinge zu verspüren, die ich erlebt haben könnte.«

So viel dazu, eine emotionale Verbindung aufzubauen. »Was hast du denn erwartet?«, frage ich bitter und höre sofort auf, vorzugeben, ein verständnisvoller Zuhörer zu sein. »Dass du mich foltern und meinen Ehemann umbringen könntest und wir danach beste Freunde werden?«

»Nein, Ptichka. Trotz allem, was du vielleicht denkst, bin ich nicht wahnsinnig. Deine negativen Gefühle mir gegenüber sind rational und waren zu erwarten. Ich hoffe einfach, sie im Laufe der Zeit ändern zu können.«

Er *ist* wahnsinnig, wenn er denkt, dass ich jemals etwas anderes als Hass für ihn empfinden könnte, aber ich habe keine

Lust, mich jetzt zu streiten. »Was bedeutet das Wort, was du für mich benutzt? Pti ... und so weiter?«

»Ptichka.« Er vergräbt erneut sein Gesicht in meinem Haar und riecht an ihm, oder was zum Henker er auch immer tut. »Es ist das russische Wort für ›Vögelchen‹.«

Meine Hände krallen sich in die Decke vor mir. »Vögelchen?«

»Ja. Ein kleiner Singvogel, hübsch und anmutig wie du.« Er macht eine kurze Pause, bevor er leise hinzufügt: »Und eingesperrt, genau wie du.«

Dieses Arschloch. Ich beiße meine Zähne zusammen und versuche, von ihm wegzurücken, soweit das der starke Arm um meine Taille zulässt. »Das ist eine vorübergehende Situation.«

»Oh, ich habe nicht gemeint, dass ich dich einsperre.« Ich kann das Lächeln in seiner Stimme hören, als er seinen Griff verstärkt und mich daran hindert, von ihm abzurücken. »Ich halte dich vielleicht in diesem Moment fest, aber du warst schon lange bevor ich in dein Leben getreten bin eingesperrt.«

Ich versteinere vor Überraschung. »Was?«

»Oh ja. Tu nicht so, als wüsstest du nicht, wovon ich rede, Sara. Ich weiß, dass du es gefühlt hast: all diese gesellschaftlichen Erwartungen, von deinen Eltern, deinem Ehemann und deinen Freunden ... Der Erfolgsdruck, weil du clever und hübsch geboren wurdest, der Wunsch, perfekt zu sein, das Bedürfnis, für jeden immer alles zu sein ...« Seine Stimme ist leise und dunkel, umhüllt mich wie ein seidenes, verführerisches Netz. »Ich habe es gestern im Klub gesehen: dein Verlangen nach Freiheit, deinen Wunsch, ohne die Einschränkungen zu leben, die dir auferlegt wurden. Einige Momente lang hast du auf der Tanzfläche die Fesseln abgelegt, und ich habe den hübschen Vogel seinen goldenen Käfig verlassen und frei fliegen sehen. Ich habe *dich* gesehen, Sara, und das war wunderschön.«

Einige Augenblicke lang kann ich nur bewegungslos daliegen, meine Brust schmerzt und meine Augen brennen in der Dunkelheit. Ich will lachen, und seine Worte leugnen, aber ich habe Angst, dass ich zusammenbrechen und schreien werde, wenn ich versuche, etwas zu sagen. Wie kann dieser Mann, dieser gewalttätige Fremde, etwas so Privates wissen – etwas, was ich gerade selbst erst über mich herausgefunden habe?

Und woher weiß er, dass mich mein nettes, komfortables Leben nicht länger glücklich macht ... es vielleicht nie getan hat?

Ich unterdrücke den Frosch in meinem Hals, schnaube höhnisch und sage: »Und was wirst du jetzt tun? Mich aus meinem eingeschränkten Leben befreien? Mich freilassen und mir beim Fliegen zuschauen?«

»Nein, Ptichka.« Seine Stimme ist voller sanftem Spott. »Nichts so Edles.«

»Was dann?«

»Ich werde dich in meinen Käfig sperren und dich zum Singen bringen.«

18

SIE ZITTERT IN MEINEN ARMEN, UND ICH KANN SPÜREN, WIE DIE Angst sie überkommt. Ein Teil von mir bedauert meine brutale Ehrlichkeit, aber ich kann sie einfach nicht anlügen. Mein Verlangen nach ihr ist nicht die zärtliche Zuneigung, die ich für Tamila empfunden habe, oder die einfache Lust, die ich bei anderen Frauen erlebt habe.

Mein Verlangen nach Sara ist dunkler, beschmutzt durch das, was zwischen uns vorgefallen ist, und dem Wissen, dass sie meinem Feind gehört hat. Ich will ihr nicht wehtun, aber ich kann nicht abstreiten, dass mich ihr Leiden auf eine perverse Art und Weise anmacht. Sie zu quälen kühlt meine brennende Wut ab, befriedigt meinen Drang, zu bestrafen und Rache zu nehmen, auch wenn ich mir einrede, dass ich sie heilen will, den Schmerz, den ich ihr zugefügt habe, wiedergutmachen möchte.

Was Sara betrifft, bin ich ein Chaos aus Widersprüchen, und das Einzige, was ich ganz genau weiß, ist, dass es nicht ausreichen wird, sie nur zu ficken.

Ich will mehr.

Ich will, dass sie mir gehört.

Es ist verlockend, mein Versprechen zu brechen und sie jetzt zu nehmen, sie in Besitz zu nehmen und den Hunger zu stillen, der mich bei lebendigem Leib auffrisst. Sie liegt völlig nackt in meiner Umarmung, ihre Haut reibt bei jedem ihrer Atemzüge gegen meine. Ich kann das blumige Shampoo in ihrem feuchten Haar riechen, die Weichheit ihrer Brüste spüren, die auf meinem Arm liegen, und mein Schwanz pocht schmerzhaft an der Wölbung ihres Hinterns, weil mein Körper sich danach sehnt, in sie zu stoßen. Zuerst würde sie sich wehren, aber ich könnte sie dazu bringen, es zu mögen.

Sie ist mir gegenüber nicht immun. Ich weiß es. Ich kann es spüren.

Bevor der dunkle Drang gewinnen kann, hole ich tief Luft und atme sie wieder aus. So gut es sich auch anfühlen würde, Sara zu ficken, ich will ihr Vertrauen genauso sehr wie ihren Körper.

Ich will, dass sie von selbst für mich singt.

»Schlaf, Ptichka«, flüstere ich, als sie weiterhin schweigt, und alle ihre Fragen für heute verstummt sind. »Heute Nacht bist du in Sicherheit.«

Ich ignoriere den Hunger, der in meinem Körper wütet, schließe die Augen und sinke in einen leichten, aber erholsamen Schlaf.

In dieser Nacht wache ich dreimal auf, zweimal, als Sara versucht, sich aus meiner Umarmung zu befreien – zweifellos, um zu fliehen und mir etwas Schmerzhaftes anzutun –, und einmal, als sie aus einem Albtraum aufwacht. Ich umarme sie in allen Fällen fester, und irgendwann schläft sie wieder ein. Nach einer Weile tue ich dasselbe, auch wenn die Lust in mir im Laufe der Nacht immer intensiver wird. Gegen Morgen bin ich kurz davor, zu explodieren, und ich brauche nur zwanzig Sekunden, bis ich komme, als ich kurz zur Toilette gehe.

Sie schläft immer noch, als ich aus dem Bad zurückkomme, und ich überlege einen Moment, ob ich mich noch einmal zu ihr unter die Decke legen sollte. Allerdings ist es schon fast sieben Uhr, und ich will mit Anton reden, bevor er seinen Dienst beginnt. Ich bin mir auch nicht sicher, wie gut meine Selbstkontrolle ist, da die schnelle Erleichterung mein gewaltiges Verlangen nach ihr nur leicht abgeschwächt hat.

Wenn ich wieder zu Sara ins Bett steige, riskiere ich es, mein Versprechen zu brechen.

Ich entscheide mich gegen dieses verlockende Schicksal, ziehe mich leise an und verlasse das Zimmer.

Ich werde Sara bald wiedersehen. In der Zwischenzeit muss Arbeit erledigt werden.

19

Ich habe einen geplanten Kaiserschnitt am Morgen und einen ungeplanten am Nachmittag. Dazwischen behandele ich eine Frau, die schmerzhafte Menstruationsbeschwerden hat, aber keine hormonelle Empfängnisverhütung verträgt, die die Symptome lindern würde – etwas, was ich sehr gut nachempfinden kann –, und eine andere, die seit zwei Jahren erfolglos versucht, schwanger zu werden. Ich mache einen Termin für eine Ultraschalluntersuchung mit der ersten Patientin, um sie auf Endometriose zu untersuchen, und überweise die zweite zu einem Spezialisten für Reproduktionsmedizin. Sobald ich das erledigt habe, werde ich in die Notaufnahme gerufen, um eine Frau, die im sechsten Monat schwanger ist und in einen Verkehrsunfall verwickelt

151

war, zu untersuchen. Zum Glück kann ich ihr mitteilen, dass ihr Baby gesund ist und tritt – das Beste, was bei einem so schlimmen frontalen Zusammenstoß passieren konnte.

Es überrascht mich, dass ich mich nach letzter Nacht auf meine Arbeit konzentrieren kann, aber zum ersten Mal seit Monaten kommen nicht andauernd dunkle Erinnerungen hoch, und die Paranoia der letzten Monate ist verschwunden. Es ist pervers, aber da ich jetzt *weiß*, dass ich beobachtet werde, ist dieser Gedanke weniger angsteinflößend als vorher, als ich dieses beunruhigende Gefühl hatte.

Außerdem fühle ich mich trotz minimalem Koffein-Konsum ausgeruht und wach, und ich vermute, dass es an den neun Stunden Schlaf liegt, die ich trotz des harten Körpers, der mich die ganze Nacht lang umgeben hat, bekommen habe.

Oder vielleicht gerade seinetwegen. Egal, wie sehr ich letzte Nacht versucht habe, wach zu bleiben, die animalische Wärme, die Peters Haut abgegeben hat, und seine gleichmäßige Atmung haben mich in den Schlaf gewiegt. Ich bin in der Nacht einige Male aufgewacht und habe versucht, mich aus seinem Griff zu befreien, aber das war unmöglich. Er hat mich so stark festgehalten wie ein Kind, das seinen Lieblingsteddybären umklammert, und irgendwann habe ich aufgegeben und geschlafen, da mein Unterbewusstsein sich nicht darüber bewusst war, dass die Quelle meiner Albträume genau neben mir lag.

Aus welchem Grund auch immer bleibe ich meine gesamte Schicht lang ruhig und konzentriert. Es hilft mir, dass ich es geschafft habe, alle Gedanken an Peter und seine Absichten zu unterdrücken, sie zu verdrängen, während ich mich auf meine Patientinnen konzentriere. Wenn ich über seine Absichten nachdenken würde, würde ich schreiend aus dem Krankenhaus rennen, und wer weiß, was mein Stalker dann tun würde. Als ich heute Morgen lebendig und unverletzt aufgewacht bin, habe ich beschlossen, dass es das Beste ist, einfach einen Tag nach dem anderen zu überleben und Peter so wenig wie möglich zu provozieren.

Vielleicht wird er noch eine Weile nett zu mir sein, und ich habe Zeit, mir zu überlegen, was ich tun muss.

Als mein Dienst vorbei ist, gehe ich zum Umkleideraum und renne auf dem Flur in Andy. Sie muss gerade anfangen, weil ihr Kittel noch perfekt gebügelt ist und ihre Locken zu einem sauberen Dutt zusammengebunden sind, in dem es keine lockere Strähne gibt.

Am Ende einer Schicht sehen die meisten Schwestern und Ärzte, ich eingeschlossen, um einiges mitgenommener aus.

»Hey«, sagt sie und bleibt vor mir stehen. »Ist alles in Ordnung?«

Ich blinzele. »Ähm, ja.« Sie kann nichts über Peter wissen, oder doch? »Warum?«

»Als wir in dem Klub waren, hast du gesagt, dass du dich nicht gut fühlst«, meint Andy und runzelt leicht ihre Stirn. »Kurz bevor du verschwunden bist.«

»Ach ja, das tut mir leid.« Ich versuche ein verlegenes Lächeln aufzusetzen. »Ich habe zu viel getrunken und es nicht vertragen. Ich glaube, ich habe mich zu Hause übergeben, aber meine Erinnerungen sind etwas verschwommen.«

»Ah, ich verstehe.« Ein erleichtertes Grinsen verdrängt ihren besorgten Gesichtsausdruck von eben. »Ich dachte, dass dich vielleicht irgendetwas gestört hat. Du hast ausgesehen, als hätte jemand dein Lieblingspony vor deinen Augen erschossen.«

Ich lache und schüttele den Kopf, auch wenn sie fast den

Nagel auf den Kopf getroffen hat. »Das einzige Opfer war meine Leber.«

Andy lacht und fragt: »Was machst du nächsten Samstag? Tony und Marsha planen einen weiteren Mädelsabend, aber ich dachte eher an ein Abendessen und einen Film mit Larry – beides zu einer vernünftigen Uhrzeit, weil ich am Sonntag Frühdienst habe. Willst du mitkommen?«

»Mit dir und deinem Freund?« Ich schaue sie überrascht an. »Wäre ich dann nicht das fünfte Rad am Wagen?«

»Na ja ...« Ein verschmitztes Grinsen erhellt ihr sommersprossiges Gesicht. »Zufälligerweise hat Larry einen sehr gutaussehenden – und sehr erfolgreichen – Freund, der unbedingt ein nettes Mädchen kennenlernen möchte. Er ist ein Immobilien-Mogul und hat eine unendlich lange Liste von Anforderungen, aber«, sie hebt einen Finger, als ich sie unterbrechen will, »du erfüllst sie alle. Wenn das für dich in Ordnung ist, wird Larry ihn auch einladen, und wir könnten ein nettes Double-Date haben.«

Ich kräusele meine Nase. »Ich weiß nicht ...«

»Er ist ein gutaussehender Kerl. Hier.« Sie zieht ihr Telefon aus der Tasche, wischt einige Male über das Display und zeigt mir ein Bild von einem Mann, der wie ein blonder Tom Cruise aussieht. »Siehst du? Es könnte wirklich schlimmer sein.«

Ich muss lachen. »Mit Sicherheit, aber ...«

»Kein Aber.« Sie hält ihre Hand hoch, als ich etwas erwidern möchte. »Komm einfach, und wir werden Spaß haben. Kein Druck oder sonst etwas. Wenn du Larrys Freund magst, toll. Wenn nicht, verschwinden wir, um die Mädels zu treffen, und Larry kann einen Männerabend machen – das will er schon seit Ewigkeiten.«

Ich zögere, schüttele dann aber bedauernd den Kopf.

»Danke, aber ich kann nicht.« Ich weiß nicht, ob Peter eine Gefahr für Andy oder ihren Freund ist, aber ich will es nicht riskieren. Mit einem russischen Killer, der jeden meiner Schritte überwacht, könnte jede Person in meiner Nähe ein Ziel werden.

Bis die Situation mit meinem Stalker nicht gelöst ist, bleibe ich lieber allein.

Andy lässt den Kopf hängen. »Oh, okay. Solltest du deine Meinung ändern, sag mir einfach Bescheid. Marsha hat meine Nummer.«

»Das mache ich, danke«, antworte ich, aber Andy eilt bereits, so schnell sie ihre weißen Turnschuhe tragen, weg.

Auf meinem Weg nach Hause höre ich Kelly Clarksons »Stronger« und kämpfe gegen meinen Drang an, einfach so lange weiterzufahren, bis ich mich in einem anderen Bundesstaat befinde. Oder vielleicht sogar in einem anderen Land. Kanada und Mexiko hören sich beide verlockend an, genauso wie die Antarktis oder Timbuktu. Statt zu meinem kameraverseuchten Haus könnte ich zum Flughafen fahren und in ein Flugzeug nach irgendwohin steigen – egal wohin.

Ich würde zum Nordpol fliegen, wenn ich die Garantie hätte, dass Peter mir nicht folgt.

Leider habe ich diese Garantie nicht. Eigentlich ganz im Gegenteil. Wenn ich weglaufe, wird er mir folgen. Da bin ich mir sicher. Er ist ein Jäger, ein Spurenleser, und er wird nicht aufgeben, bis er mich findet, genauso wie die ganzen Personen auf seiner Liste. Ich könnte in ein anderes Hotel oder auf einen anderen Kontinent gehen, und es würde keinen Unterschied machen.

Er wird mich nicht in Ruhe lassen, bis er bekommen hat, was er will, was auch immer das sein mag.

Meine Handflächen auf dem Lenkrad sind verschwitzt, und ich bemerke, dass ich schnell atme, weil meine Ruhe verschwindet, als Gedanken an letzte Nacht durch meinen Kopf schießen. Ich bin mir nicht sicher, was er will, aber es scheint etwas anderes als einfach nur Sex zu sein.

Etwas Dunkleres und viel Krankhafteres.

Als ich spüre, dass ich kurz vor einer Panikattacke stehe, wechsele ich von Kelly Clarkson auf klassische Musik und konzentriere mich auf meine Atemübungen. Vielleicht mache ich einen Fehler, wenn ich nicht zum FBI gehe. Dort besteht wenigstens die Möglichkeit, dass sie mich beschützen könnten, während ich allein überhaupt keine Chance habe. Ich kann einfach nur hoffen, dass ihm bald langweilig mit mir wird, er sich das nächste Opfer sucht und mich verlässt, solange ich noch am Leben bin und meinen Verstand nicht komplett verloren habe.

Ich bin schon dabei, mein Telefon herauszuholen, als ich mich daran erinnere, warum ich Ryson nicht sofort angerufen habe: meine Eltern. Ich kann nicht verschwinden und sie zurücklassen, und es wäre egoistisch, sie wegen der kleinen Chance zu entwurzeln, dass das FBI sie schützen könnte. Um ihnen zu erklären, warum ein solcher Schritt nötig ist, müsste ich meinen Eltern alles erzählen, und ich weiß nicht, ob das Herz meines Vaters diesen Stress überstehen würde. Vor einigen Jahren hat er einen dreifachen Bypass bekommen, und die Ärzte haben ihm geraten, den Stress auf einem Minimum zu halten. Von einem mörderischen Stalker zu erfahren, der mich gefoltert und George getötet hat, könnte meinen Vater im wahrsten Sinne des Wortes umbringen und vielleicht sogar gefährlich für meine Mutter sein.

Nein. Das werde ich ihnen nicht antun. Ich bekomme meine Atmung in den Griff und mache wieder Kelly Clarkson an. Meine Eltern führen ein glückliches, normales Leben, und ich werde alles tun, damit das auch so bleibt. Wenn das bedeutet, dass ich allein mit Peter fertigwerden muss, dann ist das eben so.

Hoffentlich bin ich stark genug, das zu überleben, was er für mich vorbereitet hat.

WAS ER VORBEREITET HAT, IST ESSEN. EINE MENGE KÖSTLICH riechendes Essen.

Überrascht starre ich auf meinen gedeckten Esstisch. Auf ihm steht ein gebratenes Hühnchen, eine Schüssel mit Kartoffelbrei und eine große Schüssel Blattsalat – alles hübsch angerichtet mit brennenden Kerzen und einer Flasche Weißwein.

Ich hatte mich darauf vorbereitet, heute Abend in meinem Haus überfallen zu werden, aber damit hatte ich nicht gerechnet.

»Hast du Hunger?«, fragt eine tiefe Stimme mit einem leichten Akzent hinter mir, und ich wirbele herum, und mein Herz setzt einen Schlag aus, als Peter Sokolov aus dem Flur kommt. Die Haare auf seiner Stirn sind nass, so als habe er sich gerade das Gesicht gewaschen, und obwohl er ein blaues Hemd und dunkle Jeans trägt, hat er keine Schuhe an, sondern nur Socken.

Er sieht umwerfend aus – und gefährlicher als je zuvor.

»Was ...« Meine Stimme ist zu hoch, also hole ich Luft und versuche es noch einmal. »Was ist das?«

»Abendessen«, antwortet er und sieht belustigt aus. »Nach was sieht es denn aus?«

»Ich ...« Die Luft im Raum wird dünn, als er kurz vor mir stehen bleibt, und der vertraute Ausdruck in seinen Augen erinnert mich daran, dass ich nackt in seinen Armen geschlafen habe. »Ich habe keinen Hunger.«

»Nicht?« Er zieht seine dunklen Augenbrauen in die Höhe. »In Ordnung. Dann lass uns ins Bett gehen.« Er bewegt sich, so als wolle er zu mir kommen, und ich springe zurück.

»Nein, warte! Ich könnte etwas zu Essen vertragen.«

Ein Lächeln erscheint auf seinen Lippen. »Das habe ich mir gedacht. Nach dir.«

Er bewegt seinen Arm in einem höfischen Halbkreis, und ich gehe zum Tisch, während ich versuche, mein Herz wieder an seinen richtigen Platz zu drücken, als er die Lampe ausmacht, so dass das Kerzenlicht die einzige Beleuchtung ist, und mir zum Tisch folgt.

Er zieht einen Stuhl zurück, und ich setze mich hin. Dann geht er zu dem Stuhl mir gegenüber und nimmt ebenfalls Platz. Mir fällt auf, dass der Tisch mit zwei Tellern und meinem guten Besteck gedeckt ist – jenes Besteck, von dem George wollte, dass ich es nur an Feiertagen und für Partys benutze.

Schweigend sehe ich Georges Mörder dabei zu, wie er fachmännisch das Hühnchen zerlegt und eine der Keulen –

mein Lieblingsstück vom Huhn – auf meinen Teller legt, bevor er einige Löffel Kartoffelbrei und eine große Portion Salat hinzufügt.

»Wo hast du das ganze Essen her?«, frage ich ihn, als er seinen Teller füllt.

»Ich habe es gemacht.« Er schaut von seinem Teller auf. »Du magst Hühnchen doch, oder nicht?«

Das tue ich, aber das werde ich ihm nicht sagen. »Du kochst?«

»Ich versuche es.« Er nimmt seine Gabel und sein Messer. »Na los, probier schon.«

Ich schiebe meinen Stuhl nach hinten und stehe auf. »Ich muss mir die Hände waschen.« Ich bin gerade aus der Garage gekommen, und der Arzt in mir lässt es nicht zu, dass ich Essen anfasse, ohne vorher die Krankenhauskeime abzuwaschen.

»In Ordnung«, erwidert er, legt sein Besteck wieder ab, und ich verstehe, dass er vorhat, auf mich zu warten.

Mein Stalker hat hervorragende Tischmanieren.

Ich gehe ins Badezimmer und wasche meine Hände, schrubbe zwischen jedem Finger und um mein Handgelenk, so wie ich es immer mache. Als ich zum Tisch zurückkomme, hat er uns bereits Wein eingeschenkt, und der trockene Geruch des Pinot Grigio vermischt sich mit den köstlichen Aromen des Essens, was die Situation nur noch bizarrer macht.

Wenn ich es nicht besser wüsste, würde ich denken, dass wir ein Date haben.

»Woher wusstest du, dass ich hierherkommen würde, anstatt in ein Hotel zu gehen?«, frage ich, als ich mich wieder hingesetzt habe.

Er zuckt mit den Schultern. »Es war eine Vermutung. Du

bist ein helles Köpfchen, also wirst du den gleichen Fehler wahrscheinlich nicht zweimal machen.«

»Aha.« Ich nehme meine Gabel in die Hand und probiere den Kartoffelbrei. Der volle, butterige Geschmack auf meiner Zunge ist umwerfend und kurbelt meinen Appetit trotz der Angst, durch die mein Magen sich zusammenzieht, an. »Das ist eine Menge Kochen für eine Vermutung.«

»Ja, schon, aber ohne Risiko keine Belohnung, stimmt's? Außerdem habe ich gesehen, wie du denkst, Sara. Du tust keine dummen, sinnlosen Dinge, und zu einem anderen Hotel zu gehen, wäre genau das gewesen.«

Meine Hand mit der Gabel spannt sich an. »Habe ich das richtig verstanden? Du denkst, dass du mich kennst, weil du mich einige Wochen lang verfolgt hast?«

»Nein.« Seine Augen glänzen im Kerzenlicht. »Ich kenne dich nicht, Ptichka – zumindest nicht ansatzweise so gut, wie ich es gerne tun würde.«

Ich ignoriere diese provokante Aussage und konzentriere mich auf meinen Teller. Jetzt, nach dem ersten Bissen, giert mein Mund nach mehr. Trotz dem, was ich Peter vorhin gesagt habe, bin ich am Verhungern und freue mich über das köstliche Essen auf meinem Teller. Das Hühnchen ist perfekt gewürzt, der Kartoffelbrei großzügig mit Butter verfeinert und der grüne Salat erfrischend durch ein ungewöhnlich zitroniges Dressing. Ich bin so in das Essen vertieft, dass ich meinen Teller bereits halb aufgegessen habe, als mir ein beängstigender Gedanke in den Kopf schießt.

Ich lege die Gabel weg und schaue meinen Peiniger an. »Du hast keine Drogen oder so etwas hineingetan, oder?«

»Wenn ich es getan hätte, wäre es bereits zu spät für dich«, entgegnet er amüsiert. »Aber nein. Du kannst dich entspannen.

Wenn ich dich unter Drogen setzen oder vergiften wollte, würde ich eine Spritze benutzen. Dafür muss ich kein gutes Essen verschwenden.«

Ich versuche, keine Reaktion zu zeigen, aber meine Hand zittert, als ich nach meinem Weinglas greife. »Schön. Es freut mich, das zu hören.«

Er lächelt mich an, und ich fühle ein warmes, feuchtes Gefühl zwischen meinen Beinen. Um mein Unbehagen nicht zu zeigen, trinke ich einige Schlucke Wein und setze das Glas wieder ab, bevor ich mich erneut meinem Teller zuwende.

Ich fühle mich *nicht* zu ihm hingezogen. Ich weigere mich, das zu tun.

Wir essen schweigend, bis unsere Teller leer sind, dann legt Peter seine Gabel ab und nimmt sein Weinglas in die Hand. »Erkläre mir etwas, Sara«, sagt er. »Du bist jetzt achtundzwanzig Jahre und seit zweieinhalb eine vollwertige Ärztin. Wie hast du das geschafft? Warst du eines dieser Kindergenies mit einem super hohen Intelligenzquotienten?«

Ich schiebe meinen leeren Teller zur Seite. »Hast du das bei deinem Stalking nicht herausgefunden?«

»Ich bin nicht tief in deinen Hintergrund eingedrungen.« Er trinkt einen Schluck Wein und stellt sein Glas wieder ab. »Wenn es dir lieber ist, kann ich das gerne tun – oder du kannst einfach mit mir reden, und wir lernen uns auf eine traditionellere Art und Weise kennen.«

Ich zögere, bevor ich entscheide, dass es nicht schadet, wenn ich mit ihm rede. Je länger wir am Tisch sitzen, desto länger kann ich das Zubettgehen und alles, was das zur Folge haben könnte, hinauszögern.

»Ich bin kein Genie«, erkläre ich ihm und trinke einen

kleinen Schluck Wein. »Ich meine, ich bin nicht dumm, aber mein IQ ist im normalen Bereich.«

»Aber wie konntest du dann mit sechsundzwanzig Jahren schon ein fertig ausgebildeter Arzt sein, wenn das nach dem College mindestens acht Jahre dauert.«

»Ich war ein Unfall«, sage ich. Als er mich weiterhin fragend anschaut, erkläre ich ihm: »Ich wurde drei Jahre vor der Menopause meiner Mutter geboren. Sie war fast fünfzig, als sie schwanger wurde, und mein Vater war achtundfünfzig. Sie waren beide Professoren – sie haben sich kennengelernt, als er ihr Doktorvater wurde, auch wenn sie erst später zusammengekommen sind, und keiner von beiden wollte Kinder. Sie hatten ihre Karrieren, sie hatten einen tollen Freundeskreis und sie hatten sich. In jenem Jahr haben sie Pläne gemacht, sich zur Ruhe zu setzen, aber stattdessen bin ich passiert.«

»Wie?«

Ich zucke mit den Schultern. »Ein paar Drinks und die Überzeugung, dass sie zu alt wären, um sich über ein geplatztes Kondom Gedanken machen zu müssen.«

»Also wollten sie dich nicht?« Seine grauen Augen verdunkeln sich, aus Stahlgrau wird Blaugrau, und sein Mund spannt sich an.

Wenn ich es nicht besser wüsste, würde ich denken, dass er wütend auf meine Eltern ist.

Ich schüttele diesen lächerlichen Gedanken ab und sage: »Doch, sie wollten mich. Zumindest, als sie den anfänglichen Schock über die Schwangerschaft überwunden hatten. Sie hatten das weder gewollt noch erwartet, aber als ich erst einmal da war, trotz allem gesund zur Welt gekommen war, haben sie mir alles gegeben. Ich wurde der Mittelpunkt ihrer Welt, ihr persönliches, kleines Wunder. Sie hatten eine Festanstellung, sie hatten Ersparnisse und sie haben ihre neue Elternrolle mit derselben Hingabe erfüllt wie ihre Karrieren. Ich wurde mit Aufmerksamkeit überschüttet und konnte lesen und bis einhundert zählen, bevor ich gehen konnte. Als ich im Kindergarten angefangen habe, konnte ich lesen wie ein Kind in der fünften Klasse und hatte mathematisches Grundwissen.

Die harte Linie seines Mundes wird weicher. »Ich verstehe. Also warst du der Konkurrenz um Längen voraus.«

»Ja. Ich habe zwei Klassen in der Grundschule übersprungen und hätte das auch bei weiteren machen können, aber meine Eltern dachten, dass es nicht gut für meine soziale Entwicklung sein würde, wenn ich sehr viel jünger als meine Klassenkameraden wäre. Letztendlich hatte ich Schwierigkeiten, in der Schule Freunde zu finden, aber das tut jetzt nichts zur Sache.« Ich mache eine Pause, um noch einen Schluck Wein zu trinken. »Ich habe die Highschool schließlich in drei Jahren abgeschlossen, weil sie einfach für mich war und ich anfangen wollte, zu studieren, und dann habe ich die Uni in drei Jahren abgeschlossen, weil ich viele Credits dafür bekommen habe, dass ich auf der Highschool viele Seminare auf Uni-Niveau besucht habe.

»Das sind also die vier Jahre.«

Ich nicke. »Ja, das sind die vier Jahre.«

Er betrachtet mich eindringlich, und ich rutsche auf meinem Stuhl hin und her, da mir die Wärme in seinen Augen unangenehm ist. Mein Weinglas ist jetzt fast leer, und ich beginne die Wirkung zu spüren, die leichte Gelöstheit durch den Alkohol, der den Großteil meiner Angst verjagt und mich solche unwichtigen Dinge wahrnehmen lässt, wie dass sein Haar so aussieht, als würde es sich dick und seidig anfühlen, und dass sein Mund gleichzeitig hart und weich ist. Er sieht mich voller Bewunderung ... und etwas anderem an, etwas, wodurch sich meine Haut heiß und angespannt anfühlt, so als hätte ich Fieber.

Als würde er es spüren, lehnt Peter sich nach vorn, und seine Augen schließen sich leicht. »Sara ...« Seine Stimme ist leise, tief und gefährlich verführerisch. Ich kann spüren, dass ich schneller atme, als er mit seiner großen Hand meine kleine bedeckt und flüstert: »Ptichka, du bist ...«

»Warum denkst du, dass George deiner Familie wehgetan hat?« Ich ziehe meine Hand weg, weil ich verzweifelt versuche, meine wachsende Erregung zu bekämpfen. »Was ist mit ihr passiert?«

Meine Frage ist wie eine Bombe in der sexuell aufgeladenen Atmosphäre. Sein Blick wird verschlossen und hart, und die Wärme verwandelt sich in eisige Wut.

»Meine Familie?« Er ballt seine Hand auf dem Tisch zu einer Faust. »Du willst wissen, was mit ihr geschehen ist?«

Ich nicke vorsichtig und kämpfe gegen meinen Instinkt an, aufzuspringen und Abstand zu nehmen. Ich habe das furchtbare Gefühl, ein verwundetes Raubtier provoziert zu haben, eines, das mich mühelos zerreißen könnte, ohne es zu wollen.

»In Ordnung.« Sein Stuhl schabt über den Boden, als er aufsteht. »Komm her, und ich zeige es dir.

21

P*eter*

Sie bleibt wie versteinert sitzen. Ein Reh, gefangen im Fadenkreuz der Waffe des Jägers. Ich weiß, dass ich ihr Angst mache, aber ich kann gerade nichts dagegen tun – nicht mit dem Schmerz und der Wut, die von tief innen heraus aufsteigen.

Selbst nach fünfeinhalb Jahren hat der Gedanke an Pashas und Tamilas Tod die Macht, mich zu zerstören.

»Komm her«, wiederhole ich und gehe um den Tisch herum. Ich ergreife Saras Arm, ziehe sie nach oben und ignoriere, wie steif sie ist. »Du willst es wissen? Du willst sehen, was dein Ehemann und seine Kohorte getan haben?«

Ihr schlanker Arm in meinem Griff ist angespannt, als ich mit meiner freien Hand in meine Tasche greife und mein altes

Smartphone heraushole. Ich habe es immer bei mir, auch wenn es nicht mit einem Netzwerk verbunden werden kann und ich keine Telefonate damit tätigen kann. Ich wische mit meinem Daumen über das Display, um zu den ältesten Bildern zu gelangen.

»Hier.« Ich lege ihr das Telefon in ihre freie Hand. »Schau es dir ganz genau an.«

Saras Hand zittert, als sie das Telefon näher an ihr Gesicht hält, und ich kann den genauen Moment erkennen, in dem sie das erste Foto erblickt. Ihr Gesicht wird blass, und sie schluckt krampfhaft, bevor sie über das Display wischt, um die restlichen Bilder zu betrachten.

Ich selbst blicke nicht auf das Telefon – das muss ich nicht. Die Bilder sind in meine Netzhaut gebrannt, wie ein grausiges Tattoo in mein Gehirn.

Ich habe diese Fotos einen Tag nach meiner Flucht vor den Soldaten gemacht, die mich vom Tatort weggezogen haben. Sie hatten die verbliebenen Dorfbewohner bereits umgesiedelt, aber die Untersuchung begann gerade erst, und sie hatten die Leichen noch nicht weggebracht. Als ich zurückkam, lagen sie immer noch da, von Fliegen und auf ihnen krabbelnden Insekten bedeckt. Ich habe alles fotografiert: die ausgebrannten Gebäude, die dunklen Blutflecken auf dem Gras, die verwesenden Leichen und die abgerissenen Gliedmaßen, Pashas kleine Hand, die das Spielzeugauto umklammert ... es gab Dinge, die ich nicht einfangen konnte, wie den Gestank des verwesenden Fleisches, der dick in der Luft hing, und die hoffnungslose Leere des verlassenen Dorfes, aber was ich aufgenommen habe, ist genug.

Sara lässt ihre Hand mit dem Telefon sinken, und ich nehme

es aus ihren blutleeren Fingern, um es zurück in meine Tasche zu schieben.

»Das war Daryevo.« Ich lasse ihren Arm los, und jedes Wort fühlt sich wie Sandpapier auf meiner Kehle an. »Ein kleines Dorf in Dagestan, in dem meine Frau und mein Sohn lebten.«

Sara tritt einen Schritt zurück. »Was ...« Sie schluckt hörbar. »Was ist dort passiert? Warum wurden sie umgebracht?«

Ich hole tief Luft, um die gewaltige Wut, die in mir kocht, zu kontrollieren. »Weil manche Menschen arrogant und voller blindem Ehrgeiz sind.«

Sara schaut mich verständnislos an.

»Es war eine geheime Mission, um eine kleine, aber sehr effektive Terroristenzelle im Kaukasus zu fassen«, fahre ich hart fort. »Eine Gruppe NATO-Soldaten hat nach Informationen von einem Bündnis der westlichen Geheimdienste gehandelt. Alles wurde heimlich gemacht, damit sie ihren Ruhm nicht mit den lokalen Antiterrorgruppen wie der, die ich für Russland angeführt habe, teilen mussten.«

Sara bedeckt ihren zitternden Mund, und ich kann sehen, dass sie beginnt, zu verstehen.

»Das stimmt, Ptichka.« Ich gehe zu ihr, ergreife ihr schlankes Handgelenk und ziehe ihre Hand von ihrem Gesicht weg. »Du kannst dir denken, wer damit zu tun hatte, den Soldaten die falschen Informationen zukommen zu lassen.«

Ihre Augen sind voller Entsetzen. »Die Terroristenzelle war nicht dort?«

»Nein.« Mein Griff um ihr Handgelenk ist bestrafend fest, aber ich kann meine Finger gerade nicht entspannen. Mit den Erinnerungen frisch in meinem Kopf kann ich nichts dagegen tun, sie als die Frau meines toten Feindes zu sehen. »Ein Dorf voller Zivilisten, und wenn dein Ehemann und die anderen, die in dem Team gearbeitet haben, *mein* Team kontaktiert hätten, hätten sie das wissen können.« Meine Stimme wird rauer und meine Worte beißender. »Wenn sie nicht so beschissen arrogant, so gierig auf Ruhm gewesen wären, hätten sie Hilfe gesucht, anstatt zu denken, dass sie alles wüssten – und sie hätten erfahren, dass ihre Informationsquelle die Terroristen selbst gewesen waren, und meine Frau und mein Sohn wären noch am Leben.«

Ich kann das schnelle Flattern von Saras Puls spüren, als sie zu mir hochblickt, und ich sehe, dass sie mir nicht glaubt, zumindest nicht ganz. Sie denkt, dass ich verrückt bin, oder bestenfalls falsch informiert. Ihr Zweifel verstärkt meine Wut, und ich zwinge mich dazu, ihr Handgelenk loszulassen, bevor ich ihre zerbrechlichen Knochen zerdrücke.

Sie geht sofort auf Abstand, und ich weiß, dass sie die Gewalt unter meiner Haut pulsieren spüren kann. In dem Moment, in dem ich erfahren habe, was wirklich passiert war, konnte ich die anderen NATO-Soldaten oder die beteiligten Geheimagenten nicht bestrafen – die Aufräumaktion war unglaublich schnell und gründlich –, also habe ich meine Wut an der Terroristenzelle ausgelassen, die die falsche Information gestreut hatte, gefolgt von allen, die dumm genug waren, sich mir in den Weg zu stellen.

Der Tod meines Sohnes hat das Monster in mir entfesselt, und es läuft immer noch frei herum.

Als wir einen Meter Abstand zueinander haben, hört Sara auf, sich weiter zurückzuziehen und betrachtet mich vorsichtig. »Ist das der Grund, weshalb ...« Sie beißt sich auf die Lippe. »Bist du deshalb zum Deserteur geworden? Wegen dem, was damals passiert ist?«

Meine Hände ballen sich zu Fäusten, und ich drehe mich

weg, um zum Tisch zurückzugehen. Ich kann nicht eine Sekunde länger darüber reden. Jeder Satz ist wie ein Säureregen auf mein Herz. Ich bin an dem Punkt angelangt, an dem ich einige Stunden verbringen kann, ohne permanent an den gewaltsamen Tod meiner Familie denken zu müssen, aber darüber zu reden, was passiert ist, bringt die Zerstörung jenes Tages zurück – und die Wut, die mich aufgefressen hat.

Wenn wir weiter bei diesem Thema bleiben, könnte ich meine Kontrolle verlieren und Sara wehtun.

Ein Schritt nach dem anderen. Eine Sache nach der anderen. Ich verdränge alles aus meinem Gehirn, so wie wenn ich einen Job erledige, und konzentriere mich auf das, was getan werden muss. In diesem Fall ist es, den Tisch abzudecken, die Reste in den Kühlschrank zu stellen und das Geschirr in den Geschirrspüler zu räumen. Ich konzentriere mich auf diese weltlichen Aktivitäten, und langsam lässt meine kochende Wut nach, genauso wie mein Drang, etwas Gewalttätiges zu tun.

Als ich den Geschirrspüler anstelle und mich wieder zu Sara umdrehe, sehe ich, dass sie mich vorsichtig betrachtet. Sie sieht aus, als würde sie jeden Moment flüchten wollen, und die Tatsache, dass sie es noch nicht getan hat, bedeutet, dass sie ihre Lage versteht.

Wenn sie jetzt rennt, werde ich nicht sanft sein, wenn ich sie fange.

»Gehen wir nach oben«, sage ich und gehe auf sie zu. »Es ist an der Zeit, ins Bett zu gehen.«

Ihre Hand ist eisig in meiner, als ich sie die Treppe

hinaufführe, und ihr wunderschönes Gesicht blass. Wenn ich mich innerlich nicht so roh fühlen würde, würde ich sie beruhigen, ihr sagen, dass ich ihr auch heute Nacht nicht wehtun werde, aber ich will nichts versprechen, was ich vielleicht nicht halten kann.

Das Monster ist zu nahe an der Oberfläche, zu sehr außer Kontrolle.

»Zieh dich aus«, befehle ich und lasse ihre Hand los, als wir an ihrem Schlafzimmer ankommen. Sie trägt Skinny-Jeans und ein weites, elfenbeinfarbenes Sweatshirt, und auch wenn sie in diesem schlichten Outfit phänomenal aussieht, will ich, dass es verschwindet.

Ich will nicht, dass es Barrieren zwischen uns gibt.

Anstatt zu gehorchen, geht Sara auf Abstand. »Bitte ...« Sie bleibt auf halbem Weg zwischen mir und dem Bett stehen. »Bitte tu das nicht. Es tut mir leid, was mit deiner Familie geschehen ist, und falls George auf irgendeine Art und Weise dafür verantwortlich war ...«

»Das war er.« Mein Ton ist schneidend. »Es hat Jahre gedauert, aber ich habe die Namen aller Soldaten und Geheimdienstler bekommen, die an diesem Massaker beteiligt waren. Das ist kein Missverständnis, Sara, meine Liste kam direkt von eurem eigenen CIA.«

Sie sieht fassungslos aus. »Du hast sie vom CIA bekommen? Aber ... wie? Ich dachte, du hättest gesagt, dass sie daran beteiligt waren, dass George einer von ihnen war.«

»Es gibt viele Divisionen und Fraktionen in der Organisation. Eine Hand weiß nicht immer oder interessiert sich nicht immer für das, was die andere tut. Ich kenne einen Waffenhändler, der einen Kontakt dort hat, und er, besser gesagt seine Frau, hat mir die Liste gegeben. Aber das ist irrelevant.« Ich verschränke meine Arme vor der Brust. »Zieh dich aus.«

Seine Augen richten sich auf das Bett und danach auf die Tür hinter mir.

»Tu das nicht. Du willst mich heute Nacht nicht testen, vertraue mir.«

Ihr Blick richtet sich wieder auf mein Gesicht, und ich kann ihre Verzweiflung spüren. »Bitte, Peter. Bitte tu das nicht. Was deiner Familie zugestoßen ist, war furchtbar, aber das hier wird sie nicht zurückbringen. Es tut mir leid für sie, aber ich hatte nichts zu tun mit ...«

»Das hat damit nichts zu tun.« Ich nehme meine Arme herunter. »Was ich von dir möchte, hat nichts mit dem zu tun, was passiert ist.« Aber als ich es ausspreche, weiß ich, dass es eine Lüge ist. Ich handele nicht wie ein Mann, der eine Frau umwirbt, sondern wie ein Raubtier, das seine Beute verfolgt. Wenn sie nicht diejenige wäre, die sie ist, wenn sie einfach eine zufällige Begegnung wäre, würde ich mich nicht derart in ihr Leben drängen.

Mein Verlangen nach ihr wäre sanft und kontrolliert gewesen, und nicht gefährlich besessen.

Sara wirft mir einen ungläubigen Blick zu, und mir wird klar, dass sie das auch weiß. Ich mache niemandem etwas vor. Was zwischen uns geschieht, hat definitiv mit der dunklen Vergangenheit zu tun, die wir gemeinsam haben.

Also gut.

Ich gehe auf sie zu. »Zieh dich aus, Sara. Ich werde dich nicht noch einmal bitten.«

Sie weicht wieder zurück, hält dann allerdings inne, wahrscheinlich, weil sie bemerkt, dass sie sich dem Bett nähert. Selbst mit ihrem dicken Sweatshirt, das ihre Rundungen verbirgt, kann ich ihre schmale Brust beben sehen, während ihre Hände an ihren Seiten sich abwechselnd zu Fäusten ballen und sich wieder entspannen.

»In Ordnung. Wenn du es so möchtest ...« Ich beginne, zu ihr zu gehen, aber sie hebt ihre Arme mit den Handflächen in meine Richtung an.

»Warte!« Ihre Hände zittern, als sie nach ihrem Sweatshirt greift. »Ich werde es tun.«

Ich bleibe stehen und beobachte sie dabei, wie sie sich den Pullover über den Kopf zieht. Darunter trägt sie ein enges, blaues Tanktop, das ihre Schultern unbedeckt lässt und die weichen Kurven ihrer Brüste betont. Sie sind nicht die größten, die ich jemals gesehen habe, aber sie passen zu ihrer ballerinaartigen Figur, und mein Schwanz versteift sich, als ich mich daran erinnere, wie sich diese hübschen Brüste angefühlt haben, als sie letzte Nacht auf meinem Arm lagen.

Bald werde ich wissen, wie sie sich in meinen Händen anfühlen – und wie sie schmecken.

»Weiter«, sage ich, als Sara erneut zögert und ihr Blick an mir vorbei zur Tür schweift. »Tanktop, dann Jeans.«

Ihre Hände zittern, als sie meiner Aufforderung nachkommt und sich ihr Tanktop über den Kopf zieht, bevor sie nach dem Reißverschluss ihrer Jeans greift. Unter ihrem Top trägt sie einen zweckmäßigen weißen BH, und ich muss mich dazu zwingen, ruhig stehenzubleiben, als sie ihre Jeans nach unten zieht und einen hellblauen Slip freilegt. Auch wenn ich letzte Nacht ihre nackte Haut an meiner gespürt habe und sie mehrere Male unbekleidet in den Kameras gesehen habe, ist das hier das erste Mal, dass ich sie aus dieser Nähe nackt sehe, und mein Herzschlag wird schneller, als ich hungrig jede anmutige Linie und Wölbung ihres Körpers aufsauge.

Sie ist nur durchschnittlich groß, aber ihre Beine sind lang und haben die wohlgeformten Muskeln einer Tänzerin. Ihr Bauch ist flach und straff, ihre schmale Taille geht in weibliche Hüften über, und ihre Haut ist überall glatt und blass, ohne Anzeichen einer Sonnenbräune.

Sie ist wunderschön, meine neue Besessenheit. Wunderschön und verängstigt.

»Und jetzt den Rest«, sage ich rau, als sie ihre Jeans ganz ausgezogen hat und zitternd nur mit BH und Slip bekleidet dasteht. Ich weiß, dass ich gerade grausam bin, aber die rohe, schmerzende Wunde, die sie freigelegt hat, braucht meinen ganzen Anstand und mein Mitgefühl auf und hinterlässt nur Lust mit einem Hauch irrationalem Verlangen, zu bestrafen.

Ich möchte ihr vielleicht nicht wehtun, aber in diesem Moment muss ich sie leiden sehen.

Sie greift nach dem Verschluss ihres BHs auf dem Rücken, öffnet ihn mit ruckartigen Bewegungen, und ich hole scharf Luft, als der Schmerz in meiner Brust von einer noch intensiveren Lustwelle erstickt wird. Ich habe ihre Brüste letzte Nacht gesehen, also weiß ich, dass sie umwerfend sind, aber der Anblick ihrer straffen rosa Nippel und des weißen Fleisches trifft mich wie ein Faustschlag. Mein Herz schlägt in einem schnellen, harten Rhythmus, und ich kann kaum an meinem Platz stehen bleiben und sie nicht ergreifen, als sie ihren Slip auszieht. Ihre Muschi ist glatt und haarlos – entweder sie wachst sie regelmäßig oder hat sich irgendwann einer Laserbehandlung unterzogen – und mir läuft das Wasser im Munde zusammen, als ich mir vorstelle, wie meine Zunge durch diese zarten Falten fährt.

Ich kann es kaum erwarten, sie zu schmecken und sie kommen zu lassen.

Während ich mir das vorstelle, stellt sich Sara gerade hin und streckt trotzig ihr Kinn nach vorn. »Bist du jetzt glücklich?« Auch wenn ihre Wangen knallrot sind, versucht sie nicht, ihren Körper zu verstecken, und ihre Hände bleiben zu Fäusten geballt an ihren Seiten.

Perverserweise dämpft diese kleine mutige Geste die dunkle Lust, die in mir wütet, und mein Mund verzieht sich zu einem amüsierten Lächeln.

»Noch nicht, aber bald«, antworte ich und ziehe mich ebenfalls aus. Meine Bewegungen sind schnell und effektiv, um mein Ziel so schnell wie möglich zu erreichen, und ihr Gesicht brennt noch mehr und ihre Brust bebt, während sie mich anstarrt.

»Komm«, sage ich und gehe zu ihr, als ich komplett ausgezogen bin. »Ich weiß, dass du gern duschst, bevor du ins Bett gehst.«

Sie blinzelt, ihre Augen suchen mein Gesicht, und ich verstehe, dass sie meinen Schwanz angestarrt hat, der so hart ist, dass er sich in Richtung meines Bauchnabels biegt.

»Du kannst ihn unter der Dusche anfassen, wenn du möchtest«, sage ich, und mein Lächeln wird wegen ihrer offensichtlichen Verlegenheit noch breiter. »Komm, Ptichka. Du wirst es genießen.«

Ich umfasse ihr Handgelenk und führe sie zum Badezimmer.

22

Sara

ICH VERSUCHE, HALTUNG ZU BEWAHREN – ODER ZUMINDEST DEN Anschein –, als Peter mich in das Bad schleift, und seine langen Finger dabei fest um meinem Handgelenk liegen. So habe ich mir diese Nacht definitiv nicht vorgestellt, als ich die Treppen nach oben gegangen bin. Trotz der unterschwelligen Dunkelheit in seinen Augen scheint mein Peiniger in einer unbeschwerten, fast spielerischen Stimmung zu sein – ein starker Gegensatz zu der furchtbaren Wut, die ich vorhin auf seinem Gesicht gesehen habe.

Es ist, als hätte mein erzwungener kleiner Striptease die Dämonen beruhigt, die die entsetzlichen Bilder entfesselt hatten.

Übelkeit breitet sich erneut in mir aus, als ich an die Bilder denke, den Tod und die Zerstörung, die so grausam detailliert gezeigt wurden. Ich habe sie nur einige Sekunden lang angeschaut, aber ich weiß, dass ich sie nie wieder vergessen werde. Ich kann mir nicht vorstellen, wie es sein muss, persönlich dort zu sein und diese Fotos zu schießen, noch weniger, wenn es sich um meine Familie handeln würde, die dort läge – dass die verwesenden Leichen Menschen wären, die ich geliebt hätte. Allein der Gedanke daran erfüllt mich mit solchen Qualen, dass ich für einen herzzerreißenden Moment verstehe, was meinen Angreifer antreibt.

Das entschuldigt nicht das, was er tut, aber ich verstehe es, und Mitleid kämpft in meiner Brust gegen Entsetzen an.

Wenn Peter glaubt, dass mein Ehemann für diese Tode verantwortlich ist, hatte er keine andere Wahl, als ihn zu jagen. So viel ist mir klar. Selbst bevor er abtrünnig wurde, hatte der Russe durch seinen Job die dunkelsten Seiten der Menschlichkeit gesehen, gelernt, dass Gewalt eine Lösung ist, und das schließt noch nicht einmal seine Erfahrungen davor ein, die ihn im Alter von zwölf Jahren zu einem Mörder werden ließen. Ein Mann wie er würde nicht auch noch die andere Wange hinhalten, sondern ein Auge für ein Auge nehmen. Es wäre ihm egal, wie viele Unschuldige er bei seinem Streben nach Rache verletzt, und mit Sicherheit würde er nicht mit der Wimper zucken, die Frau seines Feindes zu foltern, um ihn zu finden.

Wenn George *irgendetwas* mit dem, was geschehen ist, zu tun hatte, habe ich Glück, dass ich noch am Leben bin. Als wir vor der gläsernen Duschkabine stehen, lässt mein Gefängniswärter mein Handgelenk los, tritt hinein und macht das Wasser an. Als er den Wasserhahn bedient, um die richtige Wassertemperatur einzustellen, werfe ich einen Blick auf die Badezimmertür. Er ist nass und abgelenkt, also bin ich mir beinahe sicher, dass ich es die Treppen nach unten und in mein Auto schaffen kann, bevor er mich einholt. Aber was dann? Soll ich nackt zu irgendeinem Hotel fahren und hoffen, dass er mich heute Nacht nicht findet? Soll ich auf dem kürzesten Weg zum FBI fahren und sie anbetteln, mich zu verstecken?

Bevor ich diese innerliche Debatte erneut beginnen kann, tritt Peter aus der Dusche, und Wassertropfen glänzen auf seiner kräftigen Brust. »Komm rein«, sagt er, greift nach meinem Arm, und ich stolpere fast, als er mich in die Kabine zieht.

»Vorsichtig«, murmelt er, hält mich fest, und als ich aufschaue, sehe ich, dass er mich mit einer Mischung aus Verlangen und dunkler Belustigung anschaut. »Es ist feucht hier.«

Diese Anspielung erweckt die Röte, die mein Gesicht nie ganz verlassen hatte, zu neuem Leben. Ich hasse es, dass er über die Reaktion meines Körpers auf ihn Bescheid weiß – dass er mich vor einigen Momenten dabei erwischt hat, wie ich seine Erektion wie ein Teenager, der zum ersten Mal einen Porno sieht, betrachtet habe. Zugegeben, mit so einem Schwanz könnte er ein erfolgreicher Pornostar sein, aber das ist nicht der Punkt. Es sollte mir egal sein, dass er ein umwerfendes männliches Tier ist, und ich sollte Angst vor seinem kräftigen Körper haben, anstatt ihn zu begehren.

Er ist gefährlich, vielleicht ein verrückter Mörder, und als solchen sollte ich ihn auch sehen.

Und das tue ich auch, also rational zumindest. Aber als er die Dusche in meine Richtung dreht, damit das warme Wasser auf meinen Rücken spritzen kann, wird mir klar, dass ich nicht ansatzweise so verängstigt bin wie letzte Nacht, auch wenn ich das nach diesen Bildern sein sollte. Wenn Peter das glaubt, was er mir erzählt hat, dann hat er allen Grund dafür, mich zu hassen, und die Anziehung, die er mir gegenüber verspürt, ist wahrscheinlich eine vergiftete. Ich weiß nicht, warum er mich letzte Nacht nicht vergewaltigt hat, aber ich bin mir fast sicher, dass er es heute Nacht tun wird. Dieser Gedanke sollte mich mit Angst erfüllen, und das tut er auch, aber die instinktive Panik, die ich in jenem Hotel verspürt habe, fehlt. Es ist, als habe das Schlafen in seinen Armen mich unempfindlich dafür gemacht, wie falsch das ist, was er mir antut, dass er sich in meinem Haus und unter meiner Dusche befindet.

Zum zweiten Mal in genauso vielen Tagen sind wir beide nackt zusammen, und ich finde das nicht ansatzweise so verstörend, wie ich es finden sollte.

»Schließe deine Augen«, sagt Peter, als er die Shampooflasche hochnimmt, und ich gehorche und lasse ihn die flüssige Seife auf meinem Haar verteilen. Trotz seiner wechselhaften Stimmung von eben sind seine starken Finger sanft, als er das Shampoo auf meinem Kopf einmassiert, und mir wird klar, dass er mich erneut verwöhnt, mich weiter mit seiner eigenartig zärtlichen Fürsorge entwaffnet. Ich verspüre den unangebrachten Wunsch, meinen Kopf nach hinten fallen zu lassen, mich wie eine Katze, die eine Streicheleinheit einfordert, an seine Hände zu schmiegen, aber ich bleibe unbeweglich stehen, weil ich nicht will, dass er weiß, dass ich irgendetwas von dem, was er mit mir tut, genieße.

Welches Spiel mein Peiniger auch mit mir spielt, ich weigere mich, mitzuspielen.

Meine Entschlossenheit dauert an, bis er beginnt, meinen

Nacken zu massieren, sich gekonnt durch die Knoten an meinem Schädelansatz arbeitet. Mir war nicht aufgefallen, wie verspannt ich gewesen war, bis sich die Verspannungen durch seine Berührungen und das heiße Wasser lösen und ich mich auf einmal so warm und entspannt fühle, wie ich es seit einer sehr langen Zeit nicht mehr getan habe.

Ich versuche, mich daran zu erinnern, ob George jemals mein Haar auf diese Weise gewaschen hat, aber mir fällt nichts ein. Ich kann mich, abgesehen von einigen Malen am Anfang unserer Beziehung, als wir im Bett noch relativ abenteuerlustig waren, nicht einmal daran erinnern, überhaupt mit ihm zusammen geduscht zu haben. Nachdem wir ein Jahr lang zusammen waren, war unser Sexleben zu einer Routine geworden, und George berührte mich kaum, ohne mich schnell kommen lassen zu wollen – und am Ende hat er mich kaum berührt, Punkt.

In den letzten Tagen hatte ich mehr körperliche Intimität mit dem Mörder meines Mannes als mit meinem Ehemann während eines Großteils unserer Ehe.

Als meine Haare sauber sind, führt Peter meinen Kopf unter den Wasserstrahl, spült das Shampoo aus und massiert die Spülung ein. Während er das tut, tritt er näher an mich heran, so dass seine Brust einen Augenblick lang meine berührt. Meine Nippel verhärten sich unter dem heißen Wasser, und mein Geschlecht wird weich und feucht, als die Eichel seines harten Schwanzes gegen meinen Bauch drückt.

Einen Moment später tritt er zurück, aber da ist es bereits zu spät. Das warme, entspannte Gefühl geht so schnell in Erregung über, dass ich keine Chance habe, mich dagegen zu wappnen. Auch wenn er mich kaum berührt hat, bin ich atemlos und zittere vor Begehren nach ihm. Das ist eine rein körperliche Reaktion, aber trotzdem schäme ich mich dafür. Ich sollte ihn oder diese aufgezwungene Intimität nicht wollen, nichts davon sollte mich auf irgendeiner Ebene ansprechen.

Ich beiße auf die Innenseiten meiner Wangen, um mich mit Schmerzen abzulenken, öffne meine Augen und sehe, dass er Duschgel in seine Handfläche gießt.

»Lass mich das tun«, sage ich angespannt und will ihm die Seife abnehmen, aber er schüttelt den Kopf, und ein sinnliches Lächeln erscheint auf seinen Lippen, als er die Flasche außerhalb meiner Reichweite abstellt.

»Noch nicht, Ptichka. Du musst warten, bis du dran bist.«

Er tritt hinter mich und beginnt, meinen Rücken zu waschen. Trotz der Wärme des Wassers brennt seine Berührung heiß auf mir, und jede Bewegung seiner rauen Hände lässt die Flammen meiner Erregung, die in meinem Unterleib lodern, höher schlagen. Ich versuche, mich auf etwas anderes zu konzentrieren, irgendetwas, aber mein Herz rast zu schnell, und mein Körper brennt zu gleichen Teilen vor Scham und Verlangen.

Und Angst. Auch wenn sie in diesem Augenblick schweigt, lauert sie heimtückisch in meinem Hinterkopf. Ich habe nicht vergessen, was dieser Mann, der mich gerade berührt, getan hat, und wozu er fähig ist. Vielleicht würde eine andere Frau in meiner Situation sich wehren, anstatt das zuzulassen, aber ich möchte nicht, dass er mir ernsthaft wehtut. Gestern hat er mich mit pathetischer Leichtigkeit unterworfen, und ich weiß, dass dasselbe heute geschehen würde. Allerdings mit dem kleinen Unterschied, dass er heute vielleicht nicht aufhören würde, wenn ich unter ihm liege.

Er könnte der Dunkelheit nachgeben, die ich heute in seinen

Augen aufblitzen sehen habe, und das Spiel, wie auch immer es funktioniert, würde entsetzlich enden.

Also stehe ich bewegungslos da und starre geradeaus, sehe den Wassertropfen dabei zu, wie sie das beschlagene Glas hinuntergleiten, während seine seifigen Hände über meinen Rücken gleiten, über meine Schultern, über meine Arme ... meine Seiten. Es ist eine andere Art von Folter, und als seine Hände sich nach vorn bewegen, Seife auf meinem zitternden Bauch verteilen, bevor sie an meinem Brustkorb nach oben fahren, kann ich es nicht mehr ertragen.

»Hör auf«, flüstere ich atemlos, und meine Nägel graben sich in meine Oberschenkel, als seine Finger über die Unterseite meiner Brüste streichen. »Bitte, Peter, hör auf.«

Zu meiner Überraschung hört er auf mich und bewegt seine Hände wieder zu meinen Hüftknochen. »Warum?«, murmelt er und zieht mich an sich. Seine Brust schmiegt sich an meinen Rücken, während seine Erektion sich in meinen Po drückt. »Weil du es hasst?« Er beugt seinen Kopf nach unten, und seine Stoppeln kratzen an meinen Schläfen, als er mit seiner Zunge den äußeren Rand meines Ohres abfährt. »Oder weil du es magst?«

Weder noch. Beides. Ich kann nicht klar genug denken, um mich zu entscheiden. Meine Augen schließen sich, und ich bekomme eine Gänsehaut, als seine Zunge in die Wölbung hinter meinem Ohr eintaucht und ich innerlich schmelze. Ich will ihn wegschieben, aber ich traue mich nicht, mich zu bewegen, falls ich etwas Dummes mache, wie meinen Kopf nach hinten fallen zu lassen, zur quälenden Hitze dieses bösen Mundes.

»Vor was hast du Angst, Ptichka?«, fährt er mit einer leisen, dunklen Stimme fort. »Schmerzen?« Er beißt sanft in mein

Ohrläppchen. »Oder Lust?« Seine rechte Hand schiebt sich schräg über meinen Bauch, mit heimtückischer Langsamkeit in Richtung des nach ihm verlangenden Dreiecks. Er gibt mir mehr als nur eine Chance, ihn aufzuhalten, aber ich kann nicht – nicht einmal, als ich sein Ziel erkenne. Alles, was ich tun kann, ist, flach zu atmen, als seine rauen Finger den Anfang meines Schlitzes erreichen und gemächlich meine Falten auseinanderschieben, um das empfindliche Fleisch freizulegen.

»Keine Antwort?« Sein Atem bläst warm gegen meine Schläfen. »Ich nehme an, dass ich es selbst herausfinden muss.«

Die Spitze seines Fingers umkreist meine Klitoris, und mein Atem stockt in meiner Brust, während mein Kopf eigenartig leer wird. Es ist, als seien alle Nervenenden in meinem Körper auf einen Schlag zum Leben erweckt worden. Ich bin mir seines großen, harten Körpers, der sich gegen meinen Rücken drückt, seiner Stoppeln, die über mein Ohr reiben, seiner großen Hand, die auf meinem Unterleib liegt, und des heißen Wassers, das auf uns fällt, mehr als bewusst. Und dieses Fingers, dieses rauen und doch zärtlichen Fingers. Er berührt mich kaum, und trotzdem fühlt sich mein Körper wie aufgezogen an, jeder Muskel vibriert voller Vorfreude.

Ich nehme ganz schwach ein eigenartiges Geräusch wahr, und mir wird klar, dass es von mir kommt. Es ist ein Stöhnen, vermischt mit einer Art keuchendem Wimmern. Ich schäme mich, aber diese Scham verstärkt meine Erregung nur, und alle meine Sinne konzentrieren sich auf das pulsierende Verlangen in diesem Nervenbündel, mit dem er so grausam spielt. Ich kann die Nässe zwischen meinen Schenkeln spüren, und als seine Finger stärker auf das überempfindliche Fleisch drücken, wird aus dem Verlangen eine unerträgliche Anspannung, die mit jeder Sekunde wächst und intensiver wird. Es ist gleichzeitig ein Genuss und eine Qual, und es ist so heftig, dass ich vibriere und Hitzewellen über meine Haut rollen. Ich versuche, es aufzuhalten, die Anspannung davon abzuhalten, ihren Höhepunkt zu erreichen, aber es ist unmöglich, diese Flut abzuwenden.

Mit einem erstickten Aufschrei komme ich, und die Entladung ist so intensiv, dass mein ganzer Körper sich derart zusammenzieht, dass ich hinter meinen geschlossenen Augenlidern Weiß sehe. Mein Orgasmus scheint unendlich lange anzudauern, die Lust sendet pulsierende Wellen aus meinem Unterleib, die mich so benebelt und zitternd zurücklassen, dass ich kaum stehen kann. Ich versuche, meinen Peiniger wegzuschieben, um dieses entsetzliche Lustgefühl zu beenden, aber er hält mich nur noch fester, und ich habe keine andere Wahl, als es bis zum Ende zu durchleben, jeden einzelnen Schauer, den er meinem Körper abringt, zu spüren.

»Genau so, Ptichka«, haucht er, als ich endlich gegen ihn sacke, keuchend und ausgelaugt. »Das war so wunderschön.«

Seine Hand zieht sich von meinem Geschlecht zurück, und ich öffne meine Augen, da die postorgastische Lethargie sich in Luft auflöst, als mir dämmert, was gerade Entsetzliches geschehen ist.

Ich bin gekommen. Ich bin durch die Hände des Mannes gekommen, der das Leben meines Ehemanns beendet hat.

Er beginnt, mich herumzudrehen, damit ich ihn ansehen kann, und endlich finde ich die Stärke, etwas zu tun. Mit einem gequälten Stöhnen winde ich mich aus seinem Griff und stolpere nach hinten, wobei ich fast in die Glaswand hinter mir krache. »Nein!« Meine Stimme ist hoch und dünn, fast schon hysterisch. »Fass mich nicht an!«

Zu meiner Überraschung bleibt Peter still stehen, auch

wenn ich sehen kann, dass er immer noch erregt ist, mich immer noch will. Er legt seinen Kopf auf die Seite und betrachtet mich einige Sekunden lang schweigend, bevor er sich ausstreckt und die Dusche abstellt.

»Komm raus«, sagt er sanft und macht die Tür der Duschkabine auf. »Ich denke, dass wir sauber genug sind.«

2 3

***

ICH TROCKNE MICH MIT EINEM WEICHEN, WEIßEN HANDTUCH AB und nehme danach ein anderes, um es um Sara zu wickeln, als sie aus der Dusche tritt. Sie sieht aus, als würde sie gleich zerbrechen, ihre braunen Augen glitzern schmerzhaft hell, und trotz der Lust, die mich auffrisst, fühle ich so etwas wie Mitleid.

Sie muss sich in diesem Moment hassen. Fast so sehr wie sie mich hasst.

Ich reibe das Handtuch über ihren Körper, um sie abzutrocknen, bevor ich es um ihr nasses Haar wickele. Ich weiß, dass ich sie wie ein Kind und nicht wie eine erwachsene Frau behandele, aber mich um sie zu kümmern beruhigt mich, hilft mir dabei, die dunkleren Impulse zu kontrollieren.

Hilft mir dabei, daran zu denken, dass ich ihr nicht wirklich wehtun möchte.

Ich bücke mich, hebe sie in meine Arme, und sie schnappt überrascht nach Luft. »Was tust du?« Sie drückt gegen meine Brust. »Lass mich runter!«

»Gleich.« Ich ignoriere ihre Versuche, sich aus meinen Armen zu winden, als ich sie aus dem Bad trage. Sie ist leicht, einfach zu tragen. Es fühlt sich an, als seien ihre Knochen hohl, so wie die eines echten Vogels. Sie ist zerbrechlich, meine Sara, aber gleichzeitig belastbar.

Wenn ich vorsichtig vorgehe, könnte sie mir nachgeben, anstatt zu brechen.

Als wir am Bett ankommen, setze ich sie darauf ab, und sie schnappt sich die Decke, um ihre Nacktheit zu bedecken. Ihr Blick ist voller Verzweiflung, als sie nach hinten rutscht, weg von mir.

»Warum tust du mir das an? Warum kannst du keine andere Frau zum Quälen finden?«

»Du weißt, warum, Ptichka.« Ich klettere auf das Bett und ziehe ihr die Decke weg. »Ich bin an keiner anderen interessiert.«

Sie springt vom Bett, da sie offensichtlich völlig vergessen hat, dass es sinnlos ist, vor mir wegzulaufen, und ich bin mit einem Satz bei ihr und fange sie ein, noch bevor sie an der Tür ist. Mein Blut pumpt dickflüssig in meinen Venen, als das Monster sich aufbäumt, während sie in meinen Armen gegen mich ankämpft, und ich muss meine ganze Selbstkontrolle aufbringen, um sie nicht gegen die Wand zu drücken und sie ohne Vorspiel zu ficken.

Wenn es mir nicht so wichtig wäre, dass unser erstes Mal nicht auf so eine Art stattfindet, wäre ich bereits in ihr.

»Hör auf, dich zu wehren«, knirsche ich hervor, als sie damit fortfährt, sich in meinen Armen zu winden und zu versuchen, ihnen zu entkommen. Ich spüre, wie ich langsam die Kontrolle verliere, wie mein Schwanz auf ihre Bewegungen reagiert, als führe sie einen Lapdance auf. »Ich warne dich, Sara ...«

Sie versteinert, da ihr klar wird, in welcher Gefahr sie sich befindet.

Ich hole langsam Luft, bevor ich sie loslasse und von ihr abrücke, um die Versuchung zu minimieren. »Geh ins Bett«, sage ich hart, als sie einfach nur keuchend dasteht. »Wir gehen schlafen, verstanden?«

Sie bekommt große Augen. »Du wirst mich nicht ...«

»Nein«, antworte ich grimmig. Ich gehe nach vorn, ergreife ihren Arm und führe sie zum Bett. »Nicht heute Nacht.«

Egal, was für eine Qual es sein wird, ich werde Sara mehr Zeit geben, um sich an mich zu gewöhnen. Das ist das Mindeste, was ich tun kann, um unseren gewalttätigen Anfang wiedergutzumachen.

Sie wird bald mir gehören, aber noch nicht jetzt.

Nicht, bis ich sicher bin, dass ich sie nicht zerstöre.

»BIST DU WACH, PAPA? KOMM, SPIEL MIT MIR.« EINE KLEINE HAND zieht an meinem Handgelenk. »Bitte, Papa, komm spielen.«

»Lass deinen Vater schlafen«, rügt Tamila und stützt sich auf der anderen Seite des Bettes auf ihrem Ellenbogen auf. »Er ist gestern Abend erst spät nach Hause gekommen.«

Ich rolle mich auf den Rücken und setze mich gähnend hin. »Das ist in Ordnung, Tamilochka. Ich bin wach.« Ich beuge mich nach unten, nehme meinen Sohn hoch und stehe auf, wobei ich ihn gleichzeitig hochhebe. Pasha quietscht vor Vergnügen, und seine kleinen Beine treten in die Luft, als ich ihn über meinen Kopf halte.

»Du bist viel zu nachsichtig mit ihm«, murmelt Tamila, bevor sie ebenfalls aufsteht und sich einen Bademantel über ihren Schlafanzug zieht. »Ich gehe das Frühstück machen.«

Sie verschwindet im Badezimmer, und ich grinse Pasha an. »Du willst spielen, Pupsik?« Ich werfe ihn in die Luft und fange ihn wieder auf, wobei er lachend aufschreit. »So?« Ich werfe ihn erneut hoch.

»Ja!« Er lacht jetzt so sehr, dass er schon gluckst. »Mehr! Höher!«

Ich lache und werfe ihn dann noch einige weitere Male, wobei ich die Schmerzen in meinen geprellten Rippen ignoriere. Ich habe die letzte Woche damit verbracht, eine Gruppe von Aufständischen zu jagen, und gestern haben wir sie endlich gefunden. In der anschließenden Schießerei habe ich einige Kugeln in meine Weste bekommen. Nichts Ernstes, aber ich könnte ein paar ruhige Tage gebrauchen. Trotzdem würde ich diese Spielzeit um nichts auf der Welt missen wollen.

Mein Sohn wächst sowieso schon viel zu schnell.

Ich wache mit einem bittersüßen Schmerz in meiner Brust auf. Ich muss meine Augen nicht öffnen, um zu wissen, wo ich bin, oder zu verstehen, dass ich geträumt habe. Der Schmerz, Pasha verloren zu haben, sitzt zu tief in mir, als dass ich eine Erinnerung in einem Traum für etwas anderes halten könnte, auch wenn es das erste Mal *ist*, dass ich einen so lebhaften schönen Traum hatte.

Normalerweise sind meine Träume über meine Familie weich und verschwommen – zumindest bis sie zu bildhaften Albträumen werden.

Ich liege einige Momente still da, lausche Saras gleichmäßiger Atmung und nehme das Gefühl ihres schlanken Körpers in meiner Umarmung in mich auf. Endlich ist sie eingeschlafen, und ihr überaktiver Kopf ruht sich aus. Sie hat heute Abend nicht mehr mit mir geredet, hat einfach eine Stunde lang dagelegen, und ich wusste, dass sie sich wegen dem Vorwürfe gemacht hat, was unter der Dusche passiert ist. Ich habe darüber nachgedacht, mit ihr zu reden, sie von ihren Gedanken abzulenken, aber mit den frischen Erinnerungen in meinem Kopf und meinem harten und verlangenden Körper wollte ich es nicht riskieren, dass die Unterhaltung auf ein schmerzhaftes Terrain gelenkt wird.

Hätte sie begonnen, ihren Ehemann zu verteidigen, hätte ich die Kontrolle verlieren und ihr wehtun können.

Ich hole Luft, atme den süßen Duft ihres Haares ein und lasse die vertraute Lustwelle die restliche Anspannung in meiner Brust vertreiben. Es ergibt kaum einen Sinn, aber ich bin mir sicher, dass Sara der Grund dafür ist, dass ich zum ersten Mal in fünfeinhalb Jahren von meinem Sohn geträumt habe, ohne gleichzeitig von seinem Tod zu träumen. Auch wenn es eine Art Selbstfolter ist, ihren nackten Körper in meinen Armen zu halten, ohne sie zu ficken, hat Saras Gegenwart in meinem Bett dieselbe Wirkung auf mich wie ihre Nähe, wenn ich wach bin.

Wenn ich bei ihr bin, ist der Schmerz über meinen Verlust weniger stark, fast erträglich.

Ich schließe die Augen, versuche, an nichts zu denken, und lasse mich wieder in den Schlaf sinken.

Wenn ich Glück habe, werde ich Pasha noch einmal im Traum begegnen.

24

WIE GESTERN IST PETER BEREITS VERSCHWUNDEN, ALS ICH aufwache. Ich bin froh, dass es so ist, weil ich nicht weiß, wie ich mich ihm gegenüber heute Morgen verhalten hätte. Jedes Mal, wenn ich an das denke, was in der Dusche geschehen ist, sterbe ich innerlich ein wenig.

Ich habe George betrogen, die Erinnerung an ihn auf die schlimmste vorstellbare Weise betrogen. Ich habe meinen Mann getroffen, als ich gerade achtzehn Jahre alt war. Er war mein erster fester Freund, mein erster Ein und Alles. Und selbst als die Dinge den Bach runtergingen, habe ich treu zu ihm und unserer Hochzeit gestanden.

Bis letzte Nacht war George der einzige Mann gewesen, mit

dem ich jemals Sex hatte, der Einzige, bei dem ich jemals gekommen bin.

Der Schmerz überrollt mich, die Trauer ist so durchdringend und plötzlich, dass sie sich wie ein Schlag ins Gesicht anfühlt. Keuchend beuge ich mich über die Spüle und umklammere meine Zahnbürste dabei mit der Faust. In den letzten sechs Monaten war ich mit meiner Angst, meinen Panikattacken und meinen Schuldgefühlen, weil ich für Georges Tod verantwortlich bin, so beschäftigt gewesen, dass ich keine Gelegenheit hatte, wirklich um meinen Ehemann zu trauern. Ich habe das leere Loch, das seine Abwesenheit in meinem Leben hinterlassen hat, noch gar nicht verarbeitet, habe mich noch nicht mit der Tatsache beschäftigt, dass der Mann, mit dem ich für fast ein Jahrzehnt zusammen gewesen bin, gegangen ist.

George ist tot, und ich hatte einen Orgasmus durch seinen Mörder.

Mein Magen krampft sich vor Übelkeit zusammen, während ich mich im Badezimmerspiegel anstarre und das Gesicht hasse, das zurückschaut. Die Leichtigkeit, mit der ich letzte Nacht gekommen bin, erfüllt mich mit einem heißen, roten Schamgefühl. Peter hat mich kaum berührt, hat kaum irgendetwas getan. Er hat mich nicht einmal wirklich festgehalten. Wenn ich es versucht hätte, hätte ich ihn vielleicht sogar wegschieben können, aber ich habe es nicht versucht.

Ich habe einfach nur dagestanden und der Lust nachgegeben, bevor ich die zweite Nacht hintereinander in den Armen meines Peinigers geschlafen habe.

Der Schmerz erstarrt zu einem dicken Knoten aus Ekel vor mir selbst, und ich blicke von meinem Spiegelbild weg, da ich die Kritik in den braunen Augen, die mich anblicken, nicht ertragen kann. Ich kann das nicht tun, kann dieses kranke und abartige Spiel, das Peter mir aufzwingt, nicht spielen. Es ist mir egal, ob er seine Gründe dafür hat oder denkt, er habe sie. Kein Leid dieser Welt entschuldigt das, was er George angetan hat, oder was er mir immer noch antut.

Mein Peiniger mag verletzt sein, aber das macht ihn nur noch gefährlicher – für meinen gesunden Verstand und meine Sicherheit.

Ich muss einen Ausweg aus dieser Sache finden.

Egal, mit welchen Mitteln, ich muss ihn loswerden.

ICH VERBRINGE DEN GROSSTEIL MEINER SCHICHT WIE ferngesteuert. Zum Glück stehen keine Operationen oder andere kritische Dinge an, ansonsten hätte ich vielleicht einen anderen Arzt bitten müssen, einzuspringen. Zum ersten Mal drehen sich meine Gedanken nicht um die Bedürfnisse meiner Patienten, sondern darum, was ich tun muss, um mit meinem Stalker fertigzuwerden.

Es wird nicht einfach werden und mit Sicherheit gefährlich, aber ich habe keine Wahl.

Ich kann nicht noch eine weitere Nacht in den Armen eines Mannes verbringen, den ich hasse.

Ich bin fast fertig mit meiner Schicht, als ich auf dem Gang in Joe Levinson renne. Zuerst gehe ich an ihm vorbei, aber er ruft mich, und ich erkenne den großen, schlanken Mann mit den sandfarbenen Haaren wieder.

»Joe, hallo«, erwidere ich lächelnd. Es war nett gewesen, sich mit ihm bei dem Abendessen am Samstag bei meinen Eltern zu unterhalten, genauso wie eigentlich jedes andere Mal, an dem wir uns im Laufe der Jahre durch die Freundschaft unserer Eltern getroffen haben. Unter anderen Umständen – also wenn ich nicht erst verheiratet und dann plötzlich gewaltsam zur Witwe geworden wäre – hätte ich vielleicht darüber nachgedacht, mich auf ein Date mit Joe einzulassen, um meinen Eltern eine Freude zu machen und weil ich ihn wirklich gerne mag. Mein Puls fängt nicht an zu rasen, wenn ich ihn sehe, aber er ist ein netter Kerl, und für mich zählt das eine Menge. »Was tust du hier?«

»Das«, antwortet er reumütig und hebt seine rechte Hand, um einen dick bandagierten Finger zu zeigen.

»Oh nein! Wie ist das denn passiert?«

Er verzieht das Gesicht. »Ich habe gegen eine Küchenmaschine gekämpft, und die Maschine hat gewonnen.«

»Autsch.« Ich zucke zusammen, als ich mir das bildlich vorstelle. »Wie schlimm ist es?«

»So schlimm, dass sie es nicht nähen können. Ich werde warten müssen, bis es von alleine aufhört zu bluten.«

»Das tut mir so leid. Also bist du damit in die Notaufnahme gegangen?«

»Ja, aber ich habe offensichtlich überreagiert. Ich meine, überall war Blut, und meine Fingerspitze besteht nur noch aus rohem Fleisch, aber sie haben gesagt, es würde von allein heilen und vielleicht nicht einmal eine schlimme Narbe hinterlassen.«

»Oh, das freut mich. Ich hoffe, dass es schnell heilt.«

Er grinst mich an, und seine blauen Augen funkeln. »Danke, ich auch.«

Ich lächele zurück und will gerade weitergehen, als er sagt: »Hey, Sara ...«

Bei seinem zögerlichen Gesichtsausdruck zucke ich

innerlich zusammen. »Ja?« Ich hoffe nur, dass er mich nicht fragen will, ob wir ...

»Ich wollte dich eigentlich anrufen, aber da wir uns ja jetzt getroffen haben ... Was machst du am Freitag?«, fragt er und bestätigt damit meine Vermutung. »Im Zentrum gibt es eine wirklich tolle Kunstausstellung, und ...«

»Es tut mir leid. Ich kann nicht.« Ich lehne ganz automatisch ab, und erst als ich den enttäuschten Gesichtsausdruck von Joe sehe, fällt mir auf, wie unhöflich ich gewesen bin. Weil ich mich schrecklich fühle, mache ich einen Rückzieher. »Es ist nicht so, dass ich nicht möchte, aber ich habe Freitag wahrscheinlich Bereitschaftsdienst und weiß nicht, ob ...«

»Ist schon in Ordnung. Mach dir keine Gedanken.« Er lächelt, und ich sehe sofort, dass es nur aufgesetzt ist. Ich tue dasselbe, wenn ich versuche, meine wahren Gefühle zu verbergen.

Scheiße. Er muss mich lieber mögen, als mir klar war.

»Möchtest du stattdessen etwas anderes tun?«, frage ich ihn, ohne nachzudenken. »Nicht diesen Freitag, aber vielleicht später?«

Joes Lächeln verwandelt sich in ein echtes, und er bekommt attraktive Fältchen an den Augenwinkeln. »Natürlich. Wie wäre es mit Abendessen übernächstes Wochenende? Ich kenne einen kleinen Italiener, der die beste Lasagne überhaupt macht.«

»Das hört sich gut an«, antworte ich und bereue bereits meine Spontaneität. Was ist, wenn ich meinen Stalker bis dahin nicht los bin? Aber da es bereits zu spät ist, um alles zurückzunehmen, sage ich: »Können wir den genauen Tag und die Uhrzeit später abmachen? Mein Arbeitsplan ändert sich andauernd, und ...«

»Du musst nichts weiter erklären. Ich verstehe das.« Er schenkt mir ein breites Lächeln. »Ich habe deine Nummer, also werde ich dich einfach nächste Woche anrufen, und du sagst mir, wann es dir am besten passt, okay?«

»Okay. Wir hören uns«, antworte ich und verschwinde den Gang hinunter, bevor ich meinen Mund noch einmal zu weit aufreiße.

Ich muss noch zu einem letzten Patienten gehen, und dann kann ich meine Mission ausführen.

Wenn alles klappt wie geplant, werde ich morgen wieder frei sein.

2 5

eter

»Wɪʀsᴛ ᴅᴜ sɪᴇ ʜᴇᴜᴛᴇ Nᴀᴄʜᴛ ᴡɪᴇᴅᴇʀsᴇʜᴇɴ?«, ғʀᴀɢᴛ Aɴᴛᴏɴ mich auf Russisch, als ich den Raum betrete, und schaut von seinem Laptop auf. Wie immer ist der ehemalige Pilot von Kopf bis Fuß in Schwarz gekleidet und bis zu den Zähnen bewaffnet, auch wenn unser Versteck in der Vorstadt so sicher wie möglich ist. Wie der Rest meiner Mannschaft ist er ein tödlicher Bastard, und auch wenn wir ihn oft wegen seines hippen langen Haares und seinem dicken, schwarzen Bart aufziehen, sieht er genau nach dem aus, was er ist: ein ehemaliger Mörder des Speznas.

»Natürlich«, antworte ich, ebenfalls auf Russisch.

Ich bleibe neben dem kleinen Tisch neben dem Sofa, auf dem Anton sitzt, stehen, ziehe meine Lederjacke aus und

197

nehme das Waffenarsenal ab, das an meiner Brust befestigt ist. Wenn ich zu Sara gehe, nehme ich nur eine Pistole und einige Messer mit, die ich strategisch in den Innentaschen meiner Jacke unterbringe, damit sie sie nicht sieht, wenn ich mich an- oder ausziehe. Ich will ihr keine Angst einjagen oder sie an das erinnern, was ich bin; sie weiß sowieso schon zu gut über meine Fähigkeiten Bescheid. Außerdem wäre ich ein Idiot, wenn ich ihr vertrauen würde, wenn Waffen in der Nähe sind.

Selbst jemand ohne Erfahrungen kann eine Waffe abfeuern und einen Glückstreffer landen.

»Yan übernimmt die erste Schicht heute Nacht«, sagt Anton, bevor er seine Aufmerksamkeit wieder dem Laptop auf seinem Schoß zuwendet. »Ich muss noch einige logistische Dinge für den Einsatz in Mexiko ausarbeiten.«

Ich runzele die Stirn, während ich meine kugelsichere Weste ablege. »Ich dachte, es sei bereits alles fertig.«

»Ja, das dachte ich auch, aber es sieht so aus, als sei er in einen kleinen Streit mit deinem alten Kumpel Esguerra geraten, und jetzt verschärft er wie ein Irrer seine Sicherheitsmaßnahmen. Ich denke, er erwartet, dass Esguerra ihn angreifen wird. Das hat offensichtlich nichts mit uns zu tun, aber trotzdem. Es erschwert unser Vorhaben.«

»Scheiße.« Dass Julian Esguerra mit der Sache zu tun hat, wie indirekt auch immer, erschwert definitiv mein Vorhaben, und nicht nur, weil er ungewollt unser Opfer verschreckt hat. Dieser kolumbianische Waffenhändler ist ernsthaft wütend auf mich. Auch wenn ich das Leben dieses Bastards gerettet habe, habe ich dabei das Leben seiner Frau in Gefahr gebracht, und das wird er mir niemals verzeihen. Er verfolgt mich zwar nicht, aber sollte er erfahren, dass ich in Mexiko bin, so nahe bei ihm, könnte er sein Versprechen, mich zu töten, wahrmachen wollen.

Jetzt, da ich darüber nachdenke, wird mir klar, dass ich hier, in Illinois, auch in der Nähe seines Hoheitsgebiets bin. Die Eltern seiner Frau leben in Oak Lawn, nicht allzu weit entfernt von Saras Haus in Homer Glen. Ich glaube nicht, dass er ihnen in der nächsten Zeit einen Besuch abstatten wird, aber sollte er es tun und sollten sich unsere Wege irgendwie kreuzen, werde ich nicht darum herumkommen, mich mit ihm auseinanderzusetzen.

Aber gut. Darüber werde ich mir Gedanken machen, wenn es so weit ist. Ich werde auf keinen Fall von hier weggehen, bevor ich mit Sara fertig bin.

»Ja«, murmelt Anton, während er auf seinen Computer starrt. »Das ist wirklich scheiße.«

Ich lasse ihn in Ruhe arbeiten und gehe in die Küche, um mir ein Bier aus dem Kühlschrank zu nehmen. Heute habe ich einen Job hier in der Nähe erledigt, während Yans Zwillingsbruder, Ilya, Sara überwacht hat, und ich bin immer noch voller Adrenalin, so dass meine Sinne besonders scharf sind und mein Kopf besonders klar. Es ist eigenartig, dass man sich so lebendig fühlen kann, wenn man jemanden tötet, aber so ist es.

Wie jeder weiß, der im gleichen Bereich wie ich arbeitet, liegen Leben und Tod nur eine Messerklinge voneinander entfernt, und dieses Messer zu schwingen ist einer der größten Nervenkitzel, die es gibt.

Ich trinke eine halbe Flasche Bier, esse eine Handvoll Nüsse aus einer Schale auf dem Tresen und gehe zurück ins Wohnzimmer. Bald werde ich zu Saras Haus fahren, um uns Abendessen zu kochen, und der Snack sollte mich bis dahin über Wasser halten. Bevor es so weit ist, müssen Anton und ich aber reden.

Dieses Mexiko-Ding ist groß, und wir können es uns nicht erlauben, es zu versauen.

»Also, was gibt's Neues?«, frage ich und setze mich neben Anton aufs Sofa. Ich stelle mein Bier auf dem kleinen Tisch ab und schaue auf das Display. »Wie viel unseres Planes können wir vergessen?«

»So ziemlich alles«, knurrt Anton. »Die Einsatzpläne der Wächter sind chaotisch, überall gibt es neue Sicherheitskameras, und Velazquez lässt Patrouillen das gesamte Anwesen kontrollieren.«

»In Ordnung. Schauen wir mal.«

In der nächsten Stunde entwickeln wir einen neuen Plan, um Velazquez anzugreifen, einen, der die erhöhten Sicherheitsmaßnahmen auf seinem Anwesen berücksichtigt. Anstatt ihn nachts umzubringen, wie wir es eigentlich geplant hatten, werden wir zur Mittagszeit hineingehen, weil dann nur einige Anfänger auf den Wachposten stehen. Es ist dumm, aber die meisten Menschen, einschließlich mexikanischer Drogenbosse, die es eigentlich besser wissen sollten, fühlen sich tagsüber sicherer. Das ist eines der am häufigsten vorkommenden Probleme, auf die ich während meiner jahrelangen Tätigkeit als Sicherheitsberater gestoßen bin, und ich habe meinen Kunden immer geraten, die Vorkehrungen zu allen Zeiten gleich stark zu treffen, egal, ob die Sonne scheint oder nicht.

»Ist die Überweisung angekommen?«, frage ich, als wir fertig sind, und Anton nickt.

»Sieben Millionen Euro, wie abgesprochen, und die andere

Hälfte nach Beendigung des Jobs. Das sollte uns eine Weile über Wasser halten.«

Ich lache trocken auf. Anton und die andere beiden Mitglieder meines alten Teams – die Ivanov-Zwillinge – haben sich mir vor zwei Jahren angeschlossen, nachdem ich meine Liste bekommen und sie mit dem Versprechen um Hilfe gebeten habe, sie reich zu machen. Sie haben zugestimmt, weil wir Freunde sind und sie immer enttäuschter von der russischen Regierung waren. Als die Mannschaft komplett war, habe ich von Sicherheitsberatungen auf etwas Lukrativeres und Flexibleres umgesattelt und meine Kontakte dazu genutzt, hochbezahlte Aufträge für uns an Land zu ziehen. Ich brauchte das Geld, um meinen Rachefeldzug zu finanzieren und den Behörden immer einen Schritt voraus zu sein, und meine Männer brauchten eine neue Herausforderung. Die Menschen auf meiner Liste umzubringen hatte zwar Priorität, aber nebenbei konnten wir einige Aufträge ausführen und uns einen Ruf in der Unterwelt aufbauen. Jetzt haben wir uns darauf spezialisiert, schwierige Opfer auf der ganzen Welt zu töten, und bekommen riesige Geldsummen für Aufträge, die aus Angst niemand anderes ausführen möchte. Meistens sind unsere Kunden gefährliche, wahnsinnig reiche Kriminelle, und unsere Opfer ebenfalls, genau wie Carlos Velazquez, der Kopf des Juarez-Kartells.

Was mein Team betrifft, macht es für sie keinen großen Unterschied, Terroristen aufzuspüren oder Verbrecherbosse hochzunehmen. Oder alle umzubringen, die sich uns in den Weg stellen. Wir haben bereits vor Jahren all das verloren, was auch nur ansatzweise mit Gewissen und Moral zu tun hat.

»Gehst du?«, fragt Anton und klappt seinen Laptop zu,

während ich aufstehe und mir meine Jacke überziehe. »Bleibst du wieder die ganze Nacht bei ihr?«

»Wahrscheinlich.« Ich taste meine Jacke ab, um sicherzustellen, dass meine Waffen alle gut versteckt sind. »Höchstwahrscheinlich.«

Anton seufzt, steht auf und lässt den Laptop auf dem Sofa liegen. »Du weißt, dass das verrückt ist, stimmt's? Wenn du sie so sehr möchtest, dann nimm sie dir einfach – und gut ist. Ich habe diese lokalen Zehntausender-Aufträge satt; diese dämlichen Schlägertypen wehren sich nicht einmal. Wenn wir keinen echten Job bekommen, bevor wir nach Mexiko fliegen, werde ich noch verrückt.«

»Du kannst gerne auf eigene Faust losziehen«, merke ich an und unterdrücke ein Lachen, als Anton mir den Mittelfinger zeigt. Selbst wenn wir keine Freunde wären, würde er das Team nicht verlassen. Meine Verbindungen sind der Grund dafür, dass wir diese ganzen lukrativen Aufträge bekommen. Während der Zeit, in der ich versucht habe, die Liste zu bekommen, bin ich tief in die kriminelle Unterwelt eingetaucht und habe viele ihrer Hauptakteure kennengelernt. So gut meine Männer auch sind, sie wären ohne mich nicht halb so erfolgreich, und das wissen sie auch.

»Viel Spaß«, ruft Anton, als ich zur Tür gehe, und ich tue so, als würde ich nicht hören, dass er etwas über besessene Stalker und arme, gefolterte Frauen vor sich hin murmelt.

Er versteht nicht, warum ich Sara das antue, und ich habe nicht vor, es ihm zu erklären.

Besonders deshalb nicht, weil ich es selbst nicht verstehe.

2 6

ara

Der leckere Geruch von butterigen Meeresfrüchten und
geröstetem Knoblauch begrüßt mich, als ich mein Haus betrete,
und meine Handtasche wie zufällig über der Schulter hängen
habe. Wie ich gehofft hatte, ist der Esstisch erneut mit Kerzen
dekoriert, und eine Flasche Weißwein steht in einem Kühleimer
mit Eis. Der einzige Unterschied ist das Essen. Es sieht so aus,
als gäbe es heute Linguini mit Meeresfrüchten als Hauptgang
und Tintenfisch und Tomaten-Mozzarella-Salat als Vorspeise.

Ich hätte es nicht besser vorbereiten können.

*Verhalte dich normal. Bleib ruhig. Er kann nicht wissen, was du
vorhast.*

»Italienische Nacht?«, frage ich, als Peter sich am
Küchentresen umdreht, an dem er irgendetwas hackt, was nach

Basilikum aussieht. Mein Herz schlägt ungleichmäßig in meiner Brust, aber ich schaffe es, meinen Ton kühl und sarkastisch zu halten. »Was wird es denn morgen? Japanisch? Chinesisch?«

»Wenn du das möchtest«, antwortet er und geht zum Tisch, um das gehackte Basilikum über den Mozzarella zu streuen. »Allerdings kenne ich mich in beiden Küchen nicht so gut aus, also werden wir vielleicht etwas bestellen müssen.«

»Aha.« Mein Blick fällt auf seine Hände, als er die Basilikumreste von seinen Fingern streicht. Ein warmer Schauer durchfährt mich, als ich mich an mein verheerendes Lustgefühl erinnere, als diese Finger mich berührt haben, und ich mich in seinen Armen verloren habe.

Nein. Denk nicht darüber nach.

Da ich mich verzweifelt ablenken möchte, konzentriere ich mich auf seine Kleidung. Heute trägt er ein schwarzes Hemd mit hochgerollten Ärmeln, und ich bekomme bei dem Anblick seiner gebräunten, muskulösen Unterarme, von denen der linke bis zum Handgelenk mit Tattoos übersät ist, einen trockenen Mund. Tätowierte Männer sind normalerweise nicht mein Fall, aber diese kunstvollen Tattoos stehen ihm, betonen die Kraft, die unter dieser glatten, leicht behaarten Haut ruht. Kräftige, männliche Unterarme haben mich schon immer angezogen, und Peter hat die besten, die ich jemals gesehen habe. George hat Kraftsport getrieben, also hatte er auch nette Arme, aber sie waren nicht ansatzweise so kraftvoll wie diese.

Pfui, hör auf. Ekel vor mir selbst brennt in meinem Hals, als ich bemerke, was ich tue. Ich sollte niemals meinen Ehemann, einen normalen, friedlichen Mann, mit einem Mörder vergleichen, dessen Leben sich um Gewalt und Rache dreht. Natürlich ist Peter Sokolov besser in Form, das muss er sein, um diese ganzen Menschen zu töten und den Behörden zu entkommen. Sein Körper ist eine Waffe, geschliffen durch jahrelanges Kämpfen, während George ein Journalist war, ein Autor, der seine meiste Zeit am Computer verbracht hat.

Allerdings ... würde ich Peter Glauben schenken, wäre mein Mann *kein* Journalist gewesen. Er war ein Spion, der in der gleichen Schattenwelt wie das Monster gearbeitet hat, das in meiner Küche werkelt.

Hinter meiner Stirn macht sich Anspannung bemerkbar, und ich schiebe alle Gedanken an eine mögliche Täuschung durch meinen Ehemann beiseite und konzentriere mich stattdessen auf die restliche Bekleidung meines Stalkers: wieder ein Paar dunkle Jeans und schwarze Socken ohne Schuhe. Einen Augenblick lang frage ich mich, ob Peter ein Problem damit hat, Schuhe zu tragen, aber dann erinnere ich mich daran, dass es in einigen Kulturen als respektlos und unsauber angesehen wird, Straßenschuhe im Haus zu tragen.

Ist das in der russischen Kultur der Fall? Und wenn ja, zeigt mir dann der Mann, der mich in genau dieser Küche gefoltert hat, auf einem sehr indirekten Weg, dass er mich respektiert?

»Los, wasch deine Hände oder was auch immer du machen musst«, sagt er und dimmt das Licht, bevor er sich an den Tisch setzt und den Wein öffnet. »Das Essen wird kalt.«

»Du hättest nicht auf mich warten müssen«, sage ich und gehe ins Badezimmer, um meine Hände zu waschen. Ich hasse es, dass er sich so benimmt, als würde er meine Gewohnheiten kennen, aber ich werde nicht aus Trotz meine Gesundheit aufs Spiel setzen.

»Ich meine das ernst«, sage ich, als ich zurückkomme. »Du hättest überhaupt nicht herkommen müssen. Du weißt, dass es nicht deine Pflicht als Stalker ist, mich mit Essen zu versorgen, stimmt's?«

Er grinst, als ich mich ihm gegenüber hinsetze und meine Handtasche über die Stuhllehne hänge. »Ist das so?«

»Das sagen zumindest alle Jobangebote für Stalker.« Ich spieße mit der Gabel ein Stück Tomate mit Mozzarella auf und lege beides auf meinen Teller. Meine Hand ist ruhig und verrät die Angst nicht, die mich innerlich auffrisst. Ich will meine Handtasche an mich drücken, sie auf meinem Schoß liegen haben, so dass ich leicht an sie herankomme, aber wenn ich das täte, würde er misstrauisch werden. Ich gehe schon ein Risiko damit ein, sie über meinen Stuhl zu hängen, da ich sie normalerweise einfach auf dem Sofa im Wohnzimmer liegen lasse. Ich hoffe, dass er das der Tatsache zuschreibt, dass ich direkt in die Küche gekommen bin, anstatt wie sonst zuerst zum Sofa zu gehen.

»Also wenn sie das sagen, muss es wohl so sein.« Peter schenkt uns beiden ein Glas Wein ein, bevor er ein wenig von dem Tomaten-Mozzarella-Salat auf seinen Teller legt. »Ich bin kein Experte auf diesem Gebiet.«

»Du hast noch nie andere Frauen derart verfolgt?«

Er schneidet ein Stück Mozzarella ab, schiebt es sich in den Mund und kaut langsam. »Nein, so nicht«, antwortet er, nachdem er heruntergeschluckt hat.

»Ach?« Mir fällt auf, dass ich krankhaft neugierig bin. »Wie hast du sie dann verfolgt?«

Er blickt mich ruhig an. »Vertraue mir, das willst du nicht wissen.«

Wahrscheinlich hat er recht, aber da die Möglichkeit besteht, dass ich ihn nach dieser Nacht nie wiedersehen werde, verspüre ich den eigenartigen Drang, mehr über ihn herauszufinden. »Doch, das möchte ich«, entgegne ich, und es beruhigt mich, den Riemen der Handtasche an meinem Rücken zu spüren. »Ich möchte es wissen. Erkläre es mir.«

Er zögert einen Moment, bevor er sagt: »Die Mehrzahl meiner Aufträge waren Männer, aber als Teil meines Jobs bin ich auch Frauen gefolgt. Unterschiedliche Jobs, unterschiedliche Frauen, unterschiedliche Gründe. Damals in Russland waren es oft die Ehefrauen und Freundinnen der Männer, die mein Land bedrohten, und wir haben sie verfolgt und befragt, um die Aufenthaltsorte unserer eigentlichen Zielpersonen herauszufinden. Später, als ich ein Deserteur wurde, habe ich einige Frauen als Teil meiner Arbeit für verschiedene Kartellbosse, Waffendealer und Ähnliches aufgespürt, normalerweise weil sie irgendeine Bedrohung darstellten oder die Männer betrogen hatten, für die ich arbeitete.«

Das Tomatenstück, das ich gerade gegessen habe, scheint in meinem Hals festzustecken. »Du hast sie ... nur aufgespürt?«

»Nicht immer.« Er greift nach den Linguini, dreht eine Gabel in ihnen ein und hebt eine große Portion auf seinen Teller, ohne dabei mit der butterigen Soße zu kleckern. »Manchmal musste ich auch mehr tun.«

Meine Fingerspitzen beginnen, sich kalt anzufühlen. Ich weiß, dass ich das Thema fallenlassen sollte, aber stattdessen höre ich mich fragen: »Was musstest du tun?«

»Das kam auf die Situation an. Einmal war mein Auftrag eine Krankenschwester, die einen meiner Auftraggeber, den Waffenhändler, den ich eben erwähnt habe, an einen Terroristen verraten hatte. Deshalb wurde damals seine jetzige Ehefrau entführt, und er wurde beinahe umgebracht, als er sie retten wollte. Das war eine hässliche Situation, und als ich die

Schwester gefunden habe, musste ich auch auf eine hässliche Lösung zurückgreifen.« Er macht eine Pause, und seine grauen Augen leuchten. »Möchtest du die Einzelheiten wissen?«

»Nein, das ...« Ich ergreife mein Weinglas und nehme einen großen Schluck. »Das reicht schon.«

Er nickt und beginnt zu essen. Ich habe keinen Appetit mehr, aber ich zwinge mich, seinem Beispiel zu folgen, und hebe etwas von der Pasta auf meinen Teller. Sie ist köstlich. Die Meeresfrüchte und die Pasta sind auf den Punkt gegart und mit der reichhaltigen, würzigen Soße bedeckt, aber ich schmecke das alles nur unterschwellig. Ich kann es kaum ertragen, darauf zu warten, endlich in meine Handtasche fassen zu können und die kleine Viole herauszunehmen, die dort auf mich wartet, aber dafür muss Peter abgelenkt sein, mindestens zwanzig Sekunden lang nicht auf sein Weinglas schauen. Ich weiß, dass es mindestens zwanzig Sekunden sein müssen, weil ich es im Krankenhaus mit Wasser geübt habe: fünf Sekunden, um die Viole aufzumachen, weitere fünf, um mich über den Tisch zu beugen und den Inhalt in das Weinglas zu schütten, und drei weitere, um meine Hand zurückzuziehen und unauffällig auszusehen. Das sind etwa dreizehn Sekunden und keine zwanzig, aber er darf keinen Verdacht schöpfen, also brauche ich einen Puffer.

»Also, erzähle mir von deinem Tag, Sara«, sagt er, nachdem der Großteil seiner Linguini verschwunden ist. Ich schaue auf, und er hält mich mit seinem kalten, silbernen Blick fest. »Ist irgendetwas Interessantes passiert?«

Mein Magen zieht sich zusammen, bildet einen Knoten um die Linguini, die ich mir gerade hinuntergewürgt habe. Peter kann nichts davon wissen, dass ich Joe heute getroffen habe, oder doch? Mein Peiniger hat nichts gesagt, aber falls in seinem

Kopf dieses eigenartige Ding, das wir haben, eine Art Anbändeln ist, könnte er etwas dagegen haben, dass ich mich mit anderen Männern unterhalte und mich mit ihnen verabrede.

»Ähm, nein.« Zu meiner Erleichterung klingt meine Stimme relativ normal. Ich werde besser darin, unter extremem Stress zu funktionieren. »Eine junge Frau kam mit schweren Schmierblutungen, und es stellte sich heraus, dass sie eine Fehlgeburt von Zwillingen hatte, und wir hatten ein fünfzehn Jahre altes Mädchen mit einer *geplanten* Schwangerschaft – sie hat gesagt, dass sie schon immer Mutter sein wollte –, aber das ist für dich mit Sicherheit nicht besonders interessant.«

»Das stimmt nicht.« Er legt seine Gabel weg und lehnt sich zurück. »Ich finde deine Arbeit faszinierend.«

»Wirklich?«

Er nickt. »Du bist ein Arzt, aber nicht nur jemand, der Leben rettet und Krankheiten heilt. Du *bringst* Leben in diese Welt, Sara, und hilfst Frauen, wenn sie am verletzlichsten sind – und am schönsten.«

Ich hole Luft und starre ihn an. Dieser Mann – dieser *Mörder* – kann das nicht wirklich verstehen, oder doch? »Du findest ... dass schwangere Frauen schön sind?«

»Nicht nur schwangere Frauen. Der ganze Prozess ist wunderschön«, antwortet er, und mir wird klar, dass er es versteht. »Findest du nicht?«, fragt er, als ich ihn stumm vor Schock einfach nur weiter anstarre. »Wie Leben entsteht, wie ein kleiner Haufen Zellen wächst und sich verändert, bevor er auf die Welt kommt? Findest du das nicht wunderschön, Sara? Sogar wunderbar?«

Ich hebe mein Weinglas an und trinke einen Schluck, bevor ich antworte. »Das tue ich.« Meine Stimme hört sich belegt an, als ich endlich wieder sprechen kann. »Natürlich tue ich das. Ich hatte einfach nicht erwartet, dass *du* das so empfinden würdest.«

»Warum?«

»Ist das nicht offensichtlich?« Ich stelle mein Glas ab. »Du nimmst Leben. Du verletzt Menschen.«

»Ja, das tue ich«, stimmt er zu, ohne mit der Wimper zu zucken. »Aber das verstärkt meine Bewunderung nur. Wenn man die Zerbrechlichkeit des *Seins*, seine schiere Vergänglichkeit versteht, wenn man sieht, wie leicht es ist, eine Existenz auszulöschen, weiß man das Leben mehr zu schätzen, nicht weniger.«

»Also, warum tust du es dann? Warum zerstörst du etwas, was du schätzt? Wie kannst du ein Mörder sein, wenn du ...«

»Wenn ich menschliches Leben wunderschön finde? Das ist einfach.« Er beugt sich nach vorn, und seine Augen funkeln düster im Kerzenlicht. »Du musst verstehen, Sara, dass der Tod Teil des Lebens ist. Ein hässlicher Teil, mit Sicherheit, aber es gibt keine Schönheit ohne Hässlichkeit, genauso wie es kein Glück ohne Trauer gibt. Wir leben in einer Welt voller Kontraste, nicht des Absoluten. Unsere Köpfe sind dafür gedacht, zu vergleichen, Veränderungen wahrzunehmen. Alles, was wir sind, alles, was wir als menschliche Wesen tun, beruht auf der einfachen Tatsache, dass X sich von Y unterscheidet – besser, schlechter, heißer, kälter, dunkler, heller, was auch immer es ist – aber nur im Vergleich. In einem Vakuum besitzt X keine Schönheit, genauso wie Y nicht hässlich ist. Es ist ihr Kontrast, der es uns ermöglicht, das eine mehr zu schätzen als das andere, eine Wahl zu treffen, um glücklich zu sein.«

Mein Hals fühlt sich unerklärlich eng an. »Also tust du was?

Durch deine Arbeit Freude in die Welt bringen? Alle glücklich machen?«

»Nein, natürlich nicht.« Peter ergreift sein Weinglas und schwenkt es leicht. »Ich habe keine falschen Vorstellungen von dem, was ich bin und was ich tue. Aber das bedeutet nicht, dass ich die Schönheit *deiner* Arbeit nicht sehe, Sara. Jemand kann in der Dunkelheit leben und das Licht der Sonne sehen, auf diese Weise ist es sogar noch heller.«

»Ich ...« Meine Handflächen sind feucht, als ich mein Weinglas anhebe und mit meiner freien Hand verstohlen in meine Tasche greife. So faszinierend das auch ist, ich muss handeln, bevor es zu spät ist. Es gibt keine Garantie dafür, dass er sich ein zweites Glas einschenken wird. »Ich habe das noch nie auf diese Weise betrachtet.«

»Es gibt keinen Grund dafür, warum du es tun solltest.« Er stellt sein Glas ab und lächelt mich an. Es ist sein dunkles, magnetisches Lächeln, dieses, was Hitzewellen in meinen Unterleib sendet. »Du hast ein sehr anderes Leben geführt, Ptichka. Ein netteres Leben.«

»Stimmt.« Ich atme nur flach, während ich mein Glas hochnehme und es zu meinen Lippen führe. »Ich nehme an, dass ich das habe – bis du hineingeplatzt bist.«

Sein Gesichtsausdruck wird düster. »Das stimmt. Falls es dich tröstet ...«

Mein Glas rutscht mir aus der Hand, und sein Inhalt ergießt sich vor mir auf dem Tisch. »Mist.« Ich springe auf und tue so, als sei mir das unangenehm. »Das tut mir leid. Ich gehe schnell ...«

»Nein, bleib sitzen.« Er steht auf, genau wie ich es gehofft hatte. Auch wenn er sich in meinem Haus befindet, mag er es, einen guten Gastgeber zu spielen. »Ich mache das weg.«

Er braucht nur wenige Schritte bis zu dem Küchenrollenhalter auf dem Tresen, aber das ist genügend Zeit für mich, um die Viole zu öffnen. *Sechs. sieben, acht, neun …* Ich zähle in Gedanken mit, während ich die Flüssigkeit in sein Glas schütte. *Zehn, elf, zwölf.* Er kommt mit der Küchenrolle in der Hand zurück, und ich lächele ihn verlegen an, während ich mich in meinen Stuhl sinken lasse, nachdem ich die Glasviole wieder in meine Tasche geschoben habe. Mein Rücken ist klatschnass von kaltem Schweiß, und meine Hände zittern vom Adrenalin, aber meine Aufgabe ist ausgeführt.

Jetzt muss ich ihn nur noch dazu bringen, den Wein zu trinken.

»Lass mich helfen«, sage ich und greife nach einem Tuch, während er den verschütteten Wein auf dem Tisch aufwischt, aber er winkt mich weg.

»Es ist alles in Ordnung, mach dir keine Sorgen.« Er trägt meinen mit Wein überschwemmten Teller zum Mülleimer und schmeißt die Reste meiner Pasta weg – was eine weitere Gelegenheit gewesen wäre, stelle ich nebenbei fest – und kommt danach mit einem sauberen Teller zurück.

»Danke«, sage ich und versuche, mich auch dankbar anstatt frohlockend anzuhören, als er mein Weinglas gegen ein neues austauscht und mir einschenkt, bevor er sich selbst auffüllt. »Tut mir leid, manchmal bin ich wirklich ein Tollpatsch.«

»Macht nichts.« Er sieht leicht amüsiert aus, als er sich wieder hinsetzt. »Normalerweise bist du sehr anmutig. Das ist eines der Dinge, die ich am liebsten an dir mag: wie genau und kontrolliert deine Bewegungen sind. Liegt das an deiner medizinischen Ausbildung? Eine ruhige Hand für Operationen?«

Verhalte dich nicht so, als seist du nervös. Was auch immer du machst, verhalte dich nicht so, als seist du nervös.

»Ja, das ist ein Teil davon«, antworte ich und versuche, eine ruhige Stimme beizubehalten. »Ich habe als Kind auch Ballettstunden gehabt, und meine Lehrerin war pedantisch, was Präzision und eine gute Technik betraf. Unsere Hände mussten genau so positioniert sein, unsere Füße genau so. Sie hat uns jede Position und jeden Schritt üben lassen, bis wir ihn beherrschten, und wenn wir unsere gute Haltung auch nur einmal verloren, mussten wir wieder von vorn beginnen und das üben, was wir erneut falsch gemacht hatten, manchmal eine ganze Unterrichtsstunde lang.

Er nimmt sein Glas hoch und schwenkt wieder die Flüssigkeit darin. »Das ist interessant. Ich habe immer gedacht, dass du wie eine Tänzerin aussiehst. Du hast die Haltung und die Figur.«

»Findest du?« *Trink. Bitte, trink.*

Er stellt sein Glas ab und betrachtet mich eindringlich mit einem rätselhaften Gesichtsausdruck. »Auf jeden Fall. Aber du tanzt nicht mehr, oder?«

»Nein.« *Komm schon, nimm dein Glas wieder in die Hand.* »Ich habe mit dem Ballett aufgehört, als ich in die Highschool kam, aber auf der Uni habe ich ein wenig Salsa getanzt.«

»Warum hast du mit dem Ballett aufgehört?« Seine Hand bewegt sich auf das Glas zu, so als würde er es wieder nehmen wollen. »Ich kann mir vorstellen, dass du gut warst.«

»Nicht gut genug, um es professionell zu machen, zumindest nicht, ohne zusätzliches Training. Und das wollten meine Eltern nicht.« Mein Puls steigt voller Vorfreude an, als sich seine Finger um den Stiel des Glases legen. »Das potentielle Gehalt eines Tänzers ist nicht besonders hoch, genauso wenig wie die Länge seiner Karriere. Die meisten Tänzer hören Mitte zwanzig auf und müssen etwas anderes finden, was sie machen können.«

»Wie praktisch«, erwidert er und hebt sein Glas an. »War das dir oder deinen Eltern wichtig?«

»Was war wichtig?« Ich versuche, nicht auf das Weinglas zu starren, als es wenige Zentimeter vor seinen Lippen schwebt. *Jetzt komm schon, trink einfach.*

»Das potentielle Gehalt.« Er schwenkt erneut sein Weinglas, und etwas scheint ihn am Anblick der hellen Flüssigkeit, die sich in ihm bewegt, zu erfreuen. »Wolltest du eine reiche, erfolgreiche Ärztin werden?«

Ich zwinge mich, meinen Blick von der hypnotisierenden Bewegung des Weines abzuwenden. »Natürlich. Wer würde das nicht?« Die Anspannung frisst mich auf, also lenke ich mich ab, indem ich mein Weinglas nehme und einen großen Schluck trinke. *Bitte mache es mir unbewusst nach und trinke. Komm schon, nur einen Schluck.*

»Ich weiß nicht«, murmelt er. »Vielleicht ein kleines Mädchen, das lieber eine Ballerina oder eine Sängerin wäre?«

Ich blinzele und bin einen Augenblick lang davon abgelenkt, dass er nicht trinkt. »Eine Sängerin?« Warum sagt er das? Niemand, abgesehen von meinem Berater in der siebten Klasse, wusste von diesem Plan.

Auch mit zehn Jahren wusste ich es bereits besser, als etwas so Abwegiges bei meinen Eltern anzusprechen – besonders nachdem sie mir ihre Ansichten über das Ballett gesagt hatten.

»Du hast eine wunderschöne Singstimme«, sagt Peter, der immer noch mit seinem Weinglas spielt. »Es wäre nur logisch, wenn du irgendwann darüber nachgedacht hättest, aufzutreten. Und im Gegensatz zum Tanzen muss eine erfolgreiche

Gesangskarriere nicht früh enden. Viele ältere Sänger werden immer noch sehr respektiert.«

»Das stimmt wohl.« Ich werfe erneut einen Blick auf sein Glas und werde immer frustrierter. Es ist, als wollte er mich quälen und sehen, wie lange ich brauche, um mich zu verraten. Um meine Ungeduld zu zähmen, nehme ich einen weiteren Schluck Wein und frage: »Woher weißt du überhaupt, was für eine Singstimme ich habe? Warte, vergiss es. Deine Abhörgeräte, stimmt's?«

Er nickt und sieht kein bisschen reumütig aus. »Ja, du singst oft, wenn du allein bist.«

Ich nehme noch mehr Wein. Zu jedem anderen Zeitpunkt wäre ich über seine Missachtung meiner Privatsphäre wütend geworden, aber in diesem Moment gilt all meine Aufmerksamkeit dem blöden Wein. *Warum trinkt er ihn nicht?*

»Also denkst du wirklich, dass ich eine schöne Singstimme habe?«, frage ich, und mir fällt auf, dass ich mich wütender anhören sollte. In einem säuerlicheren Ton füge ich hinzu: »Da ich ja sowieso schon, ohne es zu wissen, für dich gesungen habe, kannst du mir auch deine ehrliche Meinung sagen.«

Seine Augenwinkel legen sich in Falten, während er das Glas wieder senkt. »Deine Stimme ist wunderschön, Ptichka. Das habe ich dir bereits gesagt, und ich habe keinen Grund zu lügen.«

Mein Gott, trink einfach den verdammten Wein! Um mich davon abzuhalten, das laut hinauszuschreien, atme ich tief ein und zwinge ein hübsches Lächeln auf meine Lippen. »Na ja, du *hast* einen Grund, schließlich willst du mich ja ins Bett bekommen. Und wie jede Frau dir bestätigen kann, helfen Komplimente dabei.«

Er lacht und nimmt sein Glas wieder in die Hand. »Das

stimmt. Aber ich habe das Gefühl, dass ich dir bis in alle Ewigkeit Komplimente machen könnte, ohne dass es etwas ändern würde.«

»Man kann nie wissen.« Ich behalte einen leicht flirtenden Ton bei, obwohl mir kalter Schweiß den Rücken hinunterläuft. Wenn er nicht von allein trinkt, werde ich seiner Hand nachhelfen müssen.

Wir können dieses Essen nicht beenden, bis er nicht wenigstens einige Schlucke getrunken hat.

Ich hebe mein Glas, lächele breiter und sage: »Warum trinken wir nicht darauf? Auf die Eitelkeit der Frauen und deine Komplimente für mich.«

»Warum eigentlich nicht?« Er hebt sein Glas und stößt damit gegen meines. »Auf dich, Ptichka, und deine wunderschöne Stimme.«

Wir führen die Gläser an unsere Lippen, aber bevor ich einen Schluck trinken kann, rutscht ihm das Glas aus den Fingern.

»Ups«, murmelt er, als das Glas nach vorn kippt und der Wein sich vor ihm ergießt, genauso wie das bei mir vorhin der Fall war. Seine Augen funkeln dunkel. »Mein Fehler.«

Ich höre auf zu atmen, und mein Blut gefriert in meinen Adern. »Du ... du ...«

»Ob ich wusste, dass du etwas in mein Getränk geschüttet hast? Ja, natürlich.« Seine Stimme bleibt weich, aber ich kann jetzt einen tödlichen Unterton heraushören. »Denkst du, dass noch nie jemand versucht hat, mich zu vergiften?«

Mein Puls rast, aber trotzdem schaffe ich es nicht, mich zu bewegen, als er aufsteht, um den Tisch herumgeht und mit der Anmut eines Raubtiers zu mir kommt. Alles, was ich tun kann, ist, ihn anzustarren und die Wut zu sehen, die in diesen metallischen Augen kocht.

Jetzt wird er mich umbringen. Dafür wird er mich umbringen. »Ich wollte dich nicht ...« Entsetzen brennt giftig in meinen Adern. »Ich wollte dich nicht ...«

»Nein?« Er bleibt neben mir stehen, greift in meine Handtasche und zieht die leere Viole hervor. Ich sollte wegrennen oder es zumindest versuchen, aber ich bin nicht mutig genug, um ihn noch mehr zu provozieren. Also bleibe ich still sitzen und atme kaum, als er die Viole unter seine Nase hält und an ihr riecht.

»Ach so«, murmelt er und lässt seine Hand sinken. »Ein wenig Diazepam. Ich konnte es in dem Wein nicht riechen, aber jetzt ist es eindeutig.« Er stellt die Viole vor mir auf den Tisch. »Ich nehme an, das hast du aus dem Krankenhaus?«

»Ich ... ja.« Es ist sinnlos, das abzustreiten. Der Beweis steht schließlich vor mir.

»Hm.« Er lehnt seine Hüfte gegen den Tisch und schaut auf mich herunter. »Und was wolltest du mit mir machen, wenn ich bewusstlos bin, Ptichka? Mich dem FBI ausliefern?«

Ich nicke nur und schaue ihn an, da die Worte in meinem Hals eingefroren sind. Durch seinen Körper, der über mir ragt, fühle ich mich wie der kleine Vogel, mit dem er mich vergleicht: klein und verängstigt im Schatten eines Falken.

Sein sinnlicher Mund verzieht sich zur Parodie eines Lächelns. »Ich verstehe. Und du hast gedacht, dass es so einfach sein würde? Mich bewusstlos machen und fertig?«

Ich blinzele ihn verständnislos an.

»Denkst du, dass ich keinen Notfallplan für eine solche Situation habe?«, verdeutlicht er, und ich zucke zusammen, als er seine Hand anhebt. Aber alles, was er macht, ist eine meiner Locken anzuheben und mit ihr an meinem Kinn entlangzufahren, eine zärtliche Geste, die gleichzeitig spöttisch ist. »Falls du mich töten oder anderweitig außer Gefecht setzen möchtest?«

»Das ... das hast du?«

Seine Lider schließen sich ein wenig, und sein Blick fällt auf meinen Mund. »Natürlich.« Die Locke fährt über meine Lippen, und ihre Enden kitzeln auf dem empfindlichen Fleisch, mein Magen zieht sich zu einem harten Ball zusammen, als er sanft sagt: »In diesem Moment beobachten meine Männer nicht nur dein Haus und alles in einem Radius von zehn Straßen, sondern auch den kleinen Bildschirm, der meine Vitalzeichen überträgt.« Er schaut mir in die Augen. »Möchtest du raten, was sie getan hätten, wäre mein Blutdruck unerwartet abgefallen?«

Ich schüttele schweigend den Kopf. Wenn Peters Männer wie er sind – und das müssen sie, um für ihn zu arbeiten –, würde ich lieber nicht im Detail wissen, was gerade an mir vorbeigezogen ist.

Er lächelt dunkel. »Ja, das ist wahrscheinlich besser, Ptichka. Unwissenheit macht glücklich und so.«

Ich nehme meinen ganzen verbliebenen Mut zusammen. »Was wirst du jetzt mit mir tun?«

»Was denkst du, werde ich tun?« Er legt seinen Kopf schief, und sein Lächeln wird noch ein wenig düsterer. »Dich bestrafen? Dir wehtun?«

Mein Herz klopft mir bis zum Hals. »Wirst du?«

Er schaut mich für einige lange Augenblicke an, sein Lächeln verschwindet, und er schüttelt den Kopf. »Nein, Sara.« Seine Stimme hat einen eigenartig müden Unterton. »Nicht heute.«

Er stößt sich vom Tisch weg, beginnt, die Teller zusammenzuräumen, und ich sinke in meinen Stuhl, da ich zwar erleichtert bin, aber dennoch jede Hoffnung verloren habe.

Wenn er nicht lügt, was seine Männer betrifft – und ich denke nicht, dass er das tut –, sitze ich noch mehr in der Falle, als ich gedacht habe.

Es sollte nicht so wehtun, das Wissen, dass sie mich loswerden will. Es sollte sich nicht so anfühlen, als würden Feuerklingen meine Brust aufschlitzen. Jede Person in Saras Situation würde sich wehren, das ist nur logisch und zu erwarten.

Es sollte nicht wehtun, aber genau das tut es, und egal, was ich mir einrede, während ich Sara nach oben führe, das Monster in mir faucht und heult, fordert, dass ich genau das tue, wovor sie Angst hat, und sie für ihr Vergehen bestrafe.

Als wir im Schlafzimmer ankommen, zwinge ich sie nicht wieder dazu, sich vor mir auszuziehen, da ich zu nahe daran bin, die Kontrolle zu verlieren. Ich habe sie bereits zu lange während des Abendessens getestet, als ich bei ihrem Ich-habe-

nicht-gerade-etwas-in-deinen-Wein-gekippt-Spielchen
mitgespielt habe. Ich wusste sofort, was sie tat – es war zu
abwegig bei ihr, dass sie ihren Wein verschüttet –, aber ich
wollte sehen, ob sie eine gute Schauspielerin ist, und deshalb
habe ich mich weiter mit ihr unterhalten, habe vorgegeben,
keine Ahnung zu haben und leichtgläubig zu sein, ein Idiot, der
auf einen der ältesten Tricks der Welt hereinfällt.

»Du kannst duschen gehen«, sage ich und nicke in Richtung
Badezimmertür, als sie neben das Bett tritt und ihr Blick nervös
zwischen mir und dem Bett hin und her wandert. »Ich werde
hier auf dich warten.«

Erleichterung blitzt kurz auf ihrem Gesicht auf, und sie
verschwindet im Bad. Ich nutze die Gelegenheit, um nach
unten zu gehen und mich schnell in einem der anderen
Badezimmer abzuduschen.

Auch wenn ich nach dem heutigen Auftrag bereits geduscht
habe, möchte ich für sie besonders sauber sein.

Sie ist immer noch unter der Dusche, als ich ins
Schlafzimmer zurückkehre, also falte ich sorgfältig meine
Sachen zusammen und lege sie auf die Kommode, bevor ich ins
Bett gehe. Ich habe mich vorhin schnell mit der Hand
befriedigt, aber mein Verlangen nach Sara ist nicht weniger
geworden, und ich weiß, dass ich nicht in der Lage sein werde,
dieses Spiel noch viel länger zu spielen.

Ich werde sie nehmen und sie zu der meinen machen.

Wenn nicht heute Nacht, dann sehr bald.

Sara duscht lange, so lange, dass ich weiß, dass sie das
Duschen als Vorwand nutzt, mich zu meiden, aber das ist mir
egal. Ich nutze die Zeit, um einen leeren Kopf zu bekommen
und den restlichen Ärger in mir abzukühlen, der in mir brennt.
Als sie endlich in ein Handtuch eingewickelt aus dem

Badezimmer kommt, habe ich das Monster unter Kontrolle und kann sie kühl anlächeln.

»Komm«, sage ich und klopfe neben mir auf das Bett. Ich versuche angestrengt, nicht daran zu denken, wie feucht und weich ihre Muschi sich gestern angefühlt hat, aber das ist unmöglich. Ich will diese seidige Nässe um meinen Schwanz spüren, will sie aufstöhnen hören, während ich in sie eindringe. Ich will diesen vollen Mund küssen und sehen, wie ihre braunen Augen weich werden und ins Leere blicken, während ich sie immer wieder zum Höhepunkt bringe.

Ich will sie und ich kann sie nicht haben.

Noch nicht, zumindest.

Sie kommt unsicher näher, so skeptisch wie eine wilde Gazelle und genauso anmutig. Ich will sie ergreifen und sie ins Bett zerren, aber ich bleibe still liegen und lasse sie von allein zu mir kommen. Auf diese Weise kann ich so tun, als würde sie mich nicht hassen, dass es nicht ihre größte Freude wäre, mich im Gefängnis oder tot zu sehen.

Auf diese Weise kann ich mir vorstellen, dass sie irgendwann *wählen* wird, mit mir zusammen zu sein.

»Nimm das Handtuch ab und komm her«, befehle ich ihr, als sie einen halben Meter vor dem Bett stehenbleibt, aber sie bewegt sich nicht, sondern umklammert das Handtuch mit den Händen vor ihrer Brust.

»Werden wir schlafen? Einfach nur schlafen?«, fragt sie mit zitternder Stimme, und ich nicke, auch wenn mein Schwanz allein von ihrem Anblick schmerzhaft hart ist. Wenn ich mir sicher wäre, die ganze Zeit lang die Kontrolle zu behalten, würde ich sie heute Nacht nehmen oder ihr zumindest einen weiteren Orgasmus verschaffen, aber so wie die Dinge stehen, halte ich sie am besten nur in meinen Armen und versuche, einzuschlafen. Selbst das wird eine Qual sein, aber die kann ich aushalten. Ich werde sie nicht zwingen, wenn sie erwartet, dass ich ihr wehtue. Egal, wie schwer es ist, ich werde ihre Ängste nicht bestätigen.

»Einfach nur schlafen«, verspreche ich und hoffe, dass sie den kaum unterdrückten Hunger in meiner Stimme nicht hören kann. »Wir gehen einfach nur schlafen.«

Sie zögert eine weitere Sekunde lang, bevor sie zum Bett kommt, das nasse Handtuch auf den Boden fallen lässt und unter die Decke kriecht. Ich sehe nur kurz ein Stück nackte Haut, aber das reicht dafür, dass meine Lust ungebremst zuschlägt. Ich bereite mich geistig auf das vor, was jetzt kommt, ziehe sie an mich und muss ein Stöhnen unterdrücken, als ihr weicher Po sich gegen meine Lende schmiegt und ihre Haut noch feucht und warm von der langen Dusche ist. Sie hat einen wunderschönen Po, meine kleine Ärztin, fest und wohlgeformt, und mein Schwanz pocht vor Verlangen, in ihr zu sein, zu spüren, wie diese weichen Backen gegen meine Eier drücken, während ich in sie stoße, sie immer wieder nehme.

Ich schließe meine Augen, atme den süßen Duft ihres Shampoos ein und konzentriere mich darauf, meine Atmung zu kontrollieren. Nach einer Weile spüre ich, wie die Anspannung in ihren Muskeln nachlässt, und ich weiß, dass sie beginnt, sich zu entspannen, zu glauben, dass ich sie trotz des harten Schwanzes, den sie gegen sich drücken fühlen muss, zu nichts zwingen werde.

Ganz langsam, sage ich mir, während ich ein- und ausatme. *Kontrolliere und konzentriere dich. Schmerz ist bedeutungslos. Leid ist bedeutungslos.* Das ist ein Mantra, das ich mir selbst während meiner Zeit in Camp Largo ausgedacht habe, und es stimmt. Schmerz, Hunger, Durst, Lust – das alles sind chemische

Vorgänge und elektrische Impulse, ein Weg des Gehirns, mit dem Körper zu kommunizieren. Sara zu begehren wird mich nicht umbringen, nicht mehr als die sechs Monate, die ich in Einzelhaft verbracht habe, als ich vierzehn war. Die Qualen unerfüllten Begehrens sind nichts im Vergleich zu der Hölle, in einem Raum eingesperrt zu sein, der kaum groß genug war, um die Bezeichnung Käfig zu verdienen, mit niemandem zum Reden und nichts, um sich zu beschäftigen. Sie sind nichts im Vergleich zu den Qualen, wenn eine Klinge durch deine Niere fährt oder eine gigantische Faust fast dein Auge herausschlägt.

Wenn ich das Jugendgefängnis in Sibirien überlebt habe, werde ich es auch überleben, Sara nicht zu haben.

Zumindest für noch ein wenig länger.

Sara

»WAS IST MIT DIR, SARA?«

»Was?« Ich blicke von meinem Teller auf und starre Marsha, die mich gerade etwas gefragt haben muss, verständnislos an.

Andy verdreht ihre Augen. »Sie ist wieder im La-la-land. Lass sie in Ruhe, Marsha.«

»Entschuldigt, ich war gerade mit meinen Gedanken woanders«, sage ich und streiche eine Locke zurück, die sich aus meinem Pferdeschwanz gelöst hat. Ich bin mir ziemlich sicher, dass meine Haare völlig durcheinander sind, aber ich vergesse andauernd, zu einem Spiegel zu gehen, um sie zu richten. Überhaupt ist alles, an was ich heute Morgen denken kann, der Moment, wenn ich heute Abend nach Hause komme und *er* dort bereits auf mich warten wird.

Peter Sokolov, der Mann, dem ich nicht entkommen kann.

»Ich habe dich gefragt, ob du am Samstag mit mir und Tonya mitkommen möchtest«, erklärt mir Marsha und sieht eher belustigt als wütend aus. »Andy hat gerade gemeint, dass sie auch mitkommt. Sie wird einen anderen Abend mit ihrem Freund verbringen. Was ist mit dir, Sara?«

»Oh, tut mir leid, ich kann nicht«, antworte ich und schiebe meinen Teller zur Seite. Ich habe die Krankenschwestern in der Cafeteria getroffen, als ich mir gerade ein schnelles Frühstück genommen habe, und sie haben mich überredet, mich einen Moment zu ihnen zu setzen. »Ich habe meinen Eltern versprochen, sie zu besuchen.«

Der letzte Teil ist eine Lüge, aber ich denke mir, dass das besser ist, als ihnen zu erklären, dass ich meine Freunde lieber nicht auf das Radar eines bestimmten russischen Killers bringen möchte – oder wen auch immer er schickt, um mich zu überwachen.

»Das ist wirklich schade«, meint Marsha. »Tonya wird uns wieder in den Klub bringen. Du schienst es dort zu mögen. Tonya hat gesagt, dass der niedliche Barkeeper nach dir gefragt hat.«

Ich runzele die Stirn. »Hat er?«

»Ja«, bestätigt Tonya. »Er hat aber etwas Eigenartiges gesagt. Er dachte, er hätte dich mit einem Typen gesehen, der sich sehr besitzergreifend aufgeführt hat, so als sei er dein Freund. Ich habe ihm gesagt, dass er sich irren muss, weil du in jener Nacht definitiv allein nach Hause gegangen bist. Stimmt doch, oder? Du versteckst doch nicht irgendwo einen geheimen Freund?«

Eis läuft über meinen Rücken, während mein Gesicht unangenehm heiß wird. »Nein, definitiv nicht.«

»Wirklich nicht?«, fragt Marsha und hört sich fasziniert an. »Warum wirst du dann rot? Und umklammerst die Gabel, als wolltest du jemanden erstechen?«

Ich blicke auf meine Hand und sehe, dass sie recht hat. Ich umklammere das Besteck so fest, dass meine Knöchel weiß sind. Ich zwinge meine Finger dazu, sich zu entspannen, lache unangenehm berührt und sage: »Sorry. In jener Nacht war ich betrunken, und das ist mir immer noch unangenehm. Ich glaube, ich habe mit irgendeinem Typen getanzt, und das hat der Barkeeper wahrscheinlich gesehen.«

Andy runzelt ihre Stirn. »Ist dieser Kerl der Grund dafür, dass du so überstürzt verschwunden bist? Du hast fast ... verängstigt ausgesehen.«

»Was? Nein, ich war einfach nur betrunken.« Ich zwinge mich dazu, noch einmal unangenehm berührt aufzulachen. »Ihr wisst doch wie das ist, wenn man kurz davor ist, sich jeden Moment zu übergeben? In jener Nacht ging es mir so.«

»Okay«, sagt Tonya. »Ich werde Rick, das ist der Barkeeper, sagen, dass du noch zu haben bist. Falls du wieder mal mit uns in den Klub kommen solltest.«

»Oh, ich ...« Mein Gesicht wird wieder heiß. »Nein, lieber nicht. Ich bin noch nicht bereit für Dates und ...«

»Mach dir keine Sorgen.« Tonya legt ihre Hand auf meine, und ihre schlanken Finger fühlen sich kalt auf meiner Hand an. »Ich werde ihm deine Nummer nicht geben. Du kannst deinen Prinzessin-im-Turm-Zauber beibehalten. Das macht sie nur noch heißer, wenn du mich fragst.«

»Was?« Ich starre sie mit offenem Mund an. »Was meinst du damit?«

»Sie meint, dass du gerade diese unnahbare Aura hast«, meint Andy mit vollem Mund. »Es ist schwer zu beschreiben, aber es ist so, als wenn du diese Eisprinzessin-Vibrationen ausstrahlst, nur dass sie nicht kalt sind, verstehst du? Solche, wie wenn Jackie O. und Prinzessin Diana beschließen würden, sich bei der Arbeit unter das gemeine Volk zu mischen, wenn das Sinn ergibt.«

»Nein, nicht wirklich.« Ich runzele die Stirn, während ich das rothaarige Mädchen anschaue. »Willst du mir sagen, dass ich eingebildet wirke?«

»Nein, nicht eingebildet, einfach anders«, meint Marsha. »Andy hat es nicht gut erklärt. Du ... hast einfach Klasse. Vielleicht sind es deine Ballettstunden als junges Mädchen, aber du siehst aus wie jemand, dem man beigebracht hat, einen Knicks zu machen und mit einem Buch auf dem Kopf zu gehen. So als ob du weißt, welche Gabel man wann bei einem formellen Essen benutzt und wie man Smalltalk mit irgendeinem Botschafter betreibt.«

»Was?« Ich breche in Gelächter aus. »Das ist lächerlich. Ich meine, George und ich waren bei einigen formellen Benefizveranstaltungen, aber das war sein Ding, nicht meins. Wenn ich die Wahl hätte, würde ich immer in Yogahosen und Sneakers herumlaufen, und du weißt das ganz genau, Marsha. Mein Gott, ich höre Britney Spears und tanze zu Hip-Hop und R&B.«

»Ich weiß, Süße, aber so siehst du nun mal aus, auch wenn du nicht so bist«, sagt Marsha und nimmt einen kleinen Spiegel hervor, um ihren Lippenstift aufzufrischen. Sie fährt mit einer geübten Hand über ihre Lippen, steckt den Spiegel und den Lippenstift wieder weg und meint: »Das ist etwas Gutes, glaub mir. Nimm doch zum Beispiel einmal mich. Ich könnte so viel ich wollte versuchen, mehr Klasse auszustrahlen, aber die Männer schauen mich an und entscheiden, dass ich leicht zu haben bin. Es ist egal, was ich anhabe oder wie ich mich verhalte, sie sehen nur meine Haare, meine Titten und meinen Arsch und nehmen an, dass ich verfügbar bin.«

»Und du bist ja auch verfügbar«, merkt Tonya grinsend an.

Marsha schnaubt und wirft ihre blonden Haare nach hinten. »Ja, aber das ist ja nicht der Punkt. Der Punkt ist, dass *sie*«, sie zeigt mit dem Daumen auf mich, »nicht einmal so aussehen könnte, als wäre sie leicht zu haben, wenn sie es darauf anlegen würde. Jeder Typ, der sie anschaut, weiß – er *weiß* es einfach –, dass er dafür arbeiten muss. Solche Dinge tun muss wie Abendessen mit Eltern und Ring am Finger.«

»Das stimmt nicht«, widerspreche ich. »Ich habe bereits lange bevor wir verheiratet waren mit George geschlafen.«

Andy verdreht die Augen. »Ja, aber wie lange wart ihr schon zusammen, bevor du mit ihm geschlafen hast?«

»Einige Monate«, antworte ich mit gerunzelter Stirn. »Aber ich war erst achtzehn und ...«

»Siehst du? Einige Monate«, sagt Tonya und stößt Marsha mit ihrem Ellenbogen an. »Und wie lange lässt *du* sie warten?«

Marsha lacht. »Mindestens einige Stunden.«

»Na bitte«, meint Andy. »Und dann wunderst du dich, warum diese Arschlöcher dich nie wieder anrufen? Meine Mutter hat immer gesagt: ›Der schnellste Weg, einen Mann loszuwerden, ist, mit ihm zu schlafen.‹ Sara macht es richtig: verhalte dich kühl und distanziert, damit der Typ sein Glück kaum fassen kann, wenn du ihn nur einmal anlächelst.«

»Ach bitte.« Ich beschäftige mich mit den Überresten meines Frühstücks. »Wir leben im einundzwanzigsten Jahrhundert. Ich glaube, Männer wissen es besser, als ...«

»Nein«, sagt Marsha fröhlich. »Das tun sie nicht. Wenn etwas leicht zu haben ist, schätzen sie es nicht so sehr. Ich weiß das, und es macht mir nichts aus, nur ein Mädchen für einen netten Abend zu sein. Meistens *möchte* ich auch gar nicht, dass mich diese Typen anrufen, und die wenigen Male, die ich es möchte ...« Sie seufzt.» Na ja, es soll wohl einfach nicht sein, nehme ich an. Auf jeden Fall ist das Leben zu kurz, um es damit zu verschwenden, etwas anderes sein zu wollen, als man ist. Wenn du erst einmal in mein Alter kommst, wirst du das verstehen.«

»Ja klar.« Tonya schiebt sich den Rest ihres Bagels in den Mund. »Erzähle uns mehr, alte, weise Frau.«

»Halt den Mund«, murrt Marsha und wirft eine zusammengeknüllte Serviette nach ihr. Sie trifft Andy, die sich sofort mit einem eigenen Serviettengeschoss revanchiert, und ich ducke mich lachend, als das Frühstück sich in eine Serviettenschlacht verwandelt.

Erst als ich immer noch darüber lachend die Cafeteria verlasse, fällt mir auf, dass die Krankenschwestern nicht nur meine Laune verbessert und meine Gedanken von Peter abgelenkt haben.

Sie haben mir auch einen Denkanstoß gegeben.

MEINE RUFBEREITSCHAFT ENDET NICHT VOR DEM SPÄTEN ABEND, aber ich gehe danach trotzdem noch in die Klinik. Sie ist vierundzwanzig Stunden lang geöffnet, und sie können mich immer gebrauchen. Ich dagegen will es so lange wie möglich hinauszögern, nach Hause zu gehen. Von der Idee, die in meinem Kopf herumschwirrt, bekomme ich Magenkrämpfe, und das Letzte, was ich möchte, ist, meinen Stalker zu sehen.

Wie immer freuen sie sich in der Klinik, mich zu sehen.

Obwohl es schon so spät ist, ist der Warteraum voller Frauen aller Altersgruppen, von denen viele schreiende Kinder dabeihaben. Neben den gynäkologischen Behandlungen kümmert sich das Klinikpersonal auch um kleinere Krankheiten der Kinder, was die Patienten und die nahegelegene Notaufnahme sehr zu schätzen wissen.

»Viel los heute Nacht?«, frage ich Lydia, die Empfangsdame mittleren Alters, und sie nickt abgehetzt. Sie ist eine der beiden bezahlten Angestellten, alle anderen in der Klinik, einschließlich der Ärzte und Schwestern, sind auf freiwilliger Basis hier. Das führt zu unvorhersehbaren Arbeitszeiten, aber nur so kann die Klinik, die von Spenden lebt, der Gemeinschaft kostenlose Hilfe anbieten.

»Hier«, sagt Lydia und drückt mir eine Liste in die Hand. »Beginne mit den fünf Namen unten.«

Ich nehme das Blatt und gehe in den kleinen Raum, der mir als Büro und Untersuchungszimmer dient. Ich lege meine Sachen ab, wasche meine Hände, spritze mir etwas kaltes Wasser ins Gesicht und gehe in das Wartezimmer, um meine erste Patientin aufzurufen.

Meine ersten drei Patienten sind einfach – eine braucht Verhütungsmittel, eine andere will auf Geschlechtskrankheiten getestet werden und die dritte will eine Bestätigung ihrer Schwangerschaft – aber die vierte, eine hübsche Siebzehnjährige namens Monica Jackson, beklagt sich über eine zu lange Menstruation. Als ich sie untersuche, finde ich vaginale Verletzungen und andere Zeichen sexueller Gewalteinwirkungen, und als ich sie darauf anspreche, bricht sie weinend zusammen und gibt zu, dass ihr Stiefvater sie vergewaltigt hat.

Ich beruhige sie, schnappe mir ein Vergewaltigungs-Kit,

behandele ihre Verletzungen und gebe ihr die Telefonnummer eines Frauenhauses, in dem sie bleiben kann, sollte sie sich zu Hause nicht sicher fühlen. Ich schlage ihr außerdem vor, die Polizei einzuschalten, aber sie ist entschlossen, keine Anzeige zu stellen.

»Meine Mutter würde mich umbringen«, sagt sie mit rot umrandeten und hoffnungslosen Augen. »Sie sagt, er ist ein guter Versorger und wir haben Glück, dass wir ihn haben. Er hat Vorstrafen, also wenn ich irgendetwas sage, werden sie ihn einsperren, und wir werden wieder auf der Straße enden. Mir ist das egal, ich würde lieber auf den Strich gehen, als mit diesem Arschloch zu leben, aber mein Bruder ist erst fünf, und er würde in eine Pflegefamilie kommen. Im Moment kümmere ich mich um ihn, wenn meine Mutter es nicht kann, und ich möchte nicht, dass er mir weggenommen wird.«

Sie beginnt erneut zu weinen, und ich drücke ihre kleine Hand, während sich mein Herz voller Mitgefühl zusammenzieht. Auch wenn in den Papieren, die Monica ausgefüllt hat, steht, dass sie siebzehn ist, sieht sie mit ihrer zierlichen Figur und den runden Wangen kaum alt genug aus, um in der Highschool zu sein. Ich sehe hier häufig Mädchen wie sie, und jedes Mal lässt mich das Wissen verzweifeln, dass ich kaum etwas tun kann. Wenn sie allein wäre, könnte ich sie leicht aus dieser Situation befreien, aber mit ihrem Bruder kann ich nur das Jugendamt benachrichtigen, und das könnte zu dem führen, vor dem sie sich am meisten fürchtet: dass ihr Bruder ohne sie in eine Pflegefamilie kommt.

»Es tut mir so leid, Monica«, sage ich zu ihr, als sie sich etwas beruhigt hat. »Ich denke immer noch, dass die Polizei die beste Option für dich und deinen Bruder ist. Gibt es niemand anderes, an den du dich wenden könntest? Einen Freund der Familie? Vielleicht einen Verwandten?«

Der Gesichtsausdruck des Mädchens wird leer. »Nein.« Sie springt vom Stuhl und zieht sich ihre Kleidung an. »Vielen Dank für Ihre Zeit, Dr. Cobakis. Machen Sie es gut.«

Sie geht aus dem Zimmer, und ich schaue ihr hinterher, während ich einfach nur weinen möchte. Das Mädchen befindet sich in einer schrecklichen Situation, und ich kann ihr nicht helfen. Ich kann den Mädchen wie ihr nie helfen. Außer ...

»Warte!« Ich schnappe mir meine Tasche und renne hinter ihr her. »Monica, warte!«

»Sie ist schon gegangen«, sagt Lydia, als ich in den Empfangsbereich laufe. »Was ist passiert? Hat sie etwas vergessen?«

»So etwas in der Art.« Ich halte mich nicht mit weiteren Erklärungen auf. Ich stürme zur Tür, trete hinaus und betrachte die dunkle, menschenleere Straße. Monicas kleine, dunkelhaarige Gestalt ist bereits am Ende der Straße, und sie geht so schnell, dass ich rennen muss, weil ich verzweifelt etwas tun will, wenigstens dieses eine Mal.

»Monica, warte!«

Sie muss mich gehört haben, denn sie bleibt stehen und dreht sich herum.

»Dr. Cobakis?«, fragt sie überrascht, als ich sie eingeholt habe.

Ich bleibe vor Anstrengung keuchend stehen und wühle in meiner Tasche. »Wie viel brauchst du, um überleben zu können?«, frage ich atemlos und ziehe mein Scheckbuch und einen Stift hervor.

»Was?« Sie starrt mich an, als hätte ich mich in einen Alien verwandelt.

»Wenn du zur Polizei gehst und sie deinen Stiefvater verhaften, wie viel werden deine Mutter und du brauchen, um *nicht* auf der Straße zu enden?«

Sie blinzelt. »Wir bezahlen eintausendzweihundert Dollar Miete pro Monat, und die Erwerbsunfähigkeitsrente meiner Mutter deckt über die Hälfte ab. Wenn wir bis diesen Sommer durchhalten, könnte ich einen Vollzeitjob bekommen und einspringen, aber ...«

»Okay, das reicht.« Ich halte das Scheckbuch gegen eine Hauswand und schreibe einen Scheck über fünftausend Dollar aus. Ich hatte eigentlich geplant, dieses Geld zu benutzen, um meine Eltern zu ihrem Jahrestag auf eine Kreuzfahrt zu schicken, aber ich werde mir ein günstigeres Geschenk einfallen lassen.

Ich bin mir sicher, dass es meinen Eltern nichts ausmacht.

Ich reiße den Scheck aus dem Buch, gebe ihn dem Mädchen und sage: »Nimm ihn und geh zur Polizei. Er hat es verdient, ins Gefängnis zu wandern.«

Ihr rundes Kinn bebt, und einen Moment lang habe ich Angst, dass sie wieder anfängt zu weinen. Aber sie nimmt einfach den Scheck mit zitternden Fingern. »Ich ... ich weiß nicht einmal, wie ich Ihnen danken soll. Das ist ...« Ihre junge Stimme bricht. »Das ist einfach ...«

»Das ist schon in Ordnung.« Ich stecke mein Scheckbuch wieder weg und lächele das Mädchen an. »Geh ihn einlösen und schaff den Bastard aus dem Weg, okay? Versprich es mir.«

»Ich verspreche es«, sagt das Mädchen und steckt den Scheck in die Tasche ihrer Jeans. »Ich verspreche es, Dr. Cobakis. Vielen Dank.«

»Ist schon in Ordnung. Jetzt geh. Es ist spät, und du solltest um diese Uhrzeit nicht allein draußen sein.«

Das Mädchen zögert, bevor es seine Arme um mich legt und mich kurz drückt. »Danke«, flüstert es erneut, bevor es sich auf den Weg macht, und seine zarte Gestalt ab und an zwischen den Straßenlaternen auftaucht, bis sie ganz verschwunden ist.

Ich stehe da, bis ich Monica nicht mehr sehen kann, und dann drehe ich mich herum, um zurück zur Klinik zu gehen. Mein Kontostand hat gerade einen ernsthaften Rückschlag erlitten, aber ich bin so glücklich, als hätte ich im Lotto gewonnen. Zum ersten Mal, seit ich in der Klinik angefangen habe, habe ich wirklich jemandem geholfen, und es fühlt sich umwerfend an.

Der kalte Wind schlägt mir ins Gesicht, als ich zurückgehe, und mir fällt auf, dass ich meinen Mantel in der Klinik vergessen habe. Das macht mir aber nichts aus. Ich glühe mit einer inneren Freude, für die ein kühler Märzabend kein Gegner ist.

Ich kann mein eigenes Leben nicht in den Griff bekommen, aber vielleicht habe ich gerade dem Mädchen geholfen, seines in Ordnung zu bringen.

Ich bin nur noch die halbe Straßenlänge von der Klinik entfernt, als mir ein Schatten auf der rechten Seite auffällt. Mein Herz hämmert, und Adrenalin überschwemmt meinen Körper, als zwei Männer, die wie Obdachlose aussehen, aus einer Art schmalen Gasse zwischen zwei Häusern heraustreten und das Straßenlicht sich in den glänzenden Klingen ihrer Messer spiegelt.

»Deine Tasche«, zischt der Größere und zeigt mit seinem Messer auf mich, und auch aus dieser Entfernung kann ich den übelkeitserregenden Gestank nach Schweiß, Alkohol und Erbrochenem riechen. »Gib sie her, Schlampe. Jetzt.«

Ich greife schon nach der Tasche, bevor er zu Ende

gesprochen hat, aber meine eisigen Finger sind so steif, dass die Tasche von meiner Schulter rutscht und auf den Boden fällt.

»Du verdammte Schlampe! Gib sie her, habe ich gesagt!«, faucht er immer aggressiver, und ich verstehe, dass er etwas genommen hat. Meth? Koks? Wie auch immer, er ist instabil, und sein Partner, der angefangen hat, wie eine Hyäne zu kichern, muss es auch sein.

Ich muss sie beruhigen. Schnell.

»Einen Moment, ich gebe sie euch, versprochen.« Zitternd knie ich mich hin, um die Tasche aufzuheben, damit ich sie ihnen geben kann, aber bevor ich wieder aufstehen kann, sehe ich vor mir eine blitzschnelle Bewegung.

Keuchend falle ich nach hinten und fange mich mit meinen Handflächen ab, als eine große, dunkle Gestalt meine Angreifer rammt und sich dabei mit einer Geschwindigkeit und Geschicklichkeit bewegt, die fast übermenschlich zu sein scheint. Alle drei verschwinden wieder in der dunklen Gasse, und ich höre zwei panische Schreie, denen ein eigenartiges nasses Gurgeln folgt. Danach fällt scheppernd etwas Metallisches auf den Boden. Zweimal.

Oh Gott. Oh Gott, oh Gott, oh Gott.

Ich stolpere zurück und bemerke kaum, dass ich mir auf dem Asphalt die Haut von meinen Handflächen schabe, als mein Retter aus der Gasse tritt, und den Blick auf die beiden Männer hinter ihm freigibt, die gerade zusammensacken wie Marionetten, deren Fäden durchgeschnitten wurden. Eine dunkle Flüssigkeit breitet sich unter ihren auf dem Bauch liegenden Körpern aus, und der metallische Geruch von Blut, gemischt mit etwas noch Übelriechenderem, erfüllt die Luft.

Er hat sie getötet, wird mir benommen klar. Er hat sie verdammt nochmal *getötet.*

Entsetzen explodiert in mir, versorgt mich mit frischem Adrenalin, und ich springe auf, während ein Schrei in meinem Hals aufsteigt. Aber bevor er entweichen kann, tritt die dunkle Gestalt auf mich zu, und die Straßenlaterne beleuchtet ihr Gesicht.

Besser gesagt sein vertrautes, wunderschönes Gesicht.

»Haben sie dir wehgetan?« Peter Sokolovs Stimme ist genauso hart wie sein metallischer Blick, und wieder einmal bin ich wie gelähmt, verängstigt, aber trotzdem unfähig, mich auch nur einen Zentimeter zu bewegen, als er auf mich zukommt und seine Augenbrauen zu einem furchteinflößenden Stirnrunzeln zusammengezogen sind. Es ist das Antlitz eines Mörders, das Gesicht eines Monsters unter der menschlichen Maske, aber trotzdem gibt es dort mehr.

Etwas, das fast wie Besorgnis aussieht.

»Ich ...« Ich weiß nicht, was ich sagen wollte, weil ich mich im nächsten Augenblick in seiner Umarmung wiederfinde, so fest gegen seine kräftige Brust gehalten werde, dass ich kaum atmen kann. Die Hitze seines großen Körpers umgibt mich, schützt mich vor dem eisigen Wind, und ich bemerke, wie kalt mir ist, wie sehr ich innerlich friere. Das ganze Entsetzen über das, was ich gerade gesehen habe, ist noch nicht angekommen, aber ich beginne bereits, mich taub zu fühlen, und meine Gedanken sind wirr und benebelt, als die Kälte sich weiter in mir ausbreitet und mich gegen das Trauma betäubt.

Schock, diagnostiziere ich automatisch. Ich falle gerade in einen Schock.

»Schscht, Ptichka. Es ist alles in Ordnung. Es wird alles gut werden.« Peters Stimme ist leise und beruhigend, sein Griff lockert sich, bis er mich mit einer überraschenden Zärtlichkeit wiegt, und mir wird klar, dass diese eigenartigen keuchenden

Geräusche von mir kommen. Ich habe Schwierigkeiten, zu atmen, mein Hals schließt sich, als hätte ich eine Panikattacke.

Nicht so als ob – ich *habe* eine Panikattacke.

Er muss das ebenfalls erkennen, weil er ein Stück von mir abrückt und mit besorgten Augen auf mich herabblickt. »Atme«, befiehlt er, und seine Hände auf meinen Schultern verstärken ihren Griff. »Atme, Sara. Langsam und tief. Genau so, Ptichka. Und noch einmal. Atme ...«

Ich folge seiner Stimme, lasse ihn als meinen Therapeuten agieren, und langsam lässt das Gefühl, zu ersticken, nach, und meine Atmung beruhigt sich. Ich konzentriere mich darauf, normal zu atmen und nicht zu denken, weil wenn ich über das, was geschehen ist, nachdenke, wenn ich in die Gasse rechts von mir blicke und die marionettenartigen Körper sehe, könnte ich in Ohnmacht fallen.

»Ja, so ist es gut.« Er zieht mich wieder an sich, und seine große Hand streicht über mein Haar, während ich mit meinem Gesicht an seiner Brust einfach nur dastehe. »Es geht dir gut, Ptichka. Alles ist in Ordnung.«

In Ordnung? Ich will gleichzeitig lachen und weinen. In was für einer Welt sind zwei Leichen in einer Gasse denn »in Ordnung«? Jetzt zittere ich in dem kalten Wind und durch den Schock, und ich weiß, dass ich kurz davor bin, wieder die Kontrolle zu verlieren. Blut und Verletzungen sind mir nicht fremd, und ich habe im Krankenhaus auch schon Erfahrungen mit dem Tod gemacht, aber die Art und Weise, wie diese beiden Männer zusammengesackt sind, so als seien sie Säcke aus Fleisch und Knochen ...

Ich halte inne, bevor meine Gedanken zu weit in diese Richtung abschweifen können, aber meine Kehle fühlt sich schon wieder eng an, und mein Zittern verstärkt sich.

»Schscht«, beruhigt mich Peter erneut und schaukelt mich sanft hin und her. Er muss mein Zittern spüren. »Sie können dir nichts tun. Es ist vorbei. Es ist alles vorbei. Komm, bringen wir dich nach Hause.«

Ich öffne meinen Mund, um zu protestieren, darauf zu bestehen, die Polizei oder einen Krankenwagen oder irgendwen zu rufen, aber bevor ich auch nur ein Wort herauspressen kann, beugt er sich nach unten und hebt mich in seine Arme. Er tut das mühelos, so als würde ich nichts wiegen. So als sei es normal, eine Frau, die gegen eine Panikattacke ankämpft, von dem Tatort eines doppelten Mordes wegzutragen.

So als täte er das jeden Tag, was, soweit ich weiß, auch der Fall sein könnte.

Endlich finde ich meine Stimme wieder. »Stell mich ab.« Es ist ein dünnes, hohles Flüstern, kaum ein Geräusch, aber es ist besser als nichts. Meine Hände schaffen es ebenfalls, sich zu bewegen, und drücken gegen seine Schultern, während er die Straße hinabgeht. »Bitte. Ich ... ich kann gehen.«

»Das ist schon in Ordnung.« Er schaut mich beruhigend an. »Wir sind fast da.«

»Fast wo?«, frage ich, aber da sehe ich sein Ziel bereits.

Es ist ein schwarzer Geländewagen, der an einer Straßenecke eine Straße von meiner Klinik entfernt parkt. Ein großer Mann mit einem dicken schwarzen Bart lehnt an einer Seite, und als wir uns nähern, sagt Peter mit einem leisen und dringlichen Ton etwas in einer fremden Sprache zu ihm.

Der Mann antwortet in derselben Sprache – höchstwahrscheinlich Russisch, wird mir benommen klar –, bevor er ein schmales Smartphone hervorzieht und mit schnellen, wütenden Bewegungen über das Display wischt. Er hebt es an sein Ohr und spricht wieder auf schnellem Russisch, während Peter die Tür des Wagens öffnet und mich vorsichtig auf die Rückbank setzt.

Mein Peiniger hat nicht gelogen, als er mir gesagt hat, er habe ein Team. Dieser Mann muss einer seiner Helfer sein.

»Ich bin sofort bei dir, Ptichka«, murmelt Peter auf Englisch und streicht mein Haar mit der gleichen eigenartigen Zärtlichkeit aus meinem Gesicht, bevor er sich zurückzieht, die Tür hinter sich schließt und mich allein im warmen Inneren des Autos zurücklässt.

Ich sitze einige Sekunden lang still da und beobachte, wie er mit dem bärtigen Mann spricht, bevor ich reagiere.

Ich rutsche über die Rückbank, greife nach dem Türgriff auf der gegenüberliegenden Seite von den beiden Männern und stoße die Tür auf, wobei ich fast aus dem Auto falle, weil ich es so eilig habe, wegzukommen. Meine Gedanken und Reaktionen sind durch meinen Schock immer noch langsam, aber ich habe mich genug erholt, um eine wichtige Tatsache zu verstehen.

Zwei Männer wurden vor meinen Augen getötet, und wenn ich nichts dagegen unternehme, bin ich ein Mittäter.

Der kalte Wind ist beißend, und meine Lungen brennen, als ich zur Klinik renne. Hinter mir höre ich einen Schrei, dem schnelle Schritte folgen, und ich weiß, dass sie hinter mir her sind. Meine einzige Hoffnung ist, in die Klinik zu gelangen, bevor sie mich fangen. Als ein gesuchter Mann sollte Peter es nicht riskieren wollen, erkannt zu werden. Sobald ich drinnen in Sicherheit bin, kann ich zu Atem kommen und mir überlegen, was ich tun soll, wie ich am besten die Polizei über das informiere, was geschehen ist.

Ich bin nur noch zweihundert Meter von meinem Ziel entfernt, als sich ein kräftiger Arm um meinen Brustkorb legt und eine große Hand meinen Mund bedeckt und meinen Schrei verstummen lässt. »Du magst es, wenn ich dich jage, stimmt's?«, knurrt eine vertraute Stimme in mein Ohr, bevor ich höre, dass sich ein Auto nähert.

Ich verdoppele meine Anstrengungen, trete gegen Peters Schienbeine und kratze seine Hand, die auf meinem Gesicht liegt, aber es ist sinnlos. Ich höre, wie sich eine Autotür öffnet, und dann schiebt Peter mich hinein, allerdings viel weniger vorsichtig als das letzte Mal.

»*Yezhay*«, ruft er dem bärtigen Fahrer zu, und dann rasen wir auch schon los, lassen die Klinik und den Tatort hinter uns zurück.

29

Peter

»Yan und Ilya kümmern sich darum«, informiert Anton mich auf Russisch, als er auf die Straße einbiegt, die zu Saras Haus führt. »Sie waren dort, bevor jemand die Leichen entdeckt hat.«

»Gut.« Ich blicke auf Sara, die schweigend und leichenblass neben mir auf dem Rücksitz sitzt. »Sag ihnen, dass sie die Reste gründlich entsorgen sollen. Wir wollen nicht, dass irgendwo Körperteile auftauchen. Außerdem sollen sie ihr Auto zu ihrem Haus zurückbringen.

»Ja, das wissen sie.« Unsere Blicke treffen sich im Rückspiegel. »Was wirst du mit ihr tun? Du hast ihr wirklich Angst eingejagt.«

»Ich werde mir etwas einfallen lassen.«

Ich bin froh, dass Sara nicht versteht, was ich sage, weil sie ansonsten noch entsetzter wäre. Ich hätte diese Methheads nicht vor ihr töten sollen, aber sie haben sie mit Messern bedroht, und ich bin durchgedreht. Alles, was ich sehen konnte, war Tamilas Leiche, gebrochen und blutüberströmt, und der Gedanke, dass es Sara sein könnte, dass einer dieser zugedröhnten Obdachlosen sie getötet haben könnte, wenn ich nicht dagewesen wäre, hat mein Blut in vulkanisches Eis verwandelt. Ich kann mich nicht einmal daran erinnern, eine bewusste Entscheidung getroffen zu haben, ich habe rein instinktiv gehandelt. Innerhalb weniger Sekunden hatte ich sie entwaffnet und ihre Kehlen durchgeschnitten, und als ihre Körper auf dem Boden aufschlugen, war es bereits zu spät.

Sara hat sie sterben sehen.

Sie hat gesehen, dass ich sie getötet habe.

»Kannst du die restliche Nacht Ilyas Schicht übernehmen?«, frage ich Anton, als wir vor Saras Haus halten. Mit den hohen Eichen, die die Einfahrt umsäumen, und dem recht großen Abstand zu den nächsten Nachbarn ist dieser Ort schön und abgeschieden – hervorragend in Situationen wie dieser. Es ist schade, dass sie dieses Haus verkauft, ich mag es mittlerweile wirklich gern.

»Kein Problem«, antwortet Anton. »Ich werde in der Nähe bleiben. Wirst du bis zum Morgen dort bleiben?«

»Ja.« Ich blicke auf Sara, die immer noch einfach geradeaus starrt und nicht mitbekommen zu haben scheint, dass wir angekommen sind. »Ich werde bei ihr bleiben.«

Ich ergreife Saras Hand und sage ihr auf Englisch: »Wir sind da, Ptichka. Komm, wir gehen nach Hause.«

Ihre schlanken Finger fühlen sich in meiner Hand eisig an – sie steht immer noch unter Schock. Als ich ihr aus dem Auto helfe, schaut sie mich allerdings an und fragt rau: »Was ist mit der Klinik?«

»Was soll damit sein?«

»Sie werden sich fragen, was aus mir geworden ist.«

»Nein, das werden sie nicht.« Ich fahre mit meiner Hand in meine Tasche und ziehe ihr Handy hervor, das ich während der Fahrt aus ihrer Handtasche genommen habe. »Ich habe ihnen das geschickt.« Ich zeige ihr die Textnachricht, in der steht, dass sie sich um einen Notfall im Krankenhaus kümmern muss.

»Oh.« Sie sieht mich überrascht an. »Du hast das geschrieben?«

Ich nicke und lasse das Handy wieder in meiner Hosentasche verschwinden, während ich sie vom Auto wegführe. »Du warst auf der Fahrt ein wenig abwesend.« In Wirklichkeit ist das eine Untertreibung, da sie, als ich sie erst einmal im Auto hatte, aufgehört hat, sich zu wehren und fast katatonisch wurde.

Sie blinzelt. »Aber ... was ist mit den Leichen?«

»Darum habe ich mich auch gekümmert«, beruhige ich sie. »Niemand wird dich damit in Verbindung bringen. Du bist in Sicherheit.«

Sara erschaudert sichtlich, also bringe ich sie schnell ins Haus, nachdem ich die Tür mit den Schlüsseln geöffnet habe, die ich auch aus ihrer Tasche genommen habe. Ich habe meine eigenen Schlüssel – ich habe sie mir vor Monaten machen lassen, als ich zu ihr zurückkam –, aber mir ist es lieber, wenn Sara das nicht weiß. Sollte sie die Schlösser noch einmal austauschen lassen, müsste ich den ganzen nervigen Aufwand noch einmal betreiben.

»Hier, setz dich«, sage ich, als ich sie zum Sofa führe. »Ich gehe dir einen Kamillentee machen.«

»Nein, ich ...« Sie windet sich aus meinem Griff. »Ich muss mir die Hände waschen.«

»In Ordnung.« Ich erinnere mich daran, dass sie diese Eigenart hat. »Geh.«

Sie verschwindet um die Ecke im Badezimmer, und ich gehe zur Spüle in der Küche, um meine Hände ebenfalls zu waschen. Ich habe mich vorgesehen, nichts von dem Blut abzubekommen, als ich die Kehlen dieser Männer aufgeschnitten habe, aber trotzdem entdecke ich einige kleine rote Blutspuren auf meinen Unterarmen.

Hoffentlich hat Sara sie nicht gesehen.

Ich wasche meine Hände und meine Unterarme, bevor ich den Wasserkocher anstelle. Als das Wasser kocht, bereite ich zwei Tassen Tee zu und trage sie zum Tisch. Sara ist noch nicht zurück, also beschließe ich, nach ihr zu sehen.

Ich gehe zum Badezimmer und klopfe an die Tür. »Ist alles in Ordnung?«

Ich bekomme keine Antwort, sondern höre nur das Geräusch laufenden Wassers. Weil ich mir Sorgen mache, versuche ich, die Tür zu öffnen, aber sie ist verschlossen.

»Sara?«

Keine Antwort.

»Sara, mach die Tür auf.«

Nichts.

Ich atme tief ein, um mich zu beruhigen, und sage in einer sanfteren Stimme: »Ptichka, ich weiß, dass du aufgebracht bist, aber wenn du die Tür jetzt nicht öffnest, habe ich keine andere Wahl, als sie aufzubrechen.« Oder das Schloss zu knacken, aber das sage ich ihr nicht. Die Tür aufzubrechen hört sich viel bedrohlicher an.

Das Wasser wird abgestellt, aber die Tür bleibt verschlossen.

»Sara. Ich werde jetzt bis fünf zählen. Eins. Zwei. Drei –«

Die Tür klickt.

Erleichtert mache ich die Tür auf und mir wird klar, dass ich zu Recht besorgt war. Sara sitzt mit dem Rücken gegen die Wanne auf dem Boden und hat ihre Knie an die Brust gezogen. Sie gibt keinen Laut von sich, aber ihr Gesicht ist tränenüberströmt, und sie zittert.

Scheiße. Ich hätte sie wirklich nicht vor ihr töten sollen.

»Sara ...« Ich knie mich neben ihr hin, und sie rutscht zur Seite, weg von mir. Ich ignoriere ihre Reaktion, ergreife sanft ihren Arm und ziehe sie in eine Umarmung. »Ich werde dir nicht wehtun, Ptichka«, flüstere ich in ihr Haar, als ich spüre, dass sich ihr Zittern verstärkt. »Du bist bei mir in Sicherheit.«

Ein erstickter Schluchzer entweicht ihrem Mund, dann noch einer und noch einer, und plötzlich klammert sie sich an mir fest, ihre schlanken Arme umschlingen meinen Nacken, während sie beginnt, richtig zu weinen. Ich streiche ihr mit kreisförmigen Bewegungen beruhigend über den Rücken, während sie von unkontrolliertem Schluchzen geschüttelt wird, und sie umfasst mich fester, vergräbt ihr Gesicht an meinem Hals. Ich spüre die Nässe ihrer Tränen, was mich an jenes Mal in der Küche erinnert, als ich versucht habe, sie nach dem Waterboarding zu beruhigen. Von dieser Erinnerung wird mir schlecht, da ich mir jetzt nicht mehr vorstellen kann, ihr so etwas anzutun, mir nicht vorstellen kann, ihr jemals aus irgendeinem Grund wehzutun.

Sie ist für mich jetzt nicht nur eine Person, sie ist meine Welt, und ich werde sie vor allen und allem schützen.

Es dauert lange, bis sie weniger schluchzt, so lange, dass meine Beine steif sind, als ich endlich aufstehe und sie hochziehe.

»Komm«, flüstere ich und lege ihr stützend meinen Arm um den Rücken, als ich sie aus dem Badezimmer führe. »Trinken wir noch einen Tee, bevor wir ins Bett gehen. Du musst erschöpft sein.«

»Sie schnieft und flüstert rau: »Keinen Tee.«

»Okay, keinen Tee. Gehen wir einfach schlafen.« Ich beuge mich nach unten, um sie auf den Arm zu nehmen.

Sie wehrt sich nicht dagegen, dass ich sie trage, sondern legt einfach ihren Kopf auf meine Schulter und schlingt ihre Arme um meinen Hals. Ihre Atmung ist von dem vielen Weinen immer noch abgehackt, aber sie ist dabei, sich zu beruhigen. Das freut mich, genauso wie die bedürftige Art und Weise, mit der sie an mir hängt. Ich weiß nicht, ob das die Nachwirkungen des Traumas sind, oder ob ich endlich ihren Widerstand brechen kann, aber dass sie sich so an mir festhält, ohne ein Anzeichen von Misstrauen, erfüllt meine Brust mit einer speziellen Wärme, einer, die die eisige Leere um mein Herz zum Schmelzen bringt.

Mit Sara werde ich wieder lebendig, und ich will mehr von diesem Gefühl.

30

Sara

IN DER DUSCHE IST ER SEHR SANFT ZU MIR, SEINE BERÜHRUNG IST zärtlich und unerwartet platonisch, als er mich von Kopf bis Fuß wäscht. Ich stehe still da, das ist alles, was ich in diesem Moment tun kann – einfach dastehen. Nichts interessiert mich in diesem Moment, weder meine Nacktheit noch seine. Jetzt, da der emotionale Sturm vorüber ist, fühle ich mich leer, und ein erschöpfter Nebel betäubt meine Gedanken und Gefühle. Ich bin jenseits von Verlangen, von Angst und Furcht, und alles, was existiert, sind Schuldgefühle.

Furchtbare, zerstörerische Schuldgefühle wegen des Wissens, dass zwei Männer meinetwegen gestorben sind.

Sie sind gestorben, weil ich einen Mörder in mein Leben gelassen und seine Besessenheit genährt habe.

Das ist mir jetzt klar, so offensichtlich, dass ich nicht weiß, warum ich es vorher nicht gesehen habe. Ich bin gefährlich – eine Bedrohung für alle um mich herum. Heute waren die Opfer zwei Drogenabhängige, morgen könnten es meine Freunde oder meine Familie treffen. Niemand um mich herum ist in Sicherheit, solange Peter mich will, und alles, was ich getan habe, hat seine Besessenheit nur angeheizt.

Von Anfang an habe ich das Spiel falsch gespielt, und jetzt haben zwei Männer dafür mit ihrem Leben bezahlt.

»Hier, komm heraus«, befiehlt Peter, und ich trete aus der Dusche und lasse mich von ihm in ein dickes Handtuch einwickeln. Er trocknet mich damit ab und behandelt mich ein weiteres Mal wie ein Kind. Ich lasse es zu, weil ich zu erschöpft bin, um etwas anderes zu tun. Und außerdem ist das alles, das Weinen in seinen Armen, an ihm zu hängen und es zuzulassen, dass er sich um mich kümmert, gut für meine neue Strategie.

Da er mich haben will, kann er mich haben.

Das ist keine besonders brillante Strategie, und es gibt auch keine Garantie dafür, dass sie funktionieren wird. Sie könnte sogar nach hinten losgehen. Aber an diesem Punkt habe ich bereits nichts mehr zu verlieren. Ich habe versucht, ihn abzuwehren, und er ist immer noch da, immer noch eine Bedrohung. Also muss ich jetzt etwas anderes versuchen.

Ich muss erreichen, dass er das Interesse an mir verliert.

Es war die Frühstücksunterhaltung, die mich auf diese Idee gebracht hat. Was, wenn die Schwestern recht haben und ich so etwas wie eine Eisprinzessin-Ausstrahlung habe, die meinen Stalker anspricht? Was ist, wenn er mich nur noch mehr will, je länger ich mich weigere?

Der schnellste Weg, einen Mann loszuwerden, ist, mit ihm zu schlafen. Das ist ein dummes Sprichwort, aber Andys Mutter ist nicht die Einzige, die daran glaubt.

Ich habe es schon tausendmal gehört, normalerweise von Eltern, die Teenager haben, die schwanger geworden sind, weil ihre Eltern darauf bestanden haben, mit ihnen lieber über Abstinenz als Geburtenkontrolle zu reden. Es ist ein altes, sexistisches Klischee über diese Dynamik zwischen Männern und Frauen, eines, das auf der beleidigenden Annahme beruht, dass Frauen wie Klopapier sind, ein Gegenstand, den man benutzen und dann wegwerfen kann.

Ich habe mich immer über solche Dinge lustig gemacht, aber gleichzeitig weiß ich, dass es Männer gibt, die sich genau so benehmen, die hinter Frauen her sind, bis sie sie ins Bett bekommen, und danach schnell das Interesse verlieren. Aber der Grund dafür ist nicht, dass sie denken, dass Frauen unberührt sein sollten, zumindest nicht normalerweise. Die Eroberung ist einfach das, was ihnen am meisten Spaß macht. Sie genießen die Vorfreude mehr als den eigentlichen Akt, und wenn sie einmal am Ziel sind, ziehen sie weiter und suchen nach neuen Jagdgebieten.

Ich weiß nicht, ob mein Stalker in diese Kategorie fällt, aber es ist möglich – sogar wahrscheinlich. Er ist ein umwerfend gutaussehender Mann und zweifellos an Frauen gewöhnt, die sich Hals über Kopf in seine gefährliche Alphatier-Ausstrahlung verlieben. Ich habe nie jemanden wie ihn kennengelernt, aber ich habe Schatten dieser Arroganz bei beliebten Sportlern auf der Uni, bei Wall-Street-Managern und überbezahlten männlichen Chirurgen gesehen. Männer wie diese – die am Anfang der Nahrungskette stehen – nehmen einen Hauch von Zögern als eine Herausforderung auf, es fesselt sie und bringt sie dazu, die betreffende Frau nur noch mehr zu verfolgen anstatt weniger.

Wenn das der Fall ist, und ich hoffe verzweifelt, dass er es ist, dann ist der einfachste Weg, Peter Sokolov loszuwerden, ihm genau das zu geben, was er möchte: mich freiwillig in seinem Bett. Aus irgendeinem Grund scheint der russische Killer bei Vergewaltigung eine Grenze zu ziehen und sich stattdessen lieber in mein Leben zu drängen, also muss ich ihm grünes Licht geben.

Wenn ich will, dass dieser Albtraum endet, muss ich freiwillig Sex mit meinem Peiniger haben.

»Komm her, leg dich hin«, drängt Peter, als wir am Bett ankommen. Er nimmt mir das Handtuch ab und führt mich sanft unter die Decke. »Morgen früh wirst du dich besser fühlen, versprochen.« Und erneut ist seine Berührung platonisch, fast klinisch, aber ich weiß, dass er mich will. Ich sehe, wie steif er ist, als er neben mir unter die Decke kriecht, spüre ich die Anspannung, die von ihm abstrahlt, als er sich herumdreht, um das Licht auszumachen, bevor er mich in seine Umarmung zieht und mich in der vertrauten Löffelchenstellung gegen seinen warmen Körper schmiegt.

Er will mich, aber er wird mich nicht nehmen – nicht, bis ich nicht zustimme.

Ich liege einige Augenblicke still da, während ich versuche, mich davon zu überzeugen, es wirklich zu tun. Mein Magen fühlt sich an, als würden in ihm ein Waschbär und ein Hamster kämpfen, und die Erschöpfung hat sich wie ein dickes, alles einhüllendes Tuch um meinen Kopf gelegt. Mit meinen wunden Augen und den Kopfschmerzen vom Weinen ist das Letzte, wonach mir gerade ist, Sex, aber vielleicht sollte ich es genau deswegen jetzt tun.

Vielleicht fühle ich mich nicht ganz so schlecht, wenn ich es nicht genieße.

Ich bereite mich psychisch darauf vor und bewege mich leicht, um meinen Po näher an Peters Lende zu schieben. Er versteift, atmet schwerer, und ich wiederhole das Manöver, reibe mich an ihm, während ich mich unter dem Vorwand hin und her bewege, eine bequemere Position zu finden. Da sein muskelbepackter Arm um meinen Brustkorb liegt, kann ich mich kaum bewegen, aber das ist egal. Wir sind beide nackt, und die kleinste Berührung seiner Haut an meiner ist elektrisierend, so voller Empfindungen, dass jedes meiner Nervenenden strammsteht. Ich kann in der rabenschwarzen Dunkelheit des Raumes nichts sehen, aber ich kann seine raue Beinbehaarung auf der Rückseite meiner Oberschenkel spüren, seinen sauberen männlichen Duft riechen, und ich atme schneller, während mein Herz wie wild in meiner Brust schlägt, als sein Schwanz noch härter wird und wie ein Gewehrlauf gegen meinen Po drückt.

Das ist es, komm schon. Ich ignoriere die Angst, die meinen Hals verengt, und bewege meine Hüften noch ein wenig mehr. Ich bringe es nicht über mich, mich umzudrehen und ihn zu umarmen, aber vielleicht wird er mit einer kleinen Ermutigung seine Kontrolle verlieren und mich anfassen. Ich werde nicht protestieren, werde nichts tun, um ihn aufzuhalten. Ich werde mich von ihm ficken lassen, vielleicht sogar vorgeben, es zu genießen, damit ich auch in diesem Punkt keine Herausforderung darstelle. Ich werde einfach daliegen und es über mich ergehen lassen, und danach wird alles vorbei sein.

Ich werde willig, aber langweilig sein, und er wird meiner müde werden.

Das ist zumindest der Plan, aber während ich mich bewege,

bemerke ich, dass ein Teil meiner Müdigkeit verschwindet und von einem warmen, feuchten Gefühl ersetzt wird, das seinen Ursprung tief in meinem Unterleib hat. Da die Dunkelheit alles verdeckt, ist es leicht, so zu tun, als sei nichts davon real, als habe ich einen weiteren dieser abartigen Träume.

»Sara, Ptichka ...« Sein raues Flüstern klingt angespannt. »Wenn du schlafen möchtest, solltest du aufhören, dich zu bewegen.«

Ich liege einen Moment lang still, bevor ich mich langsam und absichtlich ein weiteres Mal an ihm reibe. »Was, wenn ...« Ich lecke über meine trockenen Lippen. »Was ist, wenn ich nicht schlafen möchte?«

Peters Körper hinter mir versteinert, und sein Arm um meinen Brustkorb spannt sich an. Für einen kurzen, irrationalen Augenblick befürchte ich, dass er ablehnen könnte, dass er mich trotz aller Hinweise nicht wirklich will, aber dann werde ich auf den Rücken gedreht, und sein schweres Gewicht drückt mich nach unten, während die Nachttischlampe angemacht wird.

Ich blinzele, da mich das Licht kurz blendet, bevor ich sein Gesicht erkenne und ich sehe, dass seine grauen Augen verengt sind und sein Kinn angespannt ist, während er sich auf einem Ellenbogen abstützt. Er sieht wütend aus, und eine schreckliche Sekunde lang frage ich mich, ob ich alles falsch verstanden habe, ob ich einen riesigen Fehler gemacht habe.

»Spielst du mit mir, Sara?« Seine Stimme ist leise und hart, und sein Akzent stärker als sonst, als er meine Handgelenke ergreift und sie über meinem Kopf mit einer großen Hand auf dem Kissen festhält. »Versuchst du herauszufinden, wie weit du bei mir gehen kannst?«

Ich starre ihn an, und ein dunkles Kribbeln überzieht meine

Haut. Es ist unheimlich, wie viel Ähnlichkeit diese Situation mit meinen Träumen hat. Und trotzdem ist es gleichzeitig anders. Mein von Drogen benebeltes Gehirn hatte ihn hart und grausam dargestellt, eher wie ein Monster als einen Mann, aber das war falsch. Dieses tödliche, umwerfend schöne Gesicht, das mich anblickt, hat nichts von einem Monster. Die Träume hatten die Stärke seiner magnetischen Anziehung unterschätzt, die sinnliche Weichheit seiner Lippen, die starke, noble Form seiner Nase, die Art und Weise, wie sich seine Augenbrauen über den intensiven, metallischen Augen zusammenziehen und vieles mehr. Er ist hinreißend, mein angsteinflößender Stalker, und während ich hier unter seinem kräftigen, warmen Körper liege, verstärkt sich das dunkle Kribbeln und verwandelt sich in etwas Gefährliches und Verbotenes. Meine Nippel verhärten sich, und eine Hitzewelle überrollt mich, während sich meine inneren Muskeln voller Begehren zusammenziehen.

Ich will diesen Mann nicht. Ich *kann* ihn nicht wollen. Aber während ich mir das einrede, weiß ich, dass es eine Lüge ist, ein Wunschdenken. Was auch immer ihn zu mir zieht, tut dasselbe bei mir, diese Verbindung zwischen uns ist genauso stark wie irrational. Ich will ihn. Mehr als das, ich *brauche* ihn. Meinen Körper interessiert es nicht, dass er gerade zwei Menschen vor meinen Augen getötet hat, dass ich ihn mit meinem ganzen Wesen verachte. Seine Berührung stößt mich nicht ab, sie erregt mich, mein Verlangen wurde durch die erzwungene Intimität der letzten Tage und die perverse Lust, die ich in seinen Armen erfahren habe, nur verstärkt.

Durch diese unnatürliche, abartige Zärtlichkeit, die keinen Platz in unserer Beziehung hat.

Er wartet immer noch mit verengten Augen auf meine Antwort, und ich weiß, dass ich einfach aus der Sache herauskomme, indem ich so tue, als sei das Ganze ein großes Missverständnis. Aber wenn ich das mache, wird er mich weiterhin verfolgen, versuchen, meinen Widerstand Tag für Tag zu brechen, bis ich mich nach ihm sehne, und in der Zwischenzeit werden alle um mich herum sich in Gefahr befinden.

»Keine Spiele«, flüstere ich in die angespannte Stille. »Die Kondome sind im Nachttisch.«

Er holt tief Luft, seine Finger auf mir spannen sich an, und ich kann den genauen Moment erkennen, in dem er versteht, was ich sage. Seine Nasenlöcher blähen sich, seine Pupillen werden größer, und die Wut auf seinem Gesicht wird zu einem dunklen, unbändigen Hunger. Er greift mit seiner freien Hand in den Nachttisch, zieht ein verpacktes Kondom heraus, öffnet es mit seinen Zähnen und zieht es sich über seinen großen, hervorragenden Schwanz.

Mein Herz rast, und mein Brustkorb zieht sich angsterfüllt zusammen, aber es ist zu spät.

Peter senkt seinen Kopf und nimmt meine Lippen mit seinen gefangen.

31

S*ara*

ICH WEISS NICHT, WARUM, ABER ICH HATTE NICHT ERWARTET, DASS er mich küssen würde, dass er seinen Mund auf meinen legen und ihn in Besitz nehmen würde, als sei er am Verhungern. Aber genauso fühlt es sich an: so als verspeise er mich, als nähme er alles, was mein Wesen ausmacht. Seine Lippen auf meinem Mund sind rau und wild, verschlingen mich und entziehen meinen Lungen ihre Luft. Seine freie Hand ist in meinem Haar vergraben und hält mich während des vereinnahmenden Kusses bewegungslos, weshalb ich nichts weiter tun kann, als dahinzuschmelzen. Weil er nicht nur nimmt, er gibt. Er gibt so viel Lust, dass ich überwältigt bin, überwältigt von seinem Geschmack und davon, wie er sich anfühlt.

Er küsst mich, bis ich errötet bin und brenne, bis ich mich kaum noch daran erinnern kann, wie es sich angefühlt hat, ihn nicht zu küssen, nicht seinen warmen, minzigen Atem zu riechen. Bis alle Gedanken daran, was wir sind, verschwunden sind, und ich mich ihm gedankenlos voller Begehren entgegenbiege, da ich verzweifelt mehr von seinen Berührungen und dieser prickelnden, heißen Lust will. Meine Fingerspitzen kribbeln wegen seines festen Griffs um meine Handgelenke, und sein Körper liegt schwer auf mir, aber ich will mehr.

Ich will mich in seiner erbarmungslosen Umarmung verlieren, mich in ihm auflösen und verschwinden.

Er löst sich von meinen Lippen, um eine brennende Spur auf meinem Gesicht und meinem Hals zu hinterlassen, und ich schnappe nach Luft, während mein Herz rast und ich von der elektrisierenden Lust Gänsehaut habe. Bei jedem Einatmen reiben meine Nippel gegen seine Brustmuskeln, und Nässe befeuchtet meine inneren Oberschenkel, da mein Körper sich auf ihn vorbereitet, auf diesen Akt, den ich nicht wollen sollte, nach dem ich mich nicht derart intensiv sehnen sollte.

Er atmet abgehackt, hebt seinen Kopf, und ich kann den gleichen Hunger in seinem silbernen Blick sehen, ein dunkles Begehren, vermischt mit etwas erschreckend Besitzergreifendem. Seine Hand löst sich von meinem Haar und bewegt sich an meinem Körper hinab, um meine Brust zu bedecken. »Sara ...« Mein Name ist ein raues Ausatmen auf seinen Lippen, als sein Daumen über meinen vor Lust schmerzenden Nippel fährt. »Du bist so wunderschön, Ptichka ... alles, von dem ich jemals geträumt habe, und mehr.«

Seine glühenden Worte brennen sich in mich, erfüllen mich mit einer Wärme, die sich bis in meinen Unterleib ausbreitet –

und Alarmglocken in meinem Kopf läuten lässt. Das hört sich zu sehr nach der Vollziehung einer Liebesbeziehung an, und als sein Knie sich zwischen meine Oberschenkel schiebt, löst sich der sinnliche Nebel, der mich einhüllt, einen Augenblick lang. Mit einer klaren Eingebung verstehe ich, was gerade geschieht, und Entsetzen dämpft mein Verlangen.

Was tue ich gerade? Wie kann ich das überhaupt auf irgendeine Weise genießen? Es ist eine Sache, für einen guten Zweck stoisch die Berührung eines Monsters zu ertragen, aber es wirklich zu begehren – es sich so benehmen zu lassen, als seien wir Liebhaber – ist krank, vollkommen verrückt. Auch wenn er meine Handgelenke festhält, ist es sinnlos, vorzugeben, dass ich unwillig bin, dass mein Körper sich nicht auf die perversesten Arten und Weisen nach ihm sehnt.

Der große Kopf seines Schwanzes berührt meine Falten, und meine Atmung wird flach, meine Muskeln ziehen sich plötzlich panisch zusammen. Ich kann das nicht tun – nicht so. Das ist zu sehr wie Liebemachen. Er schaut mich immer noch an, seine grauen Augen sind voller brennender Hitze, und ich weiß, dass ich ihm sagen muss, damit aufzuhören, das zu beenden ...

Er dringt mit einem einzigen kräftigen Stoß in mich ein, und ich vergesse, was ich gerade sagen wollte. Ich vergesse alles, außer der Stärke und Brutalität seines Schwanzes, der sich in meinen Körper schiebt. Seine kompromisslose Härte zwingt meine enge Höhle auseinander, und trotz meiner Erregung fühle ich ein stechendes Brennen, als er sich tiefer hineindrückt und dabei den Widerstand meiner angespannten Muskeln ignoriert. Mein letztes Mal ist schon sehr lange her, und er ist groß, dicker und länger als Georges. Mein Herz schlägt heftig in meiner Brust, während mein Körper sich seiner rauen Penetration widerwillig beugt, und mit einer Mischung aus Enttäuschung und bitterer Erleichterung erkenne ich, dass meine Ängste vergebens waren.

Das ist ganz und gar nicht wie Liebemachen.

Als er vollständig in mir ist, hält er inne, seine Augen glänzen mit einem dunklen Hunger, und eine andere Art der Anspannung breitet sich in meinem Körper aus, verbannt den letzten Rest der unwillkommenen Erregung und festigt meinen Entschluss. Die sinnliche Anziehung seines Aussehens ist immer noch da, aber jetzt sehe ich das Monster hinter dem hübschen Gesicht, den Mörder, der mich gefoltert und mein Leben zerstört hat. Meine Gefühle sind nicht mehr widersprüchlich, sondern völlig klar. Mein Stalker, der Mann, den ich hasse, vergewaltigt meinen Körper, und ich bin froh darüber. Ich bin froh, weil seine Grausamkeit weniger schmerzt als seine Zärtlichkeit, seine Rücksichtslosigkeit weniger angsteinflößend ist als seine Gnade.

Ich hole beruhigend Luft und bereite mich darauf vor, einen harten und rauen Fick zu ertragen, aber er bewegt sich nicht. Sein Gesicht ist vor Lust verzogen, sein Körper ist so angespannt, dass er vibriert, aber er stößt nicht zu, und mir wird klar, dass er mein Unbehagen bemerkt hat und mir Zeit gibt, mich anzupassen.

Auf seine eigene Art und Weise versucht er, sanft zu sein – was das Letzte ist, das ich will.

Ich nehme meinen ganzen Mut zusammen, fahre mit meiner Zunge über meine Lippen und beobachte, wie sich der Hunger in seinen Augen intensiviert.

»Tu es«, flüstere ich, während sich meine inneren Muskeln

zusammenziehen. Ich kann ihn hart und dick und gefährlich in mir pochen spüren. »Tu es, verdammt noch mal.«

Er starrt mich an, und ich kann seinen Kampf spüren, kann das Monster fühlen, das gegen den Mann kämpft. Ich bin nicht die Einzige mit gemischten Gefühlen hier. Es gibt einen Teil von Peter, der mich hasst, der mich als eine Erinnerung an seine persönliche Tragödie sieht. Er will mich, aber er will mir gleichzeitig wehtun und mich für das bezahlen lassen, was seiner Frau und seinem Sohn zugestoßen ist. Vielleicht ist es ihm selbst nicht klar, aber ich weiß es. Ich fühle es. Unsere Verbindung wurde mit Verlust und Schmerzen geschmiedet, unsere Intimität mit Folter. Nichts an seiner Anziehungskraft auf mich ist normal, sie ist genauso krank wie meine Reaktion auf ihn.

Seine Rache verbindet uns, und keine Zärtlichkeit dieser Welt kann diese Tatsache ändern.

Ich kann den genauen Moment sehen, in dem das Monster den Kampf gewinnt. Peters Kinn spannt sich an, als er sich ein Stück zurückzieht, bevor er mit einem harten Stoß erneut eindringt. »Willst du das von mir?« Seine Stimme ist leise und rau, und seine Augen werden von einer wachsenden Dunkelheit erfüllt. Er spannt seine Hüften an, und ich ziehe scharf Luft ein, als er tiefer in mich eindringt und seine Hände meine Handgelenke fester umfassen. »Sag es mir, Sara. Willst du das?«

Ich kann immer noch nein sagen, den Mann das Biest zurückhalten lassen, aber ich habe meinen Weg gewählt und werde nicht von ihm abweichen. Vielleicht ist dieser letzte Racheakt genau das, was wir beide brauchen, die Bestrafung, die ich für meine Absolution ertragen muss.

Wenn er seine Dunkelheit auf mich loslässt, können wir beide vielleicht endlich frei sein.

»Ja«, flüstere ich und mache mich auf das Schlimmste gefasst. »Genau das möchte ich.«

32

Peter

ICH WEISS NICHT, WAS ICH ERWARTET HATTE, ABER ALS ICH IN Saras braune Augen schaue und den Hass in ihnen sehe, lösen sich meine Fantasien, die Lügen, die ich mir eingeredet habe, im Angesicht der Wahrheit in Luft auf. Ihr Körper reagiert vielleicht auf mich, aber ich bin immer noch ihr Feind – und sie ist meiner. Auch wenn ihre seidige Muschi meinen pochenden Schwanz umklammert, ist das Verlangen in meinem Blut mit Gewalt vermischt, mein Verlangen nach ihr dunkler als alles, was ich kenne.

Ich will sie nicht einfach nur ficken; ich will sie aufbrechen, meine Rache an ihrem zarten Fleisch nehmen.

»Sara ...« Ich suche verzweifelt nach den letzten Überresten meines gesunden Verstandes, nach etwas, an dem ich mich festhalten kann, während die gedankenlose, rote Flut mich überrollt, die grausame Macht des Hungers meine Kontrolle untergräbt. »Du weißt nicht, um was du …«

»Tu es einfach, verdammt noch mal«, flüstert sie erneut, während sie meinen Blick trotzig erwidert, und der seidene Faden, an dem meine Beherrschung hängt, reißt.

Mit einem leisen, rauen Stöhnen ziehe ich mich zurück und versenke mich in ihr, nehme kaum die Art und Weise wahr, auf die sich ihre Muschi in panischem Widerstand um mich zusammenzieht, ihr weicher Tunnel meinem Angriff nachgibt. Sie ist nass, aber sie ist eng, fast so klein wie eine Jungfrau, und selbst durch meinen Lustnebel hindurch verstehe ich, was das bedeutet.

Sie hat seit längerer Zeit keinen Sex gehabt – wahrscheinlich nicht nach ihrem Ehemann.

Dem Mann, dessen Arroganz meinen Sohn umgebracht hat.

Mein Verlangen wird noch dunkler, wird durch eine Welle aus Qualen geborener Wut angeheizt, und ich beuge meinen Kopf nach unten, um Saras Mund erneut in Besitz zu nehmen. Aber dieses Mal kann ich mich nicht zurückhalten, und der Kuss ist hart und wild, so gewalttätig wie die Gefühle, die mich zerreißen. Sie fühlt sich so zart an, riecht so süß und ihr Mund ist so seidig – das alles macht mich verrückt, und ich schmecke den metallischen Geschmack ihres Blutes, als meine Zähne in ihrer Unterlippe versinken und ihre zarte Haut durchbrechen. Das sollte mich stoppen oder zumindest innehalten lassen, aber stattdessen regt es nur meinen Appetit an. Ich brauche das von ihr: ihren Schmerz, ihr Leiden. Es ist, als habe ein Fremder meinen Körper übernommen und mein Verlangen nach ihr in ein Bedürfnis sie zu bestrafen verwandelt, ein Bedürfnis, sie für die Sünden ihres Ehemanns zahlen zu lassen. Sara in Besitz zu nehmen ist gleichzeitig Himmel und Hölle, das intensive Vergnügen, sie zu ficken, vermischt sich mit dem bitteren Wissen, dass ich mein Versprechen gebrochen habe.

Ich verletze gerade die Frau, die ich heilen wollte, diejenige, durch die ich mich so lebendig fühle.

Ich weiß nicht, ob es diese Erkenntnis ist oder die Tränen, die ich auf ihrem Gesicht sehen kann, als ich meinen Kopf anhebe, aber die Wut beginnt, abzuschwächen und der rote Nebel zieht sich zurück, obwohl mein Verlangen eine neue Ebene erreicht. Meine Eier ziehen sich an meinen Körper und die präorgastische Anspannung sammelt sich am Anfang meiner Wirbelsäule, aber trotzdem bin ich mir der vogelartigen Zierlichkeit ihrer Handgelenke in meinem Griff und der verängstigten Steifheit ihres Körpers, während ich mich an ihrem Fleisch vergehe, schmerzhaft bewusst.

Unsere Blicke treffen sich, und ich sehe Schmerzen in den braunen Tiefen, die sich mit einer perversen Befriedigung vermischen. Ich mache es ihr zu leicht, gieße Benzin in das Feuer ihres Hasses. Das ist genau das, was sie die ganze Zeit von mir erwartet hat, wovor sie sich gefürchtet hat, obwohl sie es gleichzeitig wollte.

Nach heute Nacht werde ich nie wieder mehr sein als der Mann, der ihr wehgetan hat, der sie auf die grausamste Art und Weise benutzt hat.

Scheiße, nein. Ich beiße die Zähne zusammen und zwinge mich dazu, aufzuhören, gegen den aufsteigenden Orgasmus anzukämpfen. Ich lasse ihre Handgelenke los, ziehe mich aus ihr zurück und bewege mich an ihrem Körper hinunter, wobei ich die quälende Härte meines Schwanzes ignoriere. Ich stoppe zwischen ihren gespreizten Schenkeln, ergreife ihre Knie und beuge meinen Kopf nach unten.

»Was tust du ...« beginnt sie benebelt, aber da lecke ich bereits ihre weiche Muschi, fahre mit meiner Zunge über ihre rosafarbenen, geschwollenen Falten. Sie ist nass, aber nicht so nass, wie ich sie gern hätte, also habe ich beschlossen, etwas dagegen zu unternehmen und dazu alle meine Fertigkeiten einzusetzen, die ich mir in meinen mehr als fünfunddreißig Jahren angeeignet habe.

»Warte, Peter, nicht ...« Sie greift nach unten und versucht, mich wegzuschieben, während ich mit meiner Zunge ihre Klitoris umfahre, und als ihr das nicht gelingt, will sie ihre Beine schließen. »Das ist nicht ...«

»Schscht.« Ich benutze meine Hände an ihren Knien dazu, ihre Schenkel geöffnet zu halten. »Leg dich einfach hin und entspanne dich.«

»Nein, ich ...« Sie stöhnt auf und klammert sich in meinen Haaren fest, als ich ihre Klitoris in meinen Mund nehme. Ich beginne, mit starken, rhythmischen Bewegungen an ihr zu saugen, und die Anspannung ihrer Beinmuskulatur lässt nach, während ihre Atmung hörbar unregelmäßig wird. Ich kann spüren, wie sie unter meiner Zunge immer feuchter wird, und nutze ihre Abgelenktheit, um meine rechte Hand zu ihrer Muschi zu bewegen.

»Genau so, Ptichka, entspanne dich einfach ...« Ich blase kühle Luft auf ihre Klitoris und werde mit einem leisen Aufstöhnen belohnt, bevor sich ihre Schenkel erneut anspannen. Sie versucht, sich zu wehren, das Vergnügen zurückzuweisen, aber ich habe meinen Ellenbogen bereits so positioniert, dass sie meinen Kopf nicht mit ihren Schenkeln zerquetschen kann. Sie atmet jetzt schwerer, und sie umklammert meine Haare fester, als ich wieder an ihrer Klitoris sauge und gleichzeitig mit zwei Fingern in ihre enge, nasse Öffnung eintauche und sie in ihr krümme, bis ich die schwammige Wand ihres G-Punktes spüre. Ihre Muschi zieht sich fest zusammen, erschaudert um meine Finger, und ihre Hüften heben sich vom Bett ab, als ich mein Saugen verstärke. Sie ist nahe dran, das kann ich fühlen. Mein Herz klopft stark in meiner Brust, und meine Atmung ist schnell, während der Schmerz in meinen Eiern unerträglich wird, aber ich beherrsche mich, bis ich sicher bin, dass sie kurz davor ist. Dann, und erst dann, gebe ich meinem eigenen Verlangen nach.

Ich ziehe meine Finger aus ihr heraus, bewege mich nach oben, bedecke ihren Körper mit meinem und lege meinen Schwanz vor ihren geschwollenen Eingang.

»Komm mit mir zusammen«, sage ich rau und schaue ihr in die Augen, als ich mit einem harten Stoß in sie eindringe, und ihr Körper gehorcht mir, ihr enges, nasses Fleisch zieht sich um mich zusammen, melkt meinen Schwanz in dem Moment, in dem der Orgasmus mich überwältigt. Ihre wunderschönen Augen werden weich und abwesend, auf ihrem Gesicht spiegelt sich Ekstase wieder, während sich ihre Finger in meinen Seiten vergraben, und ich ihren erstickten Schrei in dem Moment höre, in dem mein Samen herausspritzt. Es fühlt sich an, als würden alle Muskeln meines Körpers gleichzeitig vibrieren, und meine Lungen arbeiten auf Hochtouren, während die Lust mich in heißen Wellen überrollt, und als ich auf ihr zusammenbreche, weiß ich, dass es das war.

Ich werde nie wieder eine andere Frau begehren.

Ich weiß nicht, wie lange es dauert, bis die Nachbeben abgeklungen sind, aber als ich endlich die Kraft finde, mich auf meine Ellenbogen abzustützen, hat sich Sara genug erholt, um zu verstehen, was passiert ist, und Entsetzen macht sich auf ihrem Gesicht breit. Wie ich atmet sie schwer, ihre Wangen sind rot und leuchten postkoital, aber in ihrem Blick ist keine Freude, sondern nur das Glitzern ihrer Tränen.

Sie bedauert das, macht sich erneut Vorwürfe, und das werde ich nicht zulassen.

»Tu das nicht.« Ich senke meinen Kopf, um ihre Wangen zu küssen, während die Tränen aufsteigen und über ihre Schläfen hinunterlaufen. »Tu das nicht, Ptichka. Fühl dich nicht schlecht. Du hast nichts Falsches getan. Ich habe das alles gemacht. Ich habe dir wehgetan, erinnerst du dich? Ich habe dir keine Wahl gelassen.«

Ihre Atmung ist abgehackt und ihre Lippen zittern, als ich Küsse auf ihrem Gesicht niederregnen lasse, und ich kann sie unter mir erschaudern fühlen, während immer mehr Tränen aufsteigen. Ich bin immer noch in ihr, mein weicher werdender Schwanz ist in ihrem Körper vergraben, aber trotzdem versucht sie nicht, mich zu berühren, sondern will sich zusammenrollen und die Verbindung zwischen uns ablehnen.

Ich wollte ihren Schmerz, und ich habe ihn bekommen – und jetzt zerreißt er mich innerlich.

Ich weiß nicht, was ich tun soll, wie ich sie beruhigen kann, also küsse ich sie einfach immer weiter und streichele sie, so sanft ich kann. Meine Rachegelüste sind verschwunden, und alles, was geblieben ist, ist Bedauern. Wieder einmal bin ich der Grund dafür, dass Sara leidet, und dieses Mal ist es unendlich viel schlimmer. Dieses Mal kenne ich sie.

Ich kenne sie, und sie bedeutet mir etwas.

Sie weint immer noch, als ich mich aus ihr zurückziehe und aufstehe, um das Kondom im Badezimmer zu entsorgen. Als ich mit einem nassen Handtuch zurückkommen, liegt sie zusammengerollt auf einer Seite und hat sich die Decke bis zum Hals hochgezogen.

»Lass dich von mir sauber machen«, murmele ich, während ich die Decke von ihrem nackten Körper ziehe, und als sie nicht protestiert, fahre ich mit dem Handtuch über ihre weichen Falten, um das wunde, geschwollene Fleisch zu beruhigen und den Beweis ihres Verlangens wegzuwischen. Sie weint nicht länger, aber ihre Augen sind immer noch nass, und in dem Augenblick, in dem ich fertig bin, kriecht sie wieder unter die Decke und zieht sie sich über den Kopf.

Ich will gerade zu ihr ins Bett steigen, als ich höre, dass mein Telefon auf dem Nachttisch vibriert, wo ich es für Notfälle abgelegt hatte.

Ich runzele die Stirn, nehme es in die Hand und schaue auf das Display.

Planänderung, steht in der Nachricht von Anton. *Velazquez wird sich in zwei Tagen zum Guadalajara-Anwesen begeben. Es ist entweder morgen oder nie.*

Ich schlucke einen Fluch hinunter und kämpfe gegen den Drang an, das Telefon durch den Raum zu werfen. Beschissener hätte das Timing nicht sein können ... Wir hatten gerade den ganzen Plan ausgearbeitet und wollten in sechs Tagen zuschlagen. Aber wenn unser Opfer seinen Aufenthaltsort ändert, müssten wir die Planung komplett von vorn beginnen. Es könnte mehrere Wochen dauern, Velazquez Anwesen in Guadalajara auszukundschaften, und unser Kunde, ein rivalisierender Drogenboss, ist bereits ungeduldig. Er will Velazquez lieber gestern als heute tot wissen und wird eine Verspätung nicht gut aufnehmen.

Anton hat recht. Wir müssen jetzt zuschlagen.

Bereite das Flugzeug und die Ladung vor, schreibe ich zurück. *Wir fliegen morgen früh.*

Verstanden, antwortet Anton. *Ich nehme an, dass du die Amerikaner bei ihr willst?*

Ja, schreibe ich. *Sag ihnen, sie sollen sich bei der Klinik immer in ihrer Nähe befinden.*

Das letzte Mal, als mein Team und ich das Land für einen Job verlassen mussten, habe ich einige Männer von hier dafür angeheuert, Sara während unserer Abwesenheit zu überwachen und über jeden ihrer Schritte zu berichten. Sie sind aufs Gründlichste sicherheitsüberprüft, und auch wenn ich ihnen nicht ansatzweise so sehr vertraue wie meinen Männern, war ich bis jetzt mit ihren Diensten zufrieden.

Sie sollten in der Lage sein, sie zu beschützen, solange ich weg bin.

Ich stelle meinen Wecker auf in vier Stunden, krieche zu Sara unter die Bettdecke und ziehe sie in meine Umarmung, um meinen Körper von hinten um ihren zu legen. Sie versteift, aber rückt nicht ab, und ich schließe meine Augen, atme ihren Duft ein und spüre, wie sich über mir der Frieden ausbreitet.

Nichts zwischen uns ist gelöst, aber aus irgendeinem Grund bin ich mir sicher, dass es das irgendwann sein wird, zuversichtlich, dass wir es hinbekommen, dass es funktionieren wird, was auch immer »es« sein mag. Das ist der einzige Weg, weil ich mir ein Leben ohne sie nicht mehr vorstellen kann.

Sara gehört mir, und ich würde eher sterben, als sie gehen zu lassen.

33

Sara

EIN HARTNÄCKIGES SUMMEN REIßT MICH AUS DEM SCHLAF. Einen Augenblick lang bin ich so desorientiert, dass ich denke, dass es mitten in der Nacht ist.

Ich rolle mich auf die Seite und taste blind nach meinem vibrierenden Telefon. »Hallo«, krächze ich, als ich es, ohne die Augen zu öffnen, von meinem Nachttisch genommen habe. Meine Augenlider fühlen sich an, als seien sie zusammengeklebt, und mein Kopf ist so schwer, dass ich ihn kaum vom Kissen loseisen kann.

»Dr. Cobakis, wir haben eine Patientin mit einer Frühgeburt, und Dr. Tomlinson musste wegen einer Familienangelegenheit gehen. Sie sind die Nächste auf der Bereitschaftsliste. Können Sie schnell hier sein?«

Ich setze mich hin, da der Adrenalinanstieg das Schlimmste meiner Müdigkeit verjagt. »Ähm ...« Ich blinzele den Schlaf weg und bemerke, dass Sonnenlicht durch die Schlitze meiner Jalousie hereinfällt. Der Wecker neben dem Bett zeigt 6.45 Uhr an, was weniger als eine Stunde vor meiner eigentlichen Weckzeit ist. »Ja. Ich kann in etwa einer Stunde da sein.«

»Danke. Bis gleich.«

Sobald der Koordinator aufhängt, springe ich aus dem Bett, um schnell unter die Dusche zu springen – und halte abrupt inne, als ich spüre, wie wund ich tief drinnen bin. Erinnerungen an letzte Nacht steigen auf, glühend heiß und giftig, und alle Überreste von Müdigkeit verschwinden.

Letzte Nacht hatte ich Sex mit Peter Sokolov.

Er hat mir wehgetan, und ich bin in seinen Armen gekommen.

Einen Moment lang scheinen diese beiden Tatsachen unvereinbar zu sein, so wie ein Eissturm im Juli. Ich habe niemals auf Schmerz gestanden, ganz im Gegenteil. Die wenigen Male. die George und ich etwas andere Dinge ausprobiert haben, hat mich sein leichtes Spanking von meinem Orgasmus abgehalten, anstatt mich anzuheizen. Ich verstehe nicht, wie ich nach so grobem Sex kommen konnte, wie ich ein so intensives Lustgefühl verspüren konnte, als mein Körper sich zerrissen und angeschlagen gefühlt hat.

Und dieser Orgasmus war nicht der einzige. Mein Peiniger hat mich mitten in der Nacht aufgeweckt, als er in mich geglitten ist, während seine Finger gleichzeitig geschickt meine Klitoris verwöhnt haben, so dass ich trotz meines Wundseins innerhalb weniger Minuten gekommen bin, da mein Körper auf ihn reagiert hat, obwohl mein Kopf lautstark protestiert hat. Danach habe ich mich wieder in den Schlaf geweint, während er mich umarmt und meinen Rücken gestreichelt hat, so als würde er sich Sorgen machen.

Kein Wunder, dass ich so kaputt bin, durch den Sex und das Weinen habe ich nur wenige Stunden Schlaf bekommen.

Ich schlucke meine Beschämung herunter und zwinge mich dazu, mit dem weiterzumachen, was ich zu tun habe. Ich muss mich anziehen und zum Krankenhaus fahren. Egal, wie es sich gerade anfühlen mag, mein Leben hat letzte Nacht nicht geendet. Ich habe keine Ahnung, ob ich das Richtige getan habe, als ich Peter ermutigt habe, mit mir zu schlafen, aber was geschehen ist, ist geschehen, und ich muss nach vorn schauen.

Die gute Nachricht ist, dass ich ihn bis heute Abend nicht mehr sehen muss.

Vielleicht wünsche ich mir bei dem Gedanken daran, ihn zu sehen, nicht mehr, am liebsten zu sterben.

DER TAG VERFLIEGT DURCH EINEN HAUFEN ARBEIT, UND ALS ICH endlich nach Hause komme, bin ich erschöpft und am Verhungern. Ich hatte so viel zu tun, dass ich kein Mittag gegessen habe, und auch wenn ich mich vor einer weiteren Nacht mit meinem Stalker fürchte, muss ich zugeben, dass ich mich auf sein Essen freue.

Peter Sokolov ist vielleicht ein Psychopath, aber er ist ein hervorragender Koch.

Zu meiner Überraschung – und meiner klitzekleinen Enttäuschung – begrüßt mich kein köstlicher Essensduft, als ich aus der Garage hineintrete. Das Haus ist dunkel und leer, und ich weiß, auch ohne alle Räume zu kontrollieren, dass er nicht hier ist. Ich kann es spüren. Mein Zuhause fühlt sich kälter an, weniger lebendig, so als ob die dunkle Energie, die Peter Sokolov ausstrahlt, ihm eine Art Lebensfreude gibt.

Trotzdem rufe ich: »Hallo? Peter?«

Nichts.

»Bist du hier?«

Keine Antwort.

Sollte mein Plan so schnell funktioniert haben? Ist es möglich, dass diese eine Nacht bereits das krankhafte Verlangen meines Stalkers befriedigt hat?

Verwirrt gehe ich zum Gefrierschrank und nehme eine Mahlzeit heraus, um sie in die Mikrowelle zu legen. Es ist eines dieser gesunden, organischen Fertiggerichte, Thai-Nudeln mit Gemüse und einer Sauce ohne zu viel Zucker, aber es ist immer noch ein Fertiggericht. Leider habe ich heute Nacht keine Energie für mehr. Ich hätte etwas aus der Cafeteria des Krankenhauses mitnehmen sollen, aber ich denke, ich habe mich unbewusst darauf verlassen, zu Hause bekocht zu werden.

Ich schüttele den Kopf, weil diese Tatsache so lächerlich ist, stelle die Mikrowelle an und gehe Hände waschen.

Mein Peiniger ist verschwunden, und das ist eine gute Sache.

Ich muss nur noch meinen Magen davon überzeugen.

ALS ICH AUFWACHE, IST ER IMMER NOCH NICHT DA, UND AUCH wenn ich den unterschwelligen Eindruck habe, überwacht zu werden, als ich zur Arbeit fahre, kann ich niemanden entdecken, der mir folgt. Das gleiche Gefühl habe ich auch den ganzen Tag über im Krankenhaus. Ich bin paranoid genug, um die ganze Zeit über Augen auf mir zu spüren, aber dieses Gefühl ist nicht ansatzweise so intensiv, wie es vorher war.

Wenn ich nicht wüsste, dass ich wirklich einen Stalker habe, könnte ich mir einreden, dass ich es mir nur einbilde.

Meine Eltern rufen während meiner Mittagspause an, um mich für Freitag zum Abendessen einzuladen. Ich gebe ihnen eine unverbindliche Antwort – ich will sie keiner Gefahr aussetzen – und rufe danach in der Klinik an.

»Hallo Lydia, alles in Ordnung?«, frage ich und versuche, mich nicht zu nervös anzuhören. »Wie läuft es?«

»Hallo Dr. Cobakis.« Die Stimme der Rezeptionistin wird besonders warm. »Ich freue mich, von Ihnen zu hören. Hier ist alles in Ordnung. Im Moment ist nicht allzu viel los, aber wahrscheinlich wird es am Nachmittag mehr werden. Werden Sie es schaffen, diese Woche noch einmal zu kommen?«

»Ja, ich denke schon. Ähm, Lydia ...?« Ich zögere, da ich nicht weiß, wie ich sie das fragen soll, was ich wissen möchte. In den Nachrichten habe ich nichts über die Morde gehört, aber das bedeutet ja nicht, dass die Leichen nicht gefunden wurden. »Sie haben nicht zufällig etwas ... Ungewöhnliches gesehen oder gehört?«

»Etwas Ungewöhnliches?« Lydia hört sich verwirrt an. »Wie was?«

»Oh, nichts Bestimmtes.« Um nicht verdächtig zu wirken, füge ich hinzu: »Ich habe nur gerade an diese eine Patientin gedacht, Monica Jackson ... Sie haben nicht zufällig etwas von ihr gehört? Dieses dunkelhaarige Mädchen, das ich gestern behandelt habe?«

Zu meiner Überraschung antwortet Lydia: »Ach das. Doch, habe ich sogar. Sie ist vor einigen Stunden vorbeigekommen und hat eine Nachricht für Sie hinterlassen. Irgendetwas wie

›Vielen Dank, er sitzt jetzt hinter Gittern‹. Sie hat es nicht weiter erklärt, weil sie meinte, Sie würden es verstehen. Ergibt diese Nachricht für Sie irgendeinen Sinn?«

»Ja.« Trotz meiner Anspannung breitet sich auf meinem Gesicht ein breites Grinsen aus. »Ja, definitiv. Danke, dass Sie es mir ausgerichtet haben. Wir sehen uns die Tage.«

Ich lege immer noch grinsend auf und gehe mich für meinen Kaiserschnitt am Nachmittag waschen.

Ich habe keine Ahnung, wie Peter den Beweis für das Verbrechen verschwinden lassen hat, aber das hat er, und jetzt sieht es so aus, als habe dieser furchtbare Abend auch sein Gutes gehabt.

Ich mag keinen Fluchtweg haben, aber Monica ist frei.

MEIN HAUS IST ERNEUT DUNKEL UND LEER, ALS ICH AN DIESEM Abend zurückkomme, und als ich mich fertig mache, um ins Bett zu gehen, fällt mir auf, dass ich eigenartig melancholisch bin. Es war beängstigend, Peter in meinem Haus zu haben, aber immerhin war er eine menschliche Gegenwart. Jetzt bin ich wieder allein, genauso wie in den letzten zwei Jahren, und das Gefühl der Einsamkeit ist sogar noch stärker, mein Bett kälter und leerer, als ich es in Erinnerung hatte.

Vielleicht sollte ich mir einen Hund zulegen. Einen großen, den ich dadurch verziehen würde, dass er bei mir im Bett schlafen darf. Auf diese Weise hätte ich jemanden, der mich begrüßt, wenn ich nach Hause komme, und ich würde nicht so etwas Perverses vermissen wie die nächtliche Umarmung durch den Mörder meines Mannes.

Ja, ich werde mir einen Hund anschaffen, beschließe ich,

steige in mein Bett und ziehe die Decke über mich. Sobald ich das Haus verkauft habe, werde ich mir etwas mieten, was näher am Krankenhaus liegt, und darauf achten, dass es hundefreundlich ist, vielleicht einen Park in der Nähe hat.

Ein Hund wird mir das geben, was ich brauche, und ich werde in der Lage sein, Peter Sokolov zu vergessen.

Zumindest, wenn er mich vergessen haben sollte.

3 4

S*ara*

AM MONTAG BIN ICH BEINAHE DAVON ÜBERZEUGT, DASS PETER für immer weg ist. Am Wochenende habe ich mein ganzes Haus von oben bis unten abgesucht, um die versteckten Kameras zu finden, aber entweder sind sie alle verschwunden oder auf eine Art und Weise verborgen, dass ein Laie wie ich keine Chance hat, sie zu finden. Natürlich könnten sie auch nie existiert haben, und mein Stalker hat die Dinge, die er wusste, auf andere Art und Weise herausgefunden. Wie dem auch sei, es gibt kein Zeichen von ihm, keinerlei Kontakt. Ich habe den Großteil des Wochenendes in der Klinik verbracht, und auch wenn ich Blicke auf mir gespürt habe, als ich zum Auto gegangen bin, könnte es sich dabei genauso gut um meine Paranoia gehandelt haben.

Vielleicht ist mein Albtraum endlich vorbei.

Es ist dumm, aber das Wissen, dass ich Peter mit so einem bisschen Sex verjagt habe, schmerzt ein wenig. Ich hatte gehofft, dass er mich in Ruhe lassen würde, wenn ich aufhöre, die unnahbare »Eisprinzessin« zu sein, aber ich hatte nicht damit gerechnet, dass es sofort geschehen würde. Vielleicht bin ich schlecht im Bett? Das muss ich wohl sein, wenn eine Nacht ausgereicht hat, um Peter klarzumachen, dass ich den Fantasien in seinem Kopf nicht gerecht werden kann.

Nachdem er mich wochenlang verfolgt hat, hat mich mein Peiniger nach nur einer Nacht verlassen.

Das ist natürlich gut so. Es gibt keine Abendessen mehr, keine Duschen, bei denen ich wie ein Kind umsorgt werde. Keine gefährlichen Mörder mehr, die mich nachts umarmen, mich verwirren und meinen Körper verführen. Ich verbringe meine Tage genauso wie die vergangenen Monate, nur dass ich mich stärker fühle, innerlich weniger zerbrochen. Mich mit der Quelle meiner Albträume auseinanderzusetzen hat mehr für meine geistige Gesundheit getan als monatelange Therapie, und dafür bin ich einfach dankbar.

Auch wenn ich mich schäme, wenn ich an die Orgasmen denke, die er mir beschert hat, fühle ich mich besser, mehr wie mein altes Ich.

»Also, Sara, erzählen Sie mir, wie es Ihnen geht«, sagt Dr. Evans, als ich ihn endlich nach seinem Urlaub wiedersehe. Er ist sonnengebräunt, und sein Gesicht strahlt vor Gesundheit. »Wie ist der Tag der offenen Tür gelaufen?«

»Mein Makler begutachtet gerade einige Angebote«, antworte ich und schlage die Beine übereinander. Aus irgendeinem Grund fühle ich mich heute unwohl in seinem Büro, so als gehöre ich nicht mehr hierher. Ich schüttele dieses Gefühl ab und fahre fort: »Sie sind allerdings beide niedriger, als uns das recht ist, also versuchen wir, sie gegeneinander auszuspielen.«

»Ah, gut. Das ist doch schon einmal ein Fortschritt an dieser Front.« Er legt seinen Kopf schief. »An den anderen Fronten vielleicht auch?«

Ich nicke, da mich die Wahrnehmungsgabe meines Therapeuten nicht überrascht. »Ja, meine Paranoia hat sich gebessert und meine Albträume auch. Samstag habe ich es sogar geschafft, den Wasserhahn in der Küche zu benutzen.«

»Wirklich?« Er zieht seine Augenbrauen nach oben. »Das sind tolle Neuigkeiten. Ist das durch etwas Bestimmtes ausgelöst worden?«

Ach, wissen Sie, der Mann, der mich gefoltert und meinen Ehemann umgebracht hat, ist wieder in meinem Leben aufgetaucht.

»Ich weiß es nicht«, sage ich und zucke mit den Schultern. »Vielleicht ist es die Zeit. Es ist jetzt bereits fast sieben Monate her.«

»Ja«, meint Dr. Evans sanft, »aber Sie sollten wissen, dass das nichts auf der Zeitleiste menschlicher Trauer und posttraumatischer Verhaltensstörungen ist.«

»Okay.« Ich blicke auf meine Hände und bemerke einen ausgefransten Nietnagel an meinem linken Daumen. Es könnte Zeit für eine Maniküre sein. »Dann habe ich wohl Glück gehabt.«

»Das haben Sie.«

Als ich aufschaue, betrachtet mich Dr. Evans mit dem gleichen besorgten Gesichtsausdruck.

»Wie ist Ihr Sozialleben?«, fragt er, und ich spüre, wie ich erröte.

»Ich verstehe«, meint Dr. Evans, als ich nicht sofort antworte. »Gibt es etwas, über das Sie reden möchten?«

»Nein ... nichts.« Mein Gesicht wird noch heißer, als er mir einen ungläubigen Blick zuwirft. Ich kann ihm nichts von Peter erzählen, also suche ich nach etwas anderem, was sich plausibel anhört. »Also, ich bin vor einigen Wochen mit ein paar Arbeitskolleginnen ausgegangen und hatte viel Spaß ...«

»Ah.« Er scheint meine Antwort sofort zu akzeptieren. »Und wie hat es sich angefühlt, ›Spaß zu haben‹?«

»Ich habe mich ... großartig gefühlt.« Ich denke an das Tanzen im Klub zurück, daran, wie der Rhythmus der Musik mich durchströmt hat. »Ich habe mich lebendig gefühlt.«

»Hervorragend.« Dr. Evans macht sich einige Notizen. »Und sind Sie danach noch einmal ausgegangen?«

»Nein, ich hatte noch keine Gelegenheit dazu.« Das ist eine Lüge, ich hätte letzten Samstag mit Marsha und den Mädchen ausgehen können, aber ich kann dem Therapeuten nicht erklären, dass ich versuche, meine Freundinnen zu beschützen, indem ich möglichst wenig Kontakt zu ihnen habe. Die Schweigepflicht eines Arztes hat ihre Grenzen, und zu enthüllen, dass ich Kontakt zu einem gesuchten Kriminellen hatte – und letzte Woche zwei Morde beobachtet habe –, könnte Dr. Evans dazu bringen, zur Polizei zu gehen und uns beide in Gefahr zu bringen.

Es war überhaupt eine schlechte Idee, heute hierherzukommen. Ich kann nicht über die Dinge reden, die ich eigentlich besprechen muss, und er kann mir nicht dabei helfen, mich durch meine komplizierten Gefühle zu arbeiten, wenn er nicht die ganze Geschichte kennt. Das ist der Grund dafür, warum ich mich unwohl fühle, wird mir klar: Ich kann Dr. Evans nicht mehr in mich schauen lassen. In meiner Tasche vibriert mein Handy, und ich stürze mich erleichtert auf diese Ablenkung. Ich ziehe das Telefon hervor und sehe, dass ich eine Textnachricht vom Krankenhaus bekommen habe.

»Bitte entschuldigen Sie mich«, sage ich, stehe auf und lasse das Handy wieder in die Tasche gleiten. »Bei einer meiner Patientinnen haben gerade vorzeitige Wehen eingesetzt, und sie braucht meine Hilfe.«

»Natürlich.« Dr. Evans richtet seinen schlaksigen Körper auf, um sich hinzustellen, und schüttelt meine Hand.

»Wir machen nächste Woche weiter. Es war mir wie immer ein Vergnügen.«

»Danke. Für mich auch«, antworte ich und vermerke im Hinterkopf, den Termin für nächste Woche abzusagen. »Ich wünsche Ihnen noch einen schönen Tag!«

Damit verlasse ich die Praxis des Therapeuten, eile zum Krankenhaus und bin dieses Mal wirklich dankbar für die Unberechenbarkeit meiner Arbeit.

ICH WEISS NICHT, OB ES DIE SITZUNG MIT DR. EVANS ODER DER bessere Schlaf der letzten Tage ist, aber in dieser Nacht werfe ich mich hin und her und schlafe ein, nur um mit hämmerndem Herzen und einem undefinierbaren Angstgefühl aufzuschrecken. Die Leere meines Bettes zehrt an mir, und meine Einsamkeit ist ein schmerzhaftes Loch in meiner Brust. Ich möchte glauben, dass ich George vermisse, dass ich mich nach seinen Armen sehne, aber als mich endlich ein unruhiger Schlaf überkommt, sind es stahlgraue Augen, die in meinen Träumen auftauchen, keine sanften, braunen.

In den Träumen tanze ich vor meinem Peiniger wie eine

professionelle Tänzerin. Ich bin mit dem hellgelben Kostüm mit steifen Federflügeln auch genauso angezogen. Als ich über die Bühne wirbele, fühle ich mich leichter als Nebel, anmutiger als eine Rauchschwade. Aber innerlich brenne ich vor Leidenschaft. Meine Bewegungen kommen aus den Tiefen meiner Seele, und mein Körper drückt sich über den Tanz mit der ungefilterten Ehrlichkeit der Schönheit aus.

Ich vermisse dich, sagt dieser Plié. *Ich will dich*, bestätigt jene Pirouette. Ich sage mit meinem Körper, was ich nicht mit Worten sagen kann, und er betrachtet mich mit einem dunklen und mysteriösen Gesichtsausdruck. Rote Tröpfchen schmücken seine Hände, und ich weiß, auch ohne zu fragen, dass es sich dabei um Blut handelt, dass er heute ein weiteres Leben genommen hat. Das sollte mich anekeln, aber alles, was mich interessiert, ist, ob er mich möchte, ob er die Hitze spürt, die mich von innen heraus auffrisst.

Bitte, bettele ich mit meinen Bewegungen, während ich mich anmutig vor ihm drehe. *Bitte, sag es mir. Ich muss die Wahrheit wissen. Bitte.*

Aber er sagt nichts. Er betrachtet mich einfach nur, und ich weiß, dass ich nichts tun kann, dass es keinen Weg gibt, ihn zu überzeugen. Also tanze ich näher an ihn heran, da ich von seiner dunklen Ausstrahlung angezogen werde, und als ich mich in seiner Reichweite befinde, hebt er seine Arme, und seine blutbespritzten Hände umfassen meine Schultern.

»Peter ...« Ich biege mich ihm entgegen, da diese schreckliche Sehnsucht mich innerlich auffrisst, aber seine Augen sind kalt, so kalt, dass sie brennen.

Er will mich nicht mehr. Ich weiß es. Ich sehe es.

Trotzdem strecke ich mich nach ihm aus und hebe meine Hand zu seinem harten, kantigen Gesicht. Ich will ihn – ich brauche ihn – so sehr. Aber bevor ich ihn berühren kann, sagt er leise: »Auf Wiedersehen, Ptichka«, und schiebt mich weg.

Ich stolpere nach hinten und falle von der Bühne. Mein Kleid flattert einen kurzen Augenblick lang in der Luft, und dann werden meine Flügel zerquetscht, als ich auf dem Boden aufkomme. Noch bevor der Schock des Aufschlags durch mich vibriert, weiß ich, dass es das war.

Mein Körper ist gebrochen, genauso wie meine Seele.

»Peter«, stöhne ich mit meinem letzten Atemzug, aber es ist zu spät.

Er ist für immer weg.

Ich wache mit einem nassen Gesicht und einem Herzen voller Trauer auf. In dem Zimmer ist es rabenschwarz, und in der Dunkelheit ist es egal, dass ich nicht rational einen Mann vermissen kann, den ich hasse. Der Traum ist so lebhaft in meinem Kopf, dass ich mich fühle, als hätte ich ihn wirklich verloren ... als sei ich durch seine Zurückweisung gestorben. Ich weiß, dass meine Trauer durch meine wirklichen Verluste – George und das Leben, was ich eigentlich haben sollte – hervorgerufen worden sein muss, aber wegen meines leeren Betts und meines Körpers, der sich nach einer kräftigen und warmen Umarmung sehnt, fühlt es sich an, als vermisste ich *ihn*.

Peter.

Der Mann, der mir alle Gründe geliefert hat, ihn zu verabscheuen.

Ich kneife die Augen fest zusammen, rolle mich unter meiner Decke zu einem kleinen Ball zusammen und kuschele mit einem Kissen. Ich brauche Dr. Evans nicht, um zu wissen, dass das, was ich fühle, unmöglich echt sein kann, dass es bestenfalls eine eigenartige Version des Stockholm-Syndroms ist. Man verliebt sich *nicht* in seinen Stalker, das geschieht einfach nicht. Ich kenne Peter noch gar nicht so lange. Wie lange gibt es ihn jetzt schon in meinem Leben? Eine Woche? Zwei? Die Tage seit dem Klub haben sich wie Jahre angefühlt, aber in Wirklichkeit ist kaum Zeit vergangen.

Natürlich hat er schon länger in meinen Albträumen existiert.

Zum ersten Mal erlaube ich mir, richtig über meinen Peiniger nachzudenken – mich zu fragen, was für ein Mann er ist. Wie war er bei seiner Familie? Es sollte schwierig sein, sich einen so rücksichtslosen Mörder in einer häuslichen Umgebung vorzustellen, aber aus irgendeinem Grund habe ich kein Problem damit, ihn mir dabei vorzustellen, wie er mit einem Kind spielt oder mit seiner Frau Essen kocht. Vielleicht ist es die sanfte Art, auf die er sich um mich gekümmert hat, dass ich das Gefühl habe, dass es etwas in ihm gibt, was über die monströsen Dinge hinausgeht, die er getan hat, etwas Verletzliches und durch und durch Menschliches.

Er muss seine Familie geliebt haben, um sich der Rache so vollständig zu verschreiben.

Die Bilder auf seinem Telefon steigen in meinem Kopf auf, und meine Brust zieht sich schmerzhaft zusammen. Falsche Informationen sollen laut Peter an diesen Gräueltaten schuld sein. Ist es möglich, dass George derjenige war, der diese Informationen zur Verfügung gestellt hat? Dass mein hübscher, friedlicher Ehemann, der gerne grillte und im Bett Zeitung las, wirklich ein Spion gewesen ist, dem ein so schrecklicher Fehler unterlaufen ist? Das scheint unglaublich zu sein, aber es muss einen Grund dafür geben, dass Peter hinter George her war, warum er so weit gegangen ist, um ihn zu töten.

Außer wenn Peter selbst einen riesigen Fehler gemacht hat, war George nicht derjenige, der er zu sein schien.

Ich drücke das Kissen noch fester an mich, als ich diese Erkenntnis vergegenwärtige und das Wissen in mich hineinsickern lasse. In den letzten eineinhalb Wochen habe ich es vermieden, über die Enthüllungen meines Stalkers nachzudenken, aber ich kann die Wahrheit nicht länger verdrängen.

Wenn man den Schutz durch das FBI, der aus dem Nichts kam, und die plötzliche Distanz, die es nach der Hochzeit zwischen George und mir gab, bedenkt, ist es durchaus möglich, dass mein Ehemann mich getäuscht hatte – dass er den Großteil einer Dekade mich und alle anderen angelogen hat.

Mein Leben war noch illusorischer gewesen, als mir bewusst war.

Als ich eine Stunde später einschlafe, habe ich auf meiner Zunge den bitteren Geschmack des Betrugs und in meinem Kopf einen neuen Entschluss.

Morgen früh werde ich eines der Angebote für mein Haus akzeptieren. Ich brauche einen Neuanfang, und ich werde ihn bekommen. Vielleicht werde ich an einem neuen Ort Georges Doppelleben und *ihn* vergessen.

Wenn Peter Sokolov für immer verschwunden ist, könnte ich endlich anfangen zu leben.

S*ara*

AM DONNERSTAG UNTERSCHREIBE ICH DIE PAPIERE UND verkaufe mein Haus einem Anwaltspaar, das aus Chicago in diese Gegend zieht. Sie haben zwei Kinder in der Grundschule und eins ist unterwegs, weshalb sie die fünf Schlafzimmer brauchen. Auch wenn ihr Angebot drei Prozent unter dem Marktwert und einige tausend Dollar unter dem anderen Angebot lag, habe ich mich für die Anwälte entschieden, weil sie in bar bezahlen und ich somit den Hausverkauf schnell abschließen kann.

Wenn es bei der Überprüfung keine Probleme gibt, werde ich in weniger als drei Wochen ausziehen.

Da ich mich danach energiegeladen fühle, bitte ich einen anderen Arzt, am Freitag für mich einzuspringen, und verbringe den Tag damit, mich nach Mietwohnungen umzusehen. Ich entscheide mich für ein kleines Apartment mit einem Schlafzimmer in einem tierfreundlichen Mehrfamilienhaus mit Eigentumswohnungen, von dem aus ich zu Fuß zum Krankenhaus gehen kann. Es ist ein wenig veraltet, und Stauraum gibt es auch fast keinen, aber da ich alles loswerden möchte, das mich an mein altes Leben erinnert, stört es mich nicht.

Neuanfang, ich komme.

Meine gute Laune hält bis zum Abend an, bis zu dem Augenblick, in dem ich nach Hause komme und erneut die Leere fühle. Mein Abendessen ist einmal wieder eine Packung aus dem Tiefkühlschrank, und trotz meiner besten Versuche, es nicht zu tun, muss ich die ganze Zeit an Peter denken und frage mich, wo er ist. Gestern ist mir aufgefallen, dass es auch einen anderen Grund für seine Abwesenheit geben könnte, und seitdem lässt mich dieser Gedanke nicht mehr los.

Die Behörden könnten ihn eingesperrt oder getötet haben.

Ich weiß nicht, wieso ich bis gestern nicht an diese Möglichkeit gedacht habe, aber jetzt bekomme ich sie nicht mehr aus dem Kopf. Das wäre offensichtlich etwas Gutes – ich wäre wirklich in Sicherheit, wenn er tot oder in Verwahrung wäre –, aber jedes Mal, wenn ich darüber nachdenke, fühlt sich meine Brust schwer und eng an, und etwas Unerklärliches wie Tränen brennt in meinen Augen.

Ich will Peter Sokolov nicht in meinem Leben, aber ich kann den Gedanken, dass er tot sein könnte, auch nicht ertragen.

Das ist dumm, so unglaublich dumm. Ja, wir hatten letzte Nacht Sex, und ja, er hat mich mehr als einmal kommen lassen, aber ich bin doch nicht irgend so ein jungfräulicher Teenager, der daran glaubt, dass Miteinanderschlafen unendliche Liebe bedeutet. Das einzige Gefühl zwischen uns, abgesehen von Hass, ist animalische Lust, die primitivste Ebene der Anziehung. So viel kann ich akzeptieren. Als Ärztin weiß ich, wie stark Biologie sich bemerkbar machen kann, da ich die Beweise gesehen habe, dass auch intelligente Menschen aus leidenschaftlichen Gründen dumme Sachen machen. Es ist beunruhigend, dass ich den Mörder meines Ehemanns überhaupt auf irgendeine Art und Weise will, aber mir darüber Gedanken zu machen, ob es ihm gutgeht, ist etwas völlig anderes.

Etwas viel Krankeres.

Ich vermisse Peter nicht, rede ich mir ein, während ich mich in meinem leeren Bett hin und her werfe. Die Einsamkeit, die ich spüre, ist das Resultat von zu viel Stress und nicht ausreichend Zeit mit meinen Freunden und meiner Familie. Wenn ein wenig mehr Zeit verstrichen sein wird und die Bedrohung durch meinen Stalker der Vergangenheit angehört, werde ich mit Marsha und den Krankenschwestern ausgehen und sogar in Betracht ziehen, mich mit Joe zu treffen.

Okay, Letzteres vielleicht nicht, da ich ihn abgewimmelt habe, als er vor einigen Tagen angerufen hat, und mir das bis jetzt nicht leidtut, aber ich will definitiv noch einmal tanzen gehen.

So oder so wird mein neues Leben bald beginnen.

P*eter*

SIE SCHLÄFT, ALS ICH DAS ZIMMER BETRETE, UND IHR SCHLANKER Körper ist von Kopf bis Fuß in die Decke gewickelt. Leise mache ich die Lichter an, bleibe stehen, und mein Atem stockt in der Brust. Während der letzten zwei Wochen, in denen ich mich von einer Stichwunde erholen musste, die ich in Mexiko erhalten habe, habe ich mich damit unterhalten, sie über ihre Hauskameras zu beobachten und die Berichte der Amerikaner über sie zu verschlingen. Ich weiß alles, was sie getan hat, mit wem sie gesprochen hat und wohin sie gegangen ist. Das sollte die Trennung erträglicher gemacht haben, aber sie so zu sehen, mit ihrem glänzenden, braunen Haar auf ihrem Kissen, nimmt mir die Luft und löst ein schlagartiges Verlangen aus.

Meine Sara. Ich habe sie unglaublich vermisst.

Ich nähere mich dem Bett, balle meine Hände zu Fäusten, um meinem Verlangen, sie anzufassen, sie in den Arm zu nehmen und sie nie wieder loszulassen, nicht nachzugeben.

Zwei Wochen. Für zwei unglaublich lange Wochen konnte ich nicht zu ihr zurückkommen, weil ich das Messer, das im Stiefel von einem der Wächter versteckt gewesen war, übersehen hatte. Zugegebenermaßen hatte ich gerade mit einem anderen Kerl zu tun, der eine AR15 auf mich gerichtet hatte, aber das ist keine Entschuldigung für Schlamperei.

Ich war bei meiner Arbeit abgelenkt, und das hat mich beinahe das Leben gekostet. Zwei Zentimeter weiter rechts, und ich hätte länger als zwei Wochen flachgelegen. Vielleicht für immer.

»Was soll der Scheiß, Mann?«, hatte Ilya gebrummt, als er und sein Bruder mich nach der Ausführung der Mission zusammengeflickt haben. »Er hätte fast deine Niere erwischt. Du musst verdammt noch mal besser aufpassen.«

»Dafür habe ich ja euch beide«, konnte ich gerade noch so sagen, bevor der Blutverlust Wirkung zeigte und mich davon abhielt, den Grund für meine Ablenkung zu erklären. Das war auch gut so. Die Wahrheit ist, dass ich das Messer nicht auf mich zukommen sehen habe, weil ich, während ich auf den Lauf der AR15 gestarrt habe, nicht an mein Team oder meine Mission, sondern an Sara gedacht habe und daran, sie nie mehr wiederzusehen.

Meine Besessenheit von ihr wäre fast mein Untergang gewesen.

Ich setze mich auf die Bettkante und ziehe vorsichtig die Decke von ihr herunter. Sie schläft wie immer nackt, und Lust dröhnt beim Anblick ihrer schlanken und anmutigen Kurven in meinen Venen. Sie wacht nicht auf, sondern schnauft wegen der fehlenden Decke nur wie ein beleidigtes Kätzchen, und ich fühle, wie etwas Sanftes in meine Brust eindringt. Mein Herz erfüllt sich mit einem warmen Glühen, auch wenn mein Schwanz noch härter wird und mein Puls ansteigt.

Ich muss sie haben. Jetzt.

Ich stehe auf, ziehe mir schnell die Kleidung aus, lege sie auf die Kommode und kontrolliere, dass meine Waffen gut versteckt sind. Die ruckartigen Bewegungen reißen an der frischen Narbe auf meinem Bauch, aber ich will sie so sehr, dass ich den Schmerz kaum bemerke. Ich streife mir ein Kondom über, steige zu ihr ins Bett, rolle sie auf den Rücken und begebe mich zwischen ihre Beine.

Meine Berührung weckt sie auf. Sie reißt ihre Lider auf, zeigt ihre braunen Augen, die gleichzeitig panisch und benebelt sind, und ich lächele, während ich ihre Handgelenke ergreife und sie neben ihren Schultern auf die Matratze drücke. Es ist das Lächeln eines Raubtiers, das weiß ich, aber ich kann es mir nicht verkneifen.

Selbst mit dem warmen Gefühl in meiner Brust ist mein Hunger auf sie dunkel, genauso gewaltig wie vereinnahmend.

»Hallo, Ptichka«, sage ich leise und sehe dabei zu, wie sich das Entsetzen in ihren Augen ausbreitet, als ihr Blick sich klärt. »Es tut mir leid, dass ich so lange weg war. Ich konnte es nicht ändern.«

»Du bist ... du bist zurück.« Ihre Brust hebt und senkt sich in einem ungleichmäßigen Rhythmus, und ihre Nippel sind wie harte, pinkfarbene Beeren auf ihren köstlichen, runden Brüsten. »Was machst du – warum bist du zurückgekommen?«

»Weil ich dich niemals verlassen würde.« Ich beuge mich nach unten, atme ihren Duft ein, der zart und warm und genauso fesselnd wie Sara selbst ist. Ich knabbere leicht an ihrem Ohr und flüstere an ihren Hals: »Denkst du, dass ich einfach weggehen würde?«

Sie erschaudert unter mir, ihre Atmung wird schneller, und ich weiß, dass sie zwischen den Beinen heiß und feucht sein wird, wenn ich sie jetzt dort anfasse. Sie will mich – oder zumindest tut ihr Körper das – und mein Schwanz pocht durch dieses Wissen, kann es nicht erwarten, die enge, feuchte Umarmung ihrer Muschi zu spüren. Zuerst möchte ich allerdings eine Antwort auf meine Frage.

Ich hebe meinen Kopf an und halte sie mit meinem Blick fest. »Hast du gedacht, dass ich gehen würde, Sara?«

Ihr Gesicht ist eine Maske der Verwirrung, als sie mich anblinzelt. »Na ja, schon. Ich meine, du warst weg, und ich habe gedacht – ich habe gehofft ...« Sie hält stirnrunzelnd inne. »Warum bist du gegangen, wenn du nicht von mir gelangweilt warst?«

»Von dir gelangweilt?« Versteht sie nicht, dass ich tatsächlich die ganze Zeit an sie denke, selbst in der Hitze des Gefechts? Dass ich es nicht eine Stunde lang aushalte, ohne zu überprüfen, wo sie ist, oder auch nur eine Nacht verbringe, ohne sie in meinen Träumen zu sehen? Ich schaue ihr in die Augen und schüttele langsam den Kopf. »Nein, Ptichka. Ich war nicht gelangweilt von dir – und das werde ich auch nie sein.«

Aus dem Augenwinkel sehe ich, wie ihre schlanken Finger sich bewegen, und ich bemerke, dass ich ihre Handgelenke immer noch so fest neben ihren Schultern festhalte, als hätte ich Angst, dass sie mir entkommt. Das würde sie natürlich nicht – nicht einmal trotz meiner frischen Verletzung, da sie weder meine Reflexe noch meine Kraft besitzt – aber ich mag es, sie so zu sehen: unter mir, nackt und hilflos. Das ist Teil meiner kranken Gefühle für sie, dieses Bedürfnis, sie zu dominieren, sie immer meiner Gnade ausgesetzt zu sehen.

»Tu das nicht«, flüstert sie, aber ihre Zunge benetzt ihre weichen, rosafarbenen Lippen, und mein Hunger verstärkt sich, meine Eier ziehen sich zusammen, als mehr Blut in meine Lenden fließt. Sie hat etwas so Reines an sich, etwas so Sanftes und Unschuldiges in den anmutigen Linien ihres herzförmigen Gesichts. Es ist, als habe das Leben sie noch nicht berührt, als sei sie nicht von der Widerwärtigkeit verdorben, mit der ich täglich zu tun habe. Das macht die Dinge, die ich mit ihr anstellen möchte, so viel schmutziger, so viel falscher, aber trotzdem weiß ich, dass ich sie alle tun werde.

Richtig und Falsch war noch nie meine starke Seite.

Ich senke meinen Kopf und koste ihre Lippen, wobei mein Kuss trotz der schmerzenden Steifheit meines Schwanzes sanft bleibt. Trotz der dunklen Verlangen, die mich gerade überkommen, will ich ihr heute nicht wehtun – nicht nach dem letzten Mal. Ich kann immer noch nicht genau sagen, was sie für mich ist, aber ich weiß, dass sie mir gehört, dass ich mich um sie kümmern, sie verwöhnen und beschützen will. Ich will nicht, dass sie Angst hat, dass meine Berührung ihr Schmerzen zufügt – auch wenn ich ihn ihr manchmal zufügen möchte.

Ich weiß nicht, was ich von ihr will, aber ich weiß, dass es mehr als das ist.

Zuerst reagiert sie nicht, verschließt ihre Lippen vor den Versuchen meiner Zunge, sich hindurchzuschieben, aber ich küsse sie weiter, und irgendwann werden ihre Lippen weicher und sie lässt mich in ihren warmen Mund. Sie schmeckt köstlich, nach einem Hauch Minzzahnpasta und sich selbst, und ich kann ein Stöhnen nicht unterdrücken, als meine Eichel ihren inneren Oberschenkel streift. Ich will in ihr sein, will spüren, wie ihre heißen, feuchten Wände mich zerquetschen, aber ich widerstehe der Versuchung und konzentriere mich darauf, sie zu verführen, ihr so viel Lust zu bereiten, dass sie den Schmerz vergessen wird, den ich ihr zugefügt habe.

Ich weiß nicht, wie lange ich ihre Lippen liebkose, aber nach einer Weile fühle ich eine vorsichtige Berührung ihrer Zunge. Sie reagiert auf mich, küsst mich zurück, und als sich ihr Körper unter mir entspannt, schlägt mein Herz schneller, so als ob das Bedürfnis, sie zu haben, in meiner Brust hämmert. Ich atme abgehackt, als ich mich von ihren Lippen zu der zarten Haut ihres Halses bewege, danach zu ihrem Schlüsselbein und schließlich zur glatten Weichheit ihrer Brüste. Sie stöhnt, als meine Lippen sich über ihrem Nippel schließen, und ich spüre, dass sie sich mir entgegenbiegt, dass sie ihre Hüfte vom Bett hebt, um ihre Muschi an mich zu drücken.

Ich knurre leise in meiner Kehle, wende meine Aufmerksamkeit ihrer anderen Brust zu und sauge so lange an ihr, bis Saras Stöhnen lauter wird, sie sich unter mir windet und ihre Hände zucken, während ich ihre Handgelenke festhalte. Als ich meinen Kopf hebe, sehe ich, dass ihr Gesicht gerötet ist, sie ihre Augen zusammenkneift und ihr Kopf in sinnlicher Hingabe nach hinten gelegt ist.

Es ist Zeit. Scheiße, es ist schon lange nach der Zeit.

Ich gebe ihren Nippel frei, bewege mich nach oben und lege meinen harten Schwanz an den Eingang zu ihrem Körper.

»Willst du das?«, frage ich sie rau, als ihre Augenlider sich öffnen und ihre Augen, die vor Verlangen ganz benebelt sind, freilegen. »Sag mir, dass du das willst, Ptichka. Sag mir, dass du mich vermisst hast, als ich weg war.«

Saras Lippen öffnen sich, aber ohne Worte zu formen, und ich weiß, dass sie noch nicht bereit ist, es zuzugeben, die

Verbindung, die zwischen uns existiert, zu akzeptieren. Ich mag ihren Körper haben, aber ich werde härter um ihren Kopf und ihr Herz kämpfen müssen. Und das werde ich, weil ich genau das von ihr brauche, bemerke ich: sie muss ganz mir gehören, sie muss mich genauso wollen und brauchen wie ich sie.

Ich senke meinen Kopf, küsse erneut ihre Lippen und lasse eines ihrer Handgelenke los, um meinen Schwanz in ihre heiße, feuchte Öffnung zu führen. Sie ist immer noch unglaublich eng, aber dieses Mal schaffe ich es, langsam voranzugehen, mich Zentimeter für Zentimeter vorzuarbeiten, bis ich vollständig in ihr bin. Sie krallt sich mit ihrer freien Hand an meiner Seite fest, und ihre Nägel drücken sich in meine Haut, während sie in mein Ohr stöhnt, und ich fühle, wie sich ihre inneren Wände zusammenziehen, als ich mich in ihr bewege, in einem vorsichtigen Rhythmus hinein und hinaus gleite. Mein eigenes Verlangen ist nahezu unkontrollierbar, und ich muss mich anstrengen, weiterhin langsam zuzustoßen und mich jedes Mal an ihrer Klitoris zu reiben, wenn ich bis zum Anschlag in ihr stecke.

»Ja, genau so«, stöhne ich, als ich spüre, dass sich ihre Muskeln anspannen und ihre Atmung schneller wird. »Komm für mich, Ptichka. Lass mich spüren, dass du kommst.«

Sie schreit auf, als ich mich schneller bewege, ihre Hüfte ergreife und das feste Fleisch ihres Pos drücke, während ich in sie hämmere und sie so hart ficke, dass das Bett unter uns knarrt. Ich kann nicht genug von ihr bekommen, von der seidigen Weichheit und ihrem süßen Duft, und ich fahre tiefer in ihren Körper, will mit ihr verschmelzen, so tief in ihrem Fleisch versinken, dass ich für immer in ihm eingebrannt bin.

Ihre Schreie werden lauter, hektischer, und ich spüre, wie ihre Muschi sich zusammenzieht, während sie sich vom Bett hochdrückt, als sie ihren Höhepunkt erreicht. Ihr Zucken ist der Tropfen, der das Fass zum Überlaufen bringt, und ich explodiere mit einem rauen Schrei, reibe mein Becken an ihrem, während mein Schwanz bei meiner Entladung bebt und pulsiert und das Kondom mit meinem Samen gefüllt wird.

Keuchend rolle ich von ihr herunter und ziehe sie an mich, um sie festzuhalten, während sich unser Atem beruhigt. Da mein Hunger jetzt gestillt ist, nehme ich das dumpfe Pochen meiner heilenden Wunde am Bauch wahr. Die Ärzte hatten mir ausdrücklich geraten, einige Wochen kürzerzutreten, aber das hatte ich vergessen, da ich zu sehr mit Sara und der glühenden Lust, sie zu besitzen, beschäftigt gewesen war.

Nach einer Minute stehe ich auf, um das Kondom zu entsorgen, und als ich zurückkomme, sitzt Sara auf dem Bett, und ihre schlanke Gestalt ist wie das letzte Mal in die Decke gewickelt. Allerdings gibt es heute keine Tränen, ihre Augen sind trocken, und sie schaut mir trotzig in die Augen, als ich den Raum durchquere.

Vielleicht beginnt sie, unsere Realität zu akzeptieren, zu verstehen, dass es keine Schande ist, mich zu wollen?

»Warum bist du zurückgekommen?«, fragt sie mich, als ich mich neben sie setze, und ich höre hinter dem mutigen Ton ihre Verzweiflung heraus.

Ich habe mich geirrt. Sie ist noch weit davon entfernt, mich zu akzeptieren.

Ich hebe meine Hand und streiche eine glänzende Haarsträhne hinter ihr Ohr. Mit der um sie gewickelten Decke und den zerzausten braunen Wellen sieht meine hübsche Ärztin jung und verletzlich aus, eher wie ein Mädchen als eine Frau. Dieser Anblick setzt in mir den Wunsch frei, sie zu beschützen, die Grausamkeit meiner Welt von ihr fernzuhalten.

Leider bin ich auch Teil dieser Welt – und vielleicht sogar der grausamste in ihr.

»Ich bin niemals weggegangen«, antworte ich und lasse meine Hand sinken. »Zumindest hatte ich nicht vor, wegzugehen – nicht so lange. Ich musste einen Job erledigen, aber der hätte nur einen oder zwei Tage dauern sollen.«

»Einen Job?« Sie blinzelt. »Was für einen Job?«

Ich überlege kurz, es ihr nicht zu sagen, oder zumindest einige der grausameren Wirklichkeiten meiner Arbeit zu beschönigen, aber ich entscheide mich dagegen. Saras Meinung von mir kann nicht viel schlimmer werden, also kann sie auch ruhig die ganze Wahrheit erfahren.

»Mein Team führt bestimmte Aufträge aus«, erkläre ich vorsichtig und beobachte ihre Reaktion. »Aufträge, die nur wenige andere genauso gut und diskret erledigen können. Unsere Kunden arbeiten in der Regel im Verborgenen, genau wie die Opfer, für deren Ermordung wir bezahlt werden.«

Die postkoitale Röte verschwindet aus ihrem Gesicht, so dass sie plötzlich kreidebleich aussieht. »Du bist ein Mörder? Dein Team ... tötet Menschen gegen Bezahlung?«

Ich nicke. »Nicht einfach jeden, aber ja. Unsere Zielpersonen sind meistens selbst hochgefährlich, oft von mehreren Sicherheitsebenen umgeben, die wir durchbrechen müssen. Deshalb ist mir auch das passiert.« Ich zeige auf die frische Narbe an meinem Bauch und sehe, dass ihre Augen riesig werden, als sie sie betrachtet – wahrscheinlich zum ersten Mal sieht. Ich bezweifle, dass sie einen guten Blick auf mich hatte, als ich sie gefickt habe.

»Wie ist das passiert?«, fragt sie und schaut von meinem Bauch hoch. Jetzt ist ihr Gesicht noch blasser, und ihre Porzellanhaut sieht grünlich aus. »Ist das eine Messerwunde?«

»Ja. Was das Wie betrifft, muss ich zugeben, dass ich einen Augenblick lang nicht aufgepasst habe.« Es macht mich immer noch wütend, dass ich nicht gesehen habe, dass der Wächter hinter mir nach seinem Messer gegriffen hat, als ich mich um seinen pistolenschwingenden Partner gekümmert habe. »Ich hätte vorsichtiger sein müssen.«

Sie schluckt und wendet sich wieder meiner Narbe zu. »Wenn es so gefährlich ist, wieso tust du es dann?«, fragt sie mich nach einem Augenblick, und ihre Augen richten sich wieder auf mein Gesicht.

»Weil es nicht billig ist, sich vor den Behörden zu verstecken«, antworte ich. Bis jetzt nimmt Sara meine Enthüllungen besser auf, als ich erwartet hatte, auch wenn ich annehme, dass sie vielleicht auf so etwas vorbereitet war, nachdem sie gesehen hat, wie ich die beiden Drogenabhängigen getötet habe. »Die Arbeit ist extrem gut bezahlt, und sie entspricht genau meinen Fähigkeiten. Bevor ich damit angefangen habe, habe ich einige unserer Klienten in Sicherheitsfragen beraten, aber mein eigenes Geschäft zu haben ist besser. Ich habe mehr Freiraum und bin flexibler – etwas, was wichtig wurde, nachdem ich meine Liste erhalten hatte.«

Sie presst ihre Lippen zusammen. »Die Liste, auf der mein Ehemann war?«

»Ja.«

Ihr Blick fällt auf ihren Schoß, aber nicht, bevor ich die Wut in ihren tiefen, braunen Augen gesehen habe. Es beschäftigt sie, dass ich keine Reue zeige, aber ich werde nicht so tun als ob. Dieser *ublyudok* – dieser Bastard von einem Ehemann – hatte einen viel schlimmeren Tod verdient gehabt als den, den er bekam, und das Einzige, was ich bereue, ist, dass er schon nur noch ein Stück Fleisch war, als ich zu ihm kam.

Das und die Tatsache, dass ich für einen kurzen Augenblick gezögert habe, abzudrücken.

Ich habe gezögert, weil ich an Sara anstatt an meine tote Familie gedacht habe.

Diese Erinnerung erfüllt mich mit der vertrauten Wut, und ich zwinge mich dazu, langsam und tief einzuatmen. Wenn ich mich nach dem Sex mit ihr nicht so entspannt fühlen würde, wäre es fast unmöglich gewesen, den Schmerz, der mein Herz ergriffen hat, zurückzuhalten, aber jetzt bin ich in der Lage, mich zu kontrollieren – selbst als Sara sich entschuldigt und immer noch in die Decke eingehüllt zum Bad geht.

Sie straft mich mit Schweigen, aber das ist mir egal. Es ist bereits nach Mitternacht, und wir werden morgen genügend Zeit zum Reden haben.

Ich strecke mich auf dem Bett aus und warte darauf, dass Sara zurückkommt. Es ist mir recht, dass sie unsere kleine Unterhaltung so kurz halten will. Auch wenn ich mich heute kaum bewegt habe, bin ich genauso müde wie nach einem Auftrag. Mein Körper muss sich immer noch erholen, eine Tatsache, die mich frustriert. Ich hasse es, wenn ich nicht kampfbereit bin und eine Schwäche habe, weil ich mich dann kribbelig und unruhig fühle.

Sara lässt sich im Badezimmer Zeit, aber irgendwann kommt sie zurück und legt sich neben mich, absichtlich ohne ihre Decke mit mir zu teilen. Ich bin gleichzeitig verärgert und amüsiert, ziehe ihr die Decke weg und lege sie über uns beide, sobald ich sie dort habe, wo ich sie haben möchte: in meinen Armen und mit ihrem festen, kleinen Arsch an meiner Lende.

»Gute Nacht«, flüstere ich, während ich ihren Nacken küsse, und als sie nicht antwortet, schließe ich die Augen und ignoriere das Zucken meines Schwanzes, der schon wieder steif wird.

So gern ich sie noch einmal ficken würde, ich muss schlafen, und sie auch.

Ich kann geduldig sein. Schließlich werde ich sie morgen wieder haben – und jeden Tag danach.

S ara

ICH WACHE VON DEM DUFT NACH KAFFEE UND BACON UND DEM Sonnenlicht auf meinem Gesicht auf. Verwirrt öffne ich die Augen und sehe, dass es noch eine halbe Stunde bis zum Klingeln meines Weckers dauert. Während ich versuche, das zu verstehen, steigen die Erinnerungen an letzte Nacht in meinem Kopf auf, und ich ziehe mir stöhnend die Bettdecke über den Kopf.

Mein russischer Stalker ist zurück und macht in meinem Haus Frühstück.

Nach einer Minute überrede ich mich dazu, aufzustehen und meiner gewöhnlichen Morgenroutine nachzugehen. Ja, der Mörder meines Ehemanns hat mich letzte Nacht erneut gefickt, und ich bin gekommen, aber das war nicht das Ende der Welt, und ich muss mich dementsprechend verhalten.

Ich muss meinen Selbsthass ignorieren und zur Arbeit gehen.

Zehn Minuten später gehe ich frisch geduscht und angezogen nach unten. Es ist eigenartig, aber meine Gefühle für Peter haben sich nicht geändert, jetzt da ich weiß, womit er sein Geld verdient. Ich habe ihn schon so lange als einen Mörder betrachtet, dass das Wissen, dass er und sein Team das für Geld machen, mich kaum berührt. Allerdings bestärkt es meine Überzeugung, dass er gefährlich ist und dass ich vorsichtig vorgehen muss, damit ich diejenigen, die ich liebe, nicht auf sein Radar bringe.

»Ich hoffe, du magst Bacon und Rühreier«, meint er, als ich die Küche betrete. Wie ich ist er abgesehen von den Schuhen bereits angezogen, und seine Lederjacke hängt über einem der Küchenstühle. Seine Kleidung ist wieder einmal dunkel, und sein Anblick am Herd, so männlich stark und tödlich, lässt meinen Puls ansteigen, und mein Magen zieht sich durch etwas Beunruhigendes zusammen.

Etwas, was sich verdächtig nach freudiger Erregung anfühlt.

Ich verdränge diesen Gedanken, verschränke meine Arme vor der Brust und lehne meine Hüfte gegen den Tresen. »Natürlich«, sage ich ruhig und ignoriere mein rasendes Herz. »Wer tut das nicht?«

So gut es sich auch anfühlen würde, ihm das Essen ins Gesicht zu klatschen, ich will ihn nicht provozieren bis ich nicht eine neue Strategie gefunden habe.

»Das habe ich mir auch gedacht.« Er verteilt die Eier und den Bacon geschickt auf den Tellern, bevor er uns Kaffee einschenkt.

Ich denke mir, dass ich genauso gut helfen kann, und nehme die Becher und trage sie zum Tisch. Er bringt die Teller, und wir setzen uns hin, um zu frühstücken.

Die Eier sind hervorragend, aromatisch und locker, und der Bacon ist durchgängig knusprig. Selbst der Kaffee ist außergewöhnlich gut, so als habe er ein Geheimrezept bei meiner Keurig. Nicht, dass ich etwas anderes erwartet habe, da jede Mahlzeit, die er mir bis jetzt vorgesetzt hat, unglaublich gut war.

Wenn dieses Mörder- oder Stalker-Zeug nicht funktioniert, könnte mein Peiniger über eine Karriere als Koch nachdenken.

Dieser Gedanke ist so lächerlich, dass ich in meinen Kaffee lache, woraufhin Peter von seinem Teller hochschaut und seine Augenbrauen fragend in die Höhe zieht.

»Ich habe nur gerade gedacht, dass du das professionell tun könntest«, erkläre ich ihm, bevor ich mir eine weitere Gabel mit Rührei in den Mund schiebe. Vielleicht betrüge ich schon wieder die Erinnerungen an George, aber mir kommt gerade der Gedanke, dass mein Ehemann mir nicht ein einziges Mal Frühstück gemacht hat. In unserer Anfangszeit hat er es einige Male mit einem romantischen Abendessen versucht – chinesisches Essen zum Mitnehmen und Kerzen –, aber ansonsten habe immer ich gekocht oder wir sind essen gegangen.

»Danke.« Ein leichtes Lächeln erscheint bei meinem Kompliment auf Peters Lippen. »Ich freue mich, dass es dir schmeckt.«

»Ja.« Ich konzentriere mich auf das Essen auf meinem Teller und versuche, nicht zu erröten, als ich mich daran erinnere, wie sich seine gemeißelten Lippen auf meinen Brüsten, meinen Nippeln und meinem restlichen Körper angefühlt haben. Ich will glauben, dass er mich letzte Nacht einfach unvorbereitet erwischt hat, dass meine Reaktion auf ihn das Ergebnis meines schlaftrunkenen Kopfes war, aber die freudige Erregung, die heute Morgen in meinen Adern vibriert, widerspricht dieser Annahme.

Ein kranker Teil von mir freut sich darüber, ihn zu sehen – und ist erleichtert, dass er am Leben ist.

Idiot, schimpfe ich mit mir. Peter Sokolov ist ein gesuchter Deserteur, ein Monster, das vor meinen Augen zwei Leben genommen hat, nachdem es mich gefoltert und George getötet hat. Ein Stalker, dessen Existenz mein Leben unglaublich verkompliziert hat und der eine Bedrohung für alle in meiner Nähe ist.

Es ist nicht nur falsch, ihn hier haben zu wollen, es ist geradezu pathologisch.

Aber trotzdem bemerke ich eine besondere Leichtigkeit in meiner Brust, als ich meine Eier aufesse und meinen Kaffee austrinke. Das Haus fühlt sich nicht länger riesig und erdrückend an, und die Küche ist hell und warm, anstatt kalt und bedrohlich. *Er* füllt den Platz jetzt mit seinem großen Körper und der beängstigenden Stärke seiner Persönlichkeit aus, und auch wenn er die letzte Person ist, deren Gesellschaft ich wollte, verschwindet die erdrückende Einsamkeit, wenn ich mit ihm zusammen bin.

Ein Hund, erinnere ich mich. *Alles, was du brauchst, ist ein Hund.* Und im nächsten Atemzug begreife ich, dass es damit ein Problem geben könnte – und generell mit meinem neuen Lebensplan.

»Du weiß, dass ich in einigen Wochen ausziehe, stimmt's?«, frage ich und stelle meinen leeren Becher ab. »Ich habe die Papiere zum Hausverkauf unterschrieben.«

Peters Gesichtsausdruck verändert sich nicht. »Ja, ich weiß.«

»Natürlich weißt du das.« Meine Hände ballen sich auf dem Tisch zu Fäusten, und meine Nägel graben sich in meine Handflächen. »Wahrscheinlich hast du mich überwachen lassen, während du weg warst. Diese Augen, die ich immer auf mir gespürt habe, die habe ich mir nicht eingebildet, richtig?«

»Ich konnte dich ja nicht ungeschützt zurücklassen«, sagt er mit einem ungerührten Schulterzucken.

»Stimmt.« Ich hole tief Luft und entspanne bewusst meine Hände. »Also, ich ziehe bald in ein Apartment, und ich bin mir ziemlich sicher, dass du nicht so einfach wie jetzt kommen und gehen kannst, zumindest nicht, ohne dass die Nachbarn dich dann täglich sehen. Du könntest also genauso gut eine andere Frau zum Foltern und Verfolgen finden. Es gibt viele, die in halb ländlichen Gegenden leben.«

Seine Mundwinkel zucken. »Ich bin mir sicher, dass es die gibt. Zu schade, dass ich keine von ihnen will.«

Ich trommele mit meinen Fingern auf den Tisch. »Wirklich nicht? Was ist mit den restlichen Menschen auf deiner Liste? Oder hast du sie schon alle umgebracht?«

»Eine Person ist noch übrig, aber die hat sich bis jetzt als sehr schwierig erwiesen«, erwidert er, und ich starre ihn verständnislos an, bevor ich meinen Kopf schüttele.

Ich bin nicht bereit dafür, dieses Thema heute weiterzuführen.

»Schön«, sage ich, um mich zu sammeln. »Also, wann wirst du *mich* in Ruhe lassen?«

»Wenn ich eine Kugel in meinem Kopf oder meinem Herzen habe«, erwidert er ohne zu blinzeln, und mein Magen zieht sich zusammen, als ich verstehe, dass er das völlig ernst meint.

Er hat nicht vor, mich zu verlassen. Niemals.

Die ganze Leichtigkeit und die Aufregung verschwinden und lassen nur das überwältigende Entsetzen über meine Wirklichkeit zurück. Nicht alle köstlichen Mahlzeiten, überwältigende Orgasmen oder zärtliche Umarmungen der Welt können die Tatsache ausblenden, dass ich praktisch eine Gefangene dieses tödlichen Mannes bin, für den Gewalt und Folter alltäglich sind. Seine Besessenheit von mir ist genauso gefährlich wie der Mann selbst, seine Gefühle sind genauso krank wie die dunkle Vergangenheit, die wir teilen.

Ein Monster, das auf mich fixiert ist, und es gibt keinen Ausweg.

Meine Beine sind wackelig, als ich aufstehe und meinen Stuhl nach hinten schiebe. Ich muss zur Arbeit«, sage ich angespannt, und bevor er mir widersprechen kann, schnappe ich mir meine Tasche und gehe schnell in die Garage.

Peter tut nichts, um mich aufzuhalten, aber als ich in das Auto steige, steht er im Türrahmen, und sein dunkles, wunderschönes Gesicht ist unleserlich.

»Wir sehen uns, wenn du von der Arbeit kommst«, sagt er, als ich das Auto anlasse, und ich weiß, dass er es ernst meint.

Mein Peiniger ist zurück, und er wird nicht weggehen.

3 8

*S*ara

PETER HÄLT SEIN WORT UND IST DA, ALS ICH AN DIESEM ABEND von der Arbeit komme. Ich bin so müde und gestresst, dass ich Lust habe, einfach nachzugeben und das Abendessen zu essen, das er gekocht hat, ein aromatisch riechendes Pilaw mit Champignons und Erbsen. Aber ich kann nicht. Ich kann nicht einfach bei dieser verrückten Geschichte mitspielen und so tun, als sei das irgendwie normal.

Wenn mein Stalker mich sowieso nicht allein lassen wird, macht es keinen Sinn, wenn ich so tue, als sei ich einverstanden. Ich kann die Dinge auch so schwierig wie möglich für ihn machen.

Ich ignoriere den gedeckten Tisch und gehe nach oben,

während er uns Wein einschenkt. Ich betrete das Schlafzimmer, verschließe die Tür und spritze mir kaltes Wasser ins Gesicht.

Ich habe alles außer direktem Widerstand ausprobiert und ich bin verzweifelt genug, um genau das jetzt zu tun.

Als ich mir das Gesicht gewaschen habe, komme ich wieder heraus und setze mich auf das Bett, um zu sehen, was als Nächstes passieren wird. Ich habe nicht vor, diese Tür aufzuschließen und ihn hereinzulassen oder auf irgendeine andere Art und Weise zu kooperieren.

Ich habe genug davon, mit einem Monster Familie zu spielen. Wenn er mich will, wird er mich zwingen müssen.

Mein Magen knurrt vor Hunger, und ich trete mich selbst dafür in den Hintern, nicht gegessen zu haben, bevor ich nach Hause gekommen bin. Ich war so abgelenkt, weil ich den ganzen Tag an Peter denken musste, dass ich wie ferngesteuert nach Hause gefahren bin, während mein Kopf mit dieser unmöglichen Situation beschäftigt war. Jetzt, da ich über sein Team und ihre Auftragsmorde Bescheid weiß, bin ich noch weniger davon überzeugt, dass das FBI mich beschützen könnte, wenn ich zu ihm ginge.

Ich glaube nicht, dass es *irgendjemanden* gibt, der mich vor ihm beschützen kann. Ein Klopfen an der Schlafzimmertür reißt mich aus meinen deprimierenden Überlegungen.

»Komm runter, Ptichka«, sagt Peter von der anderen Seite. »Das Abendessen wird kalt.«

Mein ganzer Körper spannt sich an, aber ich antworte ihm nicht.

Noch ein Klopfen. Dann wackelt die Türklinke. »Sara.« Peters Stimme wird härter. »Öffne die Tür.«

Ich stehe auf, da ich zu unruhig bin, um stillzusitzen, aber ich mache keinen einzigen Schritt in Richtung Tür.

»Sara. Öffne diese Tür. Jetzt!«

Ich bleibe stehen, und meine Hände formen sich an meinen Seiten zu Fäusten. Bevor ich nach Hause kam, hatte ich darüber nachgedacht, mir eine Waffe zu besorgen, aber dann habe ich mich an das erinnert, was er mir über seine Männer erzählt hat, die seine Lebenszeichen überwachen, und habe diese Idee fallengelassen. Ich weiß nicht, wie diese Überwachung abläuft, aber es ist durchaus möglich, dass er eine Art Apparat trägt, der seinen Puls oder auch seinen Blutdruck misst. Vielleicht sogar ein Implantat. Ich habe von solchen Dingen gehört, auch wenn ich sie noch nie gesehen habe. Auf jeden Fall kann ich Peter, sollte das, was er mir erzählt hat, stimmen, nicht wirklich verletzen, ohne mein eigenes Leben und eventuell das derjenigen, die mir nahestehen, zu riskieren.

Männer, die für Geld töten, würden nicht zögern, ihren Boss auf die brutalsten Arten zu rächen.

»Du hast fünf Sekunden, um diese Tür zu öffnen.«

Ich kämpfe gegen das Gefühl an, ein Déjà-vu zu haben, beiße mir auf die Unterlippe und bleibe unbeweglich stehen, auch wenn mein Herz krankhaft schnell in meiner Brust schlägt und mir kalter Schweiß den Rücken hinunterläuft. Auch wenn ich nicht möchte, dass er mir wehtut, will ich auf keinen Fall so leben, will nicht zu verängstigt sein, meine Meinung zu vertreten und stattdessen widerspruchslos den Forderungen eines Irren zu folgen. Das letzte Mal, als ich ihn ausgeschlossen habe, war ich in einem Schockzustand gewesen, war so überwältigt und verängstigt gewesen, nachdem ich gesehen hatte, wie er diese beiden Männer umgebracht hat, dass ich ohne nachzudenken gehandelt habe. Jetzt allerdings tue ich es absichtlich.

Ich muss wissen, wie weit er gehen wird, was er alles tun wird, um es so zu haben, wie er es möchte.

Diesmal zählt er nicht laut, also zähle ich im Kopf. *Eins, zwei, drei, vier, fünf* … Ich warte darauf, dass sein Tritt die Tür erschüttert, aber stattdessen höre ich Schritte, die sich nach unten entfernen. Erleichtert atme ich meinen angehaltenen Atem aus. Ist das möglich? Hat er wirklich aufgegeben und beschlossen, mich heute Abend allein zu lassen? Das habe ich nicht erwartet, aber er hat mich schon häufiger überrascht. Vielleicht hat er immer noch ein Problem damit, mir wehzutun; vielleicht geht es ihm zu weit, die Schlafzimmertür einzutreten und …

Die Schritte kehren zurück, und die Türklinke bewegt sich erneut, bevor etwas Metallisches am Schloss schabt. Mein Herz setzt einen Schlag aus, bevor es wieder wütend schlägt.

Er knackt das Türschloss.

Die kühle Besonnenheit dieser Handlung ist irgendwie furchteinflößender, als wenn er einfach die Tür eingetreten hätte. Mein Peiniger handelt nicht aus Wut, er hat sich vollkommen unter Kontrolle und weiß ganz genau, was er tut.

Das metallische Kratzen dauert weniger als eine Minute an. Ich weiß das, weil ich die blinkenden Zahlen auf dem Wecker, der auf meinem Nachttisch steht, betrachte. Dann geht die Tür auf, und Peters Gesichtsausdruck ist hart und kalt, als er mit Schritten eintritt, die unterdrückte Wut ausstrahlen.

Ich kämpfe gegen meinen Drang, wegzulaufen, an, erhebe mein Kinn und starre ihn an, als er vor mir stehen bleibt und sein großer Körper über meine viel kleinere Gestalt ragt.

»Komm essen.« Seine Stimme ist ruhig, sogar sanft, aber ich kann die pulsierende Dunkelheit dahinter heraushören. Seine Kontrolle hängt an einem seidenen Faden, und hätte ich noch

Hoffnung, würde ich jetzt einen Rückzieher machen und meinem Selbsterhaltungstrieb nachgeben. Aber ich habe keine Strategien mehr, und irgendwann kommt der Punkt, an dem der Selbsterhaltungstrieb der Selbstachtung den Vortritt lassen muss.

Waghalsig schüttele ich meinen Kopf. »Ich werde das nicht tun.«

Seine Nasenlöcher beben. »Was? Essen?«

Mein Magen knurrt genau in diesem Moment erneut, und ich erröte wegen des schlechten Timings. »Ich werde nicht mit *dir* essen«, sage ich, so ruhig ich kann. »Oder mit dir schlafen oder überhaupt irgendetwas mit dir tun.«

»Nein?« Dunkle Belustigung erscheint in seinem grauen, eisigen Blick. »Bist du dir da sicher, Ptichka?«

Meine Hände ballen sich an meinen Seiten zu Fäusten. »Ich will, dass du mein Haus verlässt. Jetzt.«

»Oder was?« Er tritt näher an mich heran und bedrängt mich mit seinem großen Körper, bis ich keine andere Wahl habe, als mich in Richtung Bett zurückzuziehen. »Oder was, Sara?«

Ich will ihm mit der Polizei oder dem FBI drohen, aber wir wissen beide, dass ich mich bereits an sie gewandt hätte, hätte ich die Gelegenheit dazu bekommen. Es gibt nichts, was ich tun kann, um ihn aus meinem Leben zu vertreiben, und das ist das Problem an dieser Sache.

Ich ignoriere den Schweiß, der meinen Rücken hinunterläuft, und hebe mein Kinn weiter in die Höhe. »Ich habe genug davon, Peter.«

»Davon?« Er kommt noch näher und legt seinen Kopf auf die Seite.

»Diese kranke Beziehungsfantasie, die du hast«,

verdeutliche ich. Er ist zu nahe bei mir, dringt in meinen persönlichen Bereich ein, als gehöre er dorthin. Sein männlicher Geruch umgibt mich, die Hitze, die sein Körper abgibt, erwärmt mich innerlich, und ich trete noch einen Schritt zurück, während ich versuche, das feuchte Gefühl in meinem Schritt und meine empfindlichen Nippel zu ignorieren.

Ich kann nicht so nahe bei ihm sein, ohne daran zu denken, wie es sich anfühlt, ihm noch näher zu sein, sich mit ihm auf die intimste Art und Weise zu verbinden.

»Eine kranke Beziehungsfantasie?« Seine Augenbrauen ziehen sich belustigt in die Höhe. »Das ist ein wenig hart, meinst du nicht?«

»Ich. Habe. Genug«, wiederhole ich und betone dabei jedes Wort. Mein Herz schlägt voller Angst gegen meinen Brustkorb, aber ich bin entschlossen, nicht nachzugeben oder mich mit einer Diskussion über unsere verworrene Beziehung ablenken zu lassen. »Wenn du in meiner Küche kochen möchtest, dann bitte schön, aber vergiss das erzwungene gemeinsame Essen. Ich werde nicht mit dir essen oder irgendetwas anderes aus freien Stücken mit dir tun.«

»Ach, Ptichka.« Peters Stimme ist weich, und sein Blick fast mitleidig. »Du hast keine Ahnung, wie falsch du damit liegst.«

Auf seinen Lippen erscheint dieses unvollkommene, magnetische Lächeln, und mein Magen zieht sich zusammen, als er noch näher kommt. Ich brauche verzweifelt Abstand und gehe einen weiteren Schritt nach hinten, aber da spüre ich bereits, dass die Rückseiten meiner Knie das Bett berühren.

Ich stecke fest, wieder einmal hat er mich gefangen.

Er tritt gnadenlos näher, und mein Geschlecht zuckt, als seine Hände sich um meine Schultern legen. »Komm mit mir nach unten, Sara«, sagt er sanft. »Du hast Hunger und wirst dich besser fühlen, wenn du erst einmal etwas im Magen hast. Und während du isst, können wir reden.«

»Worüber?«, frage ich mit angespannter Stimme. Die Hitze seiner Handflächen brennt sich sogar durch meinen dicken Pulli, und ich habe wegen der bösartigen Erregung in meinem Unterleib Probleme, gleichmäßig zu atmen. »Es gibt nichts, worüber wir reden sollten.«

»Ich denke, das gibt es«, entgegnet er, und ich sehe das Monster tief in seinen dunkelsilbrigen Augen. »Weißt du, Sara, wenn du nicht hier mit mir zusammen sein möchtest, können wir auch irgendwo anders hingehen. Die Fantasie kann Wirklichkeit werden – aber nur zu meinen Bedingungen.«

Peter

SIE ZITTERT, ALS ICH SIE NACH UNTEN FÜHRE, UND ICH WEIß, DASS es genauso sehr aus Wut wie aus Angst ist. Ich nehme an, dass mich ihre Reaktion beunruhigen sollte, aber ich bin selbst zu wütend. Gestern, und auch heute beim Frühstück, hätte ich schwören können, dass sie froh war, mich zu sehen, erleichtert, dass ich wieder da bin. Aber heute Abend ist sie wieder kalt und distanziert, und das werde ich nicht zulassen.

Es ist an der Zeit, die Samthandschuhe auszuziehen.

»Setz dich«, sage ich ihr, als wir am Küchentisch ankommen, und sie lässt sich mit einem trotzigen Ausdruck auf ihrem schönen Gesicht auf den Stuhl fallen. Sie ist entschlossen, die Dinge zu erschweren, und ich bin genauso entschlossen, das nicht zuzulassen.

Ich hole Luft, um mich zu beruhigen, mache das Licht aus und zünde die Kerzen an. Dann gebe ich Risotto auf einen Teller und bringe es zu ihr, bevor ich meinen Teller hole. Ich bin genauso hungrig wie sie und beginne zu essen, sobald ich sitze, da ich mir denke, dass die Unterhaltung über unsere Beziehung einige Minuten warten kann.

Leider teilt Sara diese Meinung nicht. »Was hast du mit ›die Fantasie kann Wirklichkeit werden‹ gemeint?«, fragt sie mit angespannter Stimme, während sie mit ihrer Gabel spielt. »Was genau willst du mir damit sagen?«

Ich lasse sie warten, bis ich meinen Bissen gekaut und heruntergeschluckt habe, bevor ich meine Gabel ablege und sie ruhig anschaue. »Ich will damit sagen, dass die Tatsache, dass du in diesem Haus lebst, zur Arbeit gehst und was mit deinen Freunden machen kannst, ein Privileg ist, das ich dir zugestehe«, sage ich ruhig und beobachte, wie sie erblasst. »Andere Männer in meiner Position wären nicht ansatzweise so entgegenkommend gewesen – und ich muss das auch nicht sein. Ich will dich, und ich habe die Macht, dich zu nehmen. So einfach ist das. Wenn du die Dynamik unserer derzeitigen Beziehung nicht magst, werde ich sie ändern, aber nicht auf eine Art und Weise, die du mögen wirst.«

Ihre Hand zittert, als sie nach dem Glas Wein greift, das ich ihr vorhin eingeschenkt habe. »Also wirst du was? Mich entführen? Mich von jedem und allem fernhalten?«

»Ja, Ptichka. Das ist genau das, was ich tun werde, wenn du es nicht schaffst, dass die derzeitige Situation funktioniert.« Ich esse weiter, um ihr Zeit zu geben, meine Worte zu verarbeiten. Ich weiß, dass ich hart bin, aber ich muss diese kleine Rebellion niederschlagen und ihr klarmachen, wie gefährlich ihre Situation ist.

Es gibt keine Grenze, die ich nicht überschreiten würde, wenn es um sie geht. Sie wird so oder so mir gehören.

Sara starrt mich an, das Glas in ihrer Hand zittert, und dann stellt sie es ab, ohne einen Schluck getrunken zu haben. »Also warum hast du es dann nicht schon getan? Warum all das hier?« Sie macht eine ausladende Geste, wobei sie beinahe das Weinglas und einen der Kerzenständer umwirft.

»Vorsicht«, sage ich und stelle beide Objekte weiter von ihr weg. »Wenn ich es nicht besser wüsste, würde ich sagen, dass du wieder versuchst, mir Betäubungsmittel unterzuschieben.«

Ihre Zähne knirschen hörbar. »Sag es mir«, fordert sie, und ihre Hände ballen sich neben ihrem unberührten Teller zu Fäusten. »Warum hast du mich nicht bereits entführt? Mit Sicherheit hast du keine moralischen Bedenken.«

Ich seufze und lege meine Gabel ab. Vielleicht hätte ich ihr eine Unterhaltung nach und nicht während des Essens versprechen sollen. »Weil ich mag, was du tust«, antworte ich und nehme mein Weinglas, um einen Schluck zu trinken. »Mit Babys und Frauen arbeiten. Ich denke, deine Arbeit ist bewundernswert, und ich will dich davon nicht fernhalten – und von deinen Eltern auch nicht.«

»Aber du wirst es, wenn du musst.«

»Ja.« Ich stelle das Glas ab und nehme meine Gabel wieder in die Hand. »Das werde ich.«

Sie betrachtet mich einige Sekunden lang, bevor sie ihre Gabel nimmt und wir einige Minuten lang in bedrückendem Schweigen essen. Ich kann sie fast denken hören, als ihr kluger Kopf versucht, eine Lösung zu finden.

Es ist Pech für sie, dass es keine gibt.

Als Saras Teller halb leer ist, schiebt sie ihn weg und fragt mit angespannter Stimme: »Hast du sie auch verfolgt?«

Meine Augenbraue zieht sich nach oben, als ich das Weinglas hochnehme. »Wen?«

»Deine Frau«, antwortet Sara, und meine Hand spannt sich so stark an, dass ich beinahe das zarte Glas zerbreche. Instinktiv bereite ich mich auf den quälenden Schmerz und die Wut vor, aber alles, was ich spüre, ist ein dumpfes Echo von Verlust, das von einem bittersüßen Schmerz bei den Erinnerungen begleitet wird.

»Nein«, erwidere ich und bin selbst davon überrascht, dass ich liebevoll lächele. »Das habe ich nicht. Wenn überhaupt, hat sie mich verfolgt.«

ara

SCHOCKIERT STARRE ICH MEINEN PEINIGER AN, WEIL MICH SEIN sanftes, fast zärtliches Lächeln überrascht. Ich hatte erwartet, dass er bei dieser Frage explodieren würde, und als ich gesehen habe, dass sich seine Finger am Stiel des Glases anspannten, war ich sicher, dass er es tun würde.

Stattdessen hat er gelächelt.

Ich kaue auf meiner Unterlippe und überlege, ob ich das Thema fallenlasse, aber trotz der angedrohten Entführung kann ich mir die Gelegenheit, mehr über ihn zu erfahren, einfach nicht entgehen lassen.

»Wie meinst du das?«, frage ich und nehme mein Weinglas in die Hand. Das Risotto ist unglaublich gut, aber mein Magen hat sich zu einem Knoten zusammengezogen, und ich kann nicht mehr essen. Wein könnte ich allerdings vertragen.

Wenn ich genug trinke, vergesse ich vielleicht sein beängstigendes Versprechen.

»Wir haben uns getroffen, als ich vor fast neun Jahren durch ihr Dorf kam.« Peter lehnt sich mit dem Weinglas in seiner großen Hand in seinem Stuhl zurück. Das Kerzenlicht wirft ein sanftes, warmes Glühen über seine hübschen Gesichtszüge, und wenn ich nicht so viel Adrenalin durch den ganzen Stress in meinen Adern hätte, hätte ich der Illusion eines romantischen Dinners und der Fantasie, die er unbedingt umsetzen möchte, nachgeben können.

»Mein Team hat eine Gruppe von Aufständischen in den Bergen aufgespürt«, fährt er fort, und sein Blick wird abwesend, als die Erinnerungen in ihm aufsteigen. »Es war Winter und es war kalt. Unglaublich kalt. Ich wusste, dass wir uns für die Nacht ein warmes Plätzchen suchen mussten, also habe ich die Dorfbewohner gebeten, uns einige Zimmer zu vermieten. Nur eine Frau war mutig genug, das zu tun, und das war Tamila.«

Ich nehme einen Schluck Wein und bin völlig fasziniert. »Sie hat allein gelebt?«

Peter nickt. »Sie war damals erst zwanzig, aber sie hatte ein eigenes kleines Haus. Ihre Tante war gestorben und hatte es ihr vererbt. Es war in dem Dorf noch nie vorgekommen, dass eine junge Frau allein lebte, aber Tamila hat sich noch nie viel aus Traditionen gemacht. Ihre Eltern wollten sie mit einem der Dorfältesten verheiraten, einem Mann, der ihnen eine Mitgift von fünf Ziegen geben konnte, aber Tamila fand ihn abstoßend und zögerte die Hochzeit so lange wie möglich hinaus. Natürlich hat ihren Eltern das nicht gefallen, und als meine

Männer und ich ins Dorf kamen, suchte sie bereits verzweifelt nach einer Lösung, ihre Lage zu ändern.«

Ich trinke schnell den Rest meines Weins, während er fortfährt. »Von alledem wusste ich natürlich nichts. Ich habe einfach nur eine wunderschöne junge Frau gesehen, die aus irgendeinem Grund drei halberfrorene Speznas-Soldaten bei sich aufnahm. Sie hat meinen Männern ihr Schlafzimmer überlassen und mir den zweiten, kleineren Raum mit der Erklärung gegeben, dass sie auf dem Sofa schlafen würde.«

»Aber das hat sie nicht«, rate ich, als er sich nach vorn beugt, um mir Wein nachzuschenken. Mein Magen fühlt sich wie zugeschnürt an, da etwas Unangenehmes wie Eifersucht sich in meinen Eingeweiden ausbreitet. »Sie ist zu dir gekommen.«

»Ja, das ist sie.« Er lächelt erneut, und ich verstecke mein Unwohlsein, indem ich mehr Wein trinke. Ich weiß nicht, warum es mich stört, ihn mir mit dieser »wunderschönen jungen Frau« vorzustellen, aber das tut es, und ich schaffe es kaum, ihm ruhig zuzuhören, als er sagt: »Ich habe sie natürlich nicht weggeschickt. Kein Mann, der auf Frauen steht, hätte das getan. Sie war schüchtern und recht unerfahren, aber keine Jungfrau mehr, und als ich am nächsten Morgen weiterzog, versprach ich ihr, auf dem Rückweg wieder durch das Dorf zu kommen. Das habe ich zwei Monate später auch getan und erfahren, dass sie von mir schwanger war.«

Ich blinzele. »Du hast nicht verhütet?«

»Doch, das erste Mal. Das zweite Mal habe ich geschlafen, als sie damit begann, sich an mir zu reiben, und als ich endlich richtig wach war, war ich bereits in ihr und habe nicht mehr an das Kondom gedacht.«

Meine Kinnlade klappt nach unten. »Sie ist absichtlich schwanger geworden?«

Er zuckt mit den Schultern. »Sie hat behauptet, das sei sie nicht, aber ich nehme an, dass sie es wollte. Sie lebte in einem konservativen, muslimischen Dorf, und sie hatte schon einen Liebhaber vor mir gehabt. Sie hat mir nie gesagt, wer er war, aber hätte sie einen der Ältesten geheiratet oder hätte sie ihn abgelehnt, um jemand anderen aus dem Dorf zu heiraten, hätte sie sich öffentlich zur Schau gestellt und hätte von ihrem Ehemann verstoßen werden können. Ein nicht-muslimischer Ausländer wie ich war das Beste, um diesem Schicksal zu entgehen, und sie hat die Gelegenheit ergriffen, als sie sie erkannte. Das ist wirklich bewundernswert. Sie ist ein Risiko eingegangen, und es hat sich gelohnt.«

»Weil du sie geheiratet hast.«

Er nickt. »Das habe ich – nachdem ein Vaterschaftstest ihre Aussage bestätigt hat.«

»Das ist ... sehr anständig von dir gewesen.« Ich bin unglaublich erleichtert, dass er sich nicht Hals über Kopf in dieses Mädchen verliebt hatte. »Nicht viele Männer wären bereit gewesen, eine Frau zu heiraten, die sie nicht lieben, weil sie ein Kind von ihnen bekommt.«

Peter zuckt erneut mit den Schultern. »Ich wollte nicht, dass mein Sohn dem Spott ausgesetzt ist, ohne Vater aufzuwachsen, und seine Mutter zu heiraten war der beste Weg, um das sicherzustellen. Außerdem habe ich Tamila wirklich lieben gelernt, nachdem mein Sohn geboren wurde.«

»Ich verstehe.« Erneut überkommt mich Eifersucht. Um mich abzulenken, trinke ich mein zweites Glas Wein aus und nehme mir die Flasche, um mir mehr einzuschenken. »Also hat sie dich in eine Falle gelockt, und es hat funktioniert.« Meine

Handflächen sind feucht, die Flasche rutscht mir fast aus der Hand, und ich gieße den Wein mit so viel Schwung in das Glas, dass etwas über den Rand schwappt.

»Durstig?« Peters graue Augen glänzen amüsiert, während er seinen Arm ausstreckt, um mir die Flasche abzunehmen. »Vielleicht sollte ich dir lieber Wasser oder Tee holen?«

Ich schüttele vehement den Kopf, nur um zu bemerken, dass sich nach dieser Bewegung der Raum ein wenig dreht. Er könnte recht haben. Ich habe nicht viel gegessen und sollte meinen Wein wahrscheinlich langsamer trinken. Aber meine Angst schmilzt mit jedem Schluck dahin, und das fühlt sich zu gut an, um aufzuhören.

»Mir geht es gut«, sage ich und ergreife erneut mein Glas. Wahrscheinlich werde ich das morgen auf der Arbeit bereuen, aber ich brauche den warmen Rausch, den der Alkohol hervorruft. »Also hast du dich in Tamila verliebt. Und sie hat weiterhin in dem Dorf gelebt?«

»Ja.« Sein Gesicht spannt sich an, wahrscheinlich, weil wir uns den schmerzlichen Erinnerungen nähern. Er bestätigt meine Vermutung, indem er rau sagt: »Ich habe mir gedacht, dass sie und Pasha – so haben wir meinen Sohn genannt – dort sicherer sein würden. Sie wollte mit mir in meinem Apartment in Moskau leben, aber ich war wegen meiner Arbeit immer auf Reisen und wollte sie nicht allein in einer unbekannten Stadt lassen. Ich hatte ihr versprochen, mit ihr Moskau zu besuchen, wenn Pasha älter wäre, aber bis dahin dachte ich, dass es besser wäre, wenn sie in der Nähe ihrer Familie bliebe und mein Sohn mit frischer Bergluft anstatt mit Stadtsmog aufwächst.

Der Schluck Wein, den ich herunterschlucke, brennt in meinem Hals, der sich immer weiter zusammenzieht. »Das tut mir leid«, murmele ich und stelle mein Glas ab. Und es *tut* mir leid für ihn. Ich verachte Peter für das, was er mir antut, aber sein Leiden und sein Verlust, die ihn auf diesen dunklen Weg gebracht haben, schmerzen in meinem Herzen. Ich kann seine Schuldgefühle und die Qualen darüber, dass er versehentlich die falsche Wahl getroffen hat und sein Wunsch, seine Familie zu schützen, ihr Untergang war, sehr gut nachfühlen.

Das ist etwas, was ich nachvollziehen kann, da ich meinen Ehemann nicht nur einmal, sondern zweimal getötet habe.

Peter nickt, um mir zu zeigen, dass er mich gehört hat, und steht auf, um den Tisch abzuräumen. Ich trinke weiter meinen Wein, während er die Teller in den Geschirrspüler stellt, und das warme Gefühl durch den Alkohol verstärkt sich, die Kerzen vor mir ziehen durch das hypnotisierende Flackern der Flammen meine Aufmerksamkeit auf sich.

»Lass uns ins Bett gehen«, meint er, und als ich aufsehe, bemerke ich, dass er sich gerade die Hände am Geschirrtuch abtrocknet. Ich muss eine Weile abwesend die Kerzen betrachtet haben. Entweder das – oder er kann wahnsinnig schnell aufräumen. Höchstwahrscheinlich war ich einfach abwesend, was bedeutet, dass ich betrunkener bin, als ich dachte.

»Bett?« Ich zwinge mich dazu, mich zu konzentrieren, als er zu mir kommt, mein Handgelenk ergreift und mich hochzieht. Obwohl ich dank des Weins ein wenig verschwommen sehe, erinnere ich mich an den Grund dafür, warum ich wütend gewesen bin, und als er mich zur Treppe führt, kehrt der Knoten in meinem Magen zurück, und mein Puls erhöht sich. »Ich möchte nicht mit dir schlafen.«

Er schaut mich kurz an, und seine Finger an meinem Handgelenk spannen sich an. »Ich will nicht schlafen.«

Meine Furcht verstärkt sich. »Ich will auch keinen Sex mit dir haben.«

»Nein?« Er bleibt vor der Treppe stehen und dreht sich zu mir um, um mich anzuschauen. »Also, wenn ich jetzt in deine Jeans fassen würde, würde ich keinen durchnässten Slip fühlen? Und keine geschwollene und bereite Muschi, die nur darauf wartet, von meinem Schwanz ausgefüllt zu werden?«

Hitze steigt in meinem Nacken auf und breitet sich bis zum Haaransatz aus. Ich *bin* nass, von davor und durch die Art und Weise, wie er mich jetzt anschaut. Es sieht aus, als würde er mich verschlingen wollen, so als würden seine schmutzigen Worte ihn genauso sehr erregen wie mich. Mein vom Wein benebeltes Hirn ist auch keine Hilfe, und mir wird klar, dass ich einen Fehler gemacht habe, als ich versucht habe, meinen Kummer im Alkohol zu ertränken.

Es ist schon mit einem klaren Kopf schwer genug, ihm zu widerstehen, und in meinem jetzigen Zustand ist es beinahe unmöglich.

Aber ich muss es trotzdem versuchen. »Ich will nicht ...«

»Ptichka ...« Er hebt seine linke Hand und legt sie um mein Kinn. Sein Daumen streicht über meine Wange, während er mich anschaut und seine Augen wie geschmolzener Stahl aussehen. »Müssen wir noch einmal die alternativen Arrangements durchgehen?«

Ich starre ihn an, und in meinen Adern bilden sich Eiskristalle. Zum ersten Mal verstehe ich die volle Bedeutung seines Ultimatums. Er erwartet von mir nicht nur, dass ich mich nicht mehr gegen gemeinsame Mahlzeiten mit ihm wehre, sondern dass ich in allen Punkten entgegenkommend bin, ihn in mein Bett lasse, so als führten wir eine wirkliche Beziehung.

So als hätte er nicht meinen Ehemann umgebracht und sei gewaltsam in mein Leben eingedrungen.

»Nein«, flüstere ich und schließe meine Augen, als er seinen Kopf nach unten beugt, um mit seinen Lippen über meine zu fahren ... sanft und zärtlich. Seine Zärtlichkeit lässt mich trotz seiner entsetzlichen Drohung zerbrechen. Wenn ich gegen ihn ankämpfe, wird er mich entführen, mir auch meine restliche Freiheit nehmen.

Wenn ich mich wehre, werde ich alles verlieren, was mir etwas bedeutet, und wenn ich es nicht tue, werde ich mich selbst verlieren.

ICH STOLPERE, ALS PETER MICH DIE TREPPEN HINAUFFÜHRT, ALSO hebt er mich in seine kräftigen Arme und trägt mich mühelos hinauf. Seine Stärke ist genauso angsteinflößend wie verführerisch. Ich weiß, wie es ist, sie am eigenen Leib zu spüren, aber etwas Primitives in mir fühlt sich davon angezogen, sehnt sich nach diesem Versprechen von Sicherheit.

Als wir im Schlafzimmer ankommen, stellt er mich hin und zieht mich aus, schält mich ruhig und ohne Eile aus meinem Pullover und meiner Jeans. Allein die dunkle Hitze in seinem silberfarbenen Blick verrät seinen Hunger, das Verlangen, dem er nachgeben wird, koste es, was es wolle.

Als ich nackt bin, zieht er sich ebenfalls aus, und ich erhasche einen Blick auf ein metallisches Glänzen in seinem Jackett, als er es über den Stuhl hängt. Eine Pistole? Ein Messer? Der Gedanke, dass er Waffen in mein Schlafzimmer bringt, sollte mich entsetzen, aber ich bin zu überwältigt, um zu reagieren, da meine Gefühle bereits zwischen Schock, Wut und

Angst umherspringen. Und unterschwellig spüre ich eine eigenartige, unlogische Erleichterung.

Da ich keine Wahl mehr habe, kann ich nachgeben.

Das ist der einzige Weg.

Eine Träne läuft meine Wange hinunter, als er zu mir kommt, nackt und erregt mit seinem großen Körper mit seinen harten Kanten und gemeißelten Muskeln, seiner gewaltigen Schönheit und gefährlichen Männlichkeit. Monster sollten nicht so aussehen, sollten nicht genauso faszinierend wie tödlich sein.

Das ist viel zu verwirrend.

»Nicht weinen, Ptichka«, murmelt er, als er vor mir stehen bleibt. Seine Finger streicheln meine Wangen und wischen die Feuchtigkeit weg. »Ich werde dir nicht wehtun. Es ist wirklich nicht so schlimm, wie du denkst.«

Nicht so schlimm, wie ich denke? Ich will laut auflachen, aber stattdessen schüttele ich den Kopf, der von dem Wein und der Hitze seiner Nähe benebelt ist. Er hat recht: Ich will ihn. Ich sehne mich nach ihm, mein Körper brennt mit einem Verlangen, das so stark ist, dass ich es kaum unterdrücken kann. Und gleichzeitig hasse ich ihn.

Ich hasse ihn für das, was er tut – und das, was er mich fühlen lässt.

Seine Finger gleiten in mein Haar, bedecken meinen Schädel, und ich schließe meine Augen, als er mich erneut küsst, während seine andere Hand sich um meine Hüfte legt, um mich näher an sich zu ziehen. Seine Erektion drückt riesig und hart gegen meinen Bauch, aber sein Kuss ist sanft, seine Lippen locken die Empfindungen hervor, anstatt sie zu erzwingen.

Es fühlt sich einen Augenblick lang gut an, so unglaublich

gut, dass ich vergesse, dass ich in dieser Sache keine Wahl habe. Meine Hände legen sich auf seine Seiten, spüren seine harte Muskelmasse, und meine Lippen öffnen sich, als sich die Hitze in mir ausbreitet. Er nutzt diese Chance, um in meinen Mund zu fahren, und seine Zunge bringt den schwindelerregenden Geschmack nach Wein und süßer Verführung mit sich. Das ist nicht unser erstes Mal, aber dieser Kuss ist eine Erkundungsreise, eine sinnliche Entdeckung und ein zärtliches Wunder.

Er küsst mich, als sei ich das kostbarste, begehrenswerteste Ding, dem er jemals begegnet ist.

Mein Kopf dreht sich durch diese nahezu unerträgliche Lust, und es ist reizvoll, mich völlig zu verlieren, der Illusion seiner Zuneigung hinzugeben. Die Art, wie er mich festhält, zeigt sein dringendes Bedürfnis, aber auch etwas Tiefergehendes, etwas, was in der verletzlichsten Ecke meines Herzens widerhallt.

Etwas, was den Graben der Einsamkeit, den die Ruinen meiner Ehe hinterlassen haben, füllt.

Ich weiß nicht, wie lange Peter mich so küsst, aber als er seinen Kopf anhebt, atmen wir beide abgehackt und die Hitze, die durch meinen Körper fließt, ist eine ausgewachsene Feuersbrunst.

Benebelt öffne ich meine Augen und schaue in seine, während er mich zum Bett trägt. In den grauen, metallischen Tiefen gibt es keine Kälte, keine brodelnde Dunkelheit, nichts außer der hungrigen Zärtlichkeit, und als er sich zwischen meine Beine begibt, mich mit seinem kräftigen Körper bedeckt, weiß ich, dass es leicht sein könnte.

Ich könnte aufhören, mich zu wehren, und seine Fantasie akzeptieren, diese düsterere Version eines Märchens leben.

»Sara ...« Seine kräftige Hand legt sich um mein Gesicht, rahmt es mit unerträglicher Zärtlichkeit ein, und der Schmerz, der durch meine Brust fährt, ist genauso stark wie pervers. Er schaut mich an, als sei ich sein Ein und Alles, so als würde er mir alle Wünsche von den Augen ablesen wollen. Das ist genau das, was ich immer gewollt habe, immer gebraucht habe – aber nicht mit dem Mörder meines Ehemannes.

Ich kratze die zerbröckelten Reste meines gesunden Menschenverstandes zusammen und schließe die Augen, um der silbernen Verlockung seines hypnotisierenden Blickes zu entgehen. *Keine Wahl*, erinnere ich mich selbst, als sich seine Lippen für einen weiteren verzehrenden Kuss auf meine legen. *Keine Wahl*, wiederhole ich lautlos, als ich höre, wie eine Kondomverpackung aufgerissen wird, und seine behaarten Beine an den zarten Innenseiten meiner Oberschenkel spüre, die er auseinanderdrückt, um mit seinem Schwanz mein Geschlecht zu berühren. *Keine Wahl*, schreie ich innerlich, als er in mich stößt, mich ausdehnt, mich ausfüllt ... mich mit brennend heißem Verlangen füllt.

Das ist falsch, das ist krank, aber es dauert keine ganze Minute, bis sein harter, antreibender Rhythmus mich mit einer Intensität kommen lässt, die mich aufschreien lässt und mir die Tränen in die Augen treibt. Mein Körper erzittert in dunkler Ekstase, krampft sich um seinen dicken, langen Schwanz, und ich schreie seinen Namen, kratze mit meinen Fingernägeln über seinen Rücken, während er mich weiter fickt, mich noch zweimal zum Höhepunkt bringt, bis er selbst kommt.

Danach liege ich entspannt auf ihm, unsere Beine sind verschlungen, und er streichelt langsam meinen Rücken. Da mein Kopf auf seiner Schulter liegt, höre ich das gleichmäßige Schlagen seines Herzens, und das Glühen der sexuellen

Zufriedenheit weicht dem vertrauten Gefühl von Scham und Verzweiflung.

Ich hasse ihn und ich hasse mich selbst.

Ich hasse mich, weil etwas Perverses in mir froh über sein Ultimatum war.

Es hat sich gut angefühlt, keine Wahl zu haben.

»Du wirst nicht in einigen Wochen ausziehen«, murmelt er, ohne sein sanftes Streicheln zu unterbrechen. »Das Haus gehört nicht mehr dem Rechtsanwaltspaar – es gehört mir. Oder besser gesagt einer meiner Strohfirmen.«

Diese Nachricht sollte mich überraschen, aber das tut sie nicht. Ich muss das irgendwie erwartet haben. Meine Finger spannen sich an und zerknüllen die Ecke des Kissens. »Hast du sie bedroht? Sie umgebracht?«

Er lacht, und seine kräftige Brust bewegt sich unter mir. »Ich habe ihnen das Doppelte von dem gezahlt, was das Haus wert ist. Dasselbe gilt auch für deinen neuen Vermieter. Er ist gut für deinen Vertragsbruch kompensiert worden.«

Ich schließe die Augen, weil ich so erleichtert bin, dass ich weinen könnte. Ich weiß nicht, was ich getan hätte, wenn noch jemand meinetwegen gelitten hätte, wie ich dann noch mit mir hätte leben können.

Als ich sicher bin, dass meine Stimme nicht zittern wird, rücke ich ein Stück von ihm ab und blicke in seine jetzt dunkleren Augen. »Also, das ist es? Wir machen einfach so weiter?«

»Das machen wir ... für jetzt zumindest.« Seine Augen leuchten dunkel. »Später werden wir weitersehen.«

Dann zieht er mich wieder an seine Schulter, legt seinen Arm um mich und hält mich dort, so als würde ich dort hingehören.

TEIL III

41

Sara

IN DEN NÄCHSTEN TAGEN VERFALLEN WIR IN EINE EIGENARTIGE
Häuslichkeit. Jeden Abend kocht Peter ein köstliches
Abendessen für uns, und das Essen steht bereits auf dem Tisch,
wenn ich hereinkomme. Wir essen zusammen, dann fickt er
mich, oft zweimal oder noch häufiger, bevor wir einschlafen.
Wenn ich morgens aufwache und er da ist, und das ist er häufig,
macht er mir auch Frühstück.

Es ist so, als hätte ich mir einen Hausmann angeschafft, der
allerdings in seiner Freizeit Morde im Black-Ops-Stil ausführt.

»Was machst du eigentlich den ganzen Tag?«, frage ich, als
ich nach einem besonders anstrengenden Tag im Krankenhaus
nach Hause komme und ein Gourmet-Essen aus Lammkoteletts

und einem Russischen Salat mit Roter Beete vorfinde. »Du bleibst doch nicht nur hier und kochst, oder?«

»Nein, natürlich nicht.« Er wirft mir einen belustigten Blick zu. »Das, was wir tun, erfordert eine Menge logistische Planung, also arbeite ich mit meinen Männern daran und kümmere mich um die geschäftliche Seite.«

»Die geschäftliche Seite?«

»Kundenkontakte, Sicherung der Zahlungen, Investitionen und Verteilung von Geldern, Einkauf von Waffen und Zubehör, solche Dinge«, antwortet er, und ich höre fasziniert dabei zu, wie er mir einen Einblick in eine Welt gibt, in der irrsinnige Geldsummen die Hände wechseln und Mord eine Methode ist, um die Geschäfte zu erweitern.

»Wir arbeiten viel für Kartelle und andere mächtige Organisationen und Individuen«, erzählt er mir, als wir das Lamm essen. »Dieser Job in Mexiko war zum Beispiel ein Fall, in dem uns das Oberhaupt eines Kartells angeheuert hat, um seinen Rivalen zu beseitigen, damit er sich dessen Territorium sichern konnte. Andere unserer Kunden sind russische Oligarchen, verschiedenste Diktatoren, Mitglieder der nahöstlichen Königshäuser und einige wenige besser organisierte Mafiaorganisationen. Manchmal nehmen wir zwischen den Jobs auch kleinere Aufträge an und kümmern uns um lokale Gangster, aber dafür bekommen wir so gut wie kein Geld, also betrachten wir das als freiwillige Arbeit, durch die wir in Pausenzeiten in Übung bleiben.«

»Natürlich, freiwillige Arbeit.« Ich versuche gar nicht erst, meinen Sarkasmus zu verbergen. »So wie meine Arbeit in der Klinik.«

»Genau so«, stimmt mir Peter zu und grinst. Er weiß, dass

er mich schockiert, und er tut es absichtlich. Es ist ein Spiel, das er manchmal spielt. Zuerst entsetzt er mich, und danach verführt er mich, bis ich mich nach seiner Berührung sehne, obwohl ich mich abgestoßen fühle – oder fühlen sollte.

Es gehört zu dem kranken Teil unserer Beziehung, dass fast nichts, was er sagt oder tut, längerfristige Auswirkungen auf mein Verlangen nach ihm hat. Meine Unfähigkeit, ihm zu widerstehen, ist wie ein blutendes Geschwür in meiner Brust, und ich kann es nicht heilen, egal, was ich tue. Jedes Mal, wenn ich das Essen esse, das er gekocht hat, jedes Mal, wenn ich in seinen Armen schlafe und durch seine Berührungen Lust verspüre, öffnet sich die Wunde erneut und hinterlässt mich krank vor Scham und verkrüppelt durch Selbsthass.

Ich lebe in einem häuslichen Glück mit dem Mörder meines Ehemannes, und es ist nicht einmal ansatzweise so furchtbar, wie es sein sollte.

Ein wenig liegt das daran, dass Peter mir nach unserem ersten Mal nicht mehr wehgetan hat. Zumindest nicht körperlich. Ich spüre die Gewalt in ihm, aber wenn er mich berührt, achtet er darauf, sich zu kontrollieren, die Dunkelheit davon abzuhalten, herauszuströmen. Es ist auch hilfreich, dass ich nicht offensichtlich gegen ihn ankämpfen kann. Dadurch, dass seine Drohung, mich zu entführen, wie ein Damoklesschwert über meinem Kopf hängt, habe ich keine andere Wahl, als mitzuspielen – das rede ich mir zumindest ein.

Das ist die einzige Möglichkeit, wie ich rechtfertigen kann, was gerade passiert, dass ich beginne, den Mann zu brauchen, den ich hasse.

Wenn er nur Sex von mir gewollt hätte, wäre es einfach gewesen, aber Peter scheint entschlossen zu sein, sich auch um mich zu kümmern. Ich bekomme romantische, selbstgekochte Abendessen, nächtliche Kuscheleinheiten, ich werde aufmerksam geduscht und manchmal sogar gekämmt. Wir gehen nicht aus – ich nehme an, dass er sich nicht in der Öffentlichkeit zeigen möchte – aber so wie er mich behandelt, könnte ich gut seine völlig verwöhnte Freundin sein.

»Warum tust du das so gerne?«, frage ich ihn, als er mir nach dem Duschen die Haare kämmt. »Ist das irgendein eigenartiger Tick von dir?«

Er wirft mir über den Spiegel einen belustigten Blick zu. »Vielleicht. Bei dir auf jeden Fall.«

»Nein, ernsthaft, was hast du davon? Du weißt, dass ich kein Kind bin, stimmt's?«

Peters Mund spannt sich an, und ich verstehe, dass ich unbeabsichtigt eine wunde Stelle getroffen habe. Wir sprechen nicht viel über seine Familie, aber sein Sohn war noch ein Kleinkind, als er getötet wurde. Könnte es sein, dass ich auf irgendeine kranke Art und Weise ein Ersatz für seine ermordete Familie bin? Dass er sich auf mich fixiert hat, weil er sich um jemanden kümmern musste ... irgendjemanden?

Könnte mein russischer Liebhaber so dringend Liebe brauchen, dass er sich mit einer perversen Version von ihr zufriedengeben würde?

Das ist ein verlockender Gedanke, besonders, da ich ab Ende der zweiten Woche feststelle, dass ich immer süchtiger nach dem Komfort und der Lust werde, die Peter mir bietet. Am Ende einer langen Schicht sehne ich mich körperlich nach den Nacken- und Fußmassagen, die er mir häufig gibt, und immer, wenn ich in die Garage fahre und die köstlichen Düfte aus der Küche rieche, muss ich aufpassen, dass mir nicht der Speichel aus dem Mund läuft.

Ich fange nicht nur an, mich an die Gegenwart meines Stalkers in meinem Leben zu gewöhnen, ich beginne sogar, sie zu genießen.

Oder zumindest teilweise. Ich bin immer noch weit davon entfernt, mich für die Bodyguards zu begeistern, die mir auf Schritt und Tritt folgen. Ich sehe sie fast nie, aber ich kann es spüren, wenn sie mich beobachten, und es beunruhigt und irritiert mich.

»Ich werde nicht weglaufen«, meine ich zu Peter, als wir eines Nachts im Bett liegen. »Du kannst deine Wachhunde zurückrufen.«

»Sie sind zu deinem Schutz da«, antwortet er, und ich weiß, dass er nicht die Absicht hat, in diesem Punkt Kompromisse einzugehen. Aus welchem Grund auch immer ist er davon überzeugt, dass ich mich in irgendeiner Gefahr befinde, etwas, vor dem gerade er mich beschützen muss.

»Wovor hast du Angst?«, frage ich, während ich die harten Wölbungen seiner Bauchmuskeln mit meinem Finger abfahre. »Denkst du, dass irgendein Irrer in mein Zuhause eindringen könnte? Mich vielleicht waterboarden und meinen Ehemann töten könnte?«

Ich blicke in sein Gesicht und sehe, dass er grinst, so als habe ich etwas Lustiges gesagt.

»Was?«, frage ich gereizt. »Denkst du, das ist ein Witz?«

Sein Gesichtsausdruck wird ernst. »Nein, Ptichka. Das denke ich überhaupt nicht. Und nur, damit du es weißt, es tut mir wirklich leid, dass ich dir damals wehgetan habe. Ich hätte einen anderen Weg finden sollen.«

»Okay. Einen anderen Weg, George umzubringen.«

Mir wird schlecht, und ich stehe auf, um ins Badezimmer zu flüchten, dem einzigen Ort, an dem mich mein Peiniger in

Ruhe lässt. Manchmal vergesse ich, wie alles angefangen hat, da mein Gehirn praktischerweise gerne die entsetzlichen Anfänge unserer Beziehung überspringt.

Es ist so, als ob sich etwas in mir gern Peters Fantasie hingeben möchte, vorgeben möchte, alles sei genau so.

»DU HAST MIR NIE ERZÄHLT, WAS ZWISCHEN DIR UND GEORGE passiert ist«, meint Peter, als wir einen entspannten Sonntagsbrunch drei Wochen nach seiner Rückkehr haben. »Warum wart ihr nicht das perfekte Paar, für das euch alle gehalten haben? Du hast nicht gewusst, was er wirklich beruflich machte, also, was ist schiefgelaufen?«

Das Stück von dem pochierten Ei, an dem ich kaue, bleibt in meinem Hals stecken, und ich muss fast meinen ganzen Kaffee trinken, um es herunterzuspülen. »Warum denkst du, dass etwas schiefgelaufen ist?« Meine Stimme ist zu hoch, aber Peter hat mich völlig überrumpelt. Normalerweise vermeidet er, über meinen toten Ehemann zu sprechen – wahrscheinlich, um die Illusion einer normalen Beziehung zu verstärken.

»Weil du es mir gesagt hast«, antwortet er ruhig. »Während du unter dem Einfluss der Drogen standst, die ich dir verabreicht hatte.«

Ich starre ihn mit offenem Mund an, da ich es gar nicht glauben kann, dass er dieses Thema wieder angesprochen hat. Seit unserem Gespräch über die Bodyguards letzte Woche, und meinem darauffolgenden Weinen im Badezimmer, haben wir das Thema, was er mir angetan hat, vermieden, da keiner von uns in dieser offenen Wunde stochern wollte.

»Das …« Ich unterdrücke mein Entsetzen und sammele mich. »Das geht dich nichts an.«

»Hat er dich geschlagen?« Peter beugt sich nach vorn, und seine metallischen Augen verdunkeln sich. »Dir auf irgendeine Art und Weise wehgetan?«

»Was? Nein!«

»War er pädophil? Nekrophil?«

Ich hole tief Luft, um mich zu beruhigen. »Nein, natürlich nicht!«

»Hat er dich betrogen? Drogen genommen? Tiere geschändet?«

»Er hat angefangen zu trinken, okay?«, fauche ich gereizt. »Er hat angefangen zu trinken und nie wieder aufgehört.«

»Aha.« Peter lehnt sich zurück. »Also ein Alkoholiker. Interessant.«

»Ach ja?«, frage ich bitter. Ich nehme meinen Teller, gehe zum Mülleimer, um die Überreste meines Frühstücks wegzuwerfen, und stelle den Teller in den Geschirrspüler. »Dir gefällt es also, zu hören, dass der Mann, den ich geliebt habe und kannte, seit ich achtzehn war, der Mann, den ich *geheiratet* habe, sich ohne einen offensichtlichen Grund nach unserer Hochzeit verändert hat? Dass er innerhalb weniger Monate zu jemandem wurde, den ich kaum wiedererkannt habe?«

»Nein, Ptichka.« Er kommt hinter mich, und meine Atmung setzt aus, als er mich an sich zieht und mein Haar wegstreicht, um meinen Hals zu küssen. Sein Atem erwärmt meine Haut, als er sagt: »Es gefällt mir überhaupt nicht.«

»Ich habe es einfach nie verstanden.« Ich drehe mich in seinen Armen um, und meine alte Verletzung bricht wieder auf, als ich in Peters Augen schaue. »Alles lief so gut. Ich habe die Uni beendet, wir haben das Haus gekauft und geheiratet … Er war wegen der Arbeit viel auf Reisen, weshalb ihn meine Arbeitszeiten als Assistenzarzt nicht gestört haben, während ich kein Problem damit hatte, dass er so viel unterwegs war. Und dann ...« Ich halte inne, da mir klar wird, dass ich mich Georges Mörder anvertraue.

»Und dann was?«, hakt er nach, und seine Finger legen sich um meine Hand. »Was ist dann passiert, Sara?«

Ich beiße mir auf die Unterlippe, aber die Versuchung, ihm alles zu sagen, ein für alle Mal die ganze Wahrheit loszuwerden, ist zu stark, um ihr nicht nachzugeben. Ich habe genug davon, Dinge vorzugeben, täglich die Maske der Perfektion zu tragen, die jeder zu sehen erwartet.

Ich ziehe meine Hand aus seiner und gehe zum Tisch, um mich hinzusetzen. Peter kommt zu mir, und nach einem Moment beginne ich zu reden.

»Alles hat sich einige Monate nach unserer Hochzeit verändert«, erzähle ich ihm ruhig. «Innerhalb weniger Wochen ist aus meinem warmherzigen, lebenslustigen Ehemann ein kalter, distanzierter Fremder geworden, jemand, der mich immer weggestoßen hat, egal, was ich getan habe. Er hat angefangen, diese eigenartigen Stimmungen zu haben, ist weniger für die Arbeit verreist und ...«, ich atme tief durch, »hat angefangen zu trinken.«

Peter zieht seine Augenbrauen hoch. »Vorher hat er nie getrunken?«

»Nicht so. Er hat getrunken, wenn wir mit Freunden weggegangen sind, oder ein Glas Wein zum Abendessen. Aber das war nichts Ungewöhnliches, nichts, was ich nicht selbst getan hätte. Aber das war anders. Wir reden hier über Trinken bis zur Bewusstlosigkeit, drei oder vier Nächte die Woche.«

»Das *ist* eine Menge. Hast du ihn jemals darauf angesprochen?«

Ein bitteres Lachen entweicht aus meinem Mund. »Ihn darauf angesprochen? Natürlich habe ich ihn darauf angesprochen. Die ersten Male, als es passierte, hat er mir erklärt, er habe Stress auf der Arbeit, danach war es ein Männerabend, dann musste er sich einfach nur entspannen und dann ...« Ich beiße mir auf die Lippe. »Dann hat er angefangen, mich zu beschuldigen.«

»Dich?« Peters Stirn ist in Falten gelegt. »Wie konnte er dich beschuldigen?«

»Weil ich ihn damit nicht in Ruhe gelassen habe. Ich habe weitergebohrt, wollte, dass er eine Entziehungskur macht, zu den Anonymen Alkoholikern geht, mit jemandem spricht – irgendwem, der ihm helfen könnte. Ich habe ihm immer wieder dieselben Fragen gestellt und versucht zu verstehen, was passierte, warum er sich derart veränderte.« Mein Hals verengt sich, als ich mich daran erinnere, wie schmerzhaft das gewesen war. »Davor lief alles so gut, verstehst du? Meine Eltern, alle unsere Freunde, sie waren alle überglücklich über unsere Hochzeit, und wir hatten diese strahlende Zukunft vor uns. Es gab keinen Grund dafür, nichts, an das ich mich klammern konnte, um seine plötzliche Veränderung zu verstehen. Ich habe weiterhin nachgebohrt und ihn gedrängt, etwas zu ändern, und er hat weiterhin getrunken, immer mehr. Und dann habe ich ...« Ich zwinge frische Luft durch meinen engen Hals. »Dann habe ich ihm gesagt, dass ich so nicht leben kann, dass er sich zwischen unserer Ehe und dem Trinken entscheiden muss.«

»Und er hat das Trinken gewählt.«

»Nein.« Ich schüttele meinen Kopf. »Am Anfang nicht. Wir

gelangten in den klassischen Abhängigkeitskreislauf, in dem er mich bitten würde, zu bleiben, versprechen würde, sich zu bessern, und ich ihm glauben würde, bevor nach zwei Wochen wieder alles beim Alten war und die Dinge wieder so liefen wie zuvor. Und wenn ich seine Stimmungsschwankungen ansprach und ihn bat, zu einem Psychiater zu gehen, wurde er ausfallend und behauptete, dass *ich* der Grund für sein Trinken sei.«

Peters Stirnrunzeln vertieft sich. »Seine Stimmungsschwankungen?«

»Ich habe sie so genannt. Vielleicht waren es Depressionen oder eine andere psychische Erkrankung, aber da er sich geweigert hat, einen Psychiater aufzusuchen, haben wir nie eine Diagnose bekommen. Diese Stimmungsschwankungen haben kurz vor dem Trinken begonnen. Wir haben etwas zusammen gemacht, und plötzlich schien er völlig abwesend zu sein, so als sei er in eine andere Welt eingetaucht. Er war abgelenkt und eigenartig verängstigt, sogar nervös. So, als würde er Drogen nehmen, aber das hat er nicht. Zumindest sah es für mich nicht so aus. Er ist mit seinen Gedanken einfach irgendwo anders gewesen, und man konnte nicht mit ihm reden, wenn er sich in diesem Zustand befand. Es gab nichts, was man tun konnte, um ihn zu beruhigen oder ihn einfach wieder in das *Jetzt und Hier* zurückzuholen.

»Sara ...« Peters Gesicht nimmt einen eigenartigen Ausdruck an. »Wann hat das alles begonnen, hast du gesagt?«

»Nur einige Monate, nachdem wir geheiratet haben«, antworte ich und runzele die Stirn. »Also etwa vor fünfeinhalb Jahren. Warum?« Und dann dämmert es mir. »Du meinst doch nicht, dass ...«

»Dass die Veränderung deines Ehemanns etwas mit seiner Rolle in dem Massaker in Daryevo zu tun haben könnte?

Warum nicht?« Peter beugt sich nach vorn und zieht seine Augen zusammen. »Denk doch mal darüber nach. Vor fünfeinhalb Jahren hat Cobakis Informationen weitergegeben, die dazu geführt haben, dass Dutzende unschuldiger Menschen, darunter Frauen und Kinder, abgeschlachtet wurden. Egal, ob das aus Ehrgeiz oder Gier oder schierer Dummheit geschah, er hat es einfach versaut, und zwar richtig. Du hast gesagt, dass er ein guter Mann war? Jemand mit einem Gewissen? Wie würde sich so ein Mann fühlen, wenn er der Grund dafür war, dass Unschuldige abgeschlachtet wurden? Wie hätte er mit dem ganzen Blut an seinen Händen leben können?«

Ich zucke zusammen, da die entsetzliche Wahrheit seiner Worte wie eine Kugel in mich einschlägt. Ich weiß nicht, wieso ich die Punkte nicht eher verbunden habe, aber jetzt, da Peter es ausgesprochen hat, ergibt es perfekten Sinn. Als ich das erste Mal von Georges Doppelleben erfahren habe, habe ich gedacht, dass vielleicht sein wahrer Job hinter seiner Veränderung stecken könnte, aber dann war ich so sehr mit Peters Eindringen in mein Leben beschäftigt gewesen – und damit, nicht über seine Enthüllungen zu grübeln –, dass ich den Gedanken nicht zu Ende gedacht habe.

Ich habe nicht in Betracht gezogen, dass die tragischen Ereignisse, die meinen Peiniger in mein Leben gebracht haben, dieselben sein könnten, die meine Ehe ruiniert haben ... dass unsere Schicksale schon länger miteinander verbunden waren, als ich dachte.

Ich fühle mich, als würde mir gleich schlecht werden, also stehe ich mit zitternden Beinen auf. »Du hast recht.« Meine Stimme ist erstickt und rau. »Es müssen Schuldgefühle gewesen sein, die ihn zum Trinken gebracht haben. Die ganze Zeit habe ich mich gewundert, ob es etwas gewesen war, was ich gesagt hatte, ob ihn unsere Ehe irgendwie enttäuscht hatte, und dabei war es die ganze Zeit das.«

Peter nickt grimmig. »Außer wenn dein Mann während seiner Karriere mehrfach Massaker ausgelöst hat, ist das das Einzige, was Sinn ergibt.«

Ich atme abgehackt ein und drehe mich um, um zu dem Fenster zu gehen, das den Blick in den Garten hat. Die riesigen Eichen stehen wie Wächter da, aber ihre Zweige sind trotz der Hinweise auf den Frühling in der sich erwärmenden Luft noch kahl. Ich fühle mich gerade wie diese Eichen, nackt, in meiner ganzen Hässlichkeit bloßgestellt. Und gleichzeitig fühle ich mich leichter.

Wenigstens war es nicht meine Schuld, dass er getrunken hat.

»Der Unfall ist meinetwegen passiert«, sage ich ruhig, als Peter zu mir kommt und sich neben mich stellt. Er schaut mich nicht an, sein Profil ist hart und kompromisslos, und auch wenn ich weiß, dass er gerade seine eigenen Dämonen bekämpft, beruhigt mich seine Gegenwart auf einer fundamentalen Ebene.

Ich bin nicht allein, wenn ich ihn an meiner Seite habe.

»Wie?«, fragt er, ohne seinen Kopf zu drehen. »Im Bericht stand, dass er sich allein in dem Fahrzeug befunden hat.«

»Er hatte die Nacht davor getrunken. So viel getrunken, dass er sich im Laufe der Nacht mehrere Male übergeben musste.« Ich erschaudere, als ich mich an den Gestank nach Erbrochenem, nach Krankheit und an die ganzen Lügen und verlorenen Hoffnungen erinnere. Ich werde nur von einem seidenen Faden zusammengehalten, als ich fortfahre. »Am Morgen hatte ich genug. Ich hatte genug von seinen Entschuldigungen, von seinen endlosen Anschuldigungen und

Versprechen, sich zu bessern. Mir wurde klar, dass George und ich überhaupt nichts Besonderes waren, wir waren einfach ein weiterer Alkoholiker und seine Ehefrau, die zu dumm war, es zu sehen. Das war keine schwere Zeit, die wir durchmachten. Unsere Ehe war einfach kaputt.«

Ich halte inne, da meine Stimme zu sehr zittert, um weiterzureden, als sich wieder eine große Hand um meine legt. Peters Gesichtsausdruck hat sich nicht verändert, sein Blick ist auf die Aussicht draußen gerichtet, aber die schweigende Geste der Unterstützung beruhigt mich, gibt mir den Mut, weiterzureden.

»Er hat noch geschlafen, als ich zur Arbeit gegangen bin, also habe ich mit ihm gesprochen, als ich zurückkam«, sage ich, so ruhig ich kann. »Ich habe ihm gesagt, dass er seine Sachen packen und gehen soll, und dass ich am nächsten Tag die Scheidung einreichen würde. Wir sind in einen riesigen Streit geraten und haben beide verletzende Dinge gesagt, und ich ...« Ich schlucke den Knoten in meinem Hals herunter. »Ich habe ihn aus dem Haus geschmissen.«

Peter wirft mir einen leicht überraschten Blick zu. »Wie konntest du ihn rausschmeißen? Er war nicht der größte Mann, den ich jemals gesehen habe, aber er muss mindestens fünfundzwanzig Kilo mehr als du gewogen haben.«

Ich blinzele, da mich diese eigenartige Frage aus dem Konzept bringt. »Ich habe seine Autoschlüssel und seine Tasche in die Garage geschmissen und ihn angeschrien, er solle verschwinden.«

»Ich verstehe.« Zu meinem Entsetzen formt sich ein leichtes Lächeln auf Peters Mundwinkeln. »Und du denkst, es sei deine Schuld, dass er gefahren ist und einen Unfall gebaut hat?«

»Es *ist* meine Schuld. Die Polizei hat gesagt, dass er doppelt so viel Alkohol wie erlaubt im Blut hatte. Er hatte getrunken, und ich habe ihn gezwungen, zu fahren. Ich habe ihn rausgeschmissen und ...«

Du hast seine *Schlüssel* rausgeworfen, nicht ihn«, sagt Peter, dessen Lächeln verschwindet, als seine Finger meine Hand fester umfassen. »Er war ein erwachsener Mann, der größer und stärker war als du. Hätte er im Haus bleiben wollen, hätte er das tun können. Außerdem, wusstest du überhaupt, dass er getrunken hatte, als du ihm gesagt hast, dass er verschwinden soll?«

Ich runzele die Stirn. »Nein, natürlich nicht. Ich war gerade erst von der Arbeit gekommen, und er sah nicht betrunken aus, aber ...«

»Kein Aber.« Peters Stimme ist genauso hart wie sein Blick. »Du hast das getan, was du tun musstest. Alkoholiker können auch mit viel Alkohol in ihrem Körper noch funktionstüchtig aussehen. Ich kann das beurteilen, ich habe viele von ihnen in Russland gesehen. Du warst nicht dafür verantwortlich, seinen Alkohol zu testen, bevor du ihn packen geschickt hast. Wenn er zu betrunken zum Autofahren war, hätte er sich nicht hinters Steuer setzen sollen. Er hätte ein Taxi rufen oder dich bitten können, ihn zu einem Hotel zu fahren. Zur Hölle, er hätte sogar erst in der Garage seinen Rausch ausschlafen und *danach* fahren können.«

»Ich ...« Jetzt bin ich diejenige, die aus dem Fenster starrt. »Das weiß ich.«

»Tust du das?« Peter lässt meine Hand los, ergreift mein Kinn und zwingt mich dazu, ihm in die Augen zu schauen. »Irgendwie bezweifle ich das, Ptichka. Hast du irgendjemandem erzählt, was wirklich passiert ist?«

Mein Magen zieht sich zusammen, und ein unangenehmer,

starker Schmerz breitet sich in meinem Bauch aus. »Nicht genau. Ich meine, die Polizisten wussten, dass er getrunken hatte, aber ...«

»Aber sie wussten nicht, dass er das immer tat, stimmt's?«, rät Peter und lässt seine Hand sinken. »Niemand außer dir wusste das.«

Ich schaue weg und spüre das vertraute Brennen vor Scham. Ich weiß, dass das der klassische Fehler der Ehefrauen ist, aber ich konnte es einfach nicht über mich bringen, unsere schmutzige Wäsche öffentlich zu waschen, zuzugeben, dass diese Ehe, die alle bewunderten, eigentlich innerlich verfault war. Zuerst war es eine Mischung aus Stolz und Verleugnung. Ich hätte eine clevere junge Ärztin mit einer strahlenden Zukunft sein sollen. Wie hatte ich einen solchen Fehler machen können? Gab es Warnsignale, die ich übersehen hatte? Und wenn nicht, wie konnte das mit dem wundervollen Mann geschehen, den ich geheiratet hatte, dem goldenen Jungen, der so vielversprechend war? Mit Sicherheit war es nur eine vorübergehende Situation, eine Regenwolke in einem sonst perfekten Leben. Und als ich endlich verstanden hatte, dass das Trinken nicht verschwinden würde, gab es einen anderen Grund zu schweigen.

»Mein Vater hatte etwa ein Jahr nach meiner Hochzeit einen Herzinfarkt«, sage ich und schaue auf die kahlen Zweige, die sich im Wind wiegen. »Einen schlimmen. Er ist fast gestorben. Nach einem dreifachen Bypass haben ihm die Ärzte geraten, sich so wenig Stress wie möglich auszusetzen.«

»Ah. Und zu erfahren, dass der Ehemann der geliebten Tochter sich in einen wütenden Alkoholiker verwandelt hat, wäre zu viel Stress gewesen.«

»Ja.« Ich hätte es dabei belassen können, Peter denken lassen können, dass ich einfach eine gute Tochter war, aber durch einen eigenartigen Impuls platze ich heraus: »Das war allerdings nicht der ganze Grund. Ich hatte Angst vor dem, was die Leute sagen würden, und den Urteilen, die sie fällen würden. George war gut darin, seine Sucht vor allen zu verstecken – rückblickend nehme ich an, dass seine Schauspielkünste einen Hinweis auf diese ganze Spionagesache gegeben haben sollten – und ich wurde auch ein Profi darin, heile Welt zu spielen. Unsere Jobs halfen uns ebenfalls dabei. Ich konnte immer ›Rufbereitschaft‹ haben, wenn wir eine Verabredung in letzter Minute absagen mussten, und George konnte mit einem dringenden Bericht beschäftigt sein, wenn er es nicht schaffte, rechtzeitig nüchtern zu werden.«

Peter sagt einige Augenblicke lang nichts, und ich frage mich, ob er mich für meine Feigheit verurteilt, dafür, dass ich keine Hilfe gesucht habe, bevor es zu spät war. Das ist die andere Sache, die mich beschäftigt: die Möglichkeit, dass ich etwas hätte tun können, wäre ich offener mit unseren Problemen umgegangen. Vielleicht hätte ich George in ein Entzugsprogramm stecken oder ihm psychologische Hilfe zukommen lassen können, und der tragische Unfall wäre verhindert worden.

Natürlich hätte der Mann, der neben mir steht, ihn sowieso getötet, also ist es auch egal.

Da ich mit diesem Gedanken gerade nicht umgehen kann, unterdrücke ich ihn genau in dem Moment, in dem Peter fragt: »Was war mit seiner Arbeit? Wie konnte er so weiterhin funktionieren? Außer natürlich ... du hast gesagt, dass er keine Auslandsaufträge mehr angenommen hat?«

»Ja, genau.« Ich hole tief Luft, um meinen aufgebrachten Magen zu beruhigen, und konzentriere mich darauf, das hypnotische Schwingen der Äste zu beobachten. »Er ist nach unserer Hochzeit einige Male verreist, aber normalerweise untersuchte er lokale Geschichten – so wie die über die Mafia, die in Chicago die Polizei und Regierungsbeamte auf der Gehaltsliste stehen hatte.«

»Diejenige, von der sie dir erzählt haben, dass sie der Grund für seinen Personenschutz war.«

Ich nicke und bin nicht überrascht, dass er das weiß. Er hatte wahrscheinlich während meines Gesprächs mit Agent Ryson irgendeine Art Parabolmikrofon auf mich gerichtet. Nach dem, was ich in den letzten Wochen über meinen Stalker erfahren habe, ist das durchaus möglich.

Die Millionen, die er bei seinen Aufträgen verdient, verschaffen ihm Zugang zu jeder erdenklichen Ausstattung.

»Dann muss er damals aufgehört haben, für den CIA zu arbeiten«, meint Peter, und als ich einen Blick auf ihn werfe, sehe ich, dass er ebenfalls die Äste betrachtet. »Entweder das – oder sie haben ihn gefeuert, weil er mit den Auswirkungen seines Fehlers nicht zurechtkam. Das ist das Einzige, was das Fehlen von Auslandsaufträgen erklären würde.«

»Stimmt.« Mein Kopf pocht quälend vor Anspannung, und mein Bauch krampft und zieht immer noch so, als würden meine Eingeweide immer weiter zusammengedreht werden. Mein unterer Rücken schmerzt ebenfalls, was mich darauf bringt, schnell etwas im Kopf auszurechnen.

Natürlich, ich bin kurz davor, meine Tage zu bekommen.

Wir stehen noch einige Minuten länger am Fenster und beobachten die Bäume draußen, bevor ich zum Medizinschrank gehe, zwei Ibuprofen herausnehme und sie mit einem Glas Wasser herunterspüle.

»Was ist los?«, fragt Peter, der mir mit besorgt gerunzelter Stirn gefolgt ist. »Geht es dir nicht gut?«

»Es ist nichts«, antworte ich, da ich nicht ins Detail gehen möchte. Dann wird mir klar, dass er es bald sowieso herausfinden wird, und füge hinzu: »Frauensachen, du weißt schon.«

»Ah.« Im Gegensatz zu den meisten Männern sieht er überhaupt nicht so aus, als sei ihm diese Information unangenehm. »Hast du normalerweise starke Schmerzen?«

»Leider ja.« Während ich spreche, spüre ich, dass die Krämpfe schlimmer werden, und ich danke den Göttern der Arbeitseinsatzplanung, dass ich heute keine Rufbereitschaft habe. Ich wollte heute Nachmittag in die Klinik gehen, aber ich überlege es mir anders und entscheide mich dafür, mich mit einem Heizkissen in meinem Bett zu verkriechen.

»Warum nimmst du nicht die Pille?«, fragt Peter und folgt mir, als ich nach oben gehe. »Ich habe sie dich nicht nehmen sehen, aber ich glaube, dass sie normalerweise bei Menstruationsschmerzen helfen.«

»Ach, du bist ein Experte für Frauenheilkunde?«

Peter lässt sich von meinem Sarkasmus nicht reizen. »Überhaupt nicht, aber ich habe für Tamila ein Rezept für die Pille besorgt, weil sie schlimme Krämpfe hatte. Ich nehme an, dass du einen Grund dafür hast, das nicht zu tun?«

Ich seufze und betrete das Schlafzimmer. »Den habe ich. Ich bin eine dieser seltenen Frauen, die keine hormonellen Verhütungsmittel vertragen. Ich bekomme selbst bei der niedrigsten Dosierung Migräne und Übelkeit. Ich bekomme sogar von Hormonspiralen Kopfschmerzen, also habe ich die Wahl, ob ich mich einige Tage pro Monat schlecht fühlen möchte oder die ganze Zeit.«

»Ich verstehe.« Peter lehnt sich gegen den Türrahmen, während ich beginne, mich auszuziehen. Ich kann die Hitze in seinen Augen sehen, als er mich dabei beobachtet, wie ich mich aus meiner Unterwäsche schäle, und ich hoffe, dass er nicht auf falsche Gedanken kommt und zu mir ins Bett kommen möchte. Er lässt sich selten eine Gelegenheit entgehen, mich zu ficken.

Ich ignoriere sein Starren, nehme das Heizkissen aus der Nachttischschublade, lege es unter meine Bettdecke und rolle mich in die Embryostellung, während ich warte, dass das Ibuprofen wirkt.

Ich höre leise Schritte, und danach bewegt sich das Bett neben mir.

Nein, Nein, Nein. Geh weg. Bloß keinen Sex. Ich kneife meine Augen zusammen und hoffe, dass mein Peiniger diesen Hinweis versteht, aber im nächsten Augenblick wird die Decke weggezogen, und eine raue männliche Hand streicht über meinen nackten Rücken.

»Kann ich dir etwas bringen?« Seine tiefe Stimme mit dem leichten Akzent ist leise und beruhigend. »Vielleicht Toast oder einen Tee?«

Überrascht rolle ich mich auf den Rücken, während ich das Heizkissen auf meinen Unterleib drücke. »Ähm, nein danke. Das geht schon vorbei.«

»Bist du sicher?« Er streicht die Haare aus meinem Gesicht. »Was hältst du von einer Bauchmassage?«

Ich blinzele. »Ähm ...«

»Hier.« Er schiebt sanft die Wärmedecke von mir weg und legt seine warme Handfläche auf meinen Unterleib. »Versuchen wir es einmal damit.« Er bewegt seine Hand mit einem leichten Druck in einer kreisförmigen Bewegung, und nach einigen Minuten lassen das Ziehen und die Krämpfe nach, da die Hitze seiner Haut und die massierenden Bewegungen das Schlimmste der schmerzhaften Anspannung verjagen.

»Besser?«, fragt er leise, als ich meine Augen in glückseliger Erleichterung schließe, und ich nicke, während meine Gedanken abschweifen, als mich wohlige Müdigkeit überkommt.

»Das ist wirklich schön, danke«, murmele ich und schlafe ein, während er mich weiterhin beruhigend massiert.

4 2

———

*P*eter

Ich betrachte Sara einige Minuten lang, während sie schläft, und stehe dann leise auf, um das Schlafzimmer zu verlassen. Ich könnte stundenlang an ihrer Seite sitzen und sie einfach nur anschauen, aber um zwölf habe ich ein Telefonat mit einem potentiellen Kunden und muss davor noch einige Dinge mit Anton besprechen.

Ich benötige einige Minuten, um die Küche aufzuräumen, und dann bin ich auch schon auf dem Weg. Ich verlasse das Haus durch die Hintertür und nehme die Abkürzung über den Garten des Nachbarn. Ilyas gepanzerter Geländewagen parkt zwei Straßen weiter, und während ich dorthin gehe, achte ich aufmerksam auf alles um mich herum: das entfernte Bellen eines kleinen Hundes, ein Eichhörnchen, das in Windeseile die

Straße überquert, die Marke der Schuhe eines Joggers, der gerade um die Ecke verschwindet ... Diese Überachtsamkeit ist genauso ein Teil von mir wie meine Reflexe in Lichtgeschwindigkeit, und beide haben mir unzählige Male das Leben gerettet.

Ilya lässt den Wagen an, als ich mich nähere, und sobald ich einsteige, fährt er los, folgt der Straße in diesem Vorort genau 4,8 km/h zu schnell.

Er glaubt daran, dass man sich wie ein typischer Zivilist verhalten muss, um nicht aufzufallen, bis hin zu kleinen Verkehrsüberschreitungen.

»Irgendwelche Probleme?«, frage ich ihn auf Russisch, und er schüttelt seinen rasierten Kopf.

»Alles ruhig, so wie immer.«

Im Gegensatz zu seinem Bruder und Anton hört sich Ilya nicht enttäuscht an, als er das sagt. Ich denke, dass er unseren kleinen Aufenthalt in der Vorstadt genießt, auch wenn er es nie zugeben würde. Von den vier Personen, die den Kern unseres Teams bilden, sieht Ilya wegen seiner Totenkopftätowierungen und seinem starken Kiefer durch seinen jugendlichen Flirt mit den Steroiden am ehesten wie der typische Kriminelle aus. Sein Zwillingsbruder Yan könnte andererseits dank seiner penibel gründlich gebügelten Kleidung und dem konservativen Schnitt seines braunen Haars für einen Professor oder einen Banker gehalten werden. Was die Persönlichkeit betrifft, ist es allerdings Yan, der einen Lebensstil voller Adrenalinhochs braucht, während Ilya sich lieber Strategien und der Arbeit im Hintergrund widmet.

Ich nehme an, dass Ilya, wenn er nicht seinem Bruder in die Armee gefolgt wäre, ein Programmierer oder Steuerberater geworden wäre.

»Gibt es etwas Neues von den Amerikanern?«, frage ich, als wir an einer Ampel halten. Da meine Männer ziemlich beschäftigt sind, benutze ich Ortsansässige als zusätzliche Sicherheitsmaßnahmen. Ihr Job ist es, Sara im Auge zu behalten, wenn sie nicht bei mir ist, und uns zu alarmieren, falls es in der Nachbarschaft ungewöhnliche Aktivitäten gibt.

»Nein. Dein Mädchen weicht kaum von ihrer Routine ab, aber ich bin mir sicher, dass du das weißt.«

Ich nicke und fahre mit den Augen die sauber geschnittenen Rasen in den Vorgärten ab, an denen wir auf dem Weg zu unserem geheimen Unterschlupf vorbeifahren. Irgendetwas stört mich, aber ich kann nicht genau sagen, was. Vielleicht ist es einfach zu still im Moment, ohne bevorstehende Jobs und kaum einem Fortschritt darin, den General aus North Carolina zu finden, der der Letzte auf meiner Liste ist. Dieser paranoide Ficker ist mit seiner ganzen Familie verschwunden und hat seine Spuren so gut verwischt, dass selbst die Hacker, die ich auf ihn angesetzt habe, Schwierigkeiten haben, ihn zu finden.

Wahrscheinlich werde ich irgendwann persönlich nach North Carolina gehen müssen, um zu sehen, was ich dort herausfinden kann.

»Sag ihnen, dass ich die nächsten Berichte selbst auswerten möchte«, meine ich zu Ilya, als wir in die Einfahrt zu unserer geheimen Unterkunft einbiegen. »Und sag ihnen, dass sie ihren Radius um zwanzig Straßen erhöhen sollen, nicht zehn. Sollte jemand in Saras Nachbarschaft oder in der Nähe ihres Krankenhauses nur niesen, will ich es wissen.«

»Verstanden«, erwidert Ilya, und ich springe aus dem Auto.

Vielleicht bin ich paranoid, aber ich werde es nicht zulassen, dass mir jemand das kaputtmacht, was ich mit Sara habe.

Ich brauche sie zu sehr, um das Risiko einzugehen, sie zu verlieren.

Als ich nach Hause komme, liegt sie mit einem Heizkissen und einem Tablet auf dem Sofa, ihre schlanken Glieder sind anmutig an ihren Körper gezogen und ihre braunen Haare auf ihrem Kopf zu einem unordentlichen Knoten gebunden. Selbst in Jogginghose und einem riesigen Sweatshirt sieht mein Vögelchen immer noch so aus, als könne sie in einem Schwarzweißfilm mitspielen, da ihre zarten Gesichtszüge durch die losen, lockeren Haarsträhnen, die sich um ihr herzförmiges Gesicht legen, betont werden.

Ich kann kaum atmen, als sie aufschaut und mit ihren braunen Augen mein Gesicht betrachtet. Jedes Mal, wenn ich sie sehe, will ich sie, und mein Verlangen nach ihr ist ein quälender Hunger in meiner Brust. In den letzten drei Wochen habe ich sie so oft gehabt, dass sich mein Verlangen nach ihr gelegt haben sollte, aber es ist nur stärker geworden, hat sich unerträglich intensiviert.

Ich will sie und ich will das – die ruhige Freude, ihr Leben zu teilen, zu wissen, dass ich sie mitten in der Nacht umarmen kann und sie am nächsten Morgen mir gegenüber am Küchentisch sitzen sehen kann. Ich möchte mich um sie kümmern, wenn sie krank ist, und mich in ihrem Lächeln sonnen, wenn es ihr gutgeht. Und manchmal, wenn meine Trauer aufsteigt, möchte ich ihr auch wehtun – ein Drang, den ich mit meiner ganzen Kraft unterdrücke.

Sie gehört mir, und ich werde sie beschützen.

Auch vor mir selbst.

»Wie fühlst du dich?«, frage ich und gehe zum Sofa. Ich hatte keine Gelegenheit, sie heute Morgen zu ficken, und ich bin schon allein von ihrem Anblick halb hart. Allerdings muss sich meine Lust mit der Rückbank zufriedengeben, da mein Bedürfnis, sicherzugehen, dass sie gesund ist und es ihr gutgeht, überwiegt.

Sara wird nicht von ihren Menstruationsbeschwerden sterben, aber ich möchte nicht, dass sie Schmerzen hat.

»Besser, danke«, antwortet sie und legt ihr Tablet neben sich. Es sieht so aus, als habe sie sich darauf Musikvideos angeschaut – etwas, was ich sie schon häufiger tun sehen habe, wenn sie sich entspannen wollte.

»Mach ruhig weiter«, sage ich und nicke Richtung Tablet. »Ich muss Abendessen machen, also hör meinetwegen nicht damit auf.«

Sie macht keine Anstalten, ihr Tablet wieder in die Hand zu nehmen, sondern legt ihren Kopf zur Seite und betrachtet mich, als ich zur Spüle gehe, um meine Hände zu waschen und die Zutaten für die einfache Mahlzeit herauszunehmen, die ich für heute Abend vorbereitet habe: die Hühnchenbrust, die ich letzte Nacht eingelegt habe, und frisches Gemüse für einen Salat.

»Weißt du eigentlich, dass du nie meine Frage beantwortet hast?«, meint sie nach einer Minute. »Wieso tust du das alles wirklich? Was ist dein Vorteil aus dieser ganzen Häuslichkeit? Hat ein Mann wie du nichts Besseres zu tun? Ich weiß nicht ... zum Beispiel sich von einem Gebäude abzuseilen oder etwas in die Luft zu jagen?«

Ich seufze. Sie ist einmal wieder bei dem Thema. Meine ehrgeizige junge Ärztin kann nicht verstehen, dass ich das einfach gerne mache – für sie und für mich selbst. Ich kann die

Zeit nicht zurückdrehen, um mehr Zeit mit Pasha und Tamila zu verbringen, kann meinem jüngeren Ich nicht den Rat geben, die Arbeit für die Dinge, die wirklich wichtig sind, zurückzuschrauben, weil alles in einem Augenblick verschwinden könnte. Ich kann mich nur auf meine Gegenwart konzentrieren, und meine Gegenwart ist Sara.

»Meine Frau hat mir beigebracht, einfache Gerichte zu kochen«, erwidere ich, während ich die Hähnchenbrust in die Pfanne lege, bevor ich beginne, den Salat zu machen. »In ihrer Kultur kochten eigentlich immer die Frauen, aber sie war nicht sehr traditionell. Sie wollte sicherstellen, dass ich mich um unseren Sohn kümmern könnte, sollte ihr etwas zustoßen, und um ihr einen Gefallen zu tun, habe ich zugestimmt, einige Rezepte zu lernen – und dabei herausgefunden, dass ich gerne koche.« Ein vertrauter Schmerz zieht bei diesen Erinnerungen meine Brust zusammen, aber ich schiebe die Trauer beiseite und konzentriere mich auf die mitfühlende Neugier in den warmen, braunen Augen, die mich vom Sofa aus betrachten.

Manchmal bin ich mir sicher, dass Sara mich nicht hasst.

Zumindest nicht die ganze Zeit.

»Also hast du damit begonnen, für deine Frau zu kochen?«, fragt sie, als ich einige Augenblicke lang schweige, und ich nicke, während ich das geschnittene Gemüse vom Brett in die Schüssel gebe.

»Das habe ich, aber ich habe nur einige Grundlagen gelernt, bis sie gestorben ist«, sage ich, und auch wenn ich es nicht möchte, ist meine Stimme durch den unterdrückten Schmerz ganz rau und spröde. »Zwei Monate nach dem Massaker bin ich in Moskau an einer Kochschule vorbeigegangen und spontan eingetreten, um einen Kochkurs zu besuchen. Ich weiß nicht, warum ich das getan habe, aber als ich fertig war, und mein Borscht auf dem Herd köchelte, habe ich mich ein kleines bisschen besser gefühlt. Es war etwas, auf was ich mich konzentrieren konnte, etwas Greifbares und Reales.«

Etwas, was die kochende Wut in mir abkühlte und es mir ermöglichte, Strategien zu entwickeln und meine Rache wie ein Rezept zu planen, Schritt für Schritt und mit den Zutaten, die ich benötigen würde.

Diesen letzten Teil sage ich nicht laut, weil Saras Gesicht immer weicher wird. Ich nehme an, dass mein kleines Hobby mich in ihren Augen menschlicher macht. Ich mag das, also erzähle ich ihr nicht, dass ich in Moskau war, um meinen ehemaligen Vorgesetzten, Ivan Polonsky, dafür zu töten, dass er an der Vertuschung des Massakers beteiligt war – oder dass ich eine Stunde nach Ende des Kurses seine Kehle aufgeschlitzt habe.

Sein Blut hatte an jenem Tag sehr große Ähnlichkeit mit Borscht.

»Ich nehme an, dass man nie weiß, was man hat, bis man es verliert«, meint Sara nachdenklich, während sie das Heizkissen an sich drückt, und ihr wehmütiger Ton lässt meine Eifersucht aufflackern.

Ich hoffe, dass sie nicht an ihren Ehemann denkt, weil er meiner Meinung nach kein großer Verlust ist.

Dieser *sookin syn* hat bekommen, was er verdient hatte.

Als das Essen fertig ist, kommt Sara zu mir an den Tisch, und während des Essens rede ich von einigen der Städte, in denen ich Kochstunden genommen habe: Istanbul, Johannesburg, Berlin, Paris, Genf ... Nachdem ich ihr die verschiedenen Küchen beschrieben habe, erzähle ich einige Anekdoten über temperamentvolle Küchenchefs, und ein echtes Lächeln erhellt ihr Gesicht, während sie mir zuhört. Um ihr die Laune nicht zu verderben, lasse ich alle dunklen Teile aus – wie die Tatsache, dass Interpol mich in Paris aufgespürt hatte und ich meinen Weg aus dem Gebäude, in dem sich die Kochschule befand, freischießen musste, oder dass ich in Berlin vor der Kochstunde das Auto eines Opfers in die Luft gejagt habe – und wir beenden unsere Mahlzeit in einer harmonischen Atmosphäre, und Sara hilft mir beim Tischabräumen, bis ich sie wegschicke.

»Ruhe dich aus«, sage ich ihr. »Geh dich duschen und dann ins Bett. Ich komme gleich nach.«

Ihr Gesichtsausdruck wird vorsichtig. »Okay, aber ich habe begonnen zu bluten.«

»Na und? Meinst du, dass mich ein wenig Blut abschrecken kann?« Ich grinse, als ich ihren Gesichtsausdruck sehe. »Ich mache nur einen Scherz. Ich weiß, dass du dich nicht gut fühlst. Ich werde dich einfach nur im Arm halten, wie in der guten alten Zeit.«

»Aha, verstehe.« Sie antwortet mit einem Lächeln, das sich echt und warm auf ihrem Gesicht ausbreitet. »In diesem Fall sehe ich dich gleich oben.«

Sie eilt aus der Küche, und ich stehe einfach nur da, weil ich nicht atmen kann. Ich fühle mich, als hätte ich gerade ein Messer in den Bauch bekommen.

Scheiße, dieses Lächeln ... Dieses Lächeln war alles, was ich brauche.

Zum ersten Mal verstehe ich, warum ich mich in ihrer Nähe so fühle.

Zum ersten Mal verstehe ich, wie sehr ich sie liebe.

43

Sara

SONNTAGMORGEN FÜHLE ICH MICH BESSER UND BESCHLIEẞE, meine Eltern zu besuchen. Ich habe sie seit Peters Rückkehr nur einmal gesehen, da ich zu sehr mit meinem Stalker beschäftigt war und Angst hatte, sie in Gefahr zu bringen. Allerdings bin ich immer mehr davon überzeugt, dass Peter ihnen nicht absichtlich wehtun würde. Er schätzt Familie zu sehr, um mir das anzutun.

Solange ich seinen Forderungen nachgebe, sollten meine Eltern sich in Sicherheit befinden.

Meine Mutter ist außer sich vor Freude, als ich sie anrufe, und wir planen, mittags Sushi essen zu gehen. Als ich Peter Bescheid gebe, nickt er abwesend und tippt etwas in sein Telefon.

»Was schreibst du?«, frage ich vorsichtig.

»Ich gebe nur meinen Männern Bescheid, dass ich heute doch vorbeikomme«, antwortet er und legt sein Telefon weg. »Warum? Wolltest du mich dabeihaben?« Seine grauen Augen leuchten, als er mich anblickt.

Ich lache. »Nein, ich denke, der Teil, in dem das FBI das Restaurant stürmt, um einen der meistgesuchten Verbrecher festzunehmen, könnte ein Appetitzügler sein.«

Peter lacht nicht, und ich verstehe, dass er es ernst gemeint hat.

»Du ... du würdest dich mit mir in der Öffentlichkeit zeigen?«

»Warum nicht?« Er zieht seine Augenbraue kühl in die Höhe. »Ich habe mich ja auch bei Starbucks mit dir getroffen, oder etwa nicht?«

»Ja schon, aber das war, na ja, davor. Ich meine – ist auch egal.« Ich hole tief Luft. »Ich nehme also an, dass du keine Angst hast, in der Öffentlichkeit gesehen zu werden?«

»Ich würde nicht gerade vor dem örtlichen FBI-Gebäude hin und her spazieren, aber ich kann ab und an zu einem Mittag- oder Abendessen gehen, wenn ich den Ort vorher ansehen und sichergehen kann, dass es dort keine Überwachungskameras gibt.«

»Oh.« Ich kaue die Innenseite meiner Lippe, als ich meine Tasche nehme. »Vielleicht können wir ja nächste Woche mal abendessen gehen ...«

»Aber nicht heute«, sagt er, und ich nicke, da ich nicht weiß, was ich sonst tun soll. Ich werde auf keinen Fall Georges Mörder meinen Eltern vorstellen.

Es ist schlimm genug, dass ich ihm gerade angeboten habe, mit ihm Abendessen zu gehen.

»Alles klar. Wir sehen uns, wenn du zurückkommst«, sagt er, und ich gehe, bevor er noch etwas anderes vorschlagen kann – wie gemeinsame Tattoos oder eine Hochzeit am Strand.

Das ist völlig verrückt, und der verrückteste Teil ist, dass es beginnt, sich normal anzufühlen.

Ich gewöhne mich daran, Peter in meinem Leben zu haben.

Beim Mittagessen erzähle ich meinen Eltern, dass ich mich dazu entschieden habe, das Haus nicht zu verkaufen. Ich habe ihnen bereits vor zwei Wochen gesagt, dass das Angebot der Rechtsanwälte nicht hoch genug war, also sind sie nicht besonders überrascht von meiner Entscheidung. Eigentlich freuen sie sich sogar, da das Haus nur zwanzig Minuten von ihnen entfernt liegt, während es von meinem neuen Apartment mindestens fünfundvierzig Minuten gewesen wären.

»Es ist ein schönes Haus«, meint mein Vater, während er sich etwas Sojasauce eingießt. »Ich denke, das ganze Apartment-Ding war eine Überreaktion. Du bist jung, aber die Zeit vergeht schnell, und irgendwann wirst du vielleicht darüber nachdenken wollen, eine Familie zu gründen. Du weißt schon, ausgehen und einen Mann treffen ...«

»Hör auf damit, Chuck«, ermahnt ihn meine Mutter. »Sara hat noch genug Zeit.« Sie dreht sich zu mir um und sagt mit sanfterer Stimme: »Lass dir so viel Zeit, wie du brauchst, mein Liebling. Lass dich von deinem Vater zu nichts drängen. Wir *sind* froh, dass du das Haus behältst, aber das bedeutet nicht, dass wir erwarten, in nächster Zeit Großeltern zu werden«

»Mama, bitte.« Es fällt mir schwer, nicht mit den Augen zu rollen, so als sei ich noch in der Highschool. Meine Eltern spielen guter Polizist, böser Polizist mit mir, wahrscheinlich, um mir den Gedanken »auszugehen und einen netten Mann zu treffen« in den Kopf zu setzen. »Wenn ich vorhaben sollte, Enkelkinder zu produzieren, werden du und Papa die Ersten sein, die davon erfahren, versprochen.«

Meine Mutter schenkt meinem Vater ein glückliches Lächeln. »Siehst du? Sie wird ausgehen, sobald sie bereit dazu ist.«

»Genau.« Ich beschäftige mich damit, meine Essstäbchen zu trennen. »Sobald ich bereit bin.« Was, so wie mein Leben gerade verläuft, niemals sein könnte. Oder zumindest nicht, bis Peter gelangweilt von mir ist – wonach es allerdings immer weniger aussieht. Wenn überhaupt, habe ich den Eindruck, dass er immer fixierter auf mich wird, dass seine grauen Augen mich mit einem besonderen Leuchten anschauen, das einen warmen Schauer über meinen Rücken jagt.

Bevor ich den Grund dafür analysieren kann, bringt der Kellner unser Sushiboot, und meine Eltern bewundern mit vielen *Ahs* und *Ohs* den kunstvoll angerichteten Fisch und verschonen mich mit weiteren ihrer nicht wirklich subtilen Überredungsversuche. Ich wünschte, ich könnte ihnen die Wahrheit sagen, aber es gibt keine Möglichkeit, ihnen von Peter zu erzählen, ohne ihnen wahnsinnige Angst zu machen.

Ich bin mir auch immer noch nicht sicher, wie ich überhaupt mit dieser ganzen Sache zurechtkomme.

AM ENDE DER WOCHE IST MEINE MENSTRUATION ABGEKLUNGEN, und die darauffolgende Woche bin ich wieder mit vollem Einsatz dabei. Neben meinen normalen Schichten habe ich zwei Rufbereitschaften am Anfang der Woche und eine dreistündige Schicht in der Klinik. Ich arbeite so viel, dass ich kaum zu Hause bin, aber Peter beschwert sich nicht, auch wenn ich spüren kann, dass er mehr als unglücklich mit dieser Situation ist. Trotz meiner Periode hatten wir in den letzten Tagen Sex – er hat nicht über seine Unempfindlichkeit gelogen –, und jedes Mal war er ungewöhnlich hungrig, seine Berührungen hemmungslos und grenzwertig grob.

Es fühlt sich an, als habe er Angst, dass er mich verlieren könnte, so als höre er irgendeine Uhr ticken.

Freitag verbringe ich den Großteil des Tages in meinem Behandlungszimmer, aber gerade als ich nach Hause gehen will, bekomme ich eine dringende Nachricht, dass bei einer meiner Patientinnen die Wehen eingesetzt haben. Ich unterdrücke ein müdes Seufzen und eile in die Umkleide, um mich für die Geburt fertigzumachen, als ich in Marsha renne, die gerade ihre Schicht beendet hat.

»Hallo«, sagt sie und schneidet eine mitfühlende Grimasse. »Fängst du gerade erst an?«

»Sieht so aus«, antworte ich und stopfe meine Kleidung in den Spind. »Geht ihr heute Abend wieder aus?«

»Nein. Andy schafft es nicht, und Tonya ist mit dem niedlichen Barmann beschäftigt. Erinnerst du dich an ihn?«

Ich binde mir meine Haare zu einem Pferdeschwanz zusammen. »Der aus dem Klub, in dem wir waren?« Als Marsha mir zunickt, frage ich: »Ja, warum? Sind sie zusammen?«

»Du hast es erraten.« Marsha grinst. »Aber ich sehe schon, dass du es eilig hast, also lasse ich dich in Ruhe. Ruf mich an, falls du dieses Wochenende etwas unternehmen möchtest.

Andy macht morgen Abend ein Barbecue, und ich bin mir sicher, dass sie sich sehr freuen würde, wenn du kämst.«

»Danke. Ich melde mich, wenn ich es schaffe«, antworte ich und eile aus dem Umkleidezimmer. Ich weiß, dass ich sie nicht anrufen werde, und dieses Mal nicht, weil ich Angst um meine Freunde habe.

So gut sich Barbecue auch anhört, ich freue mich wirklich auf eine ruhige Zeit am Wochenende zu Hause.

Mit Peter.

Dem Mann, den ich nicht hassen kann.

EINIGE STUNDEN SPÄTER SCHLEPPE ICH MICH ERSCHÖPFT ZURÜCK zum Umkleideraum. Die Gebärmutter meiner Patientin ist gerissen, und ich musste einen Notkaiserschnitt machen, um sie und das Baby zu retten. Zum Glück geht es beiden gut, aber ich habe von dem Hunger und meiner extremen Müdigkeit rasende Kopfschmerzen.

Ich kann es kaum erwarten, nach Hause zu kommen, das aufzuwärmen, was Peter gekocht hat, und wenn ich Glück habe, bekomme ich vielleicht sogar noch eine Massage zum Einschlafen.

»Dr. Cobakis?«

Die weibliche Stimme hört sich entfernt bekannt an, und ich wirbele mit rasendem Puls herum. Hinter mir steht Karen, die Agentin beziehungsweise Krankenschwester des FBI, die bei Agent Ryson war, als ich nach Peters Angriff aufgewacht bin. Wie das letzte Mal trägt sie einen Schwesternkittel, auch wenn ich weiß, dass sie nicht in diesem Krankenhaus arbeitet.

Sie muss versuchen, nicht aufzufallen.

»Karen?« Ich versuche, mich nicht nervös anzuhören. »Was tun Sie hier?«

Sie kommt auf mich zu und bleibt einen halben Meter vor mir stehen. »Ich wollte mit Ihnen an einem Ort reden, an dem uns niemand sehen würde, und das hier schien eine günstige Gelegenheit zu sein.«

Ich schaue mich im Umkleideraum um. Sie hat recht: um diese Uhrzeit sind wir die beiden Einzigen hier. »Warum?« Ich wende meine Aufmerksamkeit wieder ihr zu. »Was ist los?«

»Vor einigen Monaten haben Sie sich an Agent Ryson gewandt«, sagt sie leise. »Sie haben gesagt, dass Sie sich beobachtet fühlten. Damals haben wir Ihre Beunruhigung abgetan, aber jetzt haben wir neue Informationen bekommen.«

Mein Hals verengt sich. »Was ... was für neue Informationen?«

»Sie haben mit Peter Sokolov zu tun, dem Deserteur, der Sie in Ihrem Zuhause überfallen hat.«

»Ach?« Meine Stimme ist eine Oktave zu hoch.

»Er wurde in dieser Gegend gesehen, nur einige Straßen von diesem Krankenhaus entfernt. Eine versteckte Verkehrskamera hat sein Gesicht aufgenommen, und unser Gesichtserkennungsprogramm hat das Foto gemeldet.« Sie legt ihren Kopf schief. »Sie wissen nicht zufällig etwas darüber, Dr. Cobakis, oder?«

»Ich ...« Mein Herzschlag dröhnt in meinen Ohren, und meine Gedanken drehen sich vor Panik rasend schnell im Kreis. Das ist sie, meine Chance, Hilfe zu bekommen, ohne dass Peter weiß, dass ich mit jemandem gesprochen habe. Das FBI weiß bereits, dass er hier ist, und es wird keine Ruhe geben, bis er nicht gefunden ist. Ich kann ihre Chancen auf Erfolg erhöhen, ihnen sagen, dass er höchstwahrscheinlich in meinem

Haus ist, und wenn sie ihn und seine Männer fassen, wird es wirklich vorbei sein.

Ich würde mein eigenes Leben wiederhaben.

»Alles ist in Ordnung, Dr. Cobakis.« Karen legt sanft eine Hand auf meinen Arm. »Ich weiß, dass das alles ein sehr großer Stress für Sie ist, aber wir werden sicherstellen, dass Sie sich in Sicherheit befinden. Bitte denken Sie einfach an die letzten Wochen. Ist Ihnen vielleicht jemand gefolgt? Hatten Sie in letzter Zeit wieder das Gefühl, dass Sie beobachtet werden?«

Die ganze Zeit über, weil ich beobachtet *werde*. Das will ich ihr sagen, aber ich spreche diese Worte nicht aus. Stattdessen atme ich immer schneller, bis ich hyperventiliere. Peter wird sich nicht einfach ruhig festnehmen lassen, wenn die Agenten ihn holen kommen; er wird kämpfen, und Menschen werden ums Leben kommen. *Er* könnte getötet werden. Übelkeit steigt in meinem Hals auf, als ich mir seinen starken, von Kugeln zerlöcherten Körper vorstelle, seine durchdringenden, metallischen Augen leblos und vom Tod gezeichnet. Das sollte eine Vorstellung sein, über die ich mich freue, aber stattdessen macht sie mich krank, und mein Brustkorb zieht sich schmerzhaft zusammen, als ich mir vorstelle, wie mein Leben ohne ihn sein würde.

Wie frei – und wie allein – ich wieder sein würde.

»Ich ... Nein.« Ich trete kopfschüttelnd einen Schritt zurück. Ich weiß, dass ich nicht klar denke, aber ich kann es einfach nicht sagen. Mein Mund kann die Worte einfach nicht formen. »Ich habe nichts bemerkt.«

Karen runzelt ihre Stirn. »Nichts? Sind Sie sicher? Unseres Wissens nach sind Sie und Ihr verstorbener Mann seine einzige Verbindung zu dieser Gegend.«

»Ja, ich bin mir sicher.« Ich höre mich wie eine Fremde an,

als ich diese Lügen ausspreche. Meine Kopfschmerzen werden immer stärker, bis sie zu einem Trommelschlag in meinem Kopf werden, und ich fühle mich, als müsste ich mich gleich übergeben. Meine Gedanken springen von einer Alternative zur nächsten, und mein Kopf fühlt sich an wie eine Ratte in einem Labyrinth. Ich weiß nicht einmal, warum ich lüge. Es ist vorbei. So oder so ist es vorbei – weil sie jetzt, da sie wissen, dass er sich in der Gegend aufhält, nach ihm suchen *werden*, egal, was ich sage. Und wenn sie es nicht schaffen, ihn zu töten oder festzunehmen, könnte er denken, dass ich ihn verraten habe, und seine Drohung wahrmachen, mich zu entführen, vielleicht sogar Menschen bestrafen, die mir nahestehen, um mir eine Lektion zu erteilen.

Ich *sollte* dem FBI helfen. Das wäre meine beste Chance, meine Freiheit wiederzuerlangen.

»In Ordnung«, sagt Karen, als ich nichts weiter sage. Wenn Ihnen noch etwas einfällt, hier ist meine Nummer.« Sie gibt mir eine Karte, während sie sagt: »Wir wollen ihn nicht warnen, falls er Sie aus irgendeinem Grund überwacht, also werden wir Sie nicht sofort in Schutzhaft nehmen. Stattdessen werden wir Sie diskret überwachen, und wenn wir etwas Ungewöhnliches bemerken – und ich meine schon die kleinste Abweichung –, werden wir schnell reagieren, um Ihre Sicherheit zu gewährleisten. In der Zwischenzeit tun Sie bitte die gleichen Sachen wie immer, und ich versichere Ihnen, dass der Mann, der Ihren Ehemann getötet hat, für das, was er getan hat, bezahlen wird.

»Okay. Das ... das werde ich tun.« Da meine Selbstbeherrschung nur noch an einem seidenen Faden hängt, nehme ich meine Tasche aus dem offenen Schrank, schließe ihn und verlasse schnell den Raum.

Ich bin schon fast an meinem Auto, als mir auffällt, dass ich noch meine OP-Kleidung trage.

Dank Karens Überfall habe ich vergessen, mich umzuziehen.

HEAVY METAL DRÖHNT AUS DEN LAUTSPRECHERN, ALS ICH VOM Parkplatz fahre und mich selbst für meine Dummheit verfluche. Trotz meiner Kopfschmerzen beruhigt mich die Musik, da die lauten Klänge geordneter sind als das verrückte Durcheinander in meinem Kopf. Ich kann gar nicht glauben, dass ich Karen nichts erzählt habe und sie auch nicht um die Hilfe des FBI gebeten habe, als ich die Gelegenheit dazu hatte. Jetzt weiß ich nicht, was ich tun soll, wie ich mich verhalten oder wohin ich gehen soll. Soll ich nach Hause gehen, obwohl das FBI mich überwacht? Und wenn ich es tue, werden sie bemerken, dass Peter da ist, oder werden seine Vorsichtsmaßnahmen, wie nicht in meiner Einfahrt zu parken, seine Anwesenheit verheimlichen? Vielleicht sollte ich lieber zu meinen Eltern oder in ein Hotel gehen – oder einfach irgendwo im Krankenhaus schlafen. Aber was ist mit Peters Männern, die mir überallhin folgen? Sie würden bemerken, dass etwas nicht stimmt, und Peter könnte mich suchen, und wer weiß, was dann passiert. Und überhaupt, wird das FBI zuerst meine Bodyguards entdecken oder werden diese zuerst die Agenten bemerken und Peter benachrichtigen? Wird er schon weg sein, wenn ich nach Hause komme, um den Behörden ein für alle Mal zu entgehen?

Wie schlimm habe ich es versaut?

Meine Hände am Lenkrad sind weiße Knöchel, und mein

Kopf dreht sich von meiner Unterhaltung mit Karen, die ich immer wieder in Gedanken durchgehe. Mein Gott, ich hatte so viele Gelegenheiten, ihr die Wahrheit zu sagen, ihr die ganze Situation zu erklären und die Experten alles regeln zu lassen. Warum habe ich das nicht getan? Wie konnte ich nur so dumm sein? Nachdem mir aufgefallen war, dass ich mich nicht umgezogen hatte, bin ich zurückgegangen und habe mir gesagt, dass ich dieses Mal das Richtige tun würde, sollte Karen noch da sein – das war sie nicht.

Sie war bereits gegangen, und ich war erleichtert, weil ich tief in mir wusste, dass ich es nicht getan hätte.

Auch wenn Peters Drohung mich immer noch belastet, kann ich es nicht über mich bringen, die Konfrontation auszulösen, die seinen Tod bedeuten könnte.

Während Metallica im Hintergrund dröhnt, fahre ich wie ferngesteuert und bin so sehr in Gedanken, dass ich nicht einmal bemerke, dass mein Unterbewusstsein bereits mein Ziel ausgewählt hat. Erst als ich in meine Straße einbiege, dämmert es mir, wohin ich fahre, aber da ist es bereits zu spät.

Ich bin zu Hause.

4 4

S*ara*

Ich zittere, als ich aus der Garage ins Haus trete, mein Hals ist vor Angst wie zugeschnürt, und mein Herz schlägt synchron zu dem Pochen in meinem Kopf. Es ist schon weit nach Mitternacht, und alles ist dunkel, aber ich kann den leckeren Duft des Essens riechen, das Peter gekocht hat. Mein Magen knurrt, da mein Körper trotz des Adrenalins, das durch meine Adern schießt, auf Nahrung besteht. Ich muss gleich etwas essen, aber zuerst muss ich herausfinden, wo Peter ist und ob er weiß, was gerade passiert.

»Hast du Hunger?«

Die vertraute tiefe Stimme erschreckt mich so sehr, dass ich mit einem panischen Aufschrei wegspringe.

Ein Licht geht an und beleuchtet Peters Gestalt auf dem

Sofa im Wohnzimmer. Trotz der angenehmen Temperaturen trägt er seine Lederjacke, und sein kräftiger Körper liegt so entspannt da, dass er mich an ein dösendes Raubtier erinnert.

»Ähm, ja.« *Oh Gott, weiß er Bescheid?* Warum liegt er im Dunkeln? »Bei einer meiner Patientinnen haben die Wehen eingesetzt, und ich habe das Abendessen verpasst.«

»Hast du?« Peter stellt sich mit einer geschmeidigen Bewegung hin. »Das ist nicht gut. Komm, iss etwas, bevor du ohnmächtig wirst.«

Ich folge ihm auf zitterigen Beinen in die Küche. Die Tatsache, dass er hier ist und Essen für mich warm macht, muss bedeuten, dass seine Männer nicht bemerkt haben, dass mir das FBI folgt. Bedeutet das, dass das Gleiche auch umgekehrt gilt? Könnten die FBI-Agenten, die mich überwachen, ebenfalls diejenigen übersehen haben, von denen Peter mich überwachen lässt?

Meine Hände und Füße sind durch den Stress ganz eisig, und ich weiß, ich muss wie der aufgewärmte Tod aussehen, während ich meine Hände wasche und mich hinsetze. Ich hoffe, dass Peter meine Blässe auf meine Müdigkeit schiebt und nicht auf die Tatsache, dass das FBI jeden Moment mein Haus stürmen könnte.

Er stellt einen Teller herzhafte Gemüsesuppe und eine Scheibe knuspriges Sauerteigbrot vor mich, setzt sich danach mir gegenüber auf seinen normalen Platz und schaut mir mit ausdruckslosem Gesicht dabei zu, wie ich meinen Löffel in die Hand nehme und ihn in die Suppe eintauche. Meine Hände zittern leicht, eine Tatsache, die ihm nicht entgehen kann, die er aber hoffentlich auch meiner Erschöpfung zuschreibt. Wenn nicht, falls er etwas vermutet, könnten die Dinge schnell den Bach runtergehen. Er könnte mich schneller fesseln und in ein

Versteck im Ausland schleifen, als meine Wachhunde des FBI Verstärkung rufen könnten.

Scheiße, warum gehe ich so ein Risiko ein? Warum habe ich Karen nicht einfach alles erzählt?

Doch auch wenn ich mich dafür in den Hintern trete, kenne ich die Antwort auf diese Frage. Sie sitzt vor mir und blickt mich so intensiv mit ihren grauen Augen an, dass mir gleichzeitig heiß und kalt wird. Ich sollte frei von meinem Peiniger sein wollen, sollte alles tun, was in meiner Macht steht, um ihn aus meinem Leben verschwinden zu lassen, aber ich kann nicht. Ich bin nicht verrückt genug, ihn zu warnen und das Risiko einzugehen, entführt zu werden, aber ich bringe es auch nicht übers Herz, den Moment zu beschleunigen, an dem die Gerechtigkeit ihn einholt und er entweder kämpfen oder fliehen muss.

Das wird sowieso geschehen, und alles, was ich tun muss, ist, zu überleben.

»Du arbeitest zu viel«, sagt Peter leise und legt seinen Kopf schief, während er mich anschaut. Ich atme zitternd aus.

Gott sei Dank. Er schiebt meine Nervosität auf meine Müdigkeit.

»Du solltest einen Gang runterschalten, Ptichka, die Dinge langsamer angehen«, fährt er fort, und ich nicke, wobei ich meinen Teller anschaue, um seinem eindringlichen Blick zu entgehen.

»Ja, ich nehme an, damit hast du recht.« Ich beiße vom Brot ab, nehme einen Löffel Suppe und konzentriere mich auf die köstlichen Aromen, um den Aufruhr in meinem Kopf zum Schweigen zu bringen. Ich bin nur teilweise erfolgreich, aber es reicht aus, um einen weiteren und dann noch einen Löffel zu essen.

Ich habe bereits mein Brot und fast die Hälfte meiner Suppe gegessen, als ich genug Mut zusammengenommen habe, um wieder aufzuschauen. »Warum hast du hier auf mich gewartet?«, frage ich, als ich mich daran erinnere, wie dunkel das Haus war, als ich zurückgekommen bin. »Ich dachte, du seist schon im Bett oder duschen oder so.«

»Weil ich dich in den letzten Tagen kaum gesehen und dich vermisst habe, Ptichka.« Seine Augen strahlen diese Weichheit aus, die ich diese ganze Woche gesehen habe.

Mein Magen zieht sich zusammen, und mein Hals wird eng. »Das ... das hast du?« Das hat er mir noch nie gesagt. Auch wenn wir beide wissen, wie besessen er von mir ist, hat er nie irgendwelche echten Gefühle zugegeben.

»Ja. Hier, nimm noch ein wenig Brot.« Er schiebt eine weitere Scheibe zu mir herüber. »Du siehst immer noch viel zu blass aus.«

Ich nehme das Brot und beiße hinein, wobei ich wieder nach unten blicke, um meinen Gesichtsausdruck zu verbergen. Mein Hals wird immer enger, und in meinen Augen brennen irrationale Tränen. Warum muss er ausgerechnet heute solche Dinge zu mir sagen?« Er soll furchtbar zu mir sein, nicht nett. Ich muss mich daran erinnern, dass er ein Monster ist, ein Mörder, der Dinge getan hat, die Ted Bundy erblassen lassen würden.

Er muss mich aus meiner Fantasie reißen, damit ich ihn nicht vermisse, wenn er weg ist.

Ich schaffe es, die Tränen zurückzuhalten, während ich den Rest der Suppe esse und Peter mich schweigend betrachtet. Die Art und Weise, wie er mich einfach ohne etwas zu tun anschauen kann, so als ob ihn mein Anblick völlig fasziniert, ist beunruhigend. Ich habe ihn schon häufiger dabei ertappt, einmal bin ich sogar nachts aufgewacht, als er mich derart angeschaut hat.

Es ist gleichzeitig beängstigend und schmeichelhaft, genauso wie sein endloser Hunger auf mich.

Als mein Teller leer ist, stehe ich auf, um ihn in den Geschirrspüler zu stellen, aber Peter nimmt ihn mir aus den Händen.

»Ich mache das«, sagt er sanft und küsst mich zärtlich auf die Stirn. »Geh hoch und mach dich fertig fürs Bett. Ich bin in einer Minute da.«

Ich nicke, blinzele, um erneut aufsteigende Tränen zurückzuhalten, und gehe ohne Widerspruch nach oben. Das macht er auch häufig: mich von jeglicher Hausarbeit befreien, wenn ich müde bin, egal, wie klein die Aufgabe ist. Er muss wissen, dass es mich nicht überanstrengen wird, einen Teller in den Geschirrspüler zu stellen, aber er behandelt mich wie einen Invaliden anstatt wie eine Ärztin, die nach vielen Stunden Arbeit erschöpft ist.

Er bemuttert mich, und ich liebe es, auch wenn ich das nicht sollte. Ich sollte alles, was er tut, hassen, weil nichts davon echt ist.

Das kann es nicht sein.

ICH BIN BEREITS GEDUSCHT, ALS PETER NACH OBEN KOMMT, UND er versperrt mir den Weg aus dem Badezimmer, indem er mich gegen den Waschtisch drückt, als ich gerade meine Zähne fertig geputzt habe. Ich habe das Handtuch um mich gewickelt, aber er nimmt es ab, lässt es auf den Boden fallen, und der Anblick von uns beiden im Spiegel – meine weiße und komplette Nacktheit, während er noch völlig in schwarz gekleidet ist – lässt mein Herz vor nervöser Erregung schneller schlagen.

Er ist heute Nacht besonders hungrig – und mehr als nur ein wenig gefährlich.

Er bestätigt meine Beobachtung, indem er eine große Hand um meinen Hals legt, und obwohl er nicht zudrückt, kann ich die Dunkelheit hinter der dünnen Schicht aus Selbstkontrolle und die implizite Drohung in seiner Geste spüren. Gleichzeitig legt sich seine andere Hand auf meine Brust, und die rauen Kanten seines Daumens reiben über meinen harten Nippel. Er blickt mir über den Spiegel in die Augen, und ich sehe einen eigenartigen Hunger in den silbernen Tiefen, Lust vermischt mit Besitzanspruch und diesem intensiven Etwas, von dem ich weiche Knie bekomme, während mir heiße und kalte Schauer über den Rücken laufen.

»Schau dich an«, haucht er in mein Ohr, und ich löse meinen Blick von seinen hypnotisierenden Augen, um mich auf den Anblick zu konzentrieren, den wir abgeben: er, so groß und tödlich gutaussehend, und ich klein und weiblich, fast zerbrechlich in seiner dunklen Umarmung. »Schau nur, wie schön du bist, wie süß und weich und rein. Deine zarte Haut, so dünn und empfindlich, so verletzlich ...« Er streicht über meine Kehle, als ich schlucke, und mein Puls schlägt bei seinen Worten schneller.

»Weißt du, was ich mich manchmal frage?«, fährt er leise fort, und ich umfasse die Kante des Waschtischs, als seine harten Finger in meinen Nippel kneifen und ihn voller grausamer Absicht verdrehen. »Ich frage mich, ob ich eine Kette um diesen schönen Hals legen sollte, um dich an mich zu binden, und danach den Schlüssel wegwerfen sollte. Würdest du dann weinen, Ptichka? Wärst du wütend?« Er knabbert an meinem Ohrläppchen, seine weißen Zähne fahren über meine Haut und seine Hand bewegt sich von meiner Brust zu meinem Geschlecht. »Oder würdest du es heimlich mögen?«

Ich ziehe scharf Luft ein, zittere und bin so heiß, dass ich jeden Moment in Flammen aufgehen könnte. Das Bild, das er malt, ist gleichzeitig beängstigend und erregend, genauso düster und erotisch wie unser Spiegelbild. Dadurch, dass er seine Arme um mich gelegt hat, kann ich das Leder seiner Jacke riechen, den metallischen Reißverschluss an meinem Rücken spüren, und ein Gefühl von Verletzlichkeit überkommt mich, als seine Finger meine nassen Falten auseinanderschieben, meine Klitoris berühren, scharfe Lust mich wie ein Peitschenschlag trifft und das Gefühl der Hilflosigkeit, des völligen Kontrollverlusts, verstärkt.

»Bitte.« Meine Stimme zittert. »Bitte, Peter ...«

»Bitte was?« Seine Finger stoßen hinein und krümmen sich in mir, drücken gegen meinen G-Punkt, während seine Zähne wieder über meinen Hals fahren. »Bitte was, Ptichka? Bitte berühre mich? Bitte fick mich? Bitte geh weg?«

Ich presse meine Augen zusammen. »Bitte fick mich.« Mir ist schon nichts mehr peinlich, und ich kann es auch nicht mehr leugnen. Es fühlt sich an, als würde jede Zelle meines Körpers vor Verlangen pulsieren, aus dieser dunklen Begierde brennen, die er in mir erweckt hat. Vielleicht wäre ich unter anderen Umständen stark geblieben, hätte versucht, mich an etwas festzuhalten, um meine Würde nicht zu verlieren, aber ich bin zu erschöpft – und mir ist zu bewusst, dass es das gewesen sein könnte.

Heute Nacht könnte unser letztes Mal zusammen sein.

»Öffne deine Augen«, knurrt er, und ich gehorche benebelt, während ich gegen diese berauschende Kraft der Lust ankämpfe.

Peters Blick ist dunkel und durchdringend im Spiegel, und sein Gesicht ist durch sein gewaltiges Verlangen verzogen. Und darunter spüre ich dieses beunruhigende *Etwas*, diese Weichheit, die ich nicht wirklich definieren kann.

»Sag es mir, Sara. Sag mir, wie ich dich ficken soll. Willst du es rau«, seine Finger stoßen hinterhältig erneut in mich, »oder sanft? Hart«, er reibt mit seinem Handballen über mein Geschlecht, »oder sanft?« Er verringert den Druck und beugt seinen Kopf nach unten, um mein Ohrläppchen zu lecken, bevor er rau in mein Ohr flüstert: »Willst du Blumen und süße Worte, Ptichka? Oder willst du lieber etwas Rohes und Echtes, auch wenn die Gesellschaft es für falsch hält ... selbst wenn es nicht das ist, was du immer wolltest.

Ich atme keuchend und abgehackt durch meine Zähne, während sein Daumen meine Klitoris umkreist, und die Hitze unter meiner Haut macht es mir fast unmöglich, zu denken. Meine inneren Muskeln ziehen sich um diese rauen, eindringenden Finger zusammen, und ich verstehe nicht, was er fragt, was er von mir will. Ich brauche noch mehr dieser Lust an der Schmerzgrenze, und gleichzeitig muss ich von dieser sich immer weiter in mir aufbauenden Anspannung erlöst werden.

»Peter, bitte ...« Mein Herz rast viel zu schnell. »Oh Gott, bitte ...«

Sein Griff an meinem Hals wird fester, als seine Finger sich in mir krümmen, um erneut gegen meinen G-Punkt zu drücken. »Sag es mir, und ich ficke dich,« Seine Zähne fahren über meinen Nacken, und ich erschaudere durch das Gefühl.

»Ich werde dir genau das geben, was du möchtest, werde deine kleine, enge Muschi ausfüllen, bis du nach mehr bettelst. Sag mir, was du brauchst, und ich werde es dir geben, Sara. Ich werde dir alles und noch mehr geben.«

»Hart«, keuche ich, und meine Hände gleiten von der Kante des Waschtischs, um sich an den stählernen Säulen seiner jeansbedeckten Oberschenkel festzukrallen. Mein Geschlecht zieht sich um seine Finger zusammen, als ich meine Scham hart gegen seine Hand presse, da ich verzweifelt nach einem festeren Druck auf meine Klitoris suche. Ich weiß nicht, was ich gerade sage, aber ich weiß, was ich brauche. »Fick mich hart, Peter. Bitte ...«

Sein Kiefer spannt sich an, und ich erhasche einen Blick auf die Dunkelheit in dem grauen Leuchten seiner Augen. Plötzlich lässt er mich los und wischt mit der Hand über den Waschtisch, um ihn von den Kosmetikartikeln zu befreien. Er dreht sich blitzschnell um, hebt mich hoch und setzt mich mit weit gespreizten Beinen auf den kalten Granit. Ich blinzele ihn an, aber er macht sich bereits den Reißverschluss seiner Jeans auf und zieht mich nach vorn, bis mein Po fast von der Kante rutscht.

»Peter – oh Gott.« Ich keuche, als er mich aufspießt und so dick und hart ist, dass es sich anfühlt, als verletze er mich innerlich. Er ist seit unserem ersten Mal nicht mehr so hart gewesen, aber heute bin ich so nass, dass das gewaltvolle Eindringen mir keine Angst macht, sondern der drohende Schmerz meine Lust nur erhöht. Anstatt mich zusammenzukrampfen, bleibe ich nachgiebig und weich um seinen Schwanz, und als er in einen harten, festen Rhythmus fällt, und sich seine Finger in das weiche Fleisch meines Hinterns krallen, schlinge ich meine Beine um seine Hüften und meine Arme um seinen Hals, hänge an ihm, als sei er mein Anker im Sturm. Und das ist er vielleicht auch. Er fickt mich mit einer solchen Wut, dass ich mich wie ein Blatt in einem Sturm fühle, von seiner Gewalt überwältigt bin und von den Wellen seiner Lust hin und her geworfen werde. Das ist zu viel, zu intensiv, aber dieses Gefühl der Hilflosigkeit verstärkt meine wachsende Anspannung nur. Mit einem Schrei komme ich, ziehe mich um ihn zusammen, aber er hört nicht auf. Er macht weiter, bis ich erneut komme und dann noch einmal.

Erst als ich nach meinem dritten Orgasmus keuchend und benebelt gegen ihn sacke, lässt er seinen Orgasmus zu. Mit einem letzten, harten Stoß kommt er, und seine Scham reibt sich gegen meine, als er laut aufstöhnt. Ich spüre das Pulsieren seines Schwanzes in mir, als ich zitternd an ihm hänge, und mein Geschlecht zieht sich ein letztes Mal zusammen, ringt meinem übersensiblen Fleisch einen letzten Lustschauer ab.

Danach bin ich so fertig, dass ich kaum stehen kann, als er mich von dem Tisch hebt und mich hinstellt. Unterschwellig bemerke ich, dass ich ungewöhnlich feucht zwischen meinen Beinen bin, sogar eher klitschnass, aber erst als Peter zurücktritt und ich merke, wie die Nässe an meinem Bein hinunterläuft, verstehe ich, woher sie kommt.

»Oh Gott.« Mein Blick fällt auf seinen Schwanz, der noch immer halb erregt ist und mit einer Mischung aus unseren Flüssigkeiten glänzt. »Peter, wir ...«

»Haben vergessen, ein Kondom zu benutzen? Ja.«

Er hört sich nicht besonders besorgt an. Stattdessen sehe ich ihm entsetzt dabei zu, wie er sich wie selbstverständlich wäscht, seinen Schwanz wieder in seine Jeans steckt und den Reißverschluss schließt. Danach befeuchtet er einen

Waschlappen und wischt sanft den Samen von meinen Oberschenkeln.

»So, alles wieder verschwunden.« Er lässt den Waschlappen ins Waschbecken fallen, und seine Augen leuchten, als er sich zu mir herumdreht. »Mach dir keine Sorgen. Du hast gerade deine Tage gehabt, also sollten wir uns noch nicht in der Gefahrenzone befinden. Und ich bin sauber; ich benutze immer Kondome und lasse mich regelmäßig testen. Ich nehme an, dass das bei dir genauso ist?«

»Ja.« Ich starre zurück und bin von dem, was passiert ist und wie er damit umgeht, schockiert. Theoretisch sollten wir auf der sicheren Seite sein, aber allein die Tatsache, dass es passiert ist, mit *ihm* ... Mein Kopf beginnt erneut, schmerzhaft zu pochen, und meine Erschöpfung kommt zehnmal so stark wie vorher zurück. Wie hatte ich nur so nachlässig sein können? Bei George hatte ich immer daran gedacht, ihn daran zu erinnern, Kondome zu benutzen, und während der sogenannten fruchtbaren Tage hatten wir oft überhaupt keinen Sex, da wir nicht das bis zu 15 Prozent vorhandene Risiko eingehen wollten, trotz Kondoms schwanger zu werden, bis wir bereit wären, ein Baby zu bekommen. Mit dem Mörder meines Ehemannes war ich allerdings nicht annähernd so vorsichtig und hatte zu allen Zeiten meines Zyklus Sex. Und jetzt das ...

Es ist, als wolle ein kranker Teil von mir mit ihm verbunden sein, diese unechte Beziehung in eine echte verwandeln.

»Es sollte also kein Problem geben«, meint Peter und kommt näher. »Obwohl ...« Er macht eine Pause und betrachtet mich intensiv mit einem nachdenklichen Gesichtsausdruck.

»Obwohl was?«, frage ich, als er weiterhin schweigt. Mein Herz hämmert in einem dumpfen, schnellen Rhythmus. »Obwohl was?«

»Obwohl es mir nichts ausmachen würde.« Seine Worte sind leicht und ungezwungen, aber seine Stimme hört sich nicht so an, als würde er scherzen. »Nicht mit dir.«

»Du ... was?« Meine Kopfschmerzen verstärken sich, und mein Schädel fühlt sich so an, als würde er jeden Moment explodieren. Er kann das, was er gerade sagt, unmöglich ernst meinen. »Warum würde es dir ... Das ergibt keinen Sinn!«

»Tut es das nicht?« Seine Augen beginnen, amüsiert zu leuchten. »Warum nicht, Ptichka?«

»Weil ... weil du *du* bist.« Meine Stimme ist vor Ungläubigkeit erstickt. »Du hast mir Drogen verabreicht und mich gefoltert, bevor du meinen Ehemann getötet und dich in mein Leben gedrängt hast. Ich weiß nicht, was du in dem hier siehst, aber wir sind nicht zusammen. Das ist keine Liebesgeschichte ...«

»Nein?« Sein Gesichtsausdruck wird hart, und seine Belustigung verschwindet vollständig. »Was denkst du also, fühle ich für dich? Warum kann ich nicht eine einzige Stunde verbringen, ohne an dich zu denken, dich zu wollen ... mich verdammt noch mal nach dir zu *sehnen*? Denkst du, dass ich aus Lust hierbleibe, immer länger, obwohl die ganze Welt hinter mir her ist und meine Männer vor Langeweile die Wände hochgehen?« Er tritt noch näher an mich heran, und ich atme schneller, als er seine Handflächen rechts und links neben mir am Waschtisch abstützt. Seine Augen funkeln erregt, als er sich nach vorn lehnt und seine Stimme immer rauer wird. »Denkst du, ich bin hier, anstatt den letzten *ublyudok* auf meiner Liste zu jagen, weil ich nicht genug von deiner engen, kleinen Muschi bekommen kann?«

Mein Gesicht brennt, als ich ihn anblicke, da seine vulgäre Wortwahl meine Verwirrung verstärkt. Ich weiß nicht, was ich sagen soll, wie ich das alles verarbeiten soll. Er hört sich wütend an, auch wenn sich das, was er sagt, fast anhört, als ob …

»Ja, ich sehe, du hast mich verstanden.« Auf seinem Mund erscheint ein dunkles, ironisches Lächeln. »Für *dich* ist es vielleicht keine Liebesgeschichte, aber so beschissen das auch ist, für mich ist es genau das. Zuerst habe ich dich gehasst, aber irgendwann bist du das Einzige geworden, das mir etwas bedeutet, die einzige Person, die mir etwas bedeutet. Und ja, ich will sagen, dass ich dich liebe, egal, wie falsch das vielleicht ist. Ich liebe dich, auch wenn du *seine* gewesen bist … auch wenn du denkst, dass ich ein Monster bin. Ich liebe dich mehr als mein Leben, Sara, weil ich, wenn ich bei dir bin, mehr fühle als Qual und Wut – und ich mehr will als Tod und Rache.« Seine Brust dehnt sich aus, als er tief einatmet, und sein Gesichtsausdruck wird düster, als er leise hinzufügt: »Wenn ich bei dir bin, Ptichka, lebe ich.«

Mir fällt nicht auf, dass ich weine, bis sein Gesicht vor meinen Augen verschwimmt. Mein Brustkorb ist zu eng, und meine Atmung zu flach. Ich wusste, dass Peter von mir besessen ist, aber ich habe nicht gedacht, dass in seinem Kopf Besessenheit das Gleiche ist wie Liebe, dass er eine echte Zukunft mit mir möchte … eine, in der wir eine Familie sind.

Eine Zukunft, in der nicht gerade FBI-Agenten dabei sind, durch die Tür zu stürmen.

»Weine nicht, Ptichka.« Sein Daumen streicht über meine nasse Wange, und ich sehe wieder das ironische Lächeln auf seinen Lippen. »Das ändert nichts. Du kannst mich immer noch hassen. Nur weil ich dich liebe, bin ich nicht weniger ein Monster – und ich werde nicht aus deinem Leben verschwinden.«

Aber genau das wirst du. Ich will die Wahrheit herausschreien, aber ich kann nicht. Ich kann ihn nicht warnen, auch wenn mein Herz sich anfühlt, als würde es zerspringen. Ich liebe ihn nicht – das kann ich nicht –, aber es tut genauso weh, als täte ich es, so als wäre ihn zu verlieren das Schlimmste, was mir jemals passiert ist. Ein unterdrücktes Schluchzen entweicht meinem Mund, dann noch eins, und dann bin ich in seinen Armen, werde sicher gegen seine Brust gedrückt, während er mich aus dem Badezimmer trägt.

Als er bei meinem Bett ankommt, setzt er sich hin, hält mich auf seinem Schoß, und ich weine, vergrabe meinen Kopf an seinem Hals, während er langsam und beruhigend über meinen Rücken streicht. Er hat recht, seine Liebeserklärung sollte nichts ändern, aber aus irgendeinem Grund macht es die Sache schlimmer. Durch sie fühle ich mich, als würde ich etwas Echtes verlieren ... als würde ich ihn und *uns* betrügen.

Wie kann ein Monster mich nur so zärtlich halten? Wie kann ein Psychopath lieben?

Mein Schädel fühlt sich an, als würde er von innen aufgesägt werden, da mein Weinen die Kopfschmerzen verschlimmert, und ich drücke gegen Peters Brust, um mich aus seiner Umarmung zu befreien – nur um auf mein Bett zu fallen und zu wimmern, während ich gegen meine Schläfen drücke.

Er beugt sich über mich, und sein Gesichtsausdruck ist vor Sorge düster. »Was ist los, Ptichka?«, fragt er, während er meinen Arm streichelt, und ich kann gerade noch etwas über Kopfschmerzen murmeln, bevor ich meine Augen zukneife. Was ich fühle, ist eher eine Migräne, aber ich habe zu starke Schmerzen, um ihm das zu erklären.

Das Bett bewegt sich, als er aufsteht, und ich höre seine Schritte, als er aus dem Raum geht. Einige Minuten später kommt er mit Ibuprofen und einem Glas Wasser zurück. Ich zwinge mich dazu, meine geschwollenen Augenlider lange genug zu öffnen, um die Medizin nehmen zu können, und dann schließe ich sie erneut und warte darauf, dass aus dem Trommelschlag in meinem Kopf ein ertragbares Dröhnen wird.

Ich erwarte, dass er geht oder zu mir ins Bett kommt, oder was auch immer er jetzt vorhatte, aber stattdessen höre ich, wie die Badezimmertür geöffnet wird, und eine Minute später bedeckt ein kühles, nasses Handtuch meine Augen und meine Stirn und bringt eine angenehme Erleichterung mit sich.

Zum wiederholten Mal kümmert er sich um mich, unterstützt mich, wenn ich ihn am meisten brauche.

Die Tränen kommen zurück, laufen unter dem Handtuch heraus, während er die Decke fest um mich legt und sich auf die Bettkante setzt, um seine Hand unter meinen Hals gleiten zu lassen und die verspannten Muskeln in meinem Nacken zu massieren. Sie ist eine andere Art der Folter, seine zärtliche Fürsorge. Sie beruhigt meine Kopfschmerzen, aber facht den brennenden Schmerz in meiner Brust an. Ich habe mir selbst etwas vorgemacht, als ich das, was wir haben, eine kranke Fantasie genannt habe. Das hier mag vielleicht krank sein, aber es ist echt, und wenn er weg sein wird, *werde* ich ihn vermissen, genauso wie ich ihn vermisst habe, als er in Mexiko war. Was ich für ihn fühle, ist keine Liebe – Liebe kann nicht so düster sein, so unlogisch und verrückt –, aber es *ist* etwas.

Etwas anderes als Hass, etwas Tiefsitzendes und beunruhigend Süchtigmachendes.

Ein Hund bellt in einiger Entfernung, und ich höre, wie eine Tür zugeschlagen wird. Höchstwahrscheinlich sind es meine Nachbarn auf der anderen Straßenseite, aber trotzdem setzt mein Herz einen Schlag aus, und mein Magen zieht sich zusammen, als ich mir vorstelle, wie das

Sondereinsatzkommando durch meine Tür bricht und Peter auf meiner Bettkante niederschießt. In meinem Kopf spielt es sich wie in einem Film ab: die schwarzgekleideten Gestalten stürmen herein, die Kugeln schlagen durch meine Bettwäsche, die Kissen, seinen Schädel ...

Galle steigt in meinem Hals auf, mein Kopf explodiert erneut vor Qualen.

Oh Gott, ich kann das nicht tun.

Ich kann nicht schweigen, und es geschehen lassen.

»Peter ...« Meine Stimme zittert, während ich meine Hände unter der Decke zusammenballe. Ich weiß, dass ich das auf Tausende verschiedene Arten bereuen werde, aber ich kann die Worte nicht davon abhalten, herauszusprudeln. »Sie haben dich gesehen. Sie suchen nach dir.«

Seine Hand auf meinem Nacken hält kurz inne, bevor sie mit der zärtlichen Massage fortfährt.

»Ich weiß, Ptichka«, sagt er leise, und ich spüre seine Lippen auf meiner nassen Wange, während etwas Kaltes und Hartes in meinen Hals sticht. »Das weiß ich.«

Müdigkeit rauscht durch meine Adern, und mit einer eigenartigen Erleichterung wird mir klar, dass es das war.

Er wusste die ganze Zeit über das FBI Bescheid.

Er wusste es, und ich werde nie wieder frei sein.

45

*P*eter

»BEEIL DICH«, ZISCHT ANTON AUS DEM BEIFAHRERFENSTER, ALS ich mich mit Saras in eine Decke gewickelten Körper vor meiner Brust dem Geländewagen nähere. »Hast du meine Nachrichten nicht bekommen? Sie sind weniger als zehn Straßen entfernt.«

Ich umfasse mein menschliches Bündel fester. »Ich konnte nicht gehen, bevor ich nicht erfahren hatte, was ich wissen musste.«

»Was war das?«, fragt Yan, während er die Hintertür von innen öffnet. Er rutscht hinüber, und ich steige ein, wobei ich darauf achte, nirgendwo mit Saras Kopf anzuecken, als ich sie ins Auto schiebe.

Es ist schlimm genug, dass sie Kopfschmerzen hatte, als ich sie betäubt habe.

Ich ignoriere Yans Frage, setze Saras Körper zwischen uns und schließe die Tür, bevor ich Ilyas Blick im Rückspiegel erwidere. »Zum Flughafen. Schnell.«

»Bin schon dabei«, murmelt Ilya, während er das Gas durchtritt und wir nach vorn schießen, die leise Straße in dem Vorort entlangrasen.

»Was musstest du wissen?«, hakt Yan nach, während er einen Blick auf Saras Gesicht wirft – den einzigen Teil von ihr, der nicht in die Decke gewickelt ist. Mit ihren langen Wimpern, die wie Fächer auf ihren Wangen ausgebreitet sind, sieht sie aus wie eine schlafende Prinzessin von Disney, und ich mache meinem Mann keinen Vorwurf daraus, dass ich kurz Interesse auf seinem Gesicht aufflackern sehe.

Ich mache ihm keinen Vorwurf daraus, aber ich möchte ihn trotzdem dafür umbringen.

»Hat es etwas mit ihr zu tun?«, fragt er nichtsahnend, bevor er aufblickt, mein Gesicht sieht und erblasst.

»Ja.« Meine Stimme ist eiskalt. »Es hat etwas mit ihr zu tun.«

Er nickt und schaut dann weise weg, als ich meinen Arm um Saras Schultern lege und sie bequem gegen mich lehne. In einiger Entfernung höre ich Sirenen, die von dem Dröhnen von Hubschrauberblättern begleitet werden, aber trotz der sich nähernden Gefahr bin ich ruhig und zufrieden.

Nein, mehr als zufrieden – glücklich.

Sara hat mich gewarnt.

Sie hat sich für mich entschieden, obwohl sie keinen Grund dafür hatte. Vielleicht liebt sie mich jetzt noch nicht, aber sie hasst mich nicht, und während ich sie fest umarme, den süßen Duft ihrer Haare einatme, bin ich mir sicher, dass sie mich eines Tages lieben *wird* – dass sie eines Tages ganz mir gehören wird.

Sie hat mich gewarnt, sie hat sich dazu entschieden, mir zu gehören, und das wird sie jetzt auch für immer.

Ich liebe sie, und ich werde sie behalten.

Egal, was ich dafür tun muss.

MEINE OBSESSION

MEIN PEINIGER: BUCH 2

TEIL I

TRÄNEN AUS PANIK UND BITTERER FRUSTRATION LAUFEN ÜBER mein Gesicht, als die Räder des Jets von der Landebahn abheben und die Lichter des kleinen Flughafens in der tiefschwarzen Dunkelheit verblassen. In einiger Entfernung sehe ich das Lichtermeer Chicagos und seiner Vororte, aber nach kurzer Zeit verschwinden auch diese und lassen mich mit dem vernichtenden Wissen zurück, dass mein altes Leben verschwunden ist.

Ich habe meine Familie, meine Freunde, meine Karriere und meine Freiheit verloren.

Mein Magen ist vor Übelkeit ganz aufgewühlt, während Scherben meine Schläfen durchbohren, und meine Kopfschmerzen werden durch das verschlimmert, was Peter mir gespritzt hat, um mich zu betäuben. Am schlimmsten ist aber das erdrückende Gefühl in meiner Brust, das schreckliche Gefühl, dass ich nicht genug Luft bekommen kann. Ich atme tief ein, um dagegen anzukämpfen, aber es wird nur schlimmer. Die Decke ist wie eine Zwangsjacke, die meine Arme an meine Seiten fesselt, wodurch ich nicht genug Luft in meine Lungen bekommen kann.

Mein Peiniger hat seine Drohung wahrgemacht.

Er hat mich entführt, und vielleicht sehe ich mein Zuhause nie wieder.

Er ist jetzt nicht neben mir – sobald wir abgehoben waren, ist er aufgestanden und im hinteren Teil der Passagierkabine verschwunden, wo zwei seiner Männer sitzen – und ich bin froh. Ich kann es nicht ertragen, ihn anzuschauen, zu wissen, dass ich dumm genug war, um ihn zu warnen, als er alles schon wusste.

Als er diese Spritze bereitliegen hatte und mit mir spielte.

Wie konnte er es wissen? Gab es Kameras und Abhörgeräte in der Umkleidekabine des Krankenhauses, in der Karen mit mir gesprochen hat? Oder haben die Männer, die Peter darauf angesetzt hatte, mir zu folgen, meine FBI-Beschattung bemerkt und ihm davon erzählt? Oder vielleicht hat er Verbindungen zum FBI, genau wie der eine Kontakt von ihm Verbindungen zum CIA hatte? Ist das möglich oder gehe ich zu weit? Jetzt ist das sowieso egal; der Punkt ist, dass er es wusste.

Er wusste es, aber er hat so getan, als wisse er es nicht und mit meinen Gefühlen gespielt, während er darauf gewartet hat, dass ich zerbreche.

Gott, wie konnte ich nur so doof sein? Wie konnte ich ihn warnen, obwohl ich wusste, dass so etwas passieren könnte? Wie konnte ich nach Hause gehen, wenn ich vermutet habe –

nein, wenn ich *wusste* –, was mein Stalker wahrscheinlich tun würde, wenn er von der bevorstehenden Gefahr erfahren würde? Ich hätte Karen alles erzählen sollen, als ich die Chance dazu hatte, hätte sie die Beamten zu mir nach Hause senden lassen sollen, während das FBI mich in Schutzhaft genommen hätte. Ja, Peter hätte immer noch entkommen können, aber er hätte mich nicht mit sich genommen – nicht jetzt zumindest. Ich hätte mehr Zeit zum Planen gehabt, hätte den besten Weg finden können, wie meine Eltern und ich in Sicherheit bleiben könnten. Er wäre höchstwahrscheinlich für mich zurückgekommen, aber es bestand zumindest die Möglichkeit, dass das FBI uns beschützt hätte.

Stattdessen tappe ich direkt in Peters Falle. Ich bin nach Hause gegangen und habe mich anlügen lassen. Ich habe mir von ihm vorspielen lassen, dass es in ihm etwas Menschliches gibt – etwas Gutes. »Ich liebe dich«, hat er gesagt, und ich bin darauf hereingefallen, habe ihm die Illusion abgekauft, dass wir etwas Echtes hätten, dass seine Zärtlichkeit bedeutete, dass ich ihm wirklich etwas bedeute.

Ich habe mich von meiner irrationalen Verbindung zu dem Mörder meines Mannes über die Realität dessen, was wirklich ist, täuschen lassen, und alles verloren.

Das Engegefühl in meiner Brust wächst, und meine Lungen ziehen sich zusammen, bis jeder Atemzug ein Kampf ist. Wut und Verzweiflung vermischen sich, bis ich schreien will, aber alles, was ich herausbekomme, ist ein gequältes Keuchen, da die Decke um meinen Körper so erstickend ist wie eine Schlinge um einen Hals. Mir ist zu heiß, ich fühle mich zu eingeengt, und mein Herz schlägt zu schnell. Ich fühle mich, als würde ich ersticken, sterben, und ich möchte meinen Hals umklammern, ihn aufreißen, damit ich Luft einsaugen kann.

»Hey, alles ist in Ordnung.« Peter kauert vor mir, auch wenn ich nicht gesehen habe, dass er überhaupt zurückgekommen ist. Seine starken Hände lockern die Decke und streichen meine Haare aus meinem schweißnassen Gesicht. Ich zittere und keuche, da ich gerade eine ausgewachsene Panikattacke habe, aber seine Berührung ist eigenartig beruhigend und nimmt mir einen Großteil des Gefühls, zu ersticken.

»Atme, Ptichka«, drängt er mich, und das tue ich auch, da meine Lungen genauso sehr auf ihn hören, wie sie sich mir verweigern. Meine Brust weitet sich für einen vollen Atemzug, danach für einem weiteren, bis ich halbwegs normal atme, da sich mein enger Hals öffnet, um den kostbaren Sauerstoff hereinzulassen. Ich schwitze und zittere immer noch, aber mein Puls wird langsamer, und die Angst, zu ersticken, verschwindet, als Peter meine Arme aus der Decke befreit und mir ein schwarzes Herren-T-Shirt reicht.

»Es tut mir leid. Ich hatte keine Chance, einige deiner Sachen einzupacken«, sagt er, während er mir hilft, das riesige T-Shirt über meinen Kopf zu ziehen. »Zum Glück hatte Anton Wechselklamotten im Kofferraum. Hier, du kannst auch diese Hose anziehen.« Er steckt meine zitternden Füße in schwarze Herrenjeans, hilft mir dabei, ein Paar schwarze Socken anzuziehen, und nimmt die Decke komplett von mir herunter, um sie auf den Tisch neben uns zu werfen.

Die Hose ist genau wie das T-Shirt zu groß für mich, aber sie hat einen Gürtel, den Peter fest um meine Hüften zieht, bevor er ihn vor meinem Bauch verknotet und die Beine hochrollt.

»So«, sagt er und schaut zufrieden seine Kreation an. »Das

sollte für den Flug genügen, und danach werde ich dir eine brandneue Garderobe besorgen.«

Ich schließe meine Augen und blende ihn aus. Ich kann es nicht ertragen, sein hübsches, exotisches Gesicht anzuschauen, kann die Wärme in diesen stahlgrauen Augen nicht tolerieren. Das ist alles eine Lüge, eine Illusion. Ich bin ihm nicht wichtig, nicht wirklich. Besessenheit ist nicht Liebe, und genau das ist es, was er für mich empfindet: eine dunkle, schreckliche Besessenheit, die ruiniert und zerstört.

Er hat mein Leben bereits auf so viele Arten zerstört.

Ich höre ihn seufzen, bevor seine großen Hände sich um meine kalten Handflächen legen.

»Sara ...« Seine tiefe Stimme mit dem leichten Akzent fühlt sich auf meiner Haut wie ein Streicheln an. »Wir bekommen das hin, Ptichka, das verspreche ich. Es wird nicht so schlimm werden, wie du es dir vorstellst. Und jetzt sag mir bitte ... möchtest du deine Eltern anrufen und ihnen alles erklären?«

Meine Eltern? Überrascht öffne ich meine Augen und starre ihn an. Dann wird mir klar, dass er es schon einmal gesagt hat, ich es aber einfach nicht aufgenommen habe. »Du lässt mich meine Eltern anrufen?«

Mein Entführer nickt, ein kleines Lächeln umspielt seine geschwungenen Lippen, und seine Hände drücken sanft meine, während er weiterhin vor mir knien bleibt. »Natürlich. Ich weiß, dass du nicht möchtest, dass sie sich Sorgen machen, gerade wegen des Herzens deines Vaters.«

Oh Gott. *Das Herz meines Vaters.* Meine Kopfschmerzen verstärken sich nach dieser Erinnerung. Mit seinen 87 Jahren ist mein Vater bemerkenswert gesund für sein Alter, aber vor einigen Jahren hatte er eine dreifache Bypass-Operation und muss Stress vermeiden. Und ich kann mir nichts vorstellen, was mehr Stress auslöst als ... »Denkst du, das FBI hat schon mit ihnen gesprochen?«, frage ich ihn entsetzt. »Haben sie meinen Eltern gesagt, dass ich entführt wurde?«

»Ich bezweifle, dass sie die Zeit dazu gehabt haben.« Peter drückt meine Hände beruhigend, bevor er sie loslässt und sich hinstellt. Er greift in seine Tasche, zieht ein Smartphone hervor und reicht es mir. »Ruf sie an, damit sie zuerst deine Version der Geschichte hören.«

»Meine Version der Geschichte? Und was für eine Version ist das?« Das Telefon fühlt sich in meiner Hand wie ein Ziegelstein an, da sein Gewicht durch das Wissen vervielfacht wird, dass ich tatsächlich meinen Vater umbringen würde, wenn ich das Falsche sage. »Was kann ich ihnen sagen, was diese Situation hier auch nur ansatzweise akzeptabel macht?«

Mein Ton ist ätzend, aber meine Frage ist ehrlich. Mir fällt nichts ein, was ich sagen kann, um die Panik meiner Eltern über mein Verschwinden zu besänftigen, wie ich erklären kann, was das FBI ihnen sagen wird – besonders deshalb nicht, weil ich nicht weiß, was die Beamten alles enthüllen werden.

Das Flugzeug gerät genau in diesem Moment in Turbulenzen, und Peter setzt sich neben mich. »Sag ihnen, dass du einen Mann getroffen hast ... einen Mann, in den du dich verliebt hast.« Er bedeckt mein Knie mit seiner warmen Handfläche, und sein metallischer Blick ist hypnotisierend intensiv. »Sag ihnen, dass du zum ersten Mal in deinem Leben beschlossen hast, etwas Verrücktes und Unverantwortliches zu tun. Dass es dir gut geht, aber dass du in den nächsten Wochen mit deinem Freund um die Welt reisen wirst.«

»Die nächsten Wochen?« Eine wilde Hoffnung erblüht in mir. »Meinst du ...«

»Nein. Du wirst nicht in einigen Wochen zurück sein. Aber das müssen sie ja noch nicht wissen.«

Die Hoffnung verwelkt und stirbt, und die vernichtende Verzweiflung kehrt zurück. »Ich werde sie niemals wiedersehen, stimmt's?«

»Doch, das wirst du.« Seine Hand drückt mein Knie. »Irgendwann, wenn es sicher ist.«

»Und wann wird das sein?«

»Ich weiß es nicht, aber wir werden es herausfinden.«

»*Wir*?« Ein bitteres Lachen entweicht meinem Mund. »Hast du den Eindruck, dass das hier eine Art Partnerschaft ist? Dass *wir* mich zusammen entführt haben?«

Peters Blick verhärtet sich. »Es *kann* eine Partnerschaft sein, Sara. Wenn du das möchtest.«

»Ach wirklich?« Ich schiebe seine Hand von meinem Knie. »Dann dreh das verdammte Flugzeug um, *Partner*. Ich will nach Hause gehen.«

»Das ist unmöglich, und du weißt das.« Sein durch Bartstoppeln dunkles Kinn spannt sich an.

»Ist es das? Warum? Weil du es liebst, mich zu ficken? Oder weil du mich verdammt nochmal liebst?« Meine Stimme wird lauter, als ich mit meinen an den Seiten zu Fäusten geballten Händen aufspringe. Ich kann seine Männer in den Sitzen hinter uns sehen, wie sie mit steinigen Gesichtern aus dem Fenster schauen und so tun, als würden sie nicht zuhören, aber das ist mir egal. Ich habe Verlegenheit und Schamgefühl bereits hinter mir gelassen; alles, was ich spüre, ist Wut.

Ich wollte noch nie einer lebenden Person so sehr wehtun wie Peter in diesem Moment.

Der Blick meines Peinigers ist dunkel, und sein Gesichtsausdruck hart, als er aufsteht. »Setz dich hin, Sara«, sagt er fest, während er sich nach mir ausstreckt, als das Flugzeug ein weiteres Mal durchgeschüttelt wird und ich mich an der Wand mit dem Fenster festhalte, um nicht hinzufallen. »Das ist nicht sicher.« Er nimmt meinen Arm, um mich in den Sitz zurückzudrücken, und meine andere Hand reagiert aus eigenem Antrieb.

Ich halte das Telefon immer noch fest in meiner Hand, als ich aushole – und ihn nicht verfehle, weil in diesem Moment das Flugzeug erneut wackelt und wir die Balance verlieren. Mit einem hörbaren Aufschlag trifft das Telefon auf Peters Gesicht, und der Aufprall erschüttert mich bis in die Knochen, während sein Kopf zur Seite geschleudert wird.

Ich weiß nicht, wer schockierter darüber ist, dass ich es geschafft habe, ihn zu treffen, ich oder Peters Männer.

Ich kann ihre ungläubigen Blicke sehen, als Peter langsam und sehr bewusst meinen Arm loslässt und sich das Blut abwischt, das seine Wange herunterläuft. Das Metallgehäuse des Telefons muss in seine Haut geschnitten haben; das oder die unerwarteten Turbulenzen haben meinem Schlag mehr Schwung verliehen, die Kraft hinter ihm verstärkt.

Unsere Blicke treffen sich, und mein Herz schlägt mir bis zum Hals, als ich diese eisige Wut in den silbrigen Tiefen sehe. Ich ziehe mich vorsichtig zurück, und das Telefon rutscht aus meinen tauben Fingern und schlägt mit einem metallischen *Scheppern* auf dem Boden auf.

Ich habe nicht vergessen, wozu Peter in der Lage ist, was er mir angetan hat, als wir uns kennengelernt haben.

Ich kann nur zwei Schritte gehen, bevor mein Rücken sich gegen die Wand der Pilotenkabine drückt und meinen Rückzug beendet. Ich kann in diesem Flugzeug nirgendwohin flüchten, mich nirgendwo verstecken, und mein Magen zieht sich vor

Angst zusammen, als sein wütender Blick mich in seinem Bann hält, während er seine Handflächen rechts und links neben meinem Kopf an die Wand legt, wodurch ich zwischen seinen muskulösen Armen eingesperrt werde.

»Ich ...« Ich sollte sagen, dass es mir leidtut, dass ich es nicht so gemeint habe, aber ich schaffe es nicht, zu lügen, also presse ich meine Lippen zusammen, bevor ich es dadurch schlimmer mache, dass ich ihm sage, wie sehr ich ihn hasse.

»Du was?« Seine Stimme ist leise und hart. Er lehnt sich zu mir und beugt seinen Kopf nach vorn, bis seine Lippen am oberen Rand meines Ohres entlangfahren. »Was, Sara?«

Ich erzittere durch die feuchte Hitze seines Atems, meine Knie werden weich und mein Puls beschleunigt sich noch mehr. Allerdings ist der Grund diesmal nicht ausschließlich Angst. Seine Nähe überwältigt meine Sinne, und mein Körper zittert in erregter Erwartung seiner Berührung. Er war erst vor einigen Stunden in mir, und ich spüre immer noch die Nachwirkungen seiner Inbesitznahme, das innere Wundsein vom harten Rhythmus seiner Stöße. Zur gleichen Zeit bin ich mir schmerzlich meiner gehärteten Brustwarzen bewusst, die sich deutlich durch das geliehene T-Shirt abzeichnen, und die warme Feuchtigkeit, die sich zwischen meinen Beinen sammelt.

Selbst bekleidet fühle ich mich in seinen Armen nackt.

Er hebt seinen Kopf, starrt auf mich hinab, und ich weiß, dass er sie auch fühlt, die magnetische Hitze, die dunkle Verbindung, die in der Luft um uns vibriert und sich jeden Moment intensiviert, bis sich eine Millisekunde anfühlt wie Stunden. Peters Männer befinden sich weniger als dreieinhalb Meter von uns entfernt und beobachten uns, aber es fühlt sich an, als seien wir in einer Blase sinnlicher Bedürfnisse und flüchtiger Spannungen. Mein Mund ist trocken, mein Körper pulsiert, da er sich seiner Gegenwart bewusst ist, und ich kann gerade noch verhindern, mich ihm entgegenzulehnen, still stehen zu bleiben, anstatt mich an ihn zu pressen und dem Verlangen nachzugeben, das mich von innen heraus verbrennt.

»Ptichka ...« Peters Stimme wird weicher und nimmt einen vertrauten Ton an, während das Eis in seinem Blick schmilzt. Seine Hand löst sich von der Wand, um sich um meine Wange zu legen, und die Fingerkuppe seines Daumens streicht über meine Lippen, während mein Atem stockt. Zur gleichen Zeit umfasst seine andere Hand meinen Ellenbogen, und sein Griff ist sanft, aber unausweichlich. »Komm, lass uns hinsetzen«, drängt er mich, während er mich von der Wand wegzieht. »Es ist gerade nicht sicher, hier zu stehen oder herumzugehen.«

Benebelt lasse ich mich von ihm zurück zum Sitz führen. Ich weiß, dass ich weiterkämpfen oder mich zumindest wehren sollte, aber die Wut, die mich erfüllt hat, ist verschwunden und hat Taubheit und Verzweiflung hinterlassen.

Trotz allem, was er getan hat, sehne ich mich nach ihm. Ich will ihn genauso sehr, wie ich ihn hasse.

Meine Füße, die nur in Socken gehüllt sind, sind durch das Laufen auf dem kalten Boden eisig, und ich bin dankbar, als Peter die Decke vom Tisch nimmt und sie um meine Beine wickelt, bevor er sich neben mich setzt. Er legt den Gurt um mich, schnallt mich an, und ich schließe meine Augen, weil ich die Wärme nicht sehen will, die jetzt seinen Blick erfüllt. So erschreckend die dunkle Seite von Peter auch ist, der Mann, der diese Dinge tut – der zarte, fürsorgliche Liebhaber – ist derjenige, der mir am meisten Angst einjagt.

Ich kann dem Monster widerstehen, aber der Mann ist eine andere Geschichte.

Warme Finger streichen über meine Hand, und kaltes

Metall drückt sich in meine Handfläche. Erschrocken öffne ich die Augen und schaue auf das Telefon, das Peter mir gerade gegeben hat.

Er muss es dort aufgehoben haben, wo ich es fallen gelassen habe.

»Wenn du deine Eltern anrufen möchtest, kannst du es jetzt gern tun«, sagt er sanft. »Nicht dass sie etwas hören, bevor du es ihnen sagst.«

Ich schlucke und starre auf das Telefon in meiner Hand. Peter hat recht, es gibt keine Zeit zu verlieren. Ich weiß nicht, was ich meinen Eltern erzählen werde, aber alles ist besser als das, was die FBI-Beamten wahrscheinlich sagen werden.

»Wie rufe ich an?« Ich schaue Peter an. »Gibt es einige spezielle Codes oder etwas anderes, was ich benutzen muss?«

»Nein. Alle meine Gespräche werden automatisch verschlüsselt. Gib einfach wie immer die Nummern ein.«

Ich atme tief durch und gebe die Handynummer meiner Mutter ein. Wahrscheinlich verfällt sie eher in Panik, wenn sie einen Anruf mitten in der Nacht bekommt, aber sie ist neun Jahre jünger als mein Vater und hat keine mir bekannten Herzprobleme. Ich halte das Telefon an mein Ohr, drehe mich von Peter weg und betrachte den Nachthimmel durch das Fenster, während ich darauf warte, dass der Anruf durchgeht.

Es klingelt ein Dutzend Mal, bevor die Voicemail anspringt.

Meine Mutter muss zu tief schlafen, um es zu hören, oder sie hat ihr Telefon nachts ausgestellt.

Frustriert versuche ich es noch einmal.

»Hallo?«, die Stimme meiner Mutter ist schläfrig und verärgert. »Wer ist da?«

Ich atme erleichtert aus. Es klingt nicht so, als hätten die

FBI-Beamten bereits mit ihnen gesprochen; wäre das der Fall, hätte meine Mutter nicht so tief geschlafen.

»Hallo, Mama. Ich bin es, Sara.«

»Sara?« Meine Mutter hört sich sofort wacher an. »Was ist passiert? Woher rufst du an? Ist etwas passiert?«

»Nein, nein. Alles ist in Ordnung. Mir geht es hervorragend.« Ich hole Luft, und meine Gedanken überschlagen sich, als ich versuche, mir eine weniger beunruhigende Geschichte auszudenken. Irgendwann *wird* das FBI Kontakt zu meinen Eltern aufnehmen, und meine Geschichte wird als Lüge entlarvt werden. Trotzdem sollte die Tatsache, dass ich angerufen und eine Geschichte erzählt habe, meine Eltern beruhigen, da ich zum Zeitpunkt des Anrufes zumindest am Leben war. Außerdem sollte er das, was die Beamten ihnen sagen, weniger schlimm machen.

Ich festige meine Stimme und sage: »Es tut mir leid, dass ich so spät anrufe, Mama, aber ich verreise spontan und wollte dir Bescheid sagen, damit du dir keine Sorgen machst.«

»Du verreist?« Meine Mutter hört sich verwundert an. »Wohin? Warum?«

»Na ja ...« Ich zögere zuerst, aber dann beschließe ich, Peters Idee zu folgen. Dadurch werden meine Eltern, wenn sie von der Entführung erfahren, vielleicht denken, dass ich aus freien Stücken mit Peter mitgegangen bin. Was das FBI denken wird, ist eine andere Sache, aber darüber werde ich mir heute keine Gedanken machen. »Ich habe jemanden kennengelernt. Einen Mann.«

»Einen Mann?«

»Ja, ich treffe mich seit ein paar Wochen mit ihm. Ich wollte noch nichts sagen, weil ich ihn noch nicht so gut kannte und mir nicht sicher war, wie ernst die Sache ist.« Ich kann spüren, dass meine Mutter gleich mit einer Befragung beginnen wird, also sage ich schnell: »Auf jeden Fall muss er unerwartet das Land verlassen, und hat mich eingeladen, mitzukommen. Ich weiß, es ist völlig verrückt, aber ich musste mal weg. Weg von allem, weißt du? Und das hier schien eine gute Gelegenheit zu sein. Wir werden einige Wochen umherreisen, also ...«

»Was?« Die Stimme meiner Mutter wird schriller. »Sara, das ist ...«

»Verrückt? »Ich weiß.« Ich ziehe eine Grimasse und bin dankbar dafür, dass sie meinen schmerzhaften Ausdruck nicht sehen kann. Dadurch, dass ich sie anlüge, und meine Kopfschmerzen immer noch da sind, fühle ich mich beschissen. »Es tut mir leid, Mama. Ich wollte nicht, dass du dir Sorgen machst, aber das ist etwas, was ich tun musste. Ich hoffe, du und Papa, ihr versteht das.«

»Warte mal ganz kurz. Wer ist dieser Mann? Wie heißt er? Was macht er? Wo habt ihr euch getroffen?« Jede Frage schießt wie eine Kugel aus ihr heraus.

Ich drehe mich um, um Peter anzuschauen, und er nickt mir mit ausdruckslosem Gesicht leicht zu. Ich weiß nicht, ob er meine Unterhaltung hören kann, aber ich nehme an, dass das Nicken bedeutete, dass ich meinen Eltern noch ein wenig mehr erzählen kann.

»Sein Name ist Peter«, sage ich und beschließe, so nah wie möglich an der Wahrheit zu bleiben. »Er ist Unternehmer und arbeitet meistens im Ausland. Wir haben uns kennengelernt, als er in Chicago zu tun hatte, und seitdem haben wir uns regelmäßig gesehen. Ich wollte dir bei unserem Sushiessen von ihm erzählen, aber es schien irgendwie nicht der richtige Zeitpunkt zu sein.«

»Okay, aber ... aber was ist mit deiner Arbeit? Und der Klinik?«

Ich massiere meinen Nasenrücken. »Das werde ich alles klären, mach dir keine Gedanken.« Das werde ich natürlich nicht – selbst wenn Peter mich dort anrufen lässt, ist so etwas mit meiner Praxis im Krankenhaus nicht zu vereinbaren –, aber das kann ich meiner Mutter nicht sagen, ohne sie vorzeitig zu beunruhigen. Sie wird bald genug eine Panikattacke bekommen, wenn erst die Beamten auf ihrer Türschwelle stehen. Bis dahin können sie und mein Vater genauso gut denken, dass ich verrückt geworden bin.

Eine Tochter, die sich in letzter Zeit komisch benimmt, ist unendlich viel besser als eine Tochter, die vom Mörder ihres Ehemanns entführt wurde.

»Sara, Liebling ...« Meine Mutter klingt trotzdem besorgt. »Bist du dir damit sicher? Ich meine, du hast ja selbst gesagt, dass du nicht viel über diesen Mann weißt, und jetzt verlässt du das Land mit ihm? Das sieht dir gar nicht ähnlich. Du hast mir nicht einmal gesagt, wohin du gehst. Fliegt ihr oder fahrt ihr mit dem Auto? Und was ist das für eine Nummer, von der aus du anrufst? Sie wird als blockiert angezeigt, und der Empfang ist auch eigenartig, so als ob du ...«

»Mama.« Ich reibe mir die Stirn, da sich meine Kopfschmerzen verschlimmern. Ich kann keine weitere ihrer Fragen beantworten, also sage ich: »Hör zu, ich muss los. Unser Flugzeug wird gleich starten. Ich wollte dich das einfach nur kurz wissen lassen, damit du dir keine Gedanken machst, okay? Ich ruf' dich noch mal an, sobald ich kann.«

»Aber, Sara ...«

»Tschüss, Mama. Bis bald!«

Ich lege auf, bevor sie etwas sagen kann, und Peter nimmt

mir das Telefon ab, wobei ein zufriedenes Lächeln seinen Mund umspielt.

»Gut gemacht. Du hast wirklich Talent dafür.«

»Dafür, meine Eltern anzulügen, um ihnen nicht zu sagen, dass ich entführt wurde? Ja, mit Sicherheit ein echtes Talent.« Bitterkeit tropft aus meinen Worten, und ich mache mir nicht die Mühe, sie zu unterdrücken. Ich bin fertig damit, nett und pflegeleicht zu sein.

Wir werden dieses Spiel nicht länger spielen.

Peter sieht nicht beunruhigt aus. »Du hast ihnen etwas gesagt, was ihre schlimmsten Sorgen zerstreuen wird. Ich weiß nicht, was die Agents sagen werden, aber das sollte deinen Eltern die Sicherheit geben, dass du heute lebst und es dir gut geht. Hoffentlich wird das ausreichen, bis du dich wieder bei ihnen meldest.«

Das Gleiche habe ich auch gedacht, und es beunruhigt mich, dass wir auf derselben Wellenlänge liegen. Es ist eine Kleinigkeit, diesmal derartig gleich zu denken, aber es fühlt sich an wie ein rutschiges Gefälle, wie ein Schritt in Richtung der Partnerschaft, die Peter erwähnt hat. In Richtung der Illusion, dass es ein »wir« gibt, dass unsere Beziehung irgendwie echt ist.

Ich kann – und werde – nicht noch einmal auf diese Lüge hereinfallen. Ich bin nicht Peters Partnerin, seine Freundin oder seine Geliebte.

Ich bin seine Gefangene, die Witwe eines Mannes, den er getötet hat, um seine Familie zu rächen, und diese Tatsache kann ich niemals vergessen.

Ich muss mich anstrengen, um meine Stimme ruhig zu halten, als ich frage: »Also werde ich die Gelegenheit bekommen, mich wieder bei ihnen zu melden?« Als Peter zustimmend nickt, bohre ich weiter: »Wann?«

Seine grauen Augen leuchten auf. »Sobald sie vom FBI gehört haben und eine Chance hatten, alles zu verdauen. Also, mit anderen Worten, bald.«

»Woher willst du wissen, wann sie vom FBI ...? Ach, schon gut. Du lässt auch meine Eltern gerade überwachen, stimmt's?«

»Ich lasse ihr Haus überwachen, ja.« Er sieht nicht so aus, als sei ihm das auch nur das kleinste bisschen unangenehm. »Und deshalb werden wir wissen, was die Agents ihnen erzählen, und wann. Dann überlegen wir uns, was du sagen solltest und wie du dich wieder bei ihnen meldest.«

Ich presse meine Lippen zusammen. Da ist dieses hinterhältige »wir« wieder. Als sei das ein gemeinsames Projekt – wie ein Haus einzurichten oder eine Flasche Wein für ein Familientreffen auszuwählen. Erwartet er, dass ich dafür dankbar bin? Ihm dafür danke, dass er so nett und umsichtig bei der Logistik meine Entführung war?

Denkt er, dass ich vergessen werde, dass er mein Leben gestohlen hat, wenn er mich die Sorgen meiner Eltern lindern lässt?

Ich knirsche mit den Zähnen und drehe mich weg, um aus dem Fenster zu starren, bis mir klar wird, dass ich immer noch nicht die Antwort auf eine der Fragen meiner Mutter weiß.

Ich drehe mich wieder zu meinem Entführer um und erwidere seinen kühlen amüsierten Blick. »Wohin fliegen wir?«, frage ich und zwinge mich dabei dazu, ruhig zu sprechen. »Wo genau werden *wir* uns das alles überlegen?«

Peter grinst und legt dabei seine weißen Zähne frei, die unten leicht schief sind. Deswegen, und wegen der kleinen Narbe auf seiner Unterlippe, sollte sein Lächeln abstoßend sein, aber diese Makel unterstreichen seine gefährlich sinnliche Ausstrahlung nur noch.

»*Wir* werden es in Japan herausfinden, Ptichka«, sagt er und streckt sich über den Tisch aus, um meine Hand in seine große Handfläche zu nehmen. »Das Land der aufgehenden Sonne ist unser neues Zuhause.«

2

eter

»Sie holen auf«, sagt Ilya, als das Heulen der Sirenen und das Dröhnen 'der Hubschrauber lauter wird. Lichter von den Autos auf der anderen Seite der Autobahn werden von seinem rasierten Kopf reflektiert und erschaffen die Illusion, dass die Tattoos auf seinem Schädel tanzen, als er mit einem besorgten Stirnrunzeln in den Rückspiegel blickt.

»Stimmt.« Ich ignoriere das Adrenalin in meinen Adern und ziehe Sara mit meinen Arm fester an mich, um zu verhindern, dass ihr Kopf von meiner Schulter gleitet, während Ilya schwungvoll ein langsameres Auto überholt. Ich habe natürlich erwartet, dass wir verfolgt werden – man stiehlt nicht so einfach eine Frau, die vom FBI bewacht wird –, aber jetzt, da es geschieht, bemerke ich, dass ich mir Sorgen mache.

Meine drei Teamkollegen und ich kommen problemlos mit einer High-Speed-Verfolgungsjagd zurecht, aber ich darf Sara nicht gefährden.

Ich treffe eine Entscheidung und sage zu Ilya: »Fahr langsamer. Lass sie näher kommen.«

Anton auf dem Beifahrersitz dreht sich um, und sein bärtiges Gesicht sieht ungläubig aus, als er seine M16 ergreift. »Bist du wahnsinnig?«

»Wir können sie nicht zum Flughafen führen«, meint Yan, Ilyas Zwilling. Er sitzt auf der anderen Seite von Sara und muss meinen Plan verstanden haben, denn er durchwühlt bereits den großen Seesack, den wir unter dem Rücksitz unseres Geländewagens verstaut haben.

»Denkt ihr, dass die FBI-Agenten wissen, dass wir sie haben?« Anton schaut auf die bewusstlose Frau, die ich an meine Seite gedrückt halte, und ich fühle einen irrationalen Anflug von Eifersucht, als sein dunkler Blick über Saras Gesicht fährt und einen Moment länger als nötig auf ihren vollen rosa Lippen verweilt.

»Sie müssen. Die Jungs, die sie beschattet haben, waren dumm, aber nicht völlig unfähig«, sagt Yan, der sich mit einem Granatwerfer in seinen Händen wieder aufrichtet. Im Gegensatz zu seinem Zwillingsbruder bevorzugt er eine konservative Frisur und ordentlich gebügelte Business-Kleidung – seine Banker-Verkleidung, wie Ilya sie nennt. Überhaupt sieht Yan wie jemand aus, der nicht mit einem Schraubenschlüssel, geschweige denn mit einer Waffe umgehen kann, aber er ist eine der tödlichsten Personen, die ich kenne – genau wie der Rest meines Teams.

Unsere Kunden zahlen uns aus gutem Grund Millionen, und der hat nichts mit unserem Kleidungsstil zu tun.

»Ich hoffe, du hast recht«, sagt Ilya und verstärkt seinen Griff am Lenkrad, während er erneut in den Rückspiegel blickt. Zwei schwarze Geländewagen der Regierung und drei Polizei-Kreuzer sind jetzt vier Autos hinter uns, und blaue und rote Lichter blinken, als sie langsamere Fahrzeuge überholen. »Amerikanische Polizisten sind weich. Sie werden es nicht riskieren, zu schießen, wenn sie wissen, dass wir sie haben.«

»Und sie werden auch nicht das Feuer mitten auf einer Autobahn eröffnen«, sagt Yan und drückt einen Knopf, um das Fenster nach unten zu fahren. »Es sind zu viele Zivilisten hier.«

»Warte einen Moment«, sage ich ihm, als er sich mit dem Granatwerfer in der Hand näher zum Fenster bewegt. »Der Hubschrauber soll so niedrig wie möglich über uns fliegen. Ilya, fahr noch etwas langsamer und ordne dich in der richtigen Spur ein. Wir nehmen die nächste Ausfahrt.«

Ilya macht, was ich sage, und wir wechseln auf die langsamere Spur, während unsere Geschwindigkeit unter das vorgegebene Limit fällt. Ein grauer Toyota Camry schießt auf der linken Seite an uns vorbei, und ich drücke Sara näher an mich, als ich Yan sage, sich bereitzuhalten. Der Lärm des Hubschraubers ist ohrenbetäubend – er schwebt jetzt fast direkt über uns – aber ich warte.

Wenige Augenblicke später sehe ich es.

Das Zeichen für die Abfahrt, die in vierhundert Metern kommt.

»Jetzt«, schreie ich und Yan reagiert sofort. Sein Kopf und sein Oberkörper schießen aus dem Fenster, und er hält den Granatwerfer in seinen Händen.

Bumm! Es hört sich an, als sei die Mutter aller Feuerwerke über uns losgegangen. Bremsen kreischen um uns herum, aber wir sind bereits an der Ausfahrt, und Ilya fliegt in dem Moment vom Highway, in dem die Hölle ausbricht und Autos auf beiden Fahrspuren mit einem metallischen Kreischen kollidieren, als der Hubschrauber über uns wie ein metallener Feuerball explodiert.

»Scheiße«, sagt Anton schwer atmend, als er auf die Verwüstung starrt, die wir zurückgelassen haben. Als die brennenden Hubschrauberstücke herunterregnen, ist ein riesiger Walmart-LKW dabei, umzukippen, und mindestens ein Dutzend Autos sind bereits ineinandergefahren, und mit jeder Sekunde stoßen weitere in den Haufen. Die Geländewagen der Regierung gehören ebenfalls zu den Opfern, und die Polizei-Kreuzer sitzen dahinter fest. Jetzt ist es unmöglich, dass unsere Verfolger uns weiterhin folgen, und obwohl ich nicht glücklich über die verletzten Zivilisten bin, weiß ich, dass wir dadurch unsere Flucht ermöglichen.

In der Zeit, die sie brauchen, um ihre Pläne anzupassen und weitere Polizisten zu uns zu schicken, werden wir lange verschwunden sein.

Niemand wird mir Sara wegnehmen.

Sie hat sich für mich entschieden, und sie wird bei mir bleiben.

WIR KOMMEN BEI DER UNTERFÜHRUNG AN, WO WIR UNSER anderes Fahrzeug, das nicht verfolgt wird, abgestellt hatten, und als wir die Autos gewechselt haben, atme ich ein wenig leichter. Ich zweifle nicht daran, dass die FBI-Beamten unsere Spur finden werden, aber wenn sie das tun, sollten wir bereits sicher in der Luft sein.

Wir sind fast am Flughafen, als Sara leise stöhnt und ihre

Augenlider sich öffnen, während sie sich an meiner Seite bewegt.

Das Medikament, das ich ihr gegeben habe, hat nachgelassen.

»Schscht«, sage ich beruhigend und küsse ihre Stirn, als sie versucht, sich aus der Decke zu winden, die sie vom Hals an bedeckt. »Es geht dir gut, Ptichka. Ich bin hier, und alles ist gut. Hier, trink das.« Mit meiner freien Hand öffne ich eine mit Wasser gefüllte Trinkflasche und drücke sie an ihre Lippen, damit sie etwas Flüssigkeit zu sich nehmen kann.

»Was … wo bin ich?«, krächzt sie heiser, als ich die Flasche wegnehme und meinen Arm fester um ihre Schultern lege, damit sie die Decke nicht abnimmt und ihren nackten Körper entblößt. »Was ist passiert?«

»Nichts Schlimmes«, versichere ich ihr und stelle die Flasche ab, um ihr eine Haarsträhne aus dem Gesicht zu streichen. »Wir gehen nur auf eine kleine Reise.«

Auf Saras anderer Seite schnaubt Yan und murmelt in russischer Sprache etwas über größere Untertreibungen.

Saras Blick schnellt in Richtung Yan, dann im Auto umher, und ich sehe den genauen Moment, in dem sie versteht, was geschieht.

»Bitte sag mir, dass du nicht …« Ihre Stimme wird höher. »Peter, sag mir, dass du nicht gerade …«

»Schscht.« Ich drehe sie ganz zu mir herum und lege zwei Finger auf ihre weichen Lippen. »Ich konnte weder bleiben noch dich zurücklassen, Ptichka. Das weißt du auch. Alles wird gut werden. Dir wird nichts Schlimmes passieren. Ich werde für deine Sicherheit sorgen.«

Sie starrt mich an, und ihre braunen Augen sind voller

Schock und Entsetzen, so dass sich meine Brust unangenehm verengt, obwohl ich weiß, dass ich das Richtige tue.

Sara hatte mich vor dem FBI gewarnt, obwohl sie wusste, dass ich sie höchstwahrscheinlich mit mir nehmen würde, aber sie hatte wohl nicht erwartet, dass ich es auf diese Weise tun würde. Und vielleicht gab es einen anderen Weg, etwas, was ich getan haben könnte, ohne sie zu betäuben und sie mitten in der Nacht zu stehlen.

Nein. Ich schüttele diese uncharakteristischen Selbstzweifel ab und konzentriere mich auf das Wesentliche: Sara zu beruhigen und sie dazu zu bewegen, die Situation zu akzeptieren.

»Hör mir zu, Ptichka.« Ich lege meine Handfläche um ihren zarten Kiefer. »Ich weiß, du machst dir Sorgen um deine Eltern, aber sobald wir in der Luft sind, kannst du sie anrufen und ...«

»In der Luft? Also sind wir immer noch ...? Oh, Gott sei Dank.« Sie schließt die Augen, und ich fühle ein Zittern durch ihren Körper laufen, bevor sie ihre Augen öffnet, um meinen Blick zu erwidern. »Peter ...« Ihre Stimme wird weich und schmeichelnd. »Peter, bitte. Das brauchst du nicht zu tun. Du kannst mich einfach hierlassen. Es wäre so viel sicherer für dich ... so viel einfacher, zu entkommen, wenn sie nicht nach mir suchen. Du könntest einfach verschwinden, und sie würden dich nie fangen, und dann ...«

»Sie werden mich auch so nie fangen.« Meine Stimme ist hart, aber ich kann den aufflackernden Ärger nicht unterdrücken, als ich meine Hand herabsinken lasse. Sara hatte ihre Chance, mich loszuwerden, aber sie hat sie nicht genutzt. Als sie mich gewarnt hat, hat sie ihr Schicksal besiegelt, und jetzt ist es zu spät, um sich zurückzuziehen. Ja, ich habe ihr Drogen verabreicht und sie ohne zu fragen mitgenommen, aber sie hätte wissen müssen, dass ich sie nicht zurücklassen würde. Ich habe ihr gesagt, wie sehr ich sie liebe, und auch wenn sie nicht das Gleiche erwidert hat, weiß ich, es ist ihr nicht egal. Vielleicht ist das nicht genau das, was sie wollte, aber sie hat sich für mich entschieden, und dass sie mich jetzt bittet, sie zurückzulassen, versucht, mich mit ihren großen Augen und ihrer süßen Stimme zu manipulieren ... Sie tut weh, ihre Zurückweisung, auch wenn sie es nicht tun sollte.

Ich *habe* ihren Mann getötet und meinen Weg in ihr Leben erzwungen.

»Wir sind da«, sagt Anton auf Russisch, als das Auto bremst, und ich drehe meinen Kopf um und sehe unser Flugzeug etwa zwanzig Meter vor uns.

»Peter, bitte.« Sara beginnt, sich in der Decke zu bewegen, und ihre Stimme wird lauter, als das Auto stehen bleibt und meine Männer herausspringen. »Bitte tu das nicht. Das ist falsch. Du weißt, dass das falsch ist. Mein ganzes Leben ist hier. Ich habe meine Familie und meine Patienten und meine Freunde ...« Sie weint jetzt und wehrt sich stärker, als ich mich herunterbeuge, um ihre mit der Decke umwickelten Beine zu umfassen und sie aus dem Auto zu heben. »Bitte, du hast gesagt, dass du das nicht tun würdest, wenn ich kooperativ bin, und das war ich. Ich habe alles getan, was du wolltest. Peter, bitte, hör auf! Lass mich hier! Bitte!«

Jetzt ist sie hysterisch, dreht und windet sich in ihrer Decke, als ich sie gegen meine Brust gedrückt aus dem Auto heraushebe, und Anton wirft mir einen unangenehm berührten Blick zu, während er den Zwillingen dabei hilft, die Waffen unter der Rückbank hervorzuholen. Obwohl mein Freund mir bei mehr als einer Gelegenheit nahegelegt hat, dass ich Sara einfach nehmen sollte, wenn ich sie wollte, muss die Realität grausamer sein, als er gedacht hatte.

Andere Menschen könnten uns für Monster halten, aber wir *können* fühlen – und man müsste ein Herz aus Stahl haben, um nichts zu fühlen, als Sara weiterhin bettelnd und flehend in dem Deckenkokon kämpft, während ich sie zum Flugzeug trage.

»Es tut mir leid«, sage ich zu ihr, als ich sie in die Passagierkabine bringe und sie sanft auf einem der breiten Ledersitze vorn absetze. Ihre Verzweiflung ist wie ein vergiftetes Messer in meiner Seite, aber der Gedanke, sie zurückzulassen, ist noch quälender. Ich kann mir ein Leben ohne Sara nicht vorstellen, und ich bin rücksichtslos – und egoistisch – genug, um sicherzustellen, dass ich es nicht muss.

Sie mag gerade ihre Entscheidung bereuen, aber sie wird sich damit abfinden und die Situation akzeptieren, genauso wie sie gerade damit begonnen hat, unsere Beziehung zu akzeptieren. Und dann wird sie wieder glücklich sein – sogar glücklicher. Wir werden zusammen ein Leben aufbauen, und es wird eines sein, das sie auch genießen wird.

Ich muss das glauben, weil das der einzige Weg ist, sie zu haben.

Das ist der einzige Weg für mich, wieder zu lieben.

3

———

Sara

ICH SPRECHE DEN REST DES FLUGES NICHT MIT PETER. Stattdessen schlafe ich ein, und mein Gehirn schaltet sich aus, so als wolle es der Realität entfliehen. Ich bin dankbar dafür. Der Kopfschmerz ist unerbittlich, und jedes Mal, wenn ich versuche, meine Augen zu öffnen, spielen Schlagzeuger in meinem Kopf, und erst als wir mit der Landung beginnen schaffe ich es, genügend aufzuwachen, um mich ins Bad zu schleppen.

Als ich zurückkomme, finde ich Peter, der an einem Laptop arbeitet, in meinem Nachbarsitz vor. Ich kann mir vorstellen, dass er dort den ganzen Flug lang gesessen hat, aber ich bin mir nicht sicher. Ich erinnere mich daran, dass ich eingeschlafen bin, als er meine Hand gehalten hat und seine starken Finger meine Handfläche massiert haben. Ich erinnere mich auch daran, dass er mich fester in die Decke gewickelt hat, als es in der Kabine kühler wurde.

»Wie fühlst du dich?«, fragt er und schaut von seinem Laptop hoch, als ich um ihn herumgehe und mich in meinen weichen Ledersessel setze. Jetzt, da der anfängliche Schock über die Entführung vorbei ist, fällt mir auf, dass das Flugzeug ziemlich luxuriös, wenn auch klein ist. Im hinteren Bereich des Flugzeugs gibt es neben unserer Sitzreihe zwei weitere, und jeder Sitz ist groß und kann vollständig nach hinten geklappt werden. In der Mitte der Kabine steht ein beigefarbenes Sofa mit zwei an ihm befestigten Beistelltischchen.

»Sara«, hakt Peter nach, als ich nicht antworte, und ich zucke als Antwort mit den Schultern, da ich nicht vorhabe, sein Gewissen damit zu beruhigen, dass ich zugebe, mich nach meinem langen Schlaf besser zu fühlen. Das Medikament muss seine Wirkung vollständig verloren haben, weil die Übelkeit und der Kopfschmerz, die mich gequält haben, verschwunden sind.

Ich *habe* allerdings Hunger und Durst, weshalb ich nach der Wasserflasche und der Schale mit den Erdnüssen greife, die auf dem kleinen Tisch zwischen unseren Sitzen stehen.

»Wir werden bald eine richtige Mahlzeit bekommen«, sagt Peter und schiebt die Schüssel zu mir. »Wir hatten nicht erwartet, das Land so plötzlich zu verlassen, und das ist alles, was wir an Bord hatten.«

»Aha.« Ohne ihn anzublicken, trinke ich die halbe Flasche Wasser, esse eine Handvoll Nüsse und spüle mit dem Rest des Wassers nach. Ich bin nicht überrascht, von dem Mangel an Essen im Flugzeug zu erfahren; das Wunder ist, dass er ein Flugzeug im Standby-Modus hatte, Punkt. Ich weiß, dass ihm und seinem Team unglaublich hohe Geldsummen dafür bezahlt werden, um Verbrecherbosse und dergleichen zu ermorden, aber die Kosten für diesen mittelgroßen Jet müssen gut im achtstelligen Bereich liegen.

Da ich meine Neugier nicht länger zügeln kann, werfe ich einen Blick auf meinen Entführer. »Ist das deins?« Ich bewege meine Hand durch den Raum, um auf meine Umgebung zu zeigen. »Hast du das gekauft?«

»Nein.« Er schließt den Laptop und lächelt. »Ich habe es als Bezahlung von einem unserer Kunden bekommen.«

»Ich verstehe.« Ich schaue weg und konzentriere mich auf den dunklen Himmel außerhalb des Fensters anstatt auf sein magnetisches Lächeln. Jetzt, da ich mich besser fühle, ist mir noch bitterer bewusst, was Peter getan hat – und wie hoffnungslos meine Situation ist.

War ich zu Hause meinem Peiniger ausgeliefert, als ich Angst davor hatte, was passieren könnte, wenn ich zu den Behörden ginge, bin ich es jetzt doppelt. Peter Sokolov kann alles mit mir machen, mich gefangen halten, bis ich sterbe, wenn er das möchte. Seine Männer werden mir nicht helfen, und ich bin gerade dabei, in ein Land zu reisen, dessen Sprache ich nicht spreche und in dem ich nichts und niemanden kenne.

Ich liebe Sushi, aber damit hört das, was ich über Japan weiß, auch schon auf.

»Sara?« Peters tiefe Stimme dringt in meine Gedanken ein, und ich drehe mich instinktiv um, um ihn anzuschauen.

»Schnall dich an.« Er nickt in Richtung des Sicherheitsgurts, der geöffnet neben mir liegt. »Wir werden in Kürze landen.«

Ich lege den Sicherheitsgurt über meinen Schoß und schließe ihn, bevor ich meine Aufmerksamkeit wieder dem Fenster schenke. Ich kann nicht viel in der Dunkelheit sehen –

wir müssen lange genug geflogen sein, um Japan trotz des Zeitunterschieds in der Nacht zu erreichen – aber ich lasse meine Augen weiterhin auf den Himmel draußen gerichtet, da ich hoffe, etwas zu sehen und eine Unterhaltung mit Peter zu vermeiden.

Ich werde mich nicht so benehmen, als *seien* wir wirklich ein Liebespaar, das eine Reise macht, nicht vorgeben, dass das hier irgendwie in Ordnung für mich ist. Das Druckmittel, das er hatte – seine Androhung, mich zu entführen, wenn ich nicht bei seiner häuslichen Glücksfantasie mitspiele – gibt es nicht mehr, und ich habe nicht vor, weiterhin sein folgsames Opfer zu sein. Ich hatte gerade begonnen nachzugeben, mich in seinen kranken Bann ziehen zu lassen, aber das ist jetzt vorbei. Peter Sokolov hat mich gequält, meinen Ehemann getötet, und jetzt hat er mich entführt. Zwischen uns gibt es nichts außer einer beschissenen Vergangenheit und einer noch beschisseneren Zukunft.

Vielleicht hat er mich, aber er wird das nicht genießen.

Das werde ich sicherstellen.

Als wir auf einem privaten Flughafen in der Nähe von Matsumoto landen und in einen Hubschrauber steigen, der dort bereits auf uns wartet, schmerzt mein Wangenknochen immer noch von Saras Schlag. Morgen werde ich ein blaues Auge haben – ein Gedanke, den ich jetzt, nachdem der anfängliche Schreck und die Wut verschwunden sind, amüsant finde. Die Schmerzen, die mir Sara zugefügt hat, sind recht leicht – selbst in einem Routinetraining habe ich schon mehr gelitten – aber die Überraschung, dass meine hübsche, kleine Ärztin mich körperlich angegriffen hat, beschäftigt mich.

Es war so, als würde man von einem Kätzchen blutig gekratzt werden, einem Kätzchen, das man einfach nur beschützen und streicheln will.

Sie ist immer noch wütend auf mich. Das ist ganz deutlich in ihrer steifen Haltung und daran zu erkennen, dass sie weder mit mir spricht noch in meine Richtung schaut, während der Hubschrauber abhebt. Auch wenn es immer noch dunkel ist, sehe ich, wie sie auf den Anblick unten starrt, und ich weiß, dass sie versucht, sich zu merken, wohin wir fliegen.

Ich weiß, dass sie zum frühestmöglichen Zeitpunkt versuchen wird, zu entkommen.

Anton fliegt den Hubschrauber, und Ilya sitzt hinten bei mir und Sara, während Yan vorne ist. Wir erwarten keine Schwierigkeiten, aber wir sind bewaffnet, also behalte ich Sara sorgfältig im Auge, um sicherzugehen, dass sie nichts Dummes tut, wie zu versuchen, sich eine Waffe von mir oder Ilya zu schnappen.

Sie ist in einer Stimmung, in der ich ihr alles zutraue.

Unser japanischer Unterschlupf befindet sich in der dünn besiedelten, bergigen Präfektur Nagano an der Spitze eines steilen, stark bewaldeten Berges mit Blick auf einen kleinen See. An einem klaren Tag ist die Aussicht atemberaubend, aber der Hauptgrund, warum ich diese Immobilie erworben habe, ist, dass diese Bergspitze nur auf dem Luftweg zu erreichen ist. Früher gab es einen Feldweg am Westhang – auf diesem Weg hat ein wohlhabender Geschäftsmann aus Tokio sein Sommerhaus dort oben in den neunziger Jahren gebaut –, aber ein Erdbeben löste einen Erdrutsch aus, und der Hang wurde zu einer Klippe, wodurch der Zugang zu dem Grundstück abgeschnitten wurde und sein Wert verfiel.

Die Kinder des Geschäftsmannes waren mehr als dankbar, als eine meiner Briefkastenfirmen das Haus letztes Jahr kaufte und sie von der Bezahlung von Steuern für einen Ort befreit wurden, den sie nicht wollten, zumal sie auch nicht die Mittel hatten, ihn regelmäßig zu besuchen.

»Also, warum Japan?«

Saras Ton ist flach und desinteressiert, während sie aus dem Fenster des Hubschraubers blickt, aber ich weiß, dass sie vor Neugier sterben muss, um das einstündige Schweigen zu brechen und tatsächlich mit mir zu sprechen.

Entweder das – oder sie sucht nach Informationen, die ihr bei der Flucht helfen könnten.

»Weil es der allerletzte Ort ist, an dem irgendjemand nach uns suchen würde«, antworte ich, weil ich mir denke, dass es nichts schadet, ihr die Wahrheit zu sagen. »Nichts verbindet mich mit dem Land. Russland, Europa, der Nahe Osten, Afrika, Amerika, Thailand, Hong Kong, Philippinen – im Laufe der Zeit bin ich an allen diesen Orten irgendwann auf dem Radar der Behörden aufgetaucht, aber niemals hier.«

»Außerdem ist es ein schönes Versteck«, sagt Ilya auf Englisch und spricht damit zum ersten Mal mit Sara. »Viel besser, als sich in irgendeiner Höhle in Dagestan zu verkriechen oder sich in Indien die Eier abzuschwitzen.«

Sara wirft ihm einen unleserlichen Blick zu, bevor sie ihre Aufmerksamkeit wieder dem Ausblick widmet. Ich mache ihr keinen Vorwurf daraus. Der Himmel erhellt sich mit den ersten Anzeichen des Sonnenaufgangs, und es ist möglich, die Berghänge und Wälder unten auszumachen. Wenn wir erst einmal unseren Rückzugsort auf dem Gipfel des Berges erreichen, wird sie die volle Wirkung des Ausblicks zu spüren bekommen – und ihr wird klar werden, dass sie alle Hoffnungen auf eine Flucht begraben kann. Das ist ein weiterer Grund dafür, dass ich Japan ausgesucht habe: die Abgelegenheit dieses speziellen Hauses.

Der neue Käfig meines kleinen Vögelchens ist so hübsch wie ausbruchssicher.

~

Wir landen vierzig Minuten später auf einem kleinen Hubschrauberlandeplatz direkt neben dem Haus, und ich beobachte Saras Gesicht, als sie den Anblick unseres neuen Zuhauses aufnimmt – eine umwerfende, moderne Holz-Glas-Konstruktion, die sich nahtlos in die unberührte Natur einfügt, die sie umgibt.

»Magst du es?«, frage ich, als ich ihren Blick einfange, während ich ihr aus dem Hubschrauber helfe, aber sie schaut weg und zieht ihre Hand aus meiner, sobald ihre in Socken gehüllten Füße auf dem Boden stehen.

»Ist das wichtig? Wenn ich Nein sagen würde, würdest du mich dann zurückbringen?« Sie dreht sich um und beginnt, zum Rand des Hubschrauberlandeplatzes zu gehen, wo der Berg als Klippe zu dem darunterliegenden See abfällt.

»Nein, aber wenn du es hier hasst, können wir überlegen, zu einem anderen Versteck zu reisen.« Ich folge ihr, um ihr Handgelenk zu ergreifen, bevor sie zum Rand des Platzes kommt. Ich glaube nicht, dass sie wütend genug ist, um von einer Klippe zu springen, aber ich werde es nicht riskieren.

»Wohin? Nach Dagestan oder Indien?« Endlich sieht sie mich an, und ihre Augen sind zu Schlitzen verengt. Auch wenn es bereits später Frühling ist, ist es in dieser Höhe kalt wie im Winter, und der leichte Morgenwind bewegt die braunen gewellten Haare, die ihr Gesicht umgeben, und drückt das zu weite schwarze T-Shirt gegen ihren schlanken Oberkörper. Ich kann spüren, dass sie zittert und wie schlank und zerbrechlich ihr Handgelenk in meinem Griff liegt, aber ihr zartes Kinn ist stur nach vorne geschoben, während sie meinen Blick erwidert.

Sie ist so verletzlich, meine Sara, aber gleichzeitig so stark. Ein Überlebenskünstler, wie ich, auch wenn ihr der Vergleich wahrscheinlich nicht gefallen würde.

»Dagestan und Indien wären auch zweite Möglichkeiten, ja«, sage ich und lasse sie in meiner Stimme hören, dass mich diese Unterhaltung amüsiert. Sie versucht, gegen mich anzukämpfen, sie will, dass ich bedaure, sie mitgenommen zu haben, aber kein Sarkasmus und kein Schweigen dieser Welt wird das hinbekommen.

Ich brauche Sara, wie ich Luft und Wasser brauche, und ich werde es niemals bedauern, sie bei mir zu behalten.

Ihr weicher Mund presst sich zusammen, und sie dreht ihren Arm, weil sie versucht, meinen Griff um ihr Handgelenk zu lösen. »Lass mich los«, zischt sie, als ich sie nicht sofort loslasse. »Nimm deine verdammte Hand von mir.«

Trotz meiner Entschlossenheit, unberührt zu bleiben, überkommt mich ein Anflug von Wut. Sara hat mich gewählt, wenn auch nicht genau *das hier*, und ich habe nicht vor, mich von ihr wie ein Aussätziger behandeln zu lassen.

Anstatt ihr Handgelenk loszulassen, festige ich meinen Griff und ziehe sie zu mir, weg vom Rand des Hubschrauberlandeplatzes. Als sie weit genug von dem Abhang entfernt ist, beuge ich mich nach unten und hebe sie hoch, wobei ich ihr erschrockenes Protestquieken ignoriere.

»Nein«, sage ich grimmig und drücke sie an meine Brust. »Ich werde dich nicht gehen lassen.«

Ich ignoriere ihre Versuche, sich aus meinem Griff zu winden, und trage die Frau, die ich liebe, zu unserem neuen Zuhause.

5

*ara*

PETER LÄSST MICH NICHT LOS, BIS WIR IM HAUS SIND, UND SELBST dann, als er mich hinstellt, bleiben seine Finger wie ein Stahlband um mein Handgelenk gewickelt und ketten mich an seine Seite, während ich mein umwerfendes neues Gefängnis betrachte.

Und es *ist* umwerfend. Trotz der Wut und Frustration, die mich innerlich ersticken, kann ich die klaren, modernen Linien des offenen Schnittes und die postkartenreife Ansicht der Berge und des Sees durch die riesigen Fenster vom Boden bis zur Decke bewundern. Mitten im Raum, neben einer ultramodernen Küche, führt eine Hartholzwendeltreppe in den zweiten Stock – und dahin zieht mich Peter, während seine Hand immer noch besitzergreifend mein Handgelenk umfasst.

»Ein japanischer Geschäftsmann hat das vor zwanzig Jahren gebaut, aber ich habe es renoviert, nachdem ich es letztes Jahr gekauft habe«, sagt Peter, als wir die Stufen hinaufgehen. »Ich wusste nicht, dass wir sobald hierherkommen würden, aber ich habe mir gedacht, dass es besser fertig wäre«

Ich antworte nicht, da ich zusammenbrechen und weinen könnte, wenn ich versuchen würde zu reden. In diesem Augenblick könnte das FBI meinen Eltern von meinem Verschwinden erzählen, und zweifellos habe ich ein Dutzend verpasster Anrufe und Nachrichten von meiner Arbeit und von der Klinik, in der ich freiwillig arbeite. Bei einer meiner Patientinnen werden diese Woche die Wehen einsetzen, und ich habe einen Kaiserschnitt für morgen angesetzt. Oder für heute? Es ist früh am Morgen in Japan, bedeutet das, dass es zu Hause gerade Abend ist? Ich weiß nicht, wie groß der Zeitunterschied ist, aber ich kann mir nicht vorstellen, dass es weniger als zehn Stunden sind. Wenn das so ist, muss ich bereits einen ganzen Tag verpasst haben, und die Menschen zu Hause werden mich suchen. Vielleicht fragen sie sogar bei meinen Eltern nach, um herauszufinden, wo ich bin und warum ich weder auf ihre Anrufe noch auf Ihre Nachrichten reagiere.

Meine armen Eltern müssen vor Sorge ganz krank sein.

»Kann ich sie anrufen?«, frage ich mit belegter Stimme, als Peter mich in ein großzügiges Schlafzimmer führt. Eine der Wände ist komplett aus Glas und gibt einen atemberaubenden Blick auf die schneebedeckten Berge in einiger Entfernung und den See frei, der sich unter uns erstreckt. Oder zumindest wäre der Blick atemberaubend, wenn ich mich auf ihn konzentrieren könnte, anstatt auf den Kloß in meinem Hals, an dem ich zu ersticken drohe.

Bitte lass mit meinem Vater alles in Ordnung sein.

»Noch nicht«, antworte Peter, und sein Gesichtsausdruck wird weicher, als er mein Handgelenk freigibt. Wenn ich es nicht besser wüsste, würde ich denken, dass er sich ebenfalls Sorgen über meine Eltern macht. »Wir müssen uns zuerst die Aufzeichnungen der Kamera ansehen, um herauszufinden, was geschehen ist, damit wir einen Weg finden können, deine Familie zu kontaktieren, ohne jemandem unseren Aufenthaltsort zu verraten.

Ich schlucke und drehe mich weg, bevor er die Tränen sehen kann, die meine Augen füllen. Das ist alles meine Schuld. Wenn ich nicht nach Hause gekommen wäre, wenn ich mich Karen in diesem Umkleideraum anvertraut hätte, wäre alles anders gekommen. Ja, meine Eltern und ich hätten in Schutzhaft gehen und wahrscheinlich umziehen müssen, aber das wäre diesem Albtraum immer noch vorzuziehen gewesen. Ich weiß nicht, was ich mir dabei gedacht habe, als ich gestern Abend vom Krankenhaus nach Hause gefahren bin. Hatte ich gedacht, dass Peter nicht wissen würde, dass das FBI mit mir gesprochen hat, wenn ich normal zu Hause auftauchte? Dass das FBI vielleicht nicht bemerken würde, dass der Mann, den sie jagen, die ganze Zeit bei mir gelebt hat und wir weitermachen würden wie bisher?

Dass, wenn ich meinen Peiniger vor der drohenden Gefahr warnen würde, er mir danken und ruhig seines Weges gehen würde?

»Nicht, Sara.« Er tritt vor mich und zwingt mich, nach oben zu schauen, um seinem Blick zu begegnen. Sein Kiefer ist angespannt, und seine Augen glänzen dunkel, als er mit leiser, harter Stimme sagt: »Tu nicht so, als ob du das nicht gewollt hättest. Ich weiß, dass du Angst und Zweifel hast, aber du hast dich für mich entschieden; du hast dich für *uns* entschieden.

Deswegen hast du mir gesagt, dass sie hinter mir her sind, deswegen bist du überhaupt nach Hause gekommen, anstatt dich von ihnen weit wegbringen zu lassen. Ich habe auf dich gewartet. Ich wusste, dass sie in der Nähe waren, und ich habe trotzdem gewartet, weil ich sehen musste, ob du mich wirklich gehasst hast ... ob du wirklich wolltest, dass ich aus deinem Leben verschwinde. Aber das wolltest du nicht, stimmt's?« Er nimmt mein Kinn in seine Hand und streicht mit seinem Daumen über meine Wange. »Oder doch, Ptichka?«

»Doch, das habe ich.« Meine Stimme bebt, und zu meiner Schande laufen heiße Tränen über mein Gesicht. Ich möchte keine Schwäche zeigen, aber ich kann nichts gegen das Gift tun, das in meiner Brust brodelt. »Ich war kaputt und hatte Kopfschmerzen. Ich habe nicht nachgedacht. An jedem anderen Tag ...«

»Ach, wirklich?« Sein Mund verzieht sich grausam belustigt, als er seine Hand zurückzieht. »Ist das die Lüge, die du dir einredest? Dass ich dich gegen deinen Willen genommen habe ... dass du nichts von alledem hier gewollt hast?«

»Das wollte ich auch nicht!« Ich trete zurück und starre ihn ungläubig an. Er kann doch nicht ernsthaft glauben, was er da sagt. »Ich würde niemals zustimmen. Meine Eltern, meine Patienten, meine Freunde, mein ganzes Leben – es ist alles dort. Peter, du hast mich *entführt*. Das steht ja wohl außer Frage. Du hast eine Nadel in meinen Hals gestochen und mich weggetragen, während ich durch die Medikamente bewusstlos war. Wie kannst du also denken, dass ich freiwillig mit dir gekommen bin? Hast du den Teil verpasst, als ich aufgewacht bin und geschrien und darum gebettelt habe, dass du mich zurücklässt? Warst du taub, als ich geweint und dich angefleht habe, das nicht zu tun?« Ich bin mehr als wütend, aber die

Tränen hören nicht auf zu fließen, und ich wische mit meinem Handrücken über meine Wangen und zittere vor Wut von Kopf bis Fuß.

Peters Lippen werden zu einer harten, gefährlichen Linie, und ich erblicke den schrecklichen Fremden wieder, der in mein Haus eingebrochen ist und mich gefoltert hat. Nur bin ich dieses Mal zu wütend, um Angst zu verspüren. Wenn er mich dafür bestrafen will, soll er doch.

Ich werde ihn nur noch mehr hassen.

Er bewegt sich nicht auf mich zu, aber seine Stimme ist hart, als er sagt: »Also, warum hast du es getan? Warum hast du mich gewarnt, Sara? Du wusstest, dass ich dich nicht zurücklassen würde. Und erzähl mir keinen Mist darüber, dass du nicht klar denken konntest. Du wusstest ganz genau, welches Risiko du eingingst. Warum hast du es getan, wenn du nicht bei mir sein wolltest?«

Ich atme zitternd ein und drehe mich weg, da ich entschlossen bin, die Tränen zu kontrollieren, die mein Gesicht hinunterströmen. Die Wut, die mich erfüllt hat, verflüchtigt sich und lässt mich müde bis auf die Knochen und leer vor Verzweiflung zurück. Ich will mich behaupten, bestreiten, was er sagt, aber ich kann nicht. Vielleicht war mein Denken nicht so klar, wie es hätte sein sollen, aber ich wusste, was ich tat.

Ich war nicht überrascht, als die Nadel in meinen Hals eingedrungen ist.

Ich spüre Peter hinter mir, obwohl ich nicht gehört habe, dass er sich bewegt hat. »Sag es mir, Ptichka.« Seine Stimme ist wieder weich und seine Berührung sanft, als er meine Schultern umfasst und mich an seinen harten Körper zieht. »Sag mir, warum.« Seine Stoppeln kratzen über meine Wange, als er seinen Kopf beugt, um meine Schläfen zu küssen, und ich spanne mich an und kämpfe gegen den Drang an, mich an ihn zu lehnen und mich von ihm umarmen und streicheln zu lassen, bis ich vergesse, dass ich alles verloren habe.

Bis es mir egal ist, dass er mir mein Leben weggenommen hat.

Peter hebt seinen Kopf und dreht mich zu sich um, damit ich ihn ansehe, wobei seine grauen Augen mich so intensiv ansehen, dass ich weiß, dass er die Angelegenheit nicht fallenlassen wird. Er wird keine Ruhe geben, bis ich meine Schwäche zugestehe, diesen irrationalen, wahnsinnigen Impuls, der mich meine Chance auf Freiheit sabotieren ließ.

Ich lecke meine Lippen und schmecke das Salz meiner Tränen. »Ich ...« Ich schlucke belegt. »Ich wollte nicht, dass du stirbst.« Sogar jetzt noch lassen mich die schrecklichen Bilder nicht in Ruhe, mein Gehirn führt mir grässliche Details vor Augen, wie alles ausgegangen sein könnte. Ich kann quasi den leicht metallischen Geruch von Blut riechen, während die Kugeln des Sondereinsatzkommandos durch Peters muskulösen Körper schießen und die Beamten in Schutzbekleidung sehen, die durch die Schlafzimmertür stürmen, um ihn aus meinem Bett zu ziehen.

Ich kann fast die nackte, erdrückende Einsamkeit fühlen, die mein Leben ohne meinen Peiniger gewesen wäre.

Nein. Nein, nein, nein. Ich schüttele den Gedanken ab, verdränge ihn, weil er wahnsinnig ist. Ich wollte das *nicht.* Nur weil ich Peter vermisst habe, als er auf einer seiner Attentatsmissionen war, heißt das nicht, dass ich nicht mein Leben weitergelebt hätte. Und es war nicht einmal er, den ich vermisst habe. Es war sein trügerischer Trost, die Illusion von Liebe und Fürsorge. Was ich für ihn empfand, war nicht echt, und auch nicht das, von dem er denkt, dass er es für mich empfindet. Alles, was jemals zwischen uns war, ist eine kranke Lüge, eine krankhafte Besessenheit seinerseits und eine ebenso perverse Bedürftigkeit meinerseits.

Peters Augen verengen sich, und sein Griff um meine Schultern festigt sich, während er über das nachdenkt, was ich gerade gesagt habe. »Also hast du mich gewarnt, weil du so ein gutes Herz hast? Du warst ein guter Samariter?«

Ich nicke und blinzele dabei schnell, um eine neue Welle von Tränen zurückzuhalten. Das war nicht der einzige Grund für mein Fehlurteil, aber es ist der einzige, den ich zugeben möchte.

Das Gesicht meines Entführers verhärtet sich, und er lässt die Hände fallen und tritt zurück. »Ich verstehe.«

Wenn ich es nicht besser wüsste, würde ich denken, dass ich ihm wehgetan habe.

Im nächsten Augenblick fährt er allerdings fort, als sei nichts passiert. »Das ist unser Schlafzimmer.« Seine Stimme ist kalt und flach, völlig emotionslos. »Das Badezimmer ist da durch.« Er zeigt auf eine Tür im hinteren Teil des Zimmers. »Du kannst dich frisch machen, während wir einige Lebensmittel auspacken und Frühstück machen. Morgen wird dir Kleidung hierhergebracht, aber in der Zwischenzeit sollte es einen Bademantel im Bad und einige meiner Kleidungsstücke im Schrank geben.« Er nickt zu einer Reihe von Türen auf der gegenüberliegenden Seite des Zimmers. »Wenn du etwas brauchst, ich bin unten. Das Frühstück ist in einer halben Stunde fertig.«

Ich beiße mir auf die Lippe. »Okay, danke.«

Er verlässt den Raum, und ich gehe zum Fenster, während meine Brust aus Trauer über all das schmerzt, was ich verloren habe – und was ich gerade in den Augen von Peter gesehen habe.

Schmerz.

Ich *habe* ihn verletzt, und aus irgendeinem Grund tut mir das weh.

6

eter

»SIE IST NICHT GLÜCKLICH, WAS?«, SAGT ANTON LEISE AUF Russisch, als ich einen übergroßen Karton Eier herausnehme, den er gerade in den Kühlschrank gestellt hatte, ihn neben der Herdplatte auf die Theke stelle und beginne, nach einer Bratpfanne zu suchen.

»Nein.« Ich kann mich kaum beherrschen, die Schranktür nicht zuzuschlagen, als ich die Bratpfanne dort nicht finde. »Aber sie wird sich daran gewöhnen.«

»Und wenn sie es nicht tut?«

Endlich finde ich die Pfanne in einer der ausziehbaren Schubladen neben dem Herd. »Dann wird es ihr weiterhin beschissen gehen.« Ich nehme die Pfanne heraus, schiebe die

437

Schublade zu und dann verfluche ich mich, als ich einen haarfeinen Riss in dem glänzenden weißen Holz sehe. Das Renovieren des Hauses mit einer Hubschrauberladung nach der anderen war mehr als mühsam, und ich kann es mir nicht leisten, meine Wut an der Kücheneinrichtung auszulassen. Antons Gesicht beim Training später wird ein viel besseres Ziel sein.

»Du weißt, dass das passieren musste, oder?«, fährt mein Freund fort, so als ob ihm die brodelnde Wut in meinem Bauch entginge. »Dieser Vorstadtmist konnte nicht ewig währen. Ein Wunder, dass sie uns nicht früher gefunden haben. Wenn du dieses Mädchen für länger willst – und das willst du doch, oder nicht? – ist das der einzige Weg.«

Ich spanne meinen Kiefer so hart an, dass meine Backenzähne schmerzen. »Hör auf damit, Anton. Das geht dich einen Scheißdreck an.«

»In Ordnung. Ich habe dich nur an die Fakten erinnert. Ich weiß, dass es scheiße ist, dass sie verärgert ist und alles, aber ...« Er hört auf, da er anscheinend merkt, dass ich eine halbe Sekunde davon entfernt bin, ihm seine Zähne auszuschlagen. Er klappt sein Schweizer Armeemesser aus, schneidet ein Netz mit Orangen auf und legt die Früchte in eine große Holzschale auf dem Tresen. Dann schaut er sich interessiert den Karton mit den Eiern an und sagt: »Was gibt's zum Frühstück?«

»Für dich? Nichts.« Ich schlage fünf Eier in eine Rührschüssel, gieße ein wenig Milch hinein und füge vor dem Umrühren Gewürze hinzu. »Du und die Zwillinge, ihr könnt selbst für euch sorgen.«

»Mann, das ist aber hart«, sagt Yan, der gerade die Küche betritt. Er trägt eine riesige Kiste mit noch mehr Obst und

Gemüse sowie Brot und tiefgefrorenem Fleisch – Essensvorräte, die unser einheimischer Kontakt in den Hubschrauber geladen hat, bevor er ihn zu uns geschickt hat.

»Ilya und ich sind am Verhungern, und du kochst gern«, fährt Yan fort, als ich nicht antworte. »Wie schwer kann es sein, ein wenig mehr zu machen? Ich verspreche, *ich* werde auch nichts mehr über deine hübsche Ärztin sagen.«

Ich bekämpfe den Drang, ihm unfreundlich zu antworten, und gebe noch ein Dutzend mehr Eier in die Schüssel. Normalerweise koche ich nicht für die Jungs, aber Yan hat recht: es wäre kindisch, meinem Team nach einer so langen Reise ein gutes Frühstück vorzuenthalten.

Sie dürfen nur Sara auf keinen Fall mehr erwähnen, denn wenn ich noch ein Wort über das Thema höre, reiße ich ihnen die Köpfe ab.

Klugerweise schweigen Yan und Anton und packen den Rest des Essens aus, während ich das Omelett koche, und als Ilya hereinkommt, bin ich fast ruhig – wenn man über den sporadischen Drang hinwegsieht, mit meiner Faust durch die weiße Arbeitsplatte aus Quarz schlagen zu wollen.

Ilya setzt sich auf einen der Edelstahl-Barhocker und öffnet seinen Laptop, was mich daran erinnert, dass wir neben Sara auch noch andere Probleme haben, um die wir uns Sorgen machen müssen.

»Was haben die Hacker gesagt?«, frage ich, als ich sehe, dass er seine Stirn runzelt, während er auf den Bildschirm schaut. »Irgendwelche Hinweise auf dieses *Ublyudok*?«

»Nein.« Ilyas Gesicht ist düster, als er aufblickt. »Keine Kreditkartentransaktionen, keine Versuche, Freunde oder Verwandte zu kontaktieren, nichts. Der Wichser ist gut.«

Meine Hand umfasst den Griff der Bratpfanne stärker, als meine Wut zurückkehrt. Der letzte Name auf meiner Liste – ein Walton Henderson III, alias Wally, aus Asheville, North Carolina – ist der General, der für die NATO-Operation verantwortlich war, die schiefging und den Tod meiner Frau und meines Sohnes zur Folge hatte. Er war es, der den Befehl zum Handeln gab, ohne den Wahrheitsgehalt des angeblichen Hinweises auf die Terrorgruppe zu überprüfen, und er war es, der die Soldaten autorisierte, jede notwendige Maßnahme gegen »die Terroristen« einzusetzen.

Ich habe bereits alle Soldaten und Geheimdienstmitarbeiter getötet, die am Daryevo-Massaker beteiligt waren, aber Henderson – derjenige, der am meisten zu verantworten hat – ist immer noch auf freiem Fuß, da er mit seiner Frau und seinen Kindern verschwunden war, sobald Gerüchte über meine Liste die Geheimdienste erreicht hatten.

»Sag den Hackern, sie sollen tiefer bei all seinen Freunden und Verwandten graben, egal wie entfernt die Verbindung ist«, sage ich, als Yan hinübergeht, um sich auf den Barhocker neben seinem Bruder zu setzen. »Sie sollen nach allem suchen, was aus der Norm herausfällt, wie größere Bargeldabhebungen, Käufe von zusätzlichen Telefonen, Reisen ins Ausland, Immobilienkäufe oder Ferienhäuser, jedes noch so winzige Detail, das darauf hindeuten könnte, dass sie diesem Bastard helfen. Jemand muss wissen, wo Henderson hingegangen ist, und ich wette auf irgendeinen entfernten Cousin. Wenn wir in einigen Monaten immer noch nichts herausgefunden haben, sollten wir Hendersons Freunde und Verwandte persönlich besuchen und ihn auf diese Weise hervorspülen, wenn es sein muss.«

»Du hast recht.«, sagt Ilya, und seine dicken Finger fliegen mit überraschender Wendigkeit und Anmut über die Tastatur. »Das wird uns etwas kosten, aber ich denke, du hast recht. Menschen haben Probleme, Verbindungen komplett zu lösen.«

»Yan, haben wir diese Kameraaufzeichnungen?«, frage ich, als der andere Zwilling seinen eigenen Laptop öffnet. »Die aus Saras Elternhaus? Wir müssen sehen, ob das FBI schon mit ihnen gesprochen hat.«

»Ich lade sie gerade runter«, antwortet er, ohne vom Bildschirm aufzuschauen. »Diese Satellitenverbindung ist verdammt langsam. Die Meldung sagt, dass es vierzig Minuten dauert, um die Dateien aus der Cloud runterzuladen.«

»In Ordnung, dann lasst uns zuerst essen«, sage ich und schalte den Herd aus. »Anton, kannst du den Tisch für uns fünf decken? Ich hole Sara.«

Meine Männer schweigen, als ich zur Treppe gehe, aber als ich die Treppe halb hinaufgegangen bin, sehe ich, dass Yan sich zu Ilya lehnt und ihm etwas ins Ohr flüstert.

SARA KOMMT GERADE AUS DEM BADEZIMMER, ALS ICH DAS Zimmer betrete, und ihr schlanker Körper ist in ein großes, weißes Handtuch gewickelt und ihr nasses Haar in einem unordentlichen Knoten auf dem Kopf zusammengebunden. Ihre blasse Haut ist gerötet, wahrscheinlich von der Hitze des Wassers, und ihre braunen Augen mit den vollen Wimpern sind rot und vom Weinen geschwollen.

Sie sollte erbärmlich aussehen, aber sie sieht stattdessen herzzerreißend schön aus, wie eine unglückliche Disney-Prinzessin. Vielleicht wie die aus *Die Schöne und das Biest*, obwohl ich mir nicht sicher bin, ob ich mich für das Biest in diesem Märchen qualifiziere.

Belle hat ihren Entführer nicht so sehr gehasst, wie Sara mich zu hassen scheint.

»Frühstück ist fertig«, sage ich kalt und versuche, nicht an ihre Offenbarung von vorhin zu denken. Zu wissen, dass Sara mich gewarnt hat, um mein Leben zu retten, sollte mich nicht stören – schließlich ist es die Bestätigung, dass sie nicht möchte, dass ich tot bin –, aber ihre Worte fühlten sich wie ein rotglühendes Schüreisen an, das durch meine Brust wandert. Ich nehme an, das liegt daran, dass ich mich selbst davon überzeugt hatte, dass sie mitkommen wollte und dass sie einfach nur kalte Füße bekommen hatte, als sie mich bat, sie gehen zu lassen.

Es tat weh, weil ich mir eingebildet hatte, dass sie mich eines Tages auch lieben wird.

»Danke. Ich bin gleich unten.« Sie sieht mich nicht an, als sie das sagt, sondern geht einfach in den begehbaren Kleiderschrank und taucht eine Minute später mit einem meiner langärmeligen Flanellhemden und einem Paar Jogginghosen auf.

»Macht es dir etwas aus?«, fragt sie, als sie ihre Bekleidung auf das Bett legt, und ich verschränke meine Arme vor meine Brust, als ich verstehe, dass sie will, dass ich mich umdrehe, während sie sich umzieht.

»Nein, überhaupt nicht. Nur zu.«

Sie schaut mich an. »Ich meinte das ...«

»Ich weiß, wie du das gemeint hast.« Ich lasse mein Gesicht ausdruckslos, auch wenn die Wut weiterhin in mir tobt. Wenn sie denkt, ich werde mich wie ein Fremder behandeln lassen, liegt sie völlig daneben. Sie mag mich vielleicht nicht lieben, aber sie gehört mir, und ich werde nicht so tun, als hätte ich ihren Orgasmus noch nie um meinen Schwanz gespürt. Wenn es eine Sache gibt, die wir immer gehabt haben, ist es diese körperliche Verbindung, ein gegenseitiges Verlangen, das so intensiv ist, dass es die einfache Lust übersteigt. Ich will Sara, wie ich nie eine andere Frau gewollt habe, und ich weiß, dass ich ihr nicht egal bin.

Sie will mich, und ich werde nicht zulassen, dass sie es verleugnet.

Die Röte auf Saras Gesicht vertieft sich, während ihre Knöchel weißer werden, als sie die Hose aufhebt. »Schön.« Sie blickt mich wütend an, lässt sich auf das Bett fallen und zieht die Hose mit ruckartigen Bewegungen an, wobei sie das Handtuch um ihre Brust gewickelt lässt, bis sie die Hose bis zur Taille gezogen und die Hosenbeine aufgerollt hat. Dann steht sie auf und lässt das Handtuch fallen. Ich erhasche einen Blick auf ihre wunderschönen Brüste mit den rosa Nippeln, als sie das Hemd mit wütenden Bewegungen überzieht, und mein Schwanz versteift sich, als mein Körper mit gewohnter Schnelligkeit auf ihren nackten Anblick reagiert.

»Bist du jetzt glücklich?« Sie reißt am Kordelzug im Hosenbund und bindet ihn fest, damit die Hose nicht herunterrutscht, und trotz meiner düsteren Stimmung fällt mir auf, wie bezaubernd sie in meinen Sachen aussieht.

Antons Jeans und T-Shirt waren zu groß für sie, aber meine Jogginghose und mein Flanellhemd sind riesig. Ich bin ein paar Zentimeter größer und breiter als mein Freund, und diese Sachen haben einen weiten Schnitt. Meine junge Ärztin sieht aus wie ein Kind, das Bekleidung für Erwachsene anprobiert – ein Eindruck, der durch ihre kleinen, nackten Füße und die unordentlichen Haare verstärkt wird.

Da ich unfähig bin, mich zu beherrschen, mache ich einen schnellen Schritt vorwärts, umfasse ihr Handgelenk und ziehe sie an mich, wobei ich die wütende Steifheit ihres Körpers ignoriere, als ich ihre Hüften gegen meine drücke. Mit meiner freien Hand umfasse ich ihren feuchten Haarknoten, ziehe ihren Kopf nach hinten und beuge dann meinen Kopf nach unten, um sie zu küssen.

Ihr Mund schmeckt süß und schwach nach Minze, als hätte sie sich gerade die Zähne geputzt. Ihre Lippen teilen sich, als sie erschrocken einatmet, und ich inhaliere ihren warmen Atem und nehme ihre Luft in Besitz, so wie ich alles an ihr besitzen möchte. Ich will ihren Körper, ihre Gedanken, ihre Wut und ihre Freude. Und vor allem möchte ich ihre Liebe, das einzige, was sie mir vielleicht nie geben wird.

Meine Zunge dringt in ihren Mund ein, streichelt die nassen, seidigen Tiefen, und ihre Finger graben sich unter der Jacke in meine Seiten, und ihre Nägel dringen scharf durch den Baumwollstoff meines Hemdes. Dieser leichte Schmerz belebt meine Nervenenden, schickt mehr Blut zu meinem Schwanz, und meine Eier ziehen sich zusammen, so dass der Drang, sie zu ficken, so stark wird, dass ich sie fast aufs Bett zerre und diese lächerliche sackartige Jogginghose herunterziehe. Einzig das Wissen, dass meine Männer unten warten, hält mich davon ab.

Ich will sie für mehr als einen Zwei-Minuten-Quickie.

Mit übermenschlicher Anstrengung lasse ich sie los und trete schwer atmend zurück. Sara sieht genau so aus, wie ich mich fühle – ihre Augenlider sind schwer und ihr Gesicht ist gerötet als sie benommen Luft holt.

»Geh runter, bevor die Eier kalt werden«, sage ich mit angespannter Stimme und reiße meine Jeans auf, um den schmerzhaften Druck in meiner Hose zu regulieren. »Ich bin in einer Minute da.«

Sie dreht sich um und flieht, bevor ich mit dem Sprechen fertig bin, und ich schließe meine Augen, atme tief ein und denke an die sibirischen Winter, um meinen Steifen verschwinden zu lassen.

7

Sara

ALS ICH NACH UNTEN KOMME, SITZT PETERS TEAM SCHON AN dem rechteckigen Holztisch, und alle Augen sind sehnsüchtig auf die große Pfanne in der Mitte gerichtet. Einer von ihnen – ganz in Schwarz gekleidet, mit schulterlangen Haaren und einem dicken dunklen Bart – sieht auf, als ich mich nähere.

»Wo ist Peter?«, fragt er und runzelt die Stirn. Sein russischer Akzent ist nur ein wenig stärker als der von Peter. »Das Essen wird kalt.«

»Er kommt sofort«, antworte ich, und die Hitze in meinen Wangen verstärkt sich, als der bärtige Mann seine Augenbrauen in die Höhe zieht. Wahrscheinlich kann er an meinen geschwollenen Lippen erkennen, was oben passiert ist, wenn auch nicht meine aufgewühlten Gefühle. Meine Knie zitterten buchstäblich, als ich die Stufen hinunterging, und ich bin dankbar dafür, dass Peters Hemd locker und dick ist und die harten Spitzen meiner Brustwarzen verdeckt.

Wenn mein Kidnapper beschlossen hätte, mich zu ficken, hätte ich nicht Nein sagen können, und dieses Wissen erfüllt mich mit brennendem Schamgefühl.

»Anton, du bist unhöflich«, sagt ein großer, braunhaariger Mann mit einem sanften Lächeln. Im Gegensatz zu seinem bärtigen Kollegen, der direkt einem Actionfilm über Attentäter entsprungen sein könnte, würde dieser Mann in einer Anwaltskanzlei nicht fehl am Platze aussehen. Sein kurzes, braunes Haar ist modisch geschnitten, sein Gesicht sauber rasiert, und ich wette um hundert Dollar, dass sein subtil gestreiftes Hemd und seine grauen Anzughosen maßgeschneidert sind. Nur seine kühlen grünen Augen strafen sein gepflegtes, seriöses Äußeres Lügen; sie sind hart und emotionslos, unberührt von dem Lächeln, das seine Lippen umspielt.

»Du hast vergessen, dich vorzustellen«, fährt der gut gekleidete Mann fort und spricht wie Anton mit einem ähnlich leichten Akzent. Er dreht sich zu mir, zeigt auf seinen bärtigen Freund und sagt: »Sara, das ist Anton Rezov. Früher hat er bei unserem alten Job alles mit einem Motor geflogen, und jetzt ist er immer noch gelegentlich nützlich. Und ich bin Yan Ivanov. Oh, und das ist mein Bruder Ilya.«

Ich wende meine Aufmerksamkeit dem dritten Mann zu, Yans Bruder, und erkenne, dass er derjenige ist, der vorhin mit mir gesprochen und mir erklärt hat, warum dieser Ort ein gutes Versteck ist. Er sieht mit seinem dicken Bodybuilder-Oberkörper, seinem rasierten Schädel voller Tätowierungen und seinem übergroßen Kiefer, der mich an einen Gorilla erinnert, am angsteinflößendsten von allen aus. Aber als er mich anlächelt, legen sich die Winkel seiner grünen Augen in Fältchen und mildern die Härte seiner Gesichtszüge.

»Es freut mich, Sie kennenzulernen, Dr. Cobakis«, sagt er mit etwas stärkerem Akzent und steht auf, um mir einen Stuhl zu holen.

»Vielen Dank. Ich freue mich auch, Sie kennenzulernen«, sage ich und setze mich auf den Stuhl. Ich sollte jeden einzelnen dieser Männer hassen – schließlich sind sie Mittäter bei meiner Entführung und waren es bei der Ermordung meines Mannes –, aber etwas an dem echten Lächeln dieses Russen und der respektvollen Art und Weise, wie er mich angesprochen hat, macht es mir unmöglich, wütend auf ihn zu sein.

Ich werde meine ganze Wut für den Mann reservieren, der in diesem Moment die Treppe herunterkommt und dessen schönes Gesicht dunkel und verschlossen ist.

»Endlich«, sagt Anton erfreut, als Peter an den Tisch kommt und neben mir Platz nimmt. Anton greift nach der Pfanne in der Mitte des Tisches, schneidet einen Teil des Omeletts heraus und legt ihn auf seinen Teller. »Ich komme fast um vor Hunger.«

»Bediene dich.« Peters Stimme ist voller Sarkasmus, der Anton zu entgehen scheint. Die Ivanov-Brüder zeigen bessere Tischmanieren und warten, bis Peter eine Portion auf meinen Teller und dann seinen eigenen legt, bevor er den Rest aufteilt.

Wir essen schweigend und verspeisen das Omelett in wenigen Minuten, bevor Peter aufsteht und ein paar Orangen in Scheiben schneidet. »Nachtisch?«, fragt er kurz, und die Jungs nehmen sein Angebot gern an. Ich sage nichts, aber Peter bringt mir trotzdem eine Schale mit einer aufgeschnittenen Orange.

»Danke«, sage ich leise. Selbst in dieser beschissenen Situation sind die Regeln der Höflichkeit, die mir seit meiner Kindheit eingetrichtert wurden, schwer zu brechen. Ich greife in die Schale, fische eine Orangenscheibe heraus, beiße hinein und genieße die süße, erfrischende Saftigkeit. Ich muss neben allem anderen auch niedrigen Blutzucker gehabt haben, weil ich mich jetzt nach dem Essen ein klein wenig besser fühle und das leere Gefühl der Verzweiflung so weit verschwindet, dass ich wieder denken kann.

Ja, auf den ersten Blick ist meine Situation nicht die beste. Als wir einflogen, sah ich nichts, was in der unmittelbaren Umgebung dieses Berges entfernte Ähnlichkeit mit Zivilisation hatte, nur Klippen und dichte Wälder, mit Schnee, der noch einige Berggipfel in der Nähe bedeckte. Selbst wenn ich es schaffe, den vier Attentätern zu entkommen, wird es nicht leicht sein, von hier zu Fuß zu flüchten. Ich bin genau einmal in meinem Leben campen gegangen, und ich bin überhaupt kein Wildnis-Experte. Ganz zu schweigen davon, dass, wenn ich irgendeinen Bauernhof oder ein Dorf in der Nähe erreichen würde, mir noch die Herausforderung bevorstünde, meine Situation den Leuten zu erklären, die vielleicht nicht ein Wort Englisch sprechen.

Es ist jedoch nicht so hoffnungslos, wie es sein könnte. Es hört sich so an, als ob Peter beabsichtigt, mich bald mit meinen Eltern Kontakt aufnehmen zu lassen, und es besteht die Möglichkeit, dass ich meinen Aufenthaltsort an sie – und damit an das FBI – weitergeben kann. Außerdem bin ich weder gefesselt noch anderweitig gefangen. Es sieht so aus, als habe ich die Freiheit, durch das Haus zu streifen, was meine

Fluchtchancen erhöht. Wenn ich clever und vorsichtig bin, kann ich vielleicht sogar Wasser und Vorräte stehlen, falls meine Bergwanderung ein paar Tage dauert.

Nicht alles ist verloren. Auf die eine oder andere Weise *werde* ich meinen Fehler ausbügeln und nach Hause zurückkehren.

In der Zwischenzeit muss ich dafür sorgen, dass ich die Dinge nicht noch schlimmer mache, indem ich etwas Dummes tue ... wie mich in meinen Entführer zu verlieben.

NACH DEM FRÜHSTÜCK GEHE ICH INS SCHLAFZIMMER UND schlafe sofort ein, da mich die Zeitumstellung, kombiniert mit einem Nahrungskoma, trotz des langen Nickerchens im Flugzeug müde macht. Ich wache auf, als ich den Hubschrauber starten höre, und durch das riesige Fenster sehe ich, wie er vom Hubschrauberlandeplatz neben dem Haus abhebt.

Nahrungsmittelnachschub? Ein Arbeitsauftrag? Ich habe keine Ahnung, aber wenn Peter mit dem Hubschrauber weg ist, kann das nur gut sein.

Leider sehe ich ihn unten, als ich ein paar Minuten später herunterkomme, nachdem ich etwas Wasser in mein Gesicht gespritzt habe, um richtig aufzuwachen. Er sitzt auf einem Barhocker hinter dem Küchentresen und runzelt die Stirn über etwas auf einem Laptop-Bildschirm. Als ich näher komme, sehe ich Kopfhörer in seinen Ohren.

Er hört sich etwas am Computer an.

Als er mich bemerkt, nimmt er die Ohrstöpsel heraus und drückt einen Knopf auf der Tastatur – wahrscheinlich, um das anzuhalten, was er sich gerade angehört hat.

»Ist das die Kameraaufzeichnung aus dem Haus meiner Eltern?«, frage ich, und mein Herz schlägt schneller, als Peter nickt.

»Ja. Das FBI war bei ihnen.« Sein Gesichtsausdruck ist vorsichtig neutral.

»Und?« Ich setze mich auf einen Barhocker neben ihn und meine Schultern spannen sich an. »Was haben sie ihnen gesagt?«

»Das ist ... interessant.« Peters Augen glänzen, als er sich zu mir umdreht. »Es sieht so aus, als sei die Geschichte, die wir deinen Eltern erzählt haben, genau das, was das FBI vermutet.«

Ich starre ihn an, und mein Puls wird noch schneller. »Sie denken, dass ich freiwillig mit dir gegangen bin?«

Er schließt den Laptop. »Davon scheinen sie auszugehen, besonders jetzt, da deine Eltern ihnen von deinem Anruf erzählt haben. Aber ich denke, Ryson hat schon vorher vermutet, dass du etwas mit mir zu tun hattest, wahrscheinlich weil du Karen in der Umkleide nichts von mir erzählt hast.«

Meine Hände verknoten sich auf meinem Schoß. Das ist gleichzeitig gut und schlecht. Ich will nicht, dass das FBI denkt, ich mache gemeinsame Sache mit einem der meistgesuchten Verbrecher, aber ich bin auch erleichtert. Das ist unendlich viel besser, als wenn meine Familie glauben würde, dass ich entführt worden sei. »Und, wie haben meine Eltern reagiert? Haben sie sich Sorgen gemacht? Waren sie aufgebracht? War mein Vater ...«

»Sie haben es gut aufgenommen.« Die harte Linie von Peters Kiefer wird ein wenig weicher. »Sie sind natürlich schockiert und verstört, dass du mit jemand so anstößigem zusammen bist, aber Ryson hat nicht viel dazu gesagt, wer ich bin und warum sie hinter mir her sind. »Ich denke, er macht sich Sorgen, dass die Geschichte an die Medien gelangen könnte.«

Das ergibt Sinn. Das FBI oder die CIA, oder wer die Lüge über die Mafia, die angeblich hinter meinem Mann her war, zusammengebraut hatte, würde nicht enthüllen wollen, was wirklich in Daryevo geschehen ist. Wenn Peter recht hatte mit dem Fehler, der zum Massaker seiner Familie führte, würden die beteiligten Parteien mit Zähnen und Klauen zu verhindern versuchen, dass die Wahrheit ans Tageslicht kommt.

Die Öffentlichkeit neigt dazu, das Abschlachten unschuldiger Zivilisten zu missbilligen.

»Also geht es meinem Vater gut?«, dränge ich und schiebe die Erinnerung an die schrecklichen Bilder auf Peters Handy beiseite. »Er sah nicht krank aus oder so?«

»Deine Eltern sahen beide gesund aus.« Peters Gesichtsausdruck erwärmt sich weiter, während seine Handflächen meine fest geballten Fäuste bedecken. »Sie werden schon wieder, Ptichka. Sie sind stark, genau wie du. Und du kannst sie bald kontaktieren. Anton und Yan sind gerade aufgebrochen, um Nahrungsmittel und andere Dinge zu besorgen, und wenn sie zurückkommen, haben wir alles, was wir brauchen, um eine sichere Verbindung aufzubauen. Du wirst mit deinen Eltern reden, sie beruhigen, und es wird ihnen gut gehen.« Er drückt sanft meine Hände. »Alles wird gut.«

Ich ziehe meine Hände weg, da durch einen plötzlichen Ansturm von Gefühlen meine Augen brennen. Genau das hier macht die Dinge so verwirrend. Ein Mann, der dich entführt, sollte sich nicht um deine Familie kümmern, geschweige denn um deine Gefühle. Was Peter mir angetan hat – *alles*, was er mir angetan hat –, sind die Taten eines grausamen, egoistischen Monsters, und doch ist es, wenn er bei mir ist und mich so ansieht, leicht zu glauben, dass er mich liebt, dass er mich auf seine eigene seltsame überwältigende Art und Weise glücklich machen will.

Ich verdränge diesen gefährlichen Gedanken und zügle meine überwältigenden Emotionen, um mich auf das eigentliche Thema zu konzentrieren. »Aber was genau hat das FBI gesagt? Und wie haben meine Eltern darauf reagiert? Sie hatten bestimmt eine Menge Fragen ...«

»Die hatten sie, aber Ryson hat ihnen nur gesagt, dass sie nach dem Mann suchen, der bei dir ist, und nicht sagen können, warum. Die meiste Zeit haben er und die anderen Agents deine Eltern befragt, sie über die Details deines Telefonanrufs ausgequetscht, und wollten wissen, ob du in den letzten Monaten etwas Ungewöhnliches getan oder gesagt hast, warum du den Hausverkauf abgebrochen hast und so weiter.«

»Okay.« Weil sie mich jetzt verdächtigen. Sie denken, dass ich eine Affäre mit dem Mörder meines Mannes habe – was auf gewisse Weise auch stimmt. Mit Sicherheit eine unwillige Affäre, aber das ändert nichts an den Tatsachen. Ich hätte jederzeit zum FBI gehen, die Situation erklären und um ihren Schutz bitten können, aber stattdessen habe ich mich selbst davon überzeugt, dass es für meine Eltern sicherer wäre, wenn ich mich alleine um meinen tödlichen Stalker kümmere. Und wer weiß? Vielleicht hatte ich recht. In Anbetracht der Unfähigkeit der Behörden, die anderen auf Peters Liste zu schützen, hätte er vielleicht mich *und* meine Eltern gefunden, wenn wir versucht hätten zu verschwinden. Und dann hätten mehr Leute verletzt werden können – wenn nicht meine Familie, dann die Beamten, die uns beschützen sollten.

Die drei Wachen, die auf George aufgepasst haben, sind durch Kugeln im Kopf gestorben.

»Darf ich mir das Video selbst ansehen?«, frage ich, verdränge diese schreckliche Erinnerung, und Peter nickt.

»Wenn du möchtest. Ich werde es später am Fernseher für dich vorbereiten. Er zeigt auf den großen Flachbildschirm, der im Wohnzimmer hängt. In der Zwischenzeit muss ich etwas Arbeit nachholen, also geh ruhig spazieren und dir alles ansehen.«

Ich blinzele und kann nicht glauben, dass es so einfach war. »Okay, das werde ich«, sage ich und versuche, meine Freude zu verbergen.

Wenn ich allein alles auskundschaften darf, kann ich schon heute entkommen.

Ich erinnere mich an meine nackten Füße, schaue nach unten und wackle mit den Zehen. »Denkst du, ich kann mir Schuhe leihen?«, frage ich so beiläufig wie möglich.

»Yan kauft dir heute alles, aber du kannst bis dahin versuchen, meine Turnschuhe anzuziehen. »Wenn du sie fest genug schnürst, sollten sie halten.«

»In Ordnung, ich werde es probieren, danke.« Ich rutsche vom Barhocker und eile zur Treppe, da ich endlich meine Erkundung beginnen möchte.

»Ach, und Sara?«, ruft Peter, als ich schon fast bei der Treppe bin. Als ich mich umdrehe, um ihn anzusehen, sagt er: »Wenn du nach draußen gehst, nimm Ilya mit. Du kennst die Gegend nicht, und es gibt überall Klippen. Du willst ja nicht fallen.«

Und ohne meine verpuffende Freude zu bemerken, öffnet er den Laptop und wendet seine Aufmerksamkeit wieder dem Bildschirm zu.

8

 ara

EINGEHÜLLT IN PETERS DICKES SWEATSHIRT, DAS MIR BIS ZU DEN Knien geht, und mit meinen Füßen, die in Peters riesigen Turnschuhen hin und her rutschen, gehe ich mit Ilya an meiner Seite vorsichtig durch den Wald. Er redet mit mir, erzählt mir etwas über die lokale Vegetation, aber ich höre nur halb hin und konzentriere mich darauf, mir den Weg zu dem Pfad zu merken, den ich im Westen entdeckt habe. Er ist breit genug, um ein Fahrzeug durchzulassen, und scheint den Berg hinunterzuführen.

»… aber wurde durch den Erdrutsch blockiert«, meint Ilya, und plötzlich ist meine Aufmerksamkeit geweckt, da mir klar wird, dass er mir gerade etwas Nützliches erzählt.

»Ein Erdrutsch?«

455

Er nickt mit seinem rasierten Kopf. »Ja, durch das Erdbeben. Es hatte hier große Auswirkungen gehabt, hat diesen Berg völlig verändert.«

»Wie verändert?«, bitte ich ihn zu beantworten und umarme mich, um das Sweatshirt näher an meinem Körper zu haben. Hier zwischen den Bäumen ist es weniger windig als am Haus, aber es ist durch die Höhe immer noch kalt. Wir laufen seit fast einer Stunde in weiten Kreisen um das Haus herum, und ich bin bereit, wieder in die Wärme hineinzugehen.

Da mir der russische Attentäter an den Fersen klebt, werde ich heute sowieso nicht entkommen, und wenn ich es tue, muss ich dafür sorgen, dass ich ordentlich gekleidet bin.

»Außer die Straße zu blockieren, meinst du?«, fragt Ilya, und ich nicke mit gerunzelter Stirn. Ich hoffe, er meint nicht den Pfad, den ich gerade gesehen habe. Bis jetzt ist es das Einzige, was ich gesehen habe, was einer Straße ähnelt. Wenn er blockiert ist, muss ich durch den Wald – eine um einiges zweifelhaftere Option.

Ilya bleibt stehen und zeigt auf eine Klippe auf der gegenüberliegenden Seite des Sees unter uns. »Siehst du das? Früher war es eine gleichmäßige Steigung. Und davon gibt es noch viele auf diesem Berg. Sehr gefährlich. Der Wald geht genau bis an den Rand einiger dieser Klippen, also wenn man nicht aufpasst, wohin man geht ...«

»Alles klar. Gefährlich. Verstanden.« Das bestärkt mich in meiner Überzeugung, dass ich gut vorbereitet sein muss, bevor ich meine Flucht versuche. Das Letzte, was ich will, ist, von einer Klippe zu fallen. Ich werde ein paar Tage brauchen, um die Gegend kennenzulernen und sie genauer zu erkunden, damit ich weiß, wohin ich gehen muss. Vielleicht mehr über diese Region herausfinden und erfahren, wo die nächstgelegene

Siedlung oder irgendein anderer Ort liegt, von dem aus ich die US-Botschaft anrufen könnte.

Wie auch immer, ich muss meine Flucht clever planen, damit ich nicht die kleinen Freiheiten verliere, die Peter mir hier zugesteht.

Als wir schließlich zum Haus zurückkehren, zittere ich, und meine Ohrenspitzen fühlen sich wie Eiszapfen an. Peter ist nirgendwo zu sehen, also gehe ich nach oben und lasse mir ein heißes Bad ein, um mich aufzuwärmen.

Die hohe weiße Wanne hat eine ungewöhnliche Form: quadratisch und schmal, aber tief und mit innenliegender Treppe. Ich kann mich darin nicht hinlegen wie in meiner ovalen Wanne zu Hause, aber ich kann mich auf die Stufe setzen und mich vom Wasser bis zum Hals bedecken lassen. Es ist eigentlich angenehmer so, entscheide ich und schließe die Augen, während die Hitze des Wassers in mich eindringt und die Kälte und die Anspannung in meinen Muskeln vertreibt. Ich würde nicht so weit gehen, meinen derzeitigen Zustand als entspannt zu beschreiben, aber ich fühle mich definitiv besser.

Wenn ich nicht gegen meinen Willen hier wäre, würde ich das fast als Urlaub ansehen.

»Du magst die japanische Badewanne?«, murmelt eine vertraute tiefe Stimme hinter mir, und ich schlage meine Augen auf, als starke Hände sich auf meine Schultern legen und meine feuchte Haut massieren. Sofort schnellt mein Puls in die Höhe, und das entspannte Gefühl weicht der verwirrenden Mischung aus Wut, Sehnsucht und Angst, die ich immer in Peters Gegenwart verspüre.

Ich drehe mich herum und schlinge meine Arme um meinen Oberkörper, während ich mich gleichzeitig aus seiner Reichweite begebe. Er hat mich hundertmal nackt gesehen, aber ich bin immer noch im Zwiespalt mit dieser Intimität zwischen uns, bin mir immer noch bewusst, wie *falsch* das alles ist. Denn wenn unsere Beziehung vorher krank war, ist sie jetzt doppelt so schlimm, da mein Stalker – der Mann, der mich beim ersten Treffen gewaterboardet hat – jetzt mein Entführer ist.

Er hat mich völlig in seiner Hand, und wir beide wissen das.

Er steht neben der hohen Wanne, und seine großen, sonnengebräunten Hände liegen auf dem Porzellanrand. Die Ärmel seines Thermohemdes sind hochgerollt, und die Tattoos, die seinen linken Arm zieren, liegen frei. Die Tätowierung reicht vom Handgelenk bis zu seiner Schulter, und die komplizierten Designs werden von jeder Bewegung seiner gut definierten Muskulatur zusammengezogen. Sein dickes, dunkles Haar ist verstrubbelt, so als ob er mit den Fingern hindurchgefahren wäre, und sein harter Kiefer ist mit einem Hauch von Stoppeln übersät.

Er sieht auf alle möglichen Arten gefährlich und so kompromisslos männlich aus, dass sich mein Unterleib zusammenzieht. Sexy ist ein zu schwaches Wort, um Peter Sokolov zu beschreiben; was er besitzt, ist eine rein animalische Anziehungskraft, eine rohe, raue, männliche Attraktivität, die etwas beunruhigend Primitives in mir anspricht.

Unter großen Anstrengungen schließe ich die geistige Tür zu diesem Gedanken und ziehe mich so weit zurück, wie es die Wanne erlaubt. »Bitte geh weg. Ich bade.«

»Das kann ich sehen.« Sein Blick wandert über meinen

Körper, bevor er zu meinem Gesicht zurückkehrt, und seine metallischen Augen sind dunkel vor Hunger. »Na und?«

»Also lass mich allein.« Ich tue mein Bestes, um seinen Blick zu erwidern, ohne zusammenzuzucken. »Es sei denn, du gestehst deinen Gefangenen keine Privatsphäre zu.«

Seine Augen verengen sich, und seine Finger ziehen sich vom Rand der Wanne zurück. Samtweich sagt er: »Meine *Gefangenen* dürfen nicht viel, Bäder eingeschlossen. Meine *Frau* allerdings kann tun, was sie will – solange sie eine einfache Tatsache versteht.«

»Und die wäre?«

»Dass sie mir gehört.« Er tritt zurück, und bevor ich antworten kann, zieht er sein Hemd über seinen Kopf, lässt es auf den Boden fallen und zieht danach seine Socken aus. Dann öffnet er seinen Gürtel und macht den Reißverschluss seiner Jeans auf.

Ich atme tief ein und ziehe meine Arme enger um meine Brüste. »Was tust du da?«

»Wonach sieht es denn aus?« Er zieht seine Jeans nach unten und tritt aus ihnen heraus, bevor er das Gleiche mit seinem Slip macht und seinen dicken, harten Schwanz freilegt, der sich seinem muskulösen Bauch entgegenbiegt. Der Anblick überflutet mich mit Adrenalin, selbst als sich zwischen meinen Beinen unwillkommene Hitze sammelt.

Ich kann das nicht mit ihm machen. Nicht noch einmal.

»Ich werde keinen Sex mit dir haben.« Wasser schwappt über den Rand der Wanne, als ich aufstehe und es mir bereits egal ist, dass er mich nackt sieht.

Ich muss aus der Wanne heraus, weg von hier.

Peter fängt meinen Arm ein, bevor ich mein Bein über den Beckenrand schwingen kann, und dann tritt er in die Wanne, wobei sein großer Körper mich in dem kleinen, quadratischen Raum einengt, als er mich wieder ins Wasser zieht. Mehr Wasser schwappt über den Rand, wird von seinem Gewicht verdrängt, und ich keuche auf, als mir auffällt, dass ich auf Peters Schoß sitze, mein Rücken an seine Brust gepresst ist und seine Erektion sich zwischen meine Pobacken geschoben hat. Panikerfüllt fange ich an, ihn wegzuschieben, aber er legt einen Arm um meinen Brustkorb und hält mich fest.

»Ach, Ptichka ...« Seine Stimme klingt sanft spöttisch in mein Ohr. »Wer hat was von Sex gesagt?«

Seine Zähne fahren über mein Ohrläppchen, seine freie Hand umfasst meine Brust und sein Daumen streichelt besitzergreifend über meine harte, vor Erregung schmerzende Brustwarze. Ich versteinere und klammere mich an seinem muskulösen Arm fest, während mein Herz gegen meine Rippen trommelt. Ich fürchte mich nicht so sehr vor ihm wie vor meiner eigenen Reaktion, vor der Art und Weise, wie mein Körper schmilzt und bei seiner Berührung weich wird. Und das ist so viel mehr als nur eine Berührung. Peters Schwanz steckt wie eine Stahlstange zwischen meinen Pobacken, seine Eier pressen gegen mein Geschlecht und sein Daumen quält meine Brustwarze, während seine Zunge in mein Ohr eindringt und mich vor hilfloser Lust zittern lässt.

Wir haben vielleicht keinen Sex nach der strengen Definition des Wortes, aber der Effekt ist ebenso verheerend.

»Peter, bitte.« Ich fange wieder an, mich zu wehren, versuche verzweifelt, wegzukommen, bevor ich das Wesentliche aus den Augen verliere. Unsere Körper sind durch das Wasser rutschig, was das erotische Gefühl von Haut an Haut verstärkt, während ich vergeblich an seinem Arm ziehe. »Bitte, hör auf.«

»Womit soll ich aufhören?« Sein Atem erwärmt meinen Nacken, während seine Hand meine Brust verlässt und tiefer wandert, dorthin, wo meine Muskeln fest angespannt sind und mein Fleisch pulsiert, weil es sich nach seiner Berührung sehnt. »Hiermit«, er leckt über die äußere Seite meines Ohres, wovon ich Gänsehaut auf meiner inneren Seite bekomme, »oder damit?« Seine von der Hornhaut rauen Finger schieben meine Falten auseinander und drücken gegen meine Klitoris, während sein Mittelfinger mit dem ersten Glied in mich eintaucht. Meine Nägel graben sich in seinen Unterarm, meine inneren Muskeln ziehen sich durch dieses leichte Eindringen gierig zusammen, und Peter lacht, als meinen Lippen ein schwaches Stöhnen entweicht. Ich möchte ihn bitten aufzuhören, mit *allem* aufzuhören, aber mein Verstand schaltet sich ab, als seine Finger sich weiter nach hinten bewegen, vorbei an meinem Geschlecht. Oh Gott, er wird doch sicher nicht ...

Sein Finger findet den engen Muskelring zwischen meinen Backen und drückt auf die winzige Öffnung.

»Oh, ja«, murmelt er, seine Stimme ist dunkel und sündhaft sanft, als ich mich unter dem stechenden Druck anspanne. »Vielleicht möchtest du, dass ich damit aufhöre. Habe ich recht, Ptichka?« Der Druck auf meinen Anus lässt nach, als sein Finger über das fest zusammengezogene Fleisch reibt, als lindere er damit seinen Versuch, dort einzudringen. »Bist du hier eine Jungfrau, mein Schatz?«

Die Zärtlichkeit verwirrt mich fast so sehr wie die fremden Empfindungen, die durch meinen Körper schießen. Fast so etwas wie Sympathie erwärmt seine tiefe, beruhigende Stimme, aber ich kann auch die Lust darin hören, einen Hunger, der von dunkler Besessenheit durchtränkt ist. Er mag ihn, diesen Gedanken, dass er der erste darin sein würde, und das Wissen verstärkt die sich aufbauende Spannung in mir, die tückische Hitze, die tief in meinem Unterleib pocht. Ich sollte das nicht faszinierend finden, es in keiner Weise wollen, aber ich kann eine gewisse perverse Neugierde nicht verleugnen. An einem Punkt, als George und ich noch nicht verheiratet waren, habe ich einmal Analverkehr angesprochen, aber George schien nicht daran interessiert zu sein, also haben wir nie wieder darüber gesprochen.

Ich *bin* in dieser Hinsicht eine Jungfrau, aber wenn ich das meinem Entführer gegenüber zugebe, dann vermutlich nicht mehr für lange.

Ich sammele die zerbröckelnden Stücke meiner Willenskraft auf und ziehe mit all meiner Kraft an seiner quälenden Hand. *»Hör einfach auf.«*

Zu meiner Überraschung gehorcht Peter, zieht seine Hand zurück und hebt seinen anderen Arm hoch. »Dann geh.« Seine Stimme ist angespannt. »Raus.«

Ich klettere mit zitternden Beinen aus der Wanne. Meine nassen Füße rutschen auf den kühlen Kacheln, als ich aus dem Badezimmer rausche und kaum stehenbleibe, um mir auf dem Weg ein Handtuch zu schnappen. Erst als ich im Schlafzimmer stehe, voll bekleidet und mit dem Handtuch um mein nasses Haar gewickelt, verlangsamt sich mein Herzschlag.

Er hat mich gehen lassen. Ich sollte mich über die Begnadigung freuen, aber ich fühle mich seltsam verunsichert und in mehrfacher Hinsicht frustriert. Wieder einmal tut mein Peiniger so, als hätte ich eine Wahl, so als sei das eine normale Beziehung, in der ich Nein sagen kann. Und vielleicht kann ich das – zumindest für eine Weile. Bisher hat er mich nie körperlich gezwungen. Aber ich mache mir nichts vor. Er kann mit mir machen, was immer er will, und irgendwann *werde* ich in seinem Bett landen, entweder durch subtilere Formen des Drucks oder dank meiner mangelnden Willenskraft.

Es wäre mir fast lieber, wenn er mich zwingen würde, weil ich dann auch einfach so tun könnte, als wolle ich ihn nicht.

Dann könnte ich mir vorstellen, dass ich normal und gesund bin, eine Frau, die den Mann hasst, der ihr Leben ruiniert hat, anstatt ihn zu begehren.

9

Peter

SARA MEIDET MICH BIS ZUM MITTAGESSEN, WAS AUCH GUT IST. Meine Selbstbeherrschung bekommt langsam Risse, und die Dunkelheit bahnt sich ihren Weg an die Oberfläche. Ich will sie ficken, und gleichzeitig will ich sie unterwerfen und bestrafen, ihr klarmachen, dass sie mir gehört.

Ich will sie zum Abgrund führen und noch weiter gehen, egal, was es mit ihr machen könnte.

»Tu es nicht, Mann«, sagt Ilya leise, als ich Saras fertiges Sandwich zusammenklappe. Er macht sein eigenes Sandwich neben mir. »Worüber du auch gerade nachdenkst, du wirst es bereuen.«

Ich entblößte meine Zähne in einem humorlosen Lächeln. »Wirklich? Bist du jetzt ein verdammter Hellseher?«

464

»Nein, aber ich glaube nicht, dass du gerade klar denkst. Sie verdient das nicht.« Er taucht ein Messer in ein Glas mit Mayonnaise. »Das Mindeste, was du tun kannst, ist, ihr ein wenig Zeit zu geben.«

Ich stelle mir vor, wie ich das Messer packe und damit Ilyas Luftröhre zerfetze. Es ist zu langweilig, ihm die Kehle durchzuschneiden, aber es wäre toll, ihn zu ersticken. Zum Glück für ihn spricht mein Teamkollege nicht weiter, und ich gehe schnell mit Saras Teller aus der Küche.

Ich finde sie oben, als sie dabei ist, in eine Kommode in einem der leeren Gästezimmer zu schauen. Lautlos bleibe ich in der Tür stehen und beobachte sie, bin fasziniert vom Anblick ihres geschmeidigen, anmutigen Körpers, der sich biegt und dreht, während sie die Schubladen nacheinander herauszieht und wieder zuschiebt. In der Kommode ist nichts, aber Sara hört nicht auf, bis sie jede Schublade überprüft hat.

Erst dann dreht sie sich um und springt mit einem erschreckten Keuchen auf.

»Peter.« Sie drückt ihre Hand auf ihre Brust, so als ob ihr Herz damit drohte, auszubrechen. »Ich habe dich nicht gesehen.« Ihre Stimme ist atemlos, auch wenn sie versucht, sich zu fangen. »Was machst ...«

»Ich bringe dir Mittagessen.« Ich gehe mit dem Teller in meiner Hand in den Raum. »Ich dachte mir, dass du Hunger haben müsstest.« Mein Ton ist kühl, im Gegensatz zu dem Feuer, das in meinem Blut wütet. Allein wenn ich sie einfach so sehe, immer noch in meine übergroßen Klamotten gekleidet, will ich sie an die Wand nageln und sie so hart ficken, dass wir beide roh und blutend enden.

Vorsichtig nimmt sie mir den Teller ab und tritt zurück, so als würde sie die Gewalt spüren, die in mir brodelt. Während sie das tut, beißt sie nervös auf ihre Unterlippe, und ich stelle mir vor, wie ich das Gleiche tue, das zarte rosa Fleisch mit meinen Zähnen zerreiße, wie ich diesen weichen Mund für mich beanspruche, sie schmecke, sie verschlinge, bis die Lust befriedigt ist, die mich lebendig verbrennt.

»Du isst nichts?«, fragt sie vorsichtig, stellt den Teller auf die Kommode, und ich schüttele den Kopf, während meine Augen jeder ihrer Bewegungen folgen. Die Intensität meines Starrens macht ihr wahrscheinlich Angst, aber ich kann nichts dagegen tun. Ich fühle mich wie ein Raubtier am Abgrund, der Hunger in mir ist so wild und dunkel, dass er kaum etwas so Grundlegendem wie einem sexuellen Verlangen ähnelt. Es ist mehr ein zwanghaftes Bedürfnis, sie zu besitzen, sie meinem Willen zu beugen und sie so vollständig zu meiner zu machen, dass sie nie daran denken würde, nach Dingen zu suchen, die ihr bei ihrer Flucht helfen könnten.

»Ich habe schon gegessen«, antworte ich, und obwohl meine Stimme etwas rau ist, spiegelt sie nicht einmal einen Bruchteil dessen wider, was ich fühle. Rational gesehen weiß ich, dass Ilya recht hat, dass ich Sara Zeit geben muss, um ihr neues Leben mit mir zu akzeptieren, aber alles in mir verlangt danach, dass ich sie packe und sie eingestehen lasse, dass sie mich braucht ... dass sie mich trotz allem auch liebt.

Ich schiebe den Gedanken beiseite, aber nicht, bevor er mich mit quälender Sehnsucht erfüllt. Denn das ist genau das, was ich am meisten von ihr will. Abgesehen von der Frustration durch die unerfüllte Lust, abgesehen von dem Stich durch ihre Ablehnung, ist es dieses akute, irrationale Verlangen, das mich innerlich zerreißt und das Monster in mir anstachelt.

Ich will, dass Sara mich liebt, und ich weiß nicht, wie ich das hinkriegen soll.

»Okay. Ähm, danke.« Ihr Blick wandert von mir auf den Teller und dann wieder zu meinem Gesicht. »Ich werde den leeren Teller einfach runterbringen, wenn ich fertig bin, in Ordnung?«

Das ist mein Stichwort, zu gehen, aber scheiß drauf. Sie fühlt sich nach dem, was in der Badewanne passiert ist, unwohl in meiner Nähe, und plötzlich bin ich froh darüber. Ein sadistischer Teil von mir will, dass sie sich windet, fragt sich, ob ich letztendlich diese Grenze überschreiten und sie trotz ihrer vorgetäuschten Einwände nehmen werde.

»Es ist alles in Ordnung.« Mein Ton ist übertrieben freundlich, als ich zu dem Bett in der Mitte des Zimmers gehe, mich auf den Rand setze und meine Beine an den Knöcheln überkreuze. »Ich kann warten.«

Sara blinzelt, dann scheint sie sich zu fassen. »Wirklich? Du wirst einfach nur dasitzen? Hast du nichts Besseres zu tun, vielleicht ein paar Unschuldige zu foltern?«

»Das steht für später am Nachmittag auf dem Plan.« Ich lächele sie scharf an. »Im Moment bist es nur du.«

Ihr Gesicht spannt sich an, aber sie greift nach dem Teller und nimmt das Sandwich in die Hand. Sie beißt hinein, kaut und schluckt viel zu schnell, bevor sie einen weiteren großen Bissen mit ihren geraden, weißen Zähnen abreißt.

»Verschluck dich nicht«, rate ich ihr beiläufig, als sie ab dem dritten Bissen schneller wird. »Wir haben keinen Arzt zur Hand, weißt du? Nun, außer dir, aber das würde nicht viel helfen, wenn du diejenige bist, deren Gesicht sich lila verfärbt.«

Saras Augen verengen sich, aber sie isst nicht langsamer. Sie vernichtet den Rest des Sandwichs im gleichen rasenden Tempo und nimmt dann den leeren Teller und schiebt ihn mir zu. »Hier. Ich bin fertig.«

»Gut. Jetzt bring ihn her.« Ich klopfe neben mir auf das Bett.

Ihr Kiefer spannt sich an, bevor ein unerwartet süßes Lächeln ihren Mund umspielt. »Ach, willst du diesen Teller dort drüben?«

Ihre Augen verraten ihre Absicht eine halbe Sekunde, bevor ihr Arm zurückschwingt, und ich ducke mich, als der Teller direkt hinter mir auf die Wand trifft und in tausend Stücke zerbricht. Keramikscherben, die sich mit Brotkrumen vermischen, regnen auf das Bett um mich herum.

Als ob sie erkennen würde, was sie getan hat, zieht sich Sara nach links zurück, in Richtung Tür, während ihre Augen mich mit dem gleichen ängstlichen Gesichtsausdruck fixieren, den sie auch hatte, nachdem sie mich schlug. Ich habe ihr damals vergeben, weil ich wusste, dass sie schockiert und überwältigt gewesen war, aber ich werde mir das nicht länger gefallen lassen.

Wenn Sara mich zu einem Bösewicht machen will, bin ich gerne dazu bereit.

»Du wirst das aufräumen.« Meine Stimme ist eiskalt, als ich aufstehe und mir Tellerscherben von den Ärmeln wische. »Dieser Raum wird wieder absolut sauber sein, hast du mich verstanden?«

Sie starrt mich an, und in ihrem Blick kämpfen Trotz und ihr Selbsterhaltungstrieb. Der gesunde Menschenverstand sagt ihr, sich zurückzuziehen und das zu tun, was ich sage, aber sie will nicht zu leicht nachgeben. Sie hebt natürlich auch ihr Kinn an. »Oder was? Wirst du mich waterboarden? Mir mit einem Messer drohen? Mich entführen? Oh, warte, das hast du alles schon getan.«

Trotz der tapferen Worte zittern ihre Hände sichtbar, als sie sie in die Vordertasche ihres Sweatshirts stopft. Wenn ich ein besserer Mann wäre, würde ich mich jetzt zurückziehen und ihr diesen kleinen Sieg gönnen. Aber sie ist nicht die Einzige, die heute wütend ist; die Wut in mir fühlt sich wie ein lebendes Biest an, dunkel und mächtig, angetrieben von ihrer Ablehnung und dem Wissen, dass ich vielleicht nie das bekommen werde, was ich wirklich von ihr will.

Wenn ich ihre Liebe nicht haben kann, werde ich mich mit ihrem Hass zufriedengeben.

»Ach, Ptichka ...« Ich gehe auf sie zu und genieße das Aufblitzen von Angst in ihren Augen, als sie sich instinktiv zur Tür bewegt. Bevor sie mehr als einen Schritt machen kann, bleibe ich vor ihr stehen und schneide ihren Rückzug ab. Ich hebe meine Hand, streiche ihre Haare aus dem Gesicht, beuge mich nach vorn und atme ihren süßen Duft ein, während ich meinen Kopf ganz dicht an sie heranbringe, um in ihr Ohr zu raunen: »Hast du nicht gelernt, dass du diese Spiele nicht mit mir spielen solltest?«

Ich höre, wie sie schluckt, und als ich meinen Kopf hebe, um sie anzublicken, sehe ich, dass ihr Brustkorb sich in einem schnellen Rhythmus hebt und senkt. Sie hat Angst, meine Sara, und aus gutem Grund.

Selbst ich bin mir nicht sicher, wie weit ich heute gehen werde.

Ihre Lippen öffnen sich, so als ob sie mich zurückweisen wollte, und ich senke meinen Kopf wieder, um diesen weichen, zitternden Mund mit all dem gewalttätigen Hunger, den Sara in mir weckt, in Besitz zu nehmen. Meine Hände gleiten in ihr Haar, halten ihren Kopf still, und ich schlucke ihr protestierendes Keuchen, als sich ihre Arme heben und ihre schlanken Finger sich um meine Handgelenke legen, um sie wegzuziehen.

Wie immer schmeckt sie köstlich, die Innenseite ihres Mundes ist wie warme, feuchte Seide. Ihr schlanker Körper biegt sich mir entgegen, als ich sie gegen die Kommode drücke, wobei meine Erektion gegen ihren flachen Bauch reibt, und ihre weichen Brüste, deren Nippel sich zu harten kleinen Spitzen zusammengezogen haben, sich gegen mich drücken. Ich kann hören, dass sie schneller atmet, und ich weiß, dass wenn ich meine Hand in ihre Hose gleiten lassen würde, ich spüren würde, dass sie immer feuchter für mich wird, weil sie mich will.

Zumindest ihr Körper fühlt sich zu mir hingezogen.

Ich muss meine ganze Willenskraft aufbringen, um meinen Kopf zu heben und zurückzutreten, um sie loszulassen, anstatt sie auf der Stelle zu verschlingen. Aber ich tue es, weil wir das ein für alle Mal klären müssen.

»Du willst wissen, was ich dir noch antun kann, Ptichka?« Meine Worte sind leise und rau, überzogen mit der Lust und Wut, die mich innerlich verbrennen. »Willst du wissen, was passiert, wenn du bei mir zu weit gehst?«

Saras Augen sind weit aufgerissen, ihre Brust bebt, als sie versucht, zu Atem zu kommen, und ich gehe wieder nahe an sie heran, um ihr zartes Gesicht in meine Hände zu nehmen, während ich auf sie herabblicke. »Willst du, dass ich dir die Realität deiner Situation erkläre?«, fahre ich fort.

Sie schluckt erneut, und ich spüre das Zittern in ihren Händen, als sie meine Unterarme ergreift. »J-Ja.« Ihre Stimme ist kaum ein Flüstern, aber in ihren haselnussbraunen Augen ist immer noch ein Hauch Trotz zu sehen. »Ja, das möchte ich.«

Meine Lippen formen ein Lächeln, und selbst ich spüre die Dunkelheit darin. »Und, Ptichka, wo soll ich anfangen?«

1 0

ara

IN DIE ECKE GETRIEBEN. GEFANGEN.

Sogar während ich Peters Blick erwidere und dem Drang widerstehe, von den hypnotischen silbernen Tiefen wegzuschauen, kann ich spüren, wie meine Kraft nachlässt und meine Entschlossenheit, zu kämpfen, sich erschöpft. Ich habe mich nie mehr als seine Gefangene gefühlt als in diesem Moment, war mir meiner Verwundbarkeit noch nie so sehr bewusst. Er tut mir nicht weh, seine großen Handflächen wiegen mein Gesicht voller Sanftheit, aber diese metallischen Augen erzählen eine andere Geschichte.

Ich bin der Gnade meines Peinigers ausgeliefert, und er hat keine für mich.

»Fangen wir mit den Grundlagen an«, murmelt er, und ich

schließe meine Augen, während er seinen Kopf senkt und mit seinen Lippen über meine Stirn streicht, bevor er seinen Kopf anhebt, um mich wieder anzuschauen. Unter normalen Umständen wäre dieser zarte Kuss entwaffnend, aber meine Nerven vibrieren wie eine Stimmgabel, als er seine Hände auf meine Schultern legt und leise sagt: »Dein altes Leben ist vorbei, Sara. Ich habe dich es so lange leben lassen, wie ich konnte, aber jetzt ist es vorbei. Das wirst du akzeptieren müssen. Und der Übergang kann leicht für dich sein ... oder hart. Das ist deine Entscheidung.«

Mein Puls schnellt in die Höhe. »Was meinst du?«

»Zum Beispiel den Anruf bei deinen Eltern heute Abend.« Seine Hände liegen sanft auf meinen Schultern, obwohl seine Augen dunkel leuchten. »Er muss nicht sein, weißt du? Genauso wenig wie Kontakt zu irgendjemandem aus deinem alten Leben. Du könntest einfach verschwinden, einen sauberen Schnitt machen. Das könnte in mancher Hinsicht sogar besser sein. Du würdest dich schneller daran gewöhnen, wenn du nicht ständig daran erinnert würdest, was du verloren hast, und ...«

»Nein.« Das Wort bricht aus mir heraus, als mein Magen sich aus Panik zusammenzieht, und das Sandwich, das ich gerade gegessen habe wieder hochzukommen droht. Ich greife beschwörend nach seinem Hemd. »Bitte, Peter, tu das nicht. Ich muss mit meinen Eltern reden. Ich muss sie beruhigen. Sie sind zu alt, um sich derartige Sorgen zu machen. Das Herz meines Vaters kann das nicht ertragen – das weißt du doch.«

Er legt seinen Kopf zur Seite. »Tue ich das? Vielleicht war es ein Fehler, dass ich dich im Flugzeug mit ihnen sprechen lassen habe. Du bestehst darauf, dass ich dich entführt habe, dich gegen deinen Willen mitgenommen habe. Wenn das der Fall ist – wenn du meine Gefangene bist und mehr nicht –, warum sollte ich dann das Risiko eingehen, dass du jemanden kontaktierst? Wenn du nur meine Gefangene bist, warum sollte ich mich dann bemühen, deine Familie zu beruhigen?«

Ich starre ihn an, und meine Atmung wird flacher, während meine Hände schlaff an meine Seiten fallen. Ich verstehe, was er jetzt will – was er immer von mir wollte –, und ich weiß, dass ich wieder einmal keine andere Wahl habe, als ihm seinen Wunsch zu erfüllen.

»Du hast gesagt ...« Meine Stimme bricht, und ätzende Tränen brennen in meinen Augen. »Du hast gesagt, dass ich deine Frau bin, dass du mich liebst. Also bin ich nicht nur deine Gefangene, richtig?«

Peters Ausdruck ändert sich nicht. »Ich weiß nicht, Sara. Das liegt an dir.« Er lässt meine Schultern los und tritt zurück. »Ich werde dich darüber nachdenken lassen, während du aufräumst. Der Staubsauger und die Reinigungsutensilien sind unten in der Abstellkammer.«

Und er dreht sich um und verlässt den Raum.

DAS GÄSTEZIMMER IST MAKELLOS, ALS ICH MIT IHM FERTIG BIN – das Bett ist perfekt gemacht und frei von den kleinsten Krumen und Keramiksplittern. Hausarbeit ist nichts, was mir Spaß macht, auch deshalb, weil es bei mir wegen meiner perfektionistischen Tendenzen ewig dauert, aber das Endergebnis ist normalerweise sehr gut.

In einem anderen Leben wäre ich eine zufriedenstellende Hausfrau gewesen.

Als mir das Zimmer sauber genug ist, bringe ich den

Staubsauger nach unten und suche Peter. Es ist seltsam, aber ich fühle mich nach seinem Ultimatum etwas ruhiger. Wir sind wieder da, wo wir waren, als seine Drohung, mich zu entführen, bedrohlich über meinem Kopf hing, aber jetzt ist es noch einfacher.

Egal, was Peter sagt, ich *bin* seine Gefangene, und ich habe nur eine Wahl.

Mitspielen und ihm geben, was er will, bis ich fliehen kann.

Ich finde meinen Kidnapper draußen beim Training mit Ilya auf einer kleinen Lichtung in der Nähe des Hauses. Trotz des kühlen Wetters sind beide Männer halbnackt, ihre breiten, muskulösen Oberkörper glänzen vor Schweiß, als sie sich im Kreis um die Lichtung bewegen und ab und an einen blitzschnellen Schlag austauschen. Ihre Bewegungen erinnern mich an Kampfsport, obwohl ich keinen bestimmten Stil ausmachen kann. Aber was auch immer es ist, es ist grausam schön, und ich bleibe wie hypnotisiert stehen, als sich Peter unter Ilyas schwingender Faust wegduckt und einen wütenden Gegenangriff beginnt, bei dem er sich so schnell bewegt, dass ich ihm kaum mit meinen Augen folgen kann.

Sie müssen sich vorher nur aufgewärmt haben, denn es folgt ein vor Schnelligkeit verschwommener Kampf ohne Pausen. Ich bin mir ziemlich sicher, dass Peter einen harten Tritt auf Ilyas Brustkorb landet, und ich erwische Peter dabei, wie er mit seinem Unterarm einen Schlag von Ilya abwehrt, der einen Bären umgeworfen hätte. Ansonsten ist der Kampf so rasend schnell, dass ich nicht jede einzelne Bewegung erkennen kann, geschweige denn herausfinden kann, wer gewinnt oder verliert. Alles, was ich sehe, sind zwei kräftige männliche Tiere, deren Muskeln sich bewegen und anspannen, während Gewalt die Luft um sie herum erhitzt.

Nach etwa einer Minute halten sie inne, springen auseinander, umkreisen einander keuchend, und ich sehe, dass Blut von Ilyas Wangenknochen tropft. Ich kann kein Blut an Peter sehen, also schätze ich, dass er der Sieger dieser verrückten Runde ist. Das überrascht mich nicht. Obwohl Ilya wie ein Panzer gebaut ist, fehlt ihm Peters tödliche Anmut, das gewisse Etwas, was meinen Entführer so tödlich macht. Ich habe keinen Zweifel daran, dass der kahlköpfige Russe genauso gut töten kann wie jeder andere – nur ein einziger gut platzierter Schlag mit dieser riesigen Faust würde das wahrscheinlich erledigen –, aber Peter wirkt gefährlicher, unbarmherziger.

In einem Kampf bis zum Tod würde ich mein Geld immer auf Peter setzen.

Ich überlege, etwas zu sagen, um die Männer wissen zu lassen, dass ich hier bin, aber bevor ich das tun kann, blickt Peter in meine Richtung und hält inne. »Sara?«

»Ähm, ja.« Ich atme tief durch, um mein rasendes Herz zu beruhigen. »Entschuldigt die Unterbrechung, aber ich habe mich nur gefragt, ob du die Videos meiner Eltern für mich auf dem Fernseher vorbereiten könntest. Wenn du hier fertig bist, meine ich – es eilt nicht.«

Ich bin extra höflich, um meinen Ausbruch von vorhin wiedergutzumachen. Die Wahrheit ist, dass ich darauf brenne, diese Videos anzusehen und mich zu versichern, dass es meinen Eltern gut geht, aber ich hätte nichts davon, wenn ich das jetzt einfordern würde. Wenn es etwas gibt, was ich in diesem Gästezimmer gelernt habe, dann ist es, dass Peter Sokolov immer noch das komplette Sagen in unserer beschissenen Beziehung hat. Selbst wenn ich denke, dass ich nichts mehr zu verlieren habe, findet mein Peiniger eine Schwäche, einen Weg, mich zu manipulieren, ohne mich zu verletzen – zumindest körperlich.

Emotional hat er mich schon unzählige Male zerstört.

»Das ist in Ordnung«, sagt Ilya und grinst mich mit einem breiten Grinsen an, das das Blut an seinen Zähnen zum Vorschein bringt. »Ich denke, wir sind sowieso für heute fertig.«

Peter sieht ihn nicht einmal an, da seine ganze Aufmerksamkeit auf mir liegt. »Hast du das Zimmer sauber gemacht?«, fragt er und glättet sein schweißnasses Haar. Seine Muskeln spannen sich an, als er seinen Arm senkt, und ich erwische mich dabei, wie ich mit meinem Blick dem Schweißtropfen folge, der seinen flachen Sixpack-Bauch hinunterläuft.

Hör auf damit, Sara. Starre deinen Entführer nicht an.

Mit Mühe bringe ich meinen Blick zurück zu Peters Gesicht. Ich halte meine Stimme trotz der klaren Provokation in seinen Worten ruhig. »Du kannst es überprüfen, wenn du willst.«

Er starrt mich eine Sekunde lang an, dann nickt er. »Also gut. Gehen wir.«

Er kommt auf mich zu, und ich erröte, als Ilya über die besitzergreifende Art und Weise grinst, mit der Peter meinen Arm anfasst. Es ist irrational, aber was zwischen Peter und mir ist, fühlt sich privat an, wie ein Geheimnis zwischen uns beiden. Offensichtlich sind sich Peters Männer der kranken Natur meiner Beziehung zu ihrem Boss vollkommen bewusst – sie haben ihm ja schließlich dabei geholfen, mich zu verfolgen und zu entführen –, aber ein Teil von mir zuckt immer noch zusammen, wenn sie mich so sehen. Vielleicht ist es meine Abneigung, schmutzige Wäsche in der Öffentlichkeit zu waschen, aber es wäre mir fast lieber, wenn sie mich für Peters Freundin hielten, die freiwillig hier ist.

Peter ignoriert seinen Trainingspartner und führt mich zum Haus, ohne seinen festen Griff um meinen Arm zu lösen. Er ist immer noch wütend auf mich, das spüre ich, und ich bin erleichtert, dass er sein Versprechen über die Videos einhält.

Mit etwas Glück wird er sich, bis der Rest seiner Männer mit dem Nachschub zurückkehrt, so weit abgekühlt haben, dass er mich mit meinen Eltern reden lässt.

Als wir im Wohnzimmer ankommen, lässt er meinen Arm los und geht direkt zu seinem Laptop. Zwei Minuten später erscheinen die Videos auf dem großen Fernsehbildschirm vor mir.

»Viel Spaß«, sagt er schroff und verschwindet die Treppe nach oben.

ALS ER ZURÜCKKOMMT, HABE ICH DIE AUFZEICHNUNGEN SCHON halb durchgesehen. Genau wie Peter mir erklärt hat, haben die FBI-Beamten hauptsächlich meine Eltern befragt und es vermieden, im Gegenzug deren Fragen zu beantworten. Ich sehe, dass meine Mutter und mein Vater gestresst und verärgert waren, aber keiner sah körperlich krank aus, zumindest nicht auf der körnigen Videoaufzeichnung.

»Erzählen Sie mir noch einmal, wie Sara Ihnen erklärt hat, warum sie den Hausverkauf abgebrochen hat«, sagt Agent Ryson zu meiner Mutter, während Peter neben mir auf der Couch sitzt und eine frische Jeans und ein langärmliges Hemd trägt. Er muss nach seinem brutalen Training geduscht haben, denn ich rieche einen leichten Hauch von Seife, als er über die

Couch greift, meine Hand anhebt und seine Finger mit meinen verschränkt.

Ich muss meine ganze Kraft aufwenden, um nicht auf diese kleine Intimität zu reagieren und mich weiterhin auf das Video zu konzentrieren. Das ist auch so, weil ich nicht einmal weiß, wie ich reagieren soll. Soll ich froh sein, dass er mir meinen Wutanfall im Gästezimmer vergeben zu haben scheint? Oder sollte ich verärgert sein, dass die Geste, so einfach sie auch sein mag, meine Brust mit dem gleichen gefährlich warmen Gefühl erfüllt, das mich in diese missliche Lage gebracht hat?

»Also hat sie Ihnen nie erzählt, dass der Verkauf tatsächlich stattgefunden hat?«, hakt Ryson nach, nachdem meine Mutter ihm fast wortwörtlich unser Gespräch vom Sushiessen wiederholt hat. »Sie hat nie erklärt, warum sie in ihrem Haus bleiben konnte, nachdem eine Briefkastenfirma aus Südafrika das Haus von den ursprünglichen Käufern für das Doppelte des Marktpreises gekauft hatte?«

Meine Eltern antworten mit hektischen Verneinungen, gemischt mit Fragen und möglichen Erklärungen, und ich beobachte mit einem schlechten Gefühl in meinem Bauch, wie sich das Gesicht meines Vaters lila färbt, bevor meine Mutter ihn zwingt, sich hinzusetzen und sich zu beruhigen.

»Er wird sich wieder erholen«, sagt Peter, dessen tiefe Stimme mich beruhigt, und ich merke, dass ich seine Hand so fest zusammendrücke, dass meine Finger taub werden. Ich muss ihm auch wehtun, aber er zieht seine Hand nicht weg. Der harte Gesichtsausdruck, den er den ganzen Nachmittag über aufgesetzt hat, ist verschwunden, und seine grauen Augen schauen mich mit einem warmen Leuchten an, als er leise hinzufügt: »Ich habe den Rest des Videos gesehen, und ich verspreche dir, dass es ihm gut geht.«

Ich nicke, da ich erbärmlicherweise dankbar für diese Zusicherung bin, und wende mich wieder der Videoübertragung zu, in der die Beamten zum Thema meines Telefonats zurückgekehrt sind und bei meiner Mutter nach den exakten Worten nachbohren, mit denen ich über meine Reise gesprochen habe. Es ist klar, dass sie denken, ich hätte das FBI die ganze Zeit belogen, auch wenn ich keine Ahnung habe, ob sie denken, ich sei einer Gehirnwäsche unterzogen worden oder mich einfach für Peters Komplizen von Anfang an halten.

»Wie schlimm ist es?«, frage ich und drehe mich zu meinem Entführer um, als das Video damit endet, dass mein Vater meine weinende Mutter in der Küche tröstet, nachdem die FBI-Beamten gegangen sind. Es fühlt sich an, als ob brennende Nadeln in meinem Herzen feststecken, auch wenn es meinen Eltern, wie Peter sagte, relativ gesehen, gut geht.

Er gibt nicht vor, meine Frage falsch zu verstehen. »Das ist ... nicht gut. Jetzt, da sie wissen, wo sie suchen müssen, haben sie mehr Beweise für unsere Beziehung entdeckt, angefangen bei unserem Treffen im Nachtclub. Und natürlich gibt es da die Tatsache, dass du in meinem Haus gewohnt hast, und nicht einen Piep zum FBI gesagt hast, als sie dir davon berichtet haben, dass ich entdeckt worden sei. Damit, und mit dem Telefonanruf an deine Eltern, haben sie einen ziemlich guten Grund dafür, zu denken, dass wir zusammenarbeiten. Außerdem ...« Er hält inne.

»Was gibt es da auch?« Ich ziehe meine Hand weg, um sie auf meinem Schoß fest zusammenzuballen. »Sag es mir.«

Peter seufzt. »Sie haben deinen Aktenschrank durchsucht und deine Scheidungspapiere gefunden, die von dir unterschrieben sind, aber nicht von deinem Mann, und zwar mit dem Datum vom Tag vor seinem Unfall.«

»Was?« Ich blinzle ihn an, und ein Angstschauer schlängelt sich meinen Rücken hinunter. »Was hat das damit zu tun?«

Peter legt beruhigend seine Hand auf mein Knie. »Es ist nicht die Haupttheorie, an der sie arbeiten«, sagt er sanft, »aber sie *haben* den Verdacht, dass du vielleicht etwas mit dem Tod deines Mannes zu tun gehabt haben könntest – dass unsere Beziehung schon vor unserer ersten Begegnung in deiner Küche begonnen hat.«

»Was? Das ist lächerlich!« Ich springe auf, und mein Hals ist vor Schock ganz eng. »Das können sie doch nicht wirklich glauben. Sie wissen, dass du mich gequält und betäubt und mit einem Messer bedroht hast. Sie wissen das; Sie haben die Folgen gesehen. Oder denken sie, ich habe die Drogen in meinem Körper und das Messer am Hals erfunden? Und die blauen Flecken, die ich wochenlang auf meinem Rücken hatte? Wie können sie ...«

»Es ist nur eine Möglichkeit, die sie erwägen, Ptichka.« Peter steht auf und nimmt meine eisigen Hände in seine großen, warmen Handflächen. Da ist fast so etwas wie Reue in seinem rauen, schönen Gesicht. Vielleicht für das, was er mir bei unserem ersten Treffen angetan hat? Im nächsten Moment aber glätten sich seine Gesichtszüge, und er sagt: »Mach dir keine Sorgen. Wenn sie weiterrecherchieren, werden sie die Wahrheit erkennen. Es ist ihr Job, alle Möglichkeiten zu prüfen, egal wie unwahrscheinlich sie sind, und die Tatsache, dass du kurz davorstandest, dich von deinem toten Ehemann scheiden zu lassen, ist etwas, dem sie nachgehen müssen. Hast du keine Polizeisendungen gesehen? Der Ehegatte ist immer der Hauptverdächtige, besonders, wenn es Grund zu der Annahme gibt, dass die Ehe nicht glücklich war.«

»Keine glückliche Ehe?« Ein hysterisches Lachen entweicht

aus meinem Mund. »Du machst Witze, oder? Das ist kein verdammtes Murder-Mystery-Spiel.« Ich reiße meine Hände aus Peters Griff und trete mit bebender Brust zurück. »*Du* hast George umgebracht. Du bist in mein Haus eingebrochen, hast mich gewaterboardet und mich unter Drogen gesetzt, um seinen Aufenthaltsort herauszufinden, und dann hast du ihm sein Hirn rausgepustet – zumindest das, was nach dem Unfall noch übrig war. Oder denken sie, ich habe diesen Unfall verursacht und dann dich angeheuert, um den Job zu Ende zu bringen?« Meine Stimme springt eine Oktave höher. »Ich meine, dieser Unfall *war* auf gewisse Weise meine Schuld, und du tötest Leute gegen Bezahlung, also vielleicht sind sie auf etwas gestoßen, vielleicht haben wir die ganze Zeit heimlich zusammengearbeitet und ...«

»Hör damit auf, Sara.« Peter kommt zu mir, umfasst mein Handgelenk und zieht mich zu sich heran. Erst als er mich in seine kräftigen Arme schließt und mich an seine Brust zieht, merke ich, dass mir so kalt ist, dass ich von Kopf bis Fuß zittere. Wut und Schock toben in mir wie Wellen in einem Hurrikan, und ich schließe meine Augen, in denen aufsteigende Tränen brennen, als Peter in meine Haare flüstert: »Es wird alles gut, Ptichka. Das wird sich alles aufklären. Die Agents sind nicht dumm; sie werden bald die Wahrheit herausfinden. Gib ihnen Zeit.«

»Welche Wahrheit?« Ich schiebe meine Hände zwischen unsere Körper, drücke gegen seine Brust und öffne die Augen, um seinem Blick zu begegnen. Ich fühle mich, als ob ich innerlich zerfalle, und die Wut und der Schock verwandeln sich in bittere Verzweiflung. »Die, bei der ich wochenlang mit dem Mörder meines Mannes geschlafen habe und mich dann entführen lassen habe, indem ich ihn warnte, dass das FBI kommen würde? Oder die, bei der ich meine Eltern angelogen habe, damit sie denken, dass ich in diesen Mörder verliebt bin?«

Peters Gesicht verdunkelt sich. »Ja, diese Wahrheit, Sara. In der du mein Opfer bist. Das willst du doch sein, oder nicht?« Er gibt mich frei, als er zurücktritt, und mein Körper vermisst schmerzlich seine Hitze und den Trost, den seine tödliche Umarmung mir gibt.

Mit Mühe reiße ich mich zusammen. Wir können nicht wieder auf dieses Thema zurückkommen, nicht, wenn ich ihn noch überzeugen muss, mich meine Eltern anrufen zu lassen. »Nein«, sage ich und schüttelte den Kopf. »Das meinte ich nicht. Eigentlich ...« Ich halte inne, bevor ich mich dazu zwinge es zu sagen. »Du hattest recht. Vorhin, als du gesagt hast, dass ich mich selbst belogen habe, hattest du recht. Ich *wusste*, was ich tat, als ich dich gewarnt habe, und es war nicht nur, weil ich nicht wollte, dass du stirbst.«

Sein Kiefer bewegt sich, und seine Fingerspitzen zucken, so als ob er jeden Moment nach mir greifen würde. »Was willst du mir damit sagen, Sara?«

»Ich will sagen ...« Ich atme durch und umarme mich selbst, da ich mich fühle, als würde ich zerbrechen. Obwohl ich das tue, um ihn zu manipulieren, ist alles, was ich sage, die Wahrheit, und sie auszusprechen zerreißt mich. »Ich sage, dass die Agents mit ihren Schuldzuweisungen nicht völlig falschliegen.«

Peters Augen verengen sich. »Wovon sprichst du? Du hattest nichts mit dem Tod dieses Bastards zu tun.«

»Nein, aber ich habe mit dir geschlafen – mit seinem Mörder.« Meine Stimme zittert, als mir erneut Tränen in die Augen steigen. »Und ich habe dem FBI nichts von dir erzählt. Ich habe nicht um ihren Schutz gebeten, obwohl ich die

Möglichkeit dazu hatte. Und jetzt sind wir in dieser verdammten Situation, und es ist alles meine Schuld. Also denke ich, auf einer gewissen Ebene muss ich das gewollt haben, oder nicht? Meine Freiheit zu verlieren und bei dir zu sein, egal um welchen Preis? Ich hatte eine Wahl, und ich habe falsch gewählt. Ich habe *überall* die falschen Entscheidungen getroffen, und deshalb bin ich hier, anstatt im Schutzgewahrsam des FBI, deshalb bin ich bei *dir*, anstatt ein normales Leben zu führen.«

Während ich spreche, verdunkelt sich das harte Silber von Peters Augen, bevor er sich zu mir beugt, einen Arm um meinen Rücken schlingt, seine andere Hand in mein Haar gleiten lässt und mich an sich zieht. »Ach, Ptichka«, murmelt er belegt, und mein Bauch zieht sich zusammen, als ich den wilden Hunger in seinem Gesicht sehe. »Du könntest nicht falscher liegen. Du denkst, du hattest eine Wahl? Glaubst du, ich hätte dich unter irgendwelchen Umständen gehen lassen können?«

Mein Hals schwillt durch etwas Undefinierbares an, und die Tränen in meinen Augen drohen überzulaufen, als ich meine Hände anhebe, um mich an seinen Seiten festzuklammern. »Das hättest du nicht getan?«

»Nein.« Seine Augen funkeln dunkel, während sich seine Finger in meinen Haaren anspannen. »Ich hätte dich gesucht. Es gibt keinen Platz auf der Erde, wo sie dich vor mir verstecken könnten. Du bist mein, Sara, und du wirst mein bleiben, egal um welchen Preis. Egal, was ich tun muss, um dich zu behalten.« Er beugt seinen Kopf, und ich spüre die Wärme seines Atems auf meinen Lippen, als er flüstert: »Egal, wen ich töten muss, um dich zurückzuholen.«

Ich zittere in seinem Griff, und meine Lider schließen sich, als seine Lippen die meinen berühren. Was er sagt, ist erschreckend, psychotisch, doch mein Körper schmerzt sehnsüchtig in seiner Nähe, und mein Geschlecht füllt sich mit flüssiger Hitze, während sein harter Schwanz gegen meinen Bauch drückt. Es ist, als ob ein perverser Teil von mir das von ihm will und die Tiefe seiner Besessenheit genießt.

Genau wie ich mich auf einer gewissen Ebene erleichtert gefühlt habe, als die Nadel in meinen Hals eingedrungen ist.

Peter vertieft den Kuss, seine Zunge dringt in meinen Mund ein, und ich lasse ihn. Ich lasse ihn, weil das Feuer, das in mir brennt, zu stark ist, um dagegen anzukämpfen. Ich sage mir, dass ich nur nachgebe, weil ich es muss, weil der Anruf bei meinen Eltern auf dem Spiel steht, aber tief im Inneren kenne ich die Wahrheit.

Ich gebe nach, weil ich es will.

Denn in gewisser Weise ist meine Krankheit genauso weit fortgeschritten wie seine.

11

*S*ara

PETER TRÄGT MICH NACH OBEN, UND ICH VERSTECKE MEIN Gesicht an seiner Schulter, als Ilya in die Küche geht. Ich will nicht wissen, was Peters Kollegen über diesen Wahnsinn denken, ich will überhaupt nicht über das alles nachdenken. Ich habe meine Seele vor meinem Entführer freigelegt, weil ich wollte, dass er mir verzeiht, aber jetzt, da ich es getan habe, fühle ich mich roh und zerbrochen, ein Durcheinander aus Scham und Not, Wut und Verlangen. Ich hasse mich selbst für das, was ich fühle, und gleichzeitig kann ich mich nicht davon abhalten, mich an ihm festzuklammern, ihn so sehr zu wollen, wie er mich will.

Als wir im Schlafzimmer ankommen, setzt er mich auf das Bett und beginnt, sich auszuziehen, und ich beobachte ihn durch halb geschlossene Augenlider. Ich fühle mich merkwürdig abwesend, als ob ich immer noch unter Drogen stehe, aber ich weiß, dass es nur das Verlangen ist, das er in mir weckt, das dunkle, starke Verlangen, das er in meinem Körper hervorruft. Meine Sehnsucht nach ihm verzehrt alles, stiehlt meinen Verstand und meine Vernunft. Ich will, dass er mich festhält und berührt, mich nimmt und mich besitzt. Ich will seine Dunkelheit und seine perverse Liebe, und vor allem will ich *ihn*.

Ich will alles von ihm, egal wie sehr es mir Angst macht.

Er zwingt dich dazu. Es ist eine winzige Stimme der Vernunft, die in meinem Kopf flüstert und mich daran erinnert, dass ich das tue, damit Peter mir nicht den Kontakt zu meinen Eltern abschneidet, dass ich mich ihm aus dem gleichen Grund geöffnet habe. Mein Peiniger ist zu aufmerksam; er hätte es gemerkt, wenn ich ihn angelogen oder so getan hätte, als hätte ich Gefühle, die ich nicht habe. Die Wahrheit, in ihrer ganzen pathologischen Komplexität, war meine beste Lösung, nur kann ich jetzt nicht den Staudamm einfach wieder verschließen, kann seine Hässlichkeit nicht mit dem undurchsichtigen Schleier der Verleugnung verdecken.

Es stimmt, dass ich keine andere Wahl habe, aber ich würde lügen, wenn ich sagen würde, dass mir das nicht gefällt.

Peter zieht zuerst sein Hemd aus, und ich sehe mit angehaltenem Atem zu, wie seine Bauchmuskeln sich anspannen, als er nach dem Reißverschluss seiner Jeans greift. Er hat den Körper eines Kriegers, schlank und hart, mit kräftigen, klar definierten Muskeln und Tätowierungen, die seinen linken Arm von der Schulter bis zum Handgelenk bedecken. Wie die kleine Narbe, die seine linke Augenbraue teilt, sind die meisten Narben an seinem Rumpf verblichen, nur die Narbe quer über seinem Bauch ist frisch von einer Stichwunde vor ein paar Wochen bei einem Job in Mexiko. Diese Narben sind eine Erinnerung an das, was er tut, an das, was er *ist*, und mein Herz zieht sich zusammen, als ich erneut über die Tatsache nachdenke, dass ich mit einem Mörder schlafe.

Dem Mörder meines Mannes.

Er erpresst dich.

Es ist die Wahrheit, und es macht es irgendwie besser, als er sich aus seiner Jeans schält und nackt auf mich zukommt, wobei sich sein langer, dicker Schwanz in Richtung Bauchnabel biegt. Es ist verrückt, aber ich will keine andere Wahl haben, nicht wenn das Verlangen, das mich verbrennt, ein Verrat an allem ist, was mir lieb ist. So kann ich mir selbst sagen, dass ich das aus einem bestimmten Grund tue ... dass ich nicht völlig verloren bin.

»Du bist unglaublich schön«, flüstert er rau, als er sich über mich beugt, und ich schließe meine Augen, da ich die Intensität seines metallischen Blicks, während er mich auszieht, nicht ertragen kann. Seine Hände zu spüren, so kräftig und doch so sanft, lässt meinen Körper vor Verlangen pulsieren, so wie mein Herz für alles blutet, was ich verloren habe, für alles, was mir diese grausamen Hände genommen haben. Die Tränen, die ich zurückgehalten habe, laufen meine Schläfen hinunter, und ich zittere, während er sie wegküsst und ich seine Lippen weich und warm auf meiner feuchten Haut spüre.

Als Nächstes küsst er meine Lippen, dann die zarte Stelle hinter meinem Ohr und die empfindliche Vertiefung unter meiner Kehle. Erst als sein Mund zu meinen Brüsten hinunterwandert, merke ich, dass ich schon nackt bin, meine Kleider ausgezogen wurden, während ich mit verwirrenden

Gedanken gekämpft habe. Seine Lippen umschließen meine Brustwarze, und das heiße, feuchte Saugen führt dazu, dass ich mich ihm vom Bett entgegenbeuge. Meine Hände vergraben sich in seinem weichen, dicken Haar, während meine Hüften sich gegen ihn drücken, weil ich von der ansteigenden Anspannung in mir erlöst werden möchte.

»Nicht! Bitte, hör auf.«

Der verzweifelte Schrei hallt in meinem Kopf nach, aber ich spreche ihn nicht aus. Ich kann nicht. Nicht, weil er nicht auf mich hören würde, sondern weil ich es nicht ertragen könnte, wenn er es täte. Vielleicht wäre es einfacher, wenn ich nicht schon davor nachgegeben hätte. Wenn ich nicht wüsste, wie es sich anfühlt, ihn in mir zu haben, hätte ich vielleicht die Willenskraft gefunden, ihm zu widerstehen. Aber ich weiß es, und mein Körper ringt mit meinem Verstand, untergräbt meine Bemühungen, meine Reaktion zu kontrollieren, mich zurückzuhalten, selbst als ich ihm alles gebe.

»Ja, das ist es«, atmet er gegen meine Brustwarze, während seine Finger meine Falten auseinanderschieben, die feucht und geschwollen sind, weil ich unerträglich erregt bin. »Lass es zu, Ptichka. Lass mich dir geben, was du brauchst.« Sein schwieliger Daumen umkreist meine Klitoris, während sein Mittelfinger in mich gleitet, und ich stöhne auf, als meine inneren Muskeln sich um seinen Finger zusammenziehen, weil mein Körper sich nach mehr sehnt.

Peter erhört mein wortloses Bitten, schiebt einen zweiten Finger hinein, und das Stöhnen verwandelt sich in einen keuchenden Schrei, als er wieder an meiner Brustwarze saugt und sich meine Wirbelsäule durch diese doppelte Stimulation nach oben krümmt, während mein Herz in meiner Brust rast. Ich nähere mich meinem Orgasmus, ich kann es deutlich spüren, und als die Anspannung endlich ihren Höhepunkt erreicht, komme ich so intensiv, dass mein Blick verschwimmt, weil ich einige Sekunden lang nicht atme. Mein ganzer Körper erschaudert vor Erleichterung, und die Lustwellen überziehen mich bis zu den Zehen, als Peters Finger sich in meinen Körper hinein- und herausbewegen, mich dehnen und mich auf das vorbereiten, was kommen wird.

Ich bin immer noch voller orgastischen Nachbeben, als er sich nach oben bewegt und seine Knie meine Oberschenkel spreizen, während er seine Finger zwischen meine schiebt und meine Hände neben meine Schultern drückt.

»Schau mich an«, befiehlt er heiser, und ich gehorche wie betäubt und öffne die Augen, um seinem brennenden Blick zu begegnen. Sein schweres Gewicht drückt mich nach unten, und sein maskuliner Duft erfüllt meine Nasenlöcher, als sein Schwanz hart und dick an meinen Oberschenkelinnenseiten entlangstreicht. Da meine Hände aufs Bett gedrückt werden, bin ich hilflos, völlig seiner Gnade ausgeliefert, und diese Tatsache hat perverserweise etwas Aufregendes, etwas genauso Dunkles wie das kochende Verlangen in meinem Unterleib.

»Sag mir, dass du das nicht willst.« Sein Ton ist hart, sein Gesichtsausdruck fast gewalttätig. »Lüg mich an, und ich werde aufhören.«

Meine Brust bewegt sich hektisch, als ich seinen Blick erwidere und meine Lungen Überstunden einlegen. Ich weiß nicht, warum er das sagt, aber ich weiß, was ich will, und es hat nichts damit zu tun, dass ich meine Eltern anrufen kann.

»Hör nicht auf. Bitte, hör nicht auf.«

Ich weiß nicht, ob ich die Worte laut ausspreche oder ob ich sie nur lautlos mit dem Mund forme, aber Peters Nasenlöcher beben, und sein umwerfend schönes Gesicht spiegelt seinen heftigen Hunger wider. Seine Finger spannen sich zwischen meinen an, zermalmen meine fast durch ihre Stärke, und ich kneife meine Augen fest zusammen, während er seinen Kopf beugt und meine Lippen mit einem besitzergreifenden Kuss für sich beansprucht. Gleichzeitig schiebt sich seine große Eichel in die Nische zwischen meinen Beinen und gleitet zwischen meine Falten, bis sie den nassen, pochenden Eingang zu meinem Unterleib findet.

Er dringt mit einem tiefen Stoß in mich ein, sein dicker, langer Schwanz dehnt mich bis an die Schmerzgrenze aus, und mein Keuchen wird von seinen Lippen verschluckt, während seine Zunge sich in meinen Mund schiebt, mich ausfüllt, mich verschlingt und mich mit seinem Geruch und Geschmack und Gefühl umgibt. Seine Inbesitznahme ist rau, sein Hunger kaum beherrscht, und als er ein hartes, forderndes Tempo vorlegt, schnellt die Spannung in mir wieder hoch und steuert einem neuen Höhepunkt zu. Es ist zu viel, zu überwältigend, und ich schlinge meine Beine um seine Hüften, da ich ein gewisses Maß an Kontrolle wiedererlangen muss, aber hier gibt es keine.

Es gibt nur Peter und das gewaltige Verlangen, das uns auffrisst.

Ich weiß nicht, wer zuerst kommt oder ob wir gleichzeitig den Höhepunkt erreichen. Alles, was ich weiß, ist, dass die Woge über mich hinwegrollt und er meinen Namen stöhnt, während sein Becken sich an meinem reibt und sein Schwanz in mir zuckt. Das Lustgefühl scheint endlos durch meine Nervenenden zu vibrieren, und als es abgeebbt ist, rollt er von mir herunter und nimmt mich in seine Arme, während ich zusammenbreche und weine, durch die Intensität von alldem zittere ... und wegen der Schuldgefühle, die mich zerreißen.

Ich habe wieder einmal dem Mann gegenüber nachgegeben, der mein Leben zerstört hat.

Erst später, als meine Tränen nachgelassen haben und Peter mir sanft den Rücken streichelt, fällt mir etwas ein, was mir das Blut in den Adern erstarren lässt.

Zum zweiten Mal haben wir kein Kondom verwendet.

Ich bemerke den exakten Moment, in dem Sara das Fehlen des Kondoms bemerkt. Ihr ganzer Körper versteift, sie hebt ihren Kopf von meiner Schulter, und ihre Augen weiten sich vor Entsetzen, als sie meinem Blick begegnet.

»Wir haben kein ...«

»Ich weiß.«

Es ist das zweite Mal – das erste Mal war in der Nacht, als ich sie gestohlen habe –, und obwohl ich den Schutz nicht absichtlich weggelassen habe, kann ich nicht sagen, dass es mir leidtut. Der Gedanke an Sara mit meinem Kind in ihrem runden Bauch macht mir keine Angst oder stößt mich ab; eigentlich erfüllt es meine Brust mit einem weichen, warmen Glühen, das ich nur einmal gekannt habe.

Mit Pasha, meinem Sohn.

Ein vertrauter Schmerz durchbohrt meine Brust, und der Schmerz über den Verlust ist so scharf wie immer. Das Bild von Pashas Körper, seiner kleinen Faust, die das Spielzeugauto umklammert, ist mir mit der brutalen Präzision der Klinge eines Attentäters in den Kopf geritzt. Jahrelang war es morgens mein erster Gedanke und abends mein letzter. Es war der Albtraum, der mich nachts aufweckte, und der Geist, der mich tagsüber quälte. Mein Rachefeldzug für ihn und Tamila, meine Frau, die im selben Massaker getötet wurde, war mein Grund zum Leben, und erst als ich Sara kennenlernte, fand ich einen neuen Lebensinhalt.

Sie.

Meinen kleinen Singvogel, der jetzt mein Ein und Alles ist.

Bei meinem Eingeständnis über das Kondom sieht Sara noch entsetzter aus. Sie greift nach einem Taschentuch, rutscht auf dem Bett zurück und wischt sich verzweifelt zwischen ihren Beinen herum, bevor sie sich die Decke vor ihre Brust hält. Ihre haselnussbraunen Augen sehen in ihrem blassen Gesicht riesig aus, als sie in einer erstickten Stimme fragt: »*Versuchst* du, mich zu schwängern?«

»Nein.« Ich stehe auf, bevor ich versucht bin, sie noch einmal zu ficken. Sogar jetzt, wo mein Körper von postorgastischer Entspannung durchflutet ist, verhärtet sich mein Schwanz durch die Vorstellung einer von mir schwangeren Sara wieder, aber ich habe einige dringende E-Mails, die ich vor dem Abendessen beantworten muss. »Es ist einfach passiert. Ich habe nicht nachgedacht. Aber wie ich dir schon gesagt habe, würde es mir nichts ausmachen – auch wenn es um diese Zeit des Monats bei dir unwahrscheinlich ist. Richtig?«

Sara nickt, aber ihr Todesgriff um die Decke lässt nicht nach. »Es ist nicht wahrscheinlich, aber auch nicht unmöglich«, sagt sie in einem etwas ruhigeren Ton. »Viele Dinge können den Zyklus einer Frau stören, so dass man nicht davon ausgehen kann, dass er allein auf dem Kalender beruht. Außerdem ist mein Zyklus verkürzt, und meine Periode ist vor ein paar Tagen zu Ende gegangen.« Sie atmet durch und platzt dann heraus: »Ich brauche die Pille danach. Kannst du sie für mich besorgen?«

Ich starre sie an, da mich dieser Gedanke unvorbereitet erwischt hat. »Vielleicht«, sage ich langsam. »Was für eine Pille ist das denn, und woher bekomme ich sie?«

Ich weiß natürlich, wovon sie spricht, aber ich tue so, als wisse ich es nicht, um mir einen Moment Zeit zum Nachdenken zu verschaffen. Obwohl ich das nicht bewusst beabsichtigt hatte, rebelliert jetzt, da es geschehen ist, alles in mir gegen den Gedanken, etwas zu tun, was Saras Chancen auf eine Schwangerschaft verringert.

Es ist eine neue Ebene meiner krankhaften Besessenheit, aber in diesem Moment wird mir klar, dass ich ein Kind mit ihr haben *will*. Ich will sie auf jede erdenkliche Weise an mich binden, sie so vollständig wie möglich zu der meinen machen, dass sie niemals gehen kann.

»In den USA werden mehrere Marken verkauft«, sagt Sara. »*Plan B, Next Choice, My Way, ella* ... Ich weiß nicht, was es in Japan gibt, aber ich bin mir sicher, dass es etwas geben muss. Diese Pillen wirken, indem sie die Freisetzung der Eizelle stoppen, die Befruchtung verhindern oder die Einnistung in die Gebärmutter nicht zulassen. Also ist es keine Abtreibungspille, sondern nur Notfallverhütung. Ich bin sicher, wenn man in eine Apotheke in Japan geht und erklärt, was man braucht, werden sie es einem geben.«

Sie schaut mich so verzweifelt an, dass ich nicht Nein sagen kann.

»In Ordnung«, sage ich und verberge meine Abneigung. Ich versuche, Anton zu erreichen, bevor sie zurückkehren. Vielleicht können sie es unterwegs bekommen.«

Saras Gesicht hellt sich auf. »Ja, bitte. Je früher sie eingenommen wird, desto effektiver ist sie. »Innerhalb der ersten 24 Stunden ist am besten, und wenn ich sie heute Abend nehme, sind wir auch noch im 72-Stunden-Fenster zum letzten Mal.«

»Verstanden«, sage ich und gehe ins Badezimmer, um mich frisch zu machen. »Ich rufe ihn an, sobald ich unten bin.«

Ich halte mein Versprechen ein, Anton anzurufen, und zögere es nur so lange hinaus, bis ich eine dringende E-Mail von unseren Hackern beantwortet habe. Sie haben einen Freund der Familie Henderson gefunden, der vor kurzem Tickets nach Kroatien gebucht hat, und verlangen eine Zahlung, um die Spur weiterzuverfolgen. Ich überweise weitere fünfhunderttausend auf ein vereinbartes Konto auf den Kaimaninseln, und dann kontaktiere ich Anton über unser sicheres Satellitentelefon.

Zu meiner Erleichterung sind sie nur Minuten von unserem Versteck auf dem Berg entfernt. »Was brauchst du?«, fragt Anton, und seine Worte sind durch den Lärm des Hubschraubers im Hintergrund kaum zu hören. »Der Jetlag tritt mir in den Arsch, aber wenn es etwas Dringendes ist, können wir umdrehen und es holen.«

»Nein, es ist okay«, sage ich und unterdrücke ein unerwünschtes Aufsteigen von Schuldgefühlen. »Wenn du zurückfliegst, sind die Apotheken bei deiner Ankunft sowieso geschlossen.« Oder zumindest werde ich das Sara sagen und hoffen, dass es ihr nicht auffällt, dass etwas so Einfaches wie eine verschlossene Tür kein Hindernis für mein Team darstellt.

Wir können jederzeit alles beschaffen, Schlösser und Gesetzmäßigkeiten sind dabei kein Hindernis.

»In Ordnung.« Anton muss wirklich müde sein, denn er reagiert nicht auf meine seltsame Ansage. »Wir sehen dich in zehn Minuten.«

Er legt auf, und ich gehe nach oben, um Sara die schlechte Nachricht zu überbringen.

Ich werde ihr die Pille besorgen, aber nicht heute.

Morgen ist früh genug.

1 3

*P*eter

SARA NIMMT DIE NACHRICHT GUT AUF, WAHRSCHEINLICH WEIL ich sie gleichzeitig darüber informiere, dass wir das haben, was wir brauchen, um ihre Eltern sicher anzurufen. Während Ilya und Yan alles vorbereiten, weise ich Sara an, was sie zu sagen hat.

»Kein Wort über unseren Standort oder wie viele von uns hier sind«, sage ich zu ihr, während ich sie nach unten führe. »Nichts darüber, wie lange es gedauert hat, bis wir hier ankamen oder wie. Und wenn du versuchst, etwas wie Sushi oder Berge oder Hubschrauber anzudeuten oder irgendeinen anderen Anhaltspunkt fallenzulassen, werde ich es mitbekommen, und das hier wird das letzte Mal sein, dass du dich mit deiner Familie in Verbindung setzt. Verstanden?«

Saras Gesicht ist blass, aber sie nickt. »Was *kann* ich denn sagen?«

»Du kannst deinen Eltern sagen, dass du bei mir bist – so viel weiß das FBI. Du kannst sagen, dass du glücklich und verliebt bist und sie sich keine Sorgen um dich machen sollen. Halte es kurz; der Sinn ist nicht, ihre Fragen zu beantworten, sondern ihnen zu versichern, dass du am Leben und gesund bist. Je weniger du sagst, desto besser für alle Beteiligten.«

»Okay.« Am Fuße der Treppe bleibt sie stehen, atmet durch und streckt die Schultern nach hinten. »Ich bin bereit.«

DER ANRUF WIRD DURCH ZWEI DUTZEND RELAIS GELEITET, DIE von Satelliten und Mobilfunktürmen auf der ganzen Welt zurückgeschickt werden, bevor sie als blockierte Nummer auf dem Handy von Saras Mutter angezeigt werden. Ich weiß genau, dass alle Telefone, die mit Saras Eltern zu tun haben, vom FBI abgehört werden, aber das spielt keine Rolle. Es ist unmöglich den Anruf zurückzuverfolgen. Die größte Gefahr besteht darin, dass Sara etwas sagt, was sie nicht sagen sollte, aber hoffentlich ist sie klug genug, das zu vermeiden.

Ich mache keine leeren Drohungen.

Lorna Weisman, Saras Mutter, ist schnell am Telefon. »Hallo?« Ihre Stimme ist angespannt.

»Hallo Mama«, sagt Sara. Sie sitzt auf der Couch neben mir und hat das Telefon auf Lautsprecher auf ihrem Schoß, damit ich das Gespräch mithören kann. »Ich bin's, Sara.«

»Sara! Gott sei Dank! Wo bist du? Geht es dir gut? Was geht hier vor sich? Das FBI war hier und ...«

»Mir geht's gut, Mama.« Saras Ton ist sanft und beruhigend,

trotz des übermäßig hellen Glitzerns in ihren Augen. »Bitte mach dir keine Sorgen. Ich bin bei Peter, und alles ist gut. Ich weiß, das alles ist wahrscheinlich verwirrend, aber mir geht es gut, und bei uns ist alles großartig. Ich werde euch mehr erzählen, wenn ich nach Hause komme, aber ich wollte euch anrufen, weil ich mir dachte, dass ihr euch sonst Sorgen macht.«

»Sara, Liebling, hör mir zu.« Lorna klingt, als würde sie gleich weinen. »Das FBI sagte, er sei ein Krimineller, einer der meistgesuchten. Du musst ihn verlassen. Wo bist du? Bitte, Liebling, sag es mir, und wir schicken jemanden zu dir. Er ist kein guter Mann, Sara. Er ist gefährlich, er kann dir wehtun. Du musst ...«

»Mama, sei nicht albern.« Saras Stimme wird schärfer. »Es geht mir gut, und Peter ist wunderbar zu mir. Ich kann nicht lange reden, aber was auch immer sie dir sagen, glaub ihnen nicht. Er *ist* ein guter Mann, und wir sind sehr glücklich miteinander. Er liebt mich, und ich ... ich glaube, ich bin auch in ihn verliebt.«

Sie schaut mich an, und ich nicke ihr zustimmend zu, während ich den irrationalen Schmerz in meiner Brust ignoriere. Sie verhält sich einfach so, wie ich es ihr gesagt habe, und es ist sinnlos, dass ich mir wünsche, dass es echt wäre, dass sie wirklich in mich verliebt sei.

»Aber, Sara ...«

»Mama, ich muss los. Ich werde bald wieder anrufen. Mach dir in der Zwischenzeit bitte keine Sorgen um mich und sag Papa, er soll sich auch keine Sorgen machen.« Ihre Stimme wird belegter, so als würde sie auch gleich weinen. »Ich liebe euch beide, und wir reden bald wieder, okay?«

»Warte, Sara ...«

Aber sie legt auf, und ihre schmalen Schultern zittern vor Schluchzen, als sie aufsteht, nach oben rennt und mich mit dem Telefon zurücklässt.

500

14

Sara

Ich weiß nicht, wie lange ich noch weine, bevor das Bett neben mir einsinkt und Peter mich in seine Arme nimmt und mich auf seinen Schoß legt, als wäre ich ein verzweifeltes Kind. Seine große Hand streichelt meinen Rücken, während ich meine Arme um seinen Hals schlinge, mein nasses Gesicht an seiner Schulter verstecke und das Gefühl seiner Berührung und Wärme genieße. Ich brauche ihn gerade, auch wenn ich ihn in diesem Moment hasse ... obwohl der Schmerz in der Stimme meiner Mutter unerträglich frisch in meinem Kopf ist.

»Es wird ihnen gut gehen, Ptichka«, sagt er leise, als sich meine Schluchzer beruhigen. »Wir behalten sie im Auge, und bis jetzt kommen sie gut mit der Situation zurecht. Und jetzt, da du angerufen hast, wissen sie, dass es dir auch gut geht.«

»Gut? Sie denken, ich sei verrückt geworden und einfach mit einem gesuchten Verbrecher verschwunden.« Meine Stimme zittert, und mein Blickfeld verschwimmt vor Tränen, als ich gegen seine Schultern drücke und meinen Kopf hebe, um seinen Blick zu erwidern. »Und da das FBI uns sucht ...«

»Ich weiß.« Seine grauen Augen sind warm, während er sanft die Feuchtigkeit von meinen Wangen wischt. »Es ist nicht optimal, aber im Moment ist es das Beste, was wir tun können.«

»In Ordnung.« Endlich finde ich die Kraft, mich von seinem Schoß abzustoßen und aufzustehen. Meine Augen fühlen sich nach all dem Weinen sandig an, und ich habe Kopfschmerzen, aber ich bin entschlossen, die Kontrolle wiederzuerlangen. Ich kann mich nicht von dem Mann trösten lassen, der mir alles genommen hat, und ich muss damit aufhören, zu weinen und an meinem Entführer zu hängen.

Ich bin stärker als diese Sara.

Ich muss es sein.

»Bist du hungrig?«, fragt Peter und steht auch auf. Ich wische die Reste der Tränen mit dem Handrücken ab und nicke. »Gut.« Sein Lächeln ist so strahlend, dass es mich fast blendet. »Wir sehen uns in einer Stunde unten.«

ICH ERWARTE, DASS PETERS MÄNNER BEIM ABENDESSEN DABEI sind, so wie sie es beim Frühstück waren, aber sie sind auffälligerweise abwesend. Als ich Peter danach frage, erklärt er mir, dass sie draußen trainieren und später essen werden.

»Warum bist du nicht bei ihnen?«, frage ich und greife nach einem Stück Lachs. Heute gibt es japanisch inspiriertes Essen –

Fisch und weißen Reis, dazu eingelegtes Gemüse. »Trainiert ihr nicht zusammen?«

Peter lächelt. »Normalerweise schon, aber ich wollte heute Abend Zeit mit dir verbringen.«

»Weil ich heute so eine großartige Gesellschaft war?«

Sein Lächeln wird breiter. »Wir hatten unsere guten Momente.«

Ich kämpfe dagegen an, zu erröten, weil ich weiß, dass er sich auf unseren Sex vorhin bezieht. Ich habe mein Bestes getan, um nicht darüber nachzudenken, obwohl mein Körper sich durch seine raue Inbesitznahme immer noch empfindlich anfühlt. Es ist dumm, sich peinlich berührt zu fühlen, wenn wir die letzten Wochen zusammen geschlafen haben, aber ich kann nichts dafür. Diese Sache zwischen uns beiden ist zu verwirrend, zu kompliziert. Und dann das mit dem Kondom.

Nein, daran kann ich nicht denken. Peter hat mir für morgen eine Pille versprochen, und ich muss glauben, dass er dieses Versprechen halten wird. Selbst wenn es ihm aus irgendeinem bizarren Grund nichts ausmachen würde, mich zu schwängern, muss er doch einsehen, dass ein Baby unter diesen Umständen für alle Beteiligten eine Katastrophe wäre. Er wird gesucht, ist ein Attentäter auf der Flucht. Was für ein Leben wäre das für ein Kind? Peter ist zu clever, um das nicht zu verstehen.

Er ist auch besessen von dir.

Ich unterdrücke dieses unheimliche Flüstern und konzentriere mich auf mein Essen. Es ist sinnlos, sich heute Abend darüber Sorgen zu machen; wenn Peter die Pille nicht bekommt, wird es morgen früh ausreichend sein. Auf jeden Fall bin ich so müde, dass ich meine Gabel kaum heben und mich noch viel weniger wegen einer möglichen Schwangerschaft stressen kann. Es muss zu Hause schon wieder morgens sein, und trotz meines Mittagsschlafs spüre ich die Auswirkungen des Jetlags, kombiniert mit den Folgen extremen Stresses. Sobald ich mit dem Essen fertig bin, schlafe ich bestimmt ein und wache hoffentlich morgen früh mit einem klareren Kopf auf.

Den brauche ich, damit ich meine Flucht planen kann.

»Was ich vergessen habe, dir zu sagen«, meint Peter, als ich meinen Lachs aufesse »Yan hat dir einen Haufen Klamotten besorgt.« Er nickt in Richtung Eingang, wo ich zum ersten Mal einen Berg Einkaufstaschen sehe.

»Oh, danke.« Ich unterdrücke ein Gähnen, schiebe meinen leeren Teller weg und stehe auf. Ich habe nicht die Absicht, lange genug hier zu sein, um so viel Kleidung zu brauchen, aber ich brauche Schuhe und warme Basics für die Flucht. »Ich probiere sie sofort an.«

Peter steht auf und fängt an, den Tisch abzuräumen, während ich Yans Einkäufe sortiere. Alle Schilder zeigen größere Größen, als ich sie gewohnt bin, aber die Kleidung sieht so aus, als würde sie mir passen, also muss ich unter den zierlichen Frauen Japans die Kleidergröße M oder L haben. Die Schuhe haben auch die richtige Größe. Ich probiere sie sofort an, weil ich mich darüber freue, neben weniger praktischen Sandalen und Pumps mit hohen Absätzen auch ein Paar bequeme Sneaker und warme Stiefel vorzufinden.

»Glauben deine Kollegen, dass ich ausgehen und um die Häuser ziehen werde?«, frage ich Peter, als ich den Rest der Taschen durchgehe, und neben den Dingen, die nach praktischen Gesichtspunkten ausgesucht wurden, wie Yogahosen, Jeans, Pullover und T-Shirts, auch einige ebenso unpraktische Kleider finde. Es gibt auch Unterwäsche, die meiste hübsch und mit Spitze, und ein paar hautenge Seidenpyjamas – der Traum eines Mannes, wenn er aussuchen dürfte.

»Yan ist gut bei Kleidung, also habe ich ihm gesagt, dass er alles holen soll, was ihm gefällt«, sagt Peter und grinst, während ich ein tief ausgeschnittenes Tanktop hochhalte, das bei einer sommerlichen Beach Bash nicht fehl am Platz aussähe. »Ich schätze, er hat bei einigen Stücken übertrieben.«

»Ein bisschen.« Ich stopfe alles wieder in die Taschen und schnappe mir dann einige von ihnen, um sie nach oben zum Schrank zu tragen, als Peter zu mir kommt und sie mir aus den Händen reißt.

»Ich mache das«, sagt er, während er die restlichen nimmt, und ich schaue überrascht dabei zu, wie er die Taschen nach oben trägt.

Dies ist ein weiteres Beispiel für seine Fürsorglichkeit, fällt mir auf, während ich ihm die Treppe hinauf folge. Zu Hause hatte mich Peter nicht nur von allen Hausarbeiten befreit, wenn ich müde war, sondern ließ mich auch nichts Schwereres als einen Teller Essen tragen, wenn er in der Nähe war. Ich weiß nicht, ob er denkt, dass ich nicht in der Lage bin, eine Einkaufstasche zu heben, oder ob ihm jemand beigebracht hat, Frauen Sachen abzunehmen, aber es trägt definitiv dazu bei, dass er mich verwöhnt.

Wenn er mich nicht gerade unter Drogen setzt, entführt oder bedroht.

»Gehörte das zu deiner Erziehung im Waisenhaus?«, frage ich und folge ihm in den begehbaren Kleiderschrank im Schlafzimmer, wo er die Taschen abstellt und meine Kleider neben seinen aufhängt. »Wurde dir als Junge beigebracht, dich wie ein Gentleman zu benehmen oder so etwas in der Art?«

Peter bleibt stehen und schaut mich mit hochgezogenen Augenbrauen an. »Du machst Witze, oder?«

Ich runzele die Stirn und greife nach einer der Taschen, um einen Pullover herauszunehmen und ihn zusammenzulegen. »Nein, wieso?«

Er lacht dunkel. »Ptichka, hast du eine Vorstellung davon, wie Waisenhäuser in Russland sind?«

Ich beiße mir auf die Lippe, während ich den Pullover neben mir auf das Regal lege. »Nein, nicht wirklich. Ich schätze, nicht so gut?«

Er fährt damit fort, die Kleider aufzuhängen. »Sagen wir einfach, sich wie ein Gentleman zu verhalten stand nicht auf meiner Prioritätenliste, als ich ein Kind war.«

»Verstehe.« Ich sollte Peter helfen, aber ich kann ihn nur anstarren, da ich gerade begreife, wie wenig ich noch über den Mann weiß, der mein Leben so vollständig übernommen hat. Ich weiß, dass er in einem Waisenhaus aufgewachsen ist – er hatte mir erzählt, dass er in einem Jugendgefängnis gelandet war, nachdem er den Direktor des Waisenhauses getötet hatte – aber weiter sind wir noch nicht gekommen, und plötzlich reicht es mir nicht mehr.

Ich möchte mehr über Peter Sokolov wissen.

Ich will ihn verstehen.

»Was ist mit deiner Familie passiert?«, frage ich und lehne mich an den Türrahmen. »Hast du deine Eltern gekannt?«

»Nein.« Er macht keine Pause bei seinem methodischen Auspacken der Taschen. »Ich wurde als Neugeborenes vor der Haustür des Waisenhauses zurückgelassen. Sie denken, dass ich damals drei oder vier Tage alt war. Sie nehmen an, dass meine Mutter aus einem der umliegenden Dörfer stammte. Sie könnte eine Schülerin gewesen sein, die Dummheiten gemacht hat und schwanger wurde oder so. Ich habe keine Anzeichen eines fetalen Alkoholsyndroms gezeigt und wurde negativ auf Drogen getestet, so dass Prostituierte ausgeschlossen wurden.«

»Und niemand hat sich je gemeldet, um dich haben zu wollen?«, frage ich und versuche, das schmerzhafte Zusammenziehen meiner Brust zu ignorieren. Ich weiß nicht, warum, aber wenn ich mir diesen gefährlichen Mann als verlassenes Neugeborenes vorstelle, möchte ich weinen.

Peter senkt den Bügel, den er gerade in der Hand hält, und wirft mir einen leicht überraschten Blick zu. »Mich haben zu wollen? Nein, natürlich nicht. Niemand will an solchen Orten Kinder haben – deshalb werden sie Waisenhäuser genannt. Na ja, heutzutage kommen gern reiche Ausländer vorbei und adoptieren ein oder zwei Babys, wenn sie keine eigenen Kinder haben können, aber das war nicht der Fall, als ich aufwuchs.«

Ich schlucke, und die Schmerzen in meiner Brust verstärken sich. »Hast du jemals versucht, etwas über deine Mutter herauszufinden? Um sie oder deinen Vater zu finden? Ich meine, du hast jetzt die Ressourcen ...«

Peters Kiefer spannt sich an, und er dreht sich vollständig zu mir um. »Warum sollte ich meine Zeit damit verschwenden, nach jemandem zu suchen, der mich verlassen hat?« Seine Augen leuchten mit einem harten, dunklen Licht. »Es gäbe nur eine Sache, die ich gern tun würde, sollte ich sie finden, und sogar *ich* ziehe eine Grenze beim Muttermord.«

Er wendet sich ab, faltet weiter Wäsche zusammen und hängt sie auf, während ich mich zwinge, ihm trotz meiner zittrigen Hände und meines Knotens im Magen zu helfen. Seine Enthüllungen erschrecken mich und erfüllen mich gleichzeitig mit unglaublichem Mitleid. Jetzt ist mir klar, dass die Ursache für die Wut, die ich in Peter aufflackern sah, tiefer geht als die Tragödie mit seiner Frau und seinem Sohn, dass er von Kräften geformt wurde, die ich kaum begreifen kann.

Dass sein Fokus auf Familie – und seine Besessenheit von mir – Wurzeln hat, die bis in die Dunkelheit seiner Kindheit zurückreichen.

15

Sara

SOBALD WIR UNS HINLEGEN, SCHLAFE ICH IN PETERS UMARMUNG
ein und wache irgendwann später auf, als er von hinten in mich
hineingleitet, während sein muskulöser Arm um meinen
Brustkorb geschlungen ist, um mich ruhigzuhalten. Ich bin
nicht feucht genug, und die ersten paar Stöße brennen, aber
dann bewegt sich seine Hand zu meinem Geschlecht, findet
meine Klitoris, und mein Körper wird weicher, schmilzt für
ihn, als sich das Feuer in mir erneut entzündet.

Ich komme nach nur wenigen Stößen, und er folgt dicht
hinter mir, wobei sein dicker Schwanz in mir zuckt, als er
seinen Höhepunkt mit einem dumpfen Stöhnen erreicht. Er
hält mich dann fest, ohne sich die Mühe zu machen, ihn
herauszuziehen, und ich schlafe wieder ein, während er immer

noch in meinem Körper vergraben ist. In meinen Träumen küsst er meine Schläfen und sagt mir, wie sehr er mich liebt, aber als ich morgens aufwache, bin ich allein im Bett, und das helle Licht strömt durch die Fenster, die vom Boden bis zur Decke reichen.

Beim Duschen finde ich Spuren von getrocknetem Sperma auf meinen Oberschenkeln – ein Beweis dafür, dass wir wieder keinen Schutz benutzt haben. Ich wasche es schnell ab, versuche, mich nicht von der Panik überrollen zu lassen, die in mir brodelt, und ziehe mich an, um nach Peter zu suchen.

Er muss mir die Pille besorgen.

Er muss sein Versprechen halten.

Zu meiner Überraschung ist er unten nirgendwo zu finden. Und auch keiner seiner Männer.

Mein Puls schießt in die Höhe, bevor er einen gleichbleibend schnellen Rhythmus annimmt. Könnte es sein? Könnten sie mich allein gelassen haben, um sich um irgendwelche Geschäfte zu kümmern? Bevor ich mich zu sehr freue, schnappe ich mir meine Stiefel und gehe hinaus, um nachzusehen, ob sie dort trainieren.

Nichts.

Alle sind weg, und der Hubschrauber auch.

»Sie werden heute Nachmittag zurück sein«, sagt eine Männerstimme hinter mir, und ich springe mit einem erschreckten Quieken auf.

Ich drehe mich um und sehe Ilya, der hinter mir aus dem Haus tritt. Er muss in einem der Gästezimmer oben gewesen sein – die einzigen Räume, die ich mir noch nicht angesehen habe.

Um meinen rasenden Puls zu beruhigen, frage ich: »Ist Peter auch mitgeflogen?«

Der große Russe nickt, und sein tätowierter Schädel glänzt im Sonnenlicht, während er am Türrahmen lehnt. »Er hat Frühstück für dich auf dem Herd stehen gelassen.«

»Oh, okay. Danke.«

Er geht rein und ich folge ihm ins Haus, da ich bereits von dem kalten Wind zittere. Ich muss mich auf jeden Fall warm anziehen, wenn ich fliehe, mit vielen Schichten. Und ich bekomme die Chance vielleicht früher als erwartet.

Mit etwas Glück wird mich Ilya heute nicht zu genau beobachten.

Er kommt zumindest nicht mit zum Frühstücken. Stattdessen verschwindet er in seinem Zimmer oben, während ich den Haferbrei hinunterschlinge, den Peter für mich dagelassen hat, und danach alles wegräume. Als Ilya nach ein paar Minuten immer noch nicht zurückgekehrt ist, gehe ich leise nach oben, ziehe mir zwei Pullover und einen Parka über, schnappe mir eine Mütze und gehe ebenso leise nach unten. Ich kenne die Umgebung immer noch nicht, aber ich kann mir diese Gelegenheit nicht entgehen lassen. Als ich an der Küche vorbeikomme, schnappe ich mir schnell eine Wasserflasche, ein Päckchen Erdnüsse und einen Apfel und stopfe alles in eine Plastiktüte, die ich in meinem Parka verstaue, bevor ich den Reißverschluss zumache.

Meine Stiefel stehen bei der Haustür, und ich ziehe sie an, bevor ich das Haus verlasse und die Tür vorsichtig hinter mir schließe, um keine Geräusche zu machen.

ICH ATME FLACH, BIS DAS HAUS AUSSER SICHTWEITE IST UND ICH den Weg finde, den ich gestern auf der Westseite gesehen habe.

Ich bleibe an seinem Rand und bin bereit, beim ersten Anzeichen, verfolgt zu werden, tiefer in den Wald einzutauchen, aber niemand scheint zu kommen.

Vielleicht wird mein Glück noch anhalten, und Ilya merkt erst nach einiger Zeit, dass ich weg bin.

Die Luft ist kalt und klar, als ich den Weg halb hinabgehe und halb renne. Ich bin nicht gut genug in Form, um dieses Schritttempo lange halten zu können, aber mein Ziel ist es, so weit wie möglich den Berg hinunterzulaufen, bevor jemand entdeckt, dass ich nicht da bin. Ich bilde mir nicht ein, dass ich einem Team ehemaliger Speznas-Soldaten ohne nennenswerten Vorsprung entkommen kann, aber es ist einen Versuch wert.

Vielleicht kann ich wenigstens ein Telefon finden, bevor sie mich erwischen.

Ich zwinge mich durch den ganzen Morgen und halte nur für eine fünfminütige Klo- und Getränkepause gegen Mittag an. Dann setze ich mein schnelles Tempo fort und ignoriere das Brennen in meinen Beinmuskeln und meinen Lungen. Als die Sonne in einem frühen Nachmittagswinkel am Himmel steht, sehe ich mich gezwungen, langsamer zu gehen. Zum Glück gehe ich *bergab*, sonst hätte ich nicht so lange durchgehalten. Obwohl der Weg breit genug für ein Auto ist, scheint er in den letzten Jahren nicht genutzt worden zu sein, da er voller Hindernisse ist, die ich umgehen muss, angefangen von umgefallenen Baumstämmen bis zu riesigen Schlaglöchern und Gräben, die mit Wasser gefüllt sind. Es muss durch den Erdrutsch kommen, den Ilya erwähnt hat. Ich werde ihn umgehen und mich durch den Wald schlagen müssen, wenn ich an diesem Punkt ankomme, an dem er unpassierbar wird, aber jetzt ist dieser Weg leichter, selbst mit allen Hindernissen.

Nur noch ein wenig länger, sage ich mir, als ich über einen weiteren umgefallenen Baum klettere und einen steilen Teil des Weges hinunterrutsche, wobei ich beinahe über einen Felsen stolpere, während ich versuche, nicht hinzufallen. Bald werde ich wieder eine Pause machen, um zu trinken und einen Snack zu essen, aber jetzt noch nicht.

Ich muss mehr Vorsprung bekommen, bevor sie nach mir suchen.

Ich zwinge mich, noch eine weitere Stunde lang zu gehen, bis ich erschöpft zu Boden sinke. In den letzten zwanzig Minuten hatte ich das beunruhigende Gefühl, dass ich verfolgt werde, aber ich bin mir ziemlich sicher, dass ich nur paranoid bin.

Meine Geiselnehmer würden mir nicht folgen, sie würden mich einfach ergreifen und zurückbringen.

Trotzdem betrachte ich sorgfältig meine Umgebung und bin bereit, jeden Moment hochzuspringen und wegzulaufen. Wie ich vermutet hatte, ist aber alles ruhig, nur die riesigen Zedernbäume wiegen sich leicht in der kalten Brise. Ich entspanne mich und mache den Reißverschluss auf, um die Plastiktüte hervorzuholen, die ich dort verstaut hatte. Ich öffne die Wasserflasche, trinke das restliche Wasser und esse die Erdnüsse und den Apfel, die ich mitgenommen habe.

Es ist nicht viel, aber es wird reichen.

Ich fühle mich ein wenig besser, stehe auf und springe heute zum zweiten Mal mit einem erschrockenen Schrei auf.

Ein grauer Affe mit einem rosafarbenen Gesicht starrt mich von den Bäumen aus an.

Oder genauer gesagt starrt er mich und das Apfelgehäuse an, das ich auf dem Boden zurückgelassen habe, und sein Blick springt zwischen mir und dem potenziellen Futter hin und her.

Ich breche in Lachen aus, sowohl über den Ausdruck auf dem Gesicht des Affen als auch über meine eigene Reaktion. Meine Haut kribbelt von dem Adrenalinschub, und mein Herz klopft, als sei ich gerade von einem Bären angegriffen worden, aber ich bin so erleichtert, dass ich dieses kleine rosa Gesicht küssen könnte.

Ein Bergaffe hat mich verfolgt, kein russischer Söldner.

»Du kannst ihn haben«, sage ich dem Affen, und zeige auf die Apfelreste, als ich endlich aufhören kann zu lachen. »Das ist alles für dich.«

»Wie großzügig von dir, Ptichka«, sagt eine vertraute Stimme hinter mir, und ich erstarre, da mein Puls wieder in die Höhe schießt.

Es war falsch von mir, meinen Instinkten nicht zu vertrauen.

Mit einem sinkenden Gefühl drehe ich mich um und stelle mich dem Mann, vor dem ich geflohen bin.

Peter Sokolov lehnt an einem Baum, und auf seine sinnlichen Lippen spielt ein ironisches Lächeln.

16

eter

ILYA HAT MIR SOFORT BESCHEID GEGEBEN, ALS SARA DAS HAUS verließ, und ich habe ihn angewiesen, ihr zu folgen. Nicht, weil ich mir Sorgen machte, dass wir sie verlieren würden – Yan hat alle Schuhe, die er für sie gekauft hat, mit Tracking-Chips versehen – sondern weil ich nicht wollte, dass sie allein umherwandert. Meine kleine Ärztin ist an eine städtische Umgebung gewöhnt, nicht an Bergwälder, und ich wollte es nicht riskieren, dass sie verletzt wird. Ich war schon auf dem Rückweg, also bin ich, sobald Anton mich abgesetzt hatte, dem GPS-Signal von Saras Stiefeln gefolgt. Ich habe nur eine Stunde gebraucht, bis ich bei Ilya war, und dann habe ich die Aufgabe übernommen, sie zu verfolgen – meine Lieblingsbeschäftigung der letzten Monate.

»Wie hast du mich gefunden?«, fragt sie, während sie sich von dem Schock erholt, mich zu sehen. Ihre Stimme ist angespannt und mit einem Hauch von Atemnot, aber sie hält ihr Kinn hoch und steht mir gegenüber, ohne zu zucken. »Wie lange bist du mir gefolgt?«

»Seit dem späten Morgen«, antworte ich und drücke mich vom Baumstamm ab, um mich gerade hinzustellen. »Du bist ausdauernder, als ich dachte. Ich hätte erwartet, dass du schon lange vorher eine Pause machst.«

Ihre haselnussbraunen Augen verengen sich. »Hast du mich deshalb so weit kommen lassen? Um mir zu zeigen, wie schwach ich bin und wie schnell du mich fangen kannst?«

»Nein, Ptichka.« Ich gehe auf sie zu. »Um dir etwas anderes zu zeigen.«

Sie macht einen Schritt zurück, bevor sie stehen bleibt, da sie sich wahrscheinlich denkt, dass es sinnlos ist, zu rennen. Und das ist es auch. Ich würde sie im Handumdrehen fangen. Und dann würde ich sie bestrafen, wie es das Monster in mir verlangt.

Ich würde sicherstellen, dass sie nie wieder vor mir davonläuft.

Es erfordert all meine Willenskraft, diesen Drang zu unterdrücken und mich davon abzuhalten, diesem dunklen Verlangen nachzugeben. Es macht natürlich Sinn, dass Sara einen Fluchtversuch unternimmt, versucht, zu dem Leben zurückzukehren, das sie immer gekannt hat. Sie wäre nicht die, die sie ist, wenn sie es nicht versuchen würde, und ich weiß das. Ich akzeptiere das – zumindest rational.

Auf einer instinktiveren Ebene will ich sie unterwerfen und sie dazu bringen, mich zu lieben, will ihre Flügel stutzen, damit sie mich nie wieder verlassen kann.

»Komm«, sage ich und strecke mich aus, um ihre kalte, zitternde Hand zu nehmen, als ich vor ihr stehenbleibe. »Es ist nur ein bisschen weiter in diese Richtung.«

Ich halte die in mir kochende Wut im Zaum und führe sie den Weg hinunter.

17

*S*ara

PETERS AUSDRUCK IST UNLESBAR, WÄHREND WIR GEMEINSAM DEN Weg hinuntergehen, aber ich spüre den Ärger in ihm, die tödliche Sprunghaftigkeit, die ebenso ein Teil von ihm ist wie diese stahlgrauen Augen. Trotzdem ist sein Griff sanft, und seine große Hand schützt meine Handfläche vor der kalten Luft, auch wenn sie gleichzeitig meine Flucht verhindert.

»Wie hast du mich so schnell gefunden?«, frage ich und lasse mir meine Angst nicht anmerken. An diesem Punkt bin ich mir fast sicher, dass Peter mich nicht körperlich verletzen würde, aber das lässt ihm immer noch eine Reihe von Möglichkeiten, wie er mich bezahlen lassen kann.

»Ilya ist dir gefolgt«, sagt er und blickt mich kurz an. Die kalte Brise rötet seine hohen Wangenknochen und die

Nasenspitze, und mit dem sportlichen Parka, den er trägt, sieht er aus wie einer dieser Hardcore-Athleten, die aus Spaß den Mount Everest besteigen. »Hast du gedacht, er würde nicht mitbekommen, wenn du das Haus verlässt?«

Natürlich nicht. Ich hätte mir denken können, dass es zu einfach war.

»Warum hat er mich dann nicht aufgehalten? Warum ist er mir nur gefolgt?«

»Weil ich es ihm gesagt habe.«

Ich bleibe steif stehen und zwinge ihn, ebenfalls stehen zu bleiben. »Warum? Versuchst du, mir eine Lektion zu erteilen? Ist es das?«

»Nein, Sara – obwohl es ein Bonus ist.« Seine Augen blitzen belustigt auf.

»Warum dann?«, frage ich noch einmal. »Warum habt ihr mich so weit kommen lassen?«

»Damit ich dir das zeigen kann«, sagt er und festigt seinen Griff an meiner Hand, während er mich bis zu einer kleinen Ansammlung von Bäumen führt, die etwas weiter unten liegt.

Ich bin die ganze Zeit vorsichtig gegangen, aber trotzdem entgeht es mir fast, dass plötzlich der Boden unter unseren Füßen verschwindet. Wenn Peter nicht gewesen wäre und mich zum Stehen gebracht hätte, wäre ich vielleicht hinuntergestürzt.

Keuchend trete ich zurück und halte Peters Hand mit all meiner Kraft fest, während ich den Abgrund unter uns anstarre. Durch einen Zufall der Natur reichen die Bäume bis an den Rand der Klippe, einige Wurzeln reichen sogar darüber hinaus. Das erzeugt die Illusion, dass es festen Boden gibt, wo keiner ist, und ich erinnere mich daran, dass Ilya gestern über dieses Phänomen gesprochen hat, als er den Erdrutsch erwähnte.

»Ist das von dem Erdbeben?«, frage ich, als ich meinen Schock überwunden habe.

»Ja.« Peter zieht mich zurück, weiter weg vom Rand der Klippe. Als wir genügend Abstand haben, lässt er meine Hand los und sagt: »Das ist es, was ich dir zeigen wollte. Ich weiß, dass Ilya dir gestern gesagt hat, dass dieser Berg nur aus Abhängen besteht, aber du scheinst ihm nicht geglaubt zu haben, also wollte ich, dass du es mit eigenen Augen siehst. Das war die einzige Steigung, die vor dem Erdbeben nicht zu steil war, um begangen oder befahren zu werden, und sie kann nicht mehr benutzt werden. Der einzige Weg weg von diesem Berg ist mit dem Hubschrauber, Ptichka.« Er lächelt, und seine Augen glänzen wie poliertes Silber.

Ich starre ihn an, mein Magen ist eiskalt. Ich muss nicht zugehört haben, als Ilya darüber gesprochen hat, weil ich mich nicht erinnere, dass er das überhaupt erwähnt hat. Kein Wunder, dass meine Entführer sich so wenig Sorgen um meine Flucht gemacht haben; sie wussten, dass ich nirgendwo hingehen konnte.

»Dieser ganze Berg ist von Klippen umgeben? Auf allen Seiten?«

Ich muss so enttäuscht aussehen, wie ich mich fühle, denn Peters Ausdruck wird unerklärlicherweise weicher. »Ja, meine Liebe. Das hast du gestern nicht verstanden?«

Ich schüttele verneinend meinen Kopf. »Ich scheine nicht allzu aufmerksam zugehört zu haben.«

Er sagt nichts, sondern nimmt einfach wieder meine Hand, und wir gehen gemeinsam den Pfad hinauf, zurück zum Haus. Meine Schritte sind langsam, da mich die Erschöpfung von meiner morgendlichen Wanderung mit der Kraft einer Abrissbirne trifft. Und es ist nicht nur körperliche Müdigkeit.

Emotional bin ich ausgelaugt, so müde, dass ich mich innerlich taub fühle.

Ich weiß nicht, warum ich mir solche Hoffnungen auf diese Flucht gemacht habe. Sogar als ich noch zu Hause war, mit meiner Familie und dem FBI nur einen Anruf entfernt, wusste ich, dass es keinen Ort gibt, an den ich vor Peter flüchten kann. Ich war damals seine Gefangene, genau wie jetzt, und ich weiß nicht, was mich glauben ließ, dass die Flucht von diesem Berggipfel die Dinge besser machen würde.

Warum ich dachte, ich könnte frei sein, wenn ich es nach unten schaffe.

Dachte, dass Peter mich nicht zurückholen würde. Selbst wenn ich durch ein Wunder entkommen und in die vermeintliche Sicherheit des FBI-Schutzes gekommen wäre, wäre ich nie wirklich sicher gewesen. Ich hätte mir jede Stunde, jeden Tag über meine Schulter schauen müssen, und irgendwann wäre er dort gewesen, mit diesem grausamen Lächeln auf seinem hübschen Gesicht.

Für mich gibt es keinen Ausweg, und in meiner Panik habe ich das vergessen.

Verzweiflung ist eine zermürbende Kraft in meiner Brust, die meine Atmung erschwert und die Welt um mich herum grau färbt. Ich weiß, dass ich mich sammeln muss, um mir einen neuen Plan auszudenken, aber die Hoffnungslosigkeit meiner Situation ist zu allumfassend, zu absolut. Meine Beine fühlen sich bei jedem Schritt wie Blei an, während sich das Eis in mir ausbreitet und die Kälte mein Herz wie eine Kette umhüllt.

Es gibt einfach keinen Ausweg.

»Es muss nicht so sein, Sara«, sagt Peter leise, und als ich aufschaue, sehe ich, dass er mich mit einem eigenartig mitfühlenden Blick beobachtet. Es ist, als ob er es versteht, als ob er es auf einer gewissen Ebene nachempfinden könnte. Aber wenn er das könnte, würde er das hier nicht tun.

Er würde mein Leben nicht zerstören, um seine Besessenheit zu befriedigen.

»Nicht so?«, frage ich müde und bleibe vor einem umgefallenen Baum stehen. Wir müssen darüber hinwegklettern, und mir fehlt die Energie dazu. »Dann wie? Wie stellst du dir das vor?«

Seine Lippen zucken, als er meine Hand loslässt und sich mir zuwendet. »Du kannst einfach nachgeben, Ptichka. Akzeptiere, was zwischen uns ist.«

»Und was soll das sein?«

»Das.« Er hebt seine Hand, um meine Wange zu streicheln, und ich lehne mich in seine Berührung und suche die magnetische Wärme seiner Finger.

Ich fühle, wie das perverse Verlangen in meinem Unterleib pulsiert.

Ich sollte mich zurückziehen, mich aus seiner Reichweite begeben, aber ich bin zu müde, um mich zu bewegen. Ich bin zu müde, um zu protestieren, als er seinen Kopf nach unten beugt und seine Lippen auf meine drückt, wobei sein Kuss so weich, sanft und zärtlich ist, dass ich weinen möchte.

Er küsst mich, als sei ich etwas Kostbares, Seltenes und Schönes. Als ob er mich mehr will als das Leben selbst. Meine Augen schließen sich, und meine Hände heben sich, um sich an seinen Schultern festzuklammern, während er den Kuss vertieft, meine Luft einatmet und mein Verlangen verstärkt.

Was wäre, wenn du nachgibst?

In diesem Moment scheint es nicht so falsch zu sein. Nicht, wenn ich so müde und verloren bin, so völlig hoffnungslos. Er ist der Grund für meine Verzweiflung, aber alles ist wärmer und heller mit seiner Berührung, erträglicher mit seiner Zuneigung.

Was wäre, wenn du es akzeptierst?

Die Frage geht mir durch den Kopf, verspottet mich und reizt mich mit Möglichkeiten. Wie wäre es, wenn ich aufhören würde zu kämpfen? Wenn ich mein altes Leben loslassen und mein neues umarmen würde? Denn in diesem Moment scheint es nicht so verrückt zu sein, dass er mich lieben könnte, dass wir etwas Bedeutungsvolles und Echtes teilen könnten.

Dass ich ihn vielleicht auch lieben könnte, wenn ich vergessen würde, was er getan hat.

»Sara«, haucht er, hebt den Kopf, und in seinem erhitzten Blick sehe ich die Zukunft, die wir haben könnten. Die, in der wir keine Feinde sind, wo die Vergangenheit unsere Gegenwart nicht in schwarzen Tönen malt.

Ich sehe es, und ich will es – und das ist es, was mich am meisten erschreckt.

»Lass mich gehen.« Irgendwo finde ich die Kraft, mich zurückzuziehen und den dunklen Köder seiner Zuneigung abzulehnen. »Bitte, Peter, hör auf.«

Sein Blick kühlt sich ab und wird härter, das geschmolzene Silber wird zu kaltem Stahl. Ohne ein weiteres Wort nimmt er meine Hand und führt mich weiter auf den Berg, zurück zu meinem Gefängnis.

Zurück zu unserem neuen Zuhause.

Wir laufen noch anderthalb Stunden den Weg hinauf, bevor ich anfange, über jede Wurzel und jeden Stein zu stolpern, meine Beine so schwer vor Erschöpfung sind, dass ich meine Füße buchstäblich nicht mehr heben kann. Nach oben zu gehen ist zehnmal schwieriger als nach unten zu gehen, und nachdem ich mich heute früh an die Grenzen gebracht habe, kann ich nicht mehr mithalten.

Ich atme tief die eisige Luft ein und lasse mich auf einen großen Felsen sinken. »Ich brauche ... eine Pause«, keuche ich heraus und beuge mich vornüber. Ich habe starkes Seitenstechen, und meine Lungen brennen, als sei ich gerade zwanzig Kilometer gelaufen. »Nur ein paar Minuten.«

»Hier, trink.« Peter setzt sich neben mich und sieht so kühl und frisch aus, als seien wir die ganze Zeit gemächlich geschlendert. Er öffnet den Reißverschluss seiner Jacke, reicht mir eine neue Wasserflasche und sagt: »Ich weiß, dass du müde bist, aber wir können nicht langsamer werden. Heute Nacht wird ein Sturm erwartet, und wir müssen vorher zu Hause sein.«

Ich trinke das meiste Wasser, bevor ich ihm die Flasche zurückgebe. »Ein Sturm?«

»Regen und Schneeregen, mit Schnee in höheren Lagen.« Er trinkt das Wasser aus und stopft die leere Flasche wieder in seine Jacke. »Wir wollen nicht davon erwischt werden.«

»Okay.« Ich bin zwar immer noch nicht zu Atem gekommen, aber ich zwinge mich dazu, mich hinzustellen. »Gehen wir.«

Peter steht auf und betrachtet mich mit einer leicht gerunzelten Stirn. Dann dreht er sich um und sagt: »Klettere auf meinen Rücken.«

Ein ungläubiges Lachen steigt in meinem Hals auf. »Was?«

»Ich sagte: ›Klettere auf meinen Rücken.‹ Ich trage dich.«

Ich schüttele den Kopf. »Sei nicht albern. So weit kannst du mich nicht tragen. Wir haben immer noch gute drei Stunden Fußmarsch vor uns – vielleicht sogar vier oder fünf, weil wir bergauf gehen.«

»Hör auf zu diskutieren und steig auf meinen Rücken.« Er wirft mir einen harten Blick über seine Schulter zu. »Du bist zu müde, um zu gehen, und die einfachste Lösung ist, dich zu tragen.«

Ich zögere, dann entscheide ich mich, das zu tun, was er sagt. Wenn er sich erschöpfen will, indem er mich huckepack nimmt, ist das seine Entscheidung. »Okay.« Mit letzter Kraft klettere ich auf den Felsen und von dort auf seinen breiten Rücken, wo ich seine Schultern ergreife und meine Beine um seine Taille lege.

»Halt dich gut fest«, sagt er und schiebt seine Arme unter meinen Knien durch, bevor er anfängt zu laufen und den Weg mit langen, gleichmäßigen Schritten zurücklegt.

18

ICH GEHE IN EINEM ZÜGIGEN TEMPO, DA ICH SCHNELL ZUM HAUS zurückkehren will. Der Himmel verdunkelt sich bereits am Horizont, und die Luft kühlt sich ab und wird dicker. Der Sturm kommt schneller als vorhergesagt; wir haben vielleicht noch ein paar Stunden, bevor er zuschlägt, und ich kann den Jungs nicht Bescheid geben, damit sie uns abholen. Nachdem er mich abgesetzt hat, hat Anton den Hubschrauber genommen, um einige Sachen in Tokio abzuholen, und er wird nicht rechtzeitig zurück sein.

Ich hätte einen anderen Tag für diese Demonstration wählen sollen.

Es hat allerdings keinen Sinn, sich jetzt noch darüber Gedanken zu machen. Als wir zu einem flacheren Teil des Wegs kommen, werde ich schneller, und Sara ändert ihre Position und schlingt ihre Arme um meinen Hals, während sie sich gleichzeitig nach vorn lehnt.

»Ist das in Ordnung?«, murmelt sie mir ins Ohr, und ich nicke.

»Ja. Aber erwürge mich nicht«, meine ich.

»Bist du sicher, dass du mich nicht absetzen möchtest? Ich habe mich jetzt lange genug ausgeruht, um wieder gehen zu können ...«

»Du wirst uns verlangsamen.«

Mein Tonfall ist schroff, aber ich habe nicht vor, meinen Atem beim Sprechen zu verschwenden. Nicht, weil mein kleines Vögelchen schwer ist – mit knapp fünfzig Kilo wiegt es weniger als die Gewichte, mit denen ich beim Training jogge –, sondern weil ich es mir nicht leisten kann, langsamer zu werden. Der Wind wird stärker, weht uns mit eisiger Kälte entgegen, und obwohl wir beide warm angezogen sind, möchte ich Sara im Haus haben, bevor sich das Wetter verschlechtert.

Die ersten Tropfen des Schneeregens treffen uns, als wir weniger als eine halbe Stunde vom Haus entfernt sind. »Lass mich runter«, fordert Sara, und dieses Mal höre ich auf sie. Ich habe sie für über drei Stunden getragen, und jetzt *ist* sie ausreichend ausgeruht. Wir kommen schneller voran, wenn sie selbst geht.

Ich greife ihre Hand und beginne zu joggen, wobei ich sie hinter mir herziehe, als sich der Himmel öffnet und der Wind eisiges Wasser in unsere Gesichter weht.

»Oh, Gott sei Dank«, keucht Sara, als das Haus in Sichtweite kommt. Der Schneeregen ist nun mit Schnee vermischt, und der Wind fühlt sich an, als würde er durch unsere Knochen schneiden. Meine Jeans ist durchgeweicht, meine Beine sind taub vor Kälte und ich spüre mein Gesicht nicht mehr. Ich kann mir kaum vorstellen, wie elend Sara sich fühlen muss. Im Gegensatz zu mir hat sie nie gelernt, sich selbst von Schmerz und Unbehagen abzutrennen, hat nie gelernt, wie es ist, sich ausschließlich auf das Überleben zu konzentrieren. Wenn ich sie mit meinem Körper vor diesem Sturm beschützen könnte, würde ich es tun, aber das Wichtigste im Moment ist, dass ich sie ins Haus bringe, wo es warm und trocken ist.

Noch eine Stunde, und wir hätten eine Unterkühlung riskiert.

Als wir weniger als dreißig Meter vom Haus entfernt sind, stolpert Sara über einen Ast, und ich hebe sie auf und trage sie an meiner Brust, während ich die restliche Strecke zurücklege. Als ich bei der Tür ankomme, klopfe ich mit meinem Stiefel an, und sobald Yan die Tür öffnet, trage ich meine halberfrorene Last direkt nach oben in unser Badezimmer.

Ich stelle sie ab, drehe die Dusche auf, versichere mich, dass das Wasser warm, aber nicht zu heiß ist, und dann ziehe ich uns beide aus, entferne unsere nassen, eisigen Kleider und führe Sara unter den Wasserstrahl. Sie hat blaue Lippen und zittert so stark, dass sie kaum aufrecht stehen kann. Ich bin nicht viel besser in Form, also lege ich meine Arme für eine Ganzkörperumarmung um sie, und für ein paar Minuten stehen wir einfach unter dem Wasser und zittern, während die Wärme in unsere gefrorene Haut eindringt.

»Wir hätten sterben können.« Saras Zähne klappern immer noch, als sie sich zurückzieht und meinen Blick erwidert. Ihre haselnussbraunen Augen sind fast schwarz in ihrem weißen Gesicht, und ihre dunklen Wimpern sind feucht. »P-Peter, wir hätten da draußen sterben können.«

»Ja.« Ich lege meine Arme wieder fester um sie und drücke

sie an mich, bis ich jeden ihrer flachen Atemzüge spüren kann. »Ja, Ptichka, das hätten wir.«

Noch ein, zwei Stunden bei dem Sturm, und sie hätte es nicht geschafft. Ich habe es vorher nicht zugelassen, darüber nachzudenken, habe mich auf die Aufgabe fokussiert, sie nach Hause zu bringen, aber jetzt, da wir hier sind – jetzt, da sie in Sicherheit ist –, sackt die Erkenntnis ein, dass sie hätte sterben können, und mein Magen zieht sich zusammen und eine Eisschicht hüllt mein Herz ein. Ich habe eine Angst wie diese nur einmal erlebt, als ich die Methheads sah, die sie mit Messern bedrohten. Damals konnte ich die Bedrohung beseitigen – und das tat ich auch –, aber ich konnte sie nicht vor diesem Sturm schützen.

Wenn er zwei Stunden früher gekommen wäre, hätte ich sie verlieren können.

Der Gedanke ist schrecklich, einfach unerträglich. Als ich Pasha und Tamila verlor, fühlte es sich an, als sei meine Welt zu Ende, als würde ich nie wieder etwas anderes als Wut spüren. Die Wut, die mich antrieb, war absolut – denn das war der einzige Weg, wie ich jeden Tag überstehen konnte, der einzige Weg, wie ich essen und atmen und arbeiten konnte.

Nur so konnte ich lange genug leben, um die Verantwortlichen zu finden und sie bezahlen zu lassen.

Erst durch Sara begann ich, mich wieder lebendig zu fühlen, etwas mehr als brutale Rache zu wollen. Sie wurde mein neuer Fokus, mein neuer Lebensinhalt.

Ich kann sie nicht verlieren.

Ich werde sie nicht verlieren.

»Du wirst das nie wieder tun.« Meine Stimme ist tief und hart, als ich ihre Schultern ergreife und einen Schritt nach hinten mache, um ihren erschrockenen Blick zu erwidern. Die

Angst tief in mir wird von einer wilden Entschlossenheit überflutet. »Du wirst nicht vor mir davonlaufen, Sara. Niemals. Es gibt niemanden da draußen, der dir helfen kann, keinen Ort, an dem du dich vor mir verstecken kannst. Und wenn du dieses sinnlose Risiko noch einmal eingehst, wirst du es bereuen – das schwöre ich. Du denkst, du weißt, wozu ich fähig bin, aber du hast nicht einmal an der Oberfläche gekratzt. Du hast keine Ahnung, wie weit ich gehen werde, Ptichka, keine Ahnung, was ich bereit bin zu tun, um dich zu haben. Du gehörst mir, und du wirst mir gehören – jetzt und solange wir beide am Leben sind.«

Ich spüre, wie ihre Muskeln sich anspannen, während ich spreche, und ich weiß, dass ich ihr Angst mache. Es ist nicht das, was ich will, aber ich muss sie von diesen Fluchtversuchen abhalten.

Ich muss sie beschützen.

»Peter, bitte ...« Ihre weichen, haselnussbraunen Augen füllen sich mit Tränen, und sie hebt ihre Arme um ihre Handflächen gegen meine Brust zu drücken. »Tu das nicht. Das ist keine Liebe. Selbst du musst das verstehen. Es tut mir leid für alles, was du verloren hast, für das, was George deiner Familie angetan hat. Und ich weiß ...« Sie schluckt, ohne ihren Blick abzuwenden. »Ich weiß, dass da etwas zwischen uns ist, etwas, das nicht da sein sollte ... etwas, das keinen Sinn ergibt. Du fühlst es, und ich fühle es auch. Aber das ist keine Rechtfertigung für das hier. Du kannst niemanden so lange verfolgen, bis er dich liebt, niemanden dazu zwingen, etwas für dich zu empfinden. Solange du mich hier festhältst, bin ich deine Gefangene, egal, was du mich sagen lässt ... egal, zu was du mich zwingst. Ob ich weglaufe oder nicht, ich gehöre dir nicht – und das werde ich auch nicht. Nicht so.«

Jedes Wort, das sie sagt, ist wie ein Messerstich in mein Herz. »Wie dann?« Meine Worte sind hart und verzweifelt, gewalttätig in ihrer Intensität. »Sag es mir, Sara. Wie kann ich dich haben? Auf welchem anderen Weg können wir zusammen sein, wenn ich ein gesuchter Mann bin?«

Ihr Blick spiegelt meine Qual wider. »Wir können nicht«, sagt sie erstickt, und ihre zarten Nägel kratzen über meine Haut, während sich ihre Hände an meiner Brust zu Fäusten ballen. »Das soll nicht sein, Peter. *Wir sind* nicht dazu bestimmt. Nicht mit der Vergangenheit, die wir teilen – nicht mit dem, wer und was wir sind.«

»Nein.« Meine Ablehnung ist instinktiv. »Nein, da liegst du falsch.«

Als ich begreife, dass ich ihre Schultern zu kräftig umfasse, lasse ich sie los und trete zurück, um mich umzudrehen und das Wasser auszuschalten, da ich diese kleine Aufgabe brauche, um etwas Kontrolle wiederzuerlangen. Jetzt, da ich nicht mehr friere, beginnt mein Körper auf ihre Nacktheit zu reagieren, und mein Hunger auf sie, der scharf und dunkel ist, wird durch das explosive Gemisch aus Wut und frustrierter Sehnsucht verstärkt. Wenn ich mich nicht beruhige, werde ich sie nehmen und ihr wehtun.

Ich werde sie ficken, bis sie zerbricht und zugibt, dass sie mir gehört.

Sie weint, als ich mich umdrehe, um ihr ins Gesicht zu sehen, und ihre Tränen vermischen sich mit der Nässe auf ihren Wangen. »Peter, bitte ...« Sie greift nach meiner Hand, und ihre schlanken Finger schlingen sich flehentlich um meine Handfläche. »Bitte, lass mich einfach gehen. Das hier ist nicht das, was du möchtest, nicht wirklich. Ich kann nicht deine Familie sein. Ich kann sie nicht ersetzen. Siehst du das denn nicht? Es soll einfach nicht sein. Was du möchtest, ist nicht ...«

»Ich will *dich*.« Ich ziehe meine Hand aus ihrem Griff, vergrabe sie in ihrem Haar und lege meinen anderen Arm um ihre Taille, um sie an mich zu ziehen. Sie zieht scharf den Atem ein, ihre spitzen Brustwarzen reiben an meiner Brust und mein Schwanz pocht hart gegen ihren Bauch, als ich mit belegter Stimme sage: »Du, Sara, bist alles, was ich will. Die Vergangenheit und das, was sein oder nicht sein soll, sind mir scheißegal. Wir bestimmen unser Schicksal selbst – wir wählen unser Schicksal –, und ich wähle dich. Es ist mir egal, ob die ganze Welt denkt, dass es falsch ist, ob ich gegen eine Armee kämpfen muss, um dich festzuhalten. Ich habe dich gefunden, ich habe dich genommen, und ich behalte dich und werde dich nie wieder hergeben.«

19

*S*ara

ICH ERWARTE, DASS PETER MICH JETZT FICKT, GLEICH UNTER DER Dusche, aber er lässt mich frei, tritt aus der Kabine, holt mir ein Handtuch vom Handtuchständer und wickelt es um mich, als ich ebenfalls aus der Dusche steige. Er trocknet mich mit zügigen Bewegungen ab und holt sich dann ein Handtuch für sich selbst. Seine Bewegungen sind rau und kantig, und seine Augen glitzern dunkel, als er fertig damit ist, sich abzutrocknen und die Handtücher wieder auf den Handtuchständer zurückwirft.

Er ist wütend oder verletzt oder eine Kombination aus beidem, und beides verheißt nichts Gutes für mich.

Meine Ellenbogen umklammernd, führt er mich ins Schlafzimmer, und als wir zum Bett kommen, falle ich darauf, weil meine Beine sich weigern, mich auch nur eine Sekunde länger zu halten. Mir wird kurz schwindelig, mein leerer Magen knurrt, und mir fällt auf, dass ich seit den Erdnüssen auf dem Weg nichts mehr gegessen habe.

Peter muss das auch auffallen, weil er anhält und mich mit einem dunklen Stirnrunzeln ansieht. »Möchtest du Abendessen?«

Ich nicke, zwinge mich dazu, mich hinzusetzen, und wische mir mit dem Handrücken die Tränen vom Gesicht. »Ja, bitte.«

»In Ordnung.« Er geht zum Schrank, schnappt sich einen Bademantel und wirft ihn mir zu, bevor er sich selbst einen anzieht. »Gehen wir etwas essen.«

WÄHREND WIR DIE GEMÜSEPFANNE, DIE PETER SCHNELL zubereitet hat, verzehren, bekämpfe ich das beunruhigende Gefühl, dass ich auf das Fallen der Guillotine warte. Mein Entführer hat kein Wort mehr gesagt, seit er mir Essen angeboten hat, und ich habe keine Ahnung, was ihm durch den Kopf geht. Was immer es auch ist, er beobachtet mich mit einem harten, intensiven Blick, und das macht mir Angst.

Das Abendessen hat das verzögert, was er mit mir vorhatte, aber er hat immer noch vor, es zu tun.

Es ist vielleicht das schlechteste Timing aller Zeiten, aber ich kann es nicht länger hinauszögern. Die Uhr tickt in meinem Kopf, jede Stunde, die vergeht, verstärkt meine Angst. »Peter ...« Ich lege meine Gabel ab und versuchte, nicht so nervös auszusehen, wie ich mich fühle. »Hast du die Pille bekommen?«

Sein Kiefer spannt sich an, und ich bin überzeugt davon,

dass er Nein sagen wird. Aber er steht einfach auf und geht hinüber zur Theke, wo eine weiße Papiertüte neben einem Laptop liegt.

Er hebt sie hoch, bringt sie zu mir, und ich reiße sie ihm ungeduldig aus der Hand. Darin befindet sich eine rosa Pille in einer glänzenden, weißen Verpackung mit japanischer Aufschrift. Nur der Name des Herstellers ist auf Englisch, aber ich bin mir sicher, dass es die Pille ist, die ich brauche.

Ich reiße die Verpackung auf, hole die Pille heraus und schlucke sie mit einem halben Glas Wasser herunter. Mit etwas Glück sind wir immer noch in der Sicherheitszone, und die Pille wird ihren Job erledigen. Nicht, dass es wichtig wäre, wenn man bedenkt, was Peter sagt.

Kind oder nicht, er wird mich nie nach Hause zurückkehren lassen.

Die Verzweiflung droht mich erneut zu überwältigen, und ich muss alles geben, um ihm in einem halbwegs normalen Ton zu sagen: »Danke. Ich weiß das zu schätzen.«

Egal, wie angespannt die Dinge zwischen uns auch sein mögen, ich darf nicht vergessen, dass er mir diese Pille nicht geben musste – dass er mir auch in dieser Angelegenheit seinen Willen hätte aufzwingen können.

Peter nickt kurz und fängt an, den Tisch abzuräumen. Ich bin immer noch todmüde, aber ich stehe auf und helfe ihm, als Ilya und Yan die Treppe herunterkommen und etwas auf Russisch besprechen. Yan lacht, aber Ilya sieht sauer aus, und ich frage mich, ob die beiden Brüder sich streiten.

Peter sagt unfreundlich etwas zu ihnen, und Yan schaut mich grinsend an, bevor er auf sehr schnellem Russisch antwortet.

Ilya sieht aus, als würde er gleich explodieren, aber er greift sich einfach einen Apfel in der Schüssel auf dem Tisch und stampft die Treppe hinauf.

»Worüber habt ihr gerade geredet?«, frage ich, als der braunhaarige Russe sich hinter die Theke setzt und den Laptop aufmacht. Ich habe diesen Computer die ganze Zeit über beobachtet und mich gefragt, wie ich ihn in die Finger bekommen kann. Jetzt bin ich enttäuscht, eine passwortgeschützte Startseite zu sehen, bevor Yan den Bildschirm von mir wegdreht.

»Ich habe meinem Bruder gerade gesagt, dass er sich ein nettes Mädchen suchen muss«, erklärt Yan auf Englisch, und sein Grinsen wird breiter, als Peter die Spülmaschinentür unnötig kraftvoll schließt. »Du weißt schon, so wie Peter es mit dir gemacht hat.«

»Oh, ich verstehe.« Peters Reaktion nach zu urteilen vermute ich, dass die Sprache, die Yan mit seinem Bruder benutzt hat, etwas gepfefferter war, aber ich werde nicht weiterbohren.

Ich möchte lieber nicht wissen, was diese kleine Mörderbande wirklich von mir hält.

Yan beschäftigt sich mit dem Computer, und ich wische den Tisch und die leere Theke ab, da ich das Bedürfnis verspüre, etwas zu tun, obwohl ich fast schon zusammenbreche. Ich weiß nicht, was mich heute Abend oben erwartet, aber ich bin eigenartig angespannt, und meine Instinkte schreien, dass ich in Gefahr bin. Vielleicht ist es der harte, verschlossene Ausdruck auf Peters Gesicht oder die kaum kontrollierte Gewalt in seinen Bewegungen, aber ich werde an unser Treffen bei Starbucks vor all den Wochen erinnert, als mein Entführer nichts anderes war als der tödliche Fremde, der mich gefoltert und George getötet hat.

Damals, als ich nicht wusste, wie gefährlich er wirklich sein konnte.

Draußen tobt der Sturm, und der Wind treibt eisigen Regen gegen unsere Fenster. Ich zittere, als ich mich daran erinnere, wie es sich angefühlt hat, da draußen zu sein, und binde den Bademantel fester um meinen Körper.

»Kalt?«, fragt Yan, und als ich mich umdrehe, bemerke ich, dass er mich mit einem halben Lächeln ansieht. Im Gegensatz zu mir und Peter ist er vollständig bekleidet, und seine Anzughose und sein Hemd sind zwar sehr stilvoll, aber viel zu formell, um damit nur im Haus zu bleiben. Ich habe allerdings das Gefühl, dass ihm das egal ist – ob es nun um die Angemessenheit seiner Kleidung geht oder um andere Dinge. Selbst wenn er lächelt oder lacht, wirkt Yan Ivanov kalt und distanziert, so als ob er die Gefühle, die er zeigt, nicht spürt.

Es würde mich nicht wundern, wenn Ilyas höflicher Bruder ein Psychopath im klinischen Sinn des Wortes ist.

»Es geht mir gut«, sage ich und blicke zu Peter hinüber, der die Reste weggestellt hat und mich nun mit verengten Augen beobachtet, während er seine kräftigen Arme vor seiner Brust verschränkt hat.

»Bist du fertig?«, fragt er mit harter Stimme, und mein Herz sinkt, als ich merke, dass ich das, was geschehen wird, nicht mehr länger aufschieben kann.

Ich habe einen Fehler gemacht, und gleich werde ich dafür bezahlen.

2 0

ara

ALS WIR IN UNSEREM ZIMMER ANKOMMEN, FÜHRT MICH PETER zum Bett. Er hält vor ihm an, zieht seinen Bademantel aus und lässt ihn auf den Boden fallen, bevor er meinen öffnet, ihn von meinen Schultern schiebt und mich nackt zurücklässt. Er scheint kontrolliert zu sein, der explosive Zorn für den Moment gezügelt, und trotz meiner Nervosität drücken sich meine Schenkel durch die aufsteigende Hitze zusammen, als er mit seinen Knöcheln über die empfindliche Haut meiner Brüste fährt, bevor er mit seinen Händen meine Hügel umfasst und leicht mit seinem Daumen über meinen Nippel reibt.

»Du siehst verängstigt aus«, bemerkt er, und sein silbriger Blick ist hart und undurchsichtig. »Hast du Angst, dass ich dir wehtun werde?« Seine Finger schließen sich um meine Nippel, um mit erschreckender Kraft zuzukneifen, und ich keuche, während meine Hände nach oben schießen, um seine Handgelenke zu ergreifen.

»Sag's mir, Sara.« Er kneift meine Nippel härter zusammen, bis der Druck an Schmerzen grenzt. »Glaubst du, ich werde dir wehtun?«

»Ich …« Ich schlucke, und mein Herz hämmert, während ich ergebnislos an seinen Handgelenken zerre. »Ich weiß es nicht.«

»Ich *könnte* dir wehtun.« Sein modellierter Mund zuckt, als er meine Brustwarzen freigibt, die aufrecht stehen bleiben und pochen, während seine Hände meinen Körper hinuntergleiten, um meine Hüften zu ergreifen. »Und manchmal will ich es auch. Das weißt du doch, oder nicht, Ptichka? Du hast es gespürt.« Sein Schwanz drückt gegen meinen Bauch, hart und nachdrücklich, und mein Atem stockt in meinem Hals, während mein Unterleib sich durch das heiße Verlangen anspannt, das trotz der Kälte durch meine Venen fließt.

»Ja.« Ich kann mich nicht dazu bringen, zu lügen, auch wenn das vielleicht klüger wäre, weil es das Monster beruhigen könnte, das mich durch Peters dunkle, metallische Augen anblickt. »Ja, das habe ich.«

»Ach, Ptichka …« In seiner Stimme liegt spöttisches Mitgefühl, als er mich fest schubst. »Natürlich hast du das.«

Erschrocken falle ich rückwärts auf das Bett, aber anstatt über mich zu klettern, beugt sich Peter nach unten und richtet sich einen Augenblick später mit dem Gürtel aus meinem Bademantel in der Hand auf. Angst schießt durch mich hindurch, als ich verstehe, was er vorhat, und ich reagiere instinktiv, indem ich mich wegrolle, als er neben mich auf das Bett klettert.

Er hält mich auf, bevor ich aus dem Bett rollen kann, und ich finde mich mit dem Gesicht nach unten auf der Matratze wieder, wo mein Unterkörper durch sein Gewicht festgenagelt wird und meine Arme auf meinen Rücken gedreht worden sind, wo er gerade meine Handgelenke zusammenbindet. Seine Bewegungen sind schnell und sicher, unbarmherzig in ihrer Effizienz, und nach nur wenigen Sekunden sind meine Hände sorgfältig gefesselt, und der Frotteestoff schlingt sich weich, aber unnachgiebig um meine Handgelenke.

Ich reiße an den Fesseln, während ich in die Matratze keuche, aber der Gürtel gibt nicht nach, gibt mir keine Möglichkeit, mich zu befreien. »Was tust du?« Meine Panik verstärkt sich, als ich spüre, dass er von mir absteigt. »Peter, bitte ... was tust du?«

»Schscht.« Er ergreift mich am Ellenbogen, zieht mich auf die Knie und dreht mich um, damit ich ihn ansehen kann. Sein Gesicht ist vor Lust angespannt, und seine Augen glänzen dunkel, als er sagt: »Ich gebe dir einen Vorgeschmack darauf, was es bedeutet, meine Gefangene zu sein. Weil es das ist, was du willst, nicht wahr? Weglaufen und dich von mir fangen lassen? Damit ich das hier tue und du frei von Schuldzuweisungen bist?«

Ich öffne meinen Mund, um es zu leugnen, aber bevor ich ein Wort sagen kann, steht Peter auf dem Bett. Er schiebt seine Hand in mein Haar und umfasst es mit seiner Faust, bevor er meinen Kopf nach hinten zieht, um mein Gesicht zu seiner Leistengegend zu drehen, und ich keuche und ziehe an meinen Handgelenkfesseln, als sein dicker Schwanz gegen meine Wange schlägt. Sein männlicher Moschusduft erfüllt meine Nasenlöcher, seine Eier reiben an meinem Kiefer, und meine Atmung beschleunigt sich, als ich merke, was er vorhat.

»Peter, bitte«, fange ich an und presse meine Lippen fest zusammen, als seine Eichel gegen meinen Mund drückt. Mit seiner Hand in den Haaren und meinen hinter den Rücken gebundenen Armen kann ich mein Gesicht nicht abwenden, kann mich nicht einen Millimeter bewegen. In den Wochen, seitdem Peter in mein Leben eingedrungen ist, hat er mich öfter genommen, als ich zählen kann, mir mit seinem Mund, seinen Händen und seinem Schwanz Lust bereitet, aber er hat sich noch nie von *mir* Lust verschaffen lassen. Und zum ersten Mal wird mir klar, dass es eine Gnade war ... eine kleine Wahl, die er mir gelassen hatte.

Eine Wahl, die er mir jetzt nimmt.

»Öffne deinen Mund.« Seine Stimme pocht voller dunkler Lust, als er seinen Schwanz wieder gegen meine Wange schlägt. »Mach deinen verdammten Mund auf, Sara.«

Ich halte meine Lippen fest verschlossen, auch wenn mein Puls in die anaerobe Zone springt. Es ist dumm, gegen einen Blowjob anzukämpfen, wenn wir dutzende Male gefickt haben, aber ich kann nicht anders, als zu glauben, dass ich dadurch noch mehr nachgeben würde ... das letzte bisschen von mir verlieren würde, das immer noch George gehört. Nicht dem Alkoholiker oder dem Spion, der mich angelogen hat, sondern dem Mann, in den ich mich damals auf dem College verliebt habe, der mein erstes Ein und Alles war.

Peters Gesicht spannt sich an, seine Augen verengen sich, und er knurrt: »Du willst es auf die harte Tour? In Ordnung.« Mit seiner freien Hand hält er mir die Nase zu, um mir die Luftzufuhr abzuschneiden, und als ich meinen Mund öffne, um Luft zu holen, schiebt er seinen Schwanz hinein, bis ganz nach hinten in meinen Hals.

Ich bekomme keine Luft, meine Augen tränen und mein

Würgereflex setzt ein, aber er ist gnadenlos, als er anfängt zuzustoßen und meinen Mund mit einem harten, unerbittlichen Rhythmus zu ficken. Ich bekomme nicht einmal die Möglichkeit, zuzubeißen, da seine Finger meine Nasenlöcher zuhalten und ich mich nur darauf konzentriere, genug Luft zu bekommen und nicht zu würgen. Panikerfüllt reiße ich instinktiv an meinen Fesseln und kneife meine Augen zu, als Speichel mein Kinn heruntertropft, aber sein dicker, langer Kolben hämmert hinein und hinaus, da es nichts gibt, was ich tun kann, keinen Ort, an den ich flüchten kann.

Ich weiß nicht, wie lange er unbarmherzig meinen Mund benutzt, aber ich spüre, dass mir langsam schwindelig wird, dass der Luftmangel mich in Verbindung mit meiner Erschöpfung mit einer traumähnlichen Lethargie überzieht. Ich habe mich noch nie so hilflos gefühlt, so sehr in der Macht meines Peinigers, und während Peter weiterhin meinen Mund fickt, tue ich das Einzige, was ich tun kann.

Ich höre auf zu kämpfen und gebe nach.

Die strafenden Stöße hören nicht auf, und er lässt meine Nase nicht los, aber meine Panik lässt nach, und mein Körper wird weich und geschmeidig in seinem Griff. Ich bin eine Stoffpuppe, ein Spielzeug, das genommen und mit dem gespielt werden kann, und dieser Gedanke gibt mir Frieden, eine perverse Art der Akzeptanz. Mein Hals entspannt sich, lässt ihn hinein, und der Würgereflex verschwindet, während ich seinen Rhythmus verinnerliche. Jedes Mal, wenn er sich zurückzieht, atme ich gierig ein, und die Luft reicht, wenn er sich tief in mich hineindrückt, meinen Hals füllt und mich so vollständig kontrolliert, dass mein Leben in seinen Händen liegt.

»Ja, genau so. So ist es gut ... Genau so, mein Schatz ...« Sein lustvolles Stöhnen vibriert durch mich hindurch, und ich öffne meine Augenlider ein Stückchen, um ihn mit tränenden Augen anzublicken. Wilde Ekstase spiegelt sich in seinen angespannten Gesichtszügen wider, die Sehnen seines muskulösen Nackens stehen hervor, und als sein Blick auf meinen trifft, spüre ich, dass sich etwas in mir bewegt und sich grundlegend verändert.

Ich gehöre dir, sagt mein Körper ihm und akzeptiert alles, was er zu geben hat. Es ist eine vollkommene Aufgabe meiner selbst, und doch fühlt es sich richtig an, fühlt sich beruhigend und friedlich an. In diesem Moment möchte ich ihm gehören, um in seiner ungeheuren Kraft eingehüllt zu bleiben.

Um aufzugeben und zuzulassen, dass er mich behält.

Alle Angst verblasst, alle Gedanken über die Zukunft verschwinden. Ich fühle mich, als würde ich schweben, als wäre ich über mir und jenseits von mir. Auch wenn es immer noch unangenehm ist, spüre ich es nicht mehr, obwohl alle meine Sinne geschärft sind und mein Geschlecht nass ist und vor Erregung vibriert. Das ist Sauerstoffmangel, sagt mir meine medizinische Ausbildung, aber der Grund spielt keine Rolle.

Nichts ist wichtig außer Peter und seiner Lust.

Ich schaue ihm in die Augen, während der Höhepunkt ihn überkommt, und schaue auch nicht weg, als sein Samen in meinen Hals spritzt. Mit tränenden Augen schlucke ich jeden einzigen salzigen Tropfen, und erst als seine Finger meine Haare loslassen, verblasst der seltsame Rausch, und die Realität kommt zurück.

Zitternd falle ich auf die Seite und fühle mich, als würde ich in Stücke zerfallen, als er meine Hände von dem Gürtel befreit. Meine Augen sind nass, aber ich weine nicht mehr. Ich kann nicht. Das Eintauchen in die Verzweiflung ist zu plötzlich, zu erschreckend und tief. Und darunter ist kranke Erregung, ein Hunger, der in meinem Unterleib brennt.

»Es ist okay, mein Schatz«, murmelt er und zieht mich in seine Umarmung, und mein Zittern verstärkt sich, als seine Hand zwischen meinen Oberschenkeln verschwindet, und zwei raue Finger in mich hineinstoßen, während sein Daumen auf meinen Kitzler drückt. »Du wirst schon wieder. Das ist normal. Lass mich mich um dich kümmern, Ptichka, und alles wird gut.«

Aber das wird es nicht. Ich weiß es, und er weiß es auch.

Es dauert nur Sekunden, bis ich komme, und mit zerstörerischer Lust in seinen Armen zucke. Und während er mich hält und meine Haare streichelt, weiß ich, dass er das ist.

Der Käfig, den er mir versprochen hat, ist hier.

TEIL II

DIE ERSTEN ZWEI WOCHEN SIND DIE HÄRTESTEN. ICH WEINE FAST jeden Tag, und meine Wut und Verzweiflung sind so intensiv, dass ich schreien und Dinge werfen möchte. Aber das tue ich nicht. Stattdessen laufe ich wie auf rohen Eiern um Peter herum, da ich entschlossen bin, weitere Bestrafungen zu vermeiden – und dafür zu sorgen, dass mein Entführer den Kontakt zu meinen Eltern zulässt.

Ich verstehe immer noch nicht, was in dieser Nacht geschah, warum mich der Blowjob derart gebrochen hat. Sex mit Peter hatte schon immer eine dunkle Seite, aber ich dachte, ich könnte damit umgehen, dachte, dass ich an die Achterbahn aus Angst, Schande und Verlangen gewöhnt sei. Aber jene Nacht war etwas anderes, etwas Perverseres ... etwas, was mich aufbrach und mich innerlich komplett verändert hat.

In dieser Nacht habe ich mit Peters innerem Monster getanzt und dabei eins in mir entdeckt.

Er hat mich seitdem nicht mehr so angefasst, auch wenn ich jedes Mal, wenn wir Sex haben, das Verlangen in ihm spüre, das Bedürfnis, zu dominieren und zu quälen. Egal, was er tut, egal, wie zärtlich er mich behandelt. Sie sind Teil von ihm, diese Dunkelheit, dieser Drang, zu bestrafen, Rache zu nehmen. Er mag sie vielleicht bekämpfen, aber sie sind da – denn egal, was Peter sagt, die Vergangenheit beeinflusst unsere Gegenwart.

Er wird die Rolle meines Mannes beim Massaker an seiner Familie nie vergessen, und ich werde nie darüber hinwegkommen, was er George angetan hat.

Die gute Nachricht ist, dass wir wieder Kondome benutzen. Ich weiß nicht, ob Peter so weise ist, in dieser Phase unserer verkorksten Beziehung zusätzliche Komplikationen zu vermeiden, oder ob er meine Wünsche respektiert, aber trotz der vielen Male an Sex, die wir täglich haben, gab es keine weiteren Ausrutscher mehr. Dennoch zähle ich ängstlich die Tage bis zu meiner Periode, und als sie kommt, zweieinhalb Wochen nach Beginn meiner Gefangenschaft, schluchze ich vor Erleichterung, und zum ersten Mal bin ich dankbar für die Krämpfe und das Unwohlsein. Peter scheint nicht annähernd so erfreut zu sein wie ich, aber als wir wieder Sex haben, nachdem die schlimmsten Symptome vorüber sind, verhütet er trotzdem weiterhin.

Eine weitere gute Sache ist, dass ich durch meinen fehlgeschlagenen Fluchtversuch mein Privileg, Kontakt zur Außenwelt zu haben, nicht verloren habe. Jeden Nachmittag lässt Peter mich die Aufnahmen aus dem Haus meiner Eltern anschauen, und alle paar Tage lässt er mich sie anrufen. Die Anrufe sind immer kurz, zum einen als zusätzliche Vorsichtsmaßnahme dagegen, dass das FBI uns aufspürt, und zum anderen, weil es nicht viel gibt, was ich sagen kann. Meine Eltern denken, dass ich mit meinem Geliebten um die Welt jette, ohne an die Gefahr, die er darstellt, und meine Verantwortung zu Hause zu denken. So ziemlich alles, was ich bei diesen Anrufen tun kann, ist, meinen Eltern zu versichern, dass es mir gut geht, und mich nach ihrem Wohlbefinden zu erkundigen, bevor ich schnell auflege, um ihre endlosen Fragen und Bitten zu vermeiden.

»Du weißt, du kannst ein wenig über unsere Beziehung erzählen«, sagt Peter, nachdem er etwa eine Woche lang die Anrufe mitgehört hat. »Schmücke sie ein wenig aus, damit sie authentischer wirkt.«

»Wirklich? Soll ich ihnen sagen, wie oft du mich fickst, oder beschreiben, wie groß dein Schwanz ist?«

Peter grinst über meinen Sarkasmus – ein bisschen Trotz gelegentlich stört ihn nicht. »Wenn du willst«, sagt er und lehnt sich auf der Couch zurück. »Oder du kannst sagen, dass ich dir jeden Tag Frühstück mache. Ich bin kein Experte zum Thema Eltern, aber das könnte ihnen besser gefallen.«

Ich verkneife mir eine weitere sarkastische Bemerkung und folge bei den nächsten Anrufen, seinem Vorschlag, indem ich meinen Eltern von den kleinen Dingen erzähle, die Peter für mich tut. Es kann nichts sein, was auf unseren Standort deuten würde, also bleibe ich bei persönlicheren Sachen, wie der Tatsache, dass er ein großartiger Koch ist und seine Rückenmassagen unglaublich sind. Keines von beiden ist gelogen. Jetzt, da wir uns an dem neuen Ort niedergelassen haben, kocht Peter wieder Feinschmeckergerichte für mich, und ich werde mit täglichen Massagen mehr als verwöhnt. Ich denke, es ist, weil er seine Hände nicht von mir lassen kann, und da wir nicht rund um die Uhr Sex haben können, begnügt er sich damit, mich auf andere Weise anzufassen, und nutzt jede Gelegenheit, mich von Kopf bis Fuß zu streicheln und zu massieren. Vor allem die Zehen. Ich beginne zu vermuten, dass mein Entführer einen kleinen Fußfetisch haben könnte, wenn man bedenkt, wie oft er mir die besten Fußmassagen meines Lebens gibt.

Ich erzähle meinen Eltern nichts von den Fußmassagen – trotz meiner sarkastischen Frage fühle ich mich nicht wohl dabei, mit ihnen über irgendetwas auch nur entfernt Sexuelles zu reden – und ich schweige auch über die intimeren Arten, auf die er sich um mich kümmert, wie Haare bürsten und mich unter der Dusche waschen. Es ist so, als sei ich seine menschliche Puppe, etwas zwischen einem Kind und einem Sexspielzeug. Das hat er auch zu Hause gemacht, aber ich habe so viel gearbeitet, dass es eher eine gelegentliche Sache war. Jetzt geschieht es allerdings täglich, und obwohl ich diese Art von Aufmerksamkeit wahrscheinlich störend finden sollte, genieße ich es zu sehr, um mich zu beschweren.

Ich bin schon so lange eigenständig und unabhängig, dass es sich gut anfühlt, mich von Peter bemuttern zu lassen.

Natürlich kann das Verwöhnen, egal wie viel, nicht gutmachen, dass ich mein Leben und den Job, der mich erfüllt hat, verloren habe. Ich habe von mehr als achtzig Stunden Arbeit aufwärts pro Woche zu kompletter Freizeit gewechselt, und ich habe keine Ahnung, wie man diese ganze zusätzliche Zeit füllt. Peter nimmt etwas davon in Anspruch – ich bin jetzt immer in seiner Nähe, und wir haben zwei- bis dreimal täglich Sex – und mit der frischen Bergluft schlafe ich mehr, mindestens neun bis zehn Stunden pro Nacht. Ich esse auch gemütlich mit Peter und seinen Männern, und wenn es das Wetter zulässt, unternehme ich mit ihm oder demjenigen, den er mir zur Bewachung zugewiesen hat, lange Spaziergänge.

Es ist keine schlechte Routine, und wir haben Bücher und Filme, aber nach drei Wochen bin ich soweit, die Wände hochzugehen.

»Fühlst *du* dich nicht eingesperrt?«, frage ich Peter bei einem unserer Morgenspaziergänge. Die Luft ist kühl, aber glücklicherweise ist es weder regnerisch noch windig, wie in den letzten Tagen – ein weiterer Grund für meine schlechte Laune. »Ich meine, ich weiß, dass du an deinem Laptop arbeitest, aber trotzdem ...«

Peter zuckt mit seinen breiten Schultern. »Ich genieße diese Auszeit, weil Auszeiten selten sind, also nutzen meine Jungs und ich sie aus, solange wir können. Wir haben einen großen Auftrag vor uns, also werden wir uns nicht lange ausruhen können.«

»Was für eine Art Job?«, frage ich, angetrieben von einer dunklen Neugierde. »Noch ein Mord?«

Er hält an und schaut mich ruhig an. »Willst du es wirklich wissen?«

Ich zögere, dann nicke ich. »Ja. Das möchte ich.« Es ist nicht so, als ob ich nicht wüsste, wer Peter ist oder was er tut. Ich habe seine tödlichen Fähigkeiten aus erster Hand in der Nacht, als wir uns trafen, am eigenen Leib erlebt. Wenn ein Drogenbaron ihm und seinem Team eine unfassbare Summe dafür bezahlt hat, einen weiteren gefährlichen Kriminellen auszuschalten, kann ich genauso gut jetzt alles darüber erfahren.

Wenigstens könnte es unterhaltsam sein, wenn man es wie einen Horrorfilm oder James Bond-Thriller betrachtet.

»Es gibt einen Banker in Nigeria, der jemandem auf die Füße getreten ist«, erklärt mir Peter und streckt sich aus, um meine Hand zu ergreifen, während er weitergeht. »Eine der Zehen dieses Fußes hat uns angeheuert, damit wir uns um das Problem kümmern.«

»Ein Bankangestellter? Das hört sich nicht nach jemandem an, der dein besonderes Können verlangt.« Oder nach dem skrupellosen Verbrecherboss, den ich mir vorgestellt hatte. Nicht, dass ich mir einbilden würde, dass Peters Job etwas Nobles hat. Dennoch muss irgendein naiver Teil von mir gehofft haben, dass die meisten seiner Ziele zumindest ein wenig das verdienen, was auf sie zukommt.

»Dieser Bankier hat eine kleine Armee und besitzt das Städtchen, in dem er wohnt, sowie die meisten der örtlichen Strafverfolgungsbehörden«, erklärt Peter, als wir uns auf einen schmalen Pfad zubewegen, den ich noch nie zuvor gesehen habe. »Alles deutet darauf hin, dass er einer der reichsten Männer Nigerias ist und das nicht erreicht hat, indem er Autokredite vergeben hat.«

»Oh.« Ich ändere meine Vorstellung von dem Mann. »Also ist er kein netter Kerl?«

Ein humorloses Grinsen blitzt in Peters Gesicht auf. »Das könnte man sagen. Den letzten Zählungen nach hat er mehr als ein Dutzend seiner Gegner ermordet und mindestens fünfzig weitere, ohne deren Familienangehörige mitzuzählen, gefoltert oder verstümmelt. Der Mann, der uns angeheuert hat, ist ein Cousin eines der Opfer; seine Tochter wurde von einer Gruppe

Männer vergewaltigt, um seiner Familie eine Lektion zu erteilen.«

Entsetzen verengt meine Kehle, und ich bin plötzlich wahnsinnig froh, dass Peter hinter diesem Monster her ist.

Froh und irrational besorgt, denn das ist viel gefährlicher, als ich dachte.

»Wie willst du …?« Ich halte inne, weil ich nicht weiß, wie ich es ausdrücken soll.

»Ihn kriegen?«

Ich nicke und schaue dabei auf sein kühl amüsiertes Gesicht. »Ja.«

»Auf dem üblichen Weg. Wir finden alles über seine Sicherheitsmaßnahmen heraus, lernen seine Routinen, und wenn die Zeit reif ist, schlagen wir zu.«

Ich schlucke den irrationalen Angstknoten in meinem Hals hinunter. Peter und seine Leute sind sehr gut ausgebildet, und es ist auf jeden Fall dumm, sich um die Sicherheit des Attentäters zu sorgen, der mich entführt hat. Stattdessen konzentriere ich mich auf das, was für meine Situation am relevantesten ist. »Also wirst du für eine Weile weg sein?«

»Nein, nur wenn etwas schiefgeht. Anton und Yan werden nächste Woche zum Auskundschaften hinfliegen, aber Ilya und ich werden erst in der Endphase der Operation aktiv werden. Ich schätze, das wird in ein oder zwei Wochen sein, und ich sollte nicht länger als ein paar Tage weg sein.«

Ich kaue die Innenseite meiner Wange. »Was ist mit mir? Wirst du mich hierlassen, während du nach Nigeria gehst?«

»Yan wird bei dir bleiben«, sagt Peter und biegt auf den Pfad zu einer Lichtung ab, während ich versuche, meine Enttäuschung zu verbergen. Trotz allem, was er mir am Tag des Sturms gesagt hat, habe ich den Gedanken an Flucht nicht ganz aufgegeben. Ja, er hat mir diese eine Klippe gezeigt, und während unserer Spaziergänge habe ich noch ein paar weitere gesehen, aber das bedeutet nicht, dass der ganze Berg unpassierbar ist. Es könnte einen Weg nach unten geben, den Peter vor mir geheim hält, und wenn ich genügend Zeit und Freiheit hätte, könnte ich ihn vielleicht finden. Was ich danach machen würde – wie ich mich dauerhaft Peters Klauen entwinden könnte, wenn ich es zurück nach Hause schaffen sollte –, ist eine andere Sache, aber ich muss mich auf eine Aufgabe nach der anderen konzentrieren.

Ich muss etwas Hoffnung haben, sonst wird mich die Verzweiflung verschlingen.

»Brauchst du nicht dein ganzes Team?«, frage ich und tue mein Bestes, um nur leicht interessiert zu klingen. »Ich dachte, ihr arbeitet als eine Einheit.«

»Das tun wir, aber wir werden es anpassen«. Peter wirft mir einen ironischen Blick zu, als wir die Lichtung betreten. »Keine Sorge, Ptichka. Wir lassen dich hier nicht allein.«

Ich antworte nicht, weil es keinen Sinn hat – und weil wir unser Ziel erreicht haben: eine Klippe mit einem herrlichen Blick auf den See.

»Wow.« Ich atme aus und nehme die atemberaubende Landschaft auf, als wir ein paar Meter vom Rand des Kliffs entfernt stehen bleiben. »Das ist umwerfend.«

Nach dem Regen der letzten Tage ist die Luft kristallklar, der Himmel perfekt hellblau, und weit und breit ist keine Wolke in Sicht. Wenn kein Wind weht, ist der See unter uns so still, dass er wie ein riesiger Spiegel aussieht, der die majestätischen Berge reflektiert, die ihn umgeben.

Wenn ich nicht gegen meinen Willen hier wäre, würde ich denken, dass es der schönste Ort auf Erden sei.

»Ja, das ist es«, stimmt Peter mir zu, und seine Stimme ist ungewöhnlich heiser, als sich seine Hand fester um meine legt. Als ich mich umdrehe, sehe ich, dass sein metallischer Blick vor Hunger brennt. Mein Herz setzt einen Schlag aus, als die Hitze durch meinen Körper fließt und das Frösteln durch die Höhe verjagt.

Es ist jetzt immer so. Ein Blick, eine Berührung – und ich bin verloren. Selbst wenn wir uns nur an den Händen halten, schlägt mein Herz etwas schneller, und wenn er mich so anschaut, werden meine Knochen weich wie Gummi, und mein Körper wird erregt.

Ich erröte, ziehe meine Hand aus seinem Griff und trete zurück, um zu vermeiden, in seine Richtung zu schwanken. Wir hatten vor weniger als zwei Stunden Sex, und ich bin immer noch wund. Es ist beunruhigend, wie sehr ich ihn will und wie wenig Kontrolle ich über meine Reaktion habe. Die Chemie zwischen uns ist seit jeher explosiv, aber seit dem Blowjob hat mein Verlangen sich verändert, und der Grund dafür scheint in dieser ganzen falschen Situation verwurzelt zu sein.

Nein. Ich zwinge den Gedanken, zu verschwinden, und weigere mich, ihm nachzugeben. Peter hatte unrecht. Ich will nicht seine Gefangene sein. Das ist kein sexuelles Spiel, das wir spielen, sondern mein Leben und meine Zukunft. Alles, wofür ich gearbeitet habe, ist weg, gestohlen von dem Mann, der mich mit diesen brennenden silbernen Augen ansieht. Egal, welche perversen Verlangen er in mir erweckt hat, ich werde nie mit dieser erzwungenen Beziehung klarkommen.

Das kann ich nicht.

Doch als er nach mir greift und mich an sich zieht, kann ich ihm nicht widerstehen. Ich wehre mich nicht, als er seinen Kopf beugt und seine Lippen auf meine legt. Das Feuer, das durch meine Adern fegt, verbrennt jede Vernunft, jede Moral und jeden gesunden Menschenverstand. Meine Finger krallen sich in seine Haare, mein Körper schmiegt sich an seinen, und als er mich gegen einen Baum lehnt, gebe ich nach und umarme die Dunkelheit, lasse mein eigenes inneres Monster frei.

2 2

 eter

WÄHREND DIE VORBEREITUNGEN FÜR DEN NIGERIA-JOB LAUFEN, bemerke ich, dass ich mich mit zunehmender Verzweiflung an Sara hänge, dass mein Bedürfnis nach ihr außer Kontrolle gerät. Wenn ich nicht mit meinen Männern trainiere oder an der Logistik für die Mission arbeite, bin ich entweder mit ihr zusammen oder denke an sie. Es ist wie eine Sucht, dieses Verlangen, das nie vergeht, und das Schlimmste daran ist, dass ich Sara nicht an Bord holen kann, egal was ich mache.

Ich kann sie nicht dazu bringen, ihr Leben mit mir zu akzeptieren.

Es ist nicht so, dass sie mich körperlich bekämpft. Im Gegenteil, sie reagiert, wann immer ich sie anfasse, und in ihren Augen sehe ich den gleichen Hunger, das gleiche

Bedürfnis, das mich lebendig verbrennt. Sie leugnet es vielleicht, aber sie mag es, wenn ich im Bett grob bin, noch mehr, als wenn ich zärtlich zu ihr bin. Wenn ich die Kontrolle übernehme, befreit sie das, erleichtert die Qual ihrer Schuldgefühle, und ihr überaktives Gehirn schaltet sich ab. Unsere Wünsche ergänzen sich, unsere Verbindung knistert mit dunkler Hitze, doch selbst wenn ihr Körper meinen umarmt, spüre ich die Kälte ihrer geistigen Distanz, die Versuche, sich von mir fernzuhalten.

Auf einer gewissen Ebene verstehe ich das. Ich habe sie aus ihrem Leben, aus ihrer Familie und dem Beruf, den sie liebte, gerissen. Diese letzte Sache stört mich, weil ich weiß, wie viel von Saras Identität damit zusammenhing, eine erfolgreiche Ärztin zu sein. Musik mag ihre Leidenschaft und Medizin die pragmatische, elterlich anerkannte Wahl gewesen sein, aber ihr machte ihr Beruf trotzdem Spaß. Ich sah es jedes Mal, wenn sie nach Hause kam, müde, aber begeistert von der Herausforderung, Leben in diese Welt zu bringen und die Krankheiten ihrer Patientinnen zu heilen. Jetzt scheint sie verloren, auf undefinierbare Weise gebrochen, und ich hasse es.

Meine Ptichka liebt es, Menschen zu helfen, und ich habe ihr das genommen.

Um sie aufzuheitern, beschließe ich, auf dem nächsten Trip mit dem Hubschrauber ein paar Musikinstrumente und Aufnahmegeräte mitzunehmen, damit Sara sich selbst aufnehmen kann, wenn sie ihre Lieblingspopsongs mitsingt. Außerdem bitte ich Ilya, mir dabei zu helfen, einen Teil des offenen Wohnzimmerbereichs im Erdgeschoss in ein Tanzstudio umzuwandeln, falls Sara wieder mit Salsa oder Ballett anfangen will.

»Was macht ihr da?«, fragt Sara, als sie sieht, dass wir die

Wand hochziehen, und ich erkläre ihr meine Idee. Sie scheint nicht übermäßig erfreut zu sein, aber andererseits ist sie das im Moment selten.

Es ist, als ob ein Teil ihres inneren Funkens erloschen ist, und ich weiß nicht, wie ich ihn zurückbringen soll.

»Das ist abgefuckt, Mann«, murmelt Ilya, als Sara nach einem weiteren Telefonat mit ihren Eltern mit steifen Schultern und tränenüberströmten haselnussbraunen Augen nach oben geht. »Ernsthaft, das Mädchen verdient das nicht.«

Ich werfe ihm einen dunklen Blick zu, und er hält die Klappe, aber ich weiß, dass er recht hat.

Ich zerstöre die Frau, die ich liebe, und ich kann nicht aufhören.

Egal, was passiert, ich kann sie nicht gehen lassen.

ALS ANTON UND YAN VON IHRER ERKUNDUNGSMISSION zurückkehren, braucht das Tanzstudio nur noch Spiegel, und ich beschließe, die beiden zusammen mit den Musikinstrumenten und der Aufnahmetechnik auf dem Rückflug aus Nigeria zu besorgen. Ich lade auch Tausende von beliebten Musikvideos auf ein iPad mit deaktiviertem Internetzugang herunter und gebe es Sara, die mir erneut mit gedämpfter Begeisterung dankt.

Wir sind an einem Punkt, wo es mir fast lieber wäre, wenn sie mich aktiv bekämpfen würde, so wie in den ersten Tagen, nachdem ich sie mitgenommen habe.

Nicht zum ersten Mal denke ich über die Pille danach nach, die ich ihr gegeben habe, und an die Kondome, die wir weiterhin benutzen. Vielleicht war es ein Fehler, auf die letzten

Reste meines Gewissens zu hören und Saras Bitte nachzugeben. Als ihre Periode vor zwei Wochen kam, fühlte ich mich, als hätte ich etwas verloren, und egal, wie sehr ich versuche, den Gedanken von Sara mit Kind aus meinem Kopf zu verdrängen, ich kann nicht aufhören, darüber nachzudenken.

Ich kann nicht aufhören, es zu wollen.

Mein kleines Vögelchen, schwanger. Ich kann es mir so deutlich vorstellen, wenn ich sie ansehe – den geschwollenen Bauch und die vollen, reifen Brüste, das Leuchten des Lebens, das sich in ihr entwickelt ... Ihre hübschen Brustwarzen würden besonders sensibel werden, ihr schlanker Körper üppig und weich, und wenn das Kind geboren wird, würde sie es lieben.

Sie würde sich auf eine Art und Weise um unser Baby kümmern, wie meine leibliche Mutter sich nie um mich gekümmert hat.

Es ist verlockend, und das Verlangen nagt jeden Tag mehr an mir. Hier oben habe ich Sara in meiner Macht. Wenn ich die Kondome weglassen würde, gäbe es nichts, was sie tun könnte, keine Pille danach. Sie würde mein Kind bekommen, und sie würde es lieben, und eines Tages würde sie mich auch lieben.

Wir wären eine Familie, und ich hätte sie endlich wirklich.

Sie würde mir gehören, und sie würde nie wieder gehen wollen.

AM ABEND VOR MEINER ABREISE NACH NIGERIA MACHE ICH FÜR Sara und das Team ein besonderes Abendessen, für das ich die Lieblingsgerichte jedes Einzelnen zubereite, zusammen mit ein paar japanischen Rezepten, die ich unbedingt ausprobieren möchte.

»Warum essen wir nicht jeden Tag so?«, beschwert sich Anton, der eine zweite Portion *Vinaigrette*, ein traditioneller russischer Salat mit Roter Bete, nachnimmt. »Ernsthaft, Mann, du musst das verbessern. Wir hatten gestern nur Reis und Fisch.«

Ich zeige ihm den Mittelfinger, und die Ivanov-Zwillinge lachen, bevor sie sich ihr Lieblingsgericht – Lammkebabs – nehmen, das auf georgische Weise zubereitet ist und mit einer scharfen Sauce verfeinert wird. Sogar Sara lächelt, als sie ihren Teller mit ein wenig von allem belädt, inklusive meines Versuchs, Tempura-Gemüse zuzubereiten.

Während wir essen, besprechen die Jungs und ich einen Teil der Logistik des Jobs, und Sara hört schweigend zu, wie sie es immer während der Mahlzeiten macht. Die Distanz, die sie zu mir einhält, gilt auch für meine Männer; sie spricht nur selten mit ihnen, zumindest, wenn ich in der Nähe bin. Der Einzige, den sie zu mögen scheint, ist Ilya, und selbst bei ihm ist sie zurückhaltend, höflich, aber nicht warm. Ich denke, sie fühlt sich unwohl in der Nähe meiner Teamkollegen; entweder das – oder sie hasst sie, weil sie meine Komplizen sind.

Ich habe nichts gegen ihr Verhalten ihnen gegenüber. Mir ist es sogar lieber so. In den letzten sechs Wochen habe ich alle drei dabei erwischt, wie sie Sara mit unterschiedlich stark ausgeprägtem Interesse angesehen haben, und ich habe mich kaum zurückhalten können, ihnen die Kehle durchzuschneiden. Ich weiß, dass sie sich nichts dabei denken, wenn sie sie ansehen – jeder Vollblutmann würde Saras wohlgeformte und anmutige Schönheit bewundern –, aber ich bin trotzdem versucht, sie zu töten.

Sie gehört mir, und ich teile sie nicht. Niemals.

Jedenfalls bin ich froh, dass Yan zurückbleibt. Von uns

vieren hat er den kühlsten Kopf, und obwohl ich allen drei Teamkollegen vertraue, habe ich das größte Vertrauen in Yans Selbstbeherrschung. Er würde Sara nicht anrühren, egal wie groß die Versuchung ist, und genau das ist es, was ich brauche.

Ich muss wissen, dass sie sicher bewacht wird, damit ich mich auf den Job konzentrieren kann.

»Und was ist mit den Bewohnern der Stadt?«, fragt Yan, während Ilya unseren Fluchtweg nach dem Anschlag umreißt. Wir alle sprechen Englisch aus Respekt vor Sara, und zu meiner Überraschung sehe ich ihr Gesicht weiß werden, als ich die Bomben erkläre, die wir als Ablenkung starten wollen.

Wenn ich es nicht besser wüsste, würde ich denken, sie macht sich Sorgen um uns.

Wir gehen weiter durch die Bombenlogistik und sind mitten in der Diskussion über Notfallpläne, als Sara plötzlich aufsteht und ihr Stuhl über den Boden kratzt.

»Bitte entschuldigt mich«, sagt sie mit zitteriger Stimme, und bevor ich sie aufhalten kann, rennt sie zur Treppe und verschwindet nach oben.

23

ara

MIR IST SCHLECHT, BUCHSTÄBLICH GANZ SCHLECHT VOR ANGST. Ich habe Bauchkrämpfe, und es fühlt sich an, als sei mir ein Lastwagen über die Brust gefahren. Seit Peter mir von dem nigerianischen Bankier erzählt hat, habe ich versucht, nicht über die Gefahr nachzudenken, aber heute Abend, als ich den Männern dabei zugehört habe, wie sie über die wahnsinnigen Sicherheitsmaßnamen auf dem Gelände des Bankiers sprachen und darüber, was sie tun würden, falls einer von ihnen verletzt oder getötet wird, konnte ich es nicht mehr ignorieren.

Morgen werden Peter und seine Mannschaftskameraden gegen ein Monster in seinem schwer bewachten Versteck antreten, und es gibt keine Garantie, dass sie am Leben bleiben.

Ich schließe mich im Badezimmer ein, eile zum

Waschbecken, spritze kaltes Wasser auf mein Gesicht und versuche, durch die erstickende Enge in meinem Hals zu atmen. Es fühlt sich an wie eine Panikattacke, außer dass die Angst, die ich verspüre, nichts mit meiner eigenen Situation zu tun hat – einer Situation, die eigentlich durch Peters Tod gelöst werden könnte.

Eine Kugel ins Gehirn oder ins Herz – das ist es, wie er mir einmal gesagt hat, was nötig ist, damit er mich verlässt. Und ich weiß, dass es stimmt. Solange mein Peiniger lebt, werde ich nie frei von ihm sein. Selbst wenn ich irgendwie fliehen könnte, würde er mich verfolgen. Also sollte ich hoffen, dass er erschossen wird oder durch eine dieser Bomben in die Luft fliegt. Dann könnten seine Teamkollegen mich nach Hause zurückbringen, und ich könnte mein altes Leben wiederaufnehmen.

Ich könnte alles wiederhaben, wenn er tot wäre.

Das sollte ich mir wünschen, aber stattdessen fressen mich Angst und Sorgen auf. Der Gedanke, dass Peter irgendwie verletzt werden könnte, ist unerträglich, heute noch mehr als in der Nacht, in der er mich gestohlen hat. In den letzten sechs Wochen habe ich alles getan, um meine Gefühle zurückzuhalten, nur auf physische Weise auf ihn zu reagieren, aber ich habe eindeutig versagt.

Welche verrückten Gefühle ich auch immer für den Mörder meines Mannes entwickelt habe, sie sind immer noch da; wenn überhaupt, dann sind sie während meiner Gefangenschaft gewachsen.

Als ich mich immer schlechter fühle, schnappe ich mir ein Handtuch und wische mir damit über mein nasses Gesicht. Mein Magen ist ein riesiger Knoten, und ich spüre das Blut in meinen Schläfen pulsieren, während ich flache Atemzüge in meinen immer enger werdenden Brustkorb pumpe. Das Gesicht, das im Badezimmerspiegel reflektiert wird, ist kreidebleich mit roten Flecken an den Stellen, wo ich zu stark mit dem Handtuch gerieben habe.

Morgen könnte Peter getötet werden.

»Sara?« Ein Klopfen an der Tür erschreckt mich, und ich lasse das Handtuch fallen.

»Ptichka, geht es dir gut?« Peters tiefe Stimme hört sich besorgt an.

Meine Lungen funktionieren immer noch nicht richtig, aber ich ziehe hastig Luft ein und sage mit erstickter Stimme: »Mir geht's gut. Nur einen Augenblick.«

Ich hebe das Handtuch mit zitternden Händen vom Boden auf, werfe es in den Wäschekorb in der Ecke und fahre mit meinen Handflächen über mein Haar, da ich versuche, mich zu beruhigen. Meine Panikattacken sind in den letzten Wochen verschwunden, und ich möchte nicht, dass Peter weiß, dass ich wieder eine bekommen habe, nur weil ich von den Gefahren erfahren habe, denen er ausgesetzt sein wird.

Ich atme mehrmals tief durch, bevor ich zur Tür gehe und sie öffne. Peter tritt sofort mit einer in Sorgenfalten gelegten Stirn ein, und sein Blick sucht mich nach Verletzungen ab.

»Was ist passiert? Geht es dir gut?«

»Ja, entschuldige bitte. Ich hatte nur Magenschmerzen«, sage ich mit fast ruhiger Stimme. »Mir geht es aber gut.«

Peters Stirnrunzeln vertieft sich. »Ist es schon wieder so weit?«

»Nein, es ist nur ...« Ich halte inne und rechne kurz im Kopf nach. Zu meiner Überraschung hat er recht. Meine letzte Periode war vor knapp vier Wochen – was zum Teil erklärt, wie ich mich fühle.

»Tatsächlich, ja«, sage ich und bin erleichtert, mich an diese Entschuldigung klammern zu können. »Das ist mir nicht aufgefallen, aber ja, das muss es sein.«

Ein Teil der Anspannung verschwindet aus Peters Gesicht. »Meine arme Ptichka. Komm her.« Er zieht mich in seine Umarmung, und ich schlinge meine Arme um seine Taille und atme seinen warmen Duft ein, während er mein Haar streichelt. Meine schlimmste Panik lässt nach, da sein fester, muskulöser Körper meine Angst mindert, aber die Furcht vor morgen weigert sich, zu verschwinden.

Was ist, wenn er getötet wird?

»Willst du dich hinlegen?«, murmelt Peter nach einem Moment und zieht sich zurück, um mich anzusehen, aber ich schüttele den Kopf. Mein Brustkorb ist noch zu eng, und mein Magen krampft wirklich, aber mit meiner Sorge allein zu sein würde die Situation nur verschlimmern.

Ich löse mich aus seinem Griff und schaffe es, zu lächeln. »Mir geht es gut. Tut mir leid, wenn ich das Essen ruiniert habe. Es war alles köstlich.«

Die Sorge in seinem Blick ist noch nicht vollständig verschwunden, aber er nickt und akzeptiert meine Worte ohne Widerspruch. »Möchtest du Nachtisch?«, fragt er. »Es gibt Apfelkuchen. Ich kann ihn für dich hochbringen, wenn du nicht ...«

»Nein, ich komme nach unten. Ich muss sowieso eine Ibuprofen nehmen.«

Ich atme tief durch und gehe aus dem Badezimmer, da ich entschlossen bin, alles zu tun, was nötig ist, um mich von den Gedanken an morgen abzulenken.

eter

ALS WIR IN DER KÜCHE ANKOMMEN, ÄNDERT SICH SARAS Verhalten so plötzlich, als hätte jemand einen Schalter umgelegt und eine andere Persönlichkeit eingeschaltet. Eine Art frenetische Energie scheint sie zu überkommen, und nachdem sie zwei Ibuprofen heruntergeschluckt hat, fängt sie an, mit einer Geschwindigkeit in der Küche umherzuwirbeln, die Reste wegzupacken und frische Teller für den Nachtisch zu holen, die sonst nur jemand an den Tag legt, der einen Zug nicht verpassen will.

»Ich mache das schon, Ptichka. Entspann dich einfach«, sage ich zu ihr und führe sie zu ihrem Stuhl, als sie versucht, den Kuchen ohne Topflappen aus dem Ofen zu holen. »Du fühlst dich nicht gut, also lass es ruhig angehen.«

»Mir geht es gut«, protestiert sie, aber ich ignoriere sie, nehme den Kuchen selbst vorsichtig aus dem Ofen und trage ihn an den Tisch, während die Jungs dem Ganzen verwirrt zusehen.

Sara sitzt einige Augenblicke still und lässt mich den Kuchen in fünf Stücke schneiden, bevor sie wieder hochspringt. »Lass mich wenigstens beim Servieren helfen«, sagt sie und schnappt sich Ilyas Teller. Dann fällt ihr offenbar auf, dass sie nicht die richtigen Utensilien hat, und sie rennt zur Küchenschublade und kehrt mit einem Kuchenheber zurück.

Dieses Mal lasse ich sie einfach machen, auch wenn ich keine Ahnung habe, was über sie gekommen ist. Ihre Augen sind zu leuchtend, fiebrig mit unterdrückter Aufregung, und ihr Gesicht ist immer noch zu blass. Vielleicht hat sie sich etwas eingefangen? Aber dann sollte sie müde sein und nicht wie verrückt umherlaufen.

»Hier«, sagt sie und schiebt Ilya den Kuchen hin. »Möchtest du sonst noch etwas? Zum Beispiel Schlagsahne?«

»Ähm, nein, danke.« Mein Teamkollege blinzelt Sara an. »Es ist alles gut so.«

Sie schenkt ihm ein untypisch strahlendes Lächeln und füllt als Nächstes Antons Teller. Sie legt ein Stück Kuchen auf ihn, gibt Anton den Teller, und dann macht sie das Gleiche für Yan und mich, bevor sie ein Stück Kuchen für sich selbst nimmt.

Sie setzt sich hin, sticht ihre Gabel in ihr Stück und schaut nach oben, um in unsere verwirrten Gesichter zu blicken.

»So«, sagt sie mit einer so fröhlichen Stimme, dass ich sie kaum wiedererkenne: »Habt ihr Apfelkuchen auch in Russland, oder ist das eher etwas Amerikanisches? Ihr wisst schon, wie in der Redewendung ›so Amerikanisch wie Apfelkuchen‹ und so.«

Yan erholt sich zuerst. »Wir haben Apfelkuchen«, sagt er

mit einem amüsierten Grinsen. »Er sieht nicht genauso aus, aber wir machen Kuchen und kleine Küchlein – *Pirozhki* –, gefüllt mit Äpfeln und Beeren sowie Fleisch, Kartoffeln, Pilzen, Kohl, grünen Zwiebeln und Eiern.«

»Kohl, grüne Zwiebeln und Eier?« Sara rümpft ihre Nase. »Wirklich?«

»Na ja, nicht zusammen« verdeutlicht Yan. »Es sind Eier und grüne Zwiebeln oder Kohl. Oh, und Pilze können auch bei Zwiebeln und Käse vorkommen.«

Sara legt ihren Kopf auf die Seite, und betrachtet ihn mit Interesse. »Ach ja? Welche anderen Backwaren sind noch typisch russisch?«

»Oh, da gibt es viele,« sagt Anton und steigt in das Gespräch ein. Unbeabsichtigterweise hat Sara die größten Schwächen meines Freundes angesprochen – Süßigkeiten und Backwaren –, und Ilya und ich tauschen verzweifelte Blicke aus, als er eine lange Liste seiner Lieblingskuchen und -gebäcke aufführt und jedes einzelne in appetitanregender Einzelheit beschreibt.

»Wow«, sagt Sara, als er eine Atempause einlegt. »Peter, weißt du, wie man die alle macht?«

»Einige«, sage ich und lege meine Gabel ab. »Wenn du willst, kann ich mich am Napoleon versuchen, wenn wir zurückkommen – das ist die russische Version von *Millefeuille*, von der Anton dir erzählt hat.«

»Ja, bitte«, antwortet Anton, obwohl ich nicht ihn gemeint hatte. »Wie sagen die Amerikaner das? Bitte hübsch und mit einer Kirsche oben drauf?«

Ilya und Anton lachen, aber Saras Gesicht spannt sich für einen Bruchteil einer Sekunde an. Im nächsten Moment schließt sie sich ihrem Lachen jedoch an, und ich frage mich, ob ich es mir eingebildet habe. Nicht, dass es wichtig wäre – ihr Verhalten ist schon merkwürdig genug.

Während wir den Nachtisch essen und Tee trinken – eine russische Tradition, über die die Jungs Sara alles erzählen –, schaue ich ihr zu und versuche, den Grund für ihre plötzliche Animation herauszufinden. Es ist, als hätte eine andere Person Saras Körper übernommen. Sie scherzt und lacht mit meinen Männern, als hätte sie keine Sorgen in ihrem Leben. Doch unter dem Tisch rutscht sie auf ihrem Stuhl hin und her und hat ihre Arme um ihren Bauch geschlungen – ein deutliches Zeichen für die Krämpfe, die sie plagen.

Es beunruhigt mich, dieses Rätsel, und als der ganze Apfelkuchen verschwunden ist, sage ich den Jungs, dass sie abräumen sollen. Sara springt hoch, um ihnen zu helfen, aber ich ergreife ihr Handgelenk, bevor sie wieder herumlaufen kann.

»Komm«, sage ich. »Es ist Zeit fürs Bett.«.

Sie protestiert nicht, obwohl es gerade einmal neun Uhr ist, und als wir im Schlafzimmer ankommen, fängt sie an, sich ohne Aufforderung auszuziehen, und ihre Augen glänzen noch immer mit dem fiebrigen Leuchten.

Meine körperliche Reaktion erfolgt augenblicklich. Sobald sie ihr Shirt auszieht und ihren BH aufmacht, wird mein Schwanz steinhart, und prickelnde Hitze läuft über meine Haut. Und als sie den BH auf den Boden fallen lässt, bevor sie aus ihrer Jeans steigt, fängt mein Herz an, gegen meinen Brustkorb zu schlagen. Was mich aber am meisten anmacht, ist, dass sie meinen Blick durchgehend erwidert und das fiebrig schimmernde Leuchten in den haselnussbraunen Augen sich in den verführerischen Glanz der Begierde verwandelt.

Ihr Tanga ist das Letzte, und dann kommt sie auf mich zu,

wobei ihre schlanken Hüften mit unbewusster Anmut schwingen.

Obwohl es unmöglich zu sein scheint, verhärte ich noch mehr, und ich muss meine ganze Kraft aufwenden, um sie nicht zu ergreifen, als sie vor mir stehen bleibt und ihre schlanken Hände nach dem obersten Knopf meines Hemdes greifen.

»Ich dachte, du fühlst dich nicht gut.« Meine Stimme ist heiser, erfüllt von der Begierde, die mich in unkontrollierten Wellen überrollt. »Ptichka, du musst nicht ...«

»Pssst.« Sie greift nach oben und drückt einen zarten Finger auf meine Lippen. »Ich will nicht reden.«

Mein Herzschlag brüllt in meinen Ohren, als ihre Hand sich senkt und an den Knöpfen meines Hemdes arbeitet. Es ist das erste Mal, dass Sara beim Sex die Initiative ergreift, und als ihre Finger auf meiner Haut entlangfahren, wird die Hitze in mir vulkanisch, der Drang, sie zu ficken, so stark, dass meine Hände sich zu Fäusten ballen. Sie arbeitet voller Konzentration, ihre sexy Unterlippe klemmt zwischen ihren Zähnen, während ihre Haare in dicken, glänzenden Wellen um ihr Gesicht fallen, und ich zittere buchstäblich vor Verlangen, mich nach ihr auszustrecken, sie zu ergreifen und sie immer wieder zu nehmen.

Trotzdem bewege ich mich nicht. Ich kann nicht. Ihre freiwillige Berührung ist ein Geschenk, das ich heute Abend nicht erwartet habe und auf das ich nicht einmal zu hoffen wagte. Ich weiß nicht, was ihr durch den Kopf geht oder warum sie das tut, aber ich werde mich nicht dagegen wehren.

Als sie mit den Knöpfen fertig ist, schiebt Sara mir das Hemd von den Schultern, schaut mich durch die dunklen Wimpern an, die ihre Augen einrahmen, und greift nach dem Reißverschluss meiner Jeans.

Ihre Berührung ist jetzt zögerlicher, fast schon vorsichtig, aber das spielt keine Rolle. Das Blut, das durch meine Venen strömt, fühlt sich an wie Lava. Ihr nackter Körper ist so nah, dass ich sie riechen kann, sie spüre ... nichts außer ihrer Süße auf meiner Zunge schmecken kann. Ihre Brustwarzen sind steif und hart, und ihre blassen Brüste schwingen sanft, als sie mit der Schnalle meines Gürtels kämpft, und ein Stöhnen meinem Hals entweicht, als sie meinen pochenden Schwanz befreit und vor mir auf die Knie sinkt.

»Sara ...« Ich kann kaum sprechen, als sie meine Eier in ihrer weichen Handfläche wiegt und ihre andere Hand um meinen Schaft legt. Sie beugt sich nach vorn und leckt ihn zart von der Wurzel bis zur Spitze, und eine Hitzewelle überrollt meinen Rücken. Meine Eier ziehen sich fest an meinem Körper zusammen, und ich weiß, es wird nur Sekunden dauern bis ich komme. Ich atme schwer ein, versuche, an etwas anderes zu denken, etwas, was den explosiven Anstieg der Anspannung verzögert, aber sie legt ihre Lippen um mich, nimmt mich in ihren weichen, feuchten Mund, und ich verliere jeglichen Anschein von Kontrolle.

Stöhnend umfasse ich ihren Kopf und schiebe meine Finger in ihr Haar, während ich den ganzen Weg hineinstoße, und sie würgt, da sie keine Luft holen kann, als ich bis zu ihrem Hals in ihr bin. Es ist nicht das, was ich wollte, nicht das, was ich heute Abend vorhatte, aber die Lust, die mich erfasst hat, ist zu gewalttätig, zu stark, um ihr zu widerstehen. Auf ihren Knien, mit ihren kastanienbraunen Wellen, die über ihren schlanken Rücken fließen, und ihren tränenden Augen, während ich ihr Gesicht ficke, ist Sara das Sexyeste, was ich jemals gesehen habe. Und zu wissen, dass sie freiwillig dort ist ...

»Scheiße!« Das Schimpfwort platzt aus mir heraus, als sich

ihre Hand auf meinen Eiern zusammenzieht, der Orgasmus aufkocht und das Vergnügen außer Kontrolle gerät. Meine Muskeln ziehen sich zusammen, meine Wirbelsäule wölbt sich, als Lust wie Ecstasy durch meine Venen rauscht und ich mit einem heiseren Schrei komme und meinen Samen direkt in ihren Hals spritze.

Sie schluckt jeden Tropfen, lutscht an meinem Schwanz, bis er weich wird, und die ganze Zeit blicken ihre haselnussbraunen Augen in meine. Es ist, als würde sie meine Lust trinken und sich von meinem Verlangen nach ihr ernähren. Es erinnert mich an das eine Mal, an dem ich sie bestraft habe, nur dass ich heute Abend nicht die betäubte Unterwerfung in ihrem Blick sehe. Sie tut das, weil sie es will, nicht, weil ich sie gebrochen habe, und als die letzte Lustwelle verebbt, ziehe ich sie auf die Füße und führe sie zu unserem Bett, da ich entschlossen bin, es richtig zu machen.

»Leg dich hin«, sage ich zu ihr, während ich sie auf das Bett schiebe, und sie gehorcht, indem sie sich auf ihrem Rücken ausstreckt. Ihr Blick ist verdunkelt, und ihre Lider sind halb geschlossen, als sie mir dabei zusieht, wie ich über sie klettere, und ich weiß, dass sie immer noch von dem gefangen ist, was heute Abend über sie gekommen ist.

Dieses Rätsel nagt an mir, aber jetzt ist nicht die Zeit, es zu verfolgen. Ich atme immer noch schwer durch die Nachbeben der Lust, aber ich will mehr. Ich will schmecken, wie sie kommt, will die Umarmung ihrer schlanken Arme um mich spüren. Es ist mehr als ein sexuelles Bedürfnis, es ist ein Zwang.

Von Sara kann ich nie genug bekommen.

Also gönne ich mir etwas. Da mein dringendster Hunger gesättigt ist, nehme ich mir die Zeit, mit ihrem Körper zu spielen, jeden Zentimeter ihres warmen, süß duftenden

Fleisches zu küssen und zu streicheln. Sie ist köstlich, meine Sara, ihre blasse Haut glatt und geschmeidig, ihre zarten Rundungen weich und doch fest in meiner Hand. Ihr Stöhnen, ihr keuchendes Atmen, ihr Wimmern, als ich sie lecke – ich würde alles geben, um für immer so zu bleiben, um ihre Schreie zu hören, während sie sich auf meiner Zunge immer weiter anspannt.

Zwei Orgasmen, drei Orgasmen, vier Orgasmen ... Ich verliere nach einer Weile den Überblick, da ich von ihr eingenommen, süchtig nach ihrer Lust bin. Ich lasse sie mit meinen Fingern und meinem Mund kommen, und dann nehme ich sie sanft, da ich auf ihre prämenstruellen Beschwerden Rücksicht nehme. Sie wehrt sich nicht, sondern klammert sich an mir fest, während ich vorsichtig hin und her schaukle, und, nachdem ich gekommen bin, noch einmal nach unten gehe und unsere kombinierte Nässe probiere, als ich ihre Klitoris lecke. Ihre Finger krallen sich in mein Haar, ihre Atmung ist keuchend und ihr Stöhnen hört sich bittend an – ihr Geschmack, sie zu spüren und sie zu riechen, das ist wie eine Überdosis Drogen. Und als sie kaputt, strahlend und erschöpft daliegt, nehme ich sie in meine Arme und spüre, wie ihr Herz gegen mein Herz schlägt, während wir einschlafen.

25

Sara

ICH WACHE MIT EINER MERKWÜRDIGEN MISCHUNG AUS Wohlbefinden und Beschwerden auf, und es dauert eine Minute, bis ich mich daran erinnere, warum.

Peter.

Er ist heute Morgen nach Nigeria abgereist, nachdem er die ganze Nacht mit mir geschlafen hat.

Es fühlt sich jetzt unecht an, wie ein Traum, aus dem ich gerade aufwache. Ich kann nicht glauben, dass ich so auf ihn losgegangen bin, und was dann folgte ... Stöhnend rolle ich auf die Seite und schwinge meine Beine aus dem Bett. Mein Unterleib krampft mit voller Kraft, und als ich ins Badezimmer gehe, bin ich nicht überrascht, als ich sehe, dass meine Periode beginnt. Was mich schockiert, ist, dass wir letzte Nacht wieder die Kondome vergessen haben und keine Alarmglocken in meinem Kopf losgegangen sind.

Es ist, als ob ich unterbewusst schwanger werden *wollte*.

Nein. Ich schiebe diesen erschreckenden Gedanken von mir. Ich wünsche mir so definitiv *kein* Kind. Ich habe letzte Nacht nur nicht klar gedacht. Nachdem ich den Männern zugehört hatte, wie sie über die Gefahren sprachen, war ich so krank vor Sorge und so verzweifelt gewesen, mich abzulenken, dass ich Peter verführt habe, auch wenn ich mich beschissen gefühlt habe. Ich bin mir ziemlich sicher, dass er mich gestern Abend in Ruhe gelassen hätte – er ist immer rücksichtsvoll, wenn ich mich schlecht fühle – aber ich brauchte eine Ablenkung, und genau die habe ich bekommen. Durch meinen zweiten Orgasmus vergaß ich alles über Nigeria *und* dass ich mich nicht gut fühlte, und beim vierten konnte ich mich kaum an meinen eigenen Namen erinnern.

Ich muss dringend duschen, also ignoriere ich die Beschwerden in meinem Unterleib und trete in die Duschkabine, um mich von Kopf bis Fuß zu waschen. Danach trockne ich mich ab, putze mir die Zähne und gehe zurück ins Schlafzimmer, um mich anzuziehen. Zu meiner Überraschung entdecke ich ein Glas Wasser und Ibuprofen auf der Kommode – Peter muss sie mir heute Morgen dagelassen haben.

Ich bin jämmerlich dankbar dafür, schlucke die Medizin herunter und lege mich hin, um darauf zu warten, dass die schlimmsten Beschwerden vorübergehen. Es ist dumm, aber ich vermisse meinen Entführer bereits ... vermisse seine Aufmerksamkeit und Fürsorge. Ich weiß, dass es nur ist, weil ich mich schlecht fühle, aber ich will, dass er mir den Bauch reibt, mich festhält und mir das Gefühl gibt, dass ich der Mittelpunkt seiner Welt bin.

Ich will ihn hier haben und nicht am anderen Ende der Welt, wo Kugeln fliegen und Bomben explodieren.

Nein. Nein, nein, nein. Ich kneife meine Augen zu, aber es ist zu spät. Die Angst, von der ich dachte, dass ich sie beiseitegeschoben hätte, kehrt schlagartig und giftig zurück, und die Panik verengt meine Brust und meinen Hals. Es ist dumm, völlig irrational, aber ich will nicht, dass mein Peiniger stirbt. Ich kann es mir nicht einmal vorstellen. Sein Einfluss auf mein Leben ist so absolut, so allumfassend, dass ich es mir ohne ihn nicht vorstellen kann.

Ich will es mir nicht vorstellen.

Meine Brust verengt sich noch mehr, und ich konzentriere mich auf meine Atmung, um meine angespannten Muskeln zu entspannen und meinen wild schlagenden Puls zu verlangsamen. Ich sage mir, dass es Peter gut gehen wird, dass er mit allem fertig werden kann, was ihm in den Weg kommt. Gefahr ist seine Komfortzone, Mord sein auserwählter Beruf. Es gibt keinen Grund, zu glauben, dass etwas schiefgehen wird, keinen Grund, zu glauben, dass er nicht zurückkehren wird.

Außer, dass er damals bei dem Mexiko-Job verletzt wurde.

Nein. Ich atme tief durch und zwinge die heimtückische Erinnerung, zu verschwinden. Es ist dumm, sich nur wegen eines einmaligen Fehlers Sorgen zu machen. Im Laufe der Jahre hat Peter viele gefährliche Aufgaben erledigt, ohne dabei verletzt zu werden.

Er hat sogar meinen Mann und seine drei Wachen getötet, ohne einen Kratzer abzubekommen.

Mein Magen rumort, meine Krämpfe verschlimmern sich und meine Kehle füllt sich bei der Erinnerung mit Galle. Wie hatte ich vergessen können, was für ein Mann Peter ist und was er getan hat? Hier oben auf diesem Berg mag mein altes Leben weniger realistisch erscheinen, aber das heißt nicht, dass es nie existiert hat.

Es ist egal, dass der Ehemann, den ich liebte, nicht existierte.

Ich schließe die Augen und konzentriere mich auf George und die glücklichen Erinnerungen, die wir zusammen hatten. Es gibt so viele: unsere ersten Verabredungen, die Reise nach Disney World, die Grillpartys bei meinen Eltern ... Meine Eltern liebten ihn, hielten große Stücke auf ihn, und jahrelang habe ich das auch getan. Wir haben zusammen gelacht und geweint, gingen aus und blieben zu Hause. Er war zu meinem College-Abschluss da und ich zu seinem. Dann wurde es hart: erst medizinische Fakultät und meine Assistenzzeit, dann seine nicht enden wollenden Auslandsreisen. Und trotzdem waren wir zusammen, unsere Liebe stützte sich auf das Wissen, dass unser Leben gerade erst anfing, dass wir jung waren und alles aushalten konnten.

Natürlich war das vor dem Trinken und den Stimmungsschwankungen ... bevor seine Geheimnisse unsere Ehe zerstörten und Peter in unser Haus brachten.

Ich öffne meine Augen, starre an die Decke und fühle den vertrauten Schmerz des Verrats. Ich wünschte, ich könnte diesen Teil vergessen, um vorzutäuschen, dass alles, was Peter mir erzählt hat, eine Lüge ist, aber ich kann die Fakten nicht leugnen.

Der Junge, den ich an der Uni traf, war nicht der Mann, den ich heiratete, und ich hatte jahrelang keine Ahnung, warum.

Spion, nicht Journalist. Es ist immer noch so schwer zu glauben. Hätte George es mir je gesagt? Wenn die Tragödie von Daryevo und all die folgenden Dinge nicht passiert wären, hätte ich dann jemals von seinem wirklichen Job erfahren? Oder hätte er mich unser ganzes Leben lang im Dunkeln gelassen, mich mit einem Lächeln angelogen?

Als ich erkenne, dass meine Gedanken zur Bitterkeit tendieren, versuche ich, mich auf die glücklichen Zeiten zu konzentrieren, aber es ist nutzlos. Was George und ich hatten, war vielleicht einmal gut gewesen, aber das war es gegen Ende nicht, und das kann ich nicht vergessen. Ich kann den Schmerz und die Schuld, die Schande und die Verzweiflung, die ich bekämpft habe, als unsere Ehe durch das Gewicht seiner Sucht langsam zerbrach, nicht einfach wegwischen. Ich habe meinen Mann lange vor dem Unfall verloren, der seinen Schädel brach, lange bevor Peter mit seinen tödlichen Racheplänen auftauchte.

Ich verlor ihn, als Peter seine Familie verlor; ich wusste es zu der Zeit nur einfach nicht.

Mein Unterleib krampft immer noch, aber die Tabletten beginnen zu wirken, also stehe ich auf und ziehe mich an. Ich ertrage es nicht mehr, an George zu denken, denn selbst die glücklichen Erinnerungen sind jetzt von dem Wissen befleckt, dass alles eine Lüge war, dass ich den Mann, den ich geheiratet habe, nie wirklich kannte.

Der Mann, um dessen Mörder ich mir jetzt Sorgen mache.

Da ich verzweifelt eine frische Angstwelle unterdrücken will, schnappte ich mir das iPad, das Peter mir gegeben hat, und mache ein Musikvideo an, um zusammen mit Ariana Grande zu singen, während ich mich anziehe und mir die Haare bürste. Die Musik hebt meine Stimmung leicht an, und als ich nach unten gehe, kann ich Yan, der mit einem Laptop hinter der Theke sitzt, mit einem normal klingenden »Guten Morgen« begrüßen.

»Guten Morgen«, antwortet er und schaut vom Bildschirm

auf, als ich anfange, mir Kaffee zu machen. Wie immer ist Ilyas Bruder wie für die Arbeit bei einem Investmentunternehmen gekleidet, sein braunes Haar ist sauber gestylt und sein Gesicht glatt rasiert. Er lächelt mich an, aber sein grüner Blick bleibt kalt, als er sagt: »Peter hat Haferbrei für dich auf dem Herd gelassen.«

»Oh, danke.« Meine Brust zieht sich mit beunruhigender Wärme zusammen, als ich hinüber zum Herd gehe und den Haferbrei in eine Schüssel gebe. Ich sollte mich inzwischen daran gewöhnt haben, aber es überrascht mich immer noch, dass Peter nie müde zu werden scheint, sich um mich zu kümmern. Gerade heute Morgen muss er so viele wichtigere Dinge im Kopf gehabt haben, aber trotzdem hat er an mich gedacht, mir Ibuprofen auf den Nachttisch gelegt und mir dieses Frühstück zubereitet.

»Irgendwelche Neuigkeiten?«, frage ich Yan, während ich mich an den Tisch setze. »Hast du etwas von ihnen gehört?«

Der Russe schüttelt den Kopf. »Es dauert noch acht Stunden, bis sie landen.« Sein Ton ist leicht, aber ich spüre eine Anspannung darunter.

Meine Angst steigt wieder, und mein Appetit schwindet, aber ich zwinge mich zu essen, während Yan sich wieder dem Computerbildschirm zuwendet. Peter ist vielleicht für ein paar Tage oder länger weg, und ich kann nicht verhungern, nur weil ich krank vor Sorge bin. Es ergibt für mich auch keinen Sinn, mir um einen Mann Sorgen zu machen, den ich hassen sollte, aber ich gebe diesen Kampf auf.

Dumm oder nicht, ich will nicht, dass Peter verletzt oder getötet wird.

Nach dem Essen gehe ich nach oben und lenke mich ab, indem ich lese und die Musikvideos anschaue, die Peter für mich auf das iPad heruntergeladen hat. Damit und mit einigen leichten Haushaltsarbeiten bin ich bis zum Mittagessen beschäftigt, zu dem ich wieder hinuntergehe.

Yan ist nirgendwo zu sehen, also muss er entweder in seinem Zimmer sein oder irgendwo draußen trainieren. Eine Sekunde lang bin ich versucht, meinen Fluchtversuch zu wiederholen – das Wetter ist jetzt viel wärmer, und soweit ich weiß, kommt kein Sturm –, aber ich entscheide mich dagegen. Die Topographie dieses Berges ist mir noch nicht bekannt genug, und das blinde Herumstolpern um die Klippen scheint mir keine gute Idee zu sein, besonders dann nicht, wenn ich mich durch meine Periode so schlecht fühle.

Zumindest ist es das, was ich mir einrede, um zu erklären, warum ich mir alle Gedanken an Flucht aus dem Kopf schlage und eine weitere Ibuprofen nehme, bevor ich mir ein Sandwich mache.

Als ich zum Abendessen wieder hinuntergehe, ist Yan da und isst gerade eine Schüssel mit dem restlichen Haferbrei auf, während er etwas aufstellt, was wie ein Audio-Recording-Equipment aussieht – ein sperriger, voluminöser Kopfhörer mit einem angeschlossenen Mikrofon, der in den Computer eingesteckt wird.

»Gibt es was Neues?«, frage ich, gehe hinüber zum Kühlschrank, nachdem ich noch eine Ibuprofen genommen habe, und Yan schüttelt den Kopf.

»Sollte aber bald so weit sein«, sagt er, bevor er den Rest seines Tees hinunterschluckt. »Ich sage dir Bescheid, wenn sie landen.«

»Danke«, sage ich und beschäftige mich damit, mir eine Gemüsepfanne zu machen. Als ich das Gemüse schneide und würfele, bevor ich es großzügig mit Sojasauce würze, kann ich spüren, wie sich die Spannung zwischen meinen Schulterblättern sammelt und die Angst, die ich den ganzen Tag lang bekämpft habe, zurückkommt.

»Möchtest du etwas?«, frage ich Yan, als er nach oben schaut, um zu sehen, was ich tue, und er lehnt höflich ab, indem er den Kopfhörer anscheinend für ein paar Audio-Empfangstests aufsetzt. Er sieht immer noch ungewöhnlich angespannt aus, und sein Gesichtsausdruck ist grimmig fokussiert, während seine Finger über die Tastatur des Laptops fliegen.

Als meine Gemüsepfanne fertig ist, setze ich mich zum Essen hin, beobachte heimlich Yan, und mein Unbehagen wächst mit jedem Bissen. Meinen Berechnungen nach sind schon acht Stunden seit dem Frühstück vergangen, und die Spannung, die von dem üblicherweise gefühlskalten Russen ausgeht, hilft nicht.

»Bleibst du normalerweise während der Mission mit ihnen in Kontakt?«, frage ich, als ich die Stille nicht länger ertrage. »Oder wartest du, bis sie dich kontaktieren?«

Yan schaut vom Bildschirm auf und nimmt den Kopfhörer ab. »Ich bin normalerweise bei ihnen«, sagt er und dreht den Barhocker, um mich anzusehen, und ich verstehe, warum er so nervös ist.

Er ist daran gewöhnt, dort zu sein, mittendrin, und nicht, von der Seitenlinie aus zuzuschauen.

»Es tut mir leid, dass du mich babysitten musst«, sage ich und schiebe meinen halb gegessenen Teller weg. Ich könnte genauso gut versuchen, meinen verbliebenen Kerkermeister kennenzulernen, anstatt mir über Peters Schicksal Sorgen zu machen. »Du machst dir bestimmt gerade Sorgen um deinen Bruder.«

Yan zuckt mit den Schultern, ein Ausdruck kühler Belustigung, der die Anspannung auf seinem Gesicht verschleiert. »Ilya kann auf sich selbst aufpassen.«

»Ja, da bin ich mir sicher.« Ich nehme meine Tasse Tee in die Hand und frage: »Ist er dein jüngerer oder älterer Bruder?«

Seine Belustigung scheint sich zu vertiefen. »Drei Minuten älter.«

»Oh.« Ich blinzle. »Er ist dein Zwillingsbruder?«

Er nickt. »Kaum zu glauben, aber sogar eineiig.«

»Wow. Ihr seht euch überhaupt nicht ähnlich.« Während ich meinen Tee trinke, betrachte ich seine sauberen, leicht aristokratischen Gesichtszüge. Jetzt sehe ich bei näherem Hinsehen die Ähnlichkeiten mit Ilyas Knochenbau, aber es gibt auch einige Unterschiede. Yans Nase ist geradliniger, und sein kantiger Kiefer proportionaler – nicht ganz so gemeißelt wie Peters, aber immer noch kräftig und schön definiert. Der größte Unterschied ist jedoch das Haar.

Yan hat einen vollen Kopf davon, ohne Schädeltätowierungen in Sicht.

»Mein Bruder hatte in einigen Kämpfen Pech«, erklärt er, als er bemerkt, dass ich ihn beobachte. »Seine Nase wurde gebrochen und sein Gesicht ziemlich eingeschlagen. Außerdem hat er Steroide genommen, als wir jung und dumm waren – und mehr Muskeln haben wollten.«

»Ich verstehe.« Steroide würden einige der Unterschiede erklären, einschließlich der Größenunterschiede. Nicht, dass der Mann, der vor mir sitzt, klein ist. Er ist ungefähr so groß und muskulös wie Peter. Sein Zwillingsbruder jedoch ist massiv, so groß wie alle Bodybuilder, die ich jemals gesehen habe.

»Hast du noch mehr Geschwister?«, frage ich, und Yan schüttelt den Kopf.

»Nein, nur wir beide.«

Ich stelle meine Tasse hin. »Habt ihr noch mehr Familie?«

»Nein.« Sein Gesichtsausdruck ändert sich nicht, nichts deutet auf Trauer oder Bedauern hin. Er hätte genauso gut darauf antworten können, ob er noch ein Paar Socken hat.

Ich möchte tiefer in die Sache eintauchen, aber es gibt noch ein anderes Thema, das mich mehr interessiert. »Wann hast du Peter kennengelernt?«, fragte ich und lehne mich, auf meine Ellenbogen gestützt, nach vorn. »Ihr habt schon vorher zusammengearbeitet, richtig?«

»Ja, das haben wir.« Yan schließt den Laptop und dreht den Barhocker, um mir gegenüberzusitzen. »Ilya und ich waren drei Jahre in seinem Team, bevor wir nach Daryevo kamen.«

Die Erwähnung des Dorfes erinnert mich an die entsetzlichen Bilder auf Peters Telefon, und die Gemüsepfanne liegt schwer in meinem Magen. »Kanntest du sie?«, fragte ich und versuchte, meine Stimme ruhig zu halten. »Seine Frau und seinen Sohn, meine ich.«

»Nein.« Die grünen Augen des Russen funkeln wie Edelsteine und sind genauso kalt. »Anton ist der Einzige, der sie jemals getroffen hat. Wir anderen wussten nicht, dass Peter eine Familie hatte, bis sie getötet wurde.«

»Oh.« Ich weiß nicht, was ich dazu sagen soll. Offensichtlich traute Peter dem Mann, der vor mir saß, nicht – jedenfalls nicht genug, um sein wertvollstes Geheimnis preiszugeben. Doch hier sind sie, arbeiten wieder zusammen.

»Wenn ich er wäre, hätte ich es auch geheim gehalten«, sagt

Yan, und ein hartes Lächeln breitet sich über seinem Gesicht aus, und ich merke, dass er mein Unbehagen spürt. »Wir haben keine Familien und Babys in unserer Welt.«

»Wirklich?« Es war also nicht so sehr eine Vertrauensfrage als vielmehr eine Abweichung Peters vom akzeptiertem Lebensstil. »Dann nehme ich an, dass keiner von euch je verheiratet war?«

»Nur Peter«, bestätigt Yan. »Und du weißt, wie das ausgegangen ist.«

Ich schlucke den Knoten in meinem Hals herunter und greife wieder nach meinem Tee. »Ja. Das weiß ich.«

Yan sieht mir dabei zu, wie ich den Rest des Tees trinke, bevor er ruhig sagt: »Das wird auch nicht lange so bleiben.«

Ich senke die Tasse. »Was meinst du?«

»Das.« Er deutet mit der Hand auf mich und unsere Umgebung. »Was auch immer das ist, es wird nicht so bleiben.«

Ich starre ihn verwirrt an. »Du meinst ... er wird mich gehen lassen?«

»Nein.« Der Blick des Russen ist wieder kalt und völlig unleserlich. »Das wird er nicht tun. Er ist ein besessener Mann, und du bist seine Besessenheit. Er wird dich niemals gehen lassen, Sara. Nur, wenn einer von euch oder beide tot sind.«

Ich atme scharf ein, aber bevor ich reagieren kann, pingt etwas, und Yan dreht sich weg, um sich dem Laptop zuzuwenden.

»Sie sind gelandet«, sagt er und setzt sich den Kopfhörer auf. »Jetzt kann der Spaß beginnen.«

Peter

DER ERSTE TEIL DER OPERATION VERLÄUFT REIBUNGSLOS. SO reibungslos sogar, dass ich nervös werde. Es ist nie ein gutes Zeichen, wenn alles nach Plan läuft. Es gibt immer ein Problem zu lösen, eine Art Knoten, der entwirrt werden muss. Unvorhergesehene Hindernisse sind zu erwarten, denn nichts ist jemals hundertprozentig vorhersehbar, und zu denken, dass der Plan, so flexibel er auch sein mag, alle Variablen berücksichtigt, ist der schnellste Weg, um getötet zu werden.

Als wir also das Grundstück des Bankiers betreten und leise die genaue Anzahl der Wachen eliminieren, die wir eingeplant hatten, beginne ich, mich unwohl zu fühlen. Und als wir alle Kameras unter unsere Kontrolle bringen, indem Yan sich Zugriff auf sie beschafft, und uns auf den Weg zur

Schlafzimmersuite des Bankiers machen, ohne einen einzelnen Mitarbeiter zu treffen, der von seiner Routine abweicht, geht meine Gefahreneinschätzung auf Alarmstufe Rot – und ich bin nicht der Einzige.

»Du riechst es auch, stimmt's?«, murmelt Anton, als wir vor der Schlafzimmertür anhalten.

»Was riechen?«, flüstert Ilya und schnüffelt stirnrunzelnd die Luft ab.

»Die Kacke ist am Dampfen«, sage ich leise. »Das ist zu leicht. Zu sehr nach Plan.«

Verständnis erhellt Ilyas Blick. »Scheiße.«

Keiner von uns ist abergläubisch, aber wir haben einen gesunden Respekt vor dem Glück, und wir alle wissen, dass zu viel Glück genauso tödlich sein kann wie eine Pechsträhne. Ein stetiger Strom von kleinen Hindernissen hält den Verstand und die Reflexe scharf, während sanftes Segeln zur Selbstgefälligkeit verleitet. Nicht, dass wir jemals bei einem Job entspannt sind – der Adrenalinschub sorgt dafür, dass wir wachsam bleiben –, aber es gibt einen Unterschied zwischen der Aufmerksamkeit bei regelmäßigen Kämpfen und dem Hyperbewusstsein, das wir bei Kämpfen um unser Leben verspüren.

Dieser Job verlief bis jetzt reibungslos, und wenn wir auf Schwierigkeiten treffen werden – was wir tun werden, weil das Glück eine wankelmütige Schlampe ist –, wird es uns extra hart treffen.

Es gibt nichts, was wir dagegen tun können, außer die Mission abzubrechen, also gebe ich Anton ein Zeichen, sich fertigzumachen, und Ilya tritt vor die Tür.

Ein harter Tritt von seinem massiven Fuß, und die Tür fliegt aus den Angeln und stürzt auf den Boden. Von drinnen ertönt ein panisches Quieken, und als wir drei in den Raum eilen, sehen wir unser Ziel auf dem Boden, wo seine Fettfalten wabbeln, während seine nackte Geliebte hinter dem Bett hockt.

Die winzigen, schweineähnlichen Augen des Bankiers sind weiß vor Schrecken, und seine runde Gestalt zittert, als er nach vorn krabbelt, um seinen abschwellenden Schwanz mit einem Kissen zu bedecken. »Nicht! Bitte, ich kann Sie bezahlen. Ich schwöre, dass ich Sie bezahlen kann. Ich werde mehr zahlen als sie. Wie viel wollen Sie? Hunderttausend Euro? Eine halbe Million Dollar? Ich habe es. Ich habe das Geld, ich schwöre es!« Als er sieht, dass wir nicht innehalten, wechselt er vom Englischen zu einer Mischung aus Französisch und Deutsch mit starkem Akzent und danach zu einem Hausa-Dialekt, in dem er das Angebot verzweifelt wiederholt, bis Anton ihm in den Hals sticht, um ihn zum Schweigen zu bringen.

»Mit besten Grüßen von Omuyas Cousin«, sage ich auf Englisch und sehe dem Mann dabei zu, wie er wild um sich schlägt, als er an dem Blut erstickt, das aus seinem Hals spritzt. Es dauert nur wenige Augenblicke, bis er stirbt – alles in allem ein leichter Tod.

Die Geliebte des Arschlochs bricht hinter dem Bett in lautes Schluchzen aus. Ich ignoriere den Lärm, mache ein Foto des Körpers als Beweis für den Klienten und sage dann zu Ilya auf Russisch: »Binde sie fest und lass uns gehen.« Normalerweise würden wir auch die Frau eliminieren, aber ich will diesmal einen Zeugen.

Ich will, dass die Behörden uns in Afrika suchen, weit weg von Sara und Japan.

Ilya legt den Gurt seiner M16 über die Schulter, umkreist das Bett und greift nach der weinenden Frau. Da ich annehme, dass er das allein erledigen kann, gehe ich zur Tür, da meine

Instinkte sich immer noch in höchster Alarmbereitschaft befinden.

Plötzlich ertönt ein Schuss.

Ich springe herum, und meine Ohren klingeln durch die Explosion, aber es ist zu spät.

Ilya liegt auf dem Boden, ein dunkelroter Fleck breitet sich neben seinem Kopf aus.

*S*ara

ICH LAUFE UM DEN ZWEITEN STOCK HERUM UND GEHE VON RAUM zu Raum, während ich meine Angst bekämpfe. In dem Moment, in dem das Team landete, sagte Yan zu mir, ich solle ihn in Ruhe lassen, damit er sich darauf konzentrieren könne, seinen Teil des Jobs zu tun: die Überwachung des Bankiersgeländes aus der Ferne, falls unerwartete Probleme auftreten sollten. Und er hat nicht nur versucht, mich loszuwerden. Als ich die Küche verließ, habe ich auf seinem Computerbildschirm mehrere Sicherheitskamera-Feeds und etwas, was wie ein Blick von einer Drohne aus der Luft zu sein schien, gesehen.

Um mich abzulenken, habe ich noch einmal versucht zu lesen, habe mir danach Musikvideos angesehen und mit einigen meiner Lieblingskünstler mitgesungen. Ich bin sogar in das unvollendete Tanzstudio gegangen und habe ein paar Ballett-Übungen, die ich als Kind gelernt hatte, zusammen mit einigen Dehnübungen an der Stange ausprobiert, um die Anspannung in meinem unteren Rücken während meiner Menstruation zu erleichtern. Nichts davon hat mich länger als fünfzehn Minuten abgelenkt, so dass ich nun gedankenlos von Fenster zu Fenster gehe, so als ob ich den Helikopter erscheinen lassen könnte, indem ich in die Dunkelheit dort draußen starre.

Nach circa zwei Stunden verschlimmern sich meine Krämpfe, und ich bin ein komplettes Nervenbündel, also gehe ich hinunter in die Küche, um mehr Ibuprofen zu nehmen. Yan sitzt immer noch mit seinem Computer am Tresen, und der Kopfhörer bedeckt seine Ohren, aber sein Ausdruck ist jetzt nicht mehr cool. Er ist entsetzlich blass, und Spannungslinien rahmen seinen schmallippigen Mund ein, während er eindringlich auf Russisch in das Mikrofon spricht.

Mein Herz setzt einen Schlag aus, bevor es anfängt panisch zu rasen.

Etwas ist schiefgelaufen.

Eisige Angst prickelt durch meinen Körper, mein Magen zieht sich mit einer schrecklichen Vorahnung zusammen, und ich schaffe es kaum, nicht zu fragen, was passiert ist. Das würde nicht helfen, und ich will Yan nicht von dem ablenken, was er tut. Stattdessen eile ich durch die Küche, bleibe hinter ihm stehen und schaue verzweifelt über seine Schulter auf den Bildschirm.

Er schenkt mir keine Aufmerksamkeit, da sein ganzer Fokus auf dem Computer liegt, während er etwas herausbellt, was sich wie Anweisungen anhört. Zuerst kann ich nicht sagen, was los ist, aber dann sehe ich es in einer der Kameraübertragungen.

Zwei Leichen liegen neben einem Bett.

Einer ist ein fettleibiger, dunkelhäutiger Mann, dessen nackte Masse in einer roten Lache schwimmt, und auf der anderen Seite des Bettes ist eine nackte Frau. Bei näherem Hinsehen erkenne ich, dass auch sie von Blut umgeben ist.

Sie sind beide tot.

Übelkeit steigt mir im Hals hoch, und ich lege mir die Hand über den Mund, weil ich versuche zu schweigen. Yan spricht immer noch in diesem eindringlichen Ton, und auf einer weiteren Kameraübertragung erscheinen zwei Männer in SWAT-ähnlicher Ausrüstung in einem Flur. Sie laufen schnell und tragen einen großen Mann an Armen und Beinen.

Es sind Peter und Anton, die Ilya tragen, erkenne ich mit einer Mischung aus Entsetzen und Erleichterung. Ilyas Kopf ist mit einem Kissenbezug verbunden, aber ich sehe das Blut durchsickern.

Yans Zwillingsbruder ist schwer verletzt, vielleicht sogar tot.

Ich traue mich kaum zu atmen und beiße in meine Handfläche, während ich sie um eine Ecke gehen sehe. Ein Dutzend bewaffneter Männer rennt auf einer weiteren Kameraübertragung einen anderen Flur entlang, und ich sehe den wütenden Alarm auf ihren Gesichtern, als sie über weitere Leichen stolpern. Die anderen Wachen vielleicht? Auf jeden Fall formieren sie sich schnell, während sie weiter den Gang hinuntereilen, und Yan spricht noch eindringlicher ins Mikrofon.

Peter und Anton verschwinden aus der Kameraübertragung, bevor sie einen Moment später auf einer anderen erscheinen, und ich sehe, dass sie sich einem Wohnzimmer mit einer Tür nähern, die zu einer großen Garage führt. An diesem Punkt rennen sie alle, während Ilyas Körper wie eine Hängematte zwischen ihnen hin und her schwingt, und mit einem flauen Gefühl begreife ich den Grund für ihre Eile.

Der Flur mit den bewaffneten Wachen führt zum selben Salon.

Es ist ein Rennen mit dem tödlichsten aller Einsätze – und die Wachen scheinen zu gewinnen.

Ich muss ein Geräusch von mir gegeben haben, denn Yan blickt über seine Schulter, und sein Kiefer ist angespannt, als seine Augen auf meine treffen. Er sagt allerdings nichts, sondern dreht sich nur zum Computer zurück, und ich schaue weiter zu, da ich nicht imstande bin, die Augen von dem Horror abzuwenden, der sich auf der anderen Seite der Welt abspielt.

Auf der Drohnenaufzeichnung durchbrechen zwei Explosionen ein kleines Gebäude neben dem Haupthaus, und die Wachen halten an, bevor sie sich in zwei Gruppen aufteilen. Eine Gruppe eilt weiterhin in Richtung Salon, während einige Wachen zurücklaufen – zu den Bomben, die das Team als Ablenkung eingesetzt haben muss.

Dennoch reicht die Verzögerung nicht aus. Die Wachen kommen ein paar Sekunden vor Peter und seinem Team zum Salon.

Die Russen scheinen bereit zu sein. Während sie rennen, schwingen sie Ilya höher, und Peter hockt sich kurz hin, um Ilyas Bauch auf seiner Schulter landen zu lassen, während Anton den bewusstlosen Mann loslässt und sein Sturmgewehr in die Hand nimmt. Peter verzieht sein Gesicht vor Anstrengung, als er sich mit Ilyas massivem Körper auf seiner Schulter aufrichtet, und ich schaue wie betäubt dabei zu, wie er weiterläuft und Ilyas Körper mit einer Hand festhält, während er mit seiner anderen eine Granate aus seiner Tasche zieht.

Mit all den Geräuschen, die durch Yans Kopfhörer ertönen, kann ich den Knall des automatischen Gewehrfeuers nicht hören, aber ich sehe, wie die Gewehrkugeln durch die Wände schießen, als die Russen in den Salon mit den Wachen platzen. Zwei Wachen werden von Antons Feuer niedergemäht, aber der Rest bringt sich hinter einer Säule in Schutz, und ich unterdrücke einen Aufschrei, als Peter stolpert und Ilya ihm beinahe von der Schulter fliegt. Im nächsten Augenblick erholt er sich aber, hält an seiner menschlichen Last fest, und ich sehe die wilde Entschlossenheit auf seinem Gesicht, als er die Granate nach oben führt und den Stift mit seinen Zähnen abreißt.

Bumm! Ein heller Blitz erscheint, und zwei Kameras werden dunkel. Ich berühre Yan nicht, aber ich fühle ihn zusammenzucken, als wäre er angeschossen worden. Ein Strom aus hektischem Russisch ergießt sich aus seinem Mund, während er auf die Tastatur einhackt, um mehr Kameraübertragungen zu bekommen, und erst als ich die Bewegung aus der Vogelperspektive der Drohne wahrnehme, atme ich durch und merke, dass ich weine und dass die Tränen eine brennende Spur auf meiner eiskalten Haut hinterlassen.

Yan muss den gleichen Hauch einer Bewegung bemerkt haben, denn er zoomt die Drohnenübertragung heran, als ein riesiger SUV durch ein sich langsam öffnendes Garagentor schnellt und dabei einen Teil des Türflügels mitnimmt, als er auf das Tor des Anwesens zuschießt.

Ein schluchzendes Zischen entweicht durch meine Zähne, und ich beiße erneut in meine Handfläche.

Mindestens einer von ihnen lebt noch, und ihm geht es gut genug, um zu fahren.

Zitternd beobachte ich, wie der Geländewagen inmitten

eines Kugelhagels durch das Eisentor schießt und dann mit zwei bewachten Geländewagen, die ihn verfolgen, eine enge Straße hinunterrast. Die Drohne folgt lange genug, um einen der Geländewagen der Verfolger zu zeigen, der von der Straße rutscht, als ob seine Reifen zerschossen wurden, aber nach ein paar Sekunden verschwinden die Autos in der Ferne und lassen die Drohne hinter sich zurück.

Yan murmelt etwas, was sich wie ein russischer Fluch anhört, und hackt wieder wütend auf der Tastatur herum. Ein neues Fenster erscheint, diesmal mit einem Audio-Feed-Diagramm, und ich merke, dass er eine Radiofrequenz einstellen muss. Eine Minute später fängt er an, in hektischem Russisch zu sprechen, und ich atme einen zitternden Atemzug aus.

Jemand in diesem Geländewagen muss noch am Leben sein.

Ist es Peter? Sind sie verletzt? Wie weit ist es bis zum Flugzeug? Lebt Ilya noch? Ist Peter verletzt?

Die Fragen drohen herauszuplatzen, aber ich grabe meine Nägel in meine Handflächen und schweige, da ich es nicht wage, Yan abzulenken, als er eine Karte hervorzieht und auf Russisch Anweisungen herausrattert. Seine Haltung ist immer noch angespannt, seine Aufmerksamkeit ist wie ein Laserfokus auf den Bildschirm gerichtet, und ich weiß, dass sie immer noch in Gefahr sind.

Wenn sie alle noch am Leben sind.

Ich atme durch und versuche, mich zu beruhigen, um die Tränen davon abzuhalten, mein eiskaltes Gesicht hinunterzulaufen, aber die Angst ist zu stark. Ich bin krank vor Angst und vergiftet von der Überdosis Adrenalin. Ich habe noch nie eine solch lähmende Sorge um einen anderen Menschen erlebt. Mein Herz schlägt heftig in meinem

Brustkorb, jeder Schlag markiert eine weitere Sekunde dieses erbärmlichen Wartens.

Mit Peter muss alles in Ordnung sein. Es muss.

Eine Minute, zwei, drei, zehn ... Ich starre auf die winzige Uhr in der Ecke des Bildschirms, während Yan schweigt und mit mir wartet.

Zwölf Minuten.

Fünfzehn.

Achtzehn.

Ich bewege mich nicht. Ich atme kaum noch.

Zwanzig.

Zweiundzwanzig.

Yans Haltung ändert sich und sieht anders aufmerksam aus. Er greift nach dem Mikrofon, spricht ein paar knappe Sätze auf Russisch, nimmt dann den Kopfhörer ab und dreht sich zu mir um.

Reste des Stresses sind immer noch in seinem Gesicht zu erkennen, aber die Anspannung, die ich vorhin sah, ist verschwunden. »Es ist vorbei«, sagt er. »Sie sind in der Luft und auf dem Weg nach Ägypten. Eine Kugel hat Ilyas Schädel gestreift, aber sie haben die Blutung gestoppt, und er ist schon kurz aufgewacht. Mit etwas Glück kommt er wieder völlig in Ordnung.«

Ich greife die Theke und bereite mich auf das Schlimmste vor. »Und Peter?«

»Blutergüsse und einige leichte Wunden, aber nicht wirklich verletzt. Das Gleiche gilt für Anton.«

Mir ist schwindelig vor Erleichterung, als ich ausatme, und die Nässe auf meinen Wangen mit meiner zitternden Hand wegwische.

Peter lebt.

Mit Blutergüssen und leichten Wunden, aber am Leben.

Ich will auf den Boden sinken, da der post-adrenaline Einbruch mich wie eine Kugel getroffen hat, aber ich halte mich am Tresen fest und zwinge mein überladenes Gehirn, zu funktionieren. »Also warum ...« Ich räuspere mich und verjage die Heiserkeit aus meiner Stimme. »Warum fliegen sie nach Ägypten?«

»Ilya braucht immer noch medizinische Hilfe, und dort gibt es eine Klinik«, erklärt mir Yan, bevor er mich eindringlich anstarrt.

»Was?« frage ich, und mein Herzschlag beschleunigt sich.

»Du bist eine Ärztin«, sagt er und legt seinen Kopf auf die Seite. »Das bist du doch, oder nicht?«

»Ich ... ja.« Weiß er das nicht? »Ich bin eine Gynäkologin.«

»Weißt du, wie man eine Wunde näht?«

Ich fange an zu verstehen, worauf er hinauswill. »Ja, natürlich. Ich habe während meiner Assistenzzeit auch Schichten in der Notaufnahme gemacht, aber ...«

»Warte mal.« Er dreht sich zum Laptop und setzt den Kopfhörer auf.

»Warte, Yan. Er braucht ein Krankenhaus«, protestiere ich, aber er spricht bereits auf Russisch in das Mikrofon.

Frustriert warte ich darauf, dass er sein Gespräch beendet, und als er sich mir wieder zuwendet, sage ich ihm fest: »Das ist eine schlechte Idee. Dein Bruder könnte eine Gehirnerschütterung oder innere Blutungen haben. Er braucht einen CT-Scan, Antibiotika, richtige medizinische Ausrüstung – er ...«

»Er hat Schlimmeres überlebt, glaub mir«, unterbricht mich Yan mit entschlossenem Gesicht. »Was er braucht, ist Ruhe und Zeit zum Heilen, und das können wir ihm in der Klinik nicht geben – nicht mit den Behörden, die den afrikanischen Kontinent nach uns durchforsten werden. Wir haben Antibiotika und medizinische Grundversorgung hier – wir haben das immer in allen unseren sicheren Verstecken –, und jetzt haben wir auch einen Arzt.«

Ich runzele die Stirn. »Nein, hör zu. Es ist noch nicht …«

»Du solltest schlafen, Sara«, rät mir Yan und greift nach seinem Kopfhörer. »Du siehst müde aus, und wir brauchen dich frisch und ausgeruht, wenn sie landen.«

28

*P*eter

Sara steht am Hubschrauberlandeplatz, als wir landen, und ihre schlanke Gestalt ist klein und zerbrechlich neben Yans solider Statur. Meine Brust zieht sich bei dem Anblick zusammen, da meine Sehnsucht nach ihr schmerzhaft scharf ist, und ich muss mich zurückhalten, sie nicht einfach in meine Arme zu schließen, sobald unser Hubschrauber den Boden berührt. Stattdessen ist das Erste, was ich mache, nachdem ich aus dem Hubschrauber gesprungen bin, Ilya zu helfen. Die Wunde, wo die Kugel seinen Schädel gestreift hat, blutet nicht mehr, aber er ist immer noch schwach vom Blutverlust und mehr als ein wenig mitgenommen.

Hätte die Geliebte des Bankiers etwas anderes als einen perlenbestückten Revolver des Kalibers 22 benutzt und besser gezielt, würden wir ihn in einem Leichensack nach Hause bringen.

Meine überanstrengten Schultern brennen, und meine gequetschten Rippen schmerzen, als Ilya sich auf mich stützt – meine kugelsichere Weste hielt während unserer Flucht zwei Kugeln auf –, aber ich beschwere mich nicht. Ich habe Glück gehabt. Fuck, wir haben alle drei Glück gehabt. Die Kacke war definitiv am Dampfen, und es war spektakulär beschissen. Zwischen der Geliebten des Bankiers, die den Revolver unter der Matratze fand, und irgendeinem wachsamen Wächter, der den Schuss hörte, war unser Weg aus dem Gelände so holperig wie der Weg hinein glatt war.

Auf einer Skala von eins bis zehn bekommt dieser Job eine sieben – nicht so schlimm wie einige, aber definitiv schlimmer als andere.

»Hier, ich habe ihn«, sagt Yan, und stellt sich neben mich, um Ilya zu stützen, und ich gehe beiseite und lasse ihn seinem Bruder helfen. Anton steigt hinter uns aus dem Hubschrauber, aber ich kümmere mich nicht um ihn. Er hat sich Splitter von der Granate in Arm und Schulter eingefangen, aber ich weiß, dass er gesund werden wird. Stattdessen konzentriere ich mich auf die eine Person, ohne die ich nicht leben kann.

Sara.

Meinen wunderschönen kleinen Singvogel.

Der Wind bläst ihr das kastanienbraune Haar ins Gesicht, und die Sonne hebt die Rotnuancen in den satten braunen Wellen hervor. Ihr Blick ist ernst, als sie mich anblickt, aber ihr Gesicht völlig ausdruckslos. Dennoch spüre ich ihre Sehnsucht, spüre sie tief in mir.

Sie gibt es vielleicht nicht zu, aber sie braucht mich.

Sie spürt unsere Verbindung ebenfalls.

Fünf große Schritte, und ich hebe sie hoch und nehme sie in meine Arme, während ich ihren Mund mit meinem zermalme. Hinter uns lässt Anton ein tiefes Pfeifen verlauten, aber ich blende ihn aus. Es ist mir scheißegal, was die Jungs denken, egal, ob sie meine Schwäche sehen. Nichts zählt außer der Art und Weise, wie sich ihre schlanken Arme um mich legen, und das süße, heiße Brennen, das ich spüre, wenn ich ihre Lippen schmecke. Der minzige Geschmack ihres Atems, das feuchte Gleiten ihrer Zunge, ihr warmer Sara-Geruch – ich absorbiere alles, fülle die Leere in mir und schiebe die Dunkelheit meiner Welt beiseite.

Ich verdiene sie nicht, aber ich habe sie.

Sie ist die meine, die ich lieben und schätzen und halten kann.

Ich weiß nicht, wie lange ich sie noch küsse, aber als ich den Kopf hebe, betreten die anderen schon das Haus. Widerwillig stelle ich Sara auf ihre Füße, aber ich kann mich nicht dazu bringen, sie loszulassen.

»Hast du mich vermisst, Ptichka?«, frage ich leise, und meine Hände ruhen auf ihrer schlanken Taille. »Hast du dir Sorgen gemacht, als ich weg war?«

Die Sonne bringt die grünlichen Flecken in ihren weichen haselnussbraunen Augen zum Vorschein und betont den Aufruhr in ihnen. »Ich ...« Sie leckt ihre vom Kuss geschwollenen Lippen. »Ich wollte nicht, dass du stirbst.«

»Das hast du schon gesagt. Aber hast du mich vermisst?«

Sie wirft mir einen gequälten Blick zu, dann drückt sie gegen meine Brust und befreit sich aus meinem Griff. »Ich muss gehen«, sagt sie entschlossen. »Ilyas Kopf wird sich nicht von selbst nähen.«

Sie dreht sich um, rennt ins Haus, und ich folge ihr enttäuscht und ermutigt.

Sie ist noch nicht bereit, es zuzugeben, aber früher oder später werde ich sie brechen.

Ich werde sie dazu bringen, mich zu lieben, egal, was es kostet.

SARA FOLGT DEN IVANOV-ZWILLINGEN IN ILYAS ZIMMER, UND ich gehe in unser Schlafzimmer, um zu duschen, bevor ich zusammenklappe. Ich habe mich im Flugzeug gewaschen, aber ich verspüre immer noch den Drang, die Gewalt und den Tod abzuscheuern.

Ich will nicht, dass die Hässlichkeit meiner Welt Sara irgendwie beschmutzt.

Ich brauche mehr als zwanzig Minuten, um zu duschen und mich umzuziehen – mit dem nachlassenden betäubenden Effekt des Adrenalins protestieren meine schmerzenden Muskeln und gequetschten Rippen bei jeder Bewegung – und als ich in Ilyas Zimmer ankomme, ist Sara schon halb fertig mit dem Nähen. Ich halte in der Tür inne und beobachte ihre Arbeit, genieße das kleine konzentrierte Stirnrunzeln auf ihrem Gesicht. Ich hatte Kameras in ihrer Praxis im Krankenhaus installiert, also bin ich mit diesem Ausdruck vertraut. Sie hatte diesen Ausdruck oft, wenn sie Notizen von ihren Patienten machte oder eine neue Studie las, die auf ihrem Gebiet herausgekommen war.

»Gib mir den Verbandmull«, sagt sie zu Yan, als sie fertig ist, und ich grinse über ihren autoritären Ton. Mein kleiner Vogel ist in seinem Element, und zum ersten Mal seit Wochen sehe ich einen Hauch ihres früheren Funkelns. Yan hatte recht, das vorzuschlagen; es ist für uns nicht nur unendlich viel sicherer, wenn Sara sich um Ilyas Wunde kümmert, sondern es ist auch gut für ihre Stimmung.

Ihre Bewegungen sind schnell und effizient, als sie Ilyas Kopf bandagiert, und mein Teamkollege schließt seine Augen und sieht glücklich aus, da die Schmerzmittel, die wir ihm vorher gegeben haben, wirken.

»Irgendwelche anderen Verletzungen?«, fragt Sara und schaut über ihre Schulter zu mir und Yan.

»Ich glaube nicht, aber ich schau mal nach«, sagt Yan. »Ich weiß, dass Anton sich einen kleinen Splitter eingefangen hat, also willst du ihn dir vielleicht ansehen. Ich glaube, er ist auf seinem Zimmer.«

Sie nickt und steht auf. »Was ist mit dir, Peter?«

Ich will ihre Hände auf mir haben, also zucke ich mit den Achseln und zucke durch die Bewegung sofort zusammen. »Nur ein paar Kratzer und Prellungen«, sage ich und gebe mein Bestes, um tapfer, aber schmerzerfüllt zu klingen.

Yan, der mich mit gebrochenen Knochen herumlaufen sehen hat, ohne dass ich einen Ton von mir gab, wirft mir einen »Machst du Witze?«-Blick zu, ist aber klug genug, nichts zu sagen, als Sara stirnrunzelnd zu mir kommt.

»Zeig her«, befiehlt sie und greift nach meinem Hemd, aber ich fange ihre schmalen Handgelenke ein, bevor sie eine Untersuchung beginnen kann.

»Wie wäre es, wenn wir auf unser Zimmer gehen, damit ich mich hinsetzen kann?«, schlage ich vor, und ignoriere Yan, der mit den Augen rollt. »Wir werden es dort bequemer haben.«

Sara runzelt ihre Stirn, während sie über meinen Vorschlag nachdenkt. »Ich muss Anton noch untersuchen. Hier, setz dich ...« Sie zieht ihre Handgelenke aus meinem Griff, greift nach meiner Hand und führt mich zu einem Stuhl in der Ecke, als Yan – dieser lusttötende Bastard – leise lacht.

»Lass mich mal sehen«, sagt Sara, und zieht mir geschickt das Hemd über den Kopf, und ich zucke wirklich zusammen, als die Bewegung an meiner wunden Schulter zerrt.

Es lohnt sich aber alles, denn im nächsten Moment drücken sich Saras kühle und sanfte Hände auf meinen Rumpf und tasten vorsichtig jede Rippe nach Brüchen ab. Ihre Berührung sollte wehtun, aber als ihre zarten Finger über meine blauen Flecken gleiten, fühle ich nur Wärme, vermischt mit einer schmerzenden Enge in meiner Leistengegend.

»Tut das weh?«, murmelt sie, als ihre Hände sich bis zu meiner Schulter bewegen, und ich schüttele meinen Kopf, da ich fasziniert von den grünen Flecken in ihren weichen, haselnussbraunen Augen bin.

»Es ist einfach ...«, ich räuspere mich, »nur Muskelkater, denke ich.«

»Hmm.« Vorsichtig hebt sie meinen Arm und bewegt ihn in kreisenden Bewegungen. »Das hier tut auch nicht weh?«

»Nein.« Ich atme tief ein und inhaliere ihren süßen Duft. »Nur ein bisschen Muskelkater.«

»Okay.« Sie senkt sanft meinen Arm und tritt zu meiner Enttäuschung zurück. »Sieht so aus, als hättest du recht – es sind nur ein paar Blutergüsse.«

»Ich habe auch einen zerkratzten Rücken«, sage ich und drehe mich um, um ihn ihr zu zeigen. »Vielleicht muss er bandagiert werden.«

Sara beugt sich nach vorn, und ihre Hände tasten meine Schultern ab, bevor sie sich zur Rückenmitte bewegen, wo ich das schwache Stechen spüre.

»Das?«, fragt sie und berührt die verletzte Stelle leicht, und ich nicke, obwohl der Schmerz kaum spürbar ist.

»Es sieht so aus, als ob er schon heilt, also ist kein Verband mehr nötig«, sagt Sara, als ich mich wieder umdrehe, um ihr ins Gesicht zu sehen. »Ich nehme an, jemand hat es schon sauber gemacht?«

»Anton hat das im Flugzeug gemacht«, gebe ich widerwillig zu. Ausnahmsweise wünschte ich mir, dass mein Team nicht so gut in erster Hilfe ausgebildet wäre. »Bist du sicher, dass du ihn nicht verbinden musst?«

»Nein. Er wird so besser heilen. Sonst noch etwas?«

Ich hebe meine Hände, um ihr die Kratzer auf meinen Handflächen zu zeigen, und Yan bricht in Lachen aus.

»Was soll sie damit machen? Einen Kuss drauf, und alles wird besser?«, fragt er auf Russisch und ignoriert meinen wütenden Blick. »Ernsthaft, Mann, wenn du Doktor-Patienten-Spiele spielen möchtest, tu es später. Lass sie erst die wirklichen Wunden behandeln.«

Sara schaut uns stirnrunzelnd an, und fragt Yan: »Was hast du gerade gesagt?«

»Ich habe ihm gesagt, dass Anton deine Aufmerksamkeit braucht«, antwortet Yan und grinst immer noch. »Und dass er dich nicht mit seinen perversen Sexspielchen aufhalten sollte.«

Saras Gesicht errötet, sie dreht sich um und schnappt sich den Erste-Hilfe-Koffer, um den Verbandmull und andere Vorräte wieder hineinzustopfen. »Ich werde jetzt einen Blick auf Anton werfen gehen«, sagt sie steif und eilt aus dem Zimmer, ohne einen von uns beiden anzuschauen.

Ich stehe auf und ziehe mein Hemd an. »Ich werde dir morgen beim Training dein dreckiges Gesicht in den Schädel schlagen«, sage ich grimmig zu Yan. »Sobald ich geschlafen habe, wirst du deine eigenen Zähne essen.«

Das Arschloch lacht nur, als ich aus dem Zimmer stampfe und Sara folge, und selbst Ilya scheint ein Lächeln auf seinem Gesicht zu haben, als ich laut die Tür hinter mir zuschlage.

Anton sollte Saras Untersuchung besser nicht so sehr genießen, wie ich es gerade getan habe.

Ich bringe den Wichser um, wenn er das tut.

29

S*ara*

ANTON HAT EIN PAAR SCHNITTWUNDEN UND LEICHTE Stichwunden, wo er Granatsplitter an seinen Armen abbekam, aber sonst geht es ihm gut. Ich wechsle seine Verbände, als Peter von der anderen Seite des Zimmers mit finsterem Blick zuschaut, und gebe Anton einige Anweisungen, wie er die Wunden behandeln soll. Nicht, dass Peters Teamkollege sie braucht; von dem, was ich sagen kann, sind diese Männer Profis bei der Behandlung einfacher Verletzungen.

»Danke, Dr. Cobakis«, sagt er, als ich fertig bin, und ich lächle ihn an.

Selbst angsteinflößend aussehende bärtige Mörder scheinen den Arztberuf zu respektieren – zumindest, wenn sie verletzt sind.

Peter sagt etwas scharf auf Russisch und durchquert den Raum, um sich neben mich zu stellen. »Alles fertig?«, fragt er gereizt, während er mich anschaut, und ich runzele meine Stirn genauso, wie er es gerade tut.

»Ja, vorerst.« Ich habe keine Ahnung, was sein Problem ist, aber er benimmt sich wie ein Bär mit einem Dorn in der Pfote, seit er den Raum betrat.

Wenn es nicht so lächerlich wäre, würde ich denken, dass er eifersüchtig auf die Behandlung seines verletzten Freundes ist.

»Dann lass uns gehen.« Er ergreift meine Hand, führt mich hinaus, und mein Puls schnellt in die Höhe, als ich merke, dass er mich auf unser Zimmer bringt.

»Peter ...« Ich fühle, dass ich außer Atem komme, als ich mit seinen langen Schritten mithalten will. »Was tust du? Du musst dich ausruhen.«

Er wirft mir einen kurzen Blick zu, aber hört nicht auf. Sein Kiefer ist fest angespannt, und sein Griff ist so hart, dass er fast schmerzhaft ist. Mich hinter sich herziehend, betritt er unser Zimmer und schließt entschlossen die Tür hinter uns.

»Peter ...« Ich ziehe mich etwas zurück, sobald er meine Hand loslässt. »Du bist verletzt. Ich weiß nicht, was du dir dabei denkst, aber du musst ...«

Meine Worte enden mit einem Keuchen, weil Peter zu mir kommt, den Abstand zwischen uns mit einigen entschiedenen Schritten zurücklegt und mich an seine Brust drückt. Drei Sekunden später finde ich mich auf dem Bett, mit zweihundert Pfund wütendem, erregtem Mann auf mir wieder.

»Was machst ...«

Sein Mund legt sich hart und hungrig über den meinen, und seine Hände, die an meinen Kleidern zerren, zerreißen mein Oberteil buchstäblich in zwei Hälften. Ich spanne mich an, weil mich die Gewalt erschrickt, aber er hört nicht auf, sondern zieht meine Jeans mit rauen, ruckartigen Bewegungen an meinen Beinen herunter, während er mich mit seinem brutalen Kuss verschlingt. Als er meine Unterwäsche herunterzieht, denke ich kurz an die Bettwäsche und meine blutige Binde, aber seine Finger verschlingen sich mit meinen, halten meine Hände über meinen Kopf, und ich vergesse alles, da ich von dem wilden Sturm seiner Lust davongetragen werde.

Es ist überwältigend, sogar beängstigend, aber das Verlangen ist immer noch da und lauert unter der Angst. Meine Muskeln spannen sich instinktiv fest an, selbst als warme Feuchtigkeit mein Geschlecht überzieht, da die Anspannung meine Erregung steigert. Ich brenne für ihn, ich sehne mich nach der Gefahr und der Rauheit, und als er in mich eintaucht, schreie ich schockiert von dem dunklen Vergnügen und dem stechenden Schmerz auf.

Dann hält er inne, hebt seinen Kopf an, um meinem Blick zu begegnen, und ich erinnere mich an unser erstes Mal, an die Art, wie er mich nahm, als er die Kontrolle verlor. Er hat mir damals auch wehgetan, aber im Gegensatz zu damals gibt es heute keinen Hass in meinem Herzen, keine Bitterkeit oder ein erstickendes Schamgefühl. Der Schmerz fühlt sich gut an, stößt die Überreste meiner Sorgen weg und erinnert mich daran, dass er noch am Leben ist.

Erinnert uns beide daran, dass wir noch am Leben sind.

»Sara ...« Mein Name ist ein heiseres Ausatmen auf seinen Lippen, sein geschmolzener silberner Blick hält mich gefangen, selbst als er in mich hineinstößt und sein dicker Schwanz meine inneren Wände ausdehnt, mich bis zum Äußersten ausfüllt, bis ich Schmerzen habe. »Ptichka, ich brauche dich so sehr ...«

»Und ich brauche dich.« Die Worte fühlen sich an, als kämen sie aus dem Innersten meines Wesens, als seien sie von dem unmöglichen Feuer losgelöst worden, das in meinen Adern brennt. Ich kann nicht mehr dagegen ankämpfen, ich kann nicht so tun, als würde ich diesen schönen, tödlichen Mann hassen. Es ist weder Liebe zwischen uns noch etwas, was einer Freundschaft ähnelt, aber unsere Verbindung ist unbestreitbar, diese Chemie bis in unser Knochenmark bindet uns in Spiralen dunklen Verlangens und gewalttätiger Anziehungskraft zusammen. Ich will das von ihm: die Rauheit und Zärtlichkeit, die Angst und die alles verzehrende Hitze.

Er ist alles, von dem ich nie wusste, dass ich es brauchte, und als sich seine Augen bei meinem Zugeständnis verdunkeln, begreife ich, was das bedeutet.

Ich *gehöre* ihm, so schrecklich dieser Gedanke auch sein mag.

Ich schließe die Augen, schlinge meine Beine um seine Hüften, um ihn noch tiefer in mich aufzunehmen, und als er anfängt, zuzustoßen, sein muskulöser Hintern sich unter meinen Waden anspannt, gebe ich dem Unvermeidlichen nach.

Ich gebe ihm nach.

TEIL III

3 0

ara

ALS DER ZWEITE MONAT MEINER GEFANGENSCHAFT IN DEN
dritten übergeht, nimmt meine Verbitterung langsam ab, die
verzweifelte Sehnsucht nach meinem alten Leben verwandelt
sich in eine Art bittersüßen Schmerz. Ich suche weiterhin nach
Möglichkeiten, zu entkommen, aber immer ist jemand im Haus
und beobachtet mich, und während die Tage vergehen, höre ich
auf, mir Gedanken über eine unmögliche Flucht zu machen
und fange an, einige Teile meiner gemächlichen Routine zu
genießen. Das warme Wetter hilft dabei – wir haben jetzt den
heißesten Monat des Sommers und man kann viel mehr
draußen unternehmen – und auch die Tatsache, dass Peter
außer ein paar Flügen zur Aufstockung des Proviants so
ziemlich seine ganze Zeit mit mir verbracht hat.

»Du hattest schon lange keinen Job mehr«, bemerke ich, als wir zu dem Gebirgsbach gehen, in dem wir immer an besonders warmen Tag schwimmen gehen. »Ist es wegen dem, was Ilya das letzte Mal passiert ist, oder bekommst du nicht so oft Kunden?«

»Wir werden die ganze Zeit über kontaktiert, aber wir sind sehr selektiv bei den Jobs, die wir annehmen«, sagt Peter und hebt einen tief hängenden Ast an, um mich darunter hindurchgehen zu lassen. »Das Risiko-Ertrags-Verhältnis muss allerdings gerade jetzt stimmen.«

Er sagt nicht, warum, das muss er aber auch nicht. Nach dem, was er mir erzählt hat, und dem, was ich in den kurzen Gesprächen mit meinen Eltern erfahren habe, intensivieren die Behörden ihre Fahndung und werfen alle ihre Ressourcen auf das Problem Peter. Teilweise liegt es an meinem Verschwinden; trotz meiner Anrufe zweimal pro Woche sind meine Eltern davon überzeugt, dass ich in Gefahr bin, und verbringen ihre Zeit damit, das FBI wegen Updates zu belästigen. Aber das Hauptthema ist die letzte Zielperson auf Peters Liste, ein ehemaliger US-General, der sich auf seine eigene Weise als ebenso schwer auffindbar erweist wie Peter und sein Team.

»Wally Henderson hat sehr gute Kontakte«, hat Peter mir vor ein paar Wochen erklärt. »Er hat lange vor den anderen auf der Liste Wind von dem bekommen, was vor sich geht, und er hat ein Verschwinden inszeniert, auf das Houdini neidisch wäre. Bis jetzt hat jede Spur, die unsere Hacker verfolgt haben, genau nirgendwohin geführt. Soweit wir wissen, hat er zu niemandem aus seinem früheren Leben Kontakt – weder zu Freunden noch zu Kollegen oder entfernten Verwandten –, und er hat auch keinen einzigen Fehler gemacht. Keine Spuren seiner Teenager in sozialen Netzwerken, keine Benutzung von

Kreditkarten, nichts. Vieles über seinen Hintergrund ist geheim, aber Gerüchte besagen, dass er irgendwann ein CIA-Agent war, wahrscheinlich ein Agent im Objekt, der sehr verdeckt arbeitete. Und obwohl wir nicht herausfinden konnten, wie er es macht, scheint es so, als ob er die Behörden unter Druck gesetzt hat, sein Versteck unter allen Umständen geheim zu halten.

»Denkst du, er weiß, dass er der letzte Name auf deiner Liste ist?«, fragte ich.

»Ich bin mir sicher, dass er das tut«, antwortet Peter. »Wie gesagt, hat er Verbindungen, nicht nur nach Washington D. C. Er kennt jeden in der internationalen Geheimdienst-gemeinschaft, und das nutzt er, um die Suche nach mir so hochrangig wie die nach den IS-Anführern zu machen.«

Ich habe versucht, nicht über die Auswirkungen nachzudenken, aber es ist unmöglich. Ich kann meine Sorgen um Peter nicht vergessen. Eigentlich sollte ich den General anfeuern und hoffen, dass die Behörden meinen Entführer finden und mich befreien, aber das rationale Denken scheint mir dieser Tage nicht zu liegen.

»Warum hörst du nicht mit diesen Jobs auf?«, frage ich, als wir uns dem Strom nähern. »Du musst schon genug Geld haben.«

Peter wirft mir einen schrägen Blick zu. »Auf der Flucht gibt es nicht genug Geld«, sagt er und zieht sein T-Shirt aus, wobei er einen kräftigen, muskulösen Oberkörper freilegt. »Privatflugzeuge und Hubschrauber sind nicht billig.«

Ich schaue weg, um nicht zu erröten, als er seine Shorts auszieht – er trägt nichts darunter –, und in den Bach watet, nachdem er seine Stiefel ausgezogen hat. Ich sehe ihn dauernd nackt, aber das mindert die Wirkung seines straffen und muskulösen Körpers auf meine Sinne nicht. Die Natur hat meinen Entführer mit einer perfekt proportionierten männlichen Figur gesegnet – breite Schultern, schmale Hüften, lange, kräftige Gliedmaßen – und ein intensives militärisches Training haben ihm einen Körper verliehen, um den ihn olympische Athleten beneiden würden. Aber es ist nicht sein Aussehen, das –meine Adern mit flüssiger Hitze füllt; es ist das Wissen, dass das dunkle Feuer, das immer zwischen uns schwelt, außer Kontrolle gerät, sobald ich ihn auf eine bestimmte Art und Weise ansehe und ich in seinen Armen landen und seinen Namen schreien werde, während er mich, gegen den rutschigen Felsen gelehnt, nimmt.

»Du weißt, dass du all diese Flugzeuge und Hubschrauber nicht brauchen würdest, wenn du nicht so weit weggehen würdest«, meine ich, als er sicher vom Wasser bedeckt ist. Meine Stimme ist belegter, als ich es mir gewünscht hätte, aber zumindest ist mein Gesicht nicht knallrot. »Du wärst in größerer Sicherheit und müsstest nicht ... du weißt schon.«

»Menschen töten?«, schlägt er trocken vor.

»Genau.« Ich bin damit beschäftigt, mich bis auf meinen Badeanzug auszuziehen, als Peter sich umdreht, um sich auf seinem Rücken treiben zu lassen und dabei seine Arme nur leicht bewegt, um die Strömung auszugleichen. Ich mag es nicht, an die grausame Realität von Peters Beruf zu denken, jedenfalls nicht tiefergehend. Ich bin mir natürlich bewusst, dass er ein Mörder ist, aber solange ich nicht darüber nachdenke, ist es mehr ein abstraktes Konzept als etwas, was ständig in meinem Kopf herumspukt.

Heute kann ich es allerdings nicht aus meinen Gedanken verdrängen, und als ich in den tieferen Teil des Baches neben

Peter hineinwate, frage ich ihn auf einmal: »Gefällt es dir? Tust du es deshalb?«

Ich erwarte von ihm, dass er es leugnet, die Notwendigkeit oder Erziehung als treibende Kraft hinter seiner Berufswahl aufzählt, aber er kommt mit dem Oberkörper nach oben, um mich anzusehen, und ein dunkles Lächeln umspielt seine Lippen, als er antwortet: »Natürlich tue ich das, Ptichka. Hast du etwas anderes gedacht?«

Ich starre ihn an, und meine Haut überzieht sich mit Gänsehaut, als die Strömung um mich herumfließt und das Wasser mir bis zur Brust geht. Der Bach, der bis eben noch erfrischend war, fühlt sich jetzt wie flüssiges Eis an, so kalt wie der Sturm, in dem wir gefangen waren. »Du magst es, zu töten?«

Er nickt, seine Augen leuchten im hellen Sonnenlicht silberfarben. »Der Tod, genau wie das Leben, hat seinen eigenen Reiz«, sagt er leise und tritt näher heran, um mich gegen seinen großen, warmen Körper zu ziehen. »Es ist eine dunkle Anziehungskraft, aber sie ist da, und jeder Soldat weiß das. Als Arzt musst du das manchmal gesehen haben: die Art, wie sich der Schmerz in glückseliges Nichts verwandelt, Leid in den Frieden des Nichtexistierens. Der Tod beendet alle Kämpfe, heilt alle Schmerzen. Und den Tod bringen ... es gibt nichts Vergleichbares. Du spürst es: deine eigene Verletzlichkeit und die von allem, was dich umgibt, aber auch die Macht. Die Kontrolle. Sie macht süchtig, wenn man sie einmal verspürt hat ... wenn man einmal das Leben von jemandem in den Händen gehalten und es absichtlich ausgelöscht hat.«

Seine Worte überfluten mich wie eine dunkle Welle, schrecklich und faszinierend zugleich. Ich habe etwas von dem gesehen, über das er spricht, habe sogar die Macht verspürt, die er beschreibt. Nur bei mir war es, als ich ein Leben rettete und nicht eins nahm. Ich kann mir nicht vorstellen, wie viel mangelndes Einfühlungsvermögen nötig ist, um diese Macht zu nutzen, um zu zerstören, anstatt zu heilen, um jemanden seiner Existenz zu berauben.

Ich hatte recht, ihn für ein Monster zu halten. Er *ist* eins, trotzdem stößt diese Erkenntnis mich nicht ab, wie sie sollte. Sein Eingeständnis, so entsetzlich es auch ist, vermindert nicht die Hitze, die in mir aufsteigt, als er meinen Unterkörper gegen seinen drückt, eine Hand auf meine Hüfte legt und die andere nach oben führt, um sie um mein Gesicht zu legen. Er ist schon erregt, seine Erektion stößt hart gegen meinen Bauch, und als er sich vorbeugt und seine Lippen hungrig auf die meinen drückt, schließe ich die Augen und schlinge meine Arme um seinen muskulösen Hals, um die Kälte der Erkenntnis, was er ist, von seiner Berührung verbrennen zu lassen.

Ich gehe mit dem Teufel ins Bett, und in diesem Moment würde ich nichts lieber tun.

DIESEM ABEND ESSEN WIR ALLE FÜNF ZUSAMMEN ZU ABEND, UND wie es seit dem Nigeria-Job der Fall ist, unterhalten sich Peters Männer während des Essens mit mir und erzählen mir eine Menge amüsanter Geschichten über Russland und einige der ehemaligen Sowjetrepubliken. Ich fühle mich immer noch nicht hundertprozentig wohl in der Nähe der Söldner – ich weiß sehr wohl, dass sie mich oder irgendjemanden ohne zu zögern umbringen würden, würde Peter es befehlen –, aber erfahre ich etwas über die Bräuche des Landes meines Entführers – sie ziehen sich aus Höflichkeit die Schuhe aus, wenn sie eine Wohnung betreten – und lerne sogar ein paar Worte Russisch.

»Vkusno. V-koos-nah.« Ilya wiederholt das Wort für mich langsam und spricht das »V« so wie ein »F« aus. »Das bedeutet köstlich – oder lecker. Also wenn du Peter sagen willst, dass dir etwas gefällt, kannst du auf das Gericht zeigen und sagen: ›Vkusno.‹«

»Vikusno«, versuche ich es und zeige auf das Brathähnchen, das Peter zubereitet hat. »Fi-koos-nah.«

»Da ist kein ›i‹ drin«, sagt Yan und sieht amüsiert aus. »Und betone den ersten Konsonanten nicht so sehr.« Sag es einfach schnell, ohne es in drei Silben zu zerlegen. *Vkusno.* Versuche es.«

»Vkusno«, spreche ich ihm so gut ich kann nach, und alle Jungs, einschließlich Peter, lachen.

»Das ist ziemlich gut, Ptichka«, sagt er und schneidet mehr von dem Huhn für mich ab. »Vielleicht wirst du dank ihnen eines Tages Russisch sprechen können.«

Ich grinse ihn eigenartig erfreut an, und als er mich nach dem Essen bittet, für sie zu singen, was er oft erfolglos tut, willige ich ein und singe eines meiner Lieblingslieder von Beyoncé, das ich im Tonstudio, das er für mich eingerichtet hat, geübt habe. Peters Männer hören mit offenen Mündern zu, und als ich fertig bin, klatschen und jubeln sie so heftig, dass das Geschirr auf dem Tisch klappert.

Es ist der beste Abend, den ich seit Monaten hatte, und als Peter mich nach oben führt, umarme ich ihn freiwillig, ja sogar sehr gern. Wir lieben uns, und danach denke ich nicht mehr an George und die Tatsache, dass ich mit seinem Mörder schlafe. Ich denke nicht einmal an meine Eltern.

In dieser Nacht gehöre ich zu Peter und niemand anderem.

S*ara*

AM NÄCHSTEN MORGEN KÄMPFE ICH WIEDER GEGEN MEINE Gefühle für meinen Entführer an, aber im Laufe der kommenden Tage weiß ich, dass ich die Schlacht verlieren werde. Er zermürbt mich, lässt mich vergessen, warum ich überhaupt versuche, ihm zu widerstehen. Er hat mir, seit wir hier angekommen sind, nicht gesagt, dass er mich liebt – wahrscheinlich, weil ich ihm die Worte ins Gesicht geworfen habe, als wir ankamen –, aber ich kann nicht leugnen, dass Peter mir auf seine eigene verdrehte Art und Weise zeigt, dass ich ihm wichtig bin.

Es ist in der Art und Weise, wie er mich ansieht, wie er mich berührt und umarmt. Selbst wenn unser Sex rau ist und mit einem dunklen Einschlag, der mir manchmal immer noch

Angst macht, beruhigt er mich immer wieder, streichelt und umarmt mich, bis ich mich sicher und warm fühle, geliebt und angebetet. Seine Macht über mich ist absolut, und darin ist etwas pervers Beruhigendes, etwas, was einen Teil von mir anspricht, von dem ich nie wusste, dass ich ihn besaß.

Ich war mit meinem Sexleben mit George nicht unzufrieden. Im Laufe der Jahre lernten wir den Körper des anderen kennen und wussten genau, was zu tun war, um uns gegenseitig kommen zu lassen. Bevor er anfing zu trinken, hatten wir regelmäßig Sex, mindestens ein- bis zweimal pro Woche, und obwohl wir nach dem ersten Jahr nicht besonders abenteuerlustig waren, spielten wir ab und zu sexy Spiele, haben sogar Spielzeug benutzt. Es war genug, dachte ich; es war, wie es sein sollte. Ich hätte nie gedacht, dass es eine so starke physische Verbindung geben könnte.

Er fickt mich so oft, dass ich an den meisten Tagen wund bin, da sein Appetit auf mich nie vergeht. Und mein Körper reagiert auf ihn, obwohl er mich oft mit seinen sexuellen Forderungen erschöpft. Ich habe noch nie jemanden gekannt, der so viel Energie hat. In den letzten Wochen haben Peter und seine Männer jeden Tag hart trainiert, stundenlang Gewichte gestemmt, sind mit steingefüllten Rucksäcken durch den Wald gerannt, haben Nahkampf ohne Waffen geübt, was so tödlich aussieht wie mit Waffen, und trotzdem findet er immer noch die Kraft, mit mir zu wandern und zu schwimmen, wenn es das Wetter erlaubt, für alle zu kochen und natürlich zwei oder dreimal am Tag Sex mit mir zu haben.

»Wirst du nie müde?«, murmele ich eines Nachts, als ich auf seiner Brust liege und mein Herz immer noch von der Intensität des Orgasmus, den ich gerade hatte, rast. Normalerweise schlafe ich gleich nach unserem abendlichen

Sex ein, aber ich habe heute Nachmittag ein wenig geschlafen, so dass ich ausnahmsweise einmal länger wach bleiben kann.

»Müde?« Er bewegt sich unter mir, um meinen Kopf bequemer auf seiner Schulter abzulegen. Seine Finger fahren langsam in mein Haar, und sein Herzschlag ist kräftig und fest an meinem Ohr. »Wovon?«

»Einfach körperlich müde«, erkläre ich ihm. »Du wirkst manchmal so unerschöpflich, wie ein Cyborg. Willst du nie einfach nur faulenzen und nichts tun? Oder irgendwann abschalten und nicht mehr mit den Jungs trainieren?«

»Ich faulenze gerade«, betont er amüsant. »Und ich muss trainieren, sonst laufen wir Gefahr, getötet zu werden.«

Ich vergrabe meine Nase an seinem Hals und atme seinen warmen, sauberen Duft ein. Mittagsschlaf oder nicht, ich werde schläfrig, das leichte Ziehen seiner Finger in meinen Haaren bewirkt in mir einen Zustand fast hypnotischer Entspannung. Ich unterdrücke ein Gähnen und murmle gegen seinen Hals: »Das habe ich nicht gemeint. Wirst du niemals einfach *müde*? Wie ein normaler Mensch? Du weißt schon, schwere Glieder, Muskelkater und keine Lust, sich zu bewegen?«

Seine mächtige Brust bewegt sich, als er lacht. »Natürlich tue ich das. Ich habe nur eine höhere Schmerztoleranz als die meisten. Sonst hätte ich nicht bis ins Erwachsenenalter überlebt.«

Er sagt es leichtfertig, sein Ton ist immer noch amüsiert, aber mein Peter-Offenbarungs-Radar geht auf höchste Alarmstufe. Er spricht selten über seine Jugend – eigentlich fast nie –, und wenn ich die Gelegenheit bekomme, etwas Neues zu lernen, bin ich sofort ganz Ohr, auch wenn mich das, was ich lerne, die meiste Zeit eher erschreckt.

»Wie war es?« frage ich, und meine Schläfrigkeit ist

plötzlich verschwunden. Als ich meinen Kopf von seiner Schulter hebe, treffe ich seinen Blick im schwachen Licht der Nachttischlampe. »Das Jugendgefängnis, in das du geschickt wurdest.«

Peters Gesicht spannt sich an, und alle Spuren von Vergnügung verschwinden, als er mich von seiner Brust schiebt, um sich mir zugewandt auf die Seite zu legen. »Wie die Hölle«, antwortet er unverblümt, während ich mir ein Kissen unter den Kopf schiebe. »Eine kalte, schmutzige Hölle, bevölkert von Dämonen in menschlicher Gestalt. Genau so, wie man sich ein Arbeitslager in Sibirien vorstellt.«

Ich erschaudere und erinnere mich an ein Buch, das ich einmal über Gefangenenlager zu Sowjetzeiten gelesen habe, und greife nach einer Decke, um die Kälte, die sich auf meiner Haut ausbreitet, abzuwehren. »War es wie ein *Gulag*?«

»Nicht wie.« Ein grimmiges Lächeln erscheint auf seinem Gesicht. »Es *war* an einem Punkt ein Arbeitslager, um Dissidenten und andere unerwünschte Personen zu bestrafen und unauffällig zu ermorden. Als die Sowjetunion auseinanderbrach, wurde der Ort einige Zeit nicht genutzt, aber dann kam jemand auf die tolle Idee, die Einrichtungen in ein Jugendstraflager umzuwandeln. Und so wurde Camp Larko geboren.«

Ich bekämpfe den Drang, von der Dunkelheit in seinen Augen wegzuschauen. »Wie lange warst du da?«

»Bis ich siebzehn Jahre alt war. Fast sechs Jahre.«

Sechs Jahre ab der Zeit, als er noch ein Kind war – fast seine ganzen Teenagerjahre. Meine Hand ballt sich unter der Decke zu einer Faust, und meine Nägel schneiden in meine Handfläche. »Warum haben sie dich dorthin geschickt? Gab es keine Alternative?«

Sein Mund zuckt bitter. »Nicht in Russland. Nicht für einen verwaisten Verbrecher wie mich.«

»Aber du warst nicht mal zwölf.« Ich kann mir nicht vorstellen, dass jemand so grausam wäre, ein Kind in die eisige Hölle zu schicken, von der ich in dem Buch gelesen habe. »Was ist mit der Schule? Was ist mit ...«

»Oh, sie haben uns Dinge gelehrt.« Seine Zähne blitzen bei einem weiteren freudlosen Lächeln auf. »Wir hatten genau zwei Stunden Unterricht pro Tag. Die anderen vierzehn waren allerdings zum Arbeiten – dafür waren wir ja da.«

Vierzehn Stunden? Für jemanden, der noch ein Kind war? Ich schlucke den Kloß, der sich in meinem Hals bildet, herunter und zwinge mich, zu fragen: »Was für Arbeit?«

»Hauptsächlich in der Mine. Auch Straßeninstandsetzung und Rohrverlegung. Ein paar Bauarbeiten auch, aber nur um unser Lager herum, um die Scheiße aus der Sowjetzeit zu reparieren, die zerfiel.«

Ich starre ihn an und weiß nicht, was ich sagen soll. Ich wusste natürlich, dass er kein leichtes Leben gehabt hatte, aber ich hätte mir das nie vorstellen können, habe nie verstanden, dass er den Großteil seiner prägenden Jahre – eine Zeit, in der andere Jungen seines Alters Videospiele spielen und ihre Eltern wegen der Ausgehzeiten herausfordern – damit verbracht hat, unter höllischen Bedingungen harte Arbeit zu verrichten.

Ich versuche, den Schmerz, der sich in meiner Brust ausbreitet, zu ignorieren und strecke mich von unter der Decke nach seinen Tattoos, die seinen linken Arm und seine Schulter bedecken, aus, um mit meinen Fingern über sie zu streichen. »Hast du sie dort bekommen?«

Peter wirft einen Blick nach unten, als ob er sich gerade daran erinnert, dass sie da sind. »Die meisten, ja«, sagt er und legt seinen anderen Arm unter seinen Kopf. »Einige habe ich später bekommen, als ich meiner Einheit beitrat.«

»Was bedeuten sie alle?«, frage ich leise, während ich die aufwändigen Motive mit den Fingern nachfahre. Das eine auf seiner Schulter ähnelt einem Vogelflügel, und ein paar weitere sehen wie dämonische Schädel aus, aber der Rest sind nur abstrakte Linien und Formen.

Peters Blick wird unleserlich. »Nichts. Es war etwas, das ich tun musste, das ist alles.«

»Das sind eine Menge Tattoos, einfach so.«

Er schweigt für ein paar Sekunden. Dann sagt er leise: »Ich hatte einen Freund in dem Lager. Andrey. Er hat sich mit diesem Zeug beschäftigt – ein echter Künstler, weißt du? Nachdem wir ein paar Jahre dort waren, ging ihm der Platz auf seiner eigenen Haut aus, also ließ ich ihn an mir üben. Jedes Mal, wenn uns etwas passierte, sei es gut oder schlecht, wollte er mit einer Tätowierung daran erinnern, und weil er so gut war, gab ich ihm freie Hand bei den Entwürfen.«

»Oh.« Fasziniert stütze ich mich auf meinem Ellenbogen ab. »Was ist mit dem Freund passiert?«

»Er ist gestorben.« Peter sagt es beiläufig, als ob es keine Rolle spiele, aber ich höre das düstere Echo von Trauer heraus, von Wut, die die Zeit nicht abkühlen konnte. Was auch immer mit seinem Freund geschehen ist, war schlimm genug gewesen, um eine Narbe zu hinterlassen ... schlimm genug, dass die Erinnerung daran jetzt noch die Macht hat, ihn zu verletzen.

»Es tut mir leid«, murmle ich, aber Peter antwortet nicht. Stattdessen greift er hinüber, um das Licht auszuschalten, bevor er mich in unsere übliche Schlafposition an sich zieht.

Ich schließe die Augen und konzentriere mich auf meine Atmung, da ich versuche, mich zu beruhigen, um einschlafen zu können, aber das ist unmöglich. Selbst die Hitze von Peters großem Körper kann die verbliebene Kälte durch seine Offenbarungen nicht vertreiben. Mein Verstand summt wie ein verwüsteter Bienenstock, die Fragen weigern sich, mich in Ruhe zu lassen. Es gibt so vieles, was ich noch nicht über den Mann weiß, der mich jede Nacht umarmt, so viele Dinge über seine Vergangenheit, die ich nicht verstehe. Alles über sein Leben in Russland ist mir fremd, so seltsam und geheimnisvoll, als käme er von einem anderen Planeten.

Schließlich kann ich es nicht mehr ertragen. Ich winde mich aus Peters Umarmung, mache die Nachttischlampe an und drehe mich auf die Seite, um ihn anzuschauen. Wie ich vermutet hatte, schläft er auch nicht, und sein silberner Blick ist von Erinnerungen überschattet, als sich unsere Blicke treffen.

»Du sagtest, du wurdest von dort direkt in deine Einheit rekrutiert«, sage ich und stütze mich wieder auf meinen Ellenbogen. »Warum? Macht man das normalerweise in Russland?«

Er blickt mich schweigend an, dreht sich dann auf den Rücken, verschränkt die Hände unter dem Kopf und starrt an die Decke. »Nein«, sagt er nach einem Moment. »Normalerweise rekrutieren sie über die Armee. Aber in diesem Fall brauchten sie jemanden mit einem bestimmten psychologischen Profil.«

Ich setzte mich hin und halte die Decke gegen meine Brust. »Was für ein Profil?«

Seine Augen bewegen sich, damit er mir in die Augen sehen kann. »Keine lästigen familiären Bindungen oder Anhang, keine Skrupel und nur ein minimales Gewissen. Aber auch jung genug, um zu dem ausgebildet und geformt zu werden, was sie brauchten.«

»Und was war das?«, frage ich, obwohl ich es vermutlich schon weiß.

Peter setzt sich auf, und sein Gesichtsausdruck ist neutral, als er sich an das Kopfteil lehnt. »Eine Waffe«, antwortet er. »Jemand, der sich vor nichts scheuen würde. Die Rebellen wurden mit jedem Jahr unbarmherziger und fanatischer, wenn du verstehst. Die Bombardierung der U-Bahn in Moskau war der letzte Tropfen, der das Fass zum Überlaufen brachte. Die russische Regierung erkannte, dass sie sich nicht auf zivilisierte, von der UNO anerkannte Methoden zur Bekämpfung des Terrorismus beschränken konnte; sie musste sie auf ihrer Ebene treffen, sie mit allen Mitteln bekämpfen. Also gründeten sie die geheime Speznas-Einheit, und als sie nicht genug ausgebildete Soldaten mit dem gewünschten Profil finden konnten, beschlossen sie, kreativ zu werden und anderswo zu suchen.«

»In Camp Larko«, sage ich, und Peter nickt, wobei seine Augen wie polierter Stahl schimmern.

»Diejenigen von uns, die es dort über einen längeren Zeitraum aushielten, waren in der Regel stark und konnten viele Stunden lang körperliche Anstrengung unter extremen Bedingungen bewältigen. Hunger, Durst, Kälte – wir konnten alles ertragen. Und wie du dir vorstellen kannst, passten viele von uns auf das Profil, das sie suchten.«

Ein Schauer tanzt über meine Haut, und ich ziehe die Decke enger um mich herum. »Warum haben sie dich den anderen vorgezogen?«, frage ich und muss mich anstrengen, meinen Ton ruhig zu halten.

Ein dunkles Lächeln umspielt seine Lippen. »Weil ich kurz vor ihrer Ankunft einen Wachmann getötet habe«, sagt er leise. »Ich verfolgte ihn im Schnee und ließ ihn seine Verbrechen zugeben, bevor ich ihn wie einen Hasen vor dem ganzen Lager ausweidete. Meine Methoden waren ... Nun, sagen wir einfach, sie waren genau das, wonach sie suchten. Anstatt für den Tod des Wächters bestraft zu werden, begann ich eine neue Karriere, die sowohl meinen Neigungen als auch meinen Fähigkeiten entsprach.«

Meine Handflächen werden dort rutschig, wo ich die Decke festhalte. »Was *waren* die Verbrechen des Wachmanns?«, frage ich, obwohl ich nicht sicher bin, ob ich es wissen will.

Die Dunkelheit in Peters Blick vertieft sich, und einen Moment lang befürchte ich, zu weit gegangen zu sein, zu viele schlechte Erinnerungen wachgerufen zu haben. Aber dann lehnt er sich zurück und sagt ruhig: »Er mochte es, Jungen bei lebendigem Leib zu kochen.«

Ich höre auf zu atmen, als mir Galle den Hals hochsteigt. »Was?«, keuche ich, als ich wieder sprechen kann.

»In den Duschen hatten wir entweder eiskaltes oder kochendes Wasser, nichts dazwischen«, sagt Peter, und sein Gesicht spannt sich an, während sein Blick abwesender wird. »Die Leitungen funktionierten nie, also haben wir Eimer benutzt, um das Wasser vor dem Waschen zu mischen. Einige Wachen bestraften uns aber, indem sie uns unter dem Wasser stehen ließen, so wie es war, eiskalt für kleine Verstöße, brühend heiß, wenn wir uns wirklich schlecht benommen hatten. Vor allem ein Wachmann mochte die Bestrafung mit dem heißen Wasser. Ich glaube, ihm ist dabei einer abgegangen. Die anderen taten es nur ein paar Sekunden lang, vielleicht höchstens eine halbe Minute, was den Jungs oberflächliche Verbrennungen bescherte. Aber dieser Wächter hat es verlängert. Eine Minute, zwei, drei, fünf ... Als Andrey auf seiner Abschussliste landete, hatte er bereits zwei

Fünfzehnjährige getötet, indem er das Fleisch von ihren Knochen gekocht hatte.«

Ich schmecke Erbrochenes in meinem Hals. »Andrey ... dein Freund Andrey?«, flüstere ich mit tauben Lippen.

»Ja.« Peters gemeißeltes Gesicht nimmt einen fast dämonisch wütenden Ausdruck an. »Andrey, der eigentlich nie in diesem Drecksloch hätte sein sollen. Mein Freund, der sich weigerte, sich von dem Wichser ficken zu lassen und stattdessen qualvoll starb.«

»Oh Gott, Peter ...« Ich presse meine zitternde Faust auf meinen Mund, dann greife ich nach seiner Hand und spüre, wie seine Finger mit kaum unterdrückter Wut zucken, während er um seine Selbstkontrolle kämpft. »Es tut mir so leid.«

Er umfasst meine Hand wie eine Rettungsleine, schließt die Augen und atmet tief ein. Als er sie wieder öffnet, ist sein Ausdruck ruhig, aber jetzt kenne ich die Tiefe des Schmerzes und der Wut, die unter dieser kontrollierten Maske lauern.

Es war falsch von mir, zu glauben, dass der Tod seiner Familie ihn zu einem Monster machte. Er war schon lange vor Daryevo eins, da die Grausamkeiten, denen er während seines lebenslangen Überlebenskampfes begegnet war, jede Fähigkeit zum Guten, die er vielleicht einmal besessen hatte, ausradiert haben. Seine frühen Opfer waren keine Engel, aber als er den dunklen Pfad der Rache gegangen war, wurde er wie sie und verletzte Unschuldige und Schuldige gleichermaßen.

Vorsichtig befreie ich meine Finger aus seinem Griff und rücke zurück in die Mitte des Bettes. »Was ist mit dem Direktor?«, frage ich und erwidere den Blick des Geiselnehmers. Mir ist bereits mehr als übel, aber ich muss wissen, wie tief der Schaden geht. »Was hat er getan, damit du ihn getötet hast?«

Peter lächelt grimmig. »Du hattest nicht genug für heute Abend? Nein? Wenn du es unbedingt wissen willst: Er mochte kleine Jungs. Je jünger, desto besser. Ich hatte Glück, denn mit elf war ich schon groß, fast so groß wie ein Teenager. Viel zu alt für ihn, als er im Waisenhaus anfing. Aber die Kleinen ... Ich lag nachts da und hörte sie in ihren Zimmern schreien und weinen, wenn er zu ihnen kam. Jede Nacht starb ich innerlich ein bisschen, weil ich nichts tun konnte, es niemandem erzählen konnte, der zuhören würde. Die Lehrer, die Polizei – sie kümmerten sich nicht darum oder wagten es nicht, hohe Wellen zu schlagen. Dieser Wichser hatte Verbindungen – verstehst du? –, kam aus einer einflussreichen Familie. Also tat niemand etwas, und dann kam ein neuer Junge, gerade mal zwei Jahre alt. Als ich ihn zu dem Kind gehen hörte, konnte ich es nicht mehr ertragen. Ich nahm eines der Küchenmesser, schlich mich von hinten an, und während er sich an dem Jungen vergriff, schnitt ich ihm die Kehle durch.«

Natürlich. Mein dunkler Ritter nimmt wieder einmal Rache. Ich schließe meine Augen gegen das heiße Brennen der Tränen, und mein Herz zerbricht für Peter und den kleinen Jungen. Ich ahnte, dass es so etwas in der Art gewesen war, aber ich hatte Angst, dass Peter selbst das Opfer gewesen war. Nicht, dass es bedeutet, dass er es nie war. Ich öffne die Augen und erwidere seinen stählernen Blick »Was ist mit dir?«, frage ich unsicher. »Wurdest du jemals ...?«

»Nein.« Seine Lippen pressen sich zusammen. »Zumindest nicht, soweit ich weiß. Ich war immer sehr gut darin, mich selbst zu verteidigen, auch als ich klein war. Ich erinnere mich allerdings nicht an viel, bevor ich drei war, also nehme ich an, dass es möglich ist – ich *war* ein hübsches Kind auf alten Fotos. Jedenfalls wusste ich schon im Kindergarten, wie ich meine

Fäuste, Zähne, Steine ... jede Art von Waffe zu benutzen hatte, die ich in die Hände bekam. Dem Typen, der etwas bei mir probiert hat, als ich fünf war, habe ich einen Finger abgebissen, und danach wurde ich meistens in Ruhe gelassen.«

Ich starre ihn an, Erleichterung kämpft mit quälendem Mitleid. Und Wut. Ich empfinde so viel Wut über die Grausamkeit der Welt, die ihn zu dem dunklen, gequälten Mann gemacht hat, der er heute ist, zu diesem skrupellosen, amoralischen Killer, der sich trotz allem nach Liebe und Familie sehnt. Hatte er Ruhe vor seinen Dämonen gefunden, als er Tamila und seinen Sohn hatte? Akzeptierte er deshalb ihre Schwangerschaft so leicht und wurde ein Ehemann und Vater, wenn er einfach hätte verschwinden können? Hatten sie ihm Teile seiner Seele zurückgegeben, die ihr brutaler Tod wieder weggerissen hat?

Wenn es so ist, ist es kein Wunder, dass ihr Verlust ihn ins Schleudern brachte – und dass Rache seine Standardantwort war.

Während meines langen Schweigens spannt sich Peters Gesicht noch mehr an; dann erscheint ein spöttisches Lächeln auf seinen Lippen. »Zu viel für dich, Ptichka? Ich schätze, ich hätte mir eine rosige Geschichte ausdenken sollen, eine voller Regenbogen, Welpen und Piñatas.«

»Nein, ich ...« Ich höre auf, da mein Hals von Gefühlen verengt wird. Ich sammle meine Fassung und versuche es noch einmal. »Ich wünschte nur, jemand wäre für dich da gewesen, so wie du für den kleinen Jungen.«

Er blinzelt langsam und schiebt sich vom Kopfteil weg. »Ich habe dir gerade gesagt, dass es mir gut ging. Ich konnte immer auf mich selbst aufpassen.«

»Ich weiß, dass du das konntest«, flüstere ich, als er nach

mir greift und mich herunterzieht, damit ich neben ihm liege, während er sich auf dem Bett streckt und das Licht ausmacht. »Aber das hättest du nicht müssen sollen, Peter. Kein Kind sollte das.«

Er antwortet nicht, aber ich weiß, dass er mich gehört hat, denn der Arm, der sich um meinen Brustkorb windet, spannt sich an, zieht mich näher, während wir im Dunklen zusammen daliegen und die Wärme des anderen spüren, Trost aus dem ständigen Schlagen unserer Herzen schöpfen.

Sara

NACH DIESER NACHT WIRD ES NOCH SCHWERER, PETERS Bemühungen zu widerstehen, sich in meinem Kopf und meinem Herzen festzusetzen. Ich weiß nicht, ob er denkt, dass mich seine Offenbarungen erschreckt haben und es wiedergutmachen will, oder ob er einfach spürt, dass meine Entschlossenheit schwankt, aber er wird mir gegenüber noch unglaublich viel aufmerksamer, verwöhnt und verhätschelt mich noch mehr.

Jeder außer mir hat seine Aufgaben im Haushalt. Peter kocht meistens, und die anderen Jungs kümmern sich um die Wäsche und halten das Haus porentief sauber. Ich helfe mit der Wäsche, also fühle ich mich nicht wie ein kompletter Faulpelz, aber Peter verlangt das nicht von mir, und abgesehen von dem einen

Mal, an dem ich den Teller geworfen habe, habe ich keinen Staubsauger in die Hand nehmen oder etwas anderes tun müssen, was ich nicht tun wollte.

Außerdem bekomme ich alles, was ich will – natürlich innerhalb der Grenzen meiner Gefangenschaft. Als ich meine Vorliebe für Seidenkissenbezüge erwähne, besorgt Peter sie innerhalb weniger Tage für mich. Wenn ich den Wunsch ausspreche, spazieren zu gehen, lässt er alles stehen und liegen und begleitet mich, da er diese Aufgabe keinem seiner Männer mehr anvertraut. Vor allem aber tut er alles, was er kann, damit ich mich nicht langweile.

Seine Idee von einem Tanzstudio ist bis jetzt eine Pleite – alles, was ich bisher in dem Raum gemacht habe, ist gelegentliches Yoga und einige Dehnübungen –, aber ich weiß die Aufnahmeausstattung zu schätzen, die er für mich besorgt hat. Sie ist so hochwertig, dass ein Profi sie benutzen könnte. Ich kann alles aufnehmen und bearbeiten, was ich will, und während ich mit den Popsongs beginne, die ich liebe, experimentiere ich schon bald mit Variationen dieser Songs und versuche sogar, ein paar eigene Stücke zu komponieren, indem ich die Texte über Musikmixe setze, die ich aus verschiedenen Liedern mache. Das Beherrschen der Software und der Geräte erfordert eine steile Lernkurve, aber ich begrüße diese Herausforderung. Es macht nicht nur Spaß, sondern verbraucht auch viel freie Zeit, und wenn ich versuche, die Worte zu finden, um das Lied zu formulieren, das sich in meinem Kopf formt, denke ich nicht über alles nach, was ich verloren habe, und auch nicht darüber, dass ich die Gefangene eines Mörders bin.

Ich konzentriere mich nur auf die Musik.

Ich habe auch angefangen, für die Jungs aufzutreten. Es ist

jetzt ein Ritual nach dem Abendessen geworden: Peter bittet mich, zur Unterhaltung von allen zu singen, und ich stimme zögernd (aber heimlich sehr begierig) zu, einen Song zu singen, wobei jeder Aufführung Warnungen vorauseilen, dass ich mich vielleicht nicht an den Text erinnere, unvorbereitet bin und so weiter. Natürlich ist es immer ein Song, den ich vorher probe, normalerweise eine Variation eines Hits, mit dem ich an diesem Tag im Tonstudio gespielt habe. Ich bin zu schüchtern, um meine eigenen Songs zu teilen, aber die Jungs sind so begeistert von meinen Interpretationen der Popmusik, dass ich mir vorstellen kann, eines Tages vielleicht eins meiner eigenen Lieder zu singen.

»Du hast eine wirklich gute Stimme«, meint Yan nach der ersten Woche zu mir, und seine kalten grünen Augen betrachten mich überrascht. »Peter hatte recht damit.«

Ich grinse ihn an – Lob von unserem Hauspsychopathen ist ein äußerst seltenes Ereignis –, und beschließe, nächstes Mal zwei Songs zu singen.

Wenn es den Jungs gefällt und mir auch, warum nicht?

Zwischen der Musik und meinen üblichen Aktivitäten mit Peter habe ich genug zu tun, um meine Tage auszufüllen, aber ich vermisse immer noch meinen alten Job. Wann immer einer der Männer verletzt wird – was mit erschreckender Häufigkeit während des täglichen Sparrings passiert –, kann ich meine medizinischen Fähigkeiten einsetzen, aber das ist nicht genug. Ich brauche die intellektuelle Stimulation meines Berufes, all das, was ich täglich durch die Behandlung unterschiedlichster Patienten und das Lesen der neuesten Studien gelernt habe. Jetzt fühle ich mich aus der Bahn geworfen, isoliert von neuen Entwicklungen auf meinem Gebiet, und als ich es Peter gegenüber während einer unserer Spaziergänge erwähne, verspricht er, etwas dagegen zu tun.

Er beginnt damit, mir von seinen Hackern alle zwei Wochen eine Zusammenstellung über die bahnbrechendsten Studien schicken zu lassen, die auf der ganzen Welt durchgeführt werden. Einiges von dem Material sind öffentlich einsehbare Studien, die in den akademischen Journalen veröffentlicht werden, die ich abonniert hatte, aber vieles scheint direkt aus den vertraulichen Archiven der Firmen zu stammen.

»Peter, das ist Wahnsinn«, sage ich, nachdem ich über eine Gentherapie gelesen habe, die Hoffnung auf eine Umkehrung des späten Brustkrebses in sich birgt. »Wie haben deine Leute davon erfahren? Das ist ein Riesending.«

»Ist es das?« Er lächelt, als er von seinem Laptop aufblickt.

Ich nicke energisch. »Wenn diese Therapie so wirksam ist, wie es die Forschungsergebnisse vermuten lassen, werden Millionen von Frauen gerettet werden. Wie haben eure Hacker das gefunden? Ich hätte damals zu Hause zumindest Gerüchte darüber hören sollen. Das ist ein Quantensprung in der Krebstherapie. Dir ist das klar, oder?«

Sein Lächeln wird breiter. »Was soll ich sagen? Unsere Jungs sind gut.«

Ich schüttele den Kopf und vergrabe mich wieder in der detaillierten Studienanalyse. Ich sollte mich schuldig fühlen, im Grunde genommen das geistige Eigentum eines Start-up-Unternehmens zu stehlen, aber ich bin zu fasziniert, um mit dem Lesen aufzuhören. Außerdem ist es ja nicht so, dass ich dieses Wissen für einen finanziellen Gewinn nutzen oder es mit jemandem teilen werde. Mein Zugang zur Außenwelt ist allein auf die Telefonate mit meinen Eltern beschränkt.

Das ist die einzige Sache, bei der Peter nicht nachgibt, egal wie sehr ich auch bettele und flehe.

»Komm schon, was würde es schon schaden, wenn ich ab und zu die Nachrichten lese?«, protestiere ich, nachdem Peter mich dabei erwischt hat, wie ich versucht habe, mich an seinem Laptop anzumelden – ein erfolgloser Versuch angesichts all seiner Passwörter und Sicherheitsvorkehrungen. »Du kannst bestimmte Websites blockieren, um zu verhindern, dass ich E-Mail-Services und Social Media nutze, wenn du möchtest. Es gibt Tausende von Apps dafür, und ...«

»Nein, Ptichka.« Sein Gesicht ist entschlossen, als er mir den Laptop wegnimmt. »Wir können nicht riskieren, dass du eine Suche durchführst, die unsere IP-Adresse dem FBI preisgibt, und auch nicht, dass du einen cleveren Weg findest, um mit ihnen in Kontakt zu treten. Jede Website hat heutzutage eine Stelle, wo man Kommentare hinterlassen kann, und du bist zu schlau, das nicht zu wissen.«

Frustriert gebe ich den Internetzugang auf und versuche, an andere Fluchtmöglichkeiten zu denken, aber mir fallen keine ein. Das Einzige, was ich versuchen könnte – meinen Eltern während unserer kurzen Telefonate eine Art kodierte Nachricht zukommen zu lassen –, ist viel zu riskant. Peter ist immer bei mir und hört auf jedes Wort, das ich sage, und ich weiß, dass er mir weiteren Kontakt mit meiner Familie verbieten würde, sollte ich unseren Aufenthaltsort auch nur andeuten. Das hat er gesagt, und ich weiß, dass er es ernst meint.

Egal, wie sehr er mich auch verwöhnt, ich vergesse nie, dass seine Besessenheit auch eine dunkle Seite hat, dass er bereit ist, alles zu tun, was nötig ist, um mich zu behalten.

Peter

ALS DIE HEIßEN TAGE DES SOMMERS IN DEN HERBST ÜBERGEHEN
und der Wald in Rot- und Gelbtönen erstrahlt, bin ich immer
mehr davon überzeugt, das Richtige getan zu haben, als ich
Sara mitgenommen habe. Trotz unseres anfänglich wackeligen
Starts fängt sie an, sich einzugewöhnen, und ich bin mir sicher,
dass sie sich eines Tages ganz auf mich einstellen und ihr neues
Leben mit mir akzeptieren und annehmen wird.

Ich liebe sie so sehr, dass es wie ein ständiger Schmerz in
meiner Brust ist, und obwohl ich weiß, dass sie nicht das
Gleiche fühlt, sehe ich manchmal einen Schimmer von
Weichheit in ihrem Blick, eine Wärme, die in mein Herz
eindringt und mir Hoffnung gibt. Als ihre Wut über die
Entführung nachlässt, streiten wir uns immer seltener, und

obwohl keiner von uns vergessen kann, wie unsere Beziehung begann, beginnt die Vergangenheit, sich entfernter anzufühlen, ihr Einfluss auf unsere Gegenwart weniger schmerzhaft und scharf zu sein.

Ich denke immer noch an Pasha und Tamila und wache in kaltem Schweiß gebadet auf, wenn ich von ihrem grausamen Tod träume. Aber die Albträume kommen nicht mehr so oft, und wenn sie es tun, ist Sara immer da. Ich kann nach ihr greifen, sie festhalten und ihr ruhiges Atmen hören, bis die Erinnerung an das entsetzliche Ereignis verblasst.

Ich kann sie auch ficken. Das ist das Einzige, was mich immer wieder beruhigt, der beste Weg, um die Dunkelheit, die mich von innen her quält, zu lindern.

»Warum willst du mir manchmal wehtun?«, murmelt sie eines nachts, nachdem ich sie geweckt habe, um sie zu nehmen, und sie so hart gefickt habe, dass wir am Ende beide wund sind. »Hast du sadistische Neigungen?«

Ich denke darüber nach, und dann schüttele ich den Kopf, obwohl sie die Geste wahrscheinlich nicht sehen kann, da das Licht aus ist. »Nicht auf sexuelle Art – zumindest nicht, bis ich dich getroffen habe.« Ich *habe* Freude am Töten und Foltern meiner Feinde verspürt, aber das war größtenteils geistig ein Weg, diesen gewalttätigen Machtrausch zu spüren und mein Gerechtigkeitsgefühl zu befriedigen. Zumindest war es so mit dem Wachmann, der Andrey in den Duschen gekocht hat, und in geringerem Maße mit den Terroristen, die ich bei der Arbeit erwischt habe. Ich hatte kein Mitleid mit ihnen; ihr Leiden machte mir eine bösartige Freude. Aber mein Schwanz wurde nie hart dadurch, anderen Schmerzen zuzufügen, und beim Sex war ich immer vorsichtig und sanft mit den Frauen, habe mein Wissen über den menschlichen

Körper dazu benutzt, Lust zu verschaffen, und keine Schmerzen.

Erst mit Sara verschmolzen diese widersprüchlichen Impulse – Bestrafung und Lust, Gewalt und Zärtlichkeit – irgendwie. Ich schätze sie, liebe sie so sehr, dass es mir wehtut, aber manchmal, wenn ich sie anfasse, kann ich mich nicht beherrschen, kann nicht gegen den Drang ankämpfen, sie dafür zu bestrafen, dass sie ist, was sie ist.

Dass sie meinem Feind gehört hat, bevor sie mein Herz gestohlen hat.

»Also bei ihr ... nie?«

Die kaum verborgene Neugierde in Saras Flüstern bringt mich zum Lächeln, auch wenn mir ein vertrauter Schmerz das Herz zusammenzieht. »Du meinst Tamila?«

»Ja.« Ihre Hand legt sich auf meine Brust, als ob sie den Schmerz in mir spürt. »Du warst nie so grob mit ihr?«

»Nein.« Ich bedecke diese schlanke Hand mit meiner Handfläche und drücke sie fester gegen meine Haut. »So war es bei ihr nicht.«

Was ich für Tamila empfand, war nicht wie diese intensive, fast gewalttätige Verbindung mit Sara. Mit meiner Frau war es eine angenehme Mischung aus körperlicher Anziehung und Sympathie, sogar eine Art Freundschaft. Ich bewunderte sie dafür, dass sie für die Art und Weise, wie sie erzogen worden war, mutig war, und dass sie eine gute Mutter für Pasha war. Es schadete auch nicht, dass sie schön war, und obwohl wir nicht viel gemeinsam hatten, fing sie im Laufe der Zeit an, mir etwas zu bedeuten ... ich dachte sogar, sie vielleicht zu lieben. Aber jetzt sehe ich, dass ich mir selbst etwas vorgemacht habe.

Meine Zuneigung zu Tamila war nur ein Echo der ungezügelten Gefühle, die Sara in mir weckt.

Ihre Hand zuckt unter meiner Handfläche, und ich höre, dass sie schluckt. »Ich verstehe.« In Saras Stimme ist ein seltsamer Unterton, fast so, als sei sie verletzt. »Du musst sie sehr geliebt haben«, fährt sie im selben Ton fort, und ich lächle wieder, als ich verstehe, was das Problem ist.

»Bist du eifersüchtig?«, frage ich leise und strecke mich aus, um die Nachttischlampe einzuschalten. Sara blinzelt wegen des plötzlichen Lichts, und an ihrem zusammengekniffenen hübschen Mund sehe ich, dass ich recht hatte.

Sie hat mein Eingeständnis missverstanden und denkt, dass meine sanfte Behandlung Tamilas bedeutet, dass ich meine Frau mehr geliebt habe als sie.

Sara antwortet mir nicht, sondern zieht nur ihre Hand weg, und ich lache, da ich mich trotz der dunklen Erinnerungen, die am Rande meines Geistes tanzen, eigenartig unbeschwert fühle. Meine Ptichka *ist* eifersüchtig auf eine verstorbene Frau, und ich könnte nicht erfreuter sein.

Als sie hört, dass ich mich amüsiere, verdunkelt sich Saras Ausdruck weiter, und ihre zarten Brauen ziehen sich zu einem vollwertigen wütenden Gesichtsausdruck zusammen. Mit einem kaum hörbaren Schnauben schaltet sie das Licht aus, dreht sich um und zeigt mir buchstäblich eine kalte Schulter.

Meine Belustigung verschwindet und wird durch das komplexe Gefühlsgewirr ersetzt, das sie immer wieder in mir auslöst. Lust und Zärtlichkeit, Wut und Besessenheit – all das ist Teil des Wahnsinns, der meine Liebe zu Sara ist, dieser Besessenheit, von der ich weiß, dass sie nie vergehen wird.

»Komm her, meine Liebe.« Ich ignoriere ihre steife Haltung, ziehe sie fest an mich und lege meinen Körper von hinten um ihren. Ich vergrabe mein Gesicht in ihren Haaren, atme ihren süßen Duft ein – meinen absoluten Lieblingsduft – und festige meine Umarmung, um sie festzuhalten, während sie sich windet, um sich zurückzuziehen.

»Ich will dir manchmal wehtun«, murmele ich, als sie stillhält und vor Anstrengung ganz abgehackt atmet. »Ich will Dinge mit dir tun, die ich im Traum nicht mit meiner Frau gemacht hätte. Es gibt Nächte, in denen ich dich verschlingen will, Ptichka, bis nichts mehr übrig ist ... bis diese Sucht vergeht und ich atmen kann, ohne dich zu wollen, ohne mich so zu fühlen, als bräuchte ich dich mehr als das Leben selbst.«

Ihr Atem setzt aus. »Was sagst du da?«

»Ich sage, dass ich dich liebe, Ptichka ... und dass ich dich hasse. Weil es wehtut – verstehst du? – zu wissen, dass du *ihn* noch liebst, immer noch an *ihn* denkst, wenn du bei mir bist.« Meine Stimme spannt sich an. »Der Mörder deines Mannes – so siehst du mich, das ist *alles* was du manchmal siehst. Wenn ich ihn aus deinem Kopf löschen könnte, würde ich es sofort tun. Ich würde jede Aufzeichnung seiner Existenz löschen und aus ihm das Nichts machen, das er ist. In einer anderen Welt wärst du als die meine geboren worden, aber in dieser musste ich für dich kämpfen ... für dich töten.«

Ihr ganzer Körper erstarrt. »Für *mich*? Wovon sprichst du? Es ging immer um deine Rache, die Liste, die du ...«

»Ja, das stimmt ... bis ich dich traf. Dann ging es um etwas anderes.« Es ist eine Wahrheit, die ich mir gegenüber bis zu diesem Augenblick nicht zugegeben habe, außer in den wildesten Ausläufern meiner Seele nicht gekannt habe.

Als ich über dem Bett von George Cobakis stand, zögerte ich, als ich an Sara dachte, aber nicht, weil ich ihn für sie verschonen wollte. Es war, weil der Mord so sinnlos war, sein vegetativer Zustand wie ein lebendiger Tod war.

Am Ende drückte ich den Abzug nicht trotz meiner Anziehungskraft auf Sara, sondern wegen ihr.

Weil ich wollte, dass sie für immer frei von ihm war.

Weil ich schon damals wusste, dass ich sie zu der meinen machen musste.

»Nein.« Saras Stimme zittert hörbar. »Das sagst du nur so. Du hättest George doch nicht wegen eines krankhaften Interesses an mir getötet – das wäre mehr als wahnsinnig.«

»Vielleicht.« Ich bin bereit, so viel einzugestehen. »Aber in manchen Kulturen macht dich das, was ich getan habe, zu der meinen – zu meinem Kriegsgewinn, zu meiner Kriegsbeute.«

»Krieg? Er lag im Koma! Du hast einen wehrlosen Mann getötet. Er war kein Gegner für dich.«

Ich lache dunkel. »Hältst du mich für einen edlen Helden? Glaubst du, mir ist ein fairer Kampf wichtig?«

Sie friert, und ihre Haut wird feucht, wo sich unsere nackten Körper berühren, als ich fortfahre. »Das tue ich nicht«, sage ich ihr. »Fairness ist mir scheißegal, wie allen anderen auch. Die Welt ist von Natur aus ungerecht. Wenn du etwas willst, kämpfst du dafür ... du nimmst es. Und ich wollte dich, Ptichka. Ich wollte dich vom ersten Augenblick an, als ich dich in meinen Armen hielt, als du so süß geweint hast. Und du wolltest mich auch – du willst mich immer noch –, denn egal, was du sagst, das ist real ...viel realer als deine Fata Morgana einer Ehe. Es war kein Märchen, das du gelebt hast, und Cobakis war nicht dein Märchenprinz. Er war ein Lügner, ein Schwächling, der angefangen hat zu trinken, weil er die Schuld an dem von ihm verursachten Massaker nicht verkraften konnte. Selbst wenn er nicht auf meiner Liste gewesen wäre, hätte ich ihn getötet, wenn ich dich getroffen hätte – weil ich dich wollte. Wenn sich unsere Wege jemals gekreuzt hätten, hätte ich dich zu der meinen gemacht.«

Sie zittert jetzt, und ich weiß, ich war zu ehrlich, habe zu viel von dem Tier in meinem Inneren enthüllt. Aber wenn es eine Sache gibt, die ich nicht tun werde, dann ist es, sie anzulügen.

Bei mir weiß Sara immer, was sie bekommt, egal wie hässlich es auch sein mag.

Ich ziehe die Decke über uns, streichle ihren Arm, ihre Hüfte und ihren Oberschenkel, bis ihr Zittern aufhört, und als ich höre, dass ihre Atmung langsamer und tiefer wird, schließe ich meine Augen und halte sie fest.

Das mag in den Augen anderer falsch sein, aber ich habe Sara, und ich bin glücklich – und ich werde alles tun, um sie auch glücklich zu machen.

3 4

Sara

Während der Herbst fortschreitet und das Wetter kühler
wird, beginnt mein Leben mit Peter mich an eine ausgedehnte
Hochzeitsreise zu erinnern, wenn auch eine, in der wir unseren
Bergrückzug mit anderen Menschen teilen. Er ist weiterhin
sehr aufmerksam, und obwohl ich mich immer wieder daran
erinnere, dass ich nicht aus freien Stücken hier bin, kann ich
die Tatsache nicht ignorieren, dass Peter sein Bestes tut, damit
ich Spaß habe und es mir an nichts fehlt. Abgesehen von seinem
Beruf und dem kleinen Detail, dass er mich hier gefangen hält,
ist Peter Sokolov alles, was man sich von einem Ehemann nur
wünschen kann: durch und durch häuslich und so fürsorglich,
dass ich mich die meiste Zeit wie eine Prinzessin fühle.

Jeder Morgen fängt damit an, dass er mir Frühstück ans Bett

bringt. Peter hat seine Fähigkeiten, persönliche Dinge über andere herauszufinden, dafür genutzt, zu erfahren, welches Essen ich mag und welches nicht, und verwöhnt mich täglich mit meinen Lieblingsgerichten. Russische Crêpes mit Rosinen und Quark, fluffige Omeletts, Quiches, exotische Früchte – ich bekomme alles, dazu frisch gepressten Orangensaft und Kaffee. Zum Mittag- und Abendessen werde ich gleichermaßen verwöhnt, so sehr, dass die Jungs begonnen haben, mich anzuflehen, ihre Favoriten als meine auszugeben.

»Du mochtest das *Schaschlik* damals, stimmt's? Die Lammspieße, die Peter vor Nigeria gemacht hat?« Ilya versucht einen gruselig aussehenden Versuch eines Hundeblicks, als er mich in der Küche erwischt.

Als ich nicke, grinst er und sagt: »Dann sag ihm bitte, er soll sie bald wieder machen, okay? Du musst ja einfach nur erwähnen, dass du Lamm in scharfer Soße magst. Bitte?«

Ich lache und verspreche ihm, das zu tun, so wie ich es bereits Anton mit dem Apfelkuchen versprochen habe. Trotz ihrer Rolle bei meiner Entführung fange ich an, Peters Männer zu mögen, und ich bin mir ziemlich sicher, dass sie mich auch langsam mögen. Das ist meiner Meinung nach eine gute Sache, aber Peter scheint das anders zu sehen. Ich habe bemerkt, wie er die Jungs böse anstarrt, wenn sie besonders freundlich zu mir sind, so als ob er Angst hätte, sie könnten mich stehlen.

Sein Besitzanspruch ist derzeit eines unserer Hauptprobleme, und eines Abends gerät es außer Kontrolle.

»Behalt deine verdammten Augen über ihrem Hals«, brüllt er Anton an, nachdem ich meine Variation von Lady Gagas neustem Hit zu Ende gesungen habe. Ich habe mich für diese Aufführung herausgeputzt und eines der tief ausgeschnittenen Partykleider angezogen, die Yan für mich besorgt hat, und als

Anton und Peter aufstehen und sich gegenseitig wütend anstarren, erkenne ich, dass das ein Fehler gewesen sein könnte.

»Peter, er hat nichts getan«, sage ich, da ich verzweifelt versuche, diese aggressive Spannung zu zerstreuen. »Ich habe nur gesungen, und er hat zugehört, das ist alles.«

»Er hat verdammt nochmal gesabbert.« Peter schiebt den Stuhl zwischen den beiden zur Seite. »Und es war auch nicht das erste Mal.«

»Fick dich, Mann.« Antons dunkler Bart zittert vor Wut, als die beiden tödlichen Männer sich mit zu Fäusten geballten Händen und gefletschten Zähnen in Kampfstellung begeben. »Niemand tut etwas, was er nicht tun sollte; du bist einfach zu besessen, um klar zu sehen.«

Peter knurrt eine Antwort auf Russisch, und Yan sagt auch etwas in einem kühlen und amüsierten Ton, während Ilya den Kopf schüttelt und grinst. Einen Moment später stürmt Anton mit Peter auf den Fersen nach draußen.

Frustriert drehe ich mich zu den Zwillingen um. »Wo wollen die hin?« Ich hasse es, wenn die Jungs ins Russische wechseln, um etwas vor mir zu verbergen. »Was habt ihr alle gesagt?«

»Peter will Anton jeden einzelnen Knochen im Gesicht brechen, und ich schlug ihm vor, das draußen zu tun, damit wir keine kostspieligen Reparaturen im Haus vornehmen müssen«, sagt Yan und grinst so breit wie sein Bruder. »Sie haben wohl auf mich gehört.«

»Was? Sie werden kämpfen?«

Entsetzt eile ich nach draußen und werde prompt vom Geräusch von Fäusten begrüßt, die auf Fleisch schlagen. Peter und Anton rollen auf dem Boden und schwingen ihre Arme und Ellenbogen, während sie aufeinander einschlagen. Blut spritzt durch die Luft, als Peter einen besonders brutalen Schlag landet, und ich keuche, als ich einen Blick in sein Gesicht erhasche.

Das ist kein Training; dieser Kampf ist echt.

»Macht was, damit sie aufhören«, bitte ich Yan und Ilya, die herausgekommen sind, um sich neben mich zu stellen. »Sie werden sich gegenseitig umbringen.«

»Nee.« Yan winkt abfällig. »Sie werden sich nur ein paar Knochen brechen. Wir haben bis nächsten Monat keinen wichtigen Job, also ist das in Ordnung.«

»Es ist nicht in Ordnung!« Ich knirsche mit den Zähnen und wende mich an Ilya. »Wenn du jemals *Schasch…*was auch immer haben willst, bringe sie sofort dazu, aufzuhören. Wenn du das nicht tust, werde ich eine *Lammallergie* bekommen.« Ich pikse mit meinem Finger auf seine massive Brust. »Hast du mich gehört?«

Yan bricht in Lachen aus, aber Ilya sieht etwas besorgt aus. »In Ordnung, in Ordnung«, murmelt er und beginnt, zu den Kämpfern zu gehen.

Ich atme erleichtert aus, als er tapfer in den Kampf eingreift, aber weder Peter noch Anton reagieren auf seine Versuche, sie auseinanderzureißen. Bald darauf rollen alle drei Männer auf dem Boden und tauschen brutale Schläge aus, und als ich mich Yan zuwende, hält er die Hände hoch, und die Handflächen zeigen nach außen.

»Ich gehe nicht in die Nähe«, sagt er, und ich weiß, dass er es ernst meint.

Ich bin auf mich allein gestellt.

Verzweifelt denke ich darüber nach, sie mit kaltem Wasser

abzuspritzen, aber ich entscheide mich für eine zweckmäßigere Lösung.

»Hilfe«, schreie ich aus voller Lunge und beuge mich vor, so als hätte ich Schmerzen. »Auuuuuu! Peter, hilf mir!«

Es funktioniert noch besser, als ich erwartet hatte. Die Männer fliegen sofort auseinander, und Peter springt auf seine Füße, während sich die Wut auf seinem Gesicht in hektische Sorgen verwandelt, als er zu mir eilt. »Was ist passiert?«, fragt er und ergreift meine Hände, während seine Augen mich von Kopf bis Fuß untersuchen. »Bist du verletzt?«

»Ja, davon, dass du dich wie ein Barbar verhältst«, schnauze ich ihn an und versuche, mich wegzuziehen, während er damit beginnt, mich von oben bis unten abzutasten. »Jetzt lasst mich los, damit ich sehen kann, wie sehr ihr euch gegenseitig verletzt habt.«

Seine Augenbrauen ziehen sich zusammen, während er innehält. »Du bist nicht verletzt? Du wolltest nur den Kampf beenden?«

»Natürlich. Wie sollte ich verletzt werden?« Ich ignoriere Yan, der so sehr lacht, dass er nicht mehr aufrecht stehen kann, und gehe auf Anton und Ilya zu, die viel schlimmer aussehen als Peter. Ilya hat eine aufgeplatzte Lippe, und Antons Gesicht schwillt bereits an, da seine blutende Nase leicht verschoben ist.

»Hey.« Peter fängt mein Handgelenk, bevor ich mehr als zwei Schritte machen kann. »Du behandelst *sie* zuerst?« Er klingt so empört, dass ich versucht bin, es zu leugnen – das Letzte, was ich will, ist, einen weiteren Kampf zu provozieren – aber irgendein Teufel bringt mich dazu, zu nicken.

»*Sie* haben sich nicht allein angegriffen.« Ich bewege mein Handgelenk, um mich aus seinem Griff zu befreien. »Und du siehst nicht verletzt aus.«

Wenn Peter denkt, dass ich ein Verhalten wie bei Höhlenmenschen mit zärtlicher Krankenpflege belohnen werde, irrt er sich.

Sein Stirnrunzeln vertieft sich, und er hat die Frechheit, verletzt auszusehen, als er mein Handgelenk loslässt. »Ich *bin* verletzt. Siehst du?« Er zerrt an seinem Hemd, um mir einen roten Fleck auf seinem Brustkorb zu zeigen. »Und das.« Er zeigt seinen rechten Handrücken, an dem die Knöchel wirklich anfangen geschwollen auszusehen.

Trotz meiner Wut funktionieren meine Instinkte zum Heilen. »Lass mich mal sehen.« Vorsichtig taste ich seinen Rumpf ab – es wird ein fieser Bluterguss werden, aber seine Rippen scheinen okay zu sein –, und danach wende ich meine Aufmerksamkeit seinen Knöcheln zu.

»Tut das weh?«, frage ich und drücke auf den mittleren Knöchel der Hand. Peter schüttelt den Kopf, und seine silbernen Augen glänzen, also untersuche ich seine restliche Hand. Zu meiner Erleichterung fühle ich keine gebrochenen Knochen.

»Du kommst bald wieder in Ordnung«, sage ich, dann bemerke ich eine blutende Schürfwunde an seinem linken Ohr. Ich muss sie im Haus reinigen, wo ich medizinische Ausrüstung habe, aber zuerst muss ich mich um Antons Nase kümmern und sicherstellen, dass Ilya nicht noch eine weitere Gehirnerschütterung bekommen hat.

Die Jungs sind schon hineingegangen, also folge ich ihnen ins Haus und ignoriere Peters dunklen Gesichtsausdruck. Ich verstehe nicht, was in ihn gefahren ist. Ich weiß, dass er besitzergreifend ist, aber Anton ist Peters Freund, und soweit ich das beurteilen kann, hat er sich mir gegenüber nie unangemessen verhalten. Auch die anderen nicht, obwohl sie gesunde Männer sind, die seit Monaten keine weibliche Gesellschaft gehabt haben.

Meine Hochfreude dauert so lange an, bis ich in die Küche komme und das Ausmaß des Schadens an Antons Gesicht sehe. Peter hat nicht darüber gescherzt, jedem die Knochen zu brechen; er hatte keinen Erfolg, aber er hat es definitiv versucht. Da die Gewalt so plötzlich aufflackerte, hatte ich keine Chance, die überwältigende Brutalität des Kampfes zu verarbeiten, aber während ich daran arbeite, Antons Nase wieder an Ort und Stelle zu platzieren, fangen meine Hände an zu zittern, und die Nachwirkungen des Adrenalinschubs treffen mich so hart, als sei ich selbst im Kampf gewesen.

Ich bin in den letzten Wochen selbstgefällig geworden, die ganze Häuslichkeit hat mich vergessen lassen, was Peter und seine Männer sind. Das war keine Schlägerei in einer Bar, wo jemand vielleicht einen oder zwei Glückstreffer landete. Peter ist ein ausgebildeter Attentäter, und er verfolgte seinen Freund mit der Absicht, ihm schweren Schaden zuzufügen. Hätte ich den Kampf nicht abgebrochen, hätte jemand schwer verletzt – oder sogar getötet – werden können.

»Es tut mir leid«, flüstere ich, als Anton unter Schmerzen durch meine Behandlung zuckt. »Das tut mir so leid.«

»Es ist okay.« Seine Stimme wird nasal, da ich Watte in seine Nasenlöcher stopfe, um die Blutung zu stoppen. »Es musste zwangsläufig passieren; der Bastard ist zu verrückt nach dir.« Es gibt keinen Groll in seinem Ton; wenn überhaupt, klingt er amüsiert über den Versuch seines Freundes, ihn aus falscher Eifersucht zu verstümmeln.

»Das stimmt«, knurrt Peter und bleibt neben mir stehen. »Also starr sie nicht so an. Niemals. Verstanden?«

Zu meinem Schrecken formt sich Antons geschwollener

Mund zu einem blutigen Lächeln. »Alles klar, du verrücktes Arschloch.«

Ich halte bei dem inne, was ich tue, und mein Blick schwingt ungläubig von einem Mann zu dem anderen. Habe ich Halluzinationen, oder haben sie sich gerade versöhnt?

Auf jeden Fall schlägt Peter seinem Freund auf die Schulter und dreht sich zu Ilya um, der auf einem Barhocker neben uns sitzt und einen Eisbeutel an seine Lippe hält. »Das Gleiche gilt für dich und«, er wirft Yan, der gerade zu uns gestoßen ist, einen dunklen Blick zu, »dich«.

Beide Brüder nicken, und Ilya sagt: »Verstanden. Sie gehört dir.«

Ich ignoriere dieses kurze Gespräch, beende das Richten von Antons gebrochener Nase, gebe ihm Eisbeutel, um sein ganzes Gesicht damit zu bedecken, und greife nach seinem Hemd, um seinen Brustkorb zu untersuchen.

»Dort geht es mir gut«, sagt er nasal und stoppt mich, bevor ich das Hemd mehr als einen Zentimeter hochheben kann. Mit einem wachsamen Blick auf Peter fügt er hinzu: »Du kannst dir jetzt Ilya ansehen, wenn du willst.«

Ich runzele die Stirn, wende mich aber wie vorgeschlagen Ilya zu. »Lass mich mal sehen«, sage ich und schiebe den Eisbeutel von seiner Lippe weg. »Wurdest du noch irgendwo anders am Kopf getroffen?«

»Nein, nur das«, sagt Ilya und zuckt, als ich seinen geschwollenen Kiefer abtaste.

»Alles klar«, sage ich, als ich meine Untersuchung beendet habe. »Du hast keine Gehirnerschütterung, aber du musst es trotzdem langsam angehen lassen. Schläge gegen den Kopf sind nicht gut für das Gehirn – frag einfach alle NFL-Spieler.«

»Ja, Dr. Cobakis.« Ilya lächelt, so sehr es seine gespaltene Lippe zulässt. »Ich werde vorsichtig sein.«

Ich lächle ihn an, ignoriere ein Schnauben von seinem Bruder und drehe mich dann zu Peter, der immer noch in einer dunklen Stimmung zu sein scheint.

»Lass mich mal schauen«, sage ich und zerre ihn auf einen anderen Barhocker, damit ich an sein Ohr komme. »Sieht so aus, als hättest du dir da etwas Haut abgeschürft.«

Peter sitzt still, lässt mich den Kratzer sauber machen und verbinden, bevor ich ihn auf kleinere Verletzungen untersuche. Als ich fertig bin, sind meine Hände wieder ruhig, da die vertraute Arbeit den unterschwelligen Schock über den Gewaltausbruch mildert.

Leider dauert meine neu gefundene Ruhe nicht lange an. In der Sekunde, in der ich die medizinische Ausrüstung weglege, springt Peter vom Barhocker und beugt sich nach unten, um mich hochzuheben. Er ignoriert meinen erschrockenen Aufschrei und das anzügliche Wolfsheulen der Jungs, hebt mich in seine Arme und nimmt meinen Mund in einen tiefen, hungrigen Kuss.

Dann drückt er mich wie einen Kriegsgewinn an seine Brust und geht zur Treppe.

35

eter

SARA WINDET SICH IN MEINEN ARMEN, ALS ICH SIE DIE TREPPE hinauftrage, und ihr blasses Gesicht ist errötet – vermutlich vor Wut und Verlegenheit. »Lass mich runter«, flüstert sie wütend, sobald wir die zweite Etage erreichen. »Peter, lass mich sofort runter.«

Ich setze sie erst ab, als wir unser Schlafzimmer betreten. Ich bin immer noch im Blutrausch, und mein Herz pumpt das Adrenalin von dem Kampf in einem harten, wütenden Rhythmus durch meinen Körper. Wut und primitive Eifersucht wüten in meinem Inneren, und darunter ist ein tiefer, fordernder Hunger, das Bedürfnis, sie zu nehmen und einzufordern, sie so vollständig zu der meinen zu machen, dass sie nie wieder einen anderen Mann anlächeln wird.

Ich weiß, dass das, was ich fühle, irrational und fast pathologisch ist, aber sie heute Abend in diesem Kleid zu sehen – diesem roten, engen und zu weit ausgeschnittenen Kleid –, hat mich jeden Anschein von Rationalität verlieren lassen, den ich besaß. In den letzten Wochen habe ich die gelegentlichen Blicke der Jungs in ihre Richtung, ihr Konkurrenzverhalten während der Mahlzeiten um ihre Aufmerksamkeit und ihre »nicht so geheimen« Essenswünsche ertragen. Aber was ich heute Abend in Antons Augen sah, war ein Spiegelbild meiner eigenen Lust auf Sara, und das konnte ich nicht durchgehen lassen.

»Du wirst dieses Kleid nicht mehr in der Öffentlichkeit tragen«, sage ich hart und greife um ihre schmale Gestalt herum nach dem Reißverschluss auf ihrem Rücken. »Von jetzt an ist es nur noch für unser Schlafzimmer.«

Sara blickt mich an, und die cremigen Rundungen ihres Dekolletés – die durch das verfickte Kleid freigelegt werden – beben durch ihre schnelle Atmung. »Du bist verrückt.« Ihre Handflächen drücken gegen meinen Brustkorb. »Du hast dieses Kleid für mich besorgt.«

»Yan hat es besorgt.« Ich reiße den Reißverschluss mit unnötiger Kraft herunter, da die Wut immer noch durch meine Venen pumpt. »Und wenn es noch welche wie dieses gibt, hebst du sie besser nur für meine Augen auf. Wenn ich das nächste Mal einen anderen Mann dabei erwische, der deinetwegen sabbert, werde ich ihn zerstückeln. Langsam.«

Ich bluffe nicht, und Sara muss das sehen, denn ein Teil der Farbe verlässt ihr Gesicht. »Du bist verrückt«, flüstert sie, ihre haselnussbraunen Augen sind riesig, als sie mich anstarrt, und ich weiß, dass sie recht hat. Ich *bin* verrückt, total verrückt nach ihr. Ich habe mein Bestes getan, um die Intensität meines

Verlangens unter Kontrolle zu halten, aber ich kann es nicht mehr. Ich kann nicht so tun, als würde sich jede Minute, die wir getrennt sind, nicht wie eine Stunde anfühlen, dass ich sie nicht jedes Mal, wenn ich sie anfasse, auf der Stelle verzehren will. Meine Begierde ist dunkel und gewalttätig, doch ich habe mich dazu gezwungen, zivilisiert zu sein, mich darauf zu beschränken, mich wie ein Liebhaber zu benehmen, obwohl alles, was ich will, ist, ihr Innerstes freizulegen, damit ich sie ganz besitzen kann.

Ich habe einen aussichtslosen Kampf geführt, und jetzt bin ich bereit, aufzugeben.

Einige meiner Gedanken müssen sich auf meinem Gesicht abzeichnen, denn Sara beginnt zu kämpfen, als ich das Reißverschlusskleid herunterziehe, ihre Brüste entblöße und ihre Arme festhalte. Der Kontrast zwischen der leuchtend roten Farbe und ihrer blassen Haut bringt die grünen Flecken in ihren haselnussbraunen Augen zum Vorschein und lässt meinen Schwanz vor wildem Begehren pochen. Ich will sie. Scheiße, ich will sie so sehr. Sie ist wie eine Krankheit, diese Lust, die mich Tag und Nacht quält.

Ich lasse mich auf die Knie sinken, lege meine Arme um sie, während ihre Arme in dem Kleid gefangen sind, und nehme eine rosafarbene, aufgerichtete Brustwarze in meinen Mund. Sara schreit auf, und ihre Gegenwehr wird stärker, als ich an der Brustwarze sauge und sie mit meiner Zunge gegen meinen Gaumen drücke, aber ich höre nicht auf. Ich kann nicht. Sie schmeckt wie Sex und süße Perfektion, die jede meiner Fantasien zum Leben erweckt. Ich weiß nicht, wie ich den größten Teil meines Lebens ohne sie leben konnte, denn jetzt, da ich sie habe, brauche ich jedes Mal mehr.

Ich brauche alles von ihr, und heute Abend werde ich es mir nehmen.

»Peter, bitte ...« Jetzt keucht sie, und ihr flacher Bauch bebt, als ich mich der anderen Brust zuwende. »Ich ... Oh Gott, bitte ...«

Ich quäle ihre Brustwarzen, bis mein innerliches Brennen Fieberniveau erreicht, bevor ich das Kleid bis ganz nach unten ziehe, wo es sich um ihre Knöchel legt, und aufstehe, um sie zum Bett zu führen. Sie stolpert, als ihre Kniekehlen gegen das Bett stoßen, aber ich fange sie und drehe sie auf den Bauch, bevor ich voll bekleidet auf sie klettere.

»Was machst du ...?« Sie bricht mit einem Keuchen ab, als ich meinen Gürtel abnehme, ihr Handgelenk ergreife, es auf ihren Rücken drehe und den Gürtel darumschlinge. Dann wiederhole ich den Vorgang mit ihrem anderen Handgelenk und ignoriere ihre Versuche, mich abzuwehren, während ich ihre Hände zusammenbinde und sie mit dem Gürtel hinter ihrem Rücken fessele.

»Was hast du vor? Bitte, Peter ... was hast du vor?« Ihre Worte werden gedämpft, weil ihr Mund gegen die Matratze gedrückt wird, während ich mir ein Kissen schnappe und es unter ihre Hüften stopfe. Das ist nicht genug, also greife ich nach einem weiteren, um ihren kleinen, kurvigen Arsch höher zu legen. Sie zappelt, da sie offensichtlich verängstigt ist, und ich lasse den Großteil meines Gewichts auf ihren Beinen, um eine Flucht zu verhindern, während ich zum Nachttisch greife, um eine Tube Gleitmittel herauszunehmen, die ich dort aufbewahre.

Ich öffne meine Jeans, befreie meinen schmerzenden Schwanz und lehne mich über sie, wobei ich mich auf einem Arm abstütze, während ich das Gleitmittel über ihren zappelnden Arsch gieße, es in den Riss tropfe und in ihre Falten laufen lasse. Sara keucht, kämpft härter, und ich lege das Gleitmittel beiseite, bevor ich mit meinem Finger in ihre Muschi eindringe. Sie ist innen heiß und schön glitschig, da sich das Gleitmittel mit ihrer eigenen Nässe vermischt, als ich einen zweiten Finger hineinschiebe und sie für mich dehne.

Während ich sie mit meinen Fingern ficke, rolle ich mit dem Daumen über ihre Klitoris und werde mit hilflosem Stöhnen belohnt, während ihre Versuche, wegzukommen, sich in windende Bewegungen verwandeln, weil sie ihre Lust steigern will. Ihre Hüften beginnen sich mir entgegenzuheben, ihr Kitzler reibt bei jedem Stoß gegen meinen Daumen, und ich weiß, dass sie kurz davor ist. Da ich nicht möchte, dass sie schon kommt, höre ich auf, ergreife meinen Schwanz und führe ihn in die rosafarbene, zitternde Öffnung ihrer Muschi.

Feuchte Hitze umhüllt mich, glitschige Wände umspannen mich fest, während ich in ihr geschwollenes Fleisch eindringe. Mein Herz klopft schwer, und meine Eier ziehen sich zusammen, während ihre inneren Muskeln sich um mich zusammenziehen, mich melken und meinen Schwanz streicheln. Das Gefühl ist überwältigend, und alle meine Sinne schärfen sich, auch wenn mein Bewusstsein für die Außenwelt schwindet. Sie ist alles, worauf ich mich konzentriere: die Geräusche, die sie macht, die Art, wie sich ihr Körper ausdehnt, um mich aufzunehmen ... Ich kann ihre Erregung an meinen Fingern riechen, führe sie in ihren Mund und befehle heiser: »Lutsch sie sauber.«

Sie gehorcht, ihre bewegliche kleine Zunge umkreist meine Finger, während ich sie in ihren Mund stoße und sie damit ficke, während ich tiefer in ihre Muschi eindringe, und ihr ein Keuchen entlocke, als mein Schwanz ihren Gebärmutterhals berührt. Sie ist klein und zart unter mir, ihr schlanker Körper zittert, als ihre gefesselten Hände gegen meinen Bauch drücken, und das Wissen, dass sie ganz meiner Gnade ausgeliefert ist, verstärkt meine Lust, mein Bedürfnis, sie zu dominieren und sie zu nehmen.

»Sag mir, wem du gehörst«, knurre ich und ziehe meine Finger aus ihrem Mund, um die Nässe an ihrem Kinn und Hals zu verschmieren. Ich lege meine Hand um ihren schlanken Hals, stoße tief in sie und lasse sie aufschreien. »Sag es mir, Sara. Wem gehörst du?«

Sie atmet so schnell, dass ich ihr hastiges Ausatmen dort spüren kann, wo ich ihren Nacken anfasse. »D-dir.« Die Worte sind kaum zu hören, als sie ihre Lippen verlassen, und es ist nicht genug. Es ist nicht annähernd genug.

Als ich ihren Hals loslasse, greife ich zwischen ihre Beine und spüre das seidige Fleisch, das sich um meinem Schwanz ausdehnt, die rutschige Nässe des Gleitmittels, das sich mit ihrer Creme vermischt. Saras Keuchen verstärkt sich, und ihr Hintern wölbt sich nach oben, während ihr Stöhnen lauter wird und meine Finger höherwandern und zwischen die blassen, festen Hügel ihrer Backen rutschen.

»Peter … warte. Oh Gott, Peter …« Mein Name ist ein ersticktes Keuchen, während ich die Enge ihrer anderen Öffnung finde, die Spitze meines Fingers hineindrücke und den Widerstand der zusammengepressten Muskeln ignoriere. Ich brauche meine ganze Selbstbeherrschung, um langsam zu sein, sie nicht so gewalttätig zu nehmen, wie mein Körper es verlangt. Ich will sie nicht zerreißen, ich will ihr nicht wehtun, trotz der Dunkelheit, die an meiner Seele nagt. Das Gleitmittel erleichtert die Passage meines Fingers, als ich tiefer eindringe, aber sie ist immer noch zu eng, und ich komme fast, als ich mir vorstelle, wie eng sie um meinen Schwanz sein wird, wie ihr Arsch mich umschließen und quetschen wird.

Sie wimmert vor Unbehagen durch meine Penetration, aber ich höre nicht auf, bis mein Finger ganz in ihr ist und ich meinen Schwanz durch die dünne innere Wand spüren kann, die ihre Öffnungen trennt. Das Gefühl ist schwindelerregend, surreal in seiner Intensität. Es schärft den Hunger in mir, macht ihn noch dunkler und wilder.

Meine wunderschöne gefangene Ptichka.

Es ist Zeit, dass ich sie vollständig einfordere.

Nach heute Abend wird sie keine Zweifel mehr haben, dass sie mir gehört.

36

S*ara*

ÜBERWÄLTIGT ZIEHE ICH MEINE BECKENBODENMUSKELN zusammen, fühle den riesigen Umfang seines Schwanzes und das stechende Brennen durch seinen eindringenden Finger. Selbst mit reichlich Schmiermittel ging er nicht leicht hinein. Ich fühle mich schmerzhaft voll, verletzt und überwältigt, und mein Atem ist hart und keuchend, während ich versuche, mich an das seltsame Gefühl zu gewöhnen, an zwei Stellen genommen zu werden.

Zu meiner Erleichterung zieht mein Peiniger seinen Finger zurück, allerdings nur, um ihn gleich zusammen wieder mit einem weiteren einzuführen. Die dicken Finger arbeiten sich langsam in meinen Arsch und dehnen den engen Ring des

Muskels mit großer Vorsicht aus, aber es tut immer noch weh, da mein Körper das Eindringen verhindern will.

»Drück nach außen, Ptichka.« Seine Stimme ist ein Flüstern des Teufels, verführerisch und kontrolliert, auch wenn sein Schwanz tief in mir pocht. »Entspann dich und lass mich rein. Es wird dir gefallen.«

Flach keuchend, versuche ich zu tun, was er sagt, und bekämpfe den instinktiven Drang, mich stärker zusammenzuziehen. Meine gefesselten Hände spannen sich hinter meinem Rücken an, und meine Finger zucken, während sie sich in meine Handflächen drücken. Trotz des stechenden Schmerzes der Invasion ist ein Teil von mir neugierig darauf, freut sich fast schon auf irgendeine verdrehte Art und Weise darauf. Irgendetwas an dem Unbehagen, das ich dabei empfinde – der Art und Weise, wie mein Inneres sich verkrampft und brennt, dem Gefühl, gezwungen und verletzt zu werden –, findet seinen Nachhall in diesem seltsamen, unterwürfigen Zug in mir mit dem Verlangen nach Bestrafung, das mein Monster in mir geweckt hat.

Wenn es wehtut, ist es kein Verrat.

Wenn ich keine Wahl habe, verliebe ich mich nicht in den Feind.

»Ja, das ist es, meine Liebe ... Entspann dich und atme.« Die beiden Finger sind jetzt in mir, dick und hart, die Ränder seiner Nägel scheuern an dem zarten Gewebe. Es ist zu viel, zu überwältigend, die Empfindungen jenseits von allem, was ich kenne. Mein Herz flattert wie ein Vogel in meiner Brust, mein Atem ist so schnell, dass es sich anfühlt, als würde ich in Panik ausbrechen. Nur seine Stimme hält mich in diesem Moment, diese dunkle, streichelnde Stimme mit ihrem unterschwelligen Akzent.

»Das ist es, meine Liebe ... Entspann dich ...« Seine freie Hand streicht über meine Hüfte, die Schwielen auf seiner Handfläche kratzen über meine Haut. »Meine hübsche Ptichka, so zart, so süß ... Es wird sich in einem Moment besser anfühlen, das verspreche ich dir, meine Liebe.« Er flüstert mir weitere Zärtlichkeiten zu und beginnt, seinen Schwanz in langsamen, flachen Stößen zu bewegen, und mein Herzschlag wird noch schneller, als die Schaukelbewegung meine Klitoris gegen den Kissenberg reibt.

Die Lust baut sich zum Verrücktwerden langsam auf, und die Spannung steigt im Schneckentempo. Der Druck des Kissens auf meiner Klitoris ist viel zu leicht, seine flachen Stöße zu sanft. Ich bin mir der stechenden Fülle in meinem Arsch zu bewusst, und ich stöhne frustriert in die Matratze, während ich meine Hüften höherschiebe, weil ich ihn härter und schneller brauche. Ich war schon eben kurz davor, und jetzt bin ich wieder fast da, aber ich brauche mehr.

Ich brauche ihn dafür, den Weg zu Ende zu gehen und mich ankommen zu lassen, mir mehr Lust und mehr Schmerz zu geben.

»Peter, bitte«, bettle ich, aber der perverse Bastard hält inne und zieht sich ganz aus mir zurück. Nur seine Finger bleiben in meinem Po, und im nächsten Moment zieht er auch sie zurück, so dass ich schmerzhaft und leer bin, kurz vor dem Höhepunkt und unglaublich frustriert.

»Peter«, stöhne ich, aber dann fühle ich, wie er hinter mir zur Seite greift und mehr kühles Gleitgel zwischen meine Backen gespritzt wird.

»Schscht«, beruhigt er mich, als ich mich instinktiv anspanne, als sein massiver Schwanz gegen meine Öffnung drückt. »Alles wird gut, meine Liebe, lass mich einfach rein ...«

Er drückt härter zu, und der Druck auf meinen Schließmuskel wird immer stärker, während sich der Schmerz verstärkt. Er ist viel größer, viel dicker als seine Finger, und ich kann mich nicht genug entspannen, um ihn hereinzulassen.

»Peter.« Da ich in Panik gerate, beginne ich zu kämpfen und ziehe am Gürtel, der meine Handgelenke hinter meinem Rücken zusammenbindet. »Peter, ich glaube nicht, dass es ...«

Der Ring des Muskels gibt plötzlich schmerzhaft nach, lässt den breiten Kopf in mich eindringen, und ein Schwindel überkommt mich, während er tiefer hineingleitet und die Feuchtigkeit des Gleitgels den Weg ebnet. Es fühlt sich an, als sei ich aufgespießt worden, als sei er auf die grausamste Weise in mich eingedrungen, und als er sich in meinem Hintern ausdehnt, sein dicker Schwanz mich unerträglich weitet, will ich ihn anschreien, um ihn aufzuhalten, um das zu beenden. Die Fülle geht über alles hinaus, was ich mir vorgestellt habe, und mein Magen zieht sich zusammen, krampft vor Übelkeit, und kalter Schweiß läuft meinen zitternden Rücken hinunter.

Warum war ich so neugierig darauf?

Wie habe ich das jemals irgendwie wollen können?

Doch weil ich es getan habe, bleibe ich still und atme zitternd ein, während ich darauf warte, dass der Schmerz nachlässt. Peter flüstert mir wieder beruhigend zu, streichelt meinen Rücken und meine Hüfte – lobt mich sogar für irgendetwas –, und schon bald lässt der Schmerz nach, die schlimmsten Beschwerden vergehen. Die extreme Fülle bleibt jedoch, und als sich seine Hand zwischen meine Beine schiebt, um meinen Kitzler zu finden, fange ich an, wegen einer anderen Anspannung zu zittern. Das ist zu viel, zweimal fast zu kommen und dann die gnadenlose Invasion, das Gefühl von ihm, wo noch nie ein Mann vor ihm gewesen war.

»Das ist es, Ptichka«, murmelt er, und ich schreie auf, als er leicht in meine Klitoris kneift. »Jetzt kannst du es haben. Jetzt kannst du kommen.«

Er beginnt, sich vorsichtig und sanft in mir zu bewegen, doch jeder Stoß fühlt sich wie eine neue Invasion an, so als würde mein Körper jedes Mal erneut aufgerissen, wenn er sich zurückzieht und wieder hineinstößt. Es tut weh und brennt, aber das gleichmäßige Tempo hilft, verstärkt die pochende Spannung in meinem Geschlecht. Es beginnt, sich hypnotisch anzufühlen, das rhythmische Zustoßen und Zurückziehen, der Druck seiner Finger auf meiner Klitoris, und als ich in diesen überwältigenden Empfindungen versinke, wächst die Anspannung, die Lust, die sich tief in meinem Unterleib aufbaut.

»Komm für mich, Sara«, stöhnt er und stößt tief in mich hinein, und zu meinem Schrecken tue ich es, und jeder Muskel in meinem Körper krampft, als ich mich entlade. Die Ekstase ist gewalttätig, explosiv, die Entladung der Spannung so stark, dass ich schreie. Dadurch, dass sich meine inneren Muskeln anspannen und wieder entspannen, fühlt sich der Schwanz in meinem Arsch noch invasiver an, aber der Schmerz verstärkt die Empfindungen nur, macht das Vergnügen dunkel und brennend heiß. Er stöhnt, und ich spüre, wie er in mir zuckt und mein rohes Inneres mit seinem Samen überschwemmt.

Danach gibt es einige Momente lang nur abgehacktes Atmen – seins und meins –, bevor er sich langsam aus mir zurückzieht, seinen Gürtel von meinen Handgelenken entfernt und im Badezimmer verschwindet. Ich bewege meine zitternden Hände an meine Seiten, aber bleibe auf den Kissen liegen, da ich zu erschüttert bin, um aufzustehen. Nach ein paar Minuten kommt Peter mit einem nassen Handtuch zurück. Ich lasse ihn das überschüssige Gleitmittel um meine wunde Öffnung abwischen, bevor ich ihm das Handtuch abnehme und es vor mich halte, als ich mich auf wackeligen Beinen hinstelle und mich auf den Weg ins Badezimmer mache.

Ich muss mich waschen. Dringend.

Peter gibt mir rücksichtsvoll ein paar Minuten Privatsphäre und kommt dann unter die Dusche.

»Geht es dir gut?«, fragt er leise, während er den Wasserstrahl mit seinem Rücken blockiert, und ich nicke mit brennendem Gesicht, als ich seinem Blick begegne. Was gerade geschehen ist, war so intim und eindringlich, dass ich mich wie geöffnet fühle. Ich verstehe nicht, was dieser Mann hat, was diese Seite von mir hervorholt, warum Dinge, die mich entsetzen sollten – wie die Blutflecken auf dem Handtuch, das ich gerade benutzt habe –, mich stattdessen erregen.

»Gut«, murmelt er, und im dunklen Stahl seiner Augen sehe ich eine Spiegelung meiner eigenen Verwirrung, der widersprüchlichen Sehnsüchte, die keinen Sinn ergeben. Wie kann ich frei von diesem Mann, aber ihm dennoch näher sein wollen? Wie kann er mich lieben, mich aber gleichzeitig verletzen und bestrafen wollen?

»Warum?«, fragte ich unsicher, als er mein Gesicht in seine großen Hände nimmt, und mit seinem Daumen sanft über meine vom Duschen nassen Wangen streicht. Ich greife nach oben, lege meine Finger um seine dicken Handgelenke und spüre die Kraft der Sehnen und harten Knochen. »Peter ... warum sind wir so?«

Er gibt nicht vor, meine Frage falsch zu verstehen. »Weil Liebe nicht immer schön und einfach ist, Ptichka«, sagt er leise. »Und auch nicht passiert, mit wem du es erwarten würdest. Wir können uns nicht die Wünsche unserer Herzen aussuchen, wir können sie nur nehmen und sie biegen und zu etwas formen, was wir überleben können.«

»Ich ...« Meine Stimme bricht, als sich mein Hals verengt. »Ich liebe dich nicht, Peter. Ich kann nicht.«

Zu meiner Überraschung formen seine Lippen ein leichtes Lächeln, und er beugt seinen Kopf, um mir einen Kuss auf meine Stirn zu geben, bevor er mich in einer Umarmung an sich zieht.

»Du kannst«, murmelt er, und eine Hand hält sanft meinen Nacken, während die andere über meine Wirbelsäule streicht. »Du kannst, und du wirst. Bald wirst du aufhören zu kämpfen und dann wirst du es sehen. Weil es zu spät ist für dich, Ptichka – du bist so tief gefangen wie ich.«

TEIL IV

37

IN DEN NÄCHSTEN DREI WOCHEN TUE ICH MEIN BESTES, UM Peter zu beweisen, dass er unrecht hat, und versuche, mich von ihm zu distanzieren, aber es ist ein sinnloses Unterfangen. Jedes Mal, wenn ich irgendwelche Barrieren zwischen uns aufrichte, reißt er sie ein, und die perverse Verbindung zwischen uns wächst, da sie von einer körperlichen Anziehungskraft gefördert wird, die so stark ist, dass sie an den letzten Fetzen meines Widerstands zerrt.

Jetzt, da er mich auf alle Arten und Weisen gehabt hat, kennt mein Entführer bei meinem Körper keine Grenzen mehr, und unser Sex ist intensiver denn je – und unser Kondomgebrauch immer sporadischer. Ich verstehe nicht, wie das passiert, wie mein Gehirn bei seinen Berührungen einfach abschaltet und

671

mir etwas so Wichtiges entgeht. Ich will kein Kind mit Peter – ich fürchte den bloßen Gedanken daran –, aber wenn er mich in seine Umarmung nimmt, ist eine Schwangerschaft das Letzte, was mir durch den Kopf geht.

Bis jetzt habe ich Glück gehabt, und meine Periode ist letzte Woche pünktlich gekommen, aber ich weiß besser als jeder andere, dass schon ein Ausrutscher, ein sorgloser Moment ausreichend ist. Und ich bin mir nicht sicher, ob Peter genau genommen sorglos ist. Er benutzt immer noch Kondome, wenn ich ihn daran erinnern kann, aber es gab keine Pille danach mehr – nicht seit diesem einen Mal.

»Ich habe die gesamte medizinische Literatur zu diesem Thema durchgelesen, und ich will nicht, dass du diesen Hormonen ausgesetzt bist«, sagte er, als ich ihn anflehte, die Pille noch einmal für mich zu besorgen. »Du bist besonders empfindlich – das hast du selbst gesagt –, und ich riskiere nicht deine Gesundheit für die Möglichkeit, dass du vielleicht schwanger sein könntest.«

Und egal wie sehr ich versucht habe, vernünftig mit ihm zu reden und ihn darauf hinzuweisen, dass ich eine Gynäkologin bin und die Risiken selbst einschätzen kann, er hat seine Meinung nicht geändert.

Ich beginne zu vermuten, dass Peter *möchte*, dass ich schwanger werde, und das ist es mehr als alles andere, was meine Gedanken erneut in Richtung Flucht lenkt.

DIESES MAL HABE ICH DIE RICHTIGE ZEIT ABGEWARTET UND jeden Schritt sorgfältig geplant. Ich bin mir fast sicher, dass Peter die Wahrheit gesagt hat, als er sagte, dass der Berg von

Klippen umgeben ist, aber auf unseren Wanderungen durch den Wald habe ich Klippen gesehen, deren Hänge weniger steil sind und die Wurzeln bequeme Handgriffe bieten. Der Berg ist mit dem Auto definitiv unzugänglich, und ein Aufstieg wäre fast unmöglich, aber ein Wanderer, der weiß, was er tut, könnte vielleicht dort herunterkommen.

Zumindest hoffe ich das.

Zunächst entscheide ich, welche Ausrüstung ich brauche, und spioniere aus, wo alles gelagert wird. Ich kann sie nicht im Voraus verstauen, ohne dass ich erwischt werde, aber ich achte sorgfältig darauf, wo alles aufbewahrt wird. Seil, ein stabiles Messer, ein Rucksack, unverderbliche Lebensmittel, Wasserflaschen – ich habe eine geistige Checkliste mit dem Wesentlichen, damit ich, wenn die Zeit gekommen ist, alles in wenigen Minuten zusammensuchen kann. Es hilft, dass Peter und seine Männer so ordentlich sind, dass es an Zwangsneurose grenzt; alles im Haus hat seinen Platz, also muss ich mich mir nur merken, wo der ist.

Ich überlege auch, eine Waffe zu stehlen. Die Männer sind vorsichtig um mich herum und verstauen ihre Waffen außer Sichtweite, aber ich bin mir ziemlich sicher, dass ich etwas in die Hände bekommen könnte, wenn ich es wirklich versuchen würde. Das habe ich jedoch nicht getan, denn als ich herausgefunden hatte, wo sie sie aufbewahren, hatte ich alle meine Entführer kennengelernt und konnte mir nicht mehr vorstellen, sie zu verletzen. Der Heilinstinkt ist zu tief in mir verwurzelt. Ich könnte vermutlich unter bestimmten Umständen den Abzug drücken – wenn mein Leben in Gefahr wäre, sagen wir einmal –, aber diese Männer stellen keine tödliche Bedrohung für mich dar. Im Gegenteil, sie sind nett zu mir, jeder auf seine Weise. Und die Waffe zu nehmen, um zu bluffen, damit sie mich gehen lassen, wäre dumm; sie würden sofort meine jämmerliche Vorstellung durchschauen und mir die Waffe wegnehmen.

Ich habe es mit ehemaligen Elite-Soldaten zu tun, nicht mit normalen Männern.

Dennoch füge ich die Waffe meiner gedanklichen Wunschliste hinzu, nur für den Fall, dass sich vor meiner Flucht die Gelegenheit bietet, eine zu bekommen. Ich bin vielleicht nicht in der Lage, bei Peter und seinen Männern zu bluffen, um meine Forderungen durchzusetzen, aber dasselbe kann man nicht von japanischen Bauern behaupten. Ich würde natürlich zuerst den zivilisierten Weg versuchen, aber sollte ich Mühe haben, Zugang zu einem Telefon zu erhalten, würde ich gern mit einem Gewehr herumfuchteln – selbstverständlich ungeladen.

Während ich an diesen Vorbereitungen arbeite, behalte ich auch das Wetter im Auge und frage die Jungs jeden Tag nach einer Vorhersage. Wir hatten noch keinen Schnee, aber es ist schon Oktober, und der Winter kommt früh in dieser Höhe.

Das Letzte, was ich will, ist, von einem weiteren dieser eisigen Stürme erwischt zu werden.

»Ich mag die Kälte nicht«, beklage ich mich bei Peter, als wir eines Tages von einem Spaziergang zurückkehren. »Und ich mag es überhaupt nicht, wenn es abends zwanzig Grad kälter ist als es morgens war.«

»Armes Baby«, sagt er beruhigend und zieht meine Jacke aus, um meine Arme zu reiben. »Komm, lass uns duschen, damit dir schön warm wird.«

Ich lasse ihn mich mit einer heißen Dusche und zwei Orgasmen aufwärmen, und am nächsten Tag fange ich wieder an, mich über das Wetter zu beschweren – damit es niemand merkwürdig finden wird, wenn ich weiterhin nach einer täglichen Vorhersage frage.

Während ich das alles tue, sind die Jungs mit ihren eigenen Plänen beschäftigt. Nach einer längeren Pause, um die Behörden von ihrer Spur abzulenken, hat das Team zugestimmt, einen neuen Job anzunehmen – ein hochbezahltes, höchst gefährliches Attentat auf einen Politiker in der Türkei.

Ich habe versucht, nicht darüber nachzudenken, weil ich jedes Mal, wenn ich es tue, so viel Angst bekomme, dass ich weder essen noch schlafen kann. Nach dem, was in Nigeria passiert ist, steigt mein Blutdruck, wenn ich nur das Wort »Job« höre.

»Warum musst du das tun?«, frage ich Peter frustriert Mitte Oktober, als sich die Deadline, um den Auftrag zu Ende zu bringen, nähert. »Du hast selbst gesagt, dass es gerade besonders gefährlich für dich ist. Du hast Millionen – *Millionen* – für den nigerianischen Bankier bekommen. Du kannst nicht so schnell das ganze Geld ausgegeben haben.«

»Natürlich nicht, aber wir müssen vorausdenken«, antwortet Peter. »Abgesehen von einigen unserer teureren Spielzeuge kosten unsere Hacker ein Vermögen, und wir brauchen sie, um den Behörden zu entkommen und nach Henderson zu suchen.«

Ich schüttele den Kopf, atme durch und gehe in mein Tonstudio, um mich mit Musik abzulenken und ein weiteres Streitgespräch zu vermeiden. So unflexibel Peter bei der angeblichen Notwendigkeit dieser Jobs ist, so absolut in Stein gemeißelt ist das Thema Henderson – der einzige Mann, der noch auf seiner Liste steht. Das eine Mal, als ich vorsichtig die Möglichkeit erwähnte, den General zu vergessen und mit dem

Leben weiterzumachen, hat Peter mich so unfreundlich unterbrochen, dass ich keine Lust verspüre, dies noch einmal zu versuchen.

»Er gab persönlich den Befehl für die Daryevo-Operation«, knurrte mein Geiselnehmer, und sein schönes Gesicht war so wütend, dass man es nicht mehr erkennen konnte. »Er hat das getan«, er schob das Telefon mit den Bildern vom Massaker zu mir hin, »und ich werde nicht ruhen, bis er und alle anderen, die ihm helfen, mit den Würmern verrotten, genau wie die Leichen meiner Frau und meines Sohnes.«

Ich habe genickt und nachgegeben, denn so sehr ich es auch verleugnen möchte, ich verstehe Peters Bedürfnis nach Rache. Ich kann mir nicht vorstellen, Menschen, die mir etwas bedeuten, auf eine so schreckliche Art und Weise zu verlieren, und ich weiß, dass es für ihn noch schlimmer gewesen sein musste. Nach allem, was er mir erzählt hat, waren diese kurzen Jahre mit Pasha und Tamila die einzige Zeit in seinem Leben, in der er etwas hatte, was einer Familie und Liebe ähnelte.

Letzte Woche sprach Peter zum ersten Mal ein wenig über seinen Sohn. Es war, nachdem er aus einem Albtraum über den Tod seiner Familie erwachte und sein großer Körper zitterte und mit kaltem Schweiß bedeckt war. Er hat sich dann nach mir ausgestreckt und mich gefickt, und in dem stillen Moment danach hat er zugegeben, wie sehr er seinen kleinen Jungen vermisst – wie sehr er seine Abwesenheit noch spürt.

»Pasha war ... Leben«, hat er mir abgehackt erzählt. »Ich weiß nicht mal, wie ich es erklären soll. Ich hatte noch nie ein Kind getroffen, das so viel Freude daran hatte, einfach zu existieren. Vögel, Insekten, Bäume, der Himmel und die Felsen – alles war neu für ihn, alles war lustig. Und er hatte so viel Energie. Tamila konnte kaum mit ihm mithalten. Er hat sie verrückt gemacht. Und Autos ...« Seine kräftige Brust hob sich mit einem tiefen Atemzug. »Er hat Autos geliebt. Er wollte ein Rennfahrer werden.«

»Ach, Peter ...« Ich legte meine Hand auf seine. »Er hört sich toll an.«

»Das war er«, flüsterte Peter und drehte seine Handfläche nach oben, um meine Finger zu drücken, und die Intensität des Schmerzes in seinen Worten tat mir in der Seele weh.

Trotz seiner Besessenheit von mir trauert mein Entführer immer noch um den Verlust seiner Familie – den Menschen, die er wirklich geliebt hat.

3 8

S ara

MITTE OKTOBER INTENSIVIEREN SICH DIE VORBEREITUNGEN DER Männer auf den Job in der Türkei, und ich beschließe, dass dies meine Chance sein wird.

Wenn sie das Gleiche tun wie beim letzten Mal und einen Mann dalassen, der mich bewachen soll, kann ich mich vielleicht unbemerkt davonschleichen – besonders wenn mein Wärter so beschäftigt sein wird wie Yan während des Nigeria-Auftrags.

»Also«, frage ich Peter wie nebenbei bei einem unserer Spaziergänge, »was ist der Plan für nächste Woche? Bleibt Yan wieder hier?«

Zu meiner Überraschung schüttelt Peter den Kopf. »Er kann nicht. Keiner von uns kann diesmal. Die Sicherheit um den Politiker ist zu vielschichtig; wir brauchen alle vier von uns, um an ihn heranzukommen.«

Mein Herz schlägt auf einmal voller plötzlicher Hoffnung schneller. Ich versuche, nicht zu erfreut zu klingen, ich sage: »Das macht Sinn. Mir wird es hier gut gehen. Es gibt jede Menge Essen und ...«

»Nein, Ptichka.« Peter greift nach meiner Hand und legte sie in seine Ellenbeuge. »Ich lasse dich nicht allein hier, keine Sorge.«

Ich schlucke meine Enttäuschung hinunter und versuche, einen ausdruckslosen Blick aufzusetzen, als wir weitergehen. »Warum? Es ist nicht so, dass ich wegkomme, also ...«

»Genau.« Peter wirft mir einen ironischen Blick zu. »Du kommst nicht runter, aber das bedeutet nicht, dass du nicht versucht sein wirst, es zu probieren. Außerdem will ich dich hier nicht allein zurücklassen, falls uns etwas zustößt.«

»Aber was machst du dann mit mir?«, frage ich verwirrt. »Wirst du mich zu dem Job mitnehmen?«

»Nein, natürlich nicht, obwohl Yan das vorgeschlagen hat. Der schnuckelige Bastard will bei Verletzungen einen Arzt zur Hand haben«, sagt Peter mit einer Grimasse. »Nein, ich warte auf eine Antwort von jemandem, und sobald ich sie bekomme, werde ich dich wissen lassen, wie der Plan aussieht.«

»Was?« Ich runzele die Stirn. »Von wem eine Antwort bekommen? Worauf?«

»Mach dir jetzt keine Sorgen«, sagt Peter und hält einen Ast hoch, um mich darunter durchgehen zu lassen. »Wenn es nicht klappt, gibt es einen Plan B, aber Plan A ist viel besser, vertrau mir.«

~

Zwei Tage bevor die Männer fliegen, erfahre ich, was Plan A ist.

»Du lässt mich auf Zypern bei einem illegalen Waffenhändler zurück?« Ich schaue Peter an und bin so schockiert, dass ich vergesse, dass ich gerade dabei bin, meine Jeans auszuziehen. »Und das ist besser, als mich hierzulassen, weil ...?«

Peter setzt sich auf das Bett. »Weil er und seine Frau mir einen Gefallen schulden«, erklärt er und zieht sein Hemd aus. »Wenn mir etwas passiert, haben sie versprochen, dich nach Hause zurückzubringen. Du wirst bei ihnen sicher sein, bis ich dich zurückholen kann, und wenn ich es aus irgendeinem Grund nicht kann ... Nun, du wirst das bekommen, von dem du sagst, dass du es möchtest, mein Schatz. Dein altes Leben wird wieder dir gehören.«

Wie betäubt ziehe ich mich zu Ende aus und setze mich nur mit Unterwäsche bekleidet neben ihn auf das Bett. »Aber ein anderer Verbrecher? Woher weißt du, dass du ihm vertrauen kannst? Was ist, wenn er dich hintergeht? Du sagtest, es ist ein Preis auf deinen Kopf ausgesetzt ...«

Peter zuckt mit den Achseln, seine Augen schweifen über meinen fast nackten Körper. »Wie ich schon sagte, Lucas Kent schuldet mir einen Gefallen, und er braucht die Belohnung nicht. Er war früher der Stellvertreter von Julian Esguerra, einem mächtigen Waffenhändler, und jetzt ist er der Partner seines Chefs in einigen Unternehmungen. Die Belohnung interessiert ihn nicht, genauso wenig wie irgendein Gefallen der Behörden, wenn er mich ausliefern würde.«

»Oh.« Irgendetwas nagt in meinem Hinterkopf, ein Detail, an das ich mich nicht mehr erinnern kann. Und dann fällt es mir ein. »Warte mal, ist Kent der Waffenhändler, den du eben erwähnt hast? Der, der dir deine Liste besorgt hat?«

»Nein, das war eigentlich sein Boss, Esguerra«, sagt Peter und greift hinter meinen Rücken. »Oder, technisch gesehen, Esguerras Frau, da Esguerra damals geschworen hatte, mich zu töten.«

Ich fange seine Handgelenke ab, bevor er meinen BH öffnen kann. »Dich töten? Weshalb?«

Peter seufzt. »Das ist eine lange Geschichte, aber es genügt, zu sagen, dass Kent mich nicht wie Esguerra hasst. Ich habe ihm aus einigen Engpässen geholfen, sowohl als wir zusammenarbeiteten – Esguerra war auch einmal mein Arbeitgeber – als auch danach, als Kent seine Frau zurückholen musste. Auf jeden Fall ist alles, was du wissen musst, dass Kent mir etwas schuldet.«

»Aber dieser Esguerra, Kents Partner, will dich töten?« Als Peter nickt, frage ich frustriert: »Warum?«

»Weil ich Esguerras Leben gerettet habe, aber ich musste dabei gegen seinen Befehl handeln. Genau gesagt musste ich seine Frau gefährden, die Frau, deren Schutz er mir anvertraut hatte. Es war auf ihren Wunsch hin – sie bot mir nämlich meine Liste an –, aber er war nicht erfreut.« Peter dreht sich mit lächerlicher Leichtigkeit aus meinem Griff heraus und wendet sich wieder meinem BH zu.

Ich gebe auf und lasse ihn ihn öffnen. »Aber er und die Frau sind beide in Ordnung?«

Peter zuckt wieder mit den Schultern, und sein erhitzter Blick sinkt auf meine entblößten Brüste. »Okay ist ein relativer Begriff, aber ja, sie haben beide überlebt, und sie hat ihren Teil der Abmachung eingehalten, indem sie mir die Liste besorgt hat.« Seine Stimme ist heiser, als er seine Aufmerksamkeit auf mein Gesicht lenkt und sagt: »Du musst dir keine Sorgen um die Esguerras machen, Ptichka. Sie sind in Kolumbien, weit weg von Kents Anwesen auf Zypern. Du bleibst für ein paar Tage bei Kent und seiner Frau, bis wir den Job erledigt haben, und dann holen wir dich auf dem Rückweg ab. Zypern liegt direkt neben der Türkei, falls du es nicht wusstest.« Während er spricht, bedeckt er meine Brüste mit seinen Händen, drückt sie sanft zusammen und massiert sie.

»Ist das der Grund, weshalb ...« Ich schlucke, während er mit dem Daumen gegen meinen Nippel klopft und mir ein Kribbeln direkt in meinen Unterleib sendet. »Willst du mich deshalb dort verstecken? Weil es praktisch ist?«

»Teilweise«, antwortet Peter und schaut auf, um in meine Augen zu schauen. »Aber vor allem, weil Lucas Kent dich für mich sicher und geborgen hält, also werde ich dich dort abholen, wenn ich zurückkehre.«

Und damit nimmt er mein Gesicht zwischen seine Handflächen, küsst mich tief und trägt mich auf das Bett.

39

eter

SARA IST IN DEN ZWEI TAGEN VOR DER REISE STILL, FAST zurückgezogen, und ich weiß, dass sie sich Sorgen macht. Yan hat mir erzählt, wie ängstlich sie während unseres Jobs in Nigeria war, und während mir das damals gefiel, bereue ich jetzt, dass ich ihr so viel Stress bereite.

Ob er es zugeben will oder nicht, mein kleiner Singvogel macht sich Sorgen um mich.

Große Sorgen.

Ich tue mein Bestes, um Sara von der bevorstehenden Reise abzulenken, indem ich sie täglich mit ihren Eltern sprechen lasse, sie auf Spaziergänge mitnehme und in jeder meiner freien Minuten Liebe mit ihr mache. Leider habe ich nicht viele. Es gibt zu viel zu tun, zu viele Szenarien zu planen. Der Politiker,

Deniz Arslan, ist es gewohnt, eine Zielscheibe zu sein, und seine Sicherheitsmaßnahmen sind erstklassig, so gut wie alles, was ich damals für meine Kunden gemacht habe. Es gibt nur ein paar kleine Schwächen, die wir bisher entdecken konnten, und selbst diese könnten Fallen sein.

Das ist kein leichter Job, und deshalb zahlt uns ein ukrainischer Oligarch 25 Millionen Euro dafür.

Am Abend vor der Reise mache ich uns noch ein schönes Abendessen, aber diesmal verbiete ich den Jungs, über all das zu reden, was mit der bevorstehenden Gefahr zu tun hat. Wir halten das Gespräch leicht, indem wir uns an amüsante Geschichten aus unserer Vergangenheit erinnern, und Anton gelingt es schließlich, Sara aus ihrem Panzer zu locken, indem er ihr erzählt, wie wir uns zum ersten Mal begegnet sind.

»Hier bin ich also, ein einundzwanzig Jahre alter Armeepunker, der in dieses Elite-Team rekrutiert wurde und bereit ist, seinen neuen Kommandanten zu treffen«, erzählt er grinsend. »Ich dachte, er wäre ein alter Hund voller gesalzener Geschichten über Afghanistan und das Leben im Kommunismus. Und stattdessen kommt dieser Typ in meinem Alter rein«, er zeigt kurz mit der Gabel in meine Richtung, »und fängt an, Anweisungen zu geben. Ich dachte, es gäbe ein Missverständnis, also sagte ich ihm, er solle sich verpissen, und schon hatte ich sein Messer an meiner Kehle.«

»Peter hat dich bedroht?«

»Wenn es eine Bedrohung ist, die Halsschlagader beinahe aufzuschlitzen, dann ja.« Anton lacht und schüttelt den Kopf bei der Erinnerung. »Es war jedoch gut. Es hat uns geholfen, ein Gefühl dafür zu bekommen, mit was für einem Mann wir es zu tun haben.«

Sara dreht sich zu mir um, und ihre haselnussbraunen

Augen sind weit aufgerissen. »Du wurdest also mit einundzwanzig Teamleiter?«

Ich nicke und esse meinen pochierten Lachs auf. »Zu diesem Zeitpunkt hatte ich vier Jahre Erfahrung darin, Leute aufzuspüren und zu verhören, und ich war sehr gut in meinem Job.«

»Das kann ich mir vorstellen«, meint Sara trocken. Sie schaut auf die Zwillinge und fragt: »Habt ihr alle zur selben Zeit angefangen, mit Peter zu arbeiten?«

Yan schüttelt den Kopf. »Ilya und ich kamen später dazu, nachdem das Team schon ein paar Jahre bestand. Diese beiden«, er nickt Anton und mir zu, »waren zu der Zeit Profis, aber wir haben es geschafft, mitzuhalten.«

»Ach, bitte.« Anton schnaubt. »Was ist mit dem Mal, als du in dem Brunnen bei Grosny stecken geblieben bist? Ist es für dich ›mithalten‹, wenn wir deinen Arsch mit einem Wassereimer herausziehen müssen?«

Yan zuckt mit den Schultern und lächelt kühl. »Ich erfuhr viel über die tschetschenischen Rebellen, als ich in dem Brunnen war, und abtauchen war besser, als durch die Bomben in Stücke gerissen zu werden.«

Sara erblasst bei der Erwähnung einer Bombe, und ich werfe Yan einen bösen Blick zu. Wir hatten uns darauf geeinigt, die Konversation heute Abend leicht zu halten und alles zu vermeiden, was Sara an die bevorstehende Reise erinnern könnte – und Bomben fallen definitiv in diese Kategorie.

Yan erkennt seinen Fehler, berührt seinen Bruder mit dem Ellenbogen und sagt: »Dieser hier hatte auch ein paar Probleme. Erinnert ihr euch an die Nutte, die seine Stiefel gestohlen hat?«

Ilya errötet, als Anton unter lautem Gelächter die

Geschichte erzählt, und ich greife unter dem Tisch nach Saras Knie und drücke ihr Bein beruhigend. Sie lächelt mich an, und ich fühle dieses weiche, warme Leuchten in meiner Brust, durch das ich mich so lebendig fühle, wenn ich mit ihr zusammen bin. Wir sind von meinen Teamkameraden umgeben, aber wir könnten auch allein sein, denn sie ist alles, was ich wahrnehme, alles, was ich höre und sehe.

Meine Sara.

Ich liebe sie so sehr, dass es wehtut.

Wir beenden das Abendessen mit einem üppigen Dessert, und dann führe ich Sara nach oben, wo ich mit ihr Liebe mache, bis wir erschöpft und wund sind.

40

ara

Es fühlt sich seltsam an, mit Peter zum Hubschrauber zu gehen und zu wissen, dass ich den Berg zum ersten Mal seit viereinhalb Monaten wieder verlasse. Aus irgendeinem Grund hatte ich bis jetzt noch nicht die Tage und Wochen zusammengezählt, die vergangen sind, aber jetzt, da ich es getan habe, erkenne ich, dass es ein Jahr her ist, dass Peter in mein Leben kam ... ein Jahr vergangen ist, seit er in mein Haus einbrach und mich folterte, um an George zu gelangen.

Ich habe meine Familie seit viereinhalb Monaten nicht mehr gesehen, und wenn ich nicht fliehe, sehe ich sie vielleicht nie wieder.

Außer wenn Peter getötet wird, erinnert mich ein heimtückisches Flüstern, und mein Herz setzt einen Schlag aus.

Die Sorge um meinen Kidnapper liegt wie ein Eisenring um meinem Brustkorb, unzerbrechlich und erstickend, und egal, wie sehr ich versuche, mich vom Gegenteil zu überzeugen, ich kann die Angst nicht verschwinden lassen.

Ich will meine Freiheit nicht.

Nicht zu diesem Preis zumindest.

Ich habe den Gedanken an Flucht nicht aufgegeben, aber angesichts dieser neuen Entwicklungen ist mein neuer Plan, auf Zypern zu verschwinden. Ich weiß nicht, welche Art von Sicherheitsvorkehrungen dieser Lucas Kent hat, aber es besteht die Möglichkeit, dass er unvorsichtiger als Peter und seine Männer sein wird, es weniger darauf anlegt, mich vom Internet und den Telefonen fernzuhalten. Er hat vielleicht sogar Skrupel, als Kerkermeister zu fungieren, obwohl ich nicht damit rechne.

Männer in Peters Welt scheinen sich nicht um die Freiheit einer Frau zu kümmern.

Als der Hubschrauber abhebt, sehe ich durch das Fenster, wie unser Bergrückzug immer kleiner wird, aber statt Hoffnung empfinde ich nur Angst. Ich sollte diese Änderung begrüßen, die Chancen nutzen, die sie bietet, aber während ich versuche, genau das zu tun, kann ich nicht anders, als mir zu wünschen, wir würden nicht gehen.

Ich habe Angst vor dem, was als Nächstes passiert.

Ich schlafe diesmal nicht im Flugzeug – ich kann nicht –, und als wir auf einer privaten Landebahn auf Zypern landen, brennen meine Augen vor Trockenheit und Erschöpfung. Peter hat auch nicht geschlafen, weil er den größten Teil des dreizehnstündigen Fluges mit den Zwillingen die Last-Minute-Logistik durchgegangen ist, aber er sieht so frisch aus wie in dem Moment, als wir das Flugzeug bestiegen haben – genauso wie seine Männer.

Wenn ich es nicht besser wüsste, würde ich denken, dass alle Russen übermenschlich sind.

Es ist angenehm warm, als wir aus dem Flugzeug steigen, und die tropische Brise hat einen Hauch von Salz und Meer. Eine schwarze Limousine wartet am Flugplatz auf uns und nimmt uns mit auf eine malerische Fahrt durch ein dünn besiedeltes Gebiet. Einige Male entdecke ich auch etwas, was aussieht wie ein wilder Esel. Die Fahrt selbst macht mich allerdings nervös. Wir fahren nicht nur auf der linken Straßenseite wie in Großbritannien, sondern auch auf schmalen und kurvenreichen Straßen, die sich gelegentlich entlang einiger gefährlich aussehender Klippen schlängeln.

Schließlich erreichen wir ein automatisches Tor, und am Ende einer langen Einfahrt sehe ich ein Haus im mediterranen Stil auf einer Klippe mit Blick auf den Strand – Kents Haus, wie Peter meint. Es ist groß, schön und sehr gepflegt, aber nicht annähernd so auffällig, wie ich es von einem wohlhabenden Waffenhändler erwartet hatte.

»Lass dich nicht von der Größe des Hauses täuschen«, sagt Peter, als ich ihm das sage. »Kent mag es nicht, Personal bei sich wohnen zu haben, aber ihm gehört das ganze Land, so weit das Auge reicht, einschließlich des Strandes darunter, und er hat außergewöhnliche Sicherheitsvorkehrungen getroffen. In diesem Augenblick patrouillieren mehrere Dutzend Wächter in dem Gebiet und fünfzig Militärdrohnen überwachen uns. Wenn Kent uns für eine Bedrohung hielte, würden wir uns nicht einmal bis auf einen Kilometer seinem Anwesen annähern, ohne in die Luft gejagt zu werden.«

»Oh.« Ich schaue nach oben, während mein Magen sich zusammenzieht. Obwohl es in dieser Zeitzone erst später Nachmittag ist, ist der Himmel mit Wolken bedeckt, und das macht die Tatsache irgendwie noch bedrohlicher, dass etwas so Tödliches unsichtbar über uns schwebt.

»Keine Sorge«, meint Yan, der offenbar meine Gedanken ahnt. Er läuft hinter mir, und Peter und trägt eine Tasche, die lässig über seiner Schulter hängt. »Wenn Kent uns tot sehen wollte, würden wir schon nicht mehr laufen.«

»Halt's Maul, du Idiot«, murmelt sein Bruder und wirft einen beunruhigten Blick auf Peter, aber sein Chef hört nicht zu. Stattdessen schaut er auf den großen, breitschultrigen Mann, der gerade die Eingangstür geöffnet hat und die Treppe zu uns hinuntergeht.

Ich starre ihn auch an, da ich fasziniert bin von der granitähnlichen Härte seiner Gesichtszüge und der Eiseskälte seiner blassen Augen. Er trägt sein helles Haar kurz, fast schon im Igelschnitt, und seine Haut ist dunkel gebräunt. Wie Peter sieht er wie Mitte dreißig aus, und wie mein Entführer muss auch er ein ehemaliger Militärangehöriger sein. Ich kann das an seiner Körperhaltung und in der Wachsamkeit seines Blicks sehen.

Dieser Mann ist Gefahr gewöhnt.

Nein, wird mir klar, als er näher kommt, ein Mann, der bei Gefahr *aufblüht*.

Es ist nichts Bestimmtes, das diesen Eindruck vermittelt – er trägt Jeans und T-Shirt, ohne sichtbare Waffen oder Tattoos –, aber ich bin mir meiner Schlussfolgerung sicher. Es gibt einfach etwas an Männern, denen Gewalt sehr vertraut ist, eine Art furchtlose Rücksichtslosigkeit, die zivilisierten Leuten fehlt. Peter und seine Teamkollegen haben es im Überfluss, genau wie dieser Mann.

»Lucas«, sagt Peter zur Begrüßung und bleibt vor ihm stehen. »Es ist schön, dich zu sehen.«

Der blonde Mann nickt, und sein Lächeln ist genauso hart wie sein Gesicht. »Sokolov.« Sein blasser Blick fällt kurz auf mich. »Und du musst Sara sein.«

Ich nicke vorsichtig. »Hallo.« Aus irgendeinem Grund habe ich keinen amerikanischen Akzent erwartet, aber genau den höre ich in Lucas Kents Stimme, als er Peters Kameraden begrüßt.

»Glückwunsch zu deiner kürzlichen Hochzeit«, sagt Peter, als unser Gastgeber uns die Treppe zum Eingang hinaufführt. »Tut mir leid, dass ich keine Gelegenheit hatte, ein Geschenk zu schicken.«

Kent scheint das zu amüsieren. »Das ist wahrscheinlich besser so. Esguerra konnte sich so schon kaum zurückhalten.«

»Ach.« Peter grinst. »Also hat er es immer noch auf deine Braut abgesehen?«

»Du weißt ja, wie er ist«, meint Kent lakonisch, und Peter lacht.

»Besser als die meisten, da bin ich mir sicher. Wo ist überhaupt deine frisch angetraute Frau?"

»In der Küche – und kocht einen Sturm zusammen«, antwortet der Waffenhändler, und sein Ton erwärmt sich zum ersten Mal leicht. »Ihr werdet sie in einer Minute treffen.«

Ich höre schweigend zu, während sie weiter über Leute und Orte reden, die ich nicht kenne. Ich bin neugierig, was Kent meinte, als er sagte, dass sich sein Chef und Partner kaum zurückhalten konnte. Es klang so, als ob dieser Esguerra Kents neue Frau nicht mögen würde, und wenn das so ist, frage ich mich, warum.

Als wir das Haus betreten, bringt ein herzhaftes Aroma von Fleisch und verschiedenen Gewürzen meinen Magen zum Knurren. Wir haben im Flugzeug Sandwiches gegessen, aber das war vor Stunden, und ich bin schon wieder am Verhungern. Ich bezweifle, dass Frau Kents Kochkunst Peters leckeren Kreationen auch nur annähernd nahe kommt, aber wenn das Abendessen auch nur halb so gut schmeckt, wie es riecht, dann ist es genau das Richtige.

Peter und seine Männer werden sofort nach dem Abendessen losfliegen – sie haben heute Abend ein paar Erkundungen zu erledigen –, also führt Lucas Anton und die Zwillinge zu einem Badezimmer am Eingang, bevor er mich und Peter in das Zimmer führt, wo ich bleiben werde. Als wir das geräumige Wohnzimmer durchqueren, stelle ich fest, dass das Innere von Kents Villa modern, aber überraschend gemütlich ist, mit Polstergarnituren und warmen Holzelementen, die die scharfen Linien der skandinavischen Möbel mildern. Fenster vom Boden bis zur Decke lassen viel Licht herein und bieten einen herrlichen Ausblick auf das Mittelmeer, während die Wände mit Bildern eines lächelnden Paares – unseres Gastgebers und einer hübschen jungen Blondine, die seine Frau sein muss – bedeckt sind. Auch auf diesen Bildern taucht häufig ein Teenager auf, dessen Ähnlichkeit zu Frau Kent mich darauf schließen lässt, dass es sich um ihren Bruder handelt.

Die wunderschöne Frau auf diesen Fotos sieht allerdings nicht alt genug aus, um einen Sohn im Teenageralter zu haben.

»Wir sind da«, sagt Kent, als wir ein Schlafzimmer mit angrenzendem Badezimmer und einem weiteren großen

Fenster mit Blick auf das Meer betreten. »Handtücher sind im Bad, und das Bett ist bereits bezogen. Wenn ihr noch etwas braucht, sprecht mit Yulia.«

»Yulia?«, frage ich.

»Meine Frau«, erklärt mir Kent, während Peter zum Fenster geht und daneben stehen bleibt. »Sie weiß, wo alles ist, nicht ich.«

»Verstanden«, sage ich und versuche mein Bestes, um meine plötzliche Belustigung zu verbergen. In Japan habe ich mich so sehr daran gewöhnt, dass Peter und die Männer die ganze Hausarbeit erledigen, dass ich vergessen habe, dass die meisten Männer nicht so sind. Mein Vater fragt meine Mutter immer noch, wo er die Eiscremekelle finden kann, und George wusste nur, wie man Grill- und Käsesandwiches zubereitet.

Bei dieser unerwarteten Erinnerung zieht sich meine Brust zusammen, und meine Stimmung wird düsterer, als ich merke, dass ich wieder einmal meinen toten Mann mit seinem Mörder verglichen habe. Das ist etwas, wobei ich mich in letzter Zeit häufiger erwischt habe, und jedes Mal schäme ich mich und ärgere mich über mich selbst. George schneidet bei den Vergleichen selten gut ab, und das ist nicht fair. Was George und ich hatten, war eine durchschnittliche Beziehung mit Zuneigung, Respekt und einer normalen Art von Anziehungskraft. Mein Mann war nicht von mir besessen, und ich fühlte nicht einmal einen Bruchteil der widersprüchlichen Gefühle, die Peter in mir weckt.

Und das war eine gute Sache, sage ich mir, während ich ins Badezimmer gehe, um mich frisch zu machen. Was ich mit Peter habe, ist zu intensiv, zu überwältigend. Was er bereit ist zu tun, um mich zu haben, ist erschreckend, ebenso wie meine Unfähigkeit, ihm trotz der schrecklichen Dinge, die er tut, zu widerstehen. Der Gedanke von uns als Paar ist auf jeder möglichen Betrachtungsebene falsch. Und wenn ich noch einen weiteren Beweis dafür brauchte, dann waren es die Fotos an den Wänden heute. Selbst unser Gastgeber, der illegale Waffenhändler, scheint eine glückliche Ehe zu führen – etwas, was ich nie mit Peter haben werde.

Ich bezweifle, dass Lucas Kent jemals grausam genug war, seine schöne Frau gefangen zu halten, geschweige denn ihren Mann zu töten.

Als ich aus dem Bad komme, ist Kent weg, und Peter sitzt auf dem Bett und wartet auf mich. »Das Essen ist fast fertig«, sagt er, während ich zu ihm gehe. »Lucas sagte, wir sollen kommen, sobald du dich umgezogen hast.«

»Okay.« Ich hole die Tasche, die Peter für mich gepackt hat, und ziehe meine Reisebekleidung aus, während Peter auf der Toilette verschwindet. Als er zurückkehrt, habe ich eines meiner schöneren Sommerkleider an und habe es sogar geschafft, Lipgloss aufzutragen – ein kürzlich von Yan erledigter Einkauf, den ich nicht vergessen habe in meine Tasche zu packen.

»Ich bin fertig«, sage ich, als Peter auf mich zukommt, und sein metallischer Blick seltsam entschlossen aussieht. »Wir sollten gehen, damit sie nicht – oh!«

Bevor ich mehr als nur keuchen kann, werde ich über das Bett gebeugt, mein Rock wird hochgezogen und mein Tanga freigelegt. Ein harter Ruck von Peters Faust, und das dünne Stück Stoff zerreißt, so dass ich bis zur Taille nackt bin. Mein Herz rast, mein Inneres zieht sich mit einer Mischung aus Angst und Vorfreude zusammen, und dann ist Peter auf mir und beugt sich über mich, während sein Schwanz gegen meine Falten drückt.

Sein Eindringen ist rau, grenzt an brutal. Eine große Hand greift meine Kehle und zwingt mich, meinen Rücken zu wölben, während die andere meinen Kitzler findet. Ich bin anfangs nicht nass genug, so dass die wilden Stöße brennen und sein dicker Schwanz sich wie ein Rammbock in mir anfühlt. Doch schon bald finden seine Finger den richtigen Rhythmus, und eine vertraute Anspannung beginnt sich in meinem Unterleib aufzubauen. Seine Hand an meinem Hals schränkt meine Atmung ein, meine Nervenenden vibrieren durch den quälenden Lustschmerz, und der Sauerstoffmangel steigert alle Empfindungen. Es ist zu viel, zu intensiv, und ich atme mit flachen, keuchenden Atemzügen und klammere mich mit meinen Fäusten am Laken fest, während er weiter in mich hineinhämmert und mich so hart fickt, dass es sich anfühlt, als würde ich gleich zerbrechen.

Und dann tue ich es, die Spannung erreicht ihren Höhepunkt mit einer kochend heißen Welle. Weißglühende Lust explodiert in jedem Muskel meines Körpers, so dass mein Herz sich anfühlt, als platze es in meiner Brust. Ich zittere, ringe nach Luft und kollabiere auf der Matratze, sobald Peter meinen Hals loslässt, und höre ihn stöhnen, als er tief in mir pulsierend kommt.

Eine Minute lang kann ich nicht denken, kann nur schwach in die Decke keuchen, als er sich aus mir zurückzieht und von mir abrückt, aber dann dämmert mir die Bedeutung der Nässe, die meine Oberschenkel hinunterläuft.

Peter hat wieder kein Kondom benutzt.

Ich kneife meine Augen zusammen, ich verfluche erst mich stillschweigend, danach Peter, und dann wieder mich selbst. Jedes andere Mal, wenn wir nicht verhütet haben, waren wir in einer minimal fruchtbaren Zeit, weshalb wir Spätfolgen bisher vermieden haben. Gerade jetzt bin ich allerdings in der Mitte des Zyklus – und wahrscheinlich habe ich gerade meinen Eisprung.

»Kannst du mir bitte ein Taschentuch reichen?«, frage ich steif und öffne die Augen, allerdings ohne mich zu bewegen, damit ich das neue Kleid nicht einsaue. Ich habe für diese Reise nur ein paar Outfits mitgebracht und kann es mir nicht leisten, eines in der ersten Nacht schmutzig zu machen.

Peter geht zum Nachttisch und kommt mit einem Taschentuch zurück. »Hier, bitte«, murmelt er, während er die Nässe zwischen meinen Beinen auftupft, und ich entreiße ihm das Tuch und beende den Job selbst, bevor ich wieder ins Badezimmer gehe. Mein Geschlecht ist geschwollen und wund, und meine Beine sind noch ein wenig wackelig, aber alles, auf was ich mich konzentrieren kann, ist, dass ich schwanger geworden sein könnte.

Schwanger mit Peters Kind.

Ich wasche mich so gründlich wie möglich, obwohl ich weiß, dass es sinnlos ist. Ein Spermium reicht, man braucht nicht die Millionen, die noch in mir sind. Ich kämpfe gegen den Drang, zu weinen, an, glätte meine Haare, versichere mich dass mein Kleid immer noch präsentabel aussieht, und verlasse das Badezimmer.

»Sara ...« Peter steht vom Bett auf, wo er sich erneut hingesetzt hatte. Sein Kiefer ist angespannt, seine Augenbrauen durch die gerunzelte Stirn nach oben gezogen, als er nach mir greift, und seine Finger sanft meine Oberarme umschließen. »Ptichka. Geht es dir gut?«

»Was meinst du?« Ich runzele die Stirn.

»Habe ich dir wehgetan?«, wird er deutlicher, und sein Gesicht ist vor Sorge verdunkelt. »Ich wollte nicht so rau sein.

Du sahst so schön und sexy aus, dass ich ...« Er zieht eine Grimasse. »Na ja, die Wahrheit ist, dass ich die Kontrolle verloren habe.«

Meine Verzweiflung weicht dem plötzlichen Zorn, und wütende Hitze breitet sich auf meinen Wangen aus. Schön und sexy? Ist das seine Entschuldigung dafür?

»Die Kontrolle verloren?« Ruckartig ziehe ich mich aus seiner Umarmung. »Wirklich? Was ist mit den ganzen anderen Malen, an denen du das getan hast? Hast du da auch die Kontrolle verloren?«

Sein silberner Blick füllt sich mit Reue. »Ich habe dir wehgetan. Es tut mir leid, mein Schatz. Ich war grob, und ich wollte es nicht sein – zumindest nicht heute Abend.«

»Du hast mir nicht wehgetan!« Meine Hände ballen sich an meinen Seiten zu Fäusten. »Ich meine, du hast es getan, aber es ist mir egal – ich bin gekommen, falls es dir nicht aufgefallen ist. Ich rede davon, keine Kondome zu benutzen.«

Seine Gesichtszüge glätten sich, und sein Ausdruck wird undurchsichtig. »Ich verstehe.«

»Was verstehst du?« Ich starre ihn wütend an, und trete so nah an ihn heran, bis ich fast auf seinen Zehen stehe. Er ist einen Kopf größer als ich und viel, viel breiter, aber ich bin zu wütend, als dass mich das kümmern würde. »Gib es einfach zu«, zische ich. »Du versuchst, mich zu schwängern. Das war kein Unfall, und die anderen Male, an denen wir es ›vergessen‹ haben, auch nicht.«

Einen Moment lang bin ich mir sicher, dass Peter es leugnen wird, aber er nimmt meine Hand in seine, drückt sie gegen seine Brust und seine Augen glitzern wie dunkles Glas.

»Ja«, sagt er leise. »Du hast recht, Sara. Ich *versuche*, dich zu schwängern.«

Sara

ICH SEHE NICHTS IN KENTS HAUS, ALS PETER MICH ZUM Speiseraum führt, und ich achte auch nicht auf Peters Männer, als sie sich uns im Wohnzimmer anschließen und uns an den Tisch folgen. Ich verarbeite immer noch Peters Eingeständnis, und meine Wut verwandelt sich schnell in erstickende Panik.

Das ist natürlich keine komplette Überraschung. Ich habe das vermutet, wusste es auf irgendeiner Ebene. Mein Kidnapper gab bereits zu, dass es ihm nichts ausmachen würde, ein Kind mit mir zu haben, und ein Mann wie Peter – jemand, der akribisch genug ist, um unmögliche Attentate zu planen und dutzende unkalkulierbare Variablen vorherzusehen – würde ein Kondom nicht aus Vergesslichkeit weglassen. Zumindest nicht wiederholt.

Ich hatte recht damit, dass ich weglaufen wollte. Wenn ich nicht bald fliehe, finde ich vielleicht nie einen Ausweg – und ich muss. Wenn nicht für mich selbst, dann für mein zukünftiges Kind.

Ich kann kein Kind mit einem Kriminellen auf der Flucht bekommen, dessen Leben von Gewalt und Gefahr durchdrungen ist.

»Da seid ihr ja. Ich dachte schon, dass ihr euch dafür entschieden habt, vor dem Abendessen ein Nickerchen zu machen.« Die wunderschöne Blondine von den Fotos, Yulia, begrüßt uns mit einem strahlenden Lächeln, als wir den Speiseraum betreten. In Natura ist sie noch umwerfender, mit unglaublich langen Beinen, strahlend blauen Augen und einem Gesicht wie ein Model. Wie ihr Mann ist sie lässig gekleidet, in Jeans-Shorts und einem hellen T-Shirt, aber das schlichte Outfit unterstreicht nur ihre natürliche Schönheit. Sie scheint ein paar Jahre jünger zu sein als ich, irgendwo Anfang bis Mitte zwanzig. Ihr großer, schlanker Körper ist an den richtigen Stellen geschwungen, und ihre blasse Haut erstrahlt mit einem goldenen Unterton, der einen hübschen Kontrast zu den weißblonden Strähnen in ihren langen, vollen Haaren bildet.

Wenn ich sie auf der Straße getroffen hätte, wäre ich mir sicher gewesen, dass sie ein Model oder eine Schauspielerin ist.

Als ich begreife, dass ich sie anstarre, als sei sie eine Berühmtheit, blende ich alle Gedanken an Peter und eine Schwangerschaft aus und schenke ihr ein warmes Lächeln. »Hallo. Ich bin Sara. Und du musst Yulia sein.«

Ich habe keine Ahnung, ob Kents Frau über meine Situation Bescheid weiß oder nicht, aber wenn sie es nicht weiß, kann ich ihr vielleicht meine missliche Lage erklären und sie für meine

Sache gewinnen. Aber zuerst muss ich sie kennenlernen, herausfinden, wie sie ist.

»Die bin ich.« Strahlend kommt Yulia herüber und küsst mich sehr europäisch auf die Wange. »Freut mich, dich kennenzulernen.« Sie wendet sich Peter und seinen Männern zu und lächelt sie an. »Hallo. Es freut mich, euch alle kennenzulernen.«

Als die Männer sich vorstellen, stelle ich fest, dass Kents Frau ebenfalls ein perfektes amerikanisches Englisch spricht, ohne erkennbaren Akzent. Ihr Name lässt mich jedoch vermuten, dass sie aus Osteuropa kommt – eine Vermutung, die sich bestätigt, als Yan etwas auf Russisch zu ihr sagt und sie in derselben Sprache antwortet, wobei sie breit grinst.

»Yan hat sie nur gefragt, ob das Essen so gut sein wird wie in ihren Restaurants«, übersetzt Peter für mich. »Yulia hat drei davon, und Yan war anscheinend in dem in Berlin.«

»Oh.« Ich nehme meinen früheren Gedanken zurück; das Essen *wird* so gut schmecken, wie es riecht. »Das ist wunderbar. Herzlichen Glückwunsch.«

»Danke«, sagt Yulia, und ihr Lächeln wird noch strahlender. »Es ist eine Menge Arbeit, aber ich liebe es.«

»Was liebst du?«, fragt Kent, der gerade hereinkommt. Er geht direkt zu Yulia, zieht sie an sich und legt einen besitzergreifenden Arm um ihre Taille. Sein hartes Gesicht ist ausdruckslos, aber seine blassen Augen glitzern gefährlich, als er Peter und seine Männer beobachtet und seine Haltung eine stille Warnung an sie ist, ihre Hände und Augen von seiner Frau fernzuhalten.

»Meine Restaurants zu betreiben«, erklärt sie und lächelt ihren großen, gefährlich aussehenden Ehemann ohne eine Spur von Angst an. Sie greift nach oben und streichelt mit ihrer

Hand die kurzen Haare an seinem Hinterkopf. »Yan hier war anscheinend schon mal in meinem Restaurant in Berlin, und es hat ihm geschmeckt.«

»Warum sollte es das nicht?« Kents Gesichtsausdruck wird weicher, als er Yulia anschaut. »Deine Rezepte sind fantastisch, mein Schatz.«

Sie errötet, und für einen Moment scheinen sie unsere Gegenwart zu vergessen. Der Blick zwischen ihnen ist so zart, so intim, dass sich mein eigenes Gesicht erhitzt, selbst wenn ein bittersüßer Schmerz mein Herz durchdringt.

Kents Ehe ist in der Tat glücklich, und ich kann nicht verhindern, sie zu beneiden.

»Essen?«, fragt Anton bettelnd, und wir alle lachen, als eine errötende Yulia sich aus dem Griff ihres Mannes befreit und in die Küche eilt. Unser Gastgeber geht ihr hinterher, und beide kehren eine Minute später mit lecker duftenden Gerichten zum Tisch zurück. Peter und ich gehen in die Küche, um ihnen zu helfen, den Rest herauszubringen, und ein paar Minuten später setzen wir uns für ein Gourmet-Menü hin, das die ausgefallensten Gerichte übertrifft, die Peter je für mich zubereitet hat.

»Kocht jeder in eurem Teil der Welt so?«, frage ich erstaunt. Es gibt nicht nur zwei verschiedene Arten von gebratenem Hühnerfleisch und mariniertem Lamm, sondern auch geräucherten Fisch, fünf verschiedene Salate, Blätterteiggebäck und verschiedene köstlich gefüllte Crêpes und so viele Dips und kleine Beilagen, dass ich nur hoffen kann, dass ich genügend Platz habe, um sie alle zu probieren. Und alles ist so schön arrangiert, dass jeder Teller einem Kunstwerk gleicht.

»Nein, du hattest nur Glück mit mir – und wir alle hatten Glück mit Yulia«, sagt Peter lächelnd. Sein Ausdruck ist entspannt und sein stählerner Blick warm, als er mich ansieht. Wenn er mir vor fünf Minuten nicht gesagt hätte, dass er mir ein Kind aufzwingen will, wäre es leicht gewesen, vorzutäuschen, dass wir ein normales Paar sind, das ein nettes Abendessen mit einer Gruppe von Freunden genießt.

Alle stürzen sich auf das Essen und machen Yulia mit jedem Bissen Komplimente, und erst als das Essen schon halb vorbei ist, werden die Gespräche geschäftlich. Wie sich herausstellt, weiß Peter eine ganze Menge über illegalen Waffenhandel, einschließlich aller wichtigen Akteure, und ich höre fasziniert zu, wie er und unser Gastgeber über Deals diskutieren, bei denen es um irrsinnige Geldsummen, teilweise in Milliardenhöhe, geht.

Ich hatte keine Ahnung, dass Waffenhandel so lukrativ ist oder dass meine eigene Regierung manchmal involviert ist.

»Hast du jemals die Herstellungseinschränkung bei dem unentdeckbaren Sprengstoff gelöst?«, fragt Peter und greift nach einer Blätterteigpastete gefüllt mit einer Shiitake-Camembert-Mischung, einem der beliebtesten Gerichte seiner Männer. »Der war sehr gefragt, soweit ich mich erinnere.«

»Die gibt es immer noch, also nein«, antwortet Kent, während Yulia einen Löffel Krabbensalat auf seinen Teller gibt. »Das Grundmaterial ist so instabil, dass man gut ausgebildete Chemiker haben muss, die den Herstellungsprozess Schritt für Schritt überwachen. Und selbst wenn wir die Produktion erhöhen könnten ... Onkel Sam will das nicht. Wie du dir vorstellen kannst, sind die Amerikaner zufrieden damit, jede Charge aufzukaufen, die wir produzieren, wann immer wir sie produzieren.«

»Natürlich.« Peter nimmt sich noch ein Gebäckstück, bevor

die Ivanov-Zwillinge den ganzen Teller vernichten können. »Ist Frank immer noch für euch da?«

»Er hat sich vor ein paar Monaten zur Ruhe gesetzt«, sagt Kent und greift zu Yulias Hand, um mit ihr zu spielen, seine großen, sonnengebräunten Finger mit ihren schlanken Fingern zu verschränken. »Wir haben jetzt einen neuen CIA-Kontaktmann, Jeff Traum. Aber er ist hart. Er hasst Esguerra und arbeitet nur unter Druck mit uns.

»Wieso?«, fragt Yan und sieht sehr interessiert aus. »Habt ihr ihm etwas getan?«

Kent zuckt mit den Schultern. »Nicht wirklich. Wir haben den Israelis ein paar Mal einen Knochen mit einigen Informationen hingeworfen, und ich denke, dass das eine Rolle spielte. Und das Ding mit Novak hat nicht geholfen.«

Peters Augenbrauen heben sich. »Der serbische Waffenhändler?«

»Ja, genau der.« Kent lässt Yulias Hand los, und sein Mund spannt sich an. »Er hat sich in unser Geschäft eingemischt, und wir mussten uns rächen. Unglücklicherweise war die CIA mitten in einer Sting-Operation, und wir haben einige Agenten in die Luft gejagt. Nicht absichtlich, wohlgemerkt. Aber Traum ist immer noch sauer, weil diese Operation sein Baby war.«

»Weißt du, ich habe etwas davon gehört«, sagt Peter nachdenklich. Er wendet sich an Anton und sagt: »Hilf mir mal auf die Sprünge ... diese Aktion, über die unsere Hacker im August geredet haben. War das in Belgrad?«

»Stimmt«, sagt Anton und nickt. »Zwei Lagerhäuser voller C-4, fünfzehn gepanzerte Lastwagen und eine Fabrik in der Nähe des Dorfes. War das dein Werk, Kent?«

Das Lächeln unseres Gastgebers ist schärfer als eine Klinge. »In der Tat. Wir mussten Novak davon überzeugen, dass wir es ernst meinen. Uns bei den Preisen zu unterbieten ist eine Sache, aber in unser indonesisches Werk einzubrechen und alle Mitarbeiter zu töten? *Das* hat eine Grenze überschritten.«

Ich lausche mit entsetzter Faszination und werfe dabei einen Blick auf Yulia, um zu sehen, wie sie auf all das reagiert. Kann man sich daran gewöhnen, beim Abendessen über die Ermordung von Mitarbeitern und Sprengungen von Fabriken zu reden?

Kents Frau isst definitiv ruhig und sieht unberührt aus. Entweder hat sie kein Problem mit dem gewalttätigen Geschäft ihres Mannes – oder sie ist eine exzellente Schauspielerin. Aus irgendeinem Grund vermute ich, dass es ein wenig von beidem ist, was mich über Yulias Hintergrund nachdenken lässt. War sie schon immer in der Gastronomie tätig, und wenn nicht, was hat sie vorher getan? Wie haben sie und ihr Mann sich kennengelernt?

Wie kann man einem Mann aus dieser Welt überhaupt begegnen, außer der eigene Ehemann hat das Pech, auf der Racheliste eines Attentäters zu stehen?

Von meiner Neugier angetrieben, stehe ich auf, um zu helfen, als Yulia beginnt, die Teller wegzuräumen. Sie versucht, meine Hilfe abzulehnen, aber ich bestehe darauf, ihr dabei zu helfen, alles in die Küche zu tragen und die Männer über alles diskutieren zu lassen, was in Belgrad passiert ist. Es ist wichtig, dass ich näher an Kents Frau herankomme, nicht nur, weil ich mehr über sie erfahren möchte.

Wenn ich eine Chance habe, wegzukommen, bevor Peter zurückkehrt, brauche ich ihre Hilfe.

»Wo kommst du ursprünglich her?«, frage ich, als sie mehrere Desserts aus einem Kühlschrank nimmt, der so groß ist wie in einem Restaurant. »Du sprichst perfekt Englisch, aber dein Name ...«

»Er ist ukrainisch«, erklärt sie mir lächelnd. »Obwohl er genauso gut russisch sein könnte. Der Name ist in beiden Ländern üblich. Wenn es für dich schwer ist, es auszusprechen, kannst du mich *Julia* nennen – das wäre das englische Äquivalent.«

Ich lächle zurück und beginne damit, das schmutzige Geschirr zu spülen. »Ich denke, dass ich das richtig aussprechen kann. *Ju-lie-ah*, nicht wahr?«

Sie sieht erfreut aus. »Richtig. Einige Amerikaner haben Probleme damit, weshalb ich ihnen Julia anbiete. Deine Aussprache ist aber wirklich gut – besser als bei den meisten anderen.«

»Vielen Dank. Das sollte es – ich hatte in letzter Zeit viel Kontakt mit der russischen Sprache«, sage ich und stelle die gespülten Teller in die Spülmaschine. Ich hoffe, dass sie nachfragen wird, aber Yulia lächelt nur und trägt die ersten Desserts in den Speisesaal, bevor sie wieder in die Küche zurückkehrt.

Ich bekomme keine Gelegenheit, noch mehr mit ihr zu reden, weil sie immer wieder hin und her geht und alle mit Tee und Kaffee zum Dessert versorgt. Frustriert gehe ich zurück an den Tisch, wo die Männer jetzt über die Lage in Syrien und die anhaltenden Unruhen in der Ukraine diskutieren. Ich versuche, ihren Gesprächen zu folgen, aber sie könnten genauso gut Russisch sprechen. Jedes zweite Wort ist ein Ort oder ein Name, den ich nicht kenne, und seltsame Abkürzungen wie UUR. Das Einzige, was ich lerne, ist, dass Kents Geschäft durch Konflikte aller Art gedeiht, von der kleinen Rivalität zwischen

Drogenkartellen bis hin zu ausgewachsenen Kriegen zwischen Nationen.

Jeder Mann an diesem Tisch trägt auf die eine oder andere Weise zum Tod und Leiden rund um den Globus bei.

Inzwischen sollte ich mich daran gewöhnt haben, da ich schon seit Monaten mit einem Team von Attentätern lebe, aber es ist immer noch erstaunlich, zu begreifen, wie normal das für sie ist und wie egal ihnen solche Banalitäten wie Gut und Böse sind. Wo ich herkomme, schämen sich die Leute, wenn sie ihre gebrauchten Kleider nicht recyceln oder spenden oder etwas sagen oder tun, was andere verletzt. Die bösen Männer in meiner Welt betrügen ihre Frauen, fahren betrunken oder weigern sich, ihren Sitzplatz einer schwangere Frau zu überlassen. Sie töten nicht für Geld oder verkaufen Waffen, die ganze Städte vernichten können.

Das ist eine ganz andere Ebene von »böse«.

Doch selbst als ich mir das sage, komme ich nicht umhin, zu bemerken, wie die Zeit vergeht, wie jede Minute uns dem Ende dieser Mahlzeit und Peters Abreise näherbringt. Unter diesen Umständen sollte seine Abreise eine Erleichterung sein, aber ich kann die Besorgnis, die unter meiner Angst und Wut köchelt, nicht unterdrücken.

Egal, was passiert, ich kann nicht aufhören, mir Sorgen um das Monster zu machen, das ich hassen sollte.

Zu früh ist der Nachtisch aufgegessen – das meiste von Anton –, und der Tee ist ausgetrunken. Peter und seine Männer stehen auf und danken Yulia, loben das Essen mit überschwänglichen Worten, und dann gehen Anton und die Zwillinge, begleitet von unserem Gastgeber, zum Ausgang. Yulia verschwindet in der Küche, und ich bin zum ersten Mal seit seinem Eingeständnis mit Peter allein.

Er kommt zu mir und streicht sanft mit seinen Fingerknöcheln über meine Wangen. »Ich muss gehen«, sagt er leise, und ich nicke und versuche, den schmerzhaften Knoten zu ignorieren, der in meinem Hals steckt.

»Okay«, kann ich gerade so halbwegs ruhig sagen. »Viel Glück.«

Sei vorsichtig. Komm zu mir zurück. Ich brauche dich. Das schmerzende Geständnis liegt mir auf der Zunge, aber ich halte die Worte zurück und unterdrücke den Drang, ihn zu umarmen und zu küssen. Er ist nicht mein Liebhaber, der in den Krieg zieht; er ist mein Entführer. Wenn er zurückkehrt, bin ich vielleicht weg, und wenn nicht, haben wir die größte Schlacht vor uns. Was Peter will, mich gegen meine Zustimmung zu schwängern, ist schlimmer als Entführung, schrecklicher als Folter.

Es würde mich der grundlegendsten aller Entscheidungen berauben und ein unschuldiges Kind in das verdrehte Durcheinander unserer Beziehung bringen.

Peter erwidert meinen Blick, und ich weiß, dass er wartet. Worauf, weiß ich nicht, aber als ich weiterhin schweigend dastehe, spannt sich sein Gesicht an, und er lässt seine Hand sinken.

»Ich werde dich bald wiedersehen«, sagt er grimmig, bevor er sich umdreht, und ich ihm dabei zusehe, wie er den Raum verlässt, während mein Herz in Stücke zerspringt.

42

P eter

Es ist kurz vor Mitternacht, als wir auf einem privaten Flugplatz in der Nähe von Istanbul landen, weniger als fünf Meilen von der Vorstadtvilla unseres Ziels entfernt. Unsere Aufgabe für heute Abend ist es, das Gebiet persönlich zu erkunden, da wir bisher mit Satelliten- und Drohnenbildern gearbeitet haben.

Wenn alles gut geht, werden wir in ein paar Tagen zuschlagen.

Wir sind alle müde und haben Jetlag – es ist schon morgens in Japan –, also halten wir unsere Erkundungstour kurz. Anton und Yan fahren um die geschlossene Wohnanlage, in der sich das Anwesen befindet, und notieren dabei wichtige Punkte und mögliche Fluchtwege, während Ilya und ich zu Fuß die

Wohnanlage betreten, wobei wir den Wachwechsel nutzen, um über den drei Meter hohen Zaun in der Nähe des Haupttores zu klettern.

Dieses Sicherheitsniveau wurde entwickelt, um gewöhnliche Kriminelle fernzuhalten, nicht aber ehemalige Speznas-Attentäter.

Der schwierige Teil werden die Sicherheitsvorkehrungen in Arslans Villa sein. Obwohl sich dieses Gebäude als eine weitere Residenz in dieser wohlhabenden Gemeinde maskiert, ist es mit allem geschützt, von Bewegungsmeldern bis hin zu einer kleinen Armee von Leibwächtern. Netzhaut-Scanner, Gewichtssensoren, lautlose Alarme, Backup-Generatoren – es gibt bei den Sicherheitsvorkehrungen dieses Ortes Redundanzen über Redundanzen, und das aus gutem Grund.

Wenn du den skrupellosen Oligarchen, der dich an die Macht gebracht hat, hinterhältig betrügst, weißt du, dass du dich auf das Schlimmste vorbereiten musst.

Sobald wir uns in der geschlossenen Wohnanlage befinden, steuern wir Arslans Villa an und stellen sicher, dass wir von den Kameras, die strategisch an den Kreuzungen und vor den meisten der weitläufigen Luxusvillen platziert sind, nicht erfasst werden. Die Nachbarn unseres Ziels – andere korrupte Politiker und reiche türkische Geschäftsleute – haben auch Feinde, aber keine so mächtigen wie den ukrainischen Oligarchen, der unser Klient ist.

Wir gehen nicht zu Arslans Grundstück – die Kameras dort wären nicht zu vermeiden –, aber das müssen wir auch nicht. Wir benötigen nur wenige Minuten, um die Alarme des dreistöckigen Hauses am Ende von Arslans Straße zu deaktivieren – die Residenz eines Immobilienmagnaten, der gerade in Thailand Urlaub macht. Sobald die Alarme abgestellt sind, gehen wir auf das Dach und richten eine Weitwinkelkamera ein, damit wir das ganze Geschehen am Zielort beobachten können. Diesen Vorgang wiederholen wir dann mit einem Herrenhaus am gegenüberliegenden Ende der Straße und bei zwei Häusern einen Block weiter, so dass wir einen 360-Grad-Blick auf Arslans Anwesen haben.

Der einfachste und sicherste Weg, den Politiker zu töten, wäre, ihn mit einem Scharfschützengewehr auszuschalten. Leider sind die Fenster der Villa kugelsicher, und wann immer unsere Zielperson im Freien ist, ist sie von Leibwächtern umgeben. Das Nächstbeste wäre es, eine Bombe mit seinem Auto zu verkabeln, aber er wechselt regelmäßig und ohne erkennbare Muster seine Fahrzeuge, und außerdem sind die Autos immer gut bewacht, auch wenn sie nur auf der Straße parken. Jede Lieferung zu diesem Ort wird gründlich kontrolliert, ebenso wie jede Person, die die Villa betritt und verlässt.

Auf den ersten Blick ist Arslans Sicherheitssystem undurchdringlich, aber wir wissen es besser. Zuhause fühlt sich jeder immer sicher, und das ist die größte aller Schwächen.

Nachdem Ilya und ich die Kameras verteilt haben, machen wir uns auf den Weg aus der Gemeinde zu der Kreuzung, wo Yan und Anton uns abholen. Für den Rest der Nacht gehen wir in ein Privathaus, das wir mit falschen Identitäten gemietet haben, und organisieren Schichten, um das Filmmaterial der von uns aufgestellten Kameras zu sichten.

Yan ist zuerst dran, gefolgt von Anton, also bekomme ich gute sechs Stunden Schlaf, bevor ich aufstehe, um meine drei Stunden Kameraüberwachung anzutreten. Ilya, der Glückspilz, hat diesmal das lange Streichholz mit insgesamt neun Stunden Schlaf gezogen.

Mitten in meiner Schicht bemerken wir eine Bewegung im Haus. Obwohl die Jalousien an den Fenstern geschlossen sind, sehen wir, dass im Hauptschlafzimmer in der zweiten Etage Lichter angehen, gefolgt von weiteren Lichtern unten.

Arslans Haushalt wacht auf.

Er hält sein Hauspersonal mit nur einer Haushälterin, zwei Dienstmädchen und einem Butler beziehungsweise Bodyguard, die auf dem Gelände leben, schlank. Ihre Zimmer sind unten, was gut zu unserem Plan passt. Die anderen Wachen – alle vierundzwanzig von ihnen – sind in einem Wachhaus dahinter stationiert. Um bei den Nachbarn nicht aufzufallen, kommen sie in kleinen Gruppen in zufälligen Abständen heraus, um in der Straße und dem wunderschön angelegten Außenbereich der Villa zu patrouillieren.

Während ich die Kameras beobachte, notiere ich mir die Zeit und markiere das Lichtmuster oben. Menschen sind Gewohnheitstiere, selbst diejenigen, die von ihren Leibwächtern angewiesen wurden, möglichst unberechenbar zu sein.

»Behalt seine Abfahrtszeit im Auge«, sage ich zu Ilya, als er zu meiner Ablösung kommt. »Wir wissen, dass er das Haus jeden Tag zu einer anderen Zeit verlässt, aber ich will sehen, wie viel Zeit zwischen dem Anschalten des Lichts und seiner Abfahrt vergeht.«

Ilya nickt und setzt sich vor den Computer, während ich in eines der Schlafzimmer gehe und mich hinlege. Meine Schläfen pochen mit Spannungskopfschmerzen, und ich muss mich ausruhen, damit ich meinen Verstand bei der Planung dieses Attentats uneingeschränkt benutzen kann.

In dem Moment, in dem ich meine Augen schließe, sehe ich in Gedanken jedoch Sara und unseren angespannten Abschied.

Ich habe versucht, nicht darüber nachzudenken, mich nur auf den Job zu konzentrieren, aber ich kann es nicht verhindern, mich an den verwundeten Blick auf ihrem Gesicht zu erinnern, als ich meine Absichten zugab ... als ich bestätigte, dass die vergessenen Kondome kein Zufall waren.

Ich erkannte es selbst erst in diesem Moment, wusste nicht, dass ich mich meinen tiefsten Wünschen hingegeben hatte, bis ich die Worte aus meinem Mund kommen hörte. Aber in dem Moment, als ich es sagte, wusste ich, dass es die Wahrheit war. Es war vielleicht keine bewusste Entscheidung, sie zu schwängern, aber es war auch kein leichtsinniger Fehler. Auf einer primitiven, instinktiven Ebene habe ich *gewählt*, sie mit meinem Samen zu füllen, um sie auf die natürlichste Weise zu der meinen zu machen.

Das einzige Mal in meinem Leben, an dem ich unvorsichtig mit der Verhütung war, war vor all den Jahren in Daryevo, als Tamila mich verführte, bevor ich aufwachte.

Ich öffne meine Augen und starre an die Decke in diesem fremden Schlafzimmer. Trotz Saras Reaktion fühle ich mich leichter, so als ob ein Gewicht von meiner Brust genommen worden wäre. Es ist befreiend, den schlimmsten Teil von mir selbst zu umarmen, die letzten meiner moralischen Bedenken loszulassen. Ich weiß nicht, warum ich so lange widerstanden habe, warum ich so sehr versucht habe, für ihre Liebe zu kämpfen, wenn sie entschlossen ist, sich an den Hass zu klammern.

Es ist mir jetzt klar, dass Sara, egal was ich tue, die Vergangenheit nicht loslassen wird, und wenn das der Fall ist, könnte sie genauso gut noch einen weiteren Grund haben, mich zu hassen.

Entschieden schließe ich die Augen und zwinge meine angespannten Muskeln, sich zu entspannen.

Wenn ich zurück bin, gibt es keine Kondome mehr. So oder so wird Sara mein Kind bekommen.

Wenn sie mich nicht lieben kann, wird sie einen Teil von mir lieben.

Es dauert einige Minuten, bis ich mich fange, nachdem Peter gegangen ist, und als ich wieder in die Küche gehe, um mit Yulia zu reden, kehrt Kent zurück und führt mich höflich, aber nachdrücklich in mein Zimmer.

»Du solltest etwas Schlaf bekommen«, sagt er, und von dem unerbittlichen Blick auf seinem Gesicht kann ich sagen, dass er körperliche Gewalt anwenden wird, wenn er muss, damit ich gehorche.

Er hat nicht die Absicht, mir zu helfen, dessen bin ich mir sicher.

»Danke für deine Gastfreundschaft«, sage ich ruhig, als wir in mein Zimmer kommen, und er nickt, wobei sein blasser Blick undurchschaubar ist.

»Gute Nacht, Sara«, sagt er, und als er die Tür hinter sich schließt, höre ich das leise Klicken eines Schlosses.

Ich warte dreißig Sekunden, dann probiere ich den Türgriff aus, und mein Verdacht bestätigt sich.

Ich bin definitiv eingesperrt.

Um mich zu beruhigen, atme ich ein und gehe hinüber zum großen Fenster. Es sieht so aus, als sollte sich der untere Teil nach oben bewegen, aber egal wie sehr ich versuche, ihn nach oben zu schieben, das dicke Glas bewegt sich nicht. Es ist entweder verschlossen oder einfach zu schwer zum Anheben für mich. Eine Art Panzerglas vielleicht? Das würde Sinn ergeben, wenn man Kents Beruf bedenkt.

So oder so, das Öffnen des Fensters ist ausgeschlossen.

Als Nächstes erkunde ich das kleine Fenster im Badezimmer. Es hat das gleiche dicke Glas wie das Fenster im Schlafzimmer, und es gibt zwei zusätzliche Probleme damit: Es ist zu klein für mich, um hindurchzukriechen, und es gibt keinen Öffnungsmechanismus, soweit ich das beurteilen kann.

Frustriert lasse ich die Fenster in Ruhe und durchsuche den Schrank und die Kommode nach einem vergessenen Telefon oder einem alten Tablet. Die Chancen, ein solches Gerät hier zu finden, sind gering, aber zu Hause würden die Leute ihre Elektronik überall herumliegen lassen, und es ist möglich, dass Kent und seine Frau dasselbe tun. Schließlich ist dies ihr Haus, kein Ort, wo sie regelmäßig Gefangene halten.

Zumindest hoffe ich das.

Es ist keine Überraschung, dass ich nichts finde. Der Schrank und die Kommode enthalten das, was man normalerweise in einem Gästezimmer erwartet: zusätzliche Bettwäsche und Handtücher sowie einige ungeöffnete Toilettenartikel.

Da ich mich zunehmend ausgelaugt und entmutigt fühle, entscheide ich mich, unter die Dusche zu gehen und mich auszuruhen, wie Kent es vorgeschlagen hatte.

Mit etwas Glück werde ich morgen mit Yulia reden.

Im Moment ist sie meine beste, wenn nicht sogar meine einzige Hoffnung.

Zu meiner Enttäuschung sehe ich Yulia am nächsten Tag nicht und darf auch nicht aus meinem Zimmer. Kent bringt mir meine Mahlzeiten selbst – eine Mischung aus Resten des Abendessens und neuen Gourmet-Kreationen, die zweifellos von seiner Frau zubereitet wurden –, und dann holt er das Geschirr eine Stunde später wieder ab. Ich weiß nicht, ob er absichtlich versucht, mich von Yulia fernzuhalten, oder ob es nur ein unglücklicher Zufall ist, aber am Abend werde ich geradezu verrückt, da sich die Frustration über meine missliche Lage mit der wachsenden Sorge um Peter vermischt. Alles, was ich habe, sind ein paar Bücher, die Kent mir gegen Mittag gebracht hat, und das ist nicht annähernd genug, um mich davon abzuhalten, über die Gefahren nachzudenken, denen Peters Team in diesem Moment ausgesetzt sein könnte.

»Hast du von ihnen gehört? Sind sie okay?«, frage ich Kent, als er mir Abendessen bringt. Der Waffenhändler mit dem kantigen Gesicht schüchtert mich ein, aber ich bin entschlossen, es nicht zu zeigen.

Schließlich lebe ich seit Monaten mit vier ebenso gefährlichen Verbrechern zusammen.

Bei meiner Frage sieht Kent kühl amüsiert aus. »Du willst wissen, ob es ihnen gut geht?«

Ich nicke, obwohl mein Gesicht errötet und heiß wird. Ich verstehe, wie das aussieht. So wie Kent mich bisher behandelt hat, weiß er offensichtlich, dass ich nicht freiwillig hier bin. Dennoch möchte ich lieber, dass er glaubt, ich leide am Stockholm-Syndrom, als weiterhin im Dunkeln zu bleiben und mir die ganze Nacht Sorgen um Peter zu machen.

»Es geht ihnen gut«, sagt Kent und stellt das Tablett auf die Kommode. Sein Gesicht ist wieder ausdruckslos, obwohl ein Hauch von Vergnügen in den eisigen Tiefen seiner Augen schimmert. »Peter hat mir vor ein paar Stunden eine Nachricht geschickt und nach dir gefragt. Im Moment sammeln sie nur Informationen für den Anschlag, also bezweifle ich, dass heute Abend etwas passieren wird. Du kannst dich beruhigt hinlegen.«

Ich atme erleichtert aus. »Vielen Dank.«

Er nickt und dreht sich um, um zu gehen, aber ich beschließe, meine Glückssträhne auszureizen. »Warte, Lucas ... wo ist Yulia? Ich habe sie den ganzen Tag nicht gesehen und wollte ihr für diese wunderbaren Mahlzeiten danken.«

Er sieht mich unergründlich an. »Ich werde es ihr ausrichten.«

Das ist mein Stichwort, ein guter Gefangener zu sein und wegzugehen, aber ich werde nicht so schnell aufgeben. »Ich würde es lieber persönlich tun, wenn es dir nichts ausmacht«, sage ich und setzte ein leicht verlegenes Lächeln auf. »Ist sie sehr beschäftigt? Es gibt da etwas, was ich sie fragen wollte ... ein Frauending, weißt du ...?«

»Ach.« Kent sieht wieder amüsiert aus. »Yulia sagte, ich soll dir sagen, dass Tampons und andere Mädchenutensilien im Schrank unter dem Waschbecken sind.«

»Oh, darum geht es nicht«, sage ich schnell, obwohl ich das eigentlich wirklich meinte. »Es ist etwas anderes.«

Er hebt seine Augenbrauen an. »Oh. Was ist es dann?«

Mist. Ich habe mich darauf verlassen, dass es wie den meisten Männern unangenehm sein würde, mit der Realität der biologischen Funktionen von Frauen konfrontiert zu werden. Ich denke schnell nach und sage: »Es ist nur eine Creme für etwas. Es ist aber okay, ich bin mir sicher, es wird von alleine verschwinden.«

Sein Gesichtsausdruck ändert sich nicht. »Sag mir einfach, was für eine Creme das ist und ich schaue, ob wir sie besorgen können.«

»*Monistat*«, sage ich, und schaue ihn direkt an, während ich ihm ein bekanntes Medikament zur Behandlung von Candida nenne. »Der generische Name ist *Miconazol*. Es ist für ...«

»Gegen Pilzinfektionen. Ich weiß.« Er sieht nicht im Geringsten peinlich berührt aus. »Wir besorgen es für dich.«

Ich knirsche mit den Zähnen. »Okay, danke.«

Er *ist* entschlossen, mich von Yulia fernzuhalten, und deshalb will ich noch mehr mit ihr reden.

Der folgende Tag vergeht auf ähnliche Weise, und ich bin den ganzen Tag in meinem Zimmer eingeschlossen. Der einzige Unterschied ist, dass Kent mich beim Abendessen von sich aus über Peter auf dem Laufenden hält.

»Sie planen, es übermorgen früh zu tun«, sagt er und stellt mein Tablett auf die Kommode. »Ich werde dich wissen lassen, wenn sich etwas ändert.«

Ich sehe den Waffenhändler mürrisch an. »Okay, danke.«

Es fühlt sich an wie eine Axt – eine sich sehr langsam bewegende Axt –, die über meinem Kopf hängt. Ich fürchte sowohl um das Scheitern dieser Operation in der Türkei als auch um ihren Erfolg. Wenn etwas schiefgeht, werde ich Peter verlieren und mein altes Leben wiedererlangen, und wenn er unversehrt zurückkehrt, werde ich für immer an ihn gebunden sein, gebunden mit einem Kind, das er mir aufzwingen will.

Der einzige Ausweg ist, zu fliehen, bevor Peter zurückkehrt, aber ich weiß nicht, wie das möglich sein soll, wenn ich hier noch gefangener bin als in Japan.

Kent geht, und ich esse mein Abendessen wie ferngesteuert, schmecke das lecker gewürzte Essen kaum. Auf dem Tablett befindet sich neben den abgedeckten Tellern eine Tube der Creme, die ich haben wollte – etwas, was ich nur als eine Erklärung dafür brauchte, warum ich mit Yulia sprechen will. Jetzt, nach zwei Tagen, bin ich noch überzeugter davon, dass die schöne Blondine meine Situation verstehen könnte – wenn ich sie ihr nur ganz erklären könnte.

Nach dem Essen schaue ich mir die Creme genauer an und stelle fest, dass die Verpackung etwas anders ist als in den USA. Das ist natürlich keine Überraschung, da wir uns in Europa befinden. Die japanische Pille danach sah auch nicht so aus, was ich es gewohnt war.

Die Pille danach ...

Ich atme tief ein, springe hoch und kann meine plötzliche Aufregung nicht mehr in mir halten. Ich weiß nicht, warum es mir vorher nicht eingefallen ist, aber wenn Kent bereit war, diese Creme für mich zu besorgen, gibt es eine Chance, dass er auch etwas anderes akzeptiert – wie die Pille, die ich so dringend brauche.

Mein erster Instinkt ist es, zur Tür zu eilen und

daraufzuhämmern, bis mein Kerkermeister kommt, damit ich meinen Plan sofort in die Tat umsetzen kann. Aber das wäre nicht clever. Hastiges Handeln könnte Kent misstrauisch machen, vielleicht sogar dazu führen, dass er es mit Peter bespricht.

Ich atme beruhigend ein und zwinge mich, sitzen zu bleiben und darauf zu warten, dass Kent für das Tablett zurückkehrt. Damit das hier die besten Erfolgsaussichten hat, muss ich klug sein.

Ich muss so tun, als wäre das ein weiterer Trick, um mit Yulia zu reden.

Das Warten scheint unendlich lang zu sein, obwohl die Uhr mir sagt, dass nur eine Stunde vergangen ist. Schließlich öffnet Kent die Tür, und ich setze meinen Plan in die Tat um.

»Also«, frage ich beiläufig, als er hereinkommt, »ist Yulia noch beschäftigt? Ich würde *wirklich* gerne mit ihr reden.«

Der Waffenhändler blickt mich kühl an. »Warum? Geht es um einen weiteren Artikel für Frauen?«

Ich versuche verlegen auszusehen. »Ja, eigentlich schon. Es tut mir leid, dass ich gestern vergessen habe, es zu erwähnen, aber es ist etwas, was ich wirklich brauche.«

»Und was ist das?«

»*Plan B*.« Ich setze mein unschuldigstes Gesicht auf. »Weißt du, was das ist? Es gibt auch andere Marken wie *Next Choice*, *My Way* ...«

»Verstanden. Du wirst es bald bekommen.«

Er nimmt schnell das Tablett auf und geht zur Tür hinaus.

4 4

*S*ara

IN DIESER NACHT WÄLZE ICH MICH HIN UND HER, DA MICH DIE Sorge um Peters bevorstehende Operation und die Erkenntnis quälen, dass trotz meines kleinen Sieges heute Abend die Pille das Unvermeidliche höchstens hinauszögern wird. Jedes Mal, wenn ich in einen leichten Schlaf versinke, wache ich mit Herzrasen auf, als hätte ich eine Panikattacke. Es erinnert mich an die ersten Monate nach Peters Überfall in meiner Küche, als Albträume über Waterboarding und gnadenlose Männer mit grauen Augen meine nächtliche Realität waren.

Schließlich gebe ich auf und stehe auf, um zur Toilette zu gehen. Es ergibt überhaupt keinen Sinn, aber was ich jetzt am meisten will, ist Peter. Ich will seine Wärme in der Dunkelheit und seine starken Arme um mich, die mich festhalten. Ich möchte, dass seine tiefe Stimme mich »Ptichka« nennt und mir sagt, wie sehr er mich liebt.

Ich vermisse meinen Peiniger, sehne mich mit jeder Faser meines Seins nach ihm – auch wenn ich seine Rückkehr fürchte.

Ich gehe zum Waschbecken, schalte das Licht ein und starre mein blasses Gesicht im Spiegel an. Meine Augen sind blutunterlaufen und von dunklen Augenringen umgeben, und meine Haare sind ein wildes Durcheinander. Ich wette, wenn Peter mich jetzt sehen würde, wäre er nicht so versessen darauf, mich zu haben.

Das stimmt natürlich nur, wenn man davon ausgeht, dass mein Aussehen der Grund dafür ist, dass er so sehr auf mich fixiert ist – eine große und wahrscheinlich falsche Annahme. Ich weiß, ich bin attraktiv, aber ich bin bei weitem nicht so schön wie jemand wie Yulia. Nein, was auch immer es ist, was Peter an mir anziehend findet – und umgekehrt –, geht tiefer als die oberflächliche Attraktion. Er weiß es, und ich auch. Es ist etwas in uns, was uns wie zwei Porzellanscherben zusammenpassen lässt ... etwas Dunkles und pervers Bedürftiges, das die Schwachstellen des anderen anspricht.

Ich bin dabei, den Wasserhahn aufzudrehen, um mein Gesicht zu waschen, als ich ein Geräusch höre.

Ich versteinere, lausche aufmerksam, und dann höre ich es wieder.

Das kehlige Stöhnen einer Frau, gefolgt von dem gedämpften Grunzen eines Mannes.

Ich bekomme ein heißes Gesicht, als ich verstehe, was ich gerade höre.

Dieses Badezimmer muss direkt unter dem Schlafzimmer

von Lucas und Yulia liegen, wobei der Lüftungsschacht die beiden Etagen miteinander verbindet.

Ich weiß, ich sollte wieder ins Bett gehen und ihnen ihre Privatsphäre lassen, aber meine Beine weigern sich, sich zu bewegen. Das hier ist definitiv unterhaltsamer als die Thriller, die Kent mir zum Lesen dagelassen hat. Ich erröte und fühle mich wie ein Perverser, während ich dabei zuhöre, wie die Geräusche oben an Lautstärke zunehmen, bevor sie in einem offensichtlichen Höhepunkt kulminieren.

Als wieder Stille herrscht, drehe ich mit zitterigen Händen den Wasserhahn auf und spritze kaltes Wasser auf mein überhitztes Gesicht. Das war eine schlechte Idee, denn ich habe nicht nur die Privatsphäre meiner Gastgeber beziehungsweise Gefängniswärter verletzt, sondern bin jetzt auch so erregt, dass ich definitiv Probleme habe, wieder einzuschlafen. Meine Nippel sind hart, und mein Geschlecht nass vor schmerzendem Verlangen.

Außerdem vermisse ich Peter mehr denn je.

Leise stöhnend, gehe ich wieder ins Bett. Wie vorauszusehen war, kann nicht ich einschlafen, so dass ich meine Hand unter die Decke gleiten lasse und mit mir spiele, bis ich komme, während ich die ganze Zeit an Peter denke.

TROTZ MEINER UNRUHIGEN NACHT WACHE ICH AM NÄCHSTEN Morgen früh auf, und als ich mich fertig mache, um mir die Zähne zu putzen, höre ich oben Schritte, gefolgt von angespannten Stimmen.

Es hört sich an, als hätten die Kents einen Streit.

Da ich vor Neugier fast platze, setze ich meine Zahnbürste ab und lauschte.

Zunächst sind ihre Stimmen wie gedämpft, als befänden sie sich auf der anderen Seite des Raumes, aber dann nähern sie sich dem Lüftungsschacht, und mein Herzschlag beschleunigt sich, als ich das Thema ihrer Auseinandersetzung verstehe.

Mich.

»Wie kannst du dir da so sicher sein?«, fragt Yulia hitzig. »Sie ist die Witwe seines Feindes. Er hat ihren Mann getötet und sie entführt. Wie soll das keine Misshandlung sein? Zumindest hat er ihr die Wahl genommen und ihre Karriere ruiniert. Die Frau ist eine Ärztin – eine *Ärztin* –, Lucas. Sie ist nicht wie du und ich. Sie war nie ein Teil dieser Welt ...«

»Und jetzt ist sie es«, unterbricht Kent sie mit harter Stimme. »Das geht uns sowieso nichts an. Ich schulde ihm einen Gefallen, und der ist sie.«

»*Sie* ist ein Mensch, kein Gefallen. Lass mich wenigstens mit ihr reden, herausfinden, ob er sie misshandelt ...«

»Warum? Damit du was machen könntest? Sie gehen lassen und auf seiner Abschussliste landen? Du weißt, welche Ziele sein Team nach diesen Tagen verfolgt. Wir brauchen neben dem Problem mit Novak nicht auch noch diesen Mist.«

»Nein, natürlich nicht.« Yulia klingt frustriert. »Aber sie ist eine unschuldige Zivilistin, Lucas, und sie ist Gast in unserem Hause. Ich muss sichergehen, dass du recht hast und sie ihn *will* – weil ich sonst nicht mit mir leben kann. Das verstehst du doch, richtig?«

Ihr Mann ist für ein paar Momente still, und während ich auf seine Antwort warte, beiße ich mit hämmerndem Herzen auf meinen Daumen. Ich hatte recht, meine Hoffnungen auf Yulia zu setzen; sie *hat* Mitleid mit meiner Lage.

»Ich verstehe«, sagt er schließlich, »aber es gibt trotzdem nichts, was ich tun kann. Ich werde dein Leben nicht für diese Frau in Gefahr bringen.«

»Aber ...«

»Kein Aber. Sokolov bat mich, sie für ihn zu beschützen, und genau das werde ich tun.«

»Lucas ...« Yulias Stimme wird weicher, sie wird schmeichelnder. »Lass mich nur mit ihr reden. Das ist alles, was ich möchte. Ich werde nichts tun, ohne vorher mit dir darüber zu sprechen. Ich bin nicht dumm, und ich will mir Peter auch nicht zum Feind machen. Ich will nur sichergehen, dass es ihr gut geht ... sie beruhigen, falls sie Angst hat. Das würde nicht schaden, oder? Nur eine kleine Unterhaltung?«

Es gibt keine Antwort von Kent, aber ich höre raschelnde Geräusche, gefolgt von etwas Metallischem – einer Gürtelschnalle vielleicht? – das auf dem Boden aufkommt.

«Yulia ...« Kents Stimme wird belegter. »Liebling, du musst nicht ... Scheiße. Verdammte Scheiße ...« Seine Worte enden in einem Stöhnen, und ich erröte, als ich verstehe, was ich wieder höre.

Obwohl ich mich doppelt pervers fühle, bleibe ich ruhig – um zu hören, ob sie mich noch einmal erwähnen, rede ich mir ein –, aber als ich die nächsten zehn Minuten nur Sexgeräusche höre, zwinge ich mich, mir die Zähne zu putzen und zurück in mein Zimmer zu gehen.

Vielleicht, aber nur vielleicht, wird Yulias Überredungstaktik erfolgreich sein, und ich könnte einen Ausweg aus dieser misslichen Lage finden.

Wenigstens habe ich jetzt echte Hoffnung.

eter

Am Tag vor dem Attentat spielen wir die verschiedenen
Versionen des Plans durch, kalkulieren Erfolgswahrscheinlichkeiten und finden Lösungen für potenzielle Probleme. Unser Plan ist riskant, aber er hat gute Chancen, zu funktionieren – vorausgesetzt, wir haben das richtige Timing.

In der Nacht sind wir so bereit wie nie zuvor, und das ist gut so, denn unser Kunde, der ukrainische Oligarch, wird ungeduldig. In zwei Tagen soll Arslan über einen Gesetzentwurf abstimmen, der das Geschäft unseres Kunden in der Türkei dezimieren wird, und wir müssen handeln, bevor das passiert.

Als ich meinen Laptop schließe, um vor meiner Schicht ein

paar Stunden zu schlafen, ruft mich Anton mit ungewöhnlich aufgeregter Stimme zu sich.

»Sieh dir das an«, sagt er, und Adrenalin strömt durch meine Venen, als ich eine neue E-Mail von unseren Hackern sehe.

Schnell lese ich sie auf Antons Bildschirm durch, und ein grausames Lächeln breitet sich auf meinem Gesicht aus.

Mein Gegner hat endlich einen Fehler gemacht.

Die Frau von Walter Henderson III., Bonnie, war auf einem Weingut in Marlborough, Neuseeland – etwas, was wir dank eines Fotos des ahnungslosen Besitzers des Weinguts über Instagram erfuhren. Das Gesichtserkennungsprogramm unserer Hacker hat es innerhalb weniger Stunden gefunden, nachdem es online gestellt wurde.

»Macht euch bereit«, sage ich Anton und den Zwillingen, nachdem ich die E-Mail zu Ende gelesen habe. »Morgen, wenn wir hier fertig sind, fliegen wir nach Neuseeland.«

»Was ist mit Sara?«, fragt Ilya. »Wirst du sie bei Kent lassen?«

Ich zögere, dann schüttele ich den Kopf. »Nein.« Ich kann es nicht ertragen, noch einen Tag länger von ihr getrennt zu sein. »Sie kommt mit uns.«

Und bevor ich ins Bett gehe, rufe ich Lucas an, um nach ihr zu fragen.

46

Sara

Ich verbringe den Tag damit, in meinem Zimmer umherzugehen, und meine Angst wird mit jeder Stunde immer größer. Als es Zeit zum Abendessen ist, bin ich so weit, die Wände hochzugehen.

In weniger als zwölf Stunden wird Peters gefährliche Mission beginnen, und weder ist Yulia gekommen, um mit mir zu reden, noch hat ihr Mann mir die versprochene Pille gebracht.

»Ich sollte sie später haben«, meinte er, als er mein Mittagessen gebracht hat. »Aber es könnte auch morgen werden.«

Morgen wäre es schon zu spät, aber ich habe meinen Mund gehalten, weil ich nicht wollte, dass mein Kerkermeister weiß, dass ich diese Pille wirklich brauche. Schlimmstenfalls kann ich sie für die Zukunft aufheben und beten, dass mein fruchtbares Fenster diesen Monat nicht so fruchtbar war.

Ein leises Klopfen an der Tür unterbricht mein Umherwandern.

»Sara?«, fragt eine Frauenstimme. »Darf ich reinkommen?«

Mein Puls rast vor Freude. »Ja! Bitte komm rein.«

Die Tür öffnet sich, und Yulia kommt mit einem schweren Tablett mit abgedecktem Geschirr in den Händen in den Raum.

»Komm, ich helfe dir.« Ich eile zu ihr und kann meine Aufregung kaum unterdrücken, als ich ihr dabei helfe, das Tablett auf die Kommode zu stellen.

Sie lächelt mich an. »Vielen Dank. Wie ist dein bisheriger Aufenthalt?«

»Er ist gut«, antworte ich und lächele strahlend zurück »Und das Essen ist natürlich wunderbar. Vielen Dank dafür.«

Yulias blaue Augen leuchten vor Freude. »Gern geschehen. Und wie läuft es sonst so? Hast du alles, was du brauchst? Lucas sagte, du wolltest ein paar Medikamente ...«

Ich nicke, dann entscheide ich mich einfach dafür, es einfach auszuspucken. Da Peter möglicherweise morgen wiederkommt, habe ich keine Zeit zu verlieren, und ich weiß bereits, dass Yulia auf meiner Seite ist. »Ich brauche die Pille danach«, sage ich unverblümt. »Und heute ist der letzte Tag, an dem ich sie nehmen kann.«

Ihr wunderschöner Mund formt sich überrascht zu einem: »Oh. Wow. Lucas hat nichts davon erwähnt. Er hat heute einen seiner Wachmänner in die Stadt geschickt, um ein paar Dinge zu besorgen, aber ich weiß, dass etwas dazwischenkam und der Mann abgelenkt wurde. Lass mich nachsehen, ob er sie bekommen hat, okay?«

»Warte.« Ich ergreife Yulias schlanken Arm, als sie sich umdreht, um zu gehen. »Bitte. Ich brauche deine Hilfe.«

Ihr Gesichtsausdruck wird sofort nichtssagend. »Was meinst du?«

Ich lasse meine Hand sinken. »Ich muss weg von hier. Jetzt. Heute Nacht. Bevor Peter zurückkehrt. Bitte, das ist sehr wichtig. Ich bin nicht seine Freundin, ich bin seine Gefangene. Er hat mich entführt und jetzt will er ...«

»Warte, Sara. Bitte.« Sie hebt ihre Hand mit der Handfläche nach außen an. Obwohl sie äußerlich ruhig bleibt, merke ich, dass sie sich Sorgen macht. Sie dürfte nicht erwartet haben, dass ich so offen um Hilfe flehe. »Missbraucht er dich? Fügt er die Schmerzen zu?«, fragt sie vorsichtig.

»Er hat mich mit einem Messer geritzt und mich gewaterboarded«, sage ich und spüre sofort ein leichtes Schuldgefühl, als ich das Entsetzen in Yulias Gesicht sehe. Ich sollte vermutlich erwähnen, dass das Foltern stattgefunden hat, bevor unsere Beziehung, so wie sie jetzt ist, begann, aber wenn ich ihre Hilfe bekommen will, kann ich es mir nicht leisten, meine Gefangenschaft in ein rosiges Licht zu stellen.

So freundlich und sympathisch Yulia auch zu sein scheint, ich kann nicht vergessen, dass sie die Frau eines Waffenhändlers ist und vielleicht eine andere Auffassung von Moral hat als die meisten Menschen.

»Er will mir auch ein Kind aufzwingen«, fahre ich fort, um meinen Standpunkt zu untermauern, während sie noch unter Schock steht. »Deshalb brauche ich heute die Pille danach. In ein paar Stunden bin ich schon nicht mehr im Zeitfenster der sechsunddreißig Stunden. Nicht, dass die Pille helfen würde, wenn ich noch hier wäre, wenn Peter zurückkäme. Er wird mit mir machen, was er will, und niemand wird ihn aufhalten. Bitte,

Yulia«, ich ergreife ihren Arm erneut, »du musst mich nicht einmal gehen lassen. Lass mich einfach einen Anruf tätigen oder eine E-Mail schicken. Niemand würde wissen, dass du es warst, die mir geholfen hat. Bitte.«

Sie erblasst mit jedem Wort, das ich spreche, mehr, und ich fühle mich fast schlecht. Ich verstehe die unmögliche Lage, in die ich sie gebracht habe. Obwohl sie offenbar bereit ist, bei dem tödlichen Geschäft ihres Mannes wegzuschauen, ist Yulia nicht wie er – oder zumindest hat sie genug Einfühlungsvermögen, um sich in meine Lage zu versetzen. Gleichzeitig weiß sie, wie gefährlich Peter ist und was sie riskieren würde, wenn sie ihn hintergeht.

»Bist du ...« Sie räuspert sich. »Bist du jemals bereitwillig bei ihm? An jenem ersten Abend, beim Abendessen, konnte ich die Spannung zwischen euch beiden spüren, aber so, wie er dich angesehen hat ... Und dann, wie ihr bei eurer Verabschiedung ausgesehen habt ... Ich war die meiste Zeit in der Küche, aber ich dachte, ich sah ... Habe ich einen falschen Eindruck bekommen? Tut er dir weh? Zwingt er dich jedes Mal?«

Mein Gesicht errötet vor Verlegenheit über diese private Frage, und ich lasse meine Hand wieder hängen. »Das nicht – ich meine, er hat mich entführt. Was denkst du?«

Zu meiner Überraschung sieht sie unangenehm berührt aus. »Ich denke, manchmal ist es kompliziert«, sagt sie nach einem Moment. »Nicht jede Beziehung geht den gleichen Weg, und es gibt Zeiten, in denen ...« Sie hört auf, als ob sie es sich anders überlegen würde.

Ich starre sie stirnrunzelnd an. Dort gibt es offensichtlich eine Geschichte, aber ich kann es mir nicht leisten, mich darauf zu konzentrieren. Ich muss sie dazu überreden, mir zu helfen, bevor es zu spät ist.

»Yulia, bitte«, sage ich. »Das ist meine einzige Chance. *Du* bist meine einzige Chance. Wenn er zurückkehrt und ich hier bin, sehe ich meine Eltern nie wieder, bekomme nie die Kontrolle über mein eigenes Leben zurück ... bitte. Ich weiß, du verstehst meine Situation. Peter Sokolov hat meinen Mann getötet und mich gefoltert. Er hat mich verfolgt und entführt, und hält mich jetzt seit fünf Monaten gefangen. Ich muss gehen, bevor er zurückkommt, und alles, was du tun musst, ist, mir Zugang zu einem Telefon zu geben. Nur für eine Sekunde. Ich könnte das FBI kontaktieren und dann ...«

»Und dann werden alle Geheimdienste es auf unser Haus abgesehen haben«, sagt Kent und schiebt die Tür auf, ohne anzuklopfen. Sein kantiger Kiefer spannt sich vor Wut an, und seine blassen Augen verengen sich zu Schlitzen, als er den Raum durchquert und Yulias Hand ergreift, wobei seine Knöchel durch den Druck weiß hervortreten. »Lass uns gehen«, sagt er zu seiner Frau durch zusammengebissene Zähne, und ich beobachte mit wachsender Verzweiflung, wie er sie aus dem Zimmer schleift.

»Es tut mir leid«, meint sie, bevor er die Tür zuschlägt und mich wieder einschließt, und ich weiß, dass es vorbei ist.

Meine einzige Fluchtmöglichkeit ist verloren.

ICH WEINE ZWEI STUNDEN LANG, BEVOR ICH ENDLICH EINSCHLAFE und sofort in eine Reihe von Albträumen versinke. Ich weiß nicht, warum das immer wieder passiert, aber als ich zitternd und schwitzend aus einem weiteren lebhaften Traum über das Ertrinken in meinem Küchenwaschbecken aufwache, weiß ich, dass ich heute Nacht nicht mehr schlafen werde.

Ich schlage meine Decke zurück, schwinge meine Beine über die Bettkante und stehe gerade auf, als das Türschloss klickt und die Tür leise aufgeht.

Erschrocken schnappe ich mir die Decke, um mich zu bedecken, aber niemand betritt mein Zimmer.

Ich wickele die Decke um mich, eile zur Tür, und am Ende eines Flurs sehe ich eine hohe, schlanke Gestalt um die Ecke verschwinden, deren blonde Haare wie ein Leuchtfeuer in der mondbeschienenen Dunkelheit glühen.

Yulia.

Sie ist gekommen, um mir zu helfen.

Ich habe keine Ahnung, wie sie es geschafft hat, sich von ihrem Mann wegzuschleichen, aber ich verschwende keine Zeit damit, mein Glück in Frage zu stellen. Ich werfe mir schnell ein Kleid über, ziehe ein Paar flache Sandalen an, schlüpfe auf den Flur und gehe in Richtung Küche, wobei ich darauf achte, keinen Lärm zu machen.

Ich brauche ein Telefon oder einen Computer. Alles, was mich mit der Außenwelt in Kontakt bringen könnte.

»Hier.« Plötzlich wird mir ein Schlüssel in die Hand geschoben, und ich unterdrücke ein Aufkreischen, als Yulia vor mir auftaucht und dabei aus der Wand rechts von mir zu kommen scheint. Mit dem Mondlicht, das durch die großen Fenster strömt, ähnelt ihr blasses Gesicht etwas Außerirdischem. »Der Mercedes steht direkt vor der Tür«, flüstert sie schnell, bevor ich mich von meinem Schock erholen kann. »Ich habe die Bewegungsmelder ausgestellt, die automatischen Tore geöffnet und die Drohnen Richtung Strand geschickt. Du hast zehn Minuten Zeit, verstanden? Sieben Kilometer südwestlich gibt es eine Tankstelle. Fahr direkt dorthin, dort gibt es ein Telefon.«

Ich nicke, und mein Herz rast, während ich die Schlüssel umklammere, die sie mir gegeben hat. »Vielen Dank. Vielen Dank dafür.«

»Geh.« Yulia wirft einen beunruhigten Blick hinter sich, schiebt mich zur Vordertür, und ich zögere keine Sekunde länger.

Mit dem Schlüssel in der Hand laufe ich aus dem Haus und springe ins Auto.

47

»Fünf Minuten«, flüstere ich in mein Headset. »Macht euch bereit.«

Es ist genau zwanzig Minuten her, seit die Lichter im zweiten Stock von Arslans Villa angemacht wurden. Das bedeutet, dass unser Ziel in fünf bis zehn Minuten aus seiner Haustür kommen und in sein kugelsicheres Auto steigen wird. Wie wir gehofft hatten, ist er ein Gewohnheitstier, und seine Morgenroutine ist wochentags fast jeden Tag die gleiche. Die Zeit, zu der er das Haus verlässt, variiert ebenso wie der Weg zur Arbeit und wo seine Leibwächter sein Auto abstellen, aber die Zeit, die er zu Hause verbringt und sich sicher und geborgen fühlt, während er sein Frühstück isst, ist absolut vorhersehbar.

In ein paar kurzen Minuten wird es ein kleines Fenster geben, wenn er mit seinen Leibwächtern draußen ist, und dann werden wir zuschlagen.

»Die Panzerbüchse ist geladen, und Ilya hat das Auto bereit«, berichtet Yan in meinem Headset. Er ist auf dem Dach des gegenüberliegenden Hauses von dem, wo Anton und ich sind.

»Gut.« Ich blicke auf Anton, der neben mir auf dem Bauch liegt und in das Zielfernrohr seines Scharfschützengewehrs blickt. »Bereit?«

Er nickt, ohne seinen Blick vom Ziel zu lösen. »Ich werde es mit Kopfschüssen versuchen, für den Fall, dass sie Westen tragen.«

»Gut.« Ich konzentriere mich wieder auf meine M110 und richte mein Zielfernrohr neu ein. Kopfschüsse sind knifflig, vor allem, wenn die Ziele beginnen zu reagieren, aber sie sind der beste Weg, um sicherzustellen, dass das Opfer wirklich stirbt.

Körperpanzer werden heutzutage zu oft unter der Kleidung versteckt.

Die Sekunden ticken vorbei, jede dauert länger als die zuvor. Es ist einfach, in einem Moment wie diesem ungeduldig zu werden, also konzentriere ich mich darauf, gleichmäßig zu atmen, und stelle sicher, dass nichts meine Sicht behindert.

Das ist zu wichtig, um es zu versauen.

Ungebeten tauchen Gedanken an Sara in meinem Kopf auf. Ich frage mich, was sie macht, ob sie noch schläft oder schon wach ist. So aufregend das für mich auch sein mag – und es *ist* aufregend, ich kann nicht lügen –, ich wäre lieber zu Hause in Japan und würde ihren warmen, nackten Körper in meinen Armen halten, wenn sie aufwacht. In nur wenigen Monaten ist mir mein kleiner Singvogel wichtiger geworden als alles andere auf der Welt, meine Leidenschaft für sie hat alles andere verdrängt, was mich einst interessiert hat.

Das Geräusch einer Tür, die sich öffnet, reißt mich aus meinen Gedanken.

»Er kommt«, flüstert Yan im Headset und ich zwinge mich dazu, mich zu konzentrieren.

Ich werde später Zeit für Sara haben.

Natürlich nur, wenn wir heute überleben.

ZEHN MINUTEN. DIE REIFEN DES AUTOS QUIETSCHEN, ALS ICH DIE lange Einfahrt hinunterrase und durch die offenen Tore fahre, während ich das Lenkrad so fest umfasse, dass meine Finger sich in das Leder graben.

Ich habe nur zehn Minuten.

Zumindest, wenn Yulias Einschätzung stimmt. Ich weiß nicht, wie sie ihrem tödlich aussehenden Ehemann entkam und all diese Sicherheitsmaßnahmen außer Kraft gesetzt hat, aber es ist durchaus möglich, dass er mir bereits auf den Fersen ist.

Es gibt keine Lichter auf dieser einspurigen Straße, keine Schilder – nichts, was mir sagen würde, wohin ich fahre. Der Mond und die Scheinwerfer meines Autos sind die einzigen Lichtquellen. Ich habe keine Ahnung, wo Südwesten liegt, also biege ich auf gut Glück nach links ab, als ich auf eine zweispurige Straße treffe.

Wenn ich falsch abgebogen bin, habe ich es versaut.

Mein Herz fühlt sich an, als würde es durch meine Brust hämmern, und mein Atem dröhnt in meinen Ohren. Schweiß sammelt sich in meinen Achselhöhlen und tropft an meinen Seiten herunter, und mein Knie zittert, als ich das Gaspedal durchtrete. Auf der linken Straßenseite zu fahren, mit dem Lenkrad auf der linken Seite des Autos, ist für einen Amerikaner wie mich mehr als verwirrend, aber ich wage es nicht, langsamer zu fahren.

Acht Minuten.

Sieben Minuten.

Ich kann das tun.

Ich kann es schaffen.

Scheinwerfer von einem entgegenkommenden Auto blenden mich und lassen meinen Adrenalinspiegel ansteigen. Ist das Kent? Seine Wachmänner?

Das Auto fährt vorbei, ohne anzuhalten, und ich atme erleichtert aus und nehme den Fuß vom Gaspedal, da eine scharfe Kurve kommt. Das Letzte, was ich brauche, ist, die Kontrolle über das Auto zu verlieren und durch die Leitplanke zu rauschen, so wie George es in dieser schrecklichen Nacht getan hat. Trotzdem fahre ich selbst mit reduzierter Geschwindigkeit noch 110 km/h. Wenn die Tankstelle sieben Kilometer weit entfernt liegt, sollte ich es locker in der Zeit schaffen.

Eine weitere Minute vergeht, bevor wieder eine scharfe Kurve kommt und ich sie sehe.

Scheinwerfer, diesmal hinter mir.

Ich umfasse das Lenkrad fester und trete das Gaspedal

erneut durch.

Das Auto hinter mir beschleunigt ebenfalls.

Mein Magen zieht sich zu einem Klumpen zusammen. Aus dem Augenwinkel sehe ich ein Tempolimitschild. Es sind 50 km/h – über sechzig, nein, *siebzig* weniger als meine momentane Geschwindigkeit. Und wenn das Auto hinter mir aufholt, fährt es noch schneller als ich.

Es ist amtlich.

Vor mir kommt eine weitere Kurve, und ich halte einen Schrei zurück, als ein entgegenkommendes Auto vorbeirauscht, dessen Scheinwerfer mich für eine entscheidende Sekunde blenden. Die Seite meines Autos kratzt an der Leitplanke entlang, und Funken fliegen, als Metall gegen Metall quietscht. Keuchend nehme ich den Fuß vom Gas und lenke von der Leitplanke weg, um das Auto näher zur Mitte der kurvenreichen Straße zu führen.

Die Scheinwerfer, die mich verfolgen, holen auf, und als die Straße wieder in eine Kurve übergeht, sehe ich hinter mir zwei Autos, beide groß und dunkel. Zwei Geländewagen. Mein Puls ist jetzt ein donnerndes Gebrüll in meinen Ohren, meine Hände sind so verschwitzt, dass sie vom Steuer rutschen. Ich kämpfe gegen meine Panik an und trete wieder aufs Gaspedal, aber die Autos hinter mir beschleunigen schneller, und als sich die Straße nach rechts windet, flankiert eines meine Seite, während sich das andere vor mich setzt.

Verzweiflung packt mich mit eisiger Faust.

Es ist vorbei.

Sie haben mich.

Zitternd nehme ich den Fuß vom Gas.

Meine einzige Fluchtmöglichkeit – und ich habe es versaut.

Der Geländewagen vor mir reduziert ebenfalls die

Geschwindigkeit, und der an meiner Seite lässt sich hinter mich fallen. Sie wissen, dass ich keine andere Wahl habe, als zu gehorchen.

Es ist definitiv vorbei.

Ich habe verloren.

Der Geländewagen vor mir verlangsamt weiter und zwingt mich zum Bremsen. Mein Tacho zeigt 40 km/h an, dann 35 ... dann 30. Ich krieche jetzt praktisch, und mir ist klar, dass sie mich zum Stehen bringen wollen.

Sie werden mich aus dem Auto holen und mich zu Kents Haus schleifen, wo ich eingesperrt bleiben werde, bis Peter mich abholt.

Die Zukunft streckt sich vor mir aus, so dunkel und gefährlich wie diese kurvenreiche Straße. Ich werde meine Freunde und Familie nie wiedersehen, nie mehr Frauen bei der Geburt ihrer Babys helfen. Wenn meine Eltern älter werden, werde ich nicht für sie da sein, und sie werden ihre Enkelkinder nie kennenlernen.

Alles, was ich habe, ist Peter, und die furchterregendste Sache von allen ist, dass das nicht einmal unattraktiv ist.

Ich sehe es so deutlich vor mir: wie er sich um mich kümmert, die Zärtlichkeit in seinen Augen, wenn er unser Baby hält. Er wird mich mit einer Intensität lieben, die meine Seele verbrennen wird, und schließlich wird meine eigene verdrehte Liebe aus ihrer Asche wachsen. Und nach einer Weile wird alles normal erscheinen, von meiner Gefangenschaft angefangen bis zur Gewalttätigkeit seines Berufes.

Wir werden eine Familie sein, so wie er es sich wünscht, und als ich den Tacho unter fünfzehn absinken sehe, weiß ich, dass ich das nicht zulassen kann.

Ich kann dem kränksten Teil von mir nicht nachgeben, der diese verdrehte Zukunft will.

Noch eine Kurve, noch mehr Scheinwerfer auf dem Weg zu uns. Mein hektischer Herzschlag wird gleichmäßig, und eine seltsame Ruhe breitet sich in mir aus, als ich an die Seite greife und meinen Sicherheitsgurt umlege. Ich habe weniger als eine Sekunde zum Handeln, also muss ich dafür sorgen, dass es ein Erfolg wird.

Ich nehme langsam den Fuß von der Bremse, umklammere das Lenkrad so fest wie ich kann, und als das entgegenkommende Auto, dessen Scheinwerfer mich und meine Verfolger gleichermaßen blenden, vorbeizieht, schlage ich das Lenkrad bis ganz nach rechts ein und ziehe auf die Gegenfahrbahn, während ich das Gaspedal durchtrete.

Das Auto springt nach vorn und schießt an dem Geländewagen vorbei, der mich vorn blockiert. Ich kann praktisch das Fluchen meiner Verfolger hören, als ich sie in einer Staubwolke zurücklasse, während mein schlanker Mercedes mit dem kehligen Gebrüll eines V8-Motors an Geschwindigkeit gewinnt. Der Tacho springt auf 100 … 110 … 120 … 140 …

Die Funken fliegen, als Metall gegen Metall kratzt, als ich erneut an der Leitplanke entlangschabe, aber diesmal nicht bremse. Ich halte meinen Fuß stabil und korrigiere gerade genug, um die Kontrolle zu behalten.

Es ist ein Videospiel, sage ich mir. Nur ein Renn-Videospiel, bei dem ich auf der falschen Straßenseite fahre.

Nachdem sie sich vom Schock meines plötzlichen Manövers erholt haben, sind meine Verfolger wieder hinter mir, aber ich habe nicht die Absicht, es ihnen leicht zu machen. Jedes Mal, wenn sie näherkommen, lenke ich zur Mitte der Straße und hindere sie daran, mich zu überholen. Und ich halte mein halsbrecherisches Tempo und lasse meinen Fuß auch bei den engsten Kurven auf dem Gas. Vorzugeben, dass es ein Videospiel ist, hilft mir dabei – ich war als Kind immer gut darin.

Eine weitere Minute auf der Straße.

Zwei.

Drei.

Ich kann das tun.

Ich kann es schaffen.

In der Ferne sehe ich Lichter, und mein Puls steigt erneut an.

Das ist die Tankstelle. Das muss sie sein.

Mein Plan ist einfach: vor dem Laden mit kreischenden Bremsen anhalten und so laut ich kann nach einem Telefon rufen. Mit etwas Glück werden Kents Leute sich zu sehr um die Behörden sorgen, um mich in aller Öffentlichkeit festzunehmen, aber selbst wenn sie es nicht tun, wird jemand – ein Tankwart, andere Fahrer – sehen, was passiert und die Polizei rufen.

Es ist kein toller Plan, aber es ist alles, was ich habe.

Die Tankstelle rückt mit jeder Sekunde näher. Zu meiner Erleichterung sehe ich trotz der frühen Morgenstunde und der Wildnis der Gegend einen gut beleuchteten Laden mit ein paar Leuten darin und einigen Autos auf dem Parkplatz.

Meine Hoffnung ist, dass Kent nicht so nah an seinem Haus Ärger haben will und die Geländewagen hinter mir ihre Geschwindigkeit reduzieren, so dass mein Vorsprung größer wird, je mehr wir uns der Tankstelle nähern.

Triumph erfüllt meine Venen, als ich den Fuß vom Gas

nehme und mich auf mein Anhalten-und-Rennen-Manöver vorbereite.

Ich bin da.

Selbst wenn sie mich vor dem Telefon erwischen, bleibt meine Gefangennahme nicht unbemerkt.

Ich bin weniger als sechzig Meter von der Tankstelle entfernt, als es passiert.

Ein Hund läuft vor mir auf die Straße.

Ich reagiere instinktiv, als ich auf die Bremse trete, um auszuweichen, und als mein Auto in die Leitplanke kracht, habe ich einen letzten unlogischen Gedanken.

Ich hoffe, Peter und seine Männer kehren unversehrt von ihrem Job zurück.

49

*P*eter

»JETZT«, BELLE ICH IN DAS HEADSET, UND YAN FEUERT DIE Panzerbüchse ab, als Arslans Leibwächter ihrem Boss in sein Auto helfen.

Bumm!

Einen Moment lang gibt es nichts außer dem blendenden Blitz der explodierenden Rakete und dem Klingeln in meinen Ohren, aber dann sehe ich es.

Die überlebenden Leibwächter zerstreuen sich wie Kakerlaken, während weitere aus dem Wachhaus angerannt kommen, um der Bedrohung zu begegnen.

»Tu es«, sage ich zu Anton, und er fängt an, sie einzeln mit seinem halbautomatischen Scharfschützengewehr zu erschießen. Ich schließe mich ihm an, und bald darauf verunreinigt ein Dutzend Leichen den Boden, deren Köpfe von unseren Kugeln gesprengt wurden.

»Zwei Uhr«, ruft Yan im Headset, und ich sehe die Bewegung auf dem Boden. Ein Wächter hat sich tief hingehockt und benutzt das brennende Auto als Deckung. Sein Arm ist beschützend um den Rücken eines Mannes gelegt.

Wut überkommt mich, als ich den Mann erkenne.

Deniz Arslan.

Unser Ziel ist noch am Leben.

Der Mann ist blutverschmiert und dreckig, aber er läuft – was bedeutet, dass seine Leibwächter noch besser sind, als wir dachten.

»Das ist Arslan«, knurre ich in das Headset und verändere meine Position, um mein Zielfernrohr um das brennenden Auto herum auszurichten, das mir im Weg ist.

Ich muss diesen Wichser kriegen.

Er muss heute sterben.

In der Ferne heulen Sirenen, und weitere Leibwächter stürmen auf Arslans Grundstück. Wir haben Minuten, wenn nicht Sekunden, um unsere Aufgabe zu erledigen.

Ich schalte den Lärm und das Geräusch meines Herzschlags in meinen Schläfen aus, konzentriere mich und drücke den Abzug.

Arslans Beschützer fällt, sein Hirn explodiert und spritzt über den Politiker, während ich einen zweiten Schuss abfeuere.

»Scheiße.«

Durch Training oder reines Glück fällt und rollt mein Ziel genau zur richtigen Zeit.

Ich fluche leise, schieße erneut und höre das Stakkato-Gebrüll von Antons Waffe neben meiner.

Mit grimmiger Genugtuung sehe ich dabei zu, wie zwei unserer Kugeln in Arslans Schädel eindringen und sein Gehirn explodiert.

Es ist erledigt.

Der korrupte Politiker ist tot.

»Da kommt was«, schreit Yan, und ich springe auf meine Füße, als ich in der Ferne einen Hubschrauber höre.

Wie erwartet, werden wir verfolgt werden.

Es dauert nur Sekunden, bis Anton und ich uns vom Dach des Nachbarn heruntergehangelt haben und Yan unten auf der Straße treffen. Von hier aus sind es nur noch ein paar Straßen bis zum Zaun der Siedlung, und wir rennen so schnell wir können, während das Heulen der Sirenen immer lauter wird. Auch der Hubschrauber nähert sich schnell.

»Ilya? Sag mir, dass du da bist«, befehle ich außer Atem, während ich die Straße entlangsprinte.

»Bereit und auf Warteposition«, antwortet er. »Ihr solltet euch besser beeilen. Es wird hier gleich zugehen wie im Irrenhaus.«

Ich beiße die Zähne zusammen, werde schneller, und Yan und Anton tun dasselbe, als ein Fahrzeug mit quietschenden Reifen eine Querstraße hinter uns auf die Straße schießt.

Arslans verbliebene Leibwächter holen auf.

Der zehn Fuß lange Zaun ragt vor uns auf, und die Gemeindewachmänner strömen bis an die Zähne bewaffnet auf die Straße.

»Jetzt«, rufe ich Yan zu, der daraufhin eine Granate hervorzieht und die Nadel mit den Zähnen abreißt, ohne zu bremsen.

Die Wachen verstreuen sich, als Yan die Granate wirft, und Anton und ich ziehen unsere Waffen und feuern wahllos.

Wir müssen sie nicht alle töten, nur aus dem Weg schaffen.

Wir sind jetzt am Zaun, also springe ich hoch, schnappe mir einen Ast und ziehe mich an ihm hoch. Deshalb trainieren wir so hart und müssen stärker sein als die meisten Athleten. Meine Muskeln schreien, als ich mit einer Hand baumelnd den anderen Arm senke, um Anton hochzuziehen, und als Anton die Spitze des Zauns erklimmt, zieht er mich hoch, bevor er nach unten greift, um Yan hochzuziehen, während ich das Deckungsfeuer gebe.

Eine weitere Granate von Yan explodiert mit einem ohrenbetäubenden Knall und verjagt die Wachen, als wir vom Zaun herunterspringen und mit Höchstgeschwindigkeit weiterrennen.

Wir müssen zu unserem Treffpunkt.

Nur so schaffen wir es raus.

Der Hubschrauber dröhnt über uns, die Sirenen der Polizei heulen immer lauter.

»Jetzt, Ilya«, rufe ich in das Headset, und sein Auto quietscht um die Kurve und bremst gerade genug ab, damit wir während der Fahrt hineinspringen können.

Wir entfernen uns von Arslans Siedlung, nehmen die Nebenstraßen in Richtung eines Tunnels, und als die Geräusche der Verfolgung nachlassen, wechseln wir die Fahrzeuge und fahren direkt zu unserem Flugzeug.

Wir haben es geschafft.

Unsere Zielperson ist tot, und niemand wurde verletzt.

Erfreut rufe ich Lucas an, sobald unser Flugzeug vom Boden abhebt.

»Es ist vorbei«, sage ich, als er ans Telefon geht. »Wir sind auf dem Rückweg, also kannst du Sara sagen, sie soll sich fertig machen. Wir werden sie abholen, bevor wir einen Abstecher nach Neuseeland machen.«

Für einen kurzen Augenblick herrscht Stille. Dann spricht Lucas.

»Peter …« Sein Ton ist ernst. »Wegen Sara … Es tut mir leid, aber sie hatte einen Autounfall.«

50

_P_eter

MEIN HERZ VERWANDELT SICH IN EINEN EISBLOCK, UND MEINE Lungen versteinern bei Lucas' Worten. Sara in einen Unfall verwickelt – das ist unmöglich, undenkbar.

Das ist mein schlimmster Albtraum.

Lucas redet und erzählt mir etwas über ein Auto und einen Hund, aber ich verarbeite nichts. In meinen Ohren dröhnt ein dumpfes Tosen, und ich denke nur an das andere Mal, als mir jemand in diesem Ton eine Nachricht übermittelt hat.

Der Gestank des Todes, Tamilas lange Wimpern angesengt und blutverklebt, Pashas winzige Hand um ein Spielzeugauto gelegt ... Meine Sicht verdunkelt sich, und mein ganzes Bewusstsein schwindet, als Verzweiflung mich zerreißt und fast alles in mir auslöscht.

Ich durchsuche einen Haufen Leichen, höre das Summen der Fliegen, weiß, dass ich nicht da war, um sie zu retten ...

Ich kann nicht atmen, ich spüre nichts als herzzerreißendes Entsetzen.

Ein Autounfall. Sara. Ihr Körper zerquetscht in zerknitterten Metallhaufen.

Die Qual ist zu intensiv, um sie auszuhalten. Ich kann sie mir nicht tot vorstellen, nicht glauben, dass ihr Lebensfunke erloschen ist.

Etwas Rotes und Heißes läuft über meinen Unterarm. Verschwommen erkenne ich, dass sich meine Finger so fest in das Telefon graben, dass ich mir einen Nagel abgebrochen habe. Ich bemerke den Schmerz allerdings nicht. Ich nehme nichts wahr außer der hohlen Qual, die sich in meiner Brust ausbreitet.

Ich kann Sara nicht verlieren.

Ich könnte es nicht überleben.

»... also könnte sie eine Gehirnerschütterung haben, aber die Ärzte denken nicht, dass ...«

»Eine Gehirnerschütterung?« Ich klinke mich bei diesem einen Wort ein, das keinen Sinn ergibt. Meine Gedanken sind zerrissen und langsam, gelähmt vom Schock und der wachsenden Trauer. »Wovon sprichst du?«

»Die Ärzte halten ihre Verletzungen nicht für allzu ernst«, sagt Lucas, und seine Stimme klingt leicht verzweifelt. »Hast du mir nicht zugehört? Sie hat eine böse Wunde auf ihrer Stirn, aber sie sorgen dafür, dass keine Narbe zurückbleibt. Und natürlich werde ich alle Rechnungen bezahlen – das ist das Mindeste, was ich unter diesen Umständen tun kann.«

»Eine Narbe?« Ich schalte einen Moment lang nicht, da die Verzweiflung, die mich umgibt, zu dick und zu undurchdringlich ist, aber dann fangen meine Synapsen an zu schießen. Nach einem längst überfälligen Atemzug frage ich mit rauer Stimme: »Sie ist ... am Leben?«

»Was?« Lucas klingt verwirrt. »Ja, natürlich. Ich habe dir doch gesagt, dass sie eine ausgerenkte Schulter und vielleicht eine Gehirnerschütterung hat. Hast du dort einen schlechten Empfang oder so was? Ja, Sara ist natürlich am Leben. Ihr Auto knallte in die Leitplanke, und sie hat sich ihren Kopf aufgeschnitten und ihre Schulter verletzt. Wir haben sie in die Klinik in der Schweiz gebracht – diejenige, die Esguerra gerne benutzt, erinnerst du dich? Peter, hörst du mir zu?«

Das tue ich, aber das kann ich ihm nicht sagen. Meine Halsmuskeln sind zu verkrampft, genauso wie mein ganzer Körper. Die Erleichterung ist so intensiv, dass sie mich durchfährt wie ein Schrapnell aus einer Mine, auf ihre eigene Weise so schmerzhaft wie die Qual, die mich vorher erstickte. Ich erinnere mich nicht daran, geweint zu haben, als ich meinen Sohn verlor, aber jetzt fühle ich diese quälende Feuchtigkeit auf meinem Gesicht, die Tränen, die verbrannte Spuren auf den Überresten meines Herzens hinterlassen.

Ich habe Sara nicht verloren.

Sie lebt.

Sie wurde in meiner Abwesenheit verletzt, aber sie ist am Leben.

»Peter? Kannst du mich hören?« Lucas' Stimme wird lauter. »Scheiße, Mann, kannst du mich hören?«

»Ich bin auf dem Weg«, sage ich belegt und lege auf, bevor ich Anton befehle, Kurs auf die Schweiz zu setzen.

 ara

ICH TREIBE IN EINE SCHWEBENDE DUNKELHEIT HINEIN UND hinaus, meine Sinne wechseln zwischen verschwommenem Bewusstsein und völliger Leere. Wenn ich klar genug bin, um zu denken, bin ich mir des Schmerzes bewusst, aber ich kann auch andere Reize wahrnehmen ... wie Stimmen.

»Wie konntest du das tun? Ist dir nicht klar, was er tun wird, wenn er zurückkehrt? Wir sollten für ihre *Sicherheit* sorgen.« Es ist eine männliche Stimme, hart und tadelnd. Ich kenne den Mann, dem die Stimme gehört, aber der pochende Schmerz in meinen Schläfen wird unerträglich, als ich versuche, auf den Namen zu kommen.

»Es waren *deine* Wächter, die sie verfolgt haben. Du hättest sie gehen lassen können«, wirft eine weibliche Stimme ein. Die

Frau klingt verärgert. Ich weiß, ihr Name ist fremd und exotisch, aber in meinem Kopf ist alles zu verschwommen, um mich daran zu erinnern. »Er hat sie missbraucht, Lucas ...«

Ja, Lucas, das war es, erinnere ich mich erleichtert. Lucas Kent, der Waffenhändler, der auf Zypern lebt.

»Sie missbraucht? Er betet den Boden an, auf dem sie steht. Hast du nicht gesehen, wie er sie ansieht?« Kent hört sich an, als würde er gleich jemanden umbringen. »Und ich habe dir erzählt, dass er jeden Tag angerufen hat und wissen wollte, ob sie isst, schläft ... ob sie verdammt nochmal *zufrieden* ist. Klingt das wie ein Mann, der eine Frau foltert? Und sie hat nach *ihm* gefragt. Würde sich eine Frau, die ihren Entführer hasst, um seine Sicherheit sorgen?«

»Nein, aber ...«

»Nichts aber! Selbst wenn er sie jede Nacht waterboardet, das geht uns nichts an. Ich habe ihm einen Gefallen getan, und jetzt haben wir Glück, wenn wir nicht auf seiner Liste landen.«

»Lucas, bitte.« Die Frau mit dem exotischen Namen – Kents Frau, die schöne Blondine – klingt noch verärgerter. »Es war ein scheiß Unfall, nichts mehr. Er wird es verstehen. Lass mich mit ihm reden, ihm erklären, was passiert ist.«

»Nein.« Kents Stimme ist grimmig resolut. »Ich will nicht, dass er erfährt, dass du auf irgendeine Weise darin verwickelt warst.« Du fliegst zurück nach Hause, bevor er hierherkommt. Und ich werde mir ein paar Dutzend Wachen von Esguerra leihen, bis wir mehr für uns selbst einstellen können.«

»Aber was ist mit dir?«, fragt Kents Frau, und ihr besorgter Ton verstärkt die übelkeitserregenden Schmerzen in meinem Kopf. Ich zucke zusammen, als ich versuche, mich in eine bequemere Position zu bewegen – und muss einen Aufschrei unterdrücken, als ein Schmerz in meiner linken Schulter explodiert.

»Ich bleibe hier, bis er landet«, sagt Kent, während ich flach atme, um den Schmerz zu bewältigen. Ich will die Augen öffnen, aber etwas verhindert es, und ich traue mich nicht, meine Arme noch einmal zu bewegen, um herauszufinden, was es ist.

»Und wenn er versucht, dich zu töten?«, argumentiert Kents Frau. »Wenn du recht hast und er nicht hört ...«

»Ich behalte ein Dutzend Wachen bei mir, und außerdem wird er sich um *sie* Sorgen machen.« Ich spüre, wie er seine Aufmerksamkeit mir zuwendet, bevor er fortfährt: »Ich glaube, ich habe gerade gesehen, dass sie sich bewegt hat. Die Schmerzmittel müssen nachlassen. Hol die Schwestern her, schnell.«

Ich höre schnelle Schritte, und eine Minute später schwebe ich wieder im benebelten Nichts.

ALS ICH DAS NÄCHSTE MAL AUFTAUCHE, IST ES WEGEN EINER weichen weiblichen Hand, die meine Haare streichelt. Es fühlt sich gut an, zumal sich mein Kopf wie ein mit Beton gefüllter Ballon anfühlt.

»Es tut mir so leid, Sara«, murmelt eine Frau, und dieses Mal fällt mir der Name ein. Yulia – so heißt Kents Frau. »Ich muss jetzt gehen, aber es tut mir leid. Ich dachte, du hättest mehr Zeit, um zu fliehen, aber Lucas vermutete, dass ich dir helfen würde, und hat zusätzliche Bewegungsmelder aufstellen lassen. Es tut mir leid. Ich wollte nicht, dass das passiert. Ich hoffe, du glaubst mir.«

Ich öffne meinen Mund, um ihr zu danken, aber stattdessen huste ich schmerzhaft. Meine Kehle ist trocken, und mein Kopf, der sich wie ein Ballon anfühlt, pocht vor Schmerz. Es scheint auch etwas über meinem Gesicht zu geben, das mich daran hindert, die Augen zu öffnen. Eine dicke Bandage auf meiner Stirn vielleicht?

»Hier. Du musst Durst haben.« Ein Strohhalm berührt meine Lippen, und ich nehme ihn in den Mund und sauge die lauwarme Flüssigkeit gierig auf.

»Was ist passiert? Wo bin ich?«, krächze ich, als ich den Becher Wasser ausgetrunken habe. Meine Stimme ist schwach und heiser, aber wenigstens kann ich wieder sprechen.

»Du bist in einer Privatklinik in der Schweiz«, erklärt Yulia sanft. »Du hattest einen Autounfall. Erinnerst du dich?«

Ich nicke und bereue es sofort. »Ja«, keuche ich, als die qualvolle Schmerzenswelle vorüber ist. »Da war ein Hund und ...«

»Ja, das stimmt.« Sie klingt erleichtert. Habe ich deshalb eine Kopfverletzung? Ich frage mich, wie schlimm es ist, und dann verkrampfen sich meine Lungen, als ich mich an etwas viel Wichtigeres erinnere.

Verzweifelt frage ich: »Wo ist Peter? Ist er ...«

»Ja, ich befürchte schon«, sagt Yulia, und mein Herz zerbricht bei dem echten Bedauern in ihrer Stimme. »Es tut mir leid«, fährt sie im gleichen Ton fort. »Er ist auf dem Weg zurück. Es gab nichts, was ich tun konnte.«

Meine Lungen dehnen sich für einen zitternden Atemzug aus. »Du meinst, er ist ... in Ordnung?« Meine Stimme ist angespannt, meine Extremitäten prickeln durch einen heftigen Adrenalinschub. »Er ist nicht verletzt worden?«

Einen Moment lang herrscht Ruhe. Dann sagt Yulia

langsam: »Nein, das ist er nicht. Sara ... hast du mich das gerade gefragt, weil du Angst davor hast, dass er *nicht* verletzt wurde oder dass er es wurde?« Als ich aus Verwirrtheit nicht antworte, verdeutlicht sie: »Hast du Gefühle für diesen Mann?«

Ich befeuchte meine rissigen Lippen, und bin mir eines unwillkommenen Schuldgefühls bewusst. Ich wollte Yulia nicht anlügen oder ihre Freundlichkeit ausnutzen, aber das habe ich im Grunde genommen getan, als ich die negativen Aspekte meiner komplexen Beziehung zu Peter unterstrichen habe.

Ich habe nicht nur dabei versagt, zu flüchten, sondern sie auch noch in Schwierigkeiten gebracht. Das Schlimmste aber ist, dass ich insgeheim erleichtert bin, froh, dass ich Peter und der Zukunft nicht entkommen konnte, die ich mir wünsche und gleichzeitig fürchte.

»Es ist ... kompliziert«, sage ich und wiederhole damit ihre Worte von damals.

Sie atmet scharf ein und steht auf. »Ich verstehe.«

»Yulia, warte«, sage ich, als ich ihre Schritte höre, aber es ist zu spät.

Sie ist weg, und kurz darauf übermannen mich die Medikamente wieder.

52

Logischerweise weiß ich, dass keine dieser Verletzungen lebensbedrohlich ist, aber als ich Sara im Krankenhausbett anschaue, ihr blasses Gesicht voller Blutergüsse und halb von einem Verband bedeckt ist, brodeln Angst und Wut in mir und trotzen allen Versuchen, logisch zu denken.

Der vierstündige Flug in die Schweiz war einer der längsten meines Lebens. Nachdem wir den Kurs geändert hatten, rief ich Lucas noch einmal an und verlangte mehr Details und Erklärungen, und obwohl er mir immer wieder versicherte, dass Saras Zustand stabil ist und sie von den besten Ärzten Europas behandelt wird, glaubte ich ihm nicht ganz, bis ich sie sah.

758

Das Schicksal war noch nie gut zu mir.

Ich setze mich auf den Rand ihres Bettes, nehme vorsichtig ihre Hand in beide Hände und spüre die vergängliche Wärme ihrer Haut und die Zartheit ihrer schlanken Knochen. Meine eigenen Hände zittern, und meine Gefühle sind zu extrem, um kontrolliert werden zu können.

Ein Hund.

Sie wäre fast wegen eines verdammten Hundes gestorben.

Mein Herz zerbricht erneut, weil der Schmerz so heftig ist wie in dem Moment, als ich sie für tot hielt. Wenn die Leitplanke nicht so robust gewesen wäre, wenn das Auto keine Airbags gehabt hätte, wenn der Splitter des Glases, der ihre Stirn aufgeschnitten hat, stattdessen in ihr Auge eingedrungen wäre ... Ich zittere und stelle mir vor, wie sie auf grausame Weise hätte sterben können und welche lähmenden Verletzungen sie erlitten haben könnte.

Und das alles meinetwegen.

Ich kann mich nicht vor dieser brutalen Realität verstecken, kann die erstickende Schuld nicht beiseiteschieben.

Ich war nicht da, und Sara lief weg.

Sie hat ein Auto gestohlen und rannte in die Freiheit, wollte so verzweifelt von mir wegkommen, dass es ihr egal war, ob sie lebte oder starb.

Die Wut, die in meiner Brust kocht, ist nur teilweise gegen Lucas gerichtet. Er wird natürlich für seine Nachlässigkeit zahlen, aber ich kann nicht so tun, als trüge er den Löwenanteil der Schuld.

Den trage allein ich.

Es war mein egoistisches Bedürfnis, sie zu haben, sie einzusperren und zu besitzen, das Sara dazu getrieben hat, dieses Risiko einzugehen. Ich habe die Frau, die ich liebe, beinahe getötet, und ich weiß nicht, wie ich das wiedergutmachen soll.

Ich weiß trotzdem selbst jetzt nicht, ob ich sie gehen lassen kann.

Ihre geschwollenen Lippen teilen sich, als sie sanft ausatmet, und ich sinke mit meinen Knien zu Boden und streiche mit ihrem Handrücken an meiner stoppeligen Wange entlang, während ich meine Augen schließe. Ihre Haut ist so weich, und ihre Finger sind im Vergleich zu meinen so klein. Meine Brust zieht sich qualvoll zusammen. Ich habe das Gefühl, zu ersticken, in Sehnsucht und Verzweiflung zu ertrinken. Warum kann sie mich nicht einfach lieben? Warum kann sie nicht akzeptieren, dass wir zusammengehören? Es gab Zeiten, da dachte ich, sie könnte es vielleicht, da war ich mir sicher, dass sie sich annäherte.

Und vielleicht hat sie das auch. Vielleicht könnte sie noch. Das Monster in mir knurrt und verlangt, dass ich sie behalte, egal um welchen Preis ... egal, was es ihr letztendlich antut. Mit der Zeit wird sie wieder zu sich kommen und verstehen, dass wir dazu bestimmt sind.

Wenn sie mir eine Chance gibt, werde ich sie glücklich machen ... sie und das Kind, nach dem ich mich so sehr sehne.

Ein schwaches Stöhnen rüttelt mich aus meinen Gedanken, und ich öffne die Augen, und sehe, dass sich Saras Lippen bewegen.

»P-Peter?«, flüstert sie, und eine Supernova explodiert in meiner Brust. Nur dieses eine Wort, und meine Welt ist tausend Grad wärmer und eine Million Watt heller. Die ganze Trauer und der Schmerz sind erloschen, die Dunkelheit ist verschwunden, anstatt meine Seele auszusaugen.

»Ja, Ptichka«, antworte ich heiser und drücke ihre Hand gegen meine Lippen. »Ich bin hier.«

Ihre schmalen Finger zucken, während ich sie einen nach dem anderen küsse. »Bist du ... Ist alles in Ordnung?« Sie klingt erschöpft von den Schmerzmitteln. »Ist jemand verletzt worden?«

Ein quälender Schmerz sticht in meiner Brust. »Nein, mein Liebling. Niemand außer dir.«

»Das ist gut.« Auf ihren Lippen formt sich ein kleines, glückseliges Lächeln. »Das freut mich.«

Ich atme angespannt ein, als die Schuldgefühle und die Qualen mich wieder überwältigen. In gewisser Weise wäre es einfacher, wenn Sara mich hassen würde, wenn alles, was sie für mich empfindet, Abscheu und Angst wären. Dann könnte ich weggehen und versuchen, meine Besessenheit in den Griff zu bekommen, damit sie ihr Leben leben könnte, während ich in meine kalte Leere zurückkehrte. Aber Sara hasst mich nicht einfach nur, es ist komplizierter als das.

Sie braucht mich. Sie hat es mir gestanden.

»Warum bist du weggelaufen?«, frage ich abgehackt und starrte dabei auf die blauen Flecken auf ihrem Kiefer. »Ist es wegen dem, was ich über die Kondome gesagt habe? Hast du so viel Angst vor einem Kind mit mir?«

Ich muss verstehen, was sie dazu gebracht hat, es zu tun.

Ich muss wissen, ob es noch Hoffnung für uns gibt.

Ihre Finger bewegen sich in meinem Griff. »Ich ... ja. Ich meine, nein. Ich weiß es nicht. Es ist nicht das, was ich will, aber vielleicht ...« Sie verliert sich in Gedanken, weil sie immer noch high von den Schmerzmitteln ist.

»Aber vielleicht?«, erinnere ich sie, und mein Herz klopft schmerzhaft in der Brust.

»Aber vielleicht würde ich das in einem anderen Leben gewollt haben.« Ihre Stimme schwindet und verwandelt sich in ein krächzendes Flüstern. »In einer anderen Welt, in der, in der ich für dich bestimmt gewesen wäre, wäre es anders. Du wärst kein flüchtiger Attentäter ... du hättest mich nicht entführt, nachdem du George getötet hast. Du wärst mein Ehemann, und ich wäre deine dich liebende Frau, und wir könnten einen Hund hinter einem Lattenzaun haben ... Wir würden unsere Kinder mit in den Park nehmen und die Geburtstage meiner Eltern feiern ... Es gäbe Freunde, Barbecues und Musik ... und du würdest mich lieben, wirklich lieben ... mich so sehr lieben, dass du mir nicht mein Leben stehlen würdest.«

Ich kneife meine Augen fest zusammen, da sich ihre Worte in mich schneiden wie das Messer eines Killers. Es sollte nicht wehtun, ihr Geständnis unter Drogen; ich sollte froh sein, dass sie das alles mit mir will. Aber alles, woran ich denken kann, ist, dass ich sie nie wirklich haben werde, ihr niemals das Leben geben werde, das sie will. Selbst wenn es mir gelingt, aus uns eine Familie zu machen, auch wenn Sara mir im Laufe der Jahre mehr Wärme schenkt, wird die Vergangenheit immer wie eine Kluft zwischen uns liegen, der Lebensstil eines Flüchtigen für immer eine Quelle von Streit und Stress sein. Es gibt in unserer Zukunft keine Barbecues und Lattenzäune, keine Hunde und Kinder, die auf dem Hof spielen.

Sie wird unser Kind lieben, aber es wird sie nicht glücklich machen.

Ich könnte ihr alles geben, was ich habe, und es wäre nicht genug.

Ein Monitor piept leise, als Saras Atmung sich einpendelt, und als ich meine Augen öffne, ist sie wieder eingeschlafen, da die Schmerzmittel ihr dabei helfen, zu schlafen und gesund zu werden.

Ich atme ganz leicht aus, da ein unerträglich schweres Gewicht meine schmerzenden Lungen zusammendrückt.

Ich sollte aufstehen, meine Männer auf den neuesten Stand bringen und Henderson verfolgen, aber ich kann mich nicht bewegen.

Ich kann nichts anderes tun, als vor Saras Bett zu knien und ihre Hand zu halten, während die leere Dunkelheit in den Raum eindringt.

*ara*

ALS ICH WIEDER AUFWACHE, DIESMAL OHNE DIE DICKE BANDAGE über den Augen, sitzt Peter mit einem Computer auf seinem Schoß auf einem Stuhl neben meinem Bett. Er sieht erschöpft aus, müder, als ich ihn je gesehen habe. Dunkle Schatten umkreisen seine blutunterlaufenen Augen, und seine stoppelbedeckten Wangen sind hohl, so als ob er abgenommen hätte. Er arbeitet am Laptop, aber sobald ich mich rühre, heftet sich sein Blick an mich wie Metall an einen Magneten.

»Du bist wach.« Seine Stimme ist heiser, als er seinen Laptop beiseitelegt und aufsteht. »Wie fühlst du dich, Ptichka? Brauchst du etwas? Hier, trink etwas Wasser.« Er nimmt eine Tasse mit einem Strohhalm von dem Tisch neben meinem Bett und beugt sich über mich, um mir dabei zu helfen, eine halb sitzende Position einzunehmen, während er den Strohhalm gegen meine Lippen drückt.

Ich bin immer noch ein wenig benommen von den Medikamenten und sauge dankbar den größten Teil des Wassers ein. »Wie lange bin ich weg gewesen?«, krächze ich, als er die Tasse wegnimmt.

Selbst nach dem Trinken fühlt sich meine Kehle an, als sei sie mit Sandpapier bearbeitet worden, und mein Mund ist so trocken, dass meine Zunge dauernd an meinen Wangen klebt.

»Drei Tage«, antwortet Peter und setzt sich auf den Rand meines Bettes. »Die Ärzte dachten, das würde deinen Heilungsprozess beschleunigen.«

Ich fahre mit der Zunge über meine rissigen Lippen und fühle die schmerzhafte Schwellung auf einer Seite. Jetzt, wo ich wacher bin, merke ich, dass ich immer noch einen Verband auf meiner Stirn habe – ich spüre, dass er auf meine Augenbrauen drückt –, und dass meine linke Schulter steif und wund ist. »Wie schlimm ist es?«, frage ich und zucke zusammen, als ich versuche, mich zu bewegen.

Peters Kiefer spannt sich an. »Eine Glasscherbe hat dir tief quer die Stirn aufgeschnitten, und du hast dir deine linke Schulter ausgekugelt. Glücklicherweise hattest du einen Sicherheitsgurt angelegt, und der Airbag hat den größten Teil des Aufpralls abgefangen. Trotzdem hast du überall Blutergüsse, einschließlich einem Großteil deines Gesichts.« Seine Stimme wird rauer, während er spricht, und sein Gesicht spannt sich vor Schmerz an.

Ich muss wegen der plötzlich aufsteigenden Tränen blinzeln, greife vorsichtig mit der rechten Hand nach oben und befühle den Verband auf meiner Stirn. Ich sollte mir vielleicht Gedanken darüber machen, wie ich mit einer hässlichen Narbe aussehen werde, aber ich kann mich nur auf die Qualen in Peters silbernen Blick konzentrieren.

Ich habe ihn verletzt, diesen tödlichen, unbeugsamen Mann.

Ich habe ihn verletzt, als er schon so schwer verletzt war, als er nur Leid kannte.

»Es wird keine Narbe geben«, sagt er heiser und folgt der Bewegung meiner Hand. »Sie haben die besten plastischen Chirurgen hier, und sie werden es in Ordnung bringen. Ich verspreche es dir, mein Liebling, ich werde es in Ordnung bringen.«

Ich starre ihn an, und meine Augen brennen von einem Ansturm von Gefühlen. Vielleicht ist es die Nachwirkung der Schmerzmittel, aber ich kann den Schmerz in seinem Blick nicht ertragen, kann das Wissen nicht ertragen, dass ich ihn verletzt habe. Denn egal, was ich mir auch einreden möchte, ich freue mich wahnsinnig, ihn zu sehen, bin so erleichtert, dass er nicht getötet wurde, dass ich auf die Knie fallen und weinen möchte.

Wenn ich in diesem Moment zwischen ihm und meiner Freiheit wählen müsste, würde ich alles aufgeben, um ihn in meinem Leben zu haben.

Als es an der Tür klopft und zwei Krankenschwestern den Raum betreten, steht Peter auf, und ich atme stockend ein.

»Warte!« Ich ignoriere eine Welle schwindelerregender Schmerzen, setze mich hin und ergreife sein tätowiertes Handgelenk. »Bleib bei mir ... bitte, Peter, bleib.«

Er setzt sich sofort wieder hin und bedeckt meine Hand mit seiner großen Handfläche. »Natürlich.« Seine Stimme ist tief und leise, so warm wie die dunkle Flamme in seinem Blick. »Alles, was du willst, mein Liebling.«

Er bleibt bei mir, während die Krankenschwestern den

Verband an meinem Kopf wechseln, und als sie versuchen, ihn wegzuscheuchen und behaupten, dass ich Ruhe brauche, bitte ich ihn, zu bleiben und mich zu umarmen. Ich weiß, es hat keinen Sinn, aber ich habe alle Vernunft und Logik bereits hinter mir gelassen. Ich kann die Fluchtversuche nicht aufgeben – das schulde ich meinem zukünftigen Kind und meinen Eltern –, aber im Moment brauche ich Peter bei mir.

Ich will in seine Arme kriechen und nie wieder gehen.

Er bleibt den ganzen Rest des Tages und die ganze folgende Nacht bei mir, umarmt mich sanft in Löffelchenstellung, während ich schlafe, und als ich am nächsten Morgen aufwache, verjage ich die Schwestern, und er hilft mir beim Duschen, bevor er mich auf seinen Schoß setzt, um fernzusehen.

Ich klammere mich so für die nächsten zwei Tage an ihn, unfähig, loszulassen, und er lässt mich, obwohl er es seltsam finden muss. Es gibt noch so viel Unausgesprochenes zwischen uns, so vieles ist noch ungelöst, aber im Moment interessiert mich nur, dass ich ihn habe.

Er gehört mir, um ihn zu lieben und zu hassen, egal was passiert.

ZU MEINEM ÄRGER GENESE ICH NUR LANGSAM, DA DIE WUNDE auf meiner Stirn eine weitere Operation erfordert, um die Narbe zu minimieren, und meine Schulter bei jeder Bewegung schmerzt. Nach einer weiteren Woche in der Klinik weigere ich mich jedoch, den ganzen Tag auf meinem Zimmer zu bleiben, und Peter bringt beinahe den Arzt um, der mir erlaubt, aufzustehen und unbeaufsichtigt den Flur entlangzugehen.

Oder zumindest ohne seine Aufsicht.

Ich bin nicht die Einzige, die sich nach dem Unfall irrational benimmt. Nach dem, was die Schwestern mir erzählt haben, hat mich Peter seit seiner Ankunft in der Klinik nicht länger als ein paar Minuten aus den Augen gelassen. Er versucht sogar, mich auf die Toilette zu begleiten, unter dem Vorwand, dass mir von den Schmerzmitteln schwindlig wird. Als ich kategorisch ablehne, besteht er darauf, dass mindestens eine der Schwestern anwesend sein muss, damit er sofort informiert werden kann, wenn etwas schiefgeht. Er muss wissen, dass dieser Grad an Besorgnis nicht ganz normal ist, aber wie ich kann er nichts dagegen tun.

»Ich muss wissen, dass du in Sicherheit bist. Ich muss dich sehen, dich jederzeit berühren«, erklärt er grimmig, als ich ihm versichere, dass es mir besser geht, und es in Ordnung ist, wenn er mich eine Stunde lang für einen Geschäftstermin mit seinen Männern allein lässt.

»Du drehst durch«, meinte Anton gestern in meiner Gegenwart, als Peter einen wichtigen Anruf mit einem potenziellen Kunden absagte, damit er bei meinem Verbandswechsel dabei sein konnte. »Sara hat acht Schwestern, die sich um sie kümmern, und mindestens vier Ärzte. Glaubst du wirklich, dass sie dich dabeihaben muss?«

Das tue ich tatsächlich, aber ich habe das nicht ausgesprochen, da ich unseren gegenseitigen Wahnsinn nicht noch unterstützen wollte. Ich bin mir ziemlich sicher, dass Peter seine Verantwortung gegenüber dem Team nicht vernachlässigt hat – wann immer ich aufwache, arbeitet er gerade an seinem Laptop oder redet mit seinen Männern über Geschäfte –, aber die Krankenschwestern haben mir gesagt, dass alle Treffen der Russen im Nebenzimmer abgehalten worden sind, während ich geschlafen habe, und Peter alle zehn Minuten nach mir gesehen hat.

»Dein Mann ist so treusorgend«, schwärmt eine junge deutsche Krankenschwester, in deren Obhut mich Peter zurücklässt, um duschen zu gehen. »Ich wünschte, mein Verlobter wäre so verrückt nach mir.«

Ich bin versucht, sie zu korrigieren, ihr zu sagen, dass Peter mein Entführer ist, nicht mein Mann, aber ich kann es nicht über mich bringen, ihren Traum zerplatzen zu lassen. Es würde sowieso nichts nützen. Die Ärzte und das Pflegepersonal in dieser Klinik müssen für ihre Diskretion außerordentlich gut bezahlt werden, denn niemand, mit dem ich bisher gesprochen habe, war bereit, die Behörden in meinem Namen anzurufen. Nicht, dass ich alles versucht hätte, um sie zu überzeugen. Ich bin nicht nur krankhaft unfähig, von meinem Entführer getrennt zu sein, sondern fühle mich auch schrecklich, weil ich Yulia bereits in Schwierigkeiten gebracht habe.

Ich hoffe verzweifelt, dass Peter sie oder Lucas nicht auf seine Liste setzt.

Ich erwäge, mit ihm darüber zu reden und ihm zu erklären, dass sie keine Schuld an meinem Unfall haben, aber immer, wenn Peters Männer Zypern oder die Kents erwähnen, sieht er so hart und gefährlich aus, dass ich es nicht wage, die Sache zu forcieren. Im Moment scheint sich Peter nur auf meine Gesundheit zu konzentrieren, und das möchte ich so lange wie möglich so beibehalten.

Ich kann nicht zulassen, dass mein dunkler Ritter noch einmal Amok läuft – nicht, wenn es meine Schuld ist.

Wir haben überhaupt noch nicht über meinen Fluchtversuch oder die Ereignisse davor gesprochen. Keiner von uns beiden kann es ertragen, das anzusprechen. Ich weiß nicht, ob Peter mir immer noch ein Kind aufzwingen will und ob er das selbst überhaupt weiß. So oder so, er hat mich nicht angefasst – zumindest nicht auf sexuelle Art.

Zuerst war ich froh darüber – ich war definitiv in keiner Verfassung, in jenen ersten Tagen Sex zu haben –, aber jetzt, da ich mich besser fühle, fange ich an, mich zu wundern. Mein Entführer will mich noch immer; ich kann seine Erektion spüren, wenn ich in seiner Umarmung liege. Aber er tut nichts in dieser Richtung, küsst mich nur auf die Lippen. Selbst nachdem ich es mit den Ärzten ausdrücklich geklärt habe, hält er sich zurück, und ich weiß, dass es daran liegt, dass er sich selbst die Schuld an dem Unfall gibt. Wir haben vielleicht nicht darüber gesprochen, was passiert ist, aber es steht zwischen uns, meine Verletzungen sind eine ständige Erinnerung daran, was in jener Nacht geschah. Ich sehe die Qual in seinen Augen, wenn er auf meine verblassenden blauen Flecken schaut, die gleichen Schuldgefühle, die mich nach Georges Unfall verzehrt haben.

Was passiert ist, hat uns vielleicht einander nähergebracht, aber es zerreißt Peter innerlich.

5 4

Peter

ALS WIR ZEHN TAGE IN DER KLINIK WAREN, BESTAND SARA darauf, allein herumzulaufen, und ich ließ sie, da Yan die Kameras auf den Fluren angezapft hatte, damit ich sie auf meinem Laptop beobachten konnte.

Ich bin so sehr mit Sara beschäftigt, dass es alles verdrängt, sogar mein Bedürfnis nach Rache. Ich habe es geschafft, mein Team ein paar Stunden nach meiner Ankunft in der Klinik nach Neuseeland zu schicken, aber vorhersehbarerweise hatte Henderson, als sie dort ankamen, den Fehler seiner Frau erkannt und war wieder verschwunden. Normalerweise hätte mich das wütend gemacht, aber dafür konnte ich nicht genug Energie aufbringen. Das kann ich immer noch nicht. Selbst Lucas, der nach meiner Ankunft in der Klinik klugerweise nach

Hause geflogen ist, ist trotz seiner Fahrlässigkeit bei Sara momentan nicht auf meinem Radar. Ich habe immer noch vor, ihn bezahlen zu lassen, aber im Moment geht es nur darum, dass sie lebt und richtig gesund wird.

Ich beobachte sie jetzt die ganze Zeit, Tag und Nacht. Es ist so weit gekommen, dass ich kaum noch essen oder schlafen kann. Ich weiß nicht, was ich tun soll, wie ich diese zwanghafte Angst um ihre Sicherheit abschalten soll. Jedes Mal, wenn ich meine Augen schließe, träume ich davon, dass Lucas mir sagt, dass sie verletzt ist, aber wenn ich ins Krankenhaus komme, finde ich heraus, dass er gelogen hat und sie stirbt.

Es ist mein neuer Albtraum, und ich kann ihn nicht beenden, genauso wenig, wie ich mich dazu bringen kann, sie nach Hause gehen zu lassen.

Das sollte ich tun, das weiß ich. Sara bei mir zu behalten wird sie zerstören. Ich sehe es jetzt so deutlich wie die Stiche auf ihrer Stirn. Auch wenn es Zeiten in Japan gab, zu denen sie zufrieden zu sein schien, war sie innerlich zerrissen und blutete. Die Trennung von ihrer Familie und der Verlust ihrer Karriere sind Wunden, die vielleicht nie ganz heilen können. Schon jetzt, hier in der Klinik, versucht sie den Ärzten bei den anderen Patienten zu helfen – wenn sie sie nicht gerade darum bittet, das FBI anzurufen.

Mein kleiner Vogel hat das Fliegen nicht aufgegeben, und ich fürchte, das wird er auch nie.

Die Telefonate mit ihren Eltern sind auch nicht gerade hilfreich. Ich habe sie diese Woche jeden Tag mit ihnen reden lassen, aber das scheint die Dinge nur noch schlimmer zu machen. Mittlerweile ist Sara seit fünf Monaten fort, und trotz ihrer gegenteiligen Zusicherungen ist ihre Familie davon überzeugt, dass sie gegen ihren Willen festgehalten wird.

»Warum kommst du nicht nach Hause?«, fragt ihre Mutter frustriert, als ich eines dieser Gespräche mithöre. »Wenn du mit dem Mann unterwegs bist, kannst du doch auch problemlos für einen Besuch nach Hause kommen. Du weißt, dass sie dich schon im Krankenhaus ersetzt haben, oder? Dein Vater und ich bettelten und baten sie, zu warten, aber sie waren überlaufen. Und deine Freundin Marsha ruft jede Woche an, um nach dir zu fragen. Warum hast du weder sie noch sonst jemanden aus dem Krankenhaus angerufen? Sie machen sich Sorgen um dich, Liebling, und wir auch. Und das Herz deines Vaters ...« Sie hört auf, aber nicht, bevor Sara unter ihren blauen Flecken kränklich blass wird.

»Was ist mit Vaters Herz?« Ihre Stimme nimmt einen panischen Ton an. »Bitte, Mutter, was ist mit Vaters Herz?«

»Nun, er wird nicht jünger, und ich auch nicht«, sagt Lorna Weisman, und ich höre Sara erleichtert ausatmen, als ihr klar wird, dass ihre Mutter nichts Konkretes meinte. Meine Hacker haben die Krankenakten der Weismans im Auge behalten, und ich hätte es Sara gesagt, wenn es neue Entwicklungen gegeben hätte. Trotzdem weiß ich, dass es ihr Angst gemacht hat. Es ist eine von Saras größten Ängsten, dass ihren Eltern etwas passieren könnte, während sie nicht da ist ... dass sie den Menschen, die sie am meisten liebt, nicht helfen kann, weil sie meine Gefangene auf der anderen Seite der Welt ist.

»Bitte, Mama, sprich nicht einmal von solchen Sachen«, sagt sie und zwingt eine falsche Fröhlichkeit in ihren Ton. »Mir geht es gut, und ich werde versuchen, bald nach Hause zu kommen.«

»Wann?«, drängt ihre Mutter. »Gib uns ein Datum.«

Sara blickt in meine Richtung. »Das kann ich nicht. Noch nicht.«

»Warum nicht? Ist es, weil er dich nicht lassen will?«

»Nein, Mama. Das habe ich bereits erklärt. Die ganze Sache mit dem FBI ist ein großes Missverständnis, aber solange es nicht geklärt ist, kann Peter nicht ...«

»Schwachsinn.« Es ist ihr Vater, er muss die ganze Zeit am Lautsprecher mitgehört haben. »Er kann nicht, aber du kannst – und solltest. Wenn er dich nicht gefangen hält, komm nach Hause. Geh weg von dem Verbrecher. Weißt du, dass sie denken, er hätte Menschen getötet? Sie erzählen uns natürlich nichts, aber wir haben sie reden hören und ...«

»Papa, ich muss los. Es tut mir leid. Wir reden später die Woche, okay? Ich hab' dich lieb!«

Sara legt auf, bevor ihr Vater ein weiteres Wort sagen kann, und obwohl ihr Gesicht ausdruckslos ist, kann ich sehen, dass sie am Rande der Tränen steht. Leise gehe ich hinüber zu ihrem Bett und achte darauf, nicht gegen ihre wunde Schulter zu kommen, während ich sie auf meinen Schoß ziehe.

Dann halte ich sie in meinen Armen, während sie weint, und meine eigene Verzweiflung wächst, als mir bewusst wird, dass sich etwas ändern muss.

Ich kann sie nicht gehen lassen, aber ich kann sie auch nicht behalten.

WAS MEIN DILEMMA NOCH VERSCHLIMMERT, IST, DASS SICH SEIT dem Unfall etwas zwischen uns geändert hat. Ich fühle es, und es zermalmt meine nobleren Impulse, wann immer sie auftauchen. Was ich mir schon immer gewünscht habe – dass Sara meine Gefühle teilt –, scheint endlich in meiner Reichweite zu sein. Die Art und Weise, wie sie sich an mich klammert, die Art und Weise, wie sie mich in diesen Tagen ansieht – das verstärkt mein zwanghaftes Bedürfnis, sie in meiner Nähe zu haben, sie festzuhalten und sie niemals gehen zu lassen.

Ich will sie für immer in einem goldenen Käfig behalten, damit sie immer sicher ist.

Ich will sie vor allem beschützen, auch vor meinen eigenen verdrehten Bedürfnissen.

»Die Ärzte haben gesagt, dass es okay ist«, murmelt sie in dieser Nacht und greift unter die Decke, um ihre schlanke Hand um meinen schmerzenden Schwanz zu legen. »Lass mich ...«

»Nein.« Ich verziehe gequält mein Gesicht und führe ihre Hand vorsichtig weg, obwohl jede Zelle in meinem Körper über den Verlust ihrer willigen Berührung weint. »Nicht heute Nacht, Ptichka. Dir geht es noch nicht gut genug.«

Die Ärzte haben vielleicht einige leichtere sexuelle Aktivitäten genehmigt, aber ich kenne mich, und die Intensität meiner Begierde nach Sara macht mir Angst. Mein Bedürfnis nach ihr ist zu heftig, zu unkontrolliert. Ich kann es nicht riskieren, sie zu berühren, bis sie vollständig geheilt ist, also zwinge ich mich, zu warten, bis es ihr besser geht.

Bis ich meine entsetzliche Unentschlossenheit überwunden habe und mir überlegen kann, was ich tun soll.

Am Ende der zweiten Woche werden Saras Fäden gezogen, und die Ärzte sagen uns klipp und klar, dass es keinen Grund für uns gibt, in der Klinik zu bleiben. Einer wagt es sogar, darauf hinzuweisen, dass Sara in einem regulären Krankenhaus nach der ersten Nacht entlassen worden wäre. Natürlich schere ich mich einen Dreck um ihre Meinung, aber Saras ist eine andere Sache.

Sie hat es satt, in der Klinik zu sein, und ist bereit, überall hinzugehen, sogar zurück zu unserem Haus in Japan.

»Bitte, Peter, es reicht. Mir geht es hervorragend«, erklärt sie nachdrücklich, und ich gebe schließlich nach und weise Anton an, dass Flugzeug für morgen früh vorzubereiten.

»Wird auch verdammt noch mal Zeit«, murmelt er düster. »Wir waren uns sicher, dass du dich entschieden hast, hier in den Ruhestand zu gehen.«

Ich bekämpfe den Drang, ihn anzuschnauzen, weil er absolut recht hat. Seit Saras Unfall habe ich alles auf Eis gelegt und die Jobangebote ignoriert. Unser Ruf breitet sich in der Unterwelt aus, und das müssen wir ausnutzen.

Noch ein paar Jobs wie den in der Türkei, und meine Teamkollegen und ich werden tatsächlich in den Ruhestand gehen können.

Wir werden genug haben, um den Behörden ein Leben lang auszuweichen.

Es ist spät am Abend, als ich aufstehe und meine E-Mails checke. Wie üblich wird mein Posteingang mit Nachrichten von Kunden überflutet, sowohl aktuellen als auch zukünftigen. Einige der Angebote, die hereinkommen, sind lächerlich – fünfhunderttausend Dollar, um einen lokalen Kriminellen auszulöschen, eine Million Euro, um einen wohlhabenden Onkel loszuwerden –, aber viele sind durchaus interessant.

Ich bin fast fertig damit, die Nachrichten durchzulesen, als eine neue E-Mail eintrifft. Ich öffne sie und starre schockiert auf die angebotene Geldsumme.

Einhundert Millionen Euro.

Viermal mehr als unsere bisher lukrativste Bezahlung.

Es ist von Danilo Novak, dem serbischen Waffenhändler, der in das Geschäft von Kent und Esguerra eindringen will. Und wenn mir die Summe nicht ausreichen würde, um mich zu faszinieren, dann ist es der Name des Ziels.

Novak will, dass ich Julian Esguerra, meinen früheren Arbeitgeber, eliminiere – den Mann, der geschworen hat, mich zu töten, weil ich sein Leben gerettet und dabei das seiner Frau gefährdet habe.

Fassungslos gehe ich die E-Mail noch einmal durch, und mein Verstand rast wegen der Auswirkungen. Wenn man zwischen den Zeilen liest, scheint Novak einige Trümpfe im Spiel zu haben, die die Schwierigkeit des Anschlags von unmöglich auf nahezu unmöglich reduzieren würden. Unabhängig davon, ob wir diesen Job annehmen, wäre Esguerra unser bisher schwierigstes Ziel.

Es ist auch der einzige Job, durch den wir für Lebzeiten ausgesorgt hätten.

Während ich dort sitze und auf meinen Laptopbildschirm starre, kommt mir eine andere Idee – eine ebenso gefährliche, aber unendlich verlockendere.

Wenn ich die Dinge richtig handhabe, könnte dieser Job in der Tat die Antwort auf alles sein.

Ich könnte Sara behalten ... und ihr das Leben geben, das sie will.

Vielen Dank dafür, dass Sie dieses Buch gelesen haben! Ich würde mich sehr über eine Bewertung von Ihnen freuen. Peter & Saras Geschichte geht in *Für immer Eins* weiter.

Wenn Sie darüber benachrichtigt werden möchten, wann mein nächstes Buch erscheint, melden Sie sich bitte unter www.annazaires.com/book-series/deutsch/ für meinen Newsletter an.

Lieben Sie die dunkle Seite von Liebesromanen? Dann werfen Sie einen Blick in die heißen Serien von Anna Zaires:

- *Verschleppt: Die komplette Trilogie* – ein epischer Liebesroman über eine Entführung mit Nora und Julian
- *Ergreife Mich: Die komplette Trilogie* – Lucas und Yulias

fesselnde Liebesgeschichte, in der aus Feinden
Liebhaber werden

Bereit für meine anderen knisternden Geschichten? Dann
stöbern Sie hier:

- *Wall Street Titan – Der Börsenhai* – eine Liebesroman,
  mit einem unwiderstehlichen Alpha-Milliardär, in
  dem sich Gegensätze anziehen.
- *Mia & Korum: Die komplette Krinar Chroniken Trilogie*
  – Ein dunkler Science-Fiction-Liebesroman
- *Die Gefangene des Krinar* – Ein
  abgeschlossener dunkler Science-Fiction-
  Liebesroman
- *Das Krinar-Exposé* – meine glühend heiße
  Zusammenarbeit mit Hettie Ivers, über Amy und Vair
  – und ihre Sexklubspielchen.

Bevorzugen Sie Action, Fantasy und Science-Fiction? Schauen
Sie sich diese Kooperationen mit meinem Ehemann Dima
Zales an:

- *Das Mädchen, das sieht* – die spannende Geschichte
  von Sasha Urban, einer Bühnenillusionistin, die
  unerwartete geheime Kräfte entdeckt.
- *Gedankendimensionen 0, 1 und 2* – die actiongeladenen
  Urban-Fantasy-Abenteuer von Darren, der die Zeit
  anhalten und Gedanken lesen kann.
- *Die letzten Menschen: Die komplette Trilogie* – die
  futuristische, dystopische Science-Fiction-

Geschichte von Theo, der in einer Welt lebt, in der nichts so ist, wie es zu sein scheint.

- *Mensch++* – der atemberaubende Technothriller mit dem Risikokapitalgeber Mike Cohen, dessen Brainozytentechnologie die Welt für immer verändern wird.
- *Der Zaubercode* – die epischen Fantasy-Abenteuer des Zauberers Blaise und seiner Schöpfung, der schönen und mächtigen Gala.

Und jetzt blättern Sie bitte für einen kleinen Vorgeschmack auf *Wall Street Titan, Verschleppt* und *Ergreife Mich* um.

AUSZUG AUS WALL STREET TITAN – DER BÖRSENHAI

Ein Milliardär, der eine perfekte Frau will...

Mit 35 Jahren hat Marcus Carelli alles: Reichtum, Macht und die Art von Aussehen, die Frauen atemlos machen. Als Selfmade-Milliardär leitet er einen der größten Hedgefonds an der Wall Street und kann große Unternehmen mit einem einzigen Wort vernichten. Das Einzige, was ihm fehlt? Eine Frau, die so großartig ist, wie die Milliarden auf seinem Bankkonto.

Eine Katzenfrau, die ein Date braucht ...

Die sechsundzwanzigjährige Buchhändlerin Emma Walsh weiß aus guter Quelle, dass sie eine Katzenlady ist. Sie stimmt dieser Einschätzung nicht unbedingt zu, aber es ist schwer, sie mit den Fakten zu widerlegen. Abgenutzte und mit Katzenhaar bedeckte Kleidung? Check. Letzter professioneller Haarschnitt?

Vor über einem Jahr. Oh, und drei Katzen in einem winzigen Studio in Brooklyn? Ja, definitiv.

Und ja, gut, sie hatte seit wann keinen Sex? Nun, sie kann sich nicht erinnern. Aber dieser Punkt kann geändert werden. Gibt es dafür nicht Dating-Apps?

Eine Verwechslung ...

Eine High-End-Heiratsvermittlerin, eine Dating-App, eine Verwechslung, die alles verändert ... Gegensätze können sich anziehen, aber kann das halten?

Ich hüpfe fast vor Aufregung, als ich mich dem Sweet Rush Café nähere, wo ich Mark zum Abendessen treffen soll. Das ist das Verrückteste, was ich seit einer Weile getan habe. Zwischen meiner Abendschicht in der Buchhandlung und seinen Kursen an der Uni hatten wir keine Chance, mehr als einige wenige Textnachrichten auszutauschen, also habe ich nur ein paar verschwommene Bilder, an denen ich mich orientieren kann. Trotzdem habe ich ein gutes Gefühl dabei.

Ich habe das Gefühl, dass Mark und ich wirklich eine Verbindung haben könnten.

Ich bin ein paar Minuten zu früh, also bleibe ich an der Tür stehen und nehme mir einen Moment Zeit, um Katzenhaare von meinem Wollmantel zu streichen. Der Mantel ist beige, was besser ist als schwarz, aber weißes Haar ist auf allem sichtbar, was nicht reinweiß ist. Ich denke, Mark wird es nicht allzu sehr stören – er weiß, wie stark Perser haaren –, aber ich möchte für unser erstes Date trotzdem repräsentativ aussehen. Es hat etwa eine Stunde gedauert, aber ich habe meine Locken dazu bekommen, sich halbwegs gut zu benehmen, und ich trage sogar ein wenig Make-up – etwas, was so häufig passiert wie ein Tsunami in einem See.

Ich atme tief durch, betrete das Café und schaue mich um, um zu sehen, ob Mark vielleicht schon da ist.

Das Bistro ist klein und gemütlich, mit den typischen Diner-Bänken, die im Halbkreis um eine Kaffeebar angeordnet sind. Der Geruch von gerösteten Kaffeebohnen und Backwaren ist köstlich und lässt meinen Magen vor Hunger knurren. Ich wollte mich nur auf den Kaffee beschränken, aber ich beschließe, mir auch ein Croissant zu kaufen; mein Budget sollte dafür ausreichen.

Nur wenige der Tische sind besetzt; wahrscheinlich, weil es ein Dienstag ist. Ich überfliege sie, weil ich nach jemandem suche, der Mark sein könnte, und bemerke einen Mann, der allein am entferntesten Tisch sitzt. Er schaut in meine entgegengesetzte Richtung, so dass ich nur den Hinterkopf sehen kann, aber sein Haar ist kurz und dunkelbraun.

Er könnte es sein.

Ich sammele meinen Mut und nähere mich dem Tisch. »Entschuldigung«, sage ich. »Bist du Mark?«

Der Mann dreht sich zu mir um, und mein Puls schießt in die Stratosphäre.

Die Person vor mir sieht überhaupt nicht aus wie die Bilder in der App. Sein Haar ist braun, und seine Augen sind blau, aber das ist die einzige Ähnlichkeit. Die harten Gesichtszüge des Mannes sind weder rund noch scheu. Vom stahlharten Kiefer bis zur falkenartigen Nase ist sein Gesicht völlig männlich, geprägt von einem Selbstbewusstsein, das an Arroganz grenzt.

Ein Hauch von Schatten verdunkelt seine schlanken Wangen, so dass seine hohen Wangenknochen noch deutlicher hervorstechen, und seine Augenbrauen sind dicke dunkle Schrägstriche über seinen stechend hellen Augen. Selbst hinter dem Tisch sitzend, sieht er groß und kräftig aus. Seine Schultern sind in seinem maßgeschneiderten Anzug unglaublich breit, und seine Hände sind doppelt so groß wie meine.

Unmöglich, dass dies der Mark von der App ist, es sei denn, er hat seit der Aufnahme dieser Fotos einen ernsthaften Trainingsmarathon im Fitnessstudio eingelegt. War das möglich? Konnte sich ein Mensch so sehr verändern? Er hatte seine Größe nicht im Profil angegeben, aber ich hatte angenommen, dass das Auslassen bedeutete, dass er höhentechnisch wie ich eher unterdurchschnittlich war.

Der Mann, den ich ansehe, ist in keiner Weise unterdurchschnittlich, und er trägt mit Sicherheit keine Brille.

»Ich bin … ich bin Emma«, stottere ich, als der Mann mich weiterhin anstarrt, wobei sein Gesicht hart und unergründlich ist. Ich bin mir fast sicher, dass ich den falschen Kerl erwischt habe, aber ich zwinge mich trotzdem, zu fragen: »Bist du zufällig Mark?«

»Ich ziehe es vor, Marcus genannt zu werden«, antwortet er zu meiner Überraschung. Seine Stimme ist ein tiefes männliches Rumpeln, das etwas primitiv Weibliches in mir anspricht. Mein Herz schlägt noch schneller, und meine Handflächen beginnen zu schwitzen, als er aufsteht und unverblümt sagt: »Du bist nicht das, was ich erwartet habe.«

»Ich?« *Was zum Teufel …?* Eine Welle der Wut verdrängt alle anderen Emotionen, während ich auf den unhöflichen Riesen vor mir starre. Dieses Arschloch ist so groß, dass ich mir den

Hals verrenken muss, um zu ihm aufzuschauen. »Und was ist mit dir? Du siehst überhaupt nicht aus wie auf deinen Bildern!«

»Ich schätze, wir wurden beide irregeführt«, sagt er mit angespanntem Kiefer. Bevor ich antworten kann, deutet er auf den Tisch »Du kannst dich genauso gut hinsetzen und mit mir essen, Emmeline. Dann bin ich nicht umsonst den ganzen Weg hierhergekommen.«

»Ich heiße *Emma*«, korrigiere ich vor Wut kochend. »Und nein, danke. Ich werde einfach gehen.«

Seine Nasenlöcher beben, und er tritt nach rechts, um mir den Weg zu versperren. »Setz dich, *Emma*.« Er lässt meinen Namen wie eine Beleidigung klingen. »Ich werde mit Victoria reden, aber im Moment verstehe ich nicht, warum wir nicht wie zwei zivilisierte Erwachsene essen können.«

Die Spitzen meiner Ohren brennen vor Wut, aber ich rutsche in die Bank, anstatt eine Szene zu machen. Meine Großmutter hat mir von klein auf Höflichkeit beigebracht, und selbst als Erwachsene, die allein lebt, fällt es mir schwer, gegen das anzukämpfen, was sie mir beigebracht hat.

Sie würde es nicht gutheißen, wenn ich diesem Idioten mein Knie in die Eier rammen und ihm sagen würde, dass er sich verpissen soll.

»Danke«, sagt er und rutscht auf die Bank mir gegenüber. Seine Augen funkeln eisblau, während er die Speisekarte betrachtet. »Das war nicht so schwer, oder?«

»Ich weiß nicht, *Marcus*«, sage ich und betone extra den formellen Namen. »Ich bin erst seit zwei Minuten bei dir, und schon auf hundertachtzig.« Ich gebe die Beleidigung mit einem damenhaften, von meiner Großmutter genehmigten Lächeln ab, werfe meine Handtasche in die Ecke unserer Nische und nehme die Speisekarte, ohne mich zu bemühen, meinen Mantel auszuziehen.

Je eher wir essen, desto schneller kann ich hier herauskommen.

Ein tiefes Lachen erschreckt mich, und ich schaue auf. Zu meinem Entsetzen grinst der Idiot, und seine Zähne blitzen weiß in seinem leicht gebräunten Gesicht. Keine Sommersprossen, stelle ich eifersüchtig fest; seine Haut ist perfekt ebenmäßig, ohne auch nur ein einziges Muttermal auf seiner Wange. Er ist nicht im klassischen Sinn gutaussehend – seine Gesichtszüge sind zu grob dafür – aber er sieht schockierend gut aus, auf eine starke, rein männliche Art und Weise.

Zu meinem Entsetzen breitet sich eine Hitzewelle in meinem Unterleib aus, und meine inneren Muskeln ziehen sich zusammen.

Nein. Auf keinen Fall. Dieses Arschloch macht mich *nicht* an. Ich kann es kaum ertragen, ihm gegenüber am Tisch zu sitzen.

Ich knirsche mit den Zähnen, schaue in die Speisekarte und stelle mit Erleichterung fest, dass die Preise an diesem Ort tatsächlich angemessen sind. Ich bestehe immer darauf, bei Dates für mein eigenes Essen zu bezahlen, und jetzt, da ich Mark getroffen habe – Entschuldigung, *Marcus* –, würde ich es ihm auch zutrauen, mich an einen noblen Ort zu schleppen, wo ein Glas Leitungswasser mehr kostet als ein Patrón. Wie konnte ich mich bei dem Kerl so sehr irren? Offensichtlich hatte er gelogen, als er behauptet hat, in einer Buchhandlung zu arbeiten und ein Student zu sein. Zu welchem Zweck, weiß ich nicht, aber alles an dem Mann vor mir schreit Reichtum und Macht. Sein Nadelstreifenanzug schmiegt sich an seinen breitschultrigen Rahmen, als wäre er für ihn maßgeschneidert, sein blaues Hemd ist steifgebügelt, und ich bin mir ziemlich sicher, dass seine subtil karierte Krawatte von einem Designer ist, der Chanel wie ein Walmart-Label aussehen lässt.

Als mir alle diese Details auffallen, habe ich einen neuen Verdacht. Könnte mir jemand einen Streich spielen? Kendall vielleicht? Oder Janie? Sie kennen beide meinen Geschmack bei Männern. Vielleicht hat eine von beiden beschlossen, mich auf diese Weise zu einem Date zu locken – aber warum sie mich mit *ihm* zusammengebracht haben und er dem zustimmen würde, ist ein großes Rätsel.

Stirnrunzelnd schaue ich von der Speisekarte auf und betrachte den Mann vor mir. Er hat aufgehört zu grinsen und betrachtet mit gerunzelter Stirn die Speisekarte, was ihn älter aussehen lässt als die siebenundzwanzig Jahre, die auf seinem Profil angegeben sind.

Dieser Teil muss auch eine Lüge gewesen sein.

Meine Wut verstärkt sich. »Also, *Marcus*, warum hast du mir geschrieben?« Ich lege die Speisekarte auf den Tisch und starre ihn wütend an. »Besitzt du überhaupt Katzen?«

Er schaut auf, und sein Stirnrunzeln vertieft sich. »Katzen? Nein, natürlich nicht.«

Die Irritation in seinem Ton lässt mich alles über Großmutters Missbilligung darüber vergessen, ihm direkt in sein schlankes, hartes Gesicht zu schlagen. »Ist das eine Art Streich? Wer hat dich dazu angestiftet?«

»Verzeihung?« Seine dicken Augenbrauen heben sich in einem arroganten Bogen.

»Oh, hör auf, so zu tun, als seist du unschuldig. Du hast mich in deiner Nachricht angelogen, und du hast die Frechheit, mir zu sagen, dass *ich* nicht das bin, was du erwartet hast?« Ich spüre praktisch den Dampf, der aus meinen Ohren kommt. »*Du* hast *mich* angeschrieben, und ich war in meinem Profil völlig ehrlich. Wie alt bist du? Zweiunddreißig? Dreiunddreißig?«

»Ich bin fünfunddreißig«, sagt er langsam, und sein Stirnrunzeln kehrt zurück. »Emma, worüber redest …«

»Das war's.« Ich nehme meine Handtasche am Henkel, rutsche von der Bank und stelle mich hin. Großmutter hin oder her, ich werde nicht mit einem Idioten essen gehen, der zugegeben hat, mich getäuscht zu haben. Ich habe keine Ahnung, was einen Kerl wie ihn dazu bringen würde, mit mir zu spielen, aber ich werde keine Witzfigur sein.

»Schönes Abendessen«, knurre ich, drehte mich um und gehe zum Ausgang, bevor er mir wieder den Weg versperren kann.

Ich habe es so eilig, fortzukommen, dass ich fast eine große, schlanke Brünette umrenne, die sich dem Café nähert, und den kleinen, pummeligen Typen, der ihr folgt.

Wall Street Titan – Der Börsenhai ist jetzt erhältlich. Falls Sie mehr darüber erfahren möchten, besuchen Sie bitte meine Homepage www.annazaires.com/book-series/deutsch/.

AUSZUG AUS TWIST ME - VERSCHLEPPT

Anmerkungen der Autorin: Dieses Buch gehört zu einer Reihe von Büchern, die auf Grund ihres sexuellen Inhalts definitiv als Lektüre für Erwachsene gedacht sind. Bewahren Sie deshalb dieses Buch am besten außerhalb der Reichweite von Kindern im lesefähigen Alter auf. Es unterscheidet sich außerdem von meinen anderen Büchern, da die Hauptperson diese Geschichte erzählt. Der Auszug und die Beschreibung sind noch nicht editiert und deshalb können spätere Änderungen nicht ausgeschlossen werden.

In dem Moment, als die Achtzehnjährige Nora Leston die Aufmerksamkeit von Julian auf sich zieht, verändert sich ihr Leben komplett. Sie wird verschleppt und auf eine einsame Insel im Pazifischen Ozean gebracht, wo sie die Begierden ihres sadistischen Entführers befriedigen muss — einem dunklen geheimnisvollen Mann, der genauso grausam wie gut aussehend ist ...

Hinweis: *Dieses Buch ist dunkle Erotik, kein Liebesroman. Es bietet: eine junge und unberührte Heldin, beunruhigende Szenen mit dubiosem Inhalt, Gefangenschaft, Machtspiele und sehr viel Sex, bei dem die Blümchen vor der Tür bleiben.*

Jetzt ist schon Abend. Mit jeder Minute, die vergeht, werde ich ängstlicher bei dem Gedanken daran, meinen Peiniger wiederzusehen.

Ich kann mich nicht länger auf den Roman konzentrieren, den ich gerade gelesen habe. Ich lege ihn weg und drehe Runden in dem Zimmer.

Ich habe die Sachen an, die Beth mir vorhin gegeben hat. Es ist keine Kleidung, die ich mir selber ausgesucht hätte, aber sie ist besser als ein Bademantel. Ein sexy Spitzenhöschen und einen dazu passenden BH als Unterwäsche. Ein hübsches blaues Sommerkleid zum vorne zuknöpfen. Alles passt mir verdächtig gut. Hat er mich schon eine ganze Weile verfolgt? Hat er alles über mich herausgefunden, einschließlich meiner Kleidergröße?

Mir wird schlecht bei dem Gedanken daran.

Ich versuche, nicht darüber nachzudenken, was noch alles passieren kann, aber das ist unmöglich. Ich weiß nicht warum ich mir so sicher bin, dass er heute Nacht zu mir kommen wird. Es ist natürlich möglich, dass er einen ganzen Harem voller

Frauen hier auf dieser Insel festhält und jede nur einmal die Woche besucht, wie das die Sultane damals taten.

Und trotzdem weiß ich irgendwie, dass er bald hier sein würde. Die letzte Nacht hatte lediglich seinen Appetit angeregt. Ich weiß, dass er noch nicht mit mir fertig ist, noch lange nicht.

Endlich geht die Tür auf.

Er kommt herein, als würde ihm dies alles hier gehören. Was es natürlich auch tut.

Und wieder bin ich von seiner männlichen Schönheit beeindruckt. Mit so einem Gesicht hätte er ein Model oder ein Filmstar sein können. Wenn es auf dieser Welt Gerechtigkeit gäbe, wäre er klein oder hätte einen anderen Makel, der von seinem Gesicht ablenken würde.

Hat er aber nicht. Sein Körper ist groß und muskulös, mit perfekten Proportionen. Ich erinnere mich daran, wie es ist, ihn in mir zu haben und fühle ein unwillkommenes Aufflackern von Erregung.

Er trägt wieder Jeans und T-Shirt. Diesmal ein graues. Er scheint eine Vorliebe für schlichte Kleidung zu haben und das ist clever von ihm. So kommt sein Aussehen am besten zur Geltung.

Er lächelt mich an. Mit diesem Lächeln, dass ihn wie einen gefallenen Engel aussehen lässt — dunkel und verführerisch. »Hallo Nora.«

Ich weiß nicht, was ich ihm sagen soll, also platze ich mit dem ersten heraus, das mir in den Sinn kommt. »Wie lange wirst du mich hier fest halten?«

Er legt seinen Kopf leicht zur Seite. »Hier in diesem Raum? Oder auf der Insel?«

»Beides«

»Beth wird dir morgen die Umgebung zeigen und mit dir schwimmen gehen, falls du Lust dazu hast«, sagt er und kommt dabei immer näher. »Du wirst nicht mehr eingesperrt sein, außer du machst Dummheiten.«

»Wie zum Beispiel?« frage ich und mein Herz klopft, als er neben mir stehen bleibt und seine Hand hebt, um mein Haar zu berühren.

»Versuchen, dir oder Beth etwas anzutun.« Seine Stimme war sanft und sein Blick hypnotisierend als er zu mir hinunter sieht. Die Art und Weise, wie er mein Haar berührt, war sonderbar entspannend.

Ich zwinkere, um seinen Zauber zu brechen. »Und was ist mit der Insel? Wie lange wirst du mich hier festhalten?«

Seine Hand streichelt jetzt mein Gesicht und fährt an meiner Wange entlang. Ich erwische mich dabei, wie ich mich seiner Berührung hingebe, wie eine Katze, die gekrault wird, und versteife augenblicklich.

Seine Lippen verziehen sich zu einem wissenden Lächeln. Dieser Bastard weiß genau welche Wirkung er auf mich hat. »Eine lange Zeit, hoffe ich«, sagt er.

Aus irgendeinem Grund bin ich nicht überrascht. Er würde sich nicht die Umstände gemacht haben, mich bis hierherzubringen, wenn er mich nur einige Male ficken wollte. Ich habe Angst, aber bin nicht wirklich verwundert.

Ich nehme all meinen Mut zusammen und frage die nächste logische Frage. »Warum hast du mich entführt?«

Das Lächeln verschwindet aus seinem Gesicht. Er antwortet nicht, sondern schaut mich nur mit einem undurchschaubaren melancholischen Blick an.

Ich fange an zu zittern. »Wirst du mich töten?«

»Nein, Nora, ich werde dich nicht töten.«

Seine Verneinung beruhigt mich, auch wenn er mich gerade anlügen könnte. Ich bin ein kleines bisschen ruhiger, aber es gibt da noch eine weitere Sache, die ich unbedingt wissen muss. »Wirst du mir wehtun?«

Einen Moment lang antwortet er wieder nicht. Etwas Dunkles flackert kurz in seinen Augen auf. »Wahrscheinlich«, sagt er ruhig.

Und dann beugt er sich hinunter und küsst mich, mit seinen warmen Lippen weich und zärtlich auf meine.

Eine Sekunde lang stehe ich stocksteif da, ohne irgendeine Reaktion. Ich glaube ihm. Ich weiß, dass er mir die Wahrheit sagt, wenn er bchauptet, dass er mir wehtun wird. Er hat etwas an sich, das mir Angst Macht — das mir schon von Anfang an Angst gemacht hat.

Er ist überhaupt nicht wie die Jungs, mit denen ich Verabredungen hatte. Er ist zu allem fähig.

Und ich bin ihm völlig ausgeliefert.

Ich denke darüber nach, mich zu wehren. Das wäre das Normale, was man in meiner Situation machen würde. Das wäre mutig.

Und trotzdem mache ich es nicht.

Ich kann die dunklen Abgründe in ihm fühlen. Irgendetwas stimmt mit ihm nicht. Seine äußere Schönheit verbirgt etwas Grauenvolles im Inneren.

Ich möchte diese Dunkelheit nicht entfesseln. Ich weiß nicht, was passieren wird, wenn ich es tue.

Also stehe ich bewegungslos in seiner Umarmung und lasse mich von ihm küssen. Und als er mich aufhebt und zum Bett trägt, versuche ich überhaupt nicht, etwas dagegen zu machen.

Stattdessen schließe ich meine Augen und gebe mich den Empfindungen hin.

Twist Me - Verschleppt ist jetzt erhältlich. Falls Sie mehr darüber erfahren möchten, besuchen Sie bitte meine Homepage www.annazaires.com/book-series/deutsch/.

AUSZUG AUS CAPTURE ME – ERGREIFE MICH

Anmerkungen der Autorin: Dieser Ausschnitt wird aus Yulias Perspektive erzählt. Für alle diejenigen, die die *Twist Me – Verschleppt* Reihe kennen: diese Szene spielt sich zu dem Zeitpunkt in Moskau ab, als Lucas und Julian sich dort mit den russischen Funktionären treffen.

Sie fürchtet ihn von dem Moment an, in dem sie ihn das erste Mal sieht.

Yulia Tzakova kennt gefährliche Männer. Sie ist mit ihnen aufgewachsen. Sie hat sie überlebt. Aber als sie Lucas Kent trifft, weiß sie, dass dieser ehemalige Soldat der gefährlichste von allen sein könnte.

Eine Nacht – das sollte alles sein. Eine Gelegenheit, um einen verpatzten Auftrag wiedergutzumachen und Informationen über Kents Boss, einen Waffenhändler, zu bekommen. Sobald das Flugzeug abstürzt, sollte alles vorbei sein.

Stattdessen fängt es gerade erst an.

Er will sie von dem Moment an, in dem er sie zum ersten Mal sieht.

Lucas Kent hatte schon immer eine Schwäche für Blondinen mit langen Beinen und Yulia Tzakova ist ein besonders schönes Exemplar. Die russische Übersetzerin mag versucht haben, seinen Boss zu verführen, aber landet stattdessen in Lucas' Bett – und er hat definitiv vor, sie erneut dort zu haben.

Dann stürzt sein Flugzeug ab und er erfährt die Wahrheit.

Sie hat ihn verraten.

Jetzt wird sie dafür bezahlen.

Er betritt mein Apartment sobald sich die Tür öffnet. Er zögert nicht, er grüßt nicht — er tritt einfach ein.

Überrascht weiche ich zurück und der kurze, enge Flur fühlt sich plötzlich bedrückend klein an. Ich hatte ganz vergessen wie groß er ist, wie breit seine Schultern sind. Für eine Frau bin ich groß — groß genug um so zu tun als sei ich ein Model, falls es für einen Auftrag nötig ist — aber er überragt mich um einen Kopf. Mit der schweren Daunenjacke die er trägt, nimmt er fast den ganzen Flur ein.

Immer noch schweigend schließt er die Tür hinter sich und kommt auf mich zu. Instinktiv trete ich noch weiter zurück, da ich mich wie eine in die Ecke getriebene Beute fühle.

»Hallo Yulia«, murmelt er und hält an, als wir aus dem Flur treten. Sein blasser Blick ruht auf meinem Gesicht. »Ich habe nicht erwartet, dich so zu sehen.«

Ich schlucke und mein Puls rast. »Ich habe gerade gebadet.« Ich möchte ruhig und selbstsicher wirken, aber er hat mich völlig aus dem Konzept gebracht. »Ich habe keine Besucher erwartet.«

»Das kann ich sehen.« Ein leichtes Lächeln erscheint auf seinen Lippen und die harte Linie seines Mundes wird weicher. »Und trotzdem hast du mich hineingelassen. Warum?«

»Weil ich mich nicht weiter durch die Tür hindurch unterhalten wollte.« Ich atme beruhigend ein. »Kann ich dir einen Tee anbieten?« Es ist dumm das zu fragen wenn man bedenkt weshalb er hier ist, aber ich benötige noch einen Augenblick um mich zu fangen.

Er zieht seine Augenbrauen in die Höhe. »Tee? Nein, Danke.«

»Kann ich dir deine Jacke abnehmen?« Offensichtlich kann ich nicht damit aufhören die Gastgeberin zu spielen, da ich mit der Höflichkeit meine Angst überspiele. »Sie sieht ziemlich warm aus.«

Ein Hauch von Belustigung flackert in seinem eisigen Gesichtsausdruck auf. »Gerne.« Er zieht seine Daunenjacke aus und reicht sie mir. Er trägt einen schwarzen Pullover und eine dunkle Hose, die er in schwarze Winterstiefel gesteckt hat. Die Jeans sitzt eng an seinen muskulösen Oberschenkeln und kräftigen Waden, und an seinem Gürtel sehe ich eine Waffe in einem Holster.

Ungewollt atme ich bei seinem Anblick schneller und muss mich anstrengen, damit meine Hände nicht zittern während ich ihm die Jacke abnehme und sie in meinen winzigen Kleiderschrank hänge. Es ist keine Überraschung, dass er eine Waffe trägt — ich wäre entsetzt wenn das nicht der Fall wäre — aber die Waffe erinnert mich deutlich daran, wer Lucas Kent ist.

Was er ist.

Das ist keine große Sache, sage ich mir um meine angespannten Nerven zu beruhigen. Ich bin an gefährliche Männer gewöhnt. Ich wuchs unter ihnen auf. Dieser Mann ist nicht anders. Ich werde mit ihm schlafen, so viele Informationen herausholen wie ich kann und dann wird er aus meinem Leben verschwunden sein.

Genauso wird es sein. Je schneller ich es hinter mich bringe, desto eher wird das ganze vorbei sein.

Ich schließe die Schranktür, setze mein geübtes Lächeln auf und drehe mich herum um ihn anzuschauen, da ich endlich bereit bin, in die Rolle der selbstsicheren Verführerin zu schlüpfen.

Aber er befindet sich bereits neben mir, da er offensichtlich lautlos den Raum durchquert hat.

Mein Puls rast erneut und ich verliere meine neuerrungene Fassung. Er steht so dicht neben mir, dass ich die grauen Schlieren in seinen blassblauen Augen erkennen kann, so nahe bei mir, dass er mich berühren könnte.

Und eine Sekunde später tut er es auch.

Er hebt seinen Arm, um mit seinem Handrücken über mein Kinn zu streichen.

Ich blicke ihn an und werde von der augenblicklichen Reaktion meines Körpers überrascht. Meine Haut erwärmt sich, meine Nippel werden hart und meine Atmung beschleunigt sich. Es ergibt keinen Sinn, dass mich dieser harte, rücksichtslose Fremde so sehr erregt. Sein Chef sieht besser aus, und trotzdem reagiert mein Körper auf Kent. Er hat nur mein Gesicht berührt. Das sollte mir nichts bedeuten, aber trotzdem geht es mir nahe.

Es geht mir nahe und verwirrt mich.

Ich schlucke erneut. »Herr Kent — Lucas — bist du sicher, dass ich dir nichts zu trinken anbieten kann? Vielleicht einen Kaffee oder —« Meine Worte enden damit, dass ich nach Luft schnappe als er nach dem Gürtel meines Bademantels greift und so selbstverständlich daran zieht, als würde er ein Paket auspacken.

»Nein.« Er sieht dabei zu, wie der Bademantel zu Boden gleitet und meinen nackten Körper freigibt. »Keinen Kaffee.«

Und dann berührt er mich wirklich, bedeckt meine Brust mit seiner großen, harten Handfläche. Seine Finger sind schwielig und rau. Und kalt, da er gerade von draußen kommt. Sein Daumen streicht über meinen harten Nippel und ich spüre tief in mir ein Ziehen, ein wachsendes Bedürfnis, das sich genauso fremd anfühlt wie seine Berührung.

Ich kämpfe gegen meinen Drang an, zurückzuweichen, und befeuchte meine trockenen Lippen. »Du bist sehr direkt.«

»Ich habe keine Zeit für Spielchen.« Seine Augen blitzen auf, als sein Daumen erneut über meinen Nippel streicht. »Wir wissen beide, warum ich hier bin.«

»Um Sex mit mir zu haben.«

»Ja.« Er gibt sich keine Mühe die Dinge zu beschönigen, mir etwas anderes als die brutale Wahrheit zu sagen. Er bedeckt meine Brust immer noch so mit seiner Hand, als hätte er das Recht dazu, mein nacktes Fleisch zu berühren. »Um Sex mit dir zu haben.«

»Und wenn ich nein sage?« Ich weiß nicht einmal, warum ich ihn das frage. So war das Ganze nicht geplant. Ich sollte ihn verführen und nicht versuchen, ihn vom Sex abzubringen. Trotzdem wehrt sich etwas in mir gegen seine selbstverständliche Annahme, dass er mich einfach so nehmen kann. Andere Männer sind auch davon ausgegangen und es hat mich nicht ansatzweise so sehr gestört. Ich weiß nicht, was dieses Mal anders ist, aber ich möchte, dass er zurücktritt und aufhört mich zu berühren. Ich möchte es so sehr, dass sich meine Hände an meinen Seiten zu Fäusten ballen und sich meine Muskeln anspannen, da ich den Drang verspüre, gegen ihn anzukämpfen.

»Sagst du nein?« Er fragt ruhig während seine Daumen über meine Brustwarze kreist. Als ich nach einer Antwort suche, fährt er mit seiner anderen Hand in mein Haar und umfasst besitzergreifend meinen Hinterkopf.

Ich blicke ihn an und atme stockend. »Und wenn ich es tun würde?« Zu meinem Missfallen klingt meine Stimme dünn und verängstigt. Es ist, als sei ich wieder eine Jungfrau, die von ihrem Trainer in der Umkleidekabine in die Ecke getrieben wird. »Würdest du gehen?«

Einer seiner Mundwinkel verzieht sich zu einem halben Lächeln. »Was denkst du?« Seine Finger verstärken ihren Griff in meinem Haar und ziehen genau so fest, dass ich einen Hauch von Schmerzen verspüre. Seine andere Hand, die auf meiner Brust liegt, ist immer noch zärtlich, aber das bedeutet nichts.

Ich weiß meine Antwort bereits.

Als seine Hand meine Brust verlässt und meinen Bauch

hinunterfährt, wehre ich mich nicht. Stattdessen öffne ich meine Beine und lasse ihn meine glatte, frischgewachste Muschi berühren. Als sein harter, direkter Finger in mich stößt, versuche ich nicht, mich wegzubewegen. Ich stehe einfach nur da und versuche meine abgehackte Atmung zu kontrollieren, versuche mich davon zu überzeugen, dass sich dieser Auftrag nicht von den anderen unterscheidet.

Aber er tut es.

Ich möchte nicht, dass es so ist, aber genau das ist der Fall.

»Du bist feucht«, murmelt er und betrachtet mich, während er seinen Finger tiefer hineinschiebt. »Sehr feucht. Wirst du immer so feucht bei Männern, die du nicht begehrst?«

»Warum denkst du, dass ich dich nicht begehre?« Zu meiner Erleichterung ist meine Stimme diesmal fester. Meine nächste Frage hört sich sanft an, fast amüsiert, während ich seinen Blick erwidere. »Ich habe dich hineingelassen, oder etwa nicht?«

»Du hast dich ihm angeboten.« Kents Kiefer spannt sich an und seine Hand auf meinem Hinterkopf bewegt sich, greift nach einem Büschel meiner Haare. »Vor einigen Stunden hast du ihn gewollt.«

»Das habe ich.« Diese Darstellung typisch männlicher Eifersucht macht mich sicherer, da ich mich durch sie auf vertrauterem Terrain befinde. Meine Stimme wird noch sanfter, noch verführerischer. »Und jetzt möchte ich dich. Stört dich das?«

Kents Augen verengen sich. »Nein.« Er zwängt einen zweiten Finger in mich und drückt gleichzeitig seinen Daumen auf meine Klitoris. »Überhaupt nicht.«

Ich will etwas Intelligentes sagen, eine knackige Antwort geben, aber ich kann nicht. Die Lust überkommt mich durchdringend und überraschend. Meine inneren Muskeln ziehen sich zusammen, umschlingen seine rauen, eindringenden Finger und ich kann nichts Anderes tun, als wegen der Gefühle die mich überkommen laut aufzustöhnen. Ungewollt hebe ich meine Hände an und greife nach seinem Unterarm. Ich weiß nicht, ob ich versuche ihn wegzudrücken oder möchte, dass er weitermacht, aber das ist auch unwichtig. Der Arm unter der weichen Wolle seines Pullovers ist voller stahlharter Muskeln. Ich kann seine Bewegungen nicht kontrollieren — alles was ich tun kann, ist, mich an ihm festzuhalten während er mit diesen harten, gnadenlosen Fingern immer tiefer in mich eindringt.

»Das gefällt dir, nicht wahr?«, murmelt er, schaut mir in die Augen und ich ziehe scharf Luft ein als er beginnt, mit seinem Daumen über meine Klitoris zu streichen, von links nach rechts, von oben nach unten. Er krümmt seine Finger in mir und ich unterdrücke ein Stöhnen, als er einen Punkt berührt der eine noch schärfere Lustwelle durch meine Nervenbahnen jagt. Eine Spannung beginnt sich in mir aufzubauen, die Lust wird stärker und intensiver, und mit Entsetzen wird mir klar, dass ich kurz vor einem Orgasmus stehe.

Mein Körper, der normalerweise sehr langsam reagiert, pocht mit schmerzhafter Begierde nach der Berührung eines Mannes, der mir Angst macht — eine Entwicklung, die mich erstaunt und mich verunsichert.

Ich weiß nicht, ob er das von meinem Gesicht ablesen kann oder ob er die Anspannung in meinem Körper spürt, aber seine Pupillen weiten sich und seine blassen Augen werden dunkel. »Ja, genau so.« Seine Stimme ist ein leises, tiefes Grollen. »Komm für mich, meine Schöne« — sein Daumen drückt fest auf meine Klitoris — »jetzt.«

Und ich komme. Mit einem unterdrückten Stöhnen ziehe

ich mich um seine Finger zusammen und die harten Kanten seiner kurzen, stumpfen Fingernägel bohren sich in mein kontaktierendes Fleisch. Mein Blick verschwimmt, meine Haut prickelt heiß als ich auf einer Welle aus Gefühlen reite, bevor ich zusammensacke und nur von seiner Hand in meinen Haaren und seinen Fingern in meinem Körper gehalten werde.

»Na bitte«, sagt er belegt und als ich meine Umwelt wieder wahrnehmen kann, sehe ich, dass er mich eindringlich betrachtet. »Das war doch nett, oder nicht?«

Ich kann nicht einmal nicken, aber er scheint meine Bestätigung auch nicht zu benötigen. Und warum auch? Ich kann die Feuchtigkeit in mir fühlen, die Nässe, die diese rauen männlichen Finger bedeckt — Finger, die sich langsam aus mir zurückziehen, während er die ganze Zeit mein Gesicht anschaut. Ich will meine Augen schließen oder mich wenigstens von seinem stechenden Blick abwenden, aber ich kann nicht.

Nicht, ohne dass er bemerken würde, wie viel Angst er mir macht.

Anstatt meinem eigentlichen Bedürfnis nachzugeben, betrachte ich ihn ebenfalls und sehe Zeichen von Erregung auf seinen starken Gesichtszügen. Sein Kiefer ist angespannt, während er mich anblickt und ein kleiner Muskel neben seinem rechten Ohr pulsiert. Selbst durch den sonnengebräunten Teint seiner Haut kann ich die rötlichere Farbe auf seinen flügelartigen Wangenknochen erkennen.

Er will mich unbedingt — und dieses Wissen gibt mir den Mut zu handeln.

Ich fasse nach unten und bedecke die harte Ausbeulung im Schritt seiner Jeans mit meiner Hand. »Es war nett«, flüstere ich und sehe zu ihm hoch. »Und jetzt bist du dran.«

Seine Pupillen werden noch größer und seine Brust weitet

sich durch ein tiefes Einatmen. »Ja.« Seine Stimme ist voller Begehren, als er seine Hand in meinem Haar dazu benutzt, mich näher an ihn heranzuziehen. »Ja, ich denke das bin ich.« Und bevor ich darüber nachdenken kann, ob es clever war ihn so unverhohlen zu provozieren, beugt er seinen Kopf hinunter und nimmt meinen Mund mit seinem in Besitz.

Ich schnappe nach Luft, meine Lippen öffnen sich überrascht und er nutzt diese Tatsache sofort aus, um den Kuss zu vertiefen. Sein Mund, der so hart aussieht, fühlt sich erstaunlich weich an, seine Lippen sind warm und glatt als seine Zunge hungrig meinen Mund erforscht. In diesem Kuss verbinden sich Können mit Selbstsicherheit; es ist der Kuss eines Mannes der weiß, wie er einer Frau Lust verschaffen kann, wie er sie mit nichts weiter als der Berührung seiner Lippen verführen kann.

Die Hitze, die in mir glüht, verstärkt sich und die Anspannung in mir nimmt zu. Er hält mich so nahe bei sich, dass meine nackten Brüste gegen seinen Pullover drücken und die Wolle gegen meine aufgestellten Nippel reibt. Ich kann seine Erektion durch das raue Material seiner Jeans spüren. Sie drückt sich in meinen Unterbauch und lässt mich erkennen, wie sehr er mich will, wie schwach seine vorgespielte Kontrolle in Wirklichkeit ist. Ich bekomme kaum mit, dass der Bademantel von meiner Schulter geglitten ist und ich jetzt komplett nackt bin, aber ich vergesse die Tatsache sofort wieder, als in seiner Kehle ein knurrendes Geräusch ertönt und er mich gegen die Wand stößt.

Der Schreck über die kalte Oberfläche an meinem Rücken lässt mich einen Moment lang zu klarem Verstand kommen, aber er öffnet bereits den Reißverschluss seiner Jeans, seine Knie zwängen sich zwischen meine Beine, spreizen sie und er hebt seinen Kopf um mich anzublicken. Ich höre das Geräusch einer Folie die geöffnet wird und dann nimmt er meine Pobacken in seine Hände und hebt mich hoch. Mit rasendem Herzen halte ich mich instinktiv an seinen Schultern fest, als er mir rau befielt: »Schlinge deine Beine um mich« — und mich auf seinen steifen Schwanz hinabsinken lässt, ohne auch nur einen Moment lang seinen Blick von mir abzuwenden.

Sein Stoß ist hart und tief, da er komplett in mich eindringt. Mein Atem stockt wegen der Gewalt dieses Eindringens, seiner kompromisslosen Brutalität. Meine inneren Muskeln ziehen sich um ihn zusammen und versuchen erfolglos, ihn nicht hineinzulassen. Sein Schwanz ist so groß wie sein restlicher Körper, so lang und dick dass er mich bis zu einem Punkt ausdehnt, der schmerzhaft ist. Wäre ich nicht so feucht, hätte er mich zerrissen. Aber ich bin nass und nach einigen Augenblicken gibt mein Körper nach und gewöhnt sich an seine Dicke. Unbewusst hebe ich meine Beine an und umschlinge seine Hüfte, genauso wie er es befohlen hat. Diese neue Stellung lässt ihn noch tiefer in mich hineingleiten und ich schreie wegen der überwältigenden Sensation auf.

Jetzt beginnt er sich zu bewegen und seine Augen funkeln, als er mich betrachtet. Jeder Stoß ist genauso hart wie derjenige, der uns vereinigt hat, aber mein Körper versucht nicht länger, sich dagegen zu wehren. Stattdessen gibt er mehr Feuchtigkeit ab, um seinen Weg zu erleichtern. Jedes Mal wenn er in mich stößt, drückt seine Lende gegen mein Geschlecht, presst sich auf meine Klitoris, und die Anspannung tief in mir ist wieder da, wächst mit jeder Sekunde die vergeht. Fassungslos wird mir klar, dass ich mich meinem zweiten Orgasmus nähere … und dann ist er auch schon da. Die Anspannung erreicht ihren Höhepunkt und ich explodiere so stark, dass ich nicht mehr denken kann, sondern nur noch meine geladenen Nervenbahnen spüre.

Ich fühle mein eigenes Pulsieren, spüre, wie sich meine Muskeln immer wieder abwechselnd um seinen Schwanz zusammenziehen und ihn freigeben. Ich bemerke, dass sein Blick abschweift und er gleichzeitig aufhört zuzustoßen. Ein raues, tiefes Stöhnen entweicht seiner Kehle als er sich in mir reibt und ich weiß, dass er ebenfalls gekommen ist, ihn mein Orgasmus mitgerissen hat.

Meine Brust hebt und senkt sich schwer während ich zu ihm hochblicke um dabei zuzusehen, wie sich seine blassblauen Augen wieder auf mich richten. Er ist immer noch in mir und plötzlich kann ich diese Intimität nicht mehr ertragen. Er ist niemand für mich, ein Fremder, und trotzdem hat er mich gefickt.

Er hat mich gefickt und ich habe es zugelassen, weil es mein Job ist.

Ich schlucke, drücke gegen seine Brust und meine Beine geben seine Hüfte frei. »Bitte, lass mich runter.« Ich weiß, ich sollte ihn umschmeicheln und sein Ego polieren. Ich sollte ihm sagen wie unglaublich es war, und dass er mir mehr Lust bereitet hat als jemals ein anderer Mann zuvor. Das wäre nicht einmal gelogen — ich bin noch nie zweimal hintereinander gekommen. Aber ich kann das nicht tun. Ich fühle mich zu verwundet, zu überfallen.

Bei diesem Mann verliere ich die Kontrolle und dieses Wissen macht mir Angst.

Ich weiß nicht, ob er das spüren kann oder ob er einfach nur mit mir spielen will, aber ein ironisches Lächeln erscheint auf seinen Lippen.

»Es ist zu spät um es zu bereuen, meine Schöne«, murmelt

er und bevor ich etwas erwidern kann, setzt er mich ab und nimmt seine Hände von meinem Po. Sein erschlaffendes Geschlecht gleitet aus meinen Körper als er zurücktritt und ich sehe ihm ungleichmäßig atmend dabei zu, wie er beiläufig das Kondom abnimmt und es auf den Boden fallen lässt.

Aus irgendeinem Grund erröte ich deshalb. Etwas an diesem Kondom, das hier liegt, ist falsch und schmutzig. Vielleicht ist der Grund dafür, dass ich mich wie dieses Kondom fühle: benutzt und weggeworfen. Ich sehe meinen Bademantel auf dem Boden und bewege mich um ihn aufzuheben, aber Lucas Hand auf meinem Arm hält mich davon ab.

»Was tust du?«, fragt er und blickt mich dabei an. Es scheint ihn überhaupt nicht zu stören, dass seine Jeans immer noch einen geöffneten Reißverschluss haben und sein Schwanz heraushängt. »Wir sind noch nicht fertig.«

Mein Herz setzt einen Schlag aus. »Sind wir nicht?«

»Nein«, sagt er und tritt näher an mich heran. Entsetzt bemerke ich, dass er sich schon wieder aufrichtet, da er meinen Bauch berührt. »Wir sind noch lange nicht fertig.«

Und damit führt er mich an meinem Arm zum Bett.

Capture Me – Ergreife mich ist jetzt erhältlich. Falls Sie mehr darüber erfahren möchten, besuchen Sie bitte meine Homepage www.annazaires.com/book-series/deutsch/.

ÜBER DIE AUTORIN

Anna Zaires ist eine *New York Times, USA Today* und Internationale Nr.1 Bestseller Autorin. Anna Zaires hat sich schon im zarten Alter von fünf Jahren in Bücher verliebt, in dem ihr ihre Großmutter das Lesen beibrachte. Kurz darauf schrieb sie auch schon ihre erste Geschichte. Seitdem lebt Anna neben der realen Welt auch ständig in einer Phantasiewelt, in der ihr nur ihre eigene Vorstellungskraft Grenzen setzen kann. Zurzeit lebt die verheiratete Autorin in Florida, zusammen mit ihrem Traummann, dem Sience-Fiction und Fantasy Romanautoren Dima Zales, der auch eng mit ihr zusammenarbeitet.

Bitte besuchen Sie https://www.annazaires.com/book-series/deutsch/ um mehr zu erfahren.